咸東鮮의 시세계

이승하 외

이 도서의 국립중앙도서관 출판시도서목록(CIP)은 서지정보
유통지원시스템 홈페이지(http://seoji.nl.go.kr)와 국가자료공동
목록시스템(http://www.nl.go.kr/kolisnet)에서 이용하실 수 있습니
다. (CIP제어번호: CIP2014001983)

咸東鮮의 시세계

이승하 외

국학자료원

『함동선의 시세계』를 펴내며

이 승 하(중앙대학교 문예창작학과 교수)

　　모든 생명체는 늙습니다. 그 늙는다는 것은, 살기 위해 적응하는 자연
스러운 과정이라고 합니다. 그런데 이 늙는다는 것은 살아온 곳, 방법, 태
도 그리고 삶의 질과 무관하지 않습니다. 노화는 서둘러 오는 사람이 있
고, 느리게 오는 사람이 있기 때문입니다. 오늘날 100세 시대의 덕목은,
앓으면서 오래 사는 것이 아니라, 건강하게 오래 사는 삶을 으뜸으로 여
기고 있습니다. 이 점에서 함동선 선생님은, 대학 강단에 섰을 때나 정년
이 지난 뒤나 한결같으십니다. 늙지 않는 게 아니라 잘 늙는 법을 터득하
고 사신 것 같습니다. 그것은 선생님께서 늘 말씀하신 느리게 살기, 욕심
버리기, 꾸준한 창작활동과 문단활동, 알맞은 걷기 등과 연관된다고 봅
니다.

　　함 선생님은 우리나라 최초의 예술 전문기관인 서라벌예술대학 제2회
졸업생입니다. 선생님은 대학원 석사학위를 취득한 다음 해인 5·16혁
명 후 미당未堂 서정주徐廷柱 선생님이 구속(서울대학교 조윤제趙潤濟 교
수가 한국교수협회를 조직하고 의장이 된 사건에 연루됨)되면서, 그 강

의를 대신 맡게 됩니다. 결국 이 대강이 선생님께서 동문 교수 1호로 모교의 강단에 서게 된 계기가 된 셈입니다.

이번에 『함동선의 시세계』를 정리하면서 60여 명의 필자를 비롯하여 여러 자료가 만만찮다는 것을 알게 되었습니다. 그리고 이 책을 느지막이 준비하는 행보에서도 선생님의 아호인 '산목散木'을 생각하게 되었습니다. 장자莊子가 말한 '쓸모없는 것이 쓸모 있다不用之用'는 뜻은 사람이 살아가는 데 중요한 덕목이었던 것입니다.

산목의 반대말은 재목材木입니다. 쓸모가 많은 재목은 일찍 베어져 대들보 또는 기둥이 되지만, 산목은 쓸모없다 해서 훗날 큰 나무가 됩니다. 그래서 산목의 가지에는 새가 둥지를 틀고, 열매는 다람쥐가 먹고, 그늘에서는 나그네가 쉬었다 갑니다. 그리고 마을의 신목神木이 되기도 합니다. 앞에서 말한 '잘 늙는 법'은 이 쓸모없는 나무가 쓸모 있는 나무가 되어 큰 그늘을 거느린 것과 같이 우리 문단의 어른이 된 선생님 말씀을 드리기 위해 에돌았습니다.

이 책은 모두 5부로 구성되었습니다. I부는 선생님의 시세계를 논의한 글이고, II부는 시집에 실린 해설과 시평을 모은 것이며, III부는 이미지즘과 정신분석학 그리고 기호론적으로 논의한 시인론, IV부는 시선집 『한 줌의 흙』의 시해설과 신간평, V부는 서문, 발문, 신간서평, 월평 등입니다.

편집을 시작한 지 2년이 지났습니다. 이 책의 간행을 계기로 '함동선의 시세계'의 연구가 본격화되기를 바랍니다. 그동안 귀한 글을 써 주신 여러분들께 감사드립니다.

(2013년 5월)

목차

Ⅲ. 이미지의 조형성과 시학적 모색

Ⅳ. 시선집 『한줌의 흙』의 분단시 비평

V. 서문, 발문, 신간서평, 시평

Ⅰ
함동선의 시세계

함동선론

문덕수*

1.

함동선 하면 시비나 문학비의 순례자로 더 잘 알고 있는 분도 있을 것이다. 시비나 문학비가 있는 곳이면, 아무리 산간벽지라 하더라도 그의 발길과 눈이 닿지 않는 데가 없다. 비석과 비명碑銘을 촬영하고, 비석의 위치, 그 경위, 그 주인공, 그리고 비석에 새겨져 있는 시문 등을 조사하고 연구한 것이 그의 저서 『한국문학비』(시문학사, 1978)다. 시비나 문학비에 대한 소개는 간간이 신문 지상에 단편적으로 소개된 일이 있기는 하나, 전국의 문학비를 총망라하여 한 권의 단행본으로 집성한 것은 이 저서가 최초의 것이다. 함동선은 이 시도를 해외에까지 확대하여 우선 1차적으로 일본의 문학비를 조사 연구하려고 계획한 적도 있다(이 일은 사정에 의하여 미루어졌다).

함동선은 1958년 서정주徐廷柱의 추천을 받고 등단했다. 그 뒤 『우후

---

* 문덕수: 시인, 홍익대학교 명예교수, 예술원 회원.

개화雨後開花』(한림각, 1965),『꽃이 있던 자리』(동화문화사, 1973),『안행雁行』(현대문학사, 1976),『눈 감으면 보이는 어머니』(시문학사, 1979), 그리고 최근의『함동선 시선』(호롱불, 1981)을 합하여 모두 다섯 권의 시집을 냈다. 예술대학에서 후진에게 시창작을 지도하면서, 꾸준히 시작에 정진하고 있거니와 제2회 '현대시인상'을 수상한 외에 겉으로는 화려한 각광을 받은 일이 없다. 오히려 그 특유의 시인적 기질로 보아 그런 것을 거의 외면하고 있는 것 같다.

최근에 간행된『함동선 시선』의 자서에는 그의 시론의 일단이 밝혀져 있다. 서문이므로 체계 있는 시론이라고는 할 수 없지만, 그 내용은 그의 시에 대한 생각을 집약하고 있는 듯하다. '응축된 언어'와 '국적 있는 시'를 강조하고, 특히 산업 기술사회의 부조리 상황을 극복하기 위한 '사랑의 존재 가능성'에 대한 추구를 주장하고 있다. 응축된 언어란 시의 구성과 방법에 관련되는 말인데, 여기서 내용에만 편중하지 않고 방법에 대한 그의 의식적인 노력과 관심을 엿볼 수 있다. 국적 있는 시란 겨레의 생활과 역사 속에서 살아온 민족적 특성에 대한 강조라고 하겠다. 넓게는 민족적 주체성과 전통성이 있는 언어의식의 강조라고 볼 수도 있다.

우리가 함동선의 시라고 하면 '한국의 전통적인 서정시인'쯤으로 규정해 버리거나, 그렇지 않으면 선배 대가들의 한 지류나 가지쯤으로 치부해 버리는 경향이 있다. 전통적인 서정이 짙게 반영되어 있는 시에 대해서는 흔히 그렇게 간단하게 처리해 버리려는 경향이 있으나, 함동선의 시를 잘 분석해 보면 그 나름의 특유한 언어세계를 발견하게 된다. 그것을 함동선의 현실인식과 미적 의식의 개성이 찍힌 갈등과 고민의 세계라고도 할 수 있을 것이다. 그러한 '고유의 언어세계'가 무엇인가는 차츰 밝혀지겠지만, 그가 세련되고 압축된, 전통적인 국어의 아름다움과 그 특이성을 추구하면서도, 한편 현대의 산업 문명사회의 상황을 인식하고 그 부조리를 극복해 보려는 현대시의 불가피한 숙명을 인식하고 있는 것 같다. 즉, 과거와 현재, 농경시대와 공업시대, 전통윤리와 전통윤리의 붕괴―이러한 단절과 괴리를 어떻게 극복하느냐 하는 그 과제의 인식인 것이다. 그는 현대시의 가능성을, '사랑의 존재의 가능성'을 추구하는 데서 찾아야 한다고 주장하고 있다. 그 결론을 서두른 듯한 느낌이 드나(시집의 서문이므로 그렇게 될 수밖에 없다), 현대 사회에 있어서의 시가 직면한 궁극적인 문제를 제시한 것으로 생각된다.

2.

그의 시선집을 보면, 초기에서 현재에 이르기까지 자연을 제재로 한 작품이 압도적으로 많다. 그래서 먼저 이 시인이 자연에 대하여 어떤 태도로 어떤 생각을 가지고 있는지, 그걸 알아보는 것이 순서일 것 같다. 「꽃」이라는 초기 시부터 보자.

> 맞다
> 니 말이 맞다
> 여러 개의 층층계를 올라 새날로 가는
> 여러 개의 돌문을 여닫는 소리 층층이 올라와
> 저대도록 물이 밭은 세월을 지고
> 저대도록 물이 밭은 세월을 지고
> 밝아오는 가장자리만큼
> 보내고 보내도 따라오는 어디가 타는지
> 한켠 하늘이 더 넓게 물들어
> 살닿듯 물들어

저승 다 알고 왔다
이러한 때 걱정 다 알고 왔다

이 시는 꽃의 '무언의 언어'에 대한 전적인 동감에서부터 시작하고 있
다. '니 말이 맞다'는 것은 꽃의 무언의 발화에 대한 작자 또는 화자의 긍
정적 응답이다. 이 시의 내용은 말하자면 그 응답으로 채워져 있는데, 그
응답은 무언의 언어를 직관적으로 파악하고, 그렇게 파악한 내용을 응답
의 형식으로 구성한 것이다. 흔히 '자연과의 교감'이라는 말을 하는데, 비
단 이 작품뿐만 아니라 자연을 제재로 한 그의 모든 시가 자연과의 교감,
그 유대의 추구가 내면적으로 얼마나 치열한 것인가를 말해준다.

이 시는 꽃의 개화과정을 형상화한 것이지만, 그 개화의 오묘한 신비
성은 풀 수 없는 상징적 의문으로 여전히 남겨두고 있다. 여러 개의 층층
계나, 여러 개의 돌문은 꽃의 개화과정을 형상한 내면적 이미저리다. 개
화에 이르기까지의 이러한 과정은 현실적인 삶의 상승과정, 죽음을 극복
하려고 하는 재생의 이미지를 보여준다. 새날로 가는 꽃은 그러한 여러
개의 층층계를 오르고, 여러 개의 돌문을 여닫으며 개화의 단계로 상승
하나 '물이 밭은 세월'을 지고 그러한 단계에의 상승을 성취한다. 개화의
단계를 한 단계 한 단계 오르는 그 과정이 '물 밭은 세월', 즉 물은 모든 생
명의 생성에는 절대 불가결의 요소인데도 불구하고, 물이 밭은 세월을
지고 있기에 현실성을 띠고 있다고 하겠다. 여기서 자연의 삶의 질서와
현실사회의 삶의 질서가 연속성을 이루고 있음을 알게 된다.

그러나 또 한편 이 개화의 과정에는 밝아오는 가장자리와 어두워 가는
가장자리의 신비로운 대조의 비례가 있다. 새날로 밝아 오는 가장자리만
큼 어둠으로 보내는 가장자리가 있고, 그리하여 한켠의 하늘이 더 넓게
물들어(어둠의 세계의 하늘인지, 빛의 세계의 하늘인지, 혹은 그 두 세계

의 하늘을 다 암시하는 것인지는 확실하지 않으나), 마침내 저승까지 다 알고 개화의 마지막 단계에까지 도달한 것이다. 이승은 물론이요, 저승까지 다 알고 온 그 내용은 신비로운 세계, 불가지의 세계가 아닌가 생각된다. 앞서 '개화의 오묘한 신비성을 풀 수 없는 상징적 의문'으로 남겨둔다고 한 것은 이 점을 두고 한 말이다.

함동선은 꽃의 개화 이미지에 대하여 남다른 관심을 가지고 있다. 초기 시에 「3월」이라는 작품이 있는데, 이 시 역시 개화의 내적 과정, 그 순간의 이미지를 형상한 것이다. 그가 꽃의 개화나, 나아가서 자연을 추구하는 이유는, 자연 질서의 인식을 통하여 현실사회에서의 삶의 리얼리티를 이해할 수 있기 때문인 것으로 판단된다.

그를 전통적 서정시인으로 치부하는 경우가 있으나, 그는 자연을 무릉도원경으로 혹은 이상향으로 생각하여 그곳으로 들어가 안주하거나 초탈하려고 하는 그런 서정시인이 아니다. 이런 점에서 전통적 서정시인, 특히 1930년대의 전원파 시인이나 1940년대의 청록파와는 명백히 다른 것이다. 자연 질서의 추구를 통하여 현실적 삶의 리얼리티를 인식하는 과정에서, 비록 자연과 현실을 통합하려는 노력을 엿볼 수 있다고 하더라도, 자연 속으로 도피하거나 초월하지 않는다는 점을 간과해서는 안 될 것이다.

3.

함동선의 리얼리티나 현실적 윤리는 자연 질서의 추구를 통해서 조명되고 있다. 그의 세계관이 자연과 현실의 동일성을 바탕으로 한 일원론에 입각하고 있는지의 여부는 속단할 수 없으나, 그의 시는 자연과 현실

의 괴리 내지 모순을 암시하면서 형상된 대조적, 통합적 구조를 이루고
있음은 특기할 만한 현상이다.

> 내가 쉬고 있는 이 공간은
> 누군가 있었는가 본데
> 두리번거려도 눈에 띄는 건
> 허리 굽히며 다가오는 억새풀 저켠의
> 가을바람인데
> 가을바람 저켠에서
> 또랑또랑 말하는 이
> 건 누군가
>
> ―「절터에서」 부분

　　존재하는 것이라고는 억새풀과 억새풀 저켠의 가을바람뿐인 비, 그 가
을바람 저켠으로 불가시의 존재, 침묵의 언어를 똑똑히 듣고 있다. 자연
저쪽의 자연이란 '초월적 존재'라고 할 수밖에 없는데, 함동선은 그러한
존재를 자연을 넘어선 저쪽에서 보고 듣고 있다. 그렇다면 현상으로 보
이는 자연과, 그런 가시적 자연을 넘어선 '초월적 자연'이 있음을 알 수
있다. 그의 시에서 자연의 질서와 삶의 현실적 질서와 통합 내지 동일성
을 추구하면서도, 또 한편 그것의 괴리나 모순을 보여 주는 것은 바로 초
월적 자연(자연의 초월성이라고 해도 괜찮을 것이다)의 아이러니컬한 인
식이 있기 때문이다. 함동선은 자연을 자연으로 국한하여 순수하게 읊은
일도 없고, 또 현실을 현실만으로 한정해서 읊은 일도 없다. 형이상과 형
이하라고 하면 극단적인 대조로서 부정확한 표현이 될는지 모르나, 어쨌
든 자연과 현실이 같은 한 작품 속에 구성의 주요 요소로 자리하고 있다.
그래서 그 두 요소가 시의 구조상의 골격이 되어 서로 조명하고 암시하

면서 세계에 대한 통합적인 인식을 보여 주려 하고 있다. 이 점은 이 시인의 시적 구조의 특이성으로 지적되어야 할 것이다.

> 내 갓난아기 배안의 짓으로
> 발돋움하고 본
> 저 땅의 사랑으로 알겠더니
> 한꺼번에 햇빛을 퍼내는
> 바람의 가지가
> 이 세상 밝히며 커지는 불을
> 크게 돋우네 크게 돋우네
>
> ─「꽃이 피는 것은」 전문

이 시에서 개화의 상징이 현실적인 의미를 띠고 우리에게 호소해오고 있음을 알게 된다. '땅의 사랑'으로 알게 된 현실적 내용이 무엇인지 확실하지 않으나, 그러한 지상의 사랑과, 더구나 그 '꽃의 불'은 세상을 밝히는 현실적인 힘을 가진 '초월적 존재'임을 더욱 선명하게 암시하고 있다. 전통적으로 동양의 자연은 그 자체가 초월성을 지니고 있지만, 이 시에서 볼 수 있는 초월적 존재도 그런 것인지(아마 그럴지도 모른다), 그렇지 않으면 불교나 기독교의 초월적 존재와 관련이 있는지, 그 여부는 확실히 말할 수 없다.

함동선의 시에는 자연의 신비성이 있다는 것은 이미 지적한 바이다. 꽃의 개화에 대하여 '저승 다 알고 왔다'든지, '햇빛의 기럭지를 아는 새들'과 같은 표현도 신비성을 내포하고 있다고도 볼 수 있다. 신비성이란 불가지성이나, 불가사의한 양상을 띠고 있다는 점에서 초월적 존재의 속성으로 보아도 무방할 것이다. 그러나 특히 우리의 주목을 끄는 점은, 초월적 존재인 '자연'을 통하여 세상을 보고 살피기도 하고, 자연의 초월적인 힘이 현실에 미치고 있음을 인식하고 있다는 사실이다. 이제 그런 보기들을 들어 살펴보기로 하자.

> 네 눈 안에
> 햇빛이
> 더 밝은 것은
> 내 얼굴 알고 있는
> 연꽃의 향기가
> 두웅둥 떠서
> 한 음계씩의 한 음계씩의
> 눈부신 사랑을
> 보기 때문이다
>
> ―「네 눈 안에」 부분

이 작품을 이해하기 위해서는 약간의 노력과 인내가 필요할 것이다. 필자는 처음 네 눈 안의 사랑을 연꽃 향기가 보는 것으로 이해하였다가, 아무래도 그런 해석이 잘못된 것이 아닌가 생각되어 재삼 음미하여 결국 잘못 해석한 것임을 깨닫게 되었다. 네 눈 안에서는 햇빛이 더 밝게 빛나고 있다. 그 까닭은, 내 얼굴을 잘 알고 있는 연꽃 향기가 네 눈 안에 두웅둥 떠서 한 음계씩 한 음계씩 오르면서 더욱 눈부신 사랑이 있고, 그 사랑을 '내'가 보고 있기 때문이다. 이러한 이해를 위한 산문화는 이 시를 해석하는 데에 필요한 축자적逐字的인 기본 맥락이다.

이러한 기본 맥락에서 볼 때, 이 시는 너와 나와의 관계, 즉 '사랑'을 읊은 것이다. 이 시인의 말대로 '사랑의 존재의 가능성'을 그 나름대로 추구한 작품인지도 모른다. 그런데 너와 나와의 관계를 맺어주고, 너와 나와의 연속성 내지 동일성을 갖게 하는 그 '사랑'은, 내 얼굴을 잘 알고 있는 연꽃 향기가 두웅둥 떠서 그것이 너의 눈 안에서 한 음계씩 한 음계씩 더욱 눈부신 그런 사랑임을 말하고 있다. 여기서 인간관계의 감정인 '사랑'과 자연인 '연꽃 향기'의 결부가 무엇을 말하는가 하는 의문이 문제의 초점이 된다. '사랑'이라는 감정은 무형의 추상이므로 단지 그것을 구상화하기 위하여, 다시 말하면 비유의 보조 관념으로 도입한 것에 지나지 않는가, 그렇지 않으면 그 이상의 어떤 의미가 있는가 하는 점이 우리가 알고 싶은 문제의 초점이다. 우리가 이 시의 해석에서(물론 다른 작품의 경우도 그러하지만), 경계하여야 할 것은, 이미지에 대한 수사적 구조분석에만 머물러서는 안 되고, 그것을 넘어선 차원에서 이 두 의미의 관계를 추구해야 한다는 것이다. 그렇게 해서 볼 때, 인간관계의 가장 고귀한 감정인 '사랑'은, 자연 질서에서 생성하는 가장 아름답고 신비스러운 현상(여기서는 연꽃 향기)과 일체가 될 수 있다는 이 시인의 세계인식의 근원적 국면을 이해할 수 있다. 다음 시도 그러한 일례가 될 수 있을 것이다.

> 어둠의 야국꽃 물들게
> 보라 보라 보랏빛 숨소리 들리는
> 다리 놓아 주고
> 우리 내외엔
> 금가락지만한 사랑을 둘러 끼우는
> 달아 달아 밝은 달아
>
> ―「만월」 전문

　달은 '보랏빛 숨소리 들리는 다리'를 어디에 놓아 준 것인지, 누구의 사이에 놓아 준 것인지는 확실치 않으나, 우리 내외에겐 금가락지만한 사랑을 둘러 끼워주고 있다는 그 능력에 특히 주목하고 싶다. '금가락지'라고 하면 흔히 '결혼반지'를 연상하게 되는데, 그것은 부부간의 애정이 변함없고 영원함을 암시하는 상징 이미지이다. 그러나 '만월'은 단지 지환의 형태와 유사하다는 점에서 내외간의 애정과 결부된 수사적 장치라고 볼 수만은 없을 것이다. 수사적 구조의 레벨을 훨씬 뛰어 넘어선, 즉 궁극적인 사랑을 유지하고 보장해 주는 근원으로 인식되고 있다. 여기에서도 자연을 초월적 존재로 인식하고 있음을 알 수 있을 뿐만 아니라, 그 초월적 능력이 현실적인 인륜에까지 영향을 미치고 있음을 알 수 있다.

4.

앞에서 함동선의 시에서는 '자연'과 '현실'이 한 작품 속에 구성인자로 통합되어 있다고 말하였다. 그것은 예컨대 「외할아버지의 무르팍의 때 같은 잔설」(「오는 봄」)이나, 「산골 논배미의 낯짝만한 우리 집 마당」(「어느 날 오후」)과 같은 수사, 그리고 형식적 구조의 차원을 넘어선, 본질적 관련이라고 할까, 연속성이라고 할까, 그런 것을 추구하는 데서 오는 통합을 시사하고 있다. 현실과 자연을 본질적인 연속성으로서 통합해 보려는 의도는 함동선 시의 매우 중요한 국면으로 여겨진다.

'현실이란 무엇이냐?' 하는 것은 매우 중요한 문제이나, 여기서는 이 시인이 즐겨 다루고 있고, 특히 최근작에서는 그 농도를 더하고 있는 고향, 인륜 및 역사를 이 범주 속에 넣어서 살펴보기로 한다. 그가 고향 인륜 및 역사를 즐겨 다루는 현실적 일면은, 그의 고향이 황해도 남쪽으로서 원래 38도선 이남이었으나 6·25전쟁으로 휴전선의 미수복지가 되어 서둘러 어머니와 친지를 두고 남하한 그의 아픈 체험이, 세월이 흘러감에 따라 더욱 절실, 절박해졌기 때문일 것이다. 이러한 심리적·현실적 사정은 「눈 감으면 보이는 어머니」, 「지난 봄 이야기」, 「이 겨울에」

의 작품에 그대로 잘 드러나 있다.

그의 시에서, '고향'은 휴전선 미수복지구로서, 그가 남하한 뒤 오늘에 이르기까지 '단절의 아픔'을 더해 주는 원인심상의 구실을 하고 있다. 고향의 산천, 그의 고향산천이 비치는 예성강, 그리고 두고 온 어머니의 생사—이러한 단절심상의 아픔은 그의 시의 주요 모티프요 주제일 뿐만 아니라, 국토분단이라는 '단절시대'에 살고 있는 민족 전체의 아픔에까지 확대되고 있다. 이러한 점에서 함동선의 시는 그 자신의 아픈 역사를 통해서 분단 상황 속에 있는 민족 전체의 리얼리티를 표현하고 있다고 할 수 있다.

> 내 이사할 때는
> 고향 뒷산에 내린 적이 있는 하늘을
> 손 안에 담고서야
> 길을 떠났는데요
>
> —「소묘」 부분

> 절절절 흐르는 예성강 물소리에
> 고향 사람들 얘기 젖어서
>
> —「고향을 멀리서 생각하는 것」 부분

누구에게나 마찬가지겠지만, 고향이란 그 산천이나 인륜과 더불어 있지 않으면 허상에 지나지 않다. 「소묘」에서는 고향이 고향의 하늘과 더불어 있고, 「고향을 멀리서 생각하는 것」에서는 고향의 산천이 인륜과 더불어 있다. 이런 사실은 여기서 새삼스럽게 지적할 필요조차 없을 것이다. 그러나 중요한 사실은, 단절에 의하여 고향이라는 상실된 과거의 공간(세계)과 이사를 하면서 옮겨 다니는 현재의 현실적 공간—이 두 개

의 공간을 통합해 보려는 노력이 '자연을 통해서' 그 가능성을 추구하고
있다는 점이다. '고향'의 이미지가 아무리 정신적, 관념적인 것일지라도
그 고향의 산천이나 인륜과 어울리기 마련이지만, 함동선의 경우에는 여
기서 한 걸음 나아가서 과거와 현재의 아픈 단절을, '자연을 통해서' 극복
하고 통합해 보려는 태도를 볼 수 있다. 가령 다음 대목들을 보자.

>정 붙이며 사는 타지에서는
>살기 답답해 어깨를 추스르면
>하늘은 한 쪽으로 기울어지는데
>거기
>봄이 오는 후미진 길목이 있었는데요
>
>— 「소묘」 부분

>나비의 날갯짓으로
>내 속옷을 꼬매시던
>어머니 얼굴의
>달이 떠 있는데
>
>— 「고향을 멀리서 생각하는 것」 부분

여기서 '봄이 오는 후미진 길목'과 '어머니 얼굴의/ 달'은 예사로 보아
넘길 수 없는 매우 중요한 이미지로 생각된다. 이 '봄'은 상실된 고향의
봄인 동시에 현재의 봄이라는 이중 이미지이고, '어머니 얼굴의/ 달'도 고
향에 계시는 어머니와 현실적 달이라는 이중 이미지이다. 이와 같이 자
연의 심상이 과거와 현재, 상실된 고향의 공간과 현실 세계를 통합하려
하고 있다. 이러한 사실은 단절을 극복하고 두 세계(남북)를 통합하여 한
단계 높은 세계를 회복해 보려는 의지라고 볼 수 있고, 이 점에서 분단시

대의 문학, 즉 휴머니즘을 실현하고자 하는 민족문학의 가능성을 발견하
게 된다.

> 보리누름에 와 머무는 뻐꾸기 울음은
> 절겅절겅 북간도 가는 기차 소리가
> 휘저어 놓은
> 외삼촌의 한숨으로 머뭇거리다가
> 주르륵 어머니의 눈물로 흐르다가
>
> ―「보리누름에 와 머무는 뻐꾸기 울음은」 부분

> 어른이 된 후
> 그 부적은
> 땀에 젖어 다 떨어져 나갔지만
> 그 자리엔 어머니의 얼굴이 늘 보여
> 두 손으로 뜨면
> 달이 먼저
> 잘 있느냐 손짓을 한다
>
> ―「마지막 본 얼굴」 부분

이러한 시편도 자연을 통하여 단절된 두 세계를 통합하고 새로운 세계
를 보려는 징조를 보여주는 것이라고 하겠다. 함동선 시가 앞으로 어떻
게, 그리고 어떤 방향으로 나아갈 것인가는 물론 예측할 수가 없다. 그러
나 이상 시도한 그의 작품의 구조 분석과 시적 역정의 고찰을 토대로 해
서 볼 때, 현실과 역사에 대한 관심의 확대와 더불어 '자연'이 가지는 초
월적 의미의 탐구가 계속될 것으로 생각된다. 자기의 자전적 체험이 단
절시대라는 오늘의 역사적 상황의 인식으로 확대되고 있고, 자연의 초월
적 의미가 현실의 삶에 지대한 영향을 미칠 뿐 아니라 나아가서는 단절

에 의한 상실세계를 통합하여 새로운 세계의 회복을 가능하게 하는 존재로 시사되고 있다는 점에서, 휴머니즘의 실현과 통일 지향이라는 1980년대 민족문학의 가능성이 계속 추구될 것으로 생각된다.

(『시문학』, 1983.11)

함동선과 시인의 사계

원형갑*

1. 구두점 거부의 의미

실험실의 연구원에게 꽃이 아름다운 뜻은 그가 사랑에 겨운 애인일 때와 같지 않다. 같은 꽃이라도 그가 꽃의 아름다움에 따라 값을 매겨 파는 꽃팔이일 때와 그가 병실에 누워 사랑하는 이로부터 병문안으로 받을 때와는 같지 않다. 꽃은 아직도 역사의 온대지방에서만이 아니라 시베리아의 한대지방에서도, 사막의 열대지방에서도 오직 그 아름다움으로 하여 사람의 마음을 사로잡는다. 그렇게 언제부터랄 것도 없이 사람과 꽃은 까닭을 묻지도 않고 인연 지어서 내게 오고 있다. 태초에 말씀이 있었다고 하는 그 말씀과도 같이 본래적이라고 할 만큼 꽃과 인간의 마음과는 그 온몸의 나타남으로 하여 사귀어져 왔다. 오히려 그 말씀은 제 각기의 이용도에 따라 뜯어 밝혀지고 깔아뭉개어지기도 하며 싸움 구덩이를 헤매고 있지만 꽃의 아름다움은 별로 크게 빛을 잃지 않고 있다. 세상에는 그렇게 많은 종류의 학문과 연구실이 있지만 아직도 어째서 인간에게 꽃

---

* 원형갑: 문학평론가, 전 한성대학교 총장.

이 아름다울 수 있는가를 추구하는 일은 없다. 왜 아름다움이 인간과 더불어 비롯되는가를 찾는 일은 거의 없는 것이다. 때로 미학이라고 하고 시학이라고 하여 그 미의 세계에 관하여 이야기하지만 그 미학이나 시학은 그러한 미의 인간적 의미를 더듬고 있을 뿐이다.

사람의 눈이 어찌하여 쓸모를 떠나서 사물을 볼 수 있느냐, 그리고 그 눈이 쓸모에 관계도 없이 마음에 전도하고 그를 존재의 차원에서 사로잡게 되느냐, 하는 것은 아직도 인간이 누리고 있는 불가사의 중의 불가사의이다. 더구나 그 아름다움의 느낌이 강하게든 약하게든 그림자처럼 모든 인간의 구체적인 생활현실에 그야말로 귀신처럼 정체도 없이, 미만하고 있고, 때로는 그 모든 공리적 가치를 아랑곳없이 하며 오히려 그 공리적 가치마저 좌우하는 일은 무슨 연유인가. 인간이 체험하고 있는 거의 모든 것들이 속속들이 혹은 과학의 실험실에서, 혹은 생활의 경험론 앞에서 까밝혀지고 있으면서도 아직 우리가 손도 못 대고 있는 것은, 이 보이지 않는 인간의 진실이다. 감각이 감각의 대상물을 초월하는 감각의 인간적 특이성이야말로 우리의 문제인 것이다.

1981년 세모에 받아든 함동선의 시선집을 한 장, 한 장 밤을 치듯 넘기면서 그 한 편, 한 편과 더불어 우리가 끌리는 것은 그러한 인간의 미와 사랑에 대한 의미이다.

> 네 눈 안에
> 햇빛이
> 더 밝은 것은
> 내 얼굴 알고 있는
> 연꽃의 향기가
> 두웅둥 떠서
> 한 음계씩의 한 음계씩의
> 눈부신 사랑을

보기 때문이다
여름이라
연꽃이 바람에 기울 때
쏟아지는 사랑을
보기 때문이다

　이것은 이 시인이 1970년대에 발표한 「네 눈 안에」란 제목의 작품이
다. 생활의 그늘 어느 길섶쯤 앉아서 홀로 읊어 보고 싶을 만큼 간결 소박
하고 아름다운 시이다. 그러나 혹 이 시를 낭만적인 감정의 물결에 흘려
버릴까 두렵다. 어찌 보면 간단한 인과적 정서도 끝나 버린 것처럼 생각
되기 쉽기 때문이다. '연꽃'이라는 감각 대상과 '사랑'이라는 인간적 의
미가 일 대 일로 대응하고 있을 뿐 그 외에는 아무것도 없는 것이다. 이
시가 단 두 개의 '때문이다'로 구성되어 있는 것은 그런 까닭이라고 할 수
있다. 그러나 두 개의 어미이면서도 실상 의미론적으로는 한 개의 어미
에 불과하다. 결국 '사랑을/ 보기 때문이다'에 다름 아니다.
　그런데 이 시에서 매우 특이한 사실을 발견하지 않을 수 없게 된다. 분
명히 '보기 때문이다'는 종결사인데 구두점이 찍히지 않고 있는 것이다.
첫 번째의 '때문이다'에도 없고 종결구로서의 '때문이다'에도 없다. 이것
은 분명히 시인 자신의 불성실도 아니며 출판사 교정부의 부주의도 아니
다. 어떤 함정(의도)이 반드시 이 마침표가 없는 종결사에 숨어 있는 것이
다. 시가 청각적인 세계에서 시각적인 것으로 옮겨진 후 이 쉼표나 마침
표 찍기는 여간 중요한 것이 아니다. 더구나 손가락으로 세어볼 만큼 몇
개 안 되는 말로서 이루어지는 시에 있어 그 구두점의 존재가치는 어떤
말보다도 또는 어떤 침묵보다도 높은 비중을 갖는다. 그런데 이 시 「네
눈 안에」에는 한 개의 점도 없는 것이다.
　어쩌면 함동선은 시에 있어서의 구두점의 존재가치란 것을 전혀 인정

하지 않게 되었는지 모른다. 1950년대와 1960년대 사이에 발표한 그의 시에서는 대개 어김없이 구두점이 찍혀 있으나 1970년대에 들어서면서부터는 거의 모두가 구두점 없는 작품인 것이다. 그러니까 이 시인은 아예 구두점 없는 시를 쓰기로 작정하고 있는 것이다.

이러한 함동선의 시작형식상의 결의(?)는 여러 면에서 시학적 의의를 갖는 것 같다. 우선 「네 눈 안에」서처럼 시의 시각적 의미구분이 필요 없다는 일종의 선언 같은 것을 느낄 수 있다. 그것은 곧 청각성의 부활이며 개현을 다짐하는 뜻이기도 하다. 그러기 때문에 이것은 매우 커다란 시작사상의 변화를 직감하지 않을 수 없다. 단순한 마침표의 유무에 끝나지 않는 것이다. 말할 것도 없이 귀는 눈보다 길다. 그것은 구송문학에서처럼 우리의 할머니들이 너무도 잘 증명해준다. 눈으로 보아둔 것은 오래가지 못하고 재현하기 어려워도 귀로 들은 것은 세월의 굴곡에도 불구하고 늘 새롭게 되살아나는 것이다. 그러한 기억의 지속성이나 회복성을 민족어의 차원으로 옮겨 보면 그건 더욱 의미심장하게 확대된다. 갓난아이 때 스치고 사라져 버린 할아버지의 어떤 형용사나 감탄사가 스스로도 모르는 사이에 입에서 튀어나오는 사실을 알고 있고 또 어떤 것은 전혀 학습하지도 않은 말이 마치 유전과도 같이 현실의 나를 일깨운다는 사실을 부인할 수가 없다. 눈의 의미가치가 시대문화의 넓이를 수평적으로 퍼진다고 한다면 귀의 의미가치는 의식의 시간적 깊이를 수직으로 오르내린다고 하여도 과언 아니다. 사실 민족어의 역사적 지속성이나 발전성만이 아니라 그 구체적인 살아 있는 생태나 동력은 청각성에 있다고 할 수 있는 것이다. 그중에서도 이 살아 있는 생태와 다이내믹한 에너지야말로 중요하다. 민족어의 이 청각적 특성에 있어 비로소 시는 인간의 살아 있는 생활세계에 뿌리를 내리고 수육受肉할 수 있는 것이다. 한마디로 시의 생명은 모국어의 동시대적인 문화개념이거나 그 동시대적인 문화

개념의 사용가치에 쓸모로써 관련하는 것이 아니라 모국어의 유전적 깊이라고 할 수 있는 소리의 비밀과의 만남에 있다. 시대사회의 문화적 횡포 때문에 스러져 가고 있고 잠적하는 운명일 수밖에 없는 억압상태의 음운세계를 얼마만큼 지속시킬 수 있느냐에 시의 성패가 달려 있는 것이다. 무엇보다도 우리가 구체적으로 살고 있는 우리의 시대사회는 그 문화어의 의미개념에 의해서 일상생활을 영위하고 있는 것이 아니라, 천년 이천 년 우리 조상들이 그저 그렇게 써오고 있고 이미 우리의 의식생활의 육신이 되었다고 해도 과언이 아닐 만큼 우리의 생활현실에 밀착되어 있는 그 전통적인 모국어의 음운에 의해서 움직여지고 있다는 것을 중요시해야 한다. 생활의 실재는 학문이나 법률 또는 정치와 신문 같은 데에서 배운 문화어가 운영해 나가는 것이 아니란 말이다. 물론 시대사회의 그 모든 문화어 또는 학습어는 우리의 일상생활을 때로 갱신하며 개척해 나가고 새롭게 확대하여 풍요롭게 하는 것이 사실이다. 그러나 그러한 학습어, 문화어가 생활세계의 호흡과도 같은 실제를 움직이고 있는 것은 아니란 뜻이다. 가령 현대의학에서 짠 음식이 해롭다는 것을 배워 알고 있다. 그래서 음식이 짜지 않도록 각별히 주의한다. 소금의 관념이 우리의 일상생활을 지배하게 되었다고 할 수 있다. 이러한 예는 우리의 생활세계의 구체적인 모든 것에 그대로 적용된다. 학습내용과 의식주 생활과는 불가분의 관계를 갖고 있는 것이다. 그 학습내용인 문화어는 어디까지나 우리의 실재적인 생활세계의 객체에 불과하다. 그 문화어가 적용될 수 있는 곳은 다름 아닌 우리의 살아 있는 생활세계인 것이며 살아오는 모국의 어휘세계, 자기질서인 것이다. 이 모국어의 자기질서와 어휘세계가 있지 않고서는 어떠한 학습어의 선택도 불가능하다. 그것은 곧 국어를 바꾸는 일에 다름 아니다. 외국말의 어휘권이나 질서에 들어가 살지 않는 이상 우리의 모국어적 실재에 있어서 문화어를 선택할 수밖에 없는 것이다. 그와 같이 시대사회에 따라 선택한 문화어가 살아 있는 모국어의 생활세계로 육화되기 위해서는, 그러니까 시각적인 언어가 청각적인 언어세계의 살아 있는 육신이 되기 위해서는 또한 긴 시간의 육화 과정이 있어야 한다. 누구나, 어찌하여 모든 시인들이 그들의 시작 현실에 있어 하나같이 그렇게도 유용한 문화어, 학습어를 꺼려하고 이미 별로 쓸모가 없게 되어버린 낡은 가랏말(모국어) 세계에 침잠하며 지향하려고 하는가를 궁금히 여겨 왔다. 그러나 그러면서도 어느 시론의 한 구절에서나마 그 시작상의 가랏말의 지향성에 대해서 거론된 일이 없다. 다만 쉽게 써야 한다고 말할 뿐 그것이 어째서 살아 있는 생활세계와 직결되느냐에 대해서는 생각이 미치지 못했던 것이다. 쉽게 써야 한다는 뜻을 생각해본 사람은 거의 없다. 독자의 이해력을 돕기 위한 것으로만 이야기할 뿐 문화어 이전의 생활세계의 문제라고는 생각을 못하고 있는 것이다. 설령 우리의 가랏말이 당장의 동시대적 사회에 있어서는 쓸모가 없게 되고 더러는 국어사전에서도 빠져 버렸거나 사람들의 입에 오르지 않게 되었다고 하더라도 역시 우리의 생활세계를 호흡하듯 받치고 있으며 영위해 나가고 있는 구조력에 다름 아니라는 것을 시작에 있어서 만은 직감적으로 실감하고 있는 것이다. 가랏말의 청각적인 생활세계를 불러일으키고 있기 때문이다. 말하자면 여러 시대사회적인 문화어에 얽히고 휘말려 살고 있는 인간을 그 인간의 생생한 들판(공간)에 두게 하는 것이다. 한편 시는 인간의 상황 내존재적인 발버둥을 상황의 밖에서 비추어 볼 수 있는 것이며, 모든 상황 내존재적인 문화어의 개연성과 가능성을 반성할 수도 있을 것이다. 한마디로 그런 의미에서 시는 문화어(상황 내존재)에 대한 가장 근원적이고 본래적인 인간도전이다.

어떻게 보거나 1970년부터 함동선의 쉼표나 마침표가 없는 시를 쓰고 있다는 사실은 시작사상 매우 중요한 발견이며 각성이 아닐 수 없다. 「네

32 咸東鮮의 시세계

눈 안에」서도 누구나 느낄 수 있듯이 사실 모든 시작품의 생명은 그 쉼표나 마침표로서 구분되는 것도 아닌 것이며 더구나 그 마침표와 더불어 끝나지 않는다. 아무리 강하게 마침표를 찍었다 하더라도 시란 오히려 그 마침표의 이후에 생명력을 발휘하며 나타난다고 할 수 있다. 사실상 마침표는 필요 없는 것이다. 그리고 쉼표나 마침표는 어디까지나 독자의 지적 이해를 위해서 존재한다고 생각할 때 그것은 오히려 시의 청각적 진실을 폐쇄하고 소외하는 구실을 하는 셈이어서 시작으로 하여금 산문의 세계로 떨어뜨리는 의미가 될 뿐이다. 지적 이해라는 산문의 세계마저 승화하고 무화하는 저 시적 진리의 나타남을 스스로 닫아 버리는 꼴인 것이다. 그러기 때문에 함동선의 구두점 없는 시작은 그 한 편 한 편의 시작품으로 하여금 문화어의 산문세계를 생활세계의 원야 앞에 내세우는 일에 또한 시적 개현의 문을 열어 놓는 뜻이기도 하다. 마침표의 제거는 곧 비시적 지知의 거세라고도 할 수 있는 것이다.

2. 민족어적 정밀감의 비밀

가을비가
후두둑 뿌리고 가더니
버얼건 저녁노을을 먹고
익은 감이
떨어지게 되었다고
중얼중얼거리는 소리가
외딴 집에서 마을까지 들려온다
딸꾹질하듯 해가 떨어지자
오십여 호의

일 년 양식이 날까 말까한 넓이의

들판에

교외선을 타고 오는 바람이

어둠을 저 아래로 흘러 보낸다

얼마 후 불이 켜지자

아랫목처럼 따스해 오는

상강 날의 저녁

초승달이

얼레빗 등처럼 삐죽이 얼굴을 내민다

　　함동선이 1973년에 발표한 「풍경」이란 시이다. 역시 한 개의 쉼표도
마침표도 없다. 20여 년 동안 이 시인은 4권의 시집과 한 권의 시선집을
내놓고 있지만 만일 우리에게 그중 한 편을 골라보라고 한다면 나는 단
연히 이 「풍경」을 내놓고 싶다. 이 시인의 시작 태도는 물론 그 시세계의
특이성과 솜씨가 가장 예민하게 부각되고 있기 때문이다. 무엇보다도 그
섬세한 감성의 표현에 있어 누구도 추종할 수 없는 한 경지를 이루고 있
다. 20세기 후반기의 거의 모든 시인에게서 겪게 되는 그 투박하고 격렬
한 주관의 노출 같은 것을 전혀 볼 수가 없다. 어느 한 구절이나 낱말 한
개라도 흩어지거나 에도는 일이 없을 뿐 아니라 늦가을의 풍경이 다소곳
하게 흐르고 있다. 세계는 오직 조용히 이 늦가을의 농촌풍경을 지켜보
고 있다. 서글픈 것도 아니며 지겹지도 않다. 뜨겁다거나 차갑지도 않다.
시의 온몸 마디마디에 따스한 사랑의 체온이 나리고 있다. 잘난 체하고
비죽 튕겨 나온 대목도 없으며 기가 죽어 움츠러드는 것도 없다. 이 시를
읊고 있으면 절규라든가 호소 따위가 차라리 우스워진다. 오히려 그윽하
고 숭고한 분위기에 감싸여지는 것처럼 무한한 정밀감에 젖어 드는 것
이다.

함동선에게는 이 「풍경」과 같은 풍경의 시, 계절의 시가 많다. 고향을 불러보는 작품도 실은 계절이나 풍경의 노래이다. 아마 그의 전 시편 가운데 칠팔 할은 그런 사계절의 풍경에 관한 것이 아닐까 싶다. 그리고 볼 때 함동선에 있어 사계라는 소재는 단순한 소재가 아니라는 생각이 든다. 그는 소재나 주제로서 계절이라든가 풍경을 선택하는 것이 아니라 그의 시적 발상 자체가 처음부터 끝까지 계절과 풍경으로부터 비롯되고 어디까지나 그 풍경과 계절에 젖어 있는 것처럼 느껴지는 것이다.

흔히 시작상 신기성新奇性이라든가 난해성, 또는 뜻밖의 위화감 등은 오랫동안 시의 중요한 원리라고 생각해왔던 경이성 못지않게 요긴한 구실을 해 왔다고 할 수 있다. 적어도 영미계의 시작법을 주로 배운 시인이나 문학도일수록 그러한 말의 의미에서 비롯되는 놀라움이나 충격을 소중히 생각해 온 것 같다. 의미를 씹는 맛이야말로 불가결한 시의 요체로 알았고 그럴 만한 가치가 있는 것이다. 그들이 일반적으로 프랑스류의 상징성을 그리 신통하게 여기지 않은 것도 그런 의미를 씹는 맛, 이를테면 의미의 함축성에 대한 매력 때문일지 모른다. 반드시 아이러니라든가 풍자적인 성격에서 비롯되는 시의 매력이 아니라도 언어의 기능이 의미의 추구나 전달에 있고 시가 그러한 언어의 긴장력을 결정화하는 작업이라고 생각할 때 의미의 씹는 맛은 시인의 머리에서 떼어 낼 수가 없는 것이다.

그런데 함동선의 「풍경」 같은 계절의 노래는 그런 서구적인 시작법 냄새가 전혀 나지 않는다. 자연주의적인 경이감이라든가 황홀감 같은 것도 아니며 갑자기 의미의 벽에 부딪히는 일도 없다. 그렇다고 무언가를 의미심장하게 담고 있는 것도 아니며 어떤 미지의 세계를 상징해 주지도 않는다. 난해성이란 아예 느낄 필요조차 없는 시세계이다.

또한 한발 더 나아가서, 이 일이 십 년 동안 우리 시단의 일각에서 극성

을 떨고 주장해온 고발이라든가 폭로 또는 선동 등의 대중적인 현실참여
시를 생각해보면 이 함동선의 시세계는 너무도 동떨어진 딴 세상이 아
닐 수 없다. 마치 그러한 시류적인 데모의 소란을 구경하다가 해가 질 무
렵에 노을을 안고 고향으로 돌아가는 귀향자의 담담한 정신세계라고나
할까.

이러한 함동선의 시세계가 유난히 탈욕적인 정밀감을 주는 것은 그런
때문인지 모른다. 분명한 하등의 의미내용도 없으면서 뭔가 훨씬 친밀한
분위기에 휩싸이게 된다. 마치 떠들썩한 것들에게 맡겼던 우리 스스로의
자기 자신을 스스럼없이 되찾은 것 같은 기분이 드는 것이다. 흔히 사회
학에서는 경제적으로 정치적으로 외면당하는 것을 소외라고 하는데 오
히려 그런 소외에서 스스로의 실존을 돌이키는 의미를 만끽할 수 있는
것이며, 또한 오히려 여기에서 더욱 값이 싼 시의 재래성 같은 것을 명증
하게 되는 것이다.

그와 같이 「풍경」에서는 시의 커다란 의미를 읽게 된다. 그리하여 도
대체 이 시의 어떤 묘가 그러한 별도의 세계를 펼쳐 주는 것인가 하고 한
번쯤 깊이 캐묻고 싶은 충동을 느끼게 되는 것이다. 그리고 그것은 필경
이 시인의 시작 솜씨나 시작태도에서 연유하는 것이겠지만 그러나 그에
못지않게 이 시를 감상하는 우리 스스로의 정신현상에 관련되는, 시 「풍
경」과 이 「풍경」을 전체적으로 향수하고 있는 독자와의 일체감에 다름
아닐 것이다.

우선 이 시에서 우리가 전혀 의미 같은 것의 껄껄한 걸림을 전혀 느끼
지 않고 한 줄 한 줄이 그대로 우리 정서의 나신에 밀착되는 이유를 음미
해 볼 필요가 있다. 물론 '버얼건 저녁노을을 먹고 익은 감이/ 떨어지게
되었다고/ 중얼중얼거리는 소리가/ 외딴집에서 마을까지 들려온다'는 구
절 같은 것을 읊어 보면 그 꽃술이라도 마신 듯 온몸에 젖어 드는 감칠맛

에 새삼 감탄하지 않을 수 없다. 그러나 이 감칠맛의 언어적 빙이현상憑移現象에서 그 테크닉상의 효과보다도 더 중요한 것을 찾아야 한다. 시에 있어 테크닉의 가능성은 언제나 시적 본질을 체험할 수 있게 하는 데에 있기 때문이다.

「풍경」의 시적 체험(향수자 스스로의)을 우리 스스로 살펴볼 때 이 시의 구조가 어떤 것인가를 돌이켜 보지 않으면 안 된다. 무엇보다도 먼저 우리가 직감할 수 있는 것은 이 시에 있어서의 모든 언어현상이 특이하다는 사실이다. 우리가 근대 이래 거의 습성화되다시피 지니고 있고 일상생활이 그것에 의해 판단되어지고 있는 그 합리적이고 인과주의적이며 실용적인 사고방식이란 것이 이 시에 있어서는 말끔히 가시어져 있다. 눈앞에 전개되고 있는 풍경이 근대서구의 과학사상이나 경험주의 또는 실용주의적인 사고방식에서처럼 대상화되고 있지를 않은 것이다. 눈앞의 풍경과 그 풍경을 보는 눈이, 그러니까 대상과 주관이 그 관조에 있어 완전히 융합 일체화되고 있는 것이다. 그러기 때문에 '감'이라는 시각적 대상과 '중얼거리는 소리'라는 청각적인 것이 차이 없이 상응하고 있고 시간성과 공간성의 그 모든 것들이 상즉相即하여 구별이 없다. 공간성도 공간성대로 그 모든 거리가 불가분의 유기체적 관련으로서, 마치 우리의 몸에 있어서의 크고 작은 모든 부분처럼, 서로 전류이듯 눈짓하고 있고, 시간성은 시간성대로 먼 조상의 언어감각으로 수직교감하고 있으며, 「가을비」에서 「초승달」에 이르기까지 그 물상들마저 마치 정담을 속삭이고 있듯이 어우러지고 있다. 사회생활에서 핏대를 세우며 아웅다웅하고 찢어 발겨야 했던 그 인과주의적 합리적 사고방법이라는 소위 근대정신이란 것이 이 「풍경」의 첫 줄에서 다음 줄로 다음 줄로 빙이하는 동안 시나브로 사라져 가며, 뭔가 더 큰, 그러나 방금까지도 그 사회의식 때문에 마멸당하고 있던 그 무언가 더 큰 스스로의 모습이 보다 당당하고 완연한 명증성을 띄며 나타나는 것이다. 우리가 함동선의 시에서 뜻하지 않게 만나는 것은 실로 이러한 비사회적 · 초사회적 명증성이다.

그러기 때문에 이러한 시세계를 만날 때마다 흔히 우리가 당면한 요구인 것처럼 문학에서나 또는 다른 인문과학과 생활 일반에서 쓰고 있는 사회적이라든가 사회학적 · 사회적 동물 등의 용어에 대해서 한 번쯤 반성해 보지 않을 수 없을 것 같다. 무엇보다도 그들은 용어를 통해서 무엇인가 합리적이고 유용한 것을 인과론적으로 요구하고 있기 때문이다. 그러나 우리가 아무렇지도 않게 당연한 듯이 제시하고 있는 그 '사회'란 한마디로 우리가 우리의 몸 전체로서 살고 있는 살아 있는 유기적 생활세계는 아니다. 그렇지 않고 무언가 중요하다고 생각하고 있는 요소를 인과적으로 뽑아내어 그 요소를 강요하기 위해서 그 사회란 말을 쓰고 있는 것이다. 만일 그렇지 않고 요소나 인자의 추상 없이 그저 사회라고 쓴다면 그런 '사회'는 매우 막연하고 허무맹랑한 유령이 될 것이다. 그리고 그러한 막연한 '사회' 관념은 쓰나마나한 것이며 때로 그것은 엄청난 인간악의 결과가 될 수도 있다. 역사상 폭력주의는 허무주의의 이면에 다름 아닌 것이다.

물론 그 '사회'의 요소들이 얼마나 우리의 생활에 중요한가를 알고 있다. 가령 돈이라든가 집, 법, 조직, 권력, 직업 등 모든 사회적 요소들은 때론 우리의 생명을 위협하며 생활을 좌우한다. 그것들이 생활을 점철하고 있는 것이다. 그것들이 얼마나 중요한가를 소홀히 생각할 이는 한 사람도 없다.

그러나 그런 것들이 우리의 생활을 점철하고 지배하고 있다고 해서 그러한 객체적 생활요소들로만 인간이 존재하고 있다는 생각에 우리 스스로의 모든 것을 내줄 수도 없다. 그러한 객체적인 생활요소들은 언제나 누구에 있어서나 상대적으로 대상화되어 취사선택되는 것이며 그렇게 취사선택하는 주체로서의 우리 스스로는 스스로대로 엄연히 존재하고 있기 때문이다. 이 주체란 말이 모호하다면 그것을 살아 있는 생활세계라고 해도 좋다. 살아 있는 생활세계가 있기 때문에 그러한 사회적 요소들을 취사선택하고 있는 것이다. 그러나 그러한 사회적 요소의 대상화를 근대정신이라는 서구적 휴머니즘에서는 거의 절대화의 위치에 올려놓고 있는 실정이다. 그 대상화적 사회의 요소들이 거꾸로 우리의 살아 있는 생활세계를 위협하게 된 것이다.

시는 쓸모로서 존재하지 않는다. 합리주의나 인과론 실용주의로서는 시의 존재의미를 납득할 수조차 없다. 마치 한 폭의 그림 앞에서 '이건 무엇을 그려놓았을까' 하고 그 내용을 추리하는 것처럼 한 편의 시를 놓고 '여기에는 어떠한 사회적 사실이 담겨 있을까', '무엇을 이야기하고 있을까' 하고 대상화할 수는 없다. 그러한 인과론적 의미추구는 그 자체 시의 부정인 것이다. 오히려 시가 인간(언어)과 더불어 살아 있는 것은 그 비사회적 존재이유에서라고 할 것이다. 살아 있는 인간의 생활세계를 그 사회적 요소의 대상화주의가 위협하고 있기 때문에 때때로 그 살아 있는 생활세계에 돌아가고 싶어서 시가 갈증처럼 존재하는 것이다.

이렇게 우리가 근대 서구정신의 그늘에 서서 살펴보면 비로소 함동선의 계절의 시들이 무엇을 의미하는가를 안으로 명증할 수 있다. 그에 있어서 사계는 곧 우리 스스로의 민족어의 살아 있는 생활세계에 다름 아닌 것이다. 왜 계절의 풍경에서 어떠한 사회적 요구보다도 깊은 친화력과 삶의 실감을 느껴야 하는가를 그는 누구보다도 알고 있는 것 같다. 그의 시적 성공은 오직 그가 얼마만큼 우리의 민족어세계에 친밀할 수 있느냐에 달려 있을 뿐이다.

(『시문학』, 1982.7)

향토적 정서의 현대적 수용

이유식*

1. 시선집의 세계

『함동선 시선』을 읽었다. 여기엔 시인 자신이 '자서自序'에서 밝혔듯이 첫 시집『우후개화』에서 15편, 둘째 시집『꽃이 있던 자리』에서 15편, 셋째 시집『눈 감으면 보이는 어머니』에서 15편, 그리고 근래에 발표된 5편과 미발표된 5편 모두 55편을 한자리에 묶어 놓고 있다. 그런 만큼 적어도 이 시선을 통해 시인 함동선의 시세계와 시정신, 그리고 시작법과 시의 역정을 충분히 가늠해 볼 수 있다.

그의 시 주제는 대체로 자연의 섭리와 자연 속에 내재해 있는 사랑의 원리, 인사와 인륜 그리고 고향상실의식과 역사의 아픔으로 요약시킬 수 있다. 그리고 그의 시의 맛과 빛깔은 그의 시의 표현을 차용한다면 '이슬 먹은 산딸기 맛'이요 '담백한 빛깔'이다. 이 시선의 발문跋文에서 평론가 윤재근이 적은 바 있듯이 그의 시는 분노하거나 주장하거나 저주하는 것

---

* 이유식: 문학평론가, 전 배화여자대학교 교수.

은 시가 아닌 다른 것들이 할 수 있다고 믿어질 만큼 시상을 담담하게 처리해 가고 있으며 누구를 설득하려는 시를 체질적으로 싫어함도 곧 알 수 있다. 담담한 시상을 펼쳐 보이고 또 설득을 기피하는 이런 현상은 그가 곧 추상적인 관념시platonic poetry를 싫어하고 또 한편 언어와 감정의 고도한 절제와 제어에서 비롯되고 있다고도 말할 수 있다. 우선 시어만 보아도 그렇다. 공소한 관념이나 추상어가 거의 없다. 또 시의 구도 속에 보이는 꽃만 보아도 장미나 다알리아나 해바라기와 같이 향과 색이 강렬한 꽃이 아니라 민들레, 채송화, 봉숭아, 질경이꽃, 들국화와 같은 은은한 향토적 정서의 꽃들이기도 하다.

우선 시선에 나타난 시의 역정을 볼 때 획기적인 변화나 전환의 시도는 없는 것 같다. 시집『우후개화』와『꽃이 있던 자리』를 일단 초기 시라 보고『눈 감으면 보이는 어머니』와 그 이후의 시들을 중기 시라 할 때 두 시기의 이행과정에서 약간의 변화는 있는 것 같다. 그것은 초기 시의 주제나 기법의 심화요 확대였다.

초기 시에서 그는 자기의 경험이나 정감의 세계를 철저히 시화시키고 있는 것이 두드러진 현상이었다. 그러나『눈 감으면 보이는 어머니』를 기점으로 하여 그는 개인의 경험에서 확산된 민족의 역사적 경험으로 폭을 넓히고 있다는 사실이다. 그것은 또 남북분단에 의한 '역사의 아픔'이다. 두고 온 고향과 어머니를 생각하며 일체의 개인의 비원悲願을 우리 민족의 아픔으로 승화시키고 있다.

『우후개화』와『꽃이 있던 자리』에서는 대체로 향토적 서정을 바탕으로 하여 자연의 섭리와 우주의 신비를 그리고 자연의 섭리 속에 내재해 있는 사랑을 읊기도 했고 또 영원의 소리에 귀를 기울이기도 했다.

그러나『눈 감으면 보이는 어머니』와 이후의 시세계는 개인의 체험으로 또 개인의 아픔을 겨레의 아픔으로 확대시키고 있다. 물론 초기 시에도 유년의 경험, 고향 그리고 어머니의 추억 등이 귀소본능의 망향의식으로 보이지 않는 바는 아니다. 가령 「가을이」, 「꽃이 있던 자리」, 「예성강 하류」, 「소묘」, 「고향은 멀리서 생각하는 것」과 같은 시가 그 좋은 예들이다. 「예성강 하류」에서는 지척에 두고도 갈 수 없는 휴전선 너머의 고향을 바라보며 유년시절을 환상적으로 회상해 본다. 외줄기 달구지길, 산열매가 터질 듯이 익어 있는 산, 그리고 벌판 그런가 하면 연날리기의 추억 등이 마치 영화의 필름처럼 시인의 눈에 환영으로 지나간다. 그리하여 '강물은 언제나 시들지 않는 채 흐르고' 있지만 무정한 세상의 변화와 속절없는 세월의 흐름을 뼈아프게 고백하고 있다. 「고향은 멀리서 생각하는 것」에서는 '절절절 흐르는 예성강 물소리'의 환청을 통해 '고향 사람들의 얘기'를 생각해 보며 눈에 비친 달을 보고는 '내 속옷을 꼬매시던 어머니 얼굴'을 연상해 보고 또 귀뚜라미 우는 소리를 통해서는 '고향으로 간다며 길 떠난 언덕'을 환상해 보기도 한다.

정말 그의 시의 제목처럼 '고향은 멀리서 생각하는 것'일까? 결코 아니다. 이러지도 저러지도 못하는 주어진 오늘의 현실에서 생각해 본 서글픈 자위요 자구책의 표현이다. 이런 자위 속엔 분단된 조국 현실에 대한 역설 같은 진하디진한 아이러니가 숨어 있기도 하다.

그런데 초기 시에 보이는 이러한 망향의식이 더욱 진한 빛깔로 가히 중심 시상이다시피 되어 그의 시적 이미지를 압도한 것은 『눈 감으면 보이는 어머니』와 그 이후의 시에서다. 초기의 망향의식이 차츰 고향상실의식으로 바뀜과 동시에 개인의 아픔이 '역사의 아픔'으로 확산되고 있다. 「예성강의 민들레」, 「내 이마에는」, 「이 겨울에」, 「여행기」, 「지난 봄 이야기」, 「그리움」, 「눈 감으면 보이는 어머니」가 바로 그런 시편이다. 그의 독자적인 시세계의 정립이 있고 시를 매만지고 조립하는 완숙미를 보이고 있다. 이러한 시들에서 보인 그의 기교는 청각적 이미지나 시각적 이미지를 통한 과거연상의 수법을 쓰기도 하고 상상적 이미지를 통해 과거와 현재를 병치시켜보는 수법을 쓰는가 하면 때론 환상적 수법을 쓰기도 한다. 「예성강의 민들레」는 회상을 통한 고향산천의 환상적 풍경화를 그려주고 있으며 「내 이마에는」에서는 이마의 주름살에서 고향의 달구지 길을 유추 연상하여 남북으로 갈려야만 했던 우리의 아픈 역사를 반추해 보고 있다. 「이 겨울에」에서는 기억 속에 살아 있는 청각적 이미지를 통해 현재 늙어 계실 어머니를 상상해 보기도 하고 또 유리창을 통해 어머니의 환영을 그려보기도 한다. 「여행기」에서는 상상적 이미지와 회상 그리고 영상의 오버랩 수법 등을 기량껏 구사하여 마치 영화식으로 장면들이 편집된 한 편의 회상시다.

「지난 봄 이야기」는 '삼팔선 이남이면서도 휴전 때 미수복지구가 된 고향'의 여러 기억들을 점묘하며 '역사의 아픔'을 생각해 보고 있다. 「눈 감으면 보이는 어머니」는 일종의 몽유귀향기다. 마치 백일몽중을 헤매듯 대문을 두들겼으나 안에선 아무런 대답이 없다. 그리하여 시인은 "어머니는 어디로 가셨습니까? 눈 감으면 보이는 어머니는 어디에 계십니까?"라고 사뭇 침통 속에 젖는다. 생사를 알 길 없는 어머니에 대한 애모의 정이 고압적으로 토로되고 있는 장면이다. 직접 두 편의 현장을 보기로 하자.

내 이마에는
고향을 떠나던 달구지 길이 나 있어
어머님 생각이 날 때마다
쇠바퀴 밑에 빠각빠각 자갈을 깨는
소린
수십 년의 시간이
수백 년의 무게로

우리의 아픈 역사를 베어내지만
세월 따라 그 세월을 동행하듯
느리지만 빠르지도 않는 소걸음 그대로
스물여섯 해의 여름이 땀에 지워지는
내 이마에는 고향을 떠나던 달구지 길이 나 있어

　　　　　　　　　　　　　　　　－「내 이마에는」 전문

　　여기서 일단 우리는 화자(시인)가 스물여섯 해의 여름 어느 날, 고향을
떠날 때 쇠바퀴가 달린 소달구지를 탔다는 점을 알 수 있다. 이러한 과거
의 기억은 이마의 주름살을 통해 현재화되고 있다. 그 길이 어머니와 영
원한 생이별의 길임을 생각할 때, 그때 그 쇠바퀴 밑에서 들리던 자갈 깨
는 소리가 너무나 가슴 아픈 기억을 되살려 준다는 것이다. 그리고 시인
의 현재의 가슴 깨어질 듯한 심상이 기억 속의 쇠바퀴 소리로 간접 표현
된 수법이기도 하다. 그리하여 그때 타고 오던 소걸음 그대로 세월이 어
느덧 스물여섯 해가 지나갔으니 삶의 허망성 그리고 세월의 흐름에 대한
안타까움이 한으로 남아 있는 것이다.

고향에 가면 말야
이 길로 고향에 가면 말야
어릴 때 문지방에서 키 재던 눈금이
지금쯤은 빨래줄처럼 늘어져
바지랑대로 받친 걸 볼 수 있겠지
근데 난 오늘
달리는 기차 속에
허리 굽히며 다가오는 옥수수 이삭을
바라보며
어린 날의 풀벌레를 날려 보내며

부산에 가고 있는데
손바닥에 그린 고향의 논둑길은
땀에 지워지고
참외 따 먹던
혹부리 영감네 원두막이 언뜻 사라지면서
바다의
소금기 먹는 짠 햇볕만이
마치 부서진 유리조각을 밟고 오는가
아리어 오는 눈에
갑자기 쏟아지는 소나기 한줄기
차창에 부우연 내 얼굴이 겹쳐 오는데
그 어머니의 얼굴에서 빗방울이 흘러내리는데

                                                    ─「여행기」 전문

이 시는 일단 네 컷으로 잘라 볼 수 있다.

첫째 컷은 시인이 부산으로 가기 위해 기차에 몸을 싣고 있다. 그러고 보니 문득 고향생각이 나 이 길로 고향에 갔으면 하고 원망願望해 본다. 그 다음 "어릴 때 문지방에서 키 재던 눈금"이 어떻게 변했을까 하는 상상장면으로 바뀐다. 둘째 컷에서는 다시 장면이 바뀌어 달리는 기차의 차창을 통해 옥수수 이삭을 보자 어린 날의 풀벌레를 쫓아다녔던 기억이 떠오른다. 셋째 컷에서는 고향의 논둑길과 혹부리 영감네 원두막이 기억에 떠올랐다 언뜻 사라지며 시인의 의식은 현실로 돌아와 마지막 넷째 컷에서는 햇빛이 사라지고 한줄기 소나기가 내린다. 이 시의 클라이맥스요 전체 이미지의 정서적 종합이 있는 부분이다. 시인의 쓸쓸하고 암담한 기분이 이른바 T. S. 엘리엇이 말한 '객관적 상관물objective correlative'을 통한 정서적 호응emotional sequence을 유도시키고 있는 곳이 바로 마지막의 네 번째 컷이다. "차창에 부우연 내 얼굴이 겹쳐 오는데/ 그 어머니의 얼굴에서 빗방울이 흘러내리는데" 여기엔 영화의 오버랩 수법이 있고 동시에 어머니의 얼굴에서 흘러내리는 빗방울은 아들을 그리워하는 어머니의 눈물이요, 또 어머니를 그리워하는 시인의 눈물임을 동시적으로 나타내는 객관적 상관물이기도 하다.

이처럼 그의 시에서 보이는 고향의식이나 어머니 생각은 단순히 행복했던 유년 몽상이나 현실의 질곡에서 벗어나기 위한 낙원으로의 도피가 아니다. 역사의 아픔과 민족의 비극을 개인의 경험에 실어 노래하고자 했다. 「눈 감으면 보이는 어머니」 그리고 이 이후의 시들을 보면 구체적으로 설명이 된다. 「삼팔선의 봄」, 「식민지」, 「보리누름에 와 머무는 뻐꾸기 울음은」과 같은 일련의 시에 이르러서는 역사적 체험을 민족적 에토스ethos에까지 호소하고 있다. 민족의 페이소스가 한으로 전해져 오고 있다.

> 보리누름에 와 머무는 뻐꾸기 울음은
> 절경절경 북간도 가는 기차 소리가
> 휘저어 놓은
> 외삼촌의 한숨으로 머뭇거리다가
> 주루루 어머니의 눈물로 흐르다가
> 일제히 보리 바람이 불기 시작하면
> 은박지 구기는 소리를 내는
> 내 생일 달인 음력 오월이
>
> 쓸쓸한 옛날같이
> 나이를 들어가면서 절실해 지는 것은
> 미루나무가 치마처럼 둘러 있는 봇둑에

질긴 질경이 꽃빛이 다 된
우리 조상의 한 풀이가
자갈밭을 달려온 달구지 쇠바퀴만큼이나
뜨끈한 눈길을 주기 때문이다
                    ─「보리누름에 와 머무는 뻐꾸기 울음은」 전문

'뻐꾸기 울음', '기차 소리', '외삼촌의 한숨'이란 복합된 청각적 이미지
의 교향 속엔 너무나도 많은 사연들이 역사의 한으로 응결되어 있다. 보
리누름에 와 슬피 우는 뻐꾸기 울음이야말로 식민지하에서 이 민족이 감
수해야 했던 춘궁의 슬픔이요, 피맺힌 민족의 울음이다. '절경 절경 북간
도 가는 기차 소리'는 살길을 찾아 북간도로 떠났던 이 민족의 오열로서
표상되어 있다. 삶이 고달팠던 외삼촌은 북간도로 가는 기차 소리를 들
으며 자기 처지를 한숨으로 한탄하고 어머니는 눈물을 흘렸다. 모두가
한 많은 인생이었다. 질긴 질경이 꽃의 강인한 모습에서 시인은 문득 조
상의 한, 민족의 한 같은 자화상을 발견하고 가슴이 뭉클해 옴을 고백하
고 있는 것이다.

2. 시 작법상의 특성

함동선은 센티멘털리즘을 싫어한다. 첫째로 시선의 55편 중 꼭 한 편
을 제외하고 '아', '오'란 감탄사가 아예 거세되어 있다. 그리고 감탄문도
거의 없다. 명령문도 없으며 호격형의 문장도 없다. 그 혼한 감탄부호는
아예 구경조차 할 수 없다. 이것은 단적으로 시인이 자기 심상을 직접적
으로 토로하지 않고 있다는 증거다.

둘째로 직접적으로 자기감정을 토로한 정감어도 없다. 감상벽이 심한 시인들의 시를 보면 무수히 발견되는 단어가 '쓸쓸한', '서러운', '처량한', '고독한', '슬픔' 등의 단어들이다. 그에게 '슬픈', '쓸쓸한'이란 단어가 꼭 두 곳에서 보이고 있긴 하지만 시인 자신의 직접적인 심경이 아니라 '슬픈 역사', '쓸쓸한 옛날'처럼 어떤 사실을 수식하기 위한 것이다.

그는 센티멘털리즘을 기피했기 때문에 보다 견고한 이미지를 구사하려고 노력했던 것 같다. 현란스런 수사도 피하고 조형적이고 회화적인 이미지 그리고 묘사적 이미지를 즐겨 사용하고 있다. 특히 조형적이고 감각적인 이미지의 이용은 정지용의 시세계와 연맥이 닿고 있는 듯하다.

그래서 시의 유형을 대체로 두 가지 점에서 고찰해 볼 수 있다. 하나는 T. E. 흄과 같은 이미지스트 내지 정지용의 시에서 보이는 이미지즘의 시, 존 크로우 랜섬식으로 말한다면 '사물시physical poetry'에 해당되는 시의 유형이다. 「가을 산조」, 「이 가을 들면서」, 「오는 봄」, 「여름은」, 「풍경」, 「어느 날 오후」와 같은 시에서 일체의 개인의 정감이나 일체의 관념이 배제된 사물의 이미지들로만 이루어져 있음을 본다.

> 들길에 코스모스가 듬성듬성 피어 있다
> 10월의 꽃잎에 와 머문 한낮의 햇살은
> 구름이 가릴 적마다 잔기침을 했다
> 십리는 더 갈 수 있을까 꽤 나이가 들어 보이는
> 꿀벌이
> 어디선가 모르게 날아와 낙하하듯이 꽃잎에 침몰했다
> 순간 꿀벌의 숨결은 칼날 위의 달빛으로 빛났지만
> 가을은 벌써
> 가을에 만나
> 사랑을 고백한 여인의 눈물처럼

포도나무 잎을 말리고 가는 바람결에
우수수 지는 꽃잎을 따라
떠날 채비를 하고 있다

―「가을 산조」 전문

보다시피 코스모스를 통해 가을을 노래하며 그것을 객관적으로 형상
화시키고 있다. 어떤 관념이나 시인의 감정이 들어 있지 않고 순전히 눈
에 보이는 것을 시적 상상력으로서만 사상寫像하고 있다.

우리 집 마당은
아이들 도화지모양 모로 찢어져 있는데
그 한 모서린
빨강 노랑으로 피어있는 채송화 꽃밭이
열인지 스물인지 알 수 없는 나비의 날개로
둘러져 있는데
봉숭아 몇 포기가
동생을 거느린 형같이 우뚝 서선
세월이 쉬었다 간 흔적이 두어 개
개울이 되어 흐르는 내 이마를 쳐다보고
그 다음에는
봉숭아물을 들이던 내 손톱을
내려다본다

―「어느 날 오후」 전문

우리 집 마당이 산골 논배미의 낮짝만 하다는 것은 크기를 비유적으로
나타내준 묘사적 이미지다. 그리고 모로 찢어져 있다는 것은 모양의 묘
사적 이미지다. 이렇게 해서 일단 이 시의 공간성이 시각적으로 조형된

Ⅰ 함동선의 시세계 49

셈이다. 그리고 화자는 지금 이런 크기 이런 모양의 마당 한 모서리에 있는 채송화 밭에 서 있다. 이때 봉숭아꽃들이 내 이마를 쳐다보고 내 손톱을 내려다본다는 것이다.

이 시의 묘미는 내가 쳐다보는 것이 아니라 봉숭아꽃이 의인화되어 나를 쳐다볼 뿐만 아니라 이마의 주름살을 세월이 쉬었다 간 흔적의 개울로 시각화한 것에도 있다. 화자가 주체화된 것이 아니라 사물이 주체가 되어 있기 때문에 화자의 감정이나 기타의 인생의식이나 도덕성 그리고 교훈적 관념이 들어갈 틈이 없는 것이다. 소설의 시점이론으로 본다면 3인칭 관찰자의 객관적 입장이다. 전형적인 이미지즘의 시라 할 수 있겠다.

그런데 이런 이미지즘의 시와는 사뭇 다른 또 하나의 시의 유형이 있다. 이른바 철저히 주정시主情詩도 아니고 또 철저히 주지시主知詩도 아닌 그 중간형태의 시다. 어쩌면 함동선에겐 전통적인 서정과 향토적인 정서가 그의 시적 모티프의 무한한 영감이 되고 있음은 숨길 수 없다. 그렇지만 그는 거기에 안주하지 않고 조용한 파괴 작업을 하며 기법적으로 현대화의 길을 모색하는 고투를 보이고 있다. 다시 말해 이미지의 의식적인 지적 조작이나 기지 등은 발견할 수 없지만 주지시의 기법적 어느 일면과 접합시키려는 노력이 있다는 사실이다. 서정을 바탕으로 하되 그 넘침을 피하기 위한 문체상의 실험이라든지 또는 여러 가지 시 기법상의 디바이스가 이를 말해 주고 있다. 그중 정서적 등가물等價物의 이용기법이 있고 또 어떤 경우에는 단순한 서정시나 주정시로 떨어질 시의 부분 부분에 이미지즘의 회화적 기법을 원용하고도 있다. 특히 유년을 노래하고 고향과 어머니를 노래한 시에서 이런 유형의 시를 또 이런 기법을 쉽게 발견할 수 있다.

그러면 여기서 그가 이용한 정서적 등가물이 과연 무엇인지만이라도 살펴보기로 하자. 무엇보다도 그가 자주 이용한 것은 '소리'의 이미지였다.「식민지」라는 시를 보면 일제의 폭력이 극에 달해 자기 집에까지 미쳐왔던 과거역사의 울분과 서러움을 노래하면서 그때의 심상을 "슬펐다" 또는 "서러웠다"라는 직접 표현 대신 "뻐꾸기 소리는 개울물을 사이에 두고서도/ 뚜렷뚜렷 들렸다"로 대치시키고 있다. 이것이 일종의 정서적 등가물의 이용기법이다. 그 다음 "형은/ 독립운동하다가/ 감옥에 끌려갔다" 그리하여 "온 식구는 목 놓아 울었다"라는 직접의 감정토로가 있을 법한 문맥의 구조적 위치에 "그날 풀섶에서는 밤여치가 찌르르 찌르르 울었다"로 대치하고 있다.

그리고「고향은 멀리서 생각하는 것」이라는 시를 보면 달을 보고 "내 속옷을 꼬매시던 어머니 얼굴"이 떠오른다는 장면이 나오는 부분이 있다. 이쯤에서 시인은 침통히 비감에 잠길 수도 있다. 그러나 여기서도 귀뚜라미 우는 소리로서 슬픈 마음을 간접 표현하고 있다. 그러나 이런 예들만이 아니다.「보리누름에 와 머무는 뻐꾸기 울음은」과「내 이마에는」이라는 시에 각각 나오는 뻐꾸기 울음소리와 달구지의 쇠바퀴가 자갈 깨는 소리는 민족의 울음 그리고 역사의 아픔으로 각각 정서적으로 등가화되고 있는 것이다. 이런 것이 곧 심상이나 심상의 분위기를 표현해 본 정서적 등가물인 셈이다.

따라서 그의 시는 '사물시'를 제외한 다른 시들을 언뜻 본다면 주정시의 약점을 커버하기 위해 최소한 주지시의 시법과 기교를 이용하고 있음을 이 한 예로서도 알 수 있다. 그는 한국시의 현대화라는 미명 아래 맹목적으로 서구시를 추종하는 것을 퍽 경계하고 있다. 시선의 '자서'에서 우리가 다만 받아들일 수 있는 것은 실험하는 기법에 지나지 않는다고 천명하면서 전통과 변혁의 조화에서 우리 시의 가능성을 찾아야 한다고 힘주어 말하는 부분이다. 확실히 향토적 정서를 바탕으로 한 정감의 정한적 처리라든지 시심詩心의 근저를 이루고 있는 은근과 끈기정신은 우리의 전통에 뿌리를 두고 있다. 그렇지만 그는 조용한 변혁을 시도하고 있다. 서구의 주지주의 시의 시법詩法 그리고 '전통과 변혁의 조화'일지도 모른다. 크게 말해 '사물시'를 제외한 그의 시학은 주정과 주지의 변증시학이라 이름해 둘 수 있지 않을까 한다.

3. '세월' 의식과 '소리' 이미지

함동선은 '세월' 의식에 매우 민감한 것 같다. 그의 시 도처에 '세월'이란 말이 무수히 보이고 있다. 이것은 '세월'이란 단어 사용의 기호취미도 없진 않지만 무의식적으로는 '세월'을 통한 그의 인생의식 내지 역사의 단층의식이 표출된 경우가 대부분이다. 그는 '세월'의 흐름에 대한 무상감이나 안타까움을 시심의 내부에서부터 강박관념처럼 느끼고 있다는 증거다.

그래서 그는 "언뜻언뜻 떨어져 나온 세월의 비늘"에 놀라며 그의 나이를 또는 그가 고향을 떠나온 세월들을 그의 시에서 습관적으로 셈하기도 한다. 「꽃이 있던 자리」에서는 "마흔 살이 넘은 지금"을, 「이 겨울에」에서는 "눈을 꿈적꿈적 거리다가/ 마흔다섯을 살아온 세월", 「지난 봄 이야기」에서는 "근 쉰이 된 이 나이"를 놀란 듯 문득 확인해 본다. 그런가 하면 「지난 봄 이야기」에서는 "휴전이 된 지 25년이 된 오늘"을 「내 이마에는」에서는 고향을 떠난 지가 어느덧 "스물여섯 해"가 되었음을, 「눈 감으면 보이는 어머니」에서는 "얼결에 떠난 고향이/ 근 삼십 년이 되었음"을 헤아려 보고 있다. 이처럼 그의 시에는 기약 없이 흐르고만 있는 '세월' 의식이 집요하게 나타나고 있다. 그가 고향산천을 찾고 부모형제를 다시 만날 수 있는 통일의 그날은 아무런 기약조차 없다. 세월의 흐름이 반갑거나 기쁜 것은 더욱 아니다. 미래의 어떤 기약된 날을 위해 세월이 빨리 흘렀으면 하는 바람이 있는 것도 아니다. 세월의 확인은 오히려 그에게 충격과 놀람과 고통과 공허를 줄 뿐이다. 세월이 흐르면 흐를수록 고향과 부모와 이별해 사는 세월이 그만큼 비례적으로 그 슬픔의 부피를, 그 아픔을 더해 오기 때문이다. 또 한편 세월이 자꾸 흐름에 따라 영원히 통일의 그날을 못 보지 않나 하는 불안감과 조바심도 그의 '세월' 의식 속에는 작용하고 있는 것 같다. 그래서 더욱 세월의 흐름에 그는 안타까움과 덧없음을 느끼고 있는 것이다. 그렇지만 이런 '세월' 의식 속에서도 자기극복을 위한 투명한 자각에 이른다. 그것은 은근과 끈기의 자세다.

> 인생은
> 서두를 필요도 기다릴 필요도 없는 것
> 나날을 보내노라면
> 세월이 옥가락지를 만들 듯
> 일엔 서두름이 없어야지
> 바람엔 초조함이 없어야지
> 눈을 꿈적 뜨고 감는 담수어淡水魚모양
> 조용히 침묵하면
> 우리가 당긴 힘으로
> 해가 조금씩 기운다고 생각되는
> 사랑을 본다
>
> ―「도정道程에서」 후반부

　이것은 시인 자신을 위한 인생의 좌우명이요, 아포리즘aphorism이다. 그리고 「우리는」이라는 시에서 그는 "이젠 길가의 질경이 풀이/ 여름의 흙먼지 속에 자라듯/ 성장의 나이테를 넓히는 법을 배우면서" 살겠다는 것이며, 「삼팔선의 봄」에서는 "국운에 따라 삼팔선의 봄은 돌아 올 것이라고 믿고/ 오늘도 내 마음속에 자라고 있는 민들레 밭에 물을 준다"는 것이다.

이로써 그는 그 나름의 '세월' 의식에서 빠질 법한 페시미즘을 극복하고 있다. 어쩌면 그것은 한과 체념에서 온 찬란한 슬픔 같은 '기다림'의 자세요, 은근과 끈기라는 민족적 정서의 확인이기도 하다.

다음은 그의 '세월' 의식 못지않게 '소리'에 대한 예민한 감수성과 감각이 그의 모든 시를 압도하고 있다는 점도 지적하지 않을 수 없다. 한마디로 '소리'의 이미지는 시의 여러 이미지 중 가장 중심 이미지가 되고 있다. 모든 삼라만상의 '소리'는 그의 시의 구성적 조직에 큰 역할을 하고 있다.

그리고 이러한 '소리'의 이미지들은 두 가지로 구분되고 있다. 하나는 시의 현장에서 시인이 직접 듣는 현재의 소리요, 다른 하나는 회상 속에 떠오른 과거 기억의 소리로 대별된다 하겠다. 또 한편 현재의 소리에는 삼라만상이 내고 있는 물리적 경험의 소리가 있고 초 경험의 시적 상상 속의 소리도 있다. 「여행기」의 기적 소리, 「절터를 지나노라면」의 목탁 소리와 산골 물소리, 「바닷가에서」의 파도 소리, 「산수도」의 물소리, 「오는 봄」의 책 읽는 소리, 「그리움」의 귀뚜라미 소리, 이런 '소리'의 이미지는 시의 현실(행동)이 전개되고 있는 현재의 공간에서 시인이 들었던 소리들이다. 이것은 또한 누구나 경험하는 소리이기도 하다.

그러나 다음의 소리들은 꼭 같이 현재의 공간에서 시인이 듣는 소리이긴 하지만 그것은 초 경험의 소리요, 청각적 상상 속의 소리이다. 「가을 산조」의 햇살의 잔기침 소리, 「풍경」의 익은 감이 떨어지게 되었다고 중얼거리는 소리, 「교감」의 밤과 낮의 숨소리, 「예성강 하류」의 낮달의 숨소리, 「해가 진 뒤에」의 나뭇가지의 차가운 숨소리, 「봄비」의 잎나무 물

오르는 소리 등.

그런데 다음의 소리들은 과거에 경험했던 기억 속의 소리들이다. 「식민지」의 뻐꾸기 울음소리와 밤 여치 울음소리, 「보리누름에 와 머무는 뻐꾸기 울음은」의 뻐꾸기 울음소리와 북간도 가는 기차 소리, 「내 이마에는」의 달구지 쇠바퀴가 자갈 깨는 소리, 「이 겨울에」의 고향 떠날 때의 노 젖는 소리, 「지난 봄 이야기」의 뱃전을 치던 예성강의 물소리 등.

이처럼 그의 시는 '소리'의 이미지로 충만해 있다. 시인은 현재의 소리에도 귀 기울이고 또 과거의 소리에도 귀 기울이고 있다. 극히 소리감각의 예민성이 누구보다도 강하다는 것을 쉽게 읽을 수 있다.

그런데 그의 이러한 '소리'의 이미지가 그냥 장식적 이미지로만 이용되고 있다면 구태여 장황한 설명이 필요 없다. 물론 어떤 '소리'의 이미지는 그냥 장식적으로 쓰이는 경우도 있다. 그러나 어떤 '소리'의 이미지는 다른 이미지의 연결을 위해 기능적 역할을 해줄 뿐 아니라 시의 구조상의 한 특징을 규정해 주고도 있다. 기능적 역할이란 곧 이 '소리'의 이미지가 과거에로 플래시백되는 장치 구실이 되거나 아니면 과거의 다른 기억들을 연쇄적으로 촉발시켜 주는 고리구실을 하고도 있다는 점이다. 그런가 하면 앞에서도 지적한 바 있지만 시인 자신의 심상이나 심적 분위기를 표현해 보는 정서적 등가물로도 이용되고 있다는 점이다. 그리고 구조상의 한 특징을 규정해준다는 사실은 이 '소리'의 이미지가 바로 이런 이미지가 들어 있는 상당수에 해당되는 시의 초두 이미지의 패턴을 형성시켜 주고 있다는 사실이다. 다시 말해 시의 도입부적 이미지 역할을 하고 있다.

만약 우리가 어느 시인의 전 작품을 대충 이미지의 시작과 이미지의 전개 및 클라이맥스 그리고 이미지의 종결부로 구분하여 그 구조적 분석을 가한다면 각 시인 나름의 특징과 그 유형을 분류해 볼 수 있을 것이다.

그렇다면 적어도 여기서 함동선 시의 구조적 특징을 하나쯤 말한다면 그것은 바로 상당수의 시의 도입부가 '소리'의 이미지로 시작되고 있다는 점을 지적할 수가 있을 성싶다.

4. 단점을 지적하며

그의 시의 몇몇 특징과 장점들을 살펴보았다. 그런데 그의 시선을 정독하면서 몇 가지의 표현에서 저항감을 받은 부분이 있다.

> 면도날처럼 살갗에 꽂히는/ 산골 물소리
>
> ―「산골 물소리」 부분

> 살갗에 꽂히는 파도 소리
>
> ―「바닷가에서」 부분

> 날이 선 칼끝에 꽂히는 물소리
>
> ―「산수도」 부분

이렇게 독립된 시행詩行으로 나타낼 때에는 아무런 저항감이 없다. 오히려 삶의 불안감과 피해의식 같은 것이 주제라면 청각의 이미지에 촉각의 이미지까지 곁들여진 참신한 표현일 수도 있다. 그러나 예의 시들이 그런 주제와는 거리가 있음을 상기할 때 '꽂히는', '꽂힌'이란 표현이 너무 강하고 돌출적이다. 뿐만 아니라 '면도날'이나 '칼끝'이란 단어도 다른 시어들과 사뭇 부조화를 이루고 있다는 느낌을 받았다. 물론 물소리의 들림을 청각이 아니라 촉각이란 매체媒體를 빌려 좀 더 감각적 예민성을 살려보자는 시도적 표현으로 나타나 있긴 하지만 시상과 시의 율격 그리고 시의 전체적 분위기로 봐서 아무래도 파격을 이루고 있는 것 같다. 「산골 물소리」, 「산수도」란 시제 자체가 말하듯 이 시들에는 문명어가 없다. 그리고 시의 흐름도 서경적으로 잔잔히 묘사되어 있다. 여기에 '꽂히는', '꽂한', '면도날', '칼끝'이란 충격적 시어들이 나오고 보니 이미지의 전체적 연결에 손상을 입히고 있는 것이다. 이런 시어들을 피하고 오히려 물소리의 촉각반응을 다르게 표현했다면 더 낫지 않았을까 싶다. 특히 「산골 물소리」에서 "산골 물소리/ 머리맡에서 졸졸졸 이마를 핥는다"라는 청각의 촉각반응으로의 치환표현에서 더 없는 자연스러움과 표현의 신선미가 피부로 전해 옴을 느낄 때 더욱 그렇다는 생각이 든다. 그리고 또 하나의 파격의 충격적 표현은 「이 겨울에」란 시의 끝 부분에서도 보이는 것 같다.

> 마흔다섯을 살아온 세월이
> 물속에 비친 등불처럼 흔들려 오는
> 유리창에
> 그물처럼 던져 있는
> 어머님 생각이
> <u>박살난</u> 유리조각으로 <u>오글오글 모여든다</u>
>
> (밑줄은 필자)

  '박살난'이란 단어가 톤이나 문맥적 의미구성에 약간의 파격을 주고 있다. 시인은 현재 유리창을 통해 마흔다섯을 살아온 세월을 생각해 보고 또 어머니 생각을 하고 있다. 한마디로 사념에 잠기면서 사념이 진행 중에 있다. 여기에 비록 유리조각을 수식시키기 위한 형용사이긴 하지만 '박살난'이란 강한 표현이 끼어들어 톤에 충격을 주며 이미지思念의 흐름을 흩어 놓고 있다. 분해와 집합의 이미지가 한 시행에 공존하는 것까지는 좋다. 그러나 주 이미지인 집합의 이미지가 '박살난'이란 분해의 이미지에 비해서는 너무나 약하다. 차라리 '박살난' 대신 '깨어진'이란 형용사를 썼다면 문맥상 음상적 효과도 그렇고 이미지 흐름도 덜 흩어 놓았지 않았나 하고 나름대로 생각해 본다.

이제 그럼 결론을 맺기로 하겠다. 적어도 「시선」에서 가장 잘 된 시, 가장 좋은 시 몇 편을 골라 다시 읽어보았을 때 그는 현재 그의 시가 쌓아 올릴 수 있는 최고의 경지에 이미 와 있지 않나 싶다. 그가 만약 앞으로도 계속 현재의 시세계를 완강히(?) 고집한다면 그가 남긴 몇 편의 절창을 도저히 앞서지 못하지 않을까 하는 불안감도 없지 않다. 이런 매너리즘을 극복할 수 있는 길이 있다면 그것은 새로운 시세계 새로운 시의 지평에 눈을 돌려봄직도 한 일이다. 그의 시의 역정을 볼 때 초기 시와 중기 시의 시기를 지나 이젠 후기 시의 시기에 돌입하고 있다. 「눈 감으면 보이는 어머니」와 이번의 시선에 새로이 수록된 시들을 중기 시로 볼 때 그의 중기 시는 초기 시의 심화요 확대하였다고 나는 앞에서 지적한 바 있다.

그렇다면 후기 시에서는 응당 변화가 있을 법한 일일 것이다. 그가 지금까지 놓쳐 왔던 새로운 시세계, 그것은 현대의 문명일 수도 오늘의 현실일 수도 있다. 과연 어떤 시적 비전을 제시할 것인가가 바로 시인 함동선의 숙제요, 우리의 관심이다.

(『한국문학』, 1982.7)

함동선 시 연구

윤재천*

1.

한 시인에 대한 작가론적 고찰이든 또는 작품에 드러난 문학세계에 대한 영구이든 그 한계성을 전제로 해야 함은 그것이 갖는 개별성과 가변성可變性을 인식해야 하는 점 때문이다. 시인이 체험한 시대적 환경이 무시된 상태에서는 사실상 어떠한 형태의 문학 구조도 살펴질 수 없는 실제와의 유기성을 고려한 다각적인 고찰이 뒤따라야 한다.

작가 함동선이 지금도 활발하게 창작 활동과 연구에 몰두하고 있는 만큼 어떤 결론에 이르기 위한 목적으로 이 글을 전개하기엔 이른 감이 들어 일반적인 그의 성향과 그것이 갖는 문학사적 위치, 특히 그의 수필작품에 나타난 인간적 체취나 면모가 시에서는 어떻게 형상화되었으며, 그들의 상관관계에서 빚어진 함수는 무엇인가를 찾는 일에 주력하고자 한다. 따라서 본고는 그가 문학적 삶을 통해 무엇을 찾고자 했으며, 그것이

---

* 윤재천: 수필가, 전 중앙대학교 교수.

그의 삶에 갖는 의미가 어떠한 것인가를 살피는 데 작은 발굴이라 믿어
져 서술해 보고자 하는 것이다.

함동선의 시는 과거의 경험을 자기 심상에서 재조명하며 현실보다 더
싱싱한 또 하나의 영상을 구현해 내는 데서부터 시작된다. 오거스틴의
고백처럼 기억은 현재의 심상, 신념, 관념, 감정 등을 만들어 내는 바탕이
라고 볼 수 있다. 왜냐하면 기억은 바로 인식의 문제와 직결되기 때문이
다. 이 점에서 본다면 감정의 뿌리를 향수鄕愁에 두고 있는 초기 시의 경
향은 자아발견과 사물의 의미 구축에 지대한 영향을 미쳤으리라 생각된
다. 대부분의 소설에서는 문학의 세계를 반드시 실제의 세계와 연결시키
는 것은 아닐지 모르나 시는 이 점에서 보다 직접적이라고 볼 수 있다. 함
동선을 이해하는 데 이에 대한 고찰을 첫 번째 과제로 삼은 것은 이 때문
이다.

두 번째로 함동선에 대한 이해를 위하여 살펴보고자 하는 것은 그의
문학비文學碑 순례와, 그 과정에서 남긴 업적이다. 이 점은 그의 개인적
업적인 동시에 한국문학 연구에 기여한바 크기에 절대로 간과할 수 없는
문제다. 그리고 이는 그의 시가 추구하는 바와 무관한 것이 아니기에 앞
으로도 많은 연구와 체계정립이 지속되겠으나 이 시점에서 한 번 정도는
평가의 과정을 거쳐야 하리라 본다.

2.

함동선은 황해도 연백에서 태어난 시인이다. 그의 문학을 이해하기 위
해서는 우선 이 점이 고려되어야 한다. 왜냐하면 그의 문학의 바탕을 이
루는 근본 뿌리는 이에 대한 향수에서 비롯된다고 보이기 때문이다.

> 막내둥이여서 받은 귀여움은, 귀여움 받은 만큼이나 기대는 버릇을 있게 했고, 기대는 버릇은 기대는 버릇만큼이나 아집을 자라게 했고, 그 아집을 부릴 만큼이나……
>
> — 시집 『꽃이 있던 자리』 후기

그는 한평생을 그 어린 날에 대한 향수로, 그리고 몰인정한 사회현실을 글을 통해 중화시키며 자기를 지켜 나가고 있다.

> 설날엔 고향에 가고 싶다. 요새처럼 호들갑스런 디젤 기관차가 아니라, 화통에서 연기를 내뿜고 목이 쉰 기적소리를 내는 추억의 기차를 타고 설날 고향에 가고 싶다. (중략) 휴전선 북쪽 갈 수 없는 고향이어서 그런지 몰라도 더욱 간절해진다. 그 설은 모두가 고향에 갈 수 있는 경조일敬祖日 같은 날로 풍습을 현실화할 수는 없는 걸까. 설날은 정말이지 전래의 미풍양속의 날인데…….
>
> — 수필 「설날 고향에 가다」에서

함동선에 있어 고향은 단순한 출생지로서의 의미에 그치지 않는다. 막연한 실향민으로서의 애수가 아니다. 그것은 지극히 한국적인 것을 고수하며, 거기에서 비롯된 정감으로 자신을 무장하려는 일종의 아집이나 자기 성城인지도 모른다. 그 성은 또한 자신을 자기답게 만들고, 유지하고 지탱해 나가는 힘일 수도 있다. 이런 것이 어쩌면 그를 구태의연한 사고思考의 시인으로 생각하게 만들 수도 있는데 이 점을 그는 슬기롭게 극복하고 있다.

> 네 눈 안에
> 햇빛이
> 더 밝은 것은
> 내 얼굴 알고 있는

연꽃의 향기가
두웅둥 떠서
한 음계씩의 한 음계씩의
눈부신 사랑을
보기 때문이다
여름이라
연꽃이 바람에 기울 때
쏟아지는 사랑을
보기 때문이다

- 「네 눈 안에」 전문

　이와 같은 자연과의 교감은 그의 시가 어느 한 곳에 고정된 것이 아님을 반증하는 예다. 그는 사물을 단순한 현상이나 존재의 의미에서 초월시켜 끊임없는 윤회의 흐름 속에서 비롯된 연관물로 받아들이게 함으로써 세상에 존재하는 그 무엇도 자신의 생존과 무관하지 않음을 단적으로 제시하고 있다. 다시 말해 이것은 'A와 같은 것은 B이기 때문이다'라는 구조의 설정인데 이는 그의 대상을 바라보는 눈이 얼마만큼이나 진실하고 애정적이며 또한 상관성 연결에 예민한가를 보여 주는 예라 하겠다.

　주객일체의 발상법은 우리 문학이 견지하고 있는 전통적인 서정 표출의 한 방법이다. 이는 자연과의 교감을 통해 현실에서 초월적 자아로 존재하려는 의지의 표명이라고 볼 수 있다. 그 단적인 예로 우리 옛 작품의 중요한 군群을 이루고 있는 강호가江湖歌를 들 수 있다. 함동선은 여기에 자기 존재의 실상을 좀 더 부각하고 있다는 점만 다를 뿐이다. 때문에 그의 시는 그만큼 입체적이고 유정적有情的인 것이라고 볼 수 있다.

　이런 면 때문에 혹자의 눈엔 구태의연한 시요, 흔히 여타의 시에서 다루어진 내용이 다만 시어만 교체된 채 발표되고 있다고 오해를 불러일으킬 수도 있다. 그것은 시를 바로 이해하지 못한 데서 오는 오해가 분명하다. 기술문명이 발달함에 따라 지나치게 물질을 중시하는 데서 전통시와 어쩔 수 없이 마찰을 빚게 되지만 비인간화된 시가 시의 본령일 수 없는 만큼 이와 같은 일시적 현상에 비춰 본질을 추구한 작품을 매도하는 일은 바른 이해가 될 수 없다.

불을 끈 방에
달이 뜨면
고향의 초가도 보이는
달구지 길도 보이는
귀뚜라미 소리가 들린다
눈썹 아래 자디 잔 주름살처럼
세월 속에 늙은 이야기들이
자리에 누우면
밤새 이마를 핥는
흰 머리칼이 된다
많은 생각이 거미줄에 얽힌
한가윗날
그이는
화살짓듯한 밤기차를 타고
이 외딴 집을
또 그냥 지나간다

—「그리움」 부분

그의 시 「그리움」에서 보여주고 있듯이 그는 문명적인 것보다는 목가적이고 서정적인 것을, 미래 지향적이라기보다는 지나간 시대에 대한 애틋한 서정을 더 소중히 여기고 있다. 다시 말해 메커니즘의 한켠에 흐트

러지지 않는 자세로 앉아 있는 조선조 선비라고 보는 것이 옳은 듯하다.

이런 '함동선'의 면모에 대해 조운제도

> 이 시인이 가슴 아파하는 것은, 휴전 때 남겨 놓고 온 어머니, 그 어머니가 계시는 이북이 된 고향이다. 즉 한 핏줄의 민족을 둘로 갈라놓은 분단된 우리 민족의 슬픔과 같은 아픔이다. 그것을 누구보다도 더 뼈저리게 느끼는 것이 이 시인인 것이다. 그것은 모자의 생이별이라는 가장 가슴 아픈 것을 이 시인이 체험했기 때문이다. 그래서 모든 이산가족뿐이 아니라, 뜻있는 우리 세대의 누구나가 가슴 아파하는 것을 이 시인은 누구보다도 가슴 아파하고 있다. 그것도 지난 일로 가슴 아파하는 것이 아니라 현재에 당하고 있는 일로 가슴 아파하고 있다.
>
> ─조운제, 시집『눈 감으면 보이는 어머니』시평

그는 작품에서뿐만 아니라 인간적 면모에서도 여실히 이런 모습을 보여준다. 휘청거리지 않고, 그렇다고 오만하지도 않은 그저 책을 가슴에 안은 채 꾸부정한 자세로 걷고 있는 모습을 보면 그가 입고 있는 옷이 도포자락 날리는 한복이 아님이 왠지 어색하고, 흰 고무신이 아님이 왠지 어울리지 않는 그런 사람이다. 이해타산에 밝고, 작은 명예에 목을 매는 세상 속에서 아직 이만한 시인이 우리와 함께 살고 있다는 점은 뿌듯한 일이 아닐 수 없다. 그의 시세계는 많은 변모를 계속하겠지만 근본은 여전히 그의 어린 날부터 오늘까지 지탱해 온 순수 서정일 것이라는 사실은 조금도 의심이 가질 않는다.

> 올여름은 집에서 조용히 지내기로 했다. 입추를 기다리는 마음으로 말이다. 흐르는 땀 속에서 가을을 생각하는 수십 년 만의 찌는 더위 속에서, 서늘한 가을 바람소리를 들을 수 있는 입추를 기다리며 말이다. 모시옷을 늘어지게 걸치고, 태극선은 아니라도 싸구려 부채로 부채질하면, 오덕五德의 교훈을 가졌다는 매미의 울음소리는 시원한 산골 물소리를 몰이해 온

다. 밀짚 방석에 앉으면, 원두막에서 한 잠을 자고 난 개운함이 뭉게구름을
타고 온다. 그러다가 철철 넘치는 봇물이라도 생각나면 시원한 수돗물
로 등목을 한다. 밤이 되면 모닥불을 피워야 격이 맞겠지만 모기향 정도로
하고, 마당에 둘러앉은 아이들에게 사라져간 은하수의 별자리를 어림해
준다.

─수필 「입추」 부분

그의 평소 모습이 그렇고, 작품의 분위기가 그렇듯 한국인의 면모 그
대로다. 서두르는 기색이라고는 찾아볼 수 없는 우보牛步의 체취가 그대
로 서려 있다. 초를 다투고 사는 현대사회에서 너무나 걸맞지 않는 사람
이라고 생각할지 모르나 오히려 그렇기에 시를 쓰며 사는지도 모른다.
누구에게도 가슴 할퀴는 일 없이, 누구의 가슴에도 피멍 들이는 일 없이
사는 것이 쉬운 일이 아닌 만큼 그의 시심에 드리운 애틋한 서정이 한결
돋보이는 시대를 살고 있다.

3.

함동선의 업적을 반추함에 있어 무엇보다 두드러진 것은 그의 문학비
연구라 할 것이다. 시인이 시를 쓴다는 것은 당연한 일이고, 그가 유난히
애틋한 시심을 가진 사람으로서 한평생 시업詩業에 매진한다는 것은 지
극히 당연한 일이라 생각된다. 그러나 그가 전국을 누비며 문학비를 살
피고 기록으로 남겨 몇 권의 저서까지 남긴 것은 남다른 애정이 있었기
에 이룩할 수 있었던 일이라 하겠다.

이번의 대사大事는 그의 시인으로서의 극진한 애정과 이해 때문에, 저

승의 우리 외로운 혼백魂魄에게까지 눈을 돌린 그는, 결국 전통적인 한국인−동양적인 의미에서의 사승자史乘者에 사는 시인의 자각으로, 저널리즘이 만드는 어떤 종류의 쇼와도 무관한 채, 누구도 구차해서 밀어 놓을 일을 착실하게 끈질기게 마무리 짓는 것을 보면, 한국 사람의 전형적인 본모本貌를 보는 것 같아 이런 이에게로 향하는 향수마저 느끼게 된다. 그리고 그것은 난세를 사는 사람으로 영원을 간절히 생각하는 사람의 가장 바른 지향인 줄로 안다. 한국 금석학金石學의 볼모상태를 개척한다고까지는 못해도 금석학을 통한 한국문학의 감상과 이해에 기대하는 바 클 것으로 믿는 바다.

−서정주, 시집『한국문학비』서문

이 글에 걸맞게 함동선 시인은 이 일에 남다른 열정을 보였고, 또 한순간의 열정에 그치지 않고 계속해서 이 부분의 연구에 지평을 열었다는 점으로 그의 업적이 구체화된다.

유한한 생명을 가진 인간이 무함을 바라는 마음으로 돌을 쌓아 올리고, 돌을 세우고 그리고 그 돌에 새기는 것은, 하늘과 자연과 신 가까이 이르고 싶은 소박한 바램의 한 표현인 것이다. (중략) 시인으로서의 극진한 애정과 이해로 이 세상에 남기고 싶었던 말을 돌에 새기고 간 선배 시인의 석비石碑를 찾아보는 것은 사승자로 사는 후배 시인으로서 해야 할 도리라고 생각된다. 더욱이 이 일은 저널리즘이 만드는 어떤 종류의 쇼와도 무관한 채, 누구도 구차해서 밀어 놓은 일을 끈질기게 마무리 짓는 것은, 어쩌면 영원을 간절히 생각하는 사람의 전형적인 한 모습일지도 모른다.

−저서『명시의 고향』서문

이 작업은 함동선 시인이 아니면 쉽게 해낼 수 없는, 누군가가 해야 할 일을 도맡아 한 그의 업적이라고 볼 수 있다. 이 일은 물질적인 여유에서 비롯된 취미행각이 아니며, 문학적 선례를 남기려는 의도에서 비롯된 일이 아님을 누구도 의심하지 않는다. 그의 여리고 애틋한 정이 이 일을 하게 만들었고, 세류에 흔들리지 않고 살아온 생활 자세에서 가능했다고 본다. 그는 문학비가 세워지기 위해서는 그와 상응할 수 있는 의미가 있어야 하고, 또 남길 만한 가치가 있어야 하며 그렇지 못할 때는 세우지 않는 것이 세우는 것보다 가치 있는 일이라고 지적한 바 있다. 이름 석 자세상에 남기는 것을 인생 최대의 사명이요, 임무처럼 생각하고 안타까우리만큼 동분서주하는 세태를 너무나 적절히 풍자한 지적이라 생각된다.

그는 명비名碑가 되는 조건을 첫째, 시가 인간의 진실을 담은 명시라야하며, 그 시는 비주碑主가 고르고, 비주의 글씨로 새기는 것이 가장 좋으나 여의치 못하면 차선으로 자필을 확대하거나 집자集字하는 것이 좋고, 그것마저 여의치 않으면 남의 글씨를 얻어야 하는데, 어떠한 경우에도 악필이어서는 안 된다고 지적하고 있다.

이 밖에도 조형적인 면에서의 새로운 감각, 비와 주변 환경과의 조화 등을 고려해야 한다고 말하고 있다. 그러면 함동선은 왜 이 일을 했고, 하여야만 했는가를 생각해 볼 필요가 있다. 우선 이를 위해서는 그의 시에 드러난 한국적 체취를 살필 필요가 있다. 그가 한국인임을 자랑스럽게 여기고 이에 접맥된 자신의 시세계를 또한 화장시켜 나가고 있기 때문에 이를 살필 충분한 이유가 있다고 본다.

> 물 두렁 건넌 애기의
> 목 소란대는 품으로
> 커지는
> 가슴의 가지를
> 바람으로 접고
> 깃으로 동정을 받쳤다
>
> 우리는 늘 그 앞에 있거나

그 뒤에 있다고 생각하면
오랫동안 우리 손안에 들어 있던
아침을 향해
정색을 한
논개의 어려서 얹은
정하고 고른 체온
오 뜨겁다
내 어머니 호흡 같을라

―「저고리」 부분

함동선 문학의 가장 심층적 바탕은 바로 이와 같은 지극히 한국적인 체취다. 문명에 대한 비판이나 인간에 대한 매도도 아닌 순수한 심정 그 대로의 표출이며, 연결되는 대상 또한 '어머니'가 아니면 '논개'와 같은 오직 한국인다운 한국인일 뿐이다. 이 시는 이렇게 이어진다.

그래
어린 채 거진거진 떨어지는
배래의 가는 선은
풍습을 따르는 끝동
남색 끝동 바닥의
생활은
틀림없는 도련 안 잊는다고
귀 떼냈다

그 뒤 산천을 덮어
뜨듯이 접어댄 섭언저리께
심저心底는

어딘지 짧게 대꾸하는
그 사람의
크고 넓은 손 펴들듯
고름으로 지금도 맨다

   이 시에서 보듯이 그는 한국적인 것 어느 하나도 쉽게 흘려보내지 않고 애착으로 만나고 있다. 바로 이것이 그가 시비를 찾아 헤매는 근본 이유가 된 지도 모른다. 고향을 찾아가지 못하는 아픔과 만나지 못하는 어머니에 대한 가슴 서늘한 그리움을 그는 이렇게라도 분출하지 않고서는 견딜 수 없었던 것이다. 그의 방황벽을 떨쳐내기 위한 것이 아니라 보듬어 안기 위한 것이다. 그런 성향의 작품으로는 다음과 같은 시가 있다.

돌일지라도 억새풀일지라도
발길에 채면
절 곁의 목탁 소린
지나는 바람이
일으키고 가데
염주 굴리는
개울 물 소리로
무수한 기왓장을
넘어 오는
가을은
숲으로
가는 바람이
일으키고 가데

-「자하문 밖」 전문

시인 자신이 자연의 일부가 되어 그들과 함께 움직여 가고 있다. 불가시不可視의 존재를 가시可視의 사물로 형상화해가면서 시인은 가장 궁극적인 의미의 자신과 대면하고 있다.

함동선은 그의 문학을 통해 원시의 공간 속으로 들어가기를 원하고 있는지도 모른다. 예를 들어 '돌'이라도 괜찮고, 그 '억새풀'이라도 상관없다는 식의 서술은 사물이 가지고 있는 기존 관념에서 완전 이탈되어 진정한 의미의 자유를 획득하려는 기도라고 볼 수 있다. 돌이기에 굳어져 있고, 억새풀이기에 꺾어질 수도 있다는 기존 관념에서 완전히 벗어나 본연의 물상 속에 자기 또한 한 구성 요소로서 존재하겠다는 귀속의식은 결국 '바람'과 연결되고 있는데 이러한 상관 구조가 그를 남다른 일에 매진하게 하는 근본 힘이 아닌가 생각해 보게 한다. 그러나 그가 방황의 공간 속에 아무렇게나 내맡겨진 존재일 수 없는 이유는 나름의 체념을 통해 스스로를 구축하는 힘이 남달랐기 때문이다.

절절절 흐르는 예성강물 소리에
고향 사람들 얘기 젖어서
들국화는
체육시간에 처들은
아이들의 손들을
그냥 손들게 하고
한 곬으로 모여 피었는데
그 별난 산열매 맛 나는
한가위 언덕을
심심치 않게 주전부리 하며 오는
나비의 날갯짓으로
내 속옷을 꼬매시던

어머니 얼굴의
달이 떠 있는데
귀뚜라미 우는 소린
팔고인 벼개 밑에서
더욱 큰 소리 되어
고향으로 간다며 길 떠난
저어기 언덕엔
수염이 댓 치나 자란
세월만이
가득할 뿐인데

시 「고향은 멀리서 생각하는 것」의 전문이다. 함동선의 자연은 단순한 산하山河로서의 그것이 아니라 운명 지워진 세계, 즉 향수로서의 자연이고 인간으로서 본원적인 의미의 자연이다.

> 내 고향은 황해도 연백이다. 우리나라의 3대 평야는 호남평야, 재령평야, 함흥 평야로 치고 있다. 연백평야는 아마 그 다음에 드는 평야일 것이다. 질펀한 들판에 벼가 익는 추석이 되면, 그야말로 오월 농부 팔월 신선이 된다는 말을 실감케 한다. (중략) 기왕 고향 이야기가 나왔으니 한 마디만 더 보태겠다.

함동선의 수필 작품의 여러 곳에 이토록 고향 이야기가 풍성한 것만 보아도 앞에서 말한바는 타당하다고 본다. 어쩌면 함동선의 문학비 연구는 바로 이런 맥락에서 시작되고 또 계속되고 있는지도 모른다. 돌아올 수 없는 세계로 떠난 혼백들의 영혼이 서린 돌을 찾아 그들의 비碑를 살피면서 돌아가지 못하는 고향에 대한 아쉬움을 되새기고 반추하고 안타까워하는지도 모른다. 그의 행각行脚은 바로 돌아갈 수 없는 고향에 대한 짙은 연민이라고 볼 때 그의 문학비 연구도 한 편의 시로 보아야 할 것이다.

4.

한 편의 시는 어쩔 수 없이 현실을 내재할 수밖에 없다. 이 말은 현실을 언어화했을 때 시가 된다는 의미가 아니라 시의 내면엔 시인이 삶에 거는 기대나 추구하고 있는바, 또 잊히지 않는 회상이 형상화될 수밖에 없다는 것이다. 다시 말해 '일상적 진실'이 아니라 '인식화된 진실'이라는 말이다.

함동선은 이 '인식화된 진실'에서 자기를 발견하고, 자기와 운명 지워졌으나 외부요인으로 인해 끊기어진 인연에 안타까움을 버리지 않는 시인이다. 그러나 이와 같은 개인적 불행은 오히려 승화된 문학세계를 구축하는 데 많은 기여를 한 것도 사실이다. 그는 표면화된 것에 큰 관심을 기울이지 않고 있다. 그가 국가 상실의 참혹한 시대에 태어나 자랐으면서도 일제에 대한 증오나 관념적 애국심을 내세우지 않고, 이념적 분리로 인해 고향을 잃고 가족과 헤어져 삶의 거의 반을 애태우며 살아왔어도 분개하거나 처절히 절망하지 않는 것만 보아도 그의 시의 근본 바탕이 외면이 아닌 내면적인 것임을 쉽게 감지할 수 있다. 또한 이는 시인의 감정이나 정신 상태가 꾸밈이 없이 순수하게 구축된 증거라고 볼 수 있다. 그가 문학비 연구에 주력한 것은 스스로 종사하고 있는 일에 대해 얼마만한 긍지와 사명의식을 가지고 있는가를 단적으로 제시한 바라 하겠다.

시인은 두 종류의 유형으로 세분할 수 있다고 한다. 인간의 심금을 울리는 시를 쓰는 시인과, 시적 분위기로 주변을 시심에 물들게 함으로써 독자를 감화시키는 시인이 그것이다. 함동선은 이 두 유형을 모두 함축하고 있다고 하겠는데 그것은 그의 시작에 대한 열망과 문학비 연구에 대한 남모르는 노력이 이를 증명한다고 하겠다.

이제 함동선 시인이 이순에서 자기 삶의 한마디를 정리하고 있으나 이는 본격적인 그의 시작 활동이나 연구의 출발일 뿐 마무리가 아니다. 그가 응축하고 있는 힘은 선명한 체취와 뚜렷한 체온으로 번져날 것이며, 한 단계 높아진 차원에서 심화된 세계로 발전할 것이다. 그것은 그가 가진 서두르지 않으나 결코 느리지 않고, 앞서려 하지 않으나 언제나 앞서 살아온 삶의 실제 모습이기도 하다. 이는 한국인의 전형적인 모습인 동시에 황해도 사람들의 체모이기도 하다.

두서없는 글이나 그에 대한 존경의 한 편린이라는 양해로 삼아 주기 바란다. 아무쪼록 건강과 시심이 오래도록 함께해 더불어 살아가는 모든 이의 가슴에 촉촉한 윤기로 생활해 주기를 바랄 뿐이다.

(『산목함동선선생화갑기념논총』, 1990.6)

분단 상황의 극복과
통일지향의 고향의식

이운룡*

1. 시 형성 배경

　　내 시는 전통적 서정, 또는 향토적 정서가 주요한 시적 모티프가 되고
있다. 그렇다고 해서 거기에 안주하지 않고 조용한 파괴 작업을 시도하고
있다. 다시 말하면 전통적 서정을 바탕으로 하면서, 그 서정이 넘치지 않도
록 문체상의 실험을 꾀하고 있다는 말이다. 특히 이미지즘의 회화적 기법
을 원용하고 있다는 사실이다. 이 기법은 T. E. 흄을 사사하면서 얻어진 결
과라고 여겨진다. 따라서 이번 시집은, 초기부터 오늘의 신작에 이르기까
지 내 시세계에 잠재해 있던 고향, 어머니, 분단의식 등으로 이루어진 작품
을 모은 것이다. 이 고향의식은 중기 이후 분단의식으로 바뀌고, 동시에 개
인의 아픔은 역사의 아픔으로 확대됨을 알 수 있다.

　　함동선의 「나의 삶 나의 시」에서 인용한 글이다. 그의 시적 모티프는
'전통적 서정 또는 향토적 정서'가 주요요소라는 것과, 기법 면에 있어서

---

* 이운룡: 시인, 문학박사, 전 중부대학교 교수.

는 '이미지즘의 회화적 기법을 원용하고 있다'는 데 이어, 그의 시집 『마지막 본 얼굴』의 시세계는 '고향, 어머니, 분단의식 등으로 이루어졌다'고 명쾌하게 말하고 있다.

이러한 일련의 소재들은 단순·소박하게 고향의 산천을 노래하거나, 일상의 평화로움 속에서 고향에 계신 어머니를 그리워하는 것이 아니라 '이 고향의식은 분단의식으로 바뀌고, 동시에 개인의 아픔은 역사의 아픔으로 확대된다'고 하는 점에 문제의 핵심이 있음을 천명하고 있다. 그러니까 개인사적 슬픔을 뛰어넘어 분단민족의 역사적 상황을 상정함으로써 우리 민족의 비극 속에 꺾인 역사의식을 몇 단계 계산된 주제로 형상화한 작품들이라는 것을 암시받게 된다. 이 계산된 주제의식이란 먼저 한국전쟁을 상기시키는 동족상쟁 → 전쟁으로 인한 분단민족의 비극적인 실상 → 분단 상황의 현실 극복 → 조국통일의 지향 등, 점층적 의식전환을 역력히 드러내고 있음을 감지할 수 있게 구조화하고 있다.

함동선의 고향은 38선 이남이지만 휴전선 북쪽에 있는 황해도 연백 땅이다. 6·25전쟁 당시 58세 된 모친만을 홀로 고향에 남겨두고 떠나온 그는 어머니를 상봉할 귀향의 날이 쉽게 올 것을 믿었지만, 이처럼 40년에 가까워지도록 북의 고향에 갈 수 없는 역사의 운명을 미처 깨닫지는 못했던 것이다. 그에게 있어서 조국분열과 이산의 슬픔은 바로 우리 민족 전체의 슬픔이라고 이미 말한바 있지만, 그러기 때문에 이 시집은 '실향의 한과 망향의 희원'이 시 전부를 지배하고 있는 주요요소라는 것을 쉽게 파악할 수 있다. 우리 민족에 한해서만은 한의 정서가 짙으면 짙을수록 그것은 우리의 성정 속에 깊은 감동으로 직핍해 오기 마련이다. 구체적으로 분열된 민족의 역사적 희생으로 빚어진 실향과―혈육 간의 생이별이 안겨준 원한감정은 오랜 세월 동안 쌓이고 쌓인 통한과 실의에서 비수가 가슴을 후비는 듯한 아픔과 절실한 소망으로 얼룩지게 되는 것이다. 함동선 시인의 슬픈 역사체험은 그가 언어를 운용하는 시인이었기 때문에 더욱 시에 대한 열정으로 꽃피워지고, 따라서 시의식은 분단 상황에 직결되어 분출되고 있음을 보게 된다. 이것은 시를 대하는 태도가 당위성으로서 언어를 부려 쓰기보다는 인간적인, 지극히 인간적인 진실의 충격으로서 민족전체의 소망에 직접 호소하고 있다는 점에서 누구나의 공감을 불러일으키게 된다. 이 시집에서 특별히 강조되고 있는 것은 시인의 시적 관심과 대상이 분단현실의 상황적 체험과, 이제는 돌아가셨을 것으로 믿고 있는 어머니에 대한 애끓는 사모思母의 감정들이 실향의 공간 속에 회한으로 점철되어 있다는 점이다. 이것은 시인의 생활공간이 북쪽의 고향에서 남쪽의 서울로 옮겨지게 된 역사비극의 앙금이 응어리졌다는 데서 자연스러운 현상이지만, 중요한 것은 시인의 시사상이나 생존적 토대가 여전히 분단 상황의 극복수단과 남북통일을 열망한 역사적 삶에 깊이 근거하고 있다는 것을 잊어서는 안 될 것이다. 이러한 사실은 이 시인의 시세계와 특성을 이해하는 데 하나의 중요한 단서가 된다.

2. 실향의 한과 망향의 희원

함동선 시의 가치평가를 논의하는 문제는 마치 '물은 위에서 아래로 흐른다'거나 '해는 동쪽에서 떠올라 서쪽으로 진다'고 하는 명약관화한 자연의 섭리나 질서와 같이, 인간의 근본적인 생존양식과 이상, 감성의 집합 원리를 재현하는 언어의 질서체계로 인식된다. 다시 말해서 보편화된 진리를 지나온 역사와 그 역사적 삶의 원리 안에서 찾고, 머지않아 그것을 민족화합의 통일 원리로 귀납시키려고 애쓰는 바의 존재론적 실천을 바탕으로 시상이 모아져 있다는 인상이 짙게 풍겨 온다. 함 시인이 삶의 궁극적 원천이며 이상향으로서 존재의 원형적 공간을 제시하고 있는 곳은 단절된 북의 고향이다. 고향 하면 산천과 어머니의 얼굴이 맨 먼저 떠오르기 때문에, 실향민에게 있어서 그들의 고향이란 영원한 향수로 자리 잡히게 마련이다. 비둘기, 개, 개미, 벌과 같은 동물에게도 귀소본능이 있고, 여우가 죽을 때 머리를 자기가 살던 굴로 향한다고 하는 수구초심首丘初心을 어찌 짐승의 본능으로만 무심히 듣고 넘겨 버릴 수 있겠는가. 그러기 때문에 그의 시에서 향토적 정서를 느끼게 되는 시어와 소재는 고향의 사물에 집중되어 있으면서도 매우 다양하다. 제1장 "고향은 멀리서 생각하는 것"과 제2장 "마지막 본 얼굴"에 나타난 고향의식의 시어와 시상들은 달구지길, 논배미, 보리밭, 민들레꽃, 부적주머니, 또랑물 등이 가장 빈번하게 출현하고 있으며, 그 외에 옥양목, 젖날, 젖불, 물방개, 보리 가슬거리는 언덕, 불암산 소나무가지, 청무우밭, 냉이 꽃이 핀 들, 예성강 하류, 벽란도 나루, 종다리, 달맞이꽃, 풀냄새, 뻐꾸기 울음, 질경이꽃빛, 바지랑대, 원두막, 논둑길, 맷방석, 물방앗간 등을 열거할 수 있다.

이 소재들은 모두가 고향에서의 경험내용을 과거회상 속에서 찾아낸 자연사물들이나 사실인 동시에, 시인의 자의식을 통하여 재생된 향수의 원형적 상징물에 가깝다. 사실 시골에서 살아본 사람이라면 이러한 경험과 실제 사물과의 접촉은 지극히 자연스럽고 평범한 일상의 체험 내용들이다. 그러나 함 시인에게 있어서 이 보편화된 향토소재가 지니는 의미는 일반적인 정서내용과 크게 구별된다. 그것은 분단민족의 쓰라린 아픔이나 역사의 희생양으로서 이산가족이 겪고 있는 실향의 한과 망향의 회원이 절절하게 피범벅, 울음범벅이 되어 있다는 점에서 그렇다. 이렇듯 이 본능적 귀소의지를 무시할 수 없으나 그 본능을 초월한 이성과 감성들이 아주 순수하게 자연발생적으로 조화를 이루고 있기 때문에 감동의

진폭이 크고, 이것이 바로 이 시의 주제가 갖는 특이한 장점이라고 할 것
이다.

시어에 있어서도 향토어가 지니는 질박한 서정성을 반복적으로 주물
러 추억 속에 담아냄으로써, 그 옛날 솜씨 좋은 어머니의 음식 맛과 같이
찰찰하게 입맛을 돋우는 정감으로 시의 영혼을 살지게 하고 있다. 시의
영혼이 머무는 곳에 이른바 함동선의 과거와 현재의 영상이 오버랩된다.

①
불을 끈 방에
달이 뜨면
고향의 초가도 보이는
달구지 길도 보이는
귀뚜라미 소리가 들린다

　　　　　　　　　　　　　　　　　　　　　　　　－「그리움」 부분

②
뻐꾸기 울적마다 꼬부라진 여름날의 산길같이
보리 가슬거리는 언덕을 넘으면
바로 고향길인데
야하 수만의 아름다운 꽃들이
소꿉놀이하던 손가락 수만큼이나
낯이 익어오는데
그간의 세월을 다 쓸어 모으면
내 새치만큼이나 많겠다야

　　　　　　　　　　　　　　　　　　　　　　　　－「꿈에 본 친구」 부분

귀향의 꿈이 단절된 오늘의 서울생활에서 불을 끄고 자리에 누우면 북

의 고향 초가집이 떠오르고, 귀뚜라미 소리도 들리는 환상과 환청 가운데 새치가 허옇게 새도록 세월이 흘러, 닫힌 역사의 비운을 한탄하고 있다. 이러한 시상들은 향수에 피멍이 든 함동선 시인의 생활리듬에서 깨뜨려질 수 없는 절대한 울림으로 생명의 역동적인 표현이 되고 있다. 그 예로 강을 바라보는 눈에 고향의 예성강이 환치되고, 집 아이들이 할머니가 왜 안 계시냐고 투정을 부릴 때에 "평생 남을 바라다 주시고/ 손을 흔들어 주시며/ 옥양목 새 옷으로 갈아입으시고/ 횅하니 담을 돌아오시는" 어머니의 모습을 떠올린다. 여행 중 차창에 기대 놓은 맥주잔을 들면서도 "소주가 고수하시다던/ 아버지의 흰 두루마기"가 흔들려 보이고, 석간신문의 갈피 사이로 "6·25 특집 기사가 크게/ 눈에 띈다"고 하는 것이나, 해가 진 뒤에 "우리 집 가는 언덕바지에 잎 지운 나뭇가지의/ 차가운 숨소리"를 들으면서 "한 몸 출세보다 솔가率家해야지/ 장거리 통화보다 내 앞서 가야지" 하고 귀향을 서두르고 있는 자신의 현재 위치에 대하여 "난 왜 왔을까/ 설레는 물거품 겹쳐 잡을 수 없는/ 바닷가에서/ 멀구나 서로 밖에 살고 있구나" 이렇게 후회하면서 절망감에 몸부림치는 시인의 마음은 비단 함동선만이 아닌, 이산가족 모두의 마음이고 민족 전체가 갈구하는 통일에의 염원이 억울한 속 쓰림으로 표출된 것이기도 하다.

> 내 빈손 안에
> 늘 잡혀 있던 고향이
> 어디쯤 있을까 두리번거렸더니
> 저 첩첩 산과 흐르는 물속에
> 내 옛집이 그대로구나
> 키 자랑하던 담벼락 너머로
> 달이 지더니
> 개똥벌레가 포르르 포르르 뿌리고 간 빛이

언제 일인데 지금 봉숭아물 들인 내 아내의 손톱에 남아서
꿈속의 고향 빛으로 반짝거릴까

—「홍류동」 부분

이러한 고향의식과 민족적인 삶의 아픔을 노래하는 시에 있어서 가장 적절한 표현특징이란 소박하고 애절한 감정을 진솔하게 담아내는 데 미적 충격과 감동의 힘이 있다는 것을 그는 시의 생명감으로 깨닫고 있는 것 같다. 봉숭아물 들인 아내의 고운 손톱에서 고향의 개똥벌레 빛을 상기하는 면이나, 그것을 고향 빛으로 본 경이감 등에서도 쉽게 발견되는 문체이다. 그는 불투명한 의식의 흐름이나 난해한 기교주의에 편파되어 있지 않고 언어에다 체험에서 생성되는 진실성과, 오랜 시작 경험에서 무르익은 시정신의 진수를 명징하고 농밀한 서정을 바탕으로 응축시켜, 직유의 수사 말고는 무리한 표현주의를 거부하고 있다. 여기에서 그가 얼마나 시적 감성의 운용에 민활한 시인이며, 섬세하면서도 재기발랄하고 언어의 연금술에 숙련된 시인인가를 짐작하기에 어렵지 않다.

수사법상 직유는 은유보다 쉬운 기법이라 하지만, 시격에 있어서 낡은 비유라고 비판을 가하는 것은 잘못이다. 그것은 표현기법의 문제라기보다는 시인의 직관적 감성영역에 있어서의 사물투시에 의한 개성과 형상성의 잘잘못에 관계되는 문제이기 때문이다. 함동선의 직유수사는 구상 시인의 독특한 직유감각에서 엿볼 수 있는 것처럼 신선한 감각을 개성화하고 있기 때문에 언어가 갖추어야 할 시적 요소들을 깜짝깜짝 놀랍게 형성화하고 있다는 느낌을 준다. 그러한 직유수사의 뛰어난 감성은 아래 예시에서 찾아볼 수 있다.

①

순간 물거품이 된 언덕은 둑 너머 긴 산허리에 걸린 낮달의 숨소릴 들으
면서
구식 카메라의 주름살처럼 포개지는 고향을 보았다

　　　　　　　　　　　　　　　　　　　　－「예성강 하류」 부분

②

눈썹 아래 자디잔 주름살처럼
세월 속에 늙은 이야기들이
자리에 누우면
밤새 이마를 핥는
흰 머리칼이 된다

　　　　　　　　　　　　　　　　　　　　　　　－「그리움」 부분

③

B29 폭격기가
처음에는 마귀할멈 손놀림에 놀아나는 은박지처럼
무섭더니
나중에는
창호지에 번지는 시원한 누기와도 같은
안온함이
식민지의 처음이자 마지막 기쁨이기도 했다

　　　　　　　　　　　　　　　　　　　　　　　－「식민지」 부분

④

고향에 가면 말야
이 길로 고향에 가면 말야
어릴 때 문지방에서 키 재던 눈금이

지금쯤은 빨래줄처럼 늘어져
바지랑대로 받친 걸 볼 수 있겠지

　　　　　　　　　　　　　　　－「여행기」 부분

⑤
고향길은
역사의 발자국 소리와 같은 것
(중략)
그래서 가위쇠 같은 휴전선도 넘어
가슴 바닥에서 날개 부딪치는 소리 내면서
나는 새가 되기도 했지만
저 국도를 따라 북소리가 울려야 할 텐데

　　　　　　　　　　　　　　　－「고향길은」 부분

⑥
고향 떠나던 날 마지막 본
포플러나무 두어 그루가
먹물 묻은 붓자루처럼 우뚝 서서
다시 만나게 될 것 같은 뜨거운 눈길로
내게 다가오누나

　　　　　　　　　　　　　　　－「우리는·1」 부분

⑦
땡땡한 여름 햇볕이
사금파리처럼 떨어진다

　　　　　　　　　　　　－「처가에서 본 점경點景」 부분

　이러한 표현에서 직유의 참신한 감각 능력이 미립자처럼 정밀하고, 시인의 정서감응이 예민하면서도 상태에 따라서는 또 폭이 크고 넓다는 것을 알 수 있다. 사물이나 사실의 관찰이 정치하고 단순하지 않아, 그의 감각능력을 첨단과학의 구조와 직능을 수반하고 있는 듯이 보인다. 이것은 몇 개의 단층을 복수적으로 투시하고 연결하는 이미지의 율조와 선명도에 의하여 깨끗하고 티 없는 시상이 대상 그 자체의 생명을 온전히 살아 있도록 함으로써, 그의 언어형상을 위한 자율신경은 마치 음질의 조율기능을 대신하듯이 빼어나다는 것을 실증해준다. 하나의 대상을 동일한 기법으로 표상한다 할지라도 그것은 그 시인의 자질과 감성전달의 차이에서 구별되는 것과 같이 함동선 시인이야말로 천성적, 천재적인 시인이요, 치밀하고 섬세한 서정시인이라는 느낌을 받는 데 어색하지가 않다.

이와 같은 표현기법에서 시와 독자와의 간격을 밀착시키고 있고, 삶의 본향으로 회귀하려는 의지가 분단의 아픔 속에서 실향의 한을 달래는 역사적·민족적인 문제로 확대되어 있기 때문에, 그의 고향의식은 인간의 원초적 생존양식에 뿌리박고 있다는 것을 감지하게 된다. 따라서 한겨레 공동체적 통일을 일념으로 민족현실의 역사적 상황을 드러내고, 회상되는 추억 속에 망향의 꿈을 수놓고 있는 그의 시는 오늘의 분단시가 지향해 나갈 통일의 비전을 제시하고 있다는 점에서 크게 주목되고 역사성과 현실성이 있다고 할 것이다.

3. 역사의 아픔으로 확대된 사모의 정한

'어머니'는 인간이 태어나서 부른 최초의 언어이며, 죽음에 직면해서 인간이 부르는 최후의 언어이다. 어머니라는 위대한 존재, 그는 인간의 영원한 평화와 사랑의 표상으로서, 개성이 미분화된 원시시대에나, 오늘날과 같이 과학만능주의에 짓밟히고 일그러져 인간의 본성이 훼손된 위기의 시대에도 사람이 사람다워야 하는 이유와 목적을 묵시적으로 가르쳐 주었고, 최고의 가치요 사랑의 실체로서, 그리고 존재의 궁극적인 모체로서 어머니의 사랑은 문학의 본질과 생명력과의 균형감을 꿰뚫어 사람의 도리를 지상 명령적으로 제시함으로써, 인도주의가 문학작품의 바탕이 되었음은 새삼스러운 이야기이다.

고려가요의 「사모곡」 이래 현대시에 이르기까지 모정을 노래한 시인들 중 함동선만큼 일관되게 어머니를 부르고 외친 시인은 드물다. 그의 시에서 발견되는 인물은 주로 가족에 한정되어 있으며, 어머니를 비롯하여 아내, 아버지, 아들, 할머니, 형의 순서로 많은 비율을 나타낸다. 특히 심상의 대부분을 휩쓸고 있는 특정 시어는 '어머니'이며, 이는 시집에 수록된 작품 총 57편 중 21편에서 발견되는바 할아버지, 외할머니, 외할아버지, 외삼촌이 각각 한 번씩인 점에 비하면 분명히 시의 주류가 어머니의 회상관념으로 형성되어 있음을 짐작할 수 있다.

어떤 시인의 시세계에서 자주 사용하고 있는 특정언어가 따로 있다고 한다면, 그 시어는 시인의 정신영역을 지배하고 대표하는 한 표현매체가 된다. 김해강金海剛의 시에서 '태양, 새벽, 보표譜表'가 많이 쓰임으로써 조국광명에의 기원을 표상하고 있다든지, 김현승金顯承이 '가을'의 시를 집중적으로 노래함으로써 기독교 사상을 표상하고 있는 점, 구상의 '강'에 대한 상념을 연작시로 묶어 존재의 근원을 밝히고자 했다는 점 등이 모두 이러한 함 시인의 '어머니'에 응결된 시정신과 똑같은 맥락에서 파악되어야 할 문제라고 본다. 함동선의 어머니는 그 자신의 어머니이면서 북에 어머니를 두고 온 실향민 모두의 어머니요, 구원을 소청하는 사람이나 분단조국의 지상적 어머니로 대표된다. 때문에 어머니를 그리워하고 회상한다는 것은 평화와 안식의 삶을 갈구하는 우리 민족의 발원이

충전된 것이고, 소망의 열기가 이 땅에 확산된 것이라고 볼 수 있다. 마냥 행복했던 요람기와 아름다운 모향母鄕의 꿈이 함축하고 있는 의미망은 과거를 동경하는 그 개인의 환상적 내면충동에서 비롯된 것이 아니라, 그것은 남과 북 동족 간의 갈등이 해소되고 통일에의 집념이 발화한 자리에서 민족적 염원으로 승화된 것이라고 볼 수 있다.

①
내 이마에는
고향을 떠나던 달구지길이 나 있어
어머님 생각이 날 때마다
쇠바퀴 밑에 빠각빠각 자갈을 깨는
소린
수십 년의 시간이
수백 년의 무게로
우리의 아픈 역사를 베어내지만
세월 따라 그 세월을 동행하듯
느리지도 빠르지도 않는 소걸음 그대로
스물여섯 해의 여름이 땀에 지워지는
내 이마에는
고향을 떠나던 달구지길이 나 있어

－「내 이마에는」 전문

②
고향 떠날 때의
노젓는 소리 생각하면
지금도 어지럼병이 도지는데
짐을 지워주시던 어머님의 그 따스한 손결은

이제쯤 파삭파삭한 가랑잎이 되었을 거야
보리밭이 곧 마당인 집에서
막동이가 돌아오는 날까지
막동이가 커가는 소리
밭이랑에 누워 듣겠다 하셨는데
지금은 손돌孫乭이바람만 서성거릴 거야
눈을 꿈쩍꿈쩍 거리다가
마흔다섯을 살아온 세월이
물속에 비친 등불처럼 흔들려 오는
유리창에는
그물처럼 던져 있는
어머님 생각이
박살난 유리 조각으로 오글오글 모여든다

-「이 겨울에」 전문

　두 편의 시에서 ①은 어머니를 떠난 지 26년이 되었으나 '우리의 아픈
역사'는 치유되지 못한 채 "수십 년의 시간이/ 수백 년의 무게"로 억눌려
오는 암담한 민족현실을 절규한 시이다. 특히 "내 이마엔 고향을 떠나던
달구지길이 나 있다"고 하는 그 '달구지길'의 함축의미는 본향귀환이 불
가능한 오늘의 현실상황을 역설적으로 표현, 우리 민족이 겪는 역사의 고
된 시련을 내포하고 있다. ②는 아들과의 상봉을 희망으로 살겠다는 어
머니와 현실적으로 환향할 수 없는 아들과의 사이를 가로막고 있는 장벽
을 제거하지 못하고 '어지럼병이 도지는' 시인의 병적 증상을 그려, 분단
민족의 슬픈 역사현실을 반영하고 있다. 그의 마음의 창으로서 어머니 생
각이 "박살난 유리조각으로 오글오글 모여든다"고 하는 결구에서 더욱
그러한 자아분열증세를 엿볼 수 있게 한다. 이러한 그의 병적 증상은 다
시 말하면 분열된 민족의 상흔과 파괴된 민족 공동체의 파편이라고 볼

수 있다. 이렇게 절실하게 부딪쳐오는 실향의 한과 그 상황적 논리를 근간으로, 분단의 아픔을 제기하고 있는 그의 시에서 끊임없이 따라다니고 있고, 모든 회상의 원천이 되고 있는 것은 바로 눈을 감아도 보이는 고향이며, 어머니의 영상이다. 여기서 고향의식은 부정적 절망으로서가 아니라, 어머니가 계시는 모향으로서 구원과 사랑이 있는 공간으로 제기된다.

또랑물에 잠긴 달이 뒤돌아 볼 때마다 더 빨리 쫓아오는 것처럼 얼결에 떠난 고향이 근 삼십 년이 되었습니다 잠깐일 게다 이 살림 두고 어딜 가겠니 네들이나 횅하니 다녀오너라 마구 내몰다시피 등을 떠미시며 하시던 말씀이 노을이 불그스름하게 물드는 창가에 초저녁 달빛으로 비칩니다 오늘도 해동갑했으니 또 하루가 가는가 언뜻언뜻 떨어뜨린 기억의 비늘들이 어릴 적 봉숭아물이 빠져 누렇게 바랜 손가락 사이로 그늘졌다 밝아졌다 그러는 고향 집으로 가게 합니다 신작로에는 옛날처럼 달맞이꽃이 와악 울고 싶도록 피어 있었습니다 길 잃은 고추잠자리가 한 마리 무릎을 접고 앉았다가 이내 별들이 묻어올 만큼 높이 치솟았습니다 그러다가 면사무소 쪽으로 기어가는 길을 따라 자동차가 뿌옇게 먼지를 일으키고 동구 밖으로 사라졌습니다 온 마을 개가 짖는 소리에 대문을 두들 겼습니다 안에선 아무런 대답이 없었습니다 손 안 닿은 곳 없고 손닿은 곳마다 마음대로 안 되는 일이 없으셨던 어머니는 어디로 가셨습니까? 눈 감으면 보이는 어머니는 어디에 계십니까?

—「눈 감으면 보이는 어머니」 전문

함동선의 귀향의지는 과거회상을 통하여 의식, 무의식의 세계를 드나들고 있으며, 시공을 초월한 상상력 속에서 고향에 가 있는 그 자신의 허상을 발견하게 된다. 그는 끊임없이 고향 하늘을 배회하고 어머니를 찾아 헤맨다. 해가 지면 금수도 제 집으로 돌아갈 줄을 아는 것처럼 노을이 물드는 창가에서 하루해를 지울 때에도 그의 상념은 고향과 어머니에게로 회향한다. 고향과 어머니는 그가 살아 있다는 의식의 중심체요 삶의 의미로서 입법화되어 있다. 그러나 "잠깐일 게다"라는 어머니의 말씀은

초저녁 달빛으로 비칠 뿐 "근 삼십 년이 되도록" 만남의 기약은 물거품이
된 채 실의와 좌절과 번민에 사로잡히고 만다. 그래도 그는 회향을 포기
하지 않고 달맞이꽃이 핀 신작로를 따라 고향을 회상한다. 그의 자의식
을 질타하는 어머니의 말씀은 온 겨레의 한 맺힌 피눈물로 범벅이 되고,
시인의 눈물 속에는 여전히 논둑길이 난 고향과 참외를 따 먹던 유년의
세계가 재생된다. 그러나 현실로 되돌아왔을 때, 그는 무력한 허탈감에
빠져 눈물의 진실로써 자신의 슬픈 감정을 카타르시스 한다.

①
손바닥에 그린 고향의 논둑길은
땀에 지워지고
참외 따먹던
혹부리 영감네 원두막이 언뜻 사라지면서
바다의
소금기 먹는 짠 햇볕만이
마치 부서진 유리 조각을 밟고 오는가
아리어 오는 눈에
갑자기 쏟아지는 소나기 한 줄기
차창에 부우연 내 얼굴이 떠오르는데
그 얼굴 위로 어머니 얼굴이 겹쳐 오는데
그 어머니의 얼굴에서 빗방울이 흘러내리는데

②
나이 들어가면서 절실해지는 것은
미루나무가 치마처럼 둘러 있는 보 둑에
질긴 질경이 꽃빛이 다 된
우리 조상의 한풀이가

자갈밭을 달려온 달구지 쇠바퀴만큼이나
뜨끈한 눈길을 주기 때문이다

①은 「여행기 · 1」과 ②는 「보리누름에 와 머무는 뻐꾸기 울음은」의 끝부분이다. 동질 동가의 평균율을 이루고 있는 그의 고향 이미지와 어머니에 대한 회한의 눈물은 이순耳順의 나이와 함께 순수한 인간정신의 미적 행로에서 자연발생적으로 생성된 고향 바로 그것이다. 이러한 감정 상태는 젊은 세대와는 달리, 나이가 깊어질수록 분단의 아픔 속에 회상된 향수의식과, 회향을 갈망하는 욕구에 의하여 분출된 고통의 소산이라는 점에 이 시의 참다운 의미가 있다고 본다. 그리하여 함동선은 북간도로 망명하는 일제 식민지시대의 뿌리 뽑힌 삶을 환기시켜 '우리 조상의 한풀이'부터 역사의 질긴 매듭을 풀어보고자 민족적 양심을 자극하고, 은근히 화해를 호소하기에 이른다. 이는 민족 동질성 회복을 위해 타민족에게 짓밟힌 치욕의 역사를 반성적으로 제시함으로써, 이 시대의 고통스런 역사 과제를 풀어보려는 의도에서인 것 같다. 말하자면 일제탄압에서 받은 고통의 실상은 '식민지'에서, 고통의 해소와 독립의 감격은 「그날의 감격은」에서 찾아볼 수 있다. 일제탄압에서 독립의 감격에 이르기까지 변증법적 역사사실을 제기하게 된 동기는 실상 오늘의 분단 상황으로부터 통일된 민족화합의 감격을 환기시키기 위한 복선이기도 하다.

이렇듯이 그의 시가 있는 곳마다 고향과 어머니는 등가의 선상에서 향수의 원천이 되고, 시혼의 실제가 되어 왔다. 그러한 예는 시집 전체에 깔려 있지만, 피란길을 배웅하던 어머니의 '마지막 본 얼굴'에서는 더욱 아프게 부조되어 있다.

물방앗간 이엉 사이로

이가 시려 오는
새벽 달빛으로
피란길 떠나는 막동이 허리춤에
부적을 꼬매시고 하시던
어머니 말씀이
어떻게나 자세하시던지
마치 한 장의 지도를 들여다보는 듯했다.
(중략)
어른이 된 후
그 부적은
땀에 젖어 다 떨어져 나갔지만
그 자리엔 어머니의 얼굴이 늘 보여
두 손으로 뜨면
달이 먼저
잘 있느냐 손짓을 한다

여기에서 "피란길 떠나는 막동이 허리춤에/ 부적을 꼬매시고 하시던/
어머니 말씀"이 무엇이었던가는 설명이 필요 없을 것이다. '부적'은 전통
적인 민간신앙에서 질병을 막아내는 신통력을 가지고 있다. 그런 만큼
여기에는 아들의 무사귀환을 기구하는 모성애가 표상되어 있고, 동시에
"어른이 된 후/ 그 부적은/ 땀에 젖어 다 떨어져 나갔지만"에서처럼 이제
악귀를 막아내는 역신으로서의 의미보다는 어머니의 분신이며 사랑으로
대치되어, 망향의 꿈을 일깨워주는 상징물이 되어 있다.

함동선은 향수의 시인이요, 그의 시에서 회상과 사모의 상념은 그러나
과거의 시간에만 집착된 것이 아니다. 과거를 뛰어넘어 현재의 우리 민
족 분단의 아픔과 슬픔을 표백하고 있으며, 언젠가는 다시 고향을 찾고
어머니를 상봉할 것을 믿는 미래지향적 귀향의지를 통일이념으로 내세

우고 있다. 이것은 직접적인 표출이나 구체적인 방법제시가 없이, 다만 고향과 어머니에 집중된 이미지 형상을 통하여 우리 민족 스스로가 해결 해야만 할 역사적 과업이 무엇인가를 혈육 간의 만남 속에 함축시키고 있을 뿐이다.

4. 분단 상황의 극복과 통일지향

함동선이 추구하고 있는 고향이 무엇인가 하는 문제는 앞에서 지적했 듯이 삶의 본향으로 환원하려는 회귀성에 뿌리박고 있고, 궁극에 있어서 는 통일이념과 그 실천원리의 바탕이라고 말할 수 있다. 또한 시세계의 주요 소재인 어머니 역시 이 고향의식과 별다른 개념이라고는 보이지 않 는다. 그러나 그는 '고향상실, 실향의식'이라는 평자들의 논의가 적절하 지 않으며, 그 고향은 '단순한 향수의 대상이라기보다는 하나의 감각, 페 르낭데스가 말한 구체감각이라는 원형으로 재현되는 방위감각'이라고 해명함으로써, 본질적으로 우주만물이 어떠한 장애도 받지 않고 원래의 제 위치를 이탈하거나 본성을 훼손당함이 없이 완전한 질서체계를 유지 하려는 것과 같은 인간본래의 에덴적 생존양식, 즉 가장 이상적인 존재 로 귀환하는 일 그 자체의 질서체계로 인식하였다.

여기에서 한 걸음 나아가 그의 고향과 어머니는 '고향상실 또는 두 개 의 고향이라는 고정개념이 아니라, 분단 상황의 극복 통일을 지향한 운 동개념'이라고 말함으로써, 결국 함동선의 시가 추구하고 있는 생명체로 서 끊임없이 움직이며 변화와 변용을 전제한 창조적·변증법적 운동개 념이라는 것을 이해하게 된다. 따라서 제3장 「망향제에서」의 시는 전장 前章의 고향과 어머니로 함축된 향수의식, 즉 잃어버린 고향의 발견, 어머니의 발견으로부터 이제 새로운 고향, 새로운 어머니의 창조에 해당하는 통일의 역사로 확대시켜, 남과 북의 하나 됨과 그 하나 됨에서 완성의 패턴을 제시하고 있다.

위에서 언급한 분단 상황 극복의 실천내용은 두 가지 측면에서 그 의의를 찾을 수 있다. 하나는 이 땅의 공간구성에 있어서 남북한의 단일, 곧 하나의 조국을 재건하는 일이고, 다른 하나는 이념을 초월한 한 민족으로서의 합일, 곧 하나의 혈통으로서의 재회를 의미한다. 이러한 합일과 재회의 성격은 봄의 재생적 의지로 형상화되어 있다. 「고향길은」의 시에서 "고향길은/ 춘삼월에 트인다면서야"나 「삼팔선의 봄」이라는 시에서 "국운 따라 삼팔선의 봄은 돌아올 것이라 믿고 오늘도 내 마음 속에 자라고 있는 민들레 밭에 물을 준다"고 하는 희망, 곧 '춘삼월'과 '삼팔선의 봄, 민들레 밭'의 시상이 다름 아닌 분단조국의 통일을 함축하고 있다는 것은 명백한 사실이다. 그는 마음속에다 민들레 밭을 키우는 시인이기 때문에, 절망할 수 없는 역사의 반복과 회귀의 질서체계를 믿고 국운을 기대할 수도 있으리라. 왜냐하면 짓밟히고 망가져도 꽃을 피우는 민들레 밭에 물을 주어 희망을 키우는 함동선의 봄은 바로 재생과 회귀, 반복의 속성을 지닌 민족의 재결합과 통일에 귀착되기 때문이다. 이것이 그가 말한 '원형으로 재현되는 방위감각'이다.

①

멸악산맥에서 큰 산줄기가 단숨에 달려오다가 삼팔선 팻말에 걸려 곤두박질하자 넘어진 김에 쉬어간다고 한쪽 무릎을 세운 치악산이 남과 북으로 나뒹굴고 있다 그 산허리께 치마자락 펼치듯 구름이 퍼지면 월남하는 사람들의 걸음 따라 골짜기가 토끼걸음으로 껑충껑충 뛰어내리면 흰 더없이 흰 팔을 드러낸 예성강이 이제 막 돌아온 봄비 속의 산둘레를 비치고 있다 (중략) 해방이 되었다고 만세소리로 들뜨던 산천 그 산천에 느닷없이 그어진 삼팔선으로 초목마저 갈라서게 된 분단으로도 부족해서 동족상쟁의 육이오전쟁을 겪고 휴전이 된 오늘에도 고향엘 못 가는 내 눈가의 굵은 주름살처럼 세월과 함께 슬픈 역사의 이야기가 소나무 숲에서 더 큰 소리되어 돌아온다

―「삼팔선의 봄」 부분

②

고향 사람들이 삼팔선에서 일어난 일에 한다는 소리가 난세야 난세야 하던 말이 귓전에 남아서 흔들린다 어려선 뭔 소린가 했는데 근 쉬흔이 된 이 나이에 알게 됐는가 온 밤을 새며 한 방울씩 떨어지는 고장 난 수도꼭지의 물처럼 난을 피해 예성강을 떠나오던 날의 뱃전을 치던 물소리가 되어 휴전이 된 지 25년이 된 오늘에도 내 가슴에 떨어진다 삼팔선 이남이면서도 휴전 때 미수복지구가 된 고향은 지운이 다 간 곳이구나 (중략) 그리곤 아무리 고향은 멀리서 생각하는 것이라도 말이다 내 발밑에 밟혔던 민들레꽃이 자꾸 내 발목을 휘어잡아도 못 가는 것은 그렇지 그건 우리 역사의 아픔 때문이다 우리 역사의 아픔 때문이다

―「지난 봄 이야기」 부분

해방의 감격과 동시에 38선이 그어지고, 6·25동란으로 수난을 겪은 현대사가 비극적으로 표현된 시이다. 그는 남과 북으로 뻗은 치악산 산줄기를 갈라짐이 아닌 만남의 산, 하나의 조국의 산이라는 공간의식으로 철저하게 본래의 하나 됨을 강조한다. 「우리는·1」이라는 시에서 "파도에 떠밀리고 떠밀리고 떠밀려도/ 다시 만나야 한다/ 어깨의 우두자국이/ 이른 초저녁별처럼 돋아나 있는/ 우리는"과 같이 하나의 만남으로 하여 단군의 후예임을 확인할 때, 비로소 하나 됨과 완성의 구체형성이 가능할 수 있다는 것이다. 그것은 우리 민족 동질성으로 상징된 "어깨의 우두자국"을 통해서 극명하게 표출되고 있다. 그러나 분단의 슬픔이 동족상쟁의 비극을 낳은 '역사의 아픔' 때문에 지금도 고향에 돌아갈 수 없는 그의 굵은 주름살 속에는 '슬픈 역사의 이야기'가 구겨져 있고, 또한 「어느

날의 일기 · 1」에서처럼 저승에서 통일을 염원하는 아버지의 음성이 무시로 재생되고 있음을 의식한다.

> 저희들은
> 무안하기가 그지없었습니다
> 돌아가신 아버님께서
> 분단된 조국이 언제 길이 트여
> 통일되겠느냐 하시는데
> 살아 있는 저희들은
> 아무 대답도 못 했으니 말입니다
>
> —「어느 날의 일기 · 1」 끝부분

살아 있는 사람들은 할 말이 없다. 할 말이 많지만 염치가 없다. 그리하여 욕심이 지나치고 조상의 뜻을 배반한 살아 있는 사람들은 이 시대의 역사현실을 어떻게 책임질 것인가가 미래사 기록의 쟁점으로 제시되어야 한다. 이것이 분단 상황을 논의함에 있어서 함동선이 제기한 문제의식이다. 그래서 그는 현 단계의 통일논의에 앞서 할 말을 못하는 양심의 가책에 괴로워하고 있는 것이다. 그의 만남의 의지는 확고부동하다. 남북적십자회담, 춘삼월 민들레 밭도 좋고, 북소리가 울리는 국도를 따라 38선을 지우고 휴전선을 넘어서 뜨거운 눈길로 만나자는 것이다. 역사의 시험대에 오른 분단의 아픔은 이것으로 종지부를 찍어 "어머니의 손을 놓친 채/ 고향을 놓친 채 떠난 피란길"은 그만하고 "남과 북을 터줄/ 말발굽 소리로/ 흰 치마자락 펴듯이/ 덮쳐 오는 파도에/ 어머니의 얼굴이 밀려온다"(「바다는」)는 그 어머니가 꿈이 아닌, 환상이 아닌 현실의 어머니이기를 갈원하는 만남의 눈물이 되도록 단일민족의 핏줄을 땡겨야 한다는 것이 그의 만남과 하나 됨을 위한 통일의지이다.

①
칡덩굴이 우거진 북쪽 능선으로 그어져 있는
삼팔선을 지우노라고
손톱까지 물이 든
역사의 날개 부딪히는 소리가
지천으로
이름 모를 들꽃으로 피어 있다
오리 가다가 오리나무 가지에 걸려
피란을 못 떠난
낮달의 곱게 감은 눈 속에
한 옴큼의 저녁햇살로 물든
분단의 아픔이
사랑방 뜨락의 모란꽃이 되어
한 잎 두 잎 떨어진다

－「못물 안에」 후반부

②
이산의 아픔은
달빛을 진 바위같이 어깨를 누르지만
이제 그만 눈물은 눈물이도록 하고
이제 그만 세월은 세월이도록 하고
이만한 분수의 시험은 이만한 분수의 시험이도록 하고
다시 만나게 되리

－「우리는 · 2」 후반부

　이 시에서 매우 거칠고 어둡게 눈에 찔려오는 낱말은 '삼팔선, 피란, 분
단, 이산, 눈물, 시험'이다. 시련과 고난의 역사를 함축하고 있는 이러한
시어의 나열만으로도 우리의 분단 현실을 얼마나 험악한 미궁에 빠져 요

지부동인가를 직감적으로 느낄 수 있다. 그러나 그는 남과 북의 만남의 의지를 결코 포기하지 않는다. 그러면서 슬퍼하고 고향을 찾고 어머니를 그리워한다. 「가을」이라는 시에서 "오늘은 눈이 아프도록/ 돋보기를 끼고/ 플라타너스 잎으로 지고 있는/ 어머니의 손등을 그린다"고 하는 그의 눈에는 고향산천이 내다보이고 거기에 어머니의 거칠고 메마른 손등이 얼비친다. 어머니와 재회, 고향으로의 복귀, 여기에 함동선 시인이 추구하고 있는 통일원리와 그 실천이념이 내포되고 집약되어 있다. '겨울이 길면 봄은 따스하다'는 평범한 진리를 구태여 대춘待春의 산수유꽃에 비유, 믿음과 소망을 걸지 않더라도 분단의 역사가 긴 만큼 한 가족, 한 겨레로서의 만남의 기쁨과 통일의 감격은 더욱 뜨겁고 벅찬 인간사 창조의 전기가 될 것이다.

5. 이미지즘의 회화적 기법 문제

이 글의 서두에서 함동선의 시는 "전통적 서정을 바탕으로 하면서, 그 서정이 넘치지 않도록 문체상의 실험을 꾀하고 있고, 그중에서도 두드러진 것은 이미지즘의 회화적 기법을 원용하고 있다"는 시인 자신의 말을 인용한 바 있다. 확실히 재음미할 만한 가치가 있는 발언이다. 그럼에도 불구하고 시의 형태론적 실험정신에 관심을 기울여준 평자가 아무도 없었다는 것은 다소 의아스러운 생각이 든다. 물론 시인이 말한 그 "문체상의 실험"이 액면 그대로 이제까지 발견되지 않은, 전혀 새로운 문체였느냐 하는 점에 대해서는 재고의 여지가 없는 것은 아니다. 왜냐하면 이미지즘의 기법문제는 1930년대 김광균金光均 등의 모더니스트들에 의하여 이미 실험을 거쳐 완숙의 단계에 있기 때문에 새로울 것이 없다는 판단에서였는지 모른다.

그런데 그의 시를 논의함에 있어서 표현상의 특징을 무시해 버리고 시의 내면세계에만 치중한다고 하면 그것은 시가 무엇을 가르쳐 주려는 것이냐의 메시지를 위한 논리적 설득은 강화될지 모르지만 시가 시다워야 하는 언어의 형상성, 운율의 효과, 이미지의 미적 구성에 대한 형식요소, 즉 함동선의 시를 아름답게 형성하고 있는 가장 중요한 표현기능은 상대적으로 제2차적인 문제로 뒤처지지 않을 수 없게 된다. 그렇게 되면 마치 몰골사나운 해골을 들여다보고, 살았을 때의 그 사람의 정신과 업적과 모범된 인품을 추적해 가는 과학적 뒤치다꺼리가 될지는 몰라도 산 사람의 아름다운 얼굴을 구성하고 있는 제조건을 보지 못하는 결과를 초래하게 되고 말 것이다. 진실로 함동선의 시와 미와 창조적 표현특징은 다름아닌 이미지즘의 회화적 기법에 전적인 도움을 받고 있기 때문이다.

이미지 중심의 회화적 기법을 원용하고 있는 그의 대표적인 작품들은 「그게 향수란 거 아냐」, 「벽란도 나루」, 「고향은 멀리서 생각하는 것」 등을 손꼽을 수 있다. 이러한 일련의 시들은 중층적 이미지가 연쇄 고리처럼 복잡하게 얽혀 있고, 연상에 의해 붙잡혀온 사물과 사실을 정확하게 시상화視像化하고 있기 때문에, 시인의 심상활동이 더욱 빛나는 것이며, 상상의 세계가 명징하게 드러나 보인다.

> 손가락 사이로 빠진 한 해가
> 발돋움하다가 기웃거리다가 다 갔으니
> 가야 할 연안 땅은 그만큼 가까워졌는가 했더니
> 열 살 때 떠 보낸 가오리연이
> 입술이 시퍼렇던 어린 날 그대로
> 떠서
> 찬바람으로 내 눈썹을 쿡쿡 찌르는 게 아닌가

그리구 두어 번
굽이 낮은 하늘을 제치고 키질을 하더니
접은 손수건만한 솜구름으로
불암산 소나무 가지에 걸리지 않는가
서둘러 따라가 봤더니
그건
섣달그믐의 고향 하늘이 아닌가

-「그게 향수란 거 아냐」 전문

이 작품은 연상작용이 아주 활발하고 뛰어난 시이다. 조국이 남과 북으로 쪼개져 많은 세월이 흘러갔지만, 귀향의 꿈이 무산되자 시간개념으로서의 분단의식과 공간개념으로서의 망향의식이 하나의 좌표선상에서 심리적 갈등과 허탈과 실망으로 굴절되어 있다. 그러면 그럴수록 그와는 반비례로 시인의 마음을 온전히 감싸고 있는 것은 회상되는 유년의 고향 하늘이다. 이 공간 속에 투사된 시인의 상상 세계가 정교한 중층심상으로 이미지의 다층적 현상을 보여주고 있는 것이다.

시간 축 솜구름 찬바람 가오리연 고향하늘 공간대

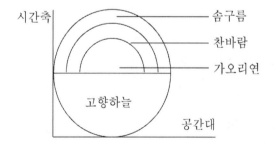

이 도형에서 보는바 공간대의 고향 하늘 속에 가오리연을 중심으로 모든 추억의 잔영이 드리워져 있다. 맨 먼저 유년의 경험으로 가오리연이 떠오른다. 그러자 바람에 띄워 연을 날리던 겨울 추위가 환기되고, 눈썹을 찌르던 그때의 혹독한 찬바람이 어찌나 매섭던지 오리연의 인상은 아예 찬바람의 실체로 변모된다. 그러나 가오리연은 그 즉시 솜구름으로 연상되면서 그것은 접은 손수건만한 작은 것이 되어 "불암산 소나무 가지"에 걸리는 것처럼 보이더니, 쫓아가 보았을 때는 허무하게도 온데간데없고, 문득 회상에서 깨어나 현실세계로 돌아온 그의 눈에 "섣달그믐의 고향 하늘"만 아득히 보였다는 시이다. 이렇듯이 '가야 할 연안 땅=가오리연+찬바람+솜구름=고향 하늘'과 같은 등식으로 구조화되어 있고, 단층적인 연상을 여러 겹 싸올려 치열한 언어게임을 벌이고 있는 것이 그의 이미지즘의 회화적 기법이다.

「벽란도 나루」라는 시 역시 중층심상에 의한 언어형상의 정교한 모습을 잘 드러내고 있다 말하자면 분단의 슬픔 속에 회상된 고향산천과 어머니의 짙은 영상과 삶의 풍물들이 회화적으로 시상화된 이미지 시의 좋은 본을 보여준다.

> 밤새
> 삼팔선이 흘린 눈물로 불어난
> 강물이
> 비단자락을 느릿느릿 풀어헤치자
> 잽싸게 황해로 달아나려고
> 내 어릴 때처럼 어머니의 소매 끝에 서성거린
> 청무우밭
> 그 속을 뚫고 들어온 양지에는
> 그 옛날

개성을 드나들던 봇짐이
　　주막에 걸린 채
　　커다란 눈을 껌벅이고 있는 고기 시늉을 한다

　이 시의 이미지는 민족 비극의 역사를 상징하고 있는 강물을 통하여, 회상되는 어린 시절이 여러 층으로 중첩되고 있다. 즉 고향의 강물을 상상하는 순간 그 푸르던 물빛에서 청무우밭이 연상되고, 여기에 눈감아도 보이는 어머니의 모습이 개입되면서, 한편 해맑은 양지와 주막과 주막에 걸린 봇짐이 층층으로 쌓여 있음을 보게 된다. 이것은 고향에서의 아름다운 인상이나, 호기심을 자극하던 풍물들을 참다운 삶의 가치로 인식하고 있다는 단적인 증거이다. 그리고 단순하게 강물의 소재에만 한정되어 있지 않은 시적 요소들, 다시 말하면 강물의 인상＝청무우밭 → 어머니와 양지 → 주막의 봇짐 등이 복수적으로 다층을 이루고 있음을 보게 된다.

　　절절절 흐르는 예성강 물소리에
　　고향 사람들 얘기 젖어서
　　들국화는
　　체육시간에 쳐들은
　　아이들의 손들을
　　그냥 손들게 하고
　　한 곳으로 모여 피었는데
　　그 별난 산열매 맛 나는
　　한가위 언덕을
　　심심치 않게 주전부리하며 오는
　　나비의 날갯짓으로
　　내 속옷을 꼬매시던
　　어머니 얼굴의

달이 떠 있는데

귀뚜라미 우는 소린

팔고인 베개 밑에서

더욱 큰 소리 되어

고향으로 간다며 길 떠난

저어기 언덕엔

수염이 대치나 자란

세월만이

가득할 뿐인데

　　　　　　　　　－「고향은 멀리서 생각하는 것」 전문

　중층심상의 배려가 잘된 시이다. 고향을 생각하는 마음속에 연상 작용
을 일으키고 있는 객관적 상관물들은 예성강 물소리의 환청에서 비롯된
정다운 고향 사람들의 얘기 소리와 들국화와의 교감작용, 들국화와 아이
들의 손과의 순결무구한 조화와 일치, 나비의 날갯짓과 어머니의 바느질
에서 느끼는 밝고 아름다운 자태, 지극히 행복해 보이는 어머니의 얼굴
과 어두운 세상을 밝히는 달의 모습과의 밀접한 상관성, 이런 심상들이
연속되는 가운데 고향을 그리는 시인의 상상 세계가 화면처럼 나타나 보
인다. 결국 함동선의 시에 있어서 '조용한 파괴 작업'은 문학사 전개에 대
한 '문체상의 실험을 꾀하고 있다'기보다는 그 자신의 창작태도에 대한
실험의식이라는 것이 틀림없다. 다시 말하면, 시의 전개양상이 서술적
의미전달에서 회화적 기법으로 그 표현 방법을 달리 시도한 성공적인 예
라고 볼 수 있다. 따라서 그의 시세계에 잠재해 있던 '고향, 어머니, 분단
의식'은 바로 이러한 이미지즘을 원용함으로써 '전통적 서정 또는 향토
적 정서'를 보다 현대적으로 전달할 시의 모형을 만드는 일에 민감하게
적응했던 것이다.

함동선의 시는 모두가 분단역사의 아픔 속에 망가진 한 맺힘이고, 민족 동질성을 회복하고자 피범벅이 되어 조상의 한을 푸는 씻김굿의 한 전형이다. 고향과 어머니로 대유된 그의 망향의식은 궁극적으로 개인의 감정 상태를 훨씬 넘어서 분단 상황의 극복, 또는 구원과 사랑이 있는 영원한 삶의 공간, 그리고 실재의 본향으로 귀의하려는 시의 대승이라고 말할 수 있다. 이러한 시적 발상의 원천이 된 고향, 어머니, 분단의식은 곧 실향의 한과 자기체험의 상황적 논리를 토대로 남북한 동족의 화합과 통일이념의 질서체계라고 판단된다. 말하자면 그의 시는 자신의 속울음이고, 우리 민족 전체의 비창인 것이다.

(『산목함동선선생화갑기념논총』, 1990.6)

사향과 시적 변용

채수영*

1. 시-인식의 출발

아리스토텔레스로부터 문학을 유기체로 파악한 이래 시를 바라보는 시각은 다양한 변화를 점철해 왔다. 신비평의 이론으로 옷을 입어도, 구조주의 이론으로 옷을 입어도, 작금에 기호이론으로 옷을 입어도 시는 항상 히히 웃으며 저만큼의 거리에서 손짓을 하는 그 목마른 갈증에서 숙명의 몸짓을 되풀이 하고 있다. 어느 날 갑자기 월척을 낚아 올리는 낚시꾼처럼 시의 얼굴을 붙잡았다 하더라도 자고 나면 저만큼의 거리에서 앞서 있는 또 하나의 미망 앞에 시는 또 다른 손짓을 건네고 있고, 이를 바라보는 숱한 시인들은 또다시 뒤쫓기를 열성으로 계속하고 있어도 정작 골인 지점에서 금메달이나 은메달을 획득했다는 소식을 들을 수 없다. 이 점에서 시인은 시를 뒤쫓는 무한의 옹호자이고 신도이며 사냥꾼이고 추적자라는 미로에 갇힌 나그네이다.

---

* 채수영: 문학평론가, 문학박사, 전 신흥대학교 교수.

문학은 환경과 풍토 속에 독특한 얼굴을 만든다. 그 얼굴은 도식적이거나 획일적인 합리의 그릇으로 잴 수 없고 자유로운 탄생과 정신을 담고 있다는 데서 신비성의 얼굴을 소유한다. 한 시인의 운명은 어쩔 수 없이 민족이라는 단위 속에 있어 민족의 전통과 연면連綿한 줄기이거나 가지의 역할을 담당한다. 그러나 어떤 이론의 정치精緻함에 있어서도 한 시인을 끈으로 묶어서는 안 된다. 시인의 생각은 완벽한 자유로 놓아둘 때 민족 속에 가장 독특하고 자연스러운 사상을 흡수하고 자라면서 그만의 독특한 특징으로 형성된다. 시인은 서로의 영향 속에서 자기개성을 발견하고 자기를 민족이라는 단위 속에 독특한 위상을 만들게 되고 이로부터 입지를 갖춘 목소리의 문패를 갖게 된다. 시인은 개성의 소유자요 개성의 유별난 창조의 바탕도 이런 데서 그 맥을 발견할 수 있다. 한국 시문학은 명확한 이분법의 칼날을 휘두르고 있다. 이런 현상은 근대문학이 시발된 이후 두 얼굴로 나누는 명확성이 한국의 문학이라는 줄기에서 무슨 의미가 있는가는 매우 의심스럽다. 한국문학은 10세기에서도 15세기에서도 오늘의 20세기 후반에서도 결국 한국문학일 뿐 굳이 이분으로 나누어야 할 현상은 결국 문학을 왜소하게 혹은 불필요한 가름장치로 나누어야 할 만큼 복잡한 양상도 아니라는 데서, 어디부터가 고전이요 어디부터는 현대라는 강을 만들어야 할까는 의심스러운 일이다. 이런 현상에서 함동선 시인의 시적 인식이 출발한다. 이는 그의 시를 점검하는데 무대배경을 전한국문학의 장 속에서 바라보아야 한다는 원근법을 묵시적으로 강조하는 말이라서 반가운 현상이다. 이런 판단은 오랫동안 대학 강단에서 문학을 생각해 온 결실이고 그 결과라고 여겨진다. 그의 발언을 옮겨놓고 논의를 계속하겠다.

　오늘날 한국 현대시의 시각은 고전시 그 자체 내에서 맥락을 찾는 일면과, 서구 시는 하나의 충격으로 수용돼야 한다는 과제로 집약되고 있다. 말하자면 한국시의 근대적 변화는 고전시 자체 내에서 이루어진 변화이고, 서구시는 하나의 충격으로 수용되어야 한다는 인식이 바로 그것이다.

　　　　　　　　　　　　　　　　　　　　－함동선 시집 『식민지』 서문[1]

　한국문학을 융성하게 하기 위한 방도는 여러 각도가 있을 수 있다. 우리만을 바라보는 내적 시각 편중은 자기의 체중을 편협하게 하는 경향이 있고, 타국의 이론에 외적 시각 편중은 사시의 눈을 만들어 자기를 망각하는 사람이 될 수도 있다. 작금까지의 문학적 열성은 후자에 경도된 결과로 서구 이론의 소개와 그 흉내 속에 한국문학의 얼굴 찾기를 계속했지만 명쾌한 답안으로 제시한 적은 없다. 이런 현상은 지금도 반성의 기미가 보이지 않고 있는 현상이다.

　한국문학은 한국문학이 중심이 되어야 하고, 그로부터 타국의 문학과 이론을 융합하여 넓은 우리의 장을 만들어야 한다. 오늘의 문학은 하늘에서 떨어지는 얼굴이 아니라 수로부인의 헌화가에서나 월명사의 애절한 소원에서 오늘의 전통적인 호흡이 들어있지 않다고 부인할 수 있는 이론이 성립될 수는 없을 것이다. 함동선은 이런 초점에서 부터 그의 시의 바탕이 있다는 것을 이해하게 된다. 그의 시에 고향이라는 맥락도 결국 전통으로의 눈을 돌리는 데서 발견할 수 있는 그의 정신의 일단이다. 물론 고향은 함 시인만의 전유물도 아니고, 또 그만의 특징이 내장된 느낌도 아니다. 오히려 김수돈이나 이은상이나 정지용의 시에서의 고향만의 애조는 더욱 짙은 느낌을 주고 있다. 그의 말처럼 오늘의 시가 더욱 앞으로 발을 옮기기 위해서는 서구시를 우리의 정체된 호흡에 충격을 주는 자극적인 요소로 받아들일 때 한국시는 옳고 탄탄한 대로에 들어설 수

---

1) 본고는 시집 『식민지』(청한문화사, 1986)와 『마지막 본 얼굴』(홍익출판사, 1987)을 중심으로 검토한다.

있게 된다. 함 시인의 시를 점검하는 전제로 그의 시에 대한 시각을 확인하는 것은, 그가 강단에서 시를 교수하는 문학의 이론과 병행하여 창작에 열중하고 있다는 탄탄한 함동선 시의 패각貝殼을 벗겨 보기 위한 길잡이 임을 밝혀 둔다.

2. 역사 그리고 시인

시인은 역사와 사회 속에서 시의 생명을 키우는 환경을 만들고 그 환경 속에서 그 시가 갖는 개성과 시의 모든 것을 만들게 된다. 레엔아르트 Leenhardt의 경우 사회를 문학 창조의 주체로 바라보면서 문학사회학으로 그 이론을 이끌어 나갔듯이 문학은 결국 사회 속에서 비롯되는 상상의 산물임을 달리 설명할 방도가 없다. 물론 문학과 사회와의 순수 관계 속에서 창조되는데 한할 때 사회는 문학을 키우는 어머니의 기능을 담당한다. 그러나 로웬달이나 골드만류의 이론가들이 생각했던 사회집단의식과 문학과의 관계를 검토하기 위함이 아니라, 시인이 살고 있는 사회 속에서 언어로 그 생각을 표현하는 한까지만 범주로 삼는다. 한국의 근대사는 굴곡과 굴절의 사회였고, 함동선 나이의 문인은 굴곡과 굴절의 근대사의 부침 속에서 어찌할 수 없는 운명을 이끌거나 혹은 개척해 온 사람들이다. 일제치하 나라를 잃은 운명 속에서 태어났고, 이런 부성父의 상실은 시인의 정신의식 속에 끊어지지 않는 위기의식과 도피의식, 혹은 소극성을 노출시키게 했고, 운명의 과감한 도전보다는 안주와 체념에 길들여진 세대였다. 더구나 해방과 더불어 밀어닥친 남과 북의 이질적인 이데올로기는 급기야 1950년 동족상잔의 처참한 민족 비극을 연출했다. 3년 동안의 전쟁은 20년 동안의 월남전쟁에서 죽은 240만 명보다도 더욱 많은 290만 명의 숫자가 암시하듯, 인류사의 비극이요 민족사의 참혹 그것이었다. 이런 시대의 격랑을 1930년생의 함동선은 역사 소용돌이의 중심에서 피해와 고뇌를 넘겨온 가상함이 있다. 더구나 문학이라는 배고픈 직업에서 그의 성 쌓기는 차라리 고독한 나그네의 애달픈 행로와 같았다. 그의 출생은 황해도 연백군 해월면이다. 위도상으로는 삼팔선 아래 있지만, 휴전선 위를 그냥 삼팔이북이라는 말로 치부할 때, 그는 분명이 땅의 이데올로기 전쟁에 고향을 뺏기고 부모와 추억을 뺏긴 이산가족이다. 그의 시에 어머니와 고향과 그곳의 강 이름이 넘나들면서 시의 분위기를 이끌어 나가는 것은―어찌 보면 망향가가 아니라 탄식의 절창이요, 민족의 아픔을 홀로 짊어지고 신음하는 병자처럼 어루어줄 수 없는 슬픔을 시로 노래하는 이 땅의 가수요, 이 땅의 비극적 표상인처럼 보인다. 그러나 문학은 안락과 행복과 따스함을 먹고 꽃피는 이상한 요술상자가 아니라 고통과 눈물과 배고픔과 슬픔을 비벼먹고 아름다운 꽃을 만들어 내는 참으로 이상한 마술이라는 점이다. 이로 보면 세계에서도 한국, 한국에서도 부모를 뺏기고, 추억의 한켠에 기억이 지워지는 것을 애달파하는 이산가족 중에 함동선은 확실히 그만의 독특한 영역을 갖고 있는 행복한 문인이라는 역설 또한 성립한다. 그의 체험은 그의 개성이요, 그의 개성은 그의 시라는 특성을 나타낼 수 있기 때문이다. 시는 시인의 체험을 상상으로 융합하여 언어 속에 의미의 유기적 질서를 세우는 데 있는 얼굴 그리기이기 때문에 체험을 질서화하는 양의 축적은 결국 시인 자신의 일부라는 말도 성립할 수 있게 된다.

1958년 『현대문학』에 「봄비」가 추천됨으로 시인이 된 함 시인의 시는 간결한 언어구조 속에 사물의 감각을 비유화하는 독특한 개성을 보이는 최근의 작품을 중심으로 그의 시적 원형질을 점검하려 한다. 이는 그의 시에 나타난 흔적trauma을 추출하여 그 내밀한 깊이를 추적하노라면 시인이 갖고 있는 사상과 의식의 밑바닥에 도달할 수 있게 된다.

　민족분단으로 인한 함동선의 개인적 체험과 이산의 아픔, 그리하여 고향을 그리워하는 상념은 그가 짊어지고 다니는 평생의 업고가 되었고, 이로부터 벗어날 수 없는 숙명의 기억을 재생하고 보존하려는 안타까움은 사향의 애달픔이 되었고, 어린 날의 추억과 어머니에 대한 사모의 감정은 예성강곡이 되어 유장한 흐름을 이룬다. 고향의 새인 뻐꾸기 울음과 민들레 들꽃의 기억을 놓치지 않으려는 시인의 간절함은 절창을 이루면서 정신의 혼적들을 이룬다. 이런 혼적들을 추적하노라면 그의 시의 모습이 무엇으로 구성되었고 앞으로의 지향을 가늠할 수 있게 된다.

　삼팔선은 분단의 숫자이면서 비극의 표징이다. 황해도 연백은 삼팔선 아래요 강화 교동에서는 지척의 거리에 있지만, 갈 수 없는 땅이요, 갈 수 없는 시인의 추억이 깃들어 있는 곳으로 시인은 이 공간을 주요 모티프로 천착하는 데서 그의 정열을 만나게 된다.

> 강제 속에 강압 속에
> 얼마나 구석구석 서 있게 하던지
> 절벽 위에 절벽 끄트머리에 절벽 아래에
> 왼 사방에 서 있게 하던지
> 우리 집은
> 파도에 떠밀리고 떠밀리다가
> 마지막 끝까지 떠밀려 와서
> 말라붙은 검부락지 같았다
> 게다가 길마진 소모양 그 자리에
> 어느 날은 앉게 하고 어느 날은 서게 하더니
> 폭력이 발끝에서 머리끝까지 미칠 때
> (중략)

형은

독립운동하다가

감옥에 끌려갔다

그날 풀섶에서는 밤여치가 찌르르 찌르르 울었다

물처럼 풀어진 온 식구는

조그만 바람에도 민감한 반응 보이는

포플러처럼 떨었지만

'이놈들 정말 지는 척하니까 이기는 척하누나' 하고

이를 악문 아버지는

오매간에 그리던 광복을 눈앞에 두고

울화병으로 돌아가셨다

그때 장사잠자리가 떠다니듯

B29 폭격기가

처음에는 마귀할멈 손놀림에 놀아나는 은박지처럼

무섭더니

나종에는

창호지에 번지는 시원한 누기와도 같은

안온함이

식민지의 처음이자 마지막 기쁨이기도 했다

그 기쁨의 현상은

좀처럼 잡을 순 없었지만

내 몸과 마음 모두가 활의 시위처럼

팽팽히 부풀어 올랐던 기억이

지금도 새로워진다

─「식민지」 부분

함 시인의 청소년 시절은 일제 침탈과 더불어 민족과 개인의 모든 것
이 수탈당한 데서 쌓아올린 시대상을 짊어지고 살아온 세대였다. '식민

지' 속엔 시인 개인의 가족사에서 사회사의 흔적들을 점검할 수 있다. 형과 아버지의 행위와 B29의 이미지에서 상상을 대동하는 정서의 비약이 정치하게 나열되면서 시인의 잔상 속에 남아 있는 기억들을 파노라마적인 수법으로 제시하고 있다.

함 시인의 시는 가급적 연의 구별을 갖지 않는다. 이미지와 이미지를 원 속에서 하나로 묶어서 처리하는 수—긴장과 치밀한 의미의 결합에 그만큼 원숙한 기법을 보이면서 응축된 언어의 초점을 하나로 집중하는 데 보다 능숙한 인상으로 출발한다.

'강제'와 '강압'의 의미가 '절벽'으로 이어질 때 극한적인 심리상황을 설정하면서 이 시의 무대를 만든다. 그리고 '우리 집'이라는 한국적인 인상의 건물을 설정하고 파도 소리에 떠밀리는 연약한 무드를 채색한다. 파도는 폭력과 폭압에 대응하는 연상 감정을 지속하는 의미를 계속한다. 파도의 연속성은 결국 일제라는 잔혹한 인상을 독자에게 계속적으로 충분하게 전달하고 있다. 그것은 '우리 집'이라는 '우리'의 단위 속에 '검부락지' 같은 인상의 연약함과 그로 하여 어찌할 수 없는 탄식과 울음이 뻐꾸기소리라는 향토적인 이미지를 따라 붙는다. 여름날 개울물소리는 시대의 흐름을 유추하게 하고 겉으로 드러나지 않는 우리 집 사람들은 뻐꾸기 울음 '속'에서 벗어날 수 없는 운명적인 시대의 아픔에 상처를 연상시킨다. 함 시인은 여기까지 연극 무대의 구체적인 소도구를 등장시킨 셈이다. 무대 배경은 고통과 아픔과 눈물을 솟아나게 하는 수법—눈물을 전면에 그려놓은 낙후된 수법이 아니라 파도와 뻐꾸기에 이입된 시인의 의도는 결국 의미를 전달해준다. 다음 단계는 이 무대에서 전개되는 구체적인 형의 사건이다. '독립운동'과 '감옥'이 밤여치의 울음 속으로 들어간다. 한낮의 설정이 아니라 밤을 울어가는 여치는 우리 집의 눈물이고 시대의 범주 속에 들어 있는 민족의 아픔이었다. 그 울음의 한계를 포플러처럼 떨고 있다는 데서 감정의 절정—더 물러설 수 없는 데서 아버지의 진노가 '이놈들 정말 지는 척하니까 이기는 척하누나'라는 일본의 구체적인 잔학상과 간교함에 맞서지만 결국 울화병이라는 원인으로 죽음이라는 결과를 만난다. 아버지의 죽음은 함 시인의 가족사에서 맞는 두 번째 비극이다. 울화병으로 돌아가신 아버지의 기억에서 시인은 냉혹한 이지와 지성의 절제로 시인의 울화는 형의 감옥사건에서도 아버지의 죽음에서도 일정한 거리를 유지하는 이미지와 이미지의 건너뜀을 계속하고 있다. B29의 출현은 '시원한 누기'와 같은 회복의 이미지가 되어 식민지의 백성에 안온한 느낌을 연상시켜 준다. 팽팽히 부풀어 올랐던 기쁨을 회상하는 기억이 오늘의 장면으로 전환된다. '지금도' 새로워진다는 현재 시점에서 기억을 거슬러 다시 오늘의 장면에 오버랩하는 수법을 나타낸다. 현실의 장면에서 비단 과거를 회상한다는 것으로 시가 안주한다면 오히려 상상의 한계를 차단하는 셈이 되겠지만, 함 시인의 시 속에선 사물과 사물의 특징인 서로 유동적으로 결합하여 하나의 세계를 구축하는 '응축된 언어'에 그의 능력을 쏟고 있다. 예컨대 '식민지'에 강압, 절벽, 파도에 우리 집 뻐꾸기의 전반부에 대립적 상관물이 후반에 형, 아버지와 감옥, 울화병, B29, 기쁨 등 이원적 대립 속에 서로가 결합하여 가족사에서 민족사의 상황으로 발전하게 한다. 이처럼 치밀하고 완벽한 구조물 속에 persona는 전면으로 나타나지 않고 상황을 엮는 수법으로 극명한 인상을 남긴다. 한 편의 시에 이미지와 이미지는 분리된 저마다의 인상을 하나의 울타리 속에 몰아넣고 종합의 인상을 남기는 능숙한 조련사요 목동과 같은 데서 시인의 능력을 보인다. 한 마리 한 마리의 짐승을 전체로 다루는 솜씨는 바로 시인의 능력이요 재능이기 때문에 두드러진 이미지의 결합에서 만나는 총합의 인상은 영원한 존재에서 지향과 일치해야 한다. 함동선의 경우 부분에서 결합된 의미를 재조정하고 배열하는 데 탁월한 조종의 솜씨를 보인다. '식민지'가 무대 상황을 설정했다면 이와 유사한 데 놓인 작품이 「삼팔선의 봄」이다. 여기에선 '식민지'의 막연한 설정보다는 보다 구체화하여 함 시인의 개인적 비극의 배경을 보여준다.

> 해방이 되었다고 만세 소리로 들뜨던 산천 그 산천에 느닷없이 그어진 삼팔선으로 초목草木마저 갈라서게 된 분단 그 분단으로도 부족해서 동족 상쟁의 6 · 25전쟁을 겪고 휴전이 된 오늘에도 고향엘 못 가는 내 눈가의 굵은 주름살처럼 세월과 함께 슬픈 역사의 이야기가 소나무 숲에서 더 큰 소리되어 돌아온다
>
> —「삼팔선의 봄」 부분

　　민족 비극의 지도를 만든 숫자는 삼팔선이다. 의식에 비극으로 형상화 된 것은 삼팔선이 갖는 이데올로기의 구별로부터 민족사의 고통이 시작 되었다. '느닷없이'라는 의외성에서 이 땅의 아픔은 시작되었다. 자생력 없는 민족 앞에 나타난 흥정의 결과가 삼팔선이라는 비극의 상징이 되어 버렸다. 공산과 민주라는 이질속성이 민족의 허리를 갈라놓고 너와 나를 욕해야 합리가 되는 비극의 강물은 시인의 뇌리 속에 지워지지 않는 개 인의 고통으로 남게 된다. '느닷없이'에 포함된 의외성은 비단 함동선 개 인에만 국한된 것이 아니라 민족의 앞날에 분단의 강물이 의식의 강물까 지 깊게 하는 결과를 맞게 될 때, 사회 속에 있는 개인의 운명은 언제나 사회 속에 영향을 받으면서 살아야 한다. 이처럼 역사적 현실 앞에 있는 시인은 어찌할 수 없는 상황을 숙명이라는 이름으로 자위해야 하고, 스 스로를 이끌어야 한다는 무거운 명제는 한국인이 당면한 처참한 몸짓이 었다. 함동선의 뇌리에 간직된 첫 번째 비극은 일제 침탈에 맞는 가족의 이별과 죽음에 이어 찾아온 동족상쟁으로 인한 이산의 뼈아픔이다. 어머 니와의 이별과 고향을 상실하고 그리워만 해야 한다는 비극의식이다. 이

런 비극적 인자凶子는 함동선 시세계의 바닥에서 만나는 실체이다. 이는 시인의 가장 깊은 곳으로부터 솟아올라 절제된 지성의 제어에 의해 실체를 아름다운 미감으로 바꾸어 놓는다. 시인의 체험을 곧바로 창조의 밀실을 만들어 그곳으로부터 새로운 세계를 만나게 하는 젖줄이 된다. 지금까지 함동선의 시가 비롯될 수 있는 바탕은 그가 살아온 시대의 공기— 그것은 처참하고 혹독한 시련 속에서 재생의 목소리를 피워내는 변형의 모습을 만날 때 독자는 신선함을 얻게 된다. 하나의 장면에서 또 다른 장면을 만나기 위해 시인의 경험은 변형의 기법을 보여야 한다. 시인이 체험한 경험을 언어로 포착하여 독자에 간접 체험으로 전달하는 데서 감동적일 수 있다는 것은 시인의 감수성과 언어 기교의 능숙함이 발휘되어야 한다. 비극 인식에서 비극을 지우려는 최초의 목청을 만난다. 「우리는 · 1」, 「우리는 · 2」는 이런 시인의 의도로 표출된다.

우리는
낮부터 지금까지
이렇게 오랜 시간을 같이 보냈는데도
헤어질 때는 남과 북 각각이구나
이러다간 영락없이 들에 세워진 허수아비처럼
(중략)
이따금
코끝에 니코틴이 녹아내리는 처마 끝의 고드름모양
흥건하게 담배로 달래면서
파도에 떠밀리고 떠밀리고 떠밀려도
다시 만나야 한다
어깨의 우두자국이
이른 초저녁별처럼 돋아나 있는

우리는

－「우리는·1」부분

'식민지'가 비극의식의 원인이라면 그 원인은 극복되어야 한다는 명제는 당연한 귀결이다. 그러나 어떻게 극복되어야 할 것인가 하는 구체적인 답안은 없다. 시는 문제와 답을 동시에 구유한 만병통치약은 아니다. 시인은 예언자요 선지자요 낭만주의자일지라도, 시인은 현실의 아픔에 신음하는 가장 선량한 인간이기 때문에 전지자적인 요구는 시인에 대한 예가 아니다. 함동선의 경우는 원인에 노래하고, 결과를 발견할 수 없는 공허가 있다. 원인과 결과가 똑같은 감수성으로 전달할 수 있다면 함동선은 이미 노래하는 시인이 아니라 논리주의자의 포로가 되어버린 결과일 것이다. 연작시「우리는」은 아마도 함동선이 제시한 동질성 회복의 목소리로는 최선의 제안을 제시한 셈이다. 고향 산천과 어머니를 노래한 추억은 있어도 우리가 되어야 한다는 합리의 변명은 없기에「우리는」에서 만나는 시인의 생각은 보편성 속에서 생각하게 하는 질감들과 만난다. 첫 시작 "우리는"에서 마지막 구절 "우리는"에까지 포위된 시인의 생각은 오랜 시간 남북이라는 이데올로기에 발목을 잡혀 "허수아비처럼" 살아야 하는 이 땅 사람들의 분노와 비극적 인식이다. 파도에 "떠밀리고 떠밀리고 떠밀려도"라는 반복에서 별처럼 돋아나는 '우리'를 소망한다. 그렇다면 '우리'는 왜 갈라진 분단 앞에서 속수무책이어야 하는가? 그리고 떠밀리는 파도의 힘없는 우리는 별처럼 빛나는 '우리'로 일어서야 할 신념 앞에 가로놓인 문제는 무엇인가? 여기엔 '우리'의 주체사가 없었던 역사의 장을 되돌아보아야 한다.

새로운 주체사의 대비 없이 맞이한 해방은 결국 혼란과 분단의 비극을 초래했고 남과 북이라는 색깔 다른 색칠로 지도를 그려야한 했다. 이는 반만년 역사에 대한 부정이요, 홍익인간이라는 건국이념에 대한 반역이다. (중략) '그는 강 건너 편에 있다'는 이유 때문에 같은 형체이면서도 강 건너 편에 너를 욕해야 이쪽의 나는 합리가 성립되는 이상한 이데올로기의 갈등에 익숙해진 지 40여 년이 되었다. 그렇다면 이데올로기가 무엇이기에 동족으로서 지구상에서 가장 먼 이민족처럼 만들었는가 (중략) 관념의 차가 이질적으로 형성된 남과 북의 외형적 색채는 다르다 할지라도 바탕으로 흐르는 궁극적으로 한 민족이라는 일원적인 귀결점은 영원한 역사의 숨결에서는 피할 수 없는 숙명임을 누구도 부인할 수 없다. 과거에 신라, 백제, 고구려가 정립하였다고 해서 따로 문학사를 편찬하지 않았듯이—여기서 우리의 문학사는 언제나 한국문학사 속에 있어야 한다는 현실적인 분단조차 극복의 논리를 갖게 된다. 다시 말해 남과 북이건 혹은 동서남북이건 그것이 중요한 것이 아니라 모두가 한국문학사라는 당위성은 어떤 이데올로기의 논리도 민족을 뛰어넘지 못하는 것이다.[2]

이데올로기는 삶의 질과 관계되는 선택적인 양식의 하나이고 민족은 필연적인 관계로 끊어질 수도 또 끊을 수도 없는 데서 이데올로기가 민족의 운명을 간섭할 수 없는 명분 속에 있다. 그러나 현실은 이데올로기가 민족의 운명을 비극의 저편으로 갈라놓은 결과 때문에 주체사의 반성이 앞서야 한다. 고려문학이 40여 편만이(이름까지) 전하는 이유는 이조 유학자들의 계산자尺 때문에 말살되었기 때문이다. 결국 이데올로기에 얽매이는 것은 민족을 배반하고 민족의 숨통을 조이는 불행 앞에 서게 했던 결과가 된다. '우리'가 아닌 너와 나로서 분열하게 했던 역사의 흔적을 이어받은 우리는 이제도 비극 속에서 벗어나지 못하고 있다. 남과 북이라는 것이 우리 스스로가 선택한 것이 아니고 열강의 이해놀음에 희생된 비극은 결국 우리가 해결해야 할 명제 앞에 있게 된다. 여기에 오늘을 사는 시인의 고뇌—가장 심각한 함동선의 절창은 계속되고 앞으로도 계

2) 졸저, 「한국문학과 이데올로기 극복」, 『한국문학의 거리론』, 시인의 집, 1987, 318~319쪽.

속되어야 할 노래가 되었다. 민족 속에 있는 이데올로기를 어떻게 풀어 헤칠 것인가를 숙고하는 데 우리는 새로운 장을 열 수 있을 것인가 없는가를 결정하게 된다.

> 핏줄이 땡기는 소리가
> 들려 올 만큼
> 그리움은
> 피난길의 기적소리로 쌓이고 쌓여서
> 구두를 덮어버렸으니
> (중략)
> 이산의 아픔은
> 달빛을 진 바위같이 어깨를 누르지만
> 이제 그만 눈물은 눈물이도록 하고
> 이제 그만 세월은 세월이도록 하고
> 이만한 분수의 시험은 이만한 분수의 시험이도록 하고
> 다시 만나게 되리
>
> -「우리는 · 2」 부분

함동선의 시에서 만나는 역사성은 언제나 반성에서 그 근거를 제시하면서 미래를 재촉한다. '이만한 분수의 시험'을 반복하는 데서 함축된 아픔은 더욱 처절한 시간성을 동반하고 있다. 역사가 전개되는 것은 과거의 반성 위에서 오늘을 세우는 데 있다면 그 역사는 언제나 자각을 앞세운 걸음이어야 한다. 우리의 역사는 강대국 사이에서 신음하면서 지켜온 회피와 눈치 보기에 익숙해 온 역사였다.

'토끼는 앞발이 짧다'는 말엔 주어가 둘이다. 이것이 우리 언어의 민족의 실상이다. 주어가 둘이 되고 주어가 생략되어도 뜻이 통하는 모호성

의 역사와 언어가 함께 있다. 우리의 삶은 주체를 어떻게 이끌어 가느냐에서 보다 어떻게 변용하면서 적응하느냐에 더욱 민감했었다. 이런 삶에서 오늘의 주체를 어떻게 정립해야 하느냐는 각자 다를 수 있다. 그러나 목적은 동일한 지점이어야 한다. 함 시인은 '이제 그만 세월'을 접고 자각된 우리로 되돌아가 '다시 만나게 되리'라는 간곡함을 잊지 않는다. 분단된 역사의 아픔을 원인으로 되돌리는 것이 아니라 당위성에서 맞는 현실은 과거를 들출 필요가 없다. 다만 오늘과 내일의 역사 속에 민족의 역사는 진취적인 앞날을 예약할 수 있게 된다. 핏줄로 하여 남과 북은 결코 분단의 이유가 성립되지 않는다. 더구나 그리움이 '구두'라는 시인의 피곤한 걸음걸이 앞에 만나야 할 이유를 가로막을 어떤 것도 없는데ㅡ여기에 시인은 어쩌지 못하는 사회 조직 속에ㅡ노래를 계속해야 할 현실이 남게 된다. 이념과 체제를 민족이라는 그릇에 용해해야 한다는 말이다.

> 나비가 민들레 언덕을 날으고 있다
> 나는
> 그 나비를 따라 날개짓을 익히다가
> 어느새인지도 모르게
> 한 마리 나비가 되어
> 하늘을 묻어올 만큼 높이 솟구쳤다가
> 이내
> (중략)
> 물 흐르는 소리가 들려오더니
> 골짜기 가운데 초가집 한 가호가
> 자꾸 흘러간다
> ㅡ「모든 형체는 서로 엉키어 흐른다」 부분

흡사 장자의 호접몽처럼 나와 나비가 하나로 변용되어 나도 없고 나비도 없는 의식의 변환을 가져온다. 사회사적으로 보면 공동체 속에 서로 다른 생각을 가질 때 이념의 갈등을 형성한다. 나를 없는 상태로 방기해 놓을 때 우리는 순수한 의미를 공유하게 된다. 나의 지나친 주장과 고집은 편견을 가져오고 편견의 벽은 나를 부인해야 하는 비극에 떨어지게 된다. 이데올로기는 민족이라는 핏줄의 단위 앞에 용해되어야 한다. 그것이 우리 것으로 돌아올 수 있게끔 변환되어야 한다. 자각의 깨우침이 전제된 상태에서 모든 편견은 엉켜야 하고, 그것이 하나의 흐름 속 역사에 용해되어야 한다. 나비라는 별개의 존재와 내가 어느 순간에 하나로 통합되어 하늘 속에 용해될 때 함 시인은 의식의 통일—민족이라는 단위 앞에 서게 되고 그것이 흐름의 이미지와 결합되어—민족의 삶을 지녀온 '초가집'으로 포용되어 '흘러간다'를 소망하게 된다. 물이 흐름에 연결되면 시간성을 떠올리게 되고 초가집에 사는 민족의 삶은 하나로 통일된 의식이 흘러간다로 최종 이미지를 마무리할 때 이 시의 호소력은 확장된 정서의 의미만 남게 된다. 그것이 독자에 통일이라는 직접 메시지보다 훨씬 고귀한 자리에서 손짓하는 미적 감응으로서의 설득력이 내장된 표현인 것이다. 함 시인은 항상 유동의 사물에서 유동의 의미를 만들어 나가면서 시적 전개를 생동감으로 채운다.

3. 고향

1) 추억의 공간

인간은 절대 앞에 한계를 갖는 시대적 존재이다. 시간의 진행은 공간을 지나가는 기억을 쌓아올릴 때 추억을 갖게 되기도 하고, 돌아가고 싶은 공간으로 설정되기도 한다. 고향은 비단 태어남이라는 원초적인 장소이기도 하면서 인간으로 맞는 가장 인연 깊은 장소로 생각할 때 과거의 특징이 있다. 고향을 현재 혹은 현재진행형으로 볼 때는 벗어나고 싶기도 하고, 애착을 갖지 못하는 다만 일과성으로 치부해 버리기도 한다. 그러나 고향을 떠났을 때 고향은 돌아가고 싶고, 돌아가 쉬고 싶은 친숙한 곳으로 의식을 채운다. 고향은 공간적으로는 항상 자유롭게 회귀 가능성으로 남지만, 시간적으로는 절대로 돌아갈 수 없는 불가능이라는 상충성 때문에 애달픔을 배가해 주고, 반면에 즐거움을 갖게 하는 역설적인 이중구조로 인식된다. 회귀가능한 공간구조는 시인에게 아름다운 곳으로 노래하는 형식이 되고 회귀불가능의 시간성에서는 그리움과 아름다움으로 옷을 입고 기억의 풍성한 줄거리를 회복하려 한다. 고향은 과거성 속에서 살아나려 한다. 명확성보다는 애매한 윤곽 때문에 고향은 언제나 잡힐 듯하다가는 사라지는 신기루 같은 존재가 된다. 상상은 창조에 결부되고 공상은 연상의 과정으로 창작과는 다르다. 코울리지는 상상력에서 새로운 세계를 만나게 된다고 했다. 고향은 새로운 세계를 만나게 하는 창조적인 원천이면서 자연이다. 그곳은 시인과 가장 밀접한 상관에서 출발하고 가장 친근한 목소리로 어느 때나 찾아갈 수 있기 때문에 창조의 진원지가 된다. 이 점에서 과거가 현실에 기여하는 미적 생산의 인자가 되면서 과거 공간은 더욱 윤택한 미감을 획득하게 되고 과거와 현실이 공존의 관계를 유지하는 두 개의 축을 형성하게 된다. 오늘을 사는 시인에게 고향은 두 개의 기둥에 하나가 되어 새 세계를 창출한다.

　　내가 추구하고 있는 고향이란 무엇인가? 그 고향은 나를 낳는 생태적인 고향 38선 이남이면서도 휴전선 북이 되어 갈 수 없는 지리적 고향이 아니다. 또한 평자들이 논의하고 있는 바와 같이, 고향상실, 실향의식이라는 지적도 적절하다고는 할 수 없다. 따라서 그 고향은 단순한 향수의 대상이라기보다 하나의 감각, 페르낭데스가 말한 구체감각이라는 원형으로 재현되는 방위감각이다. 이러한 방위감각을 상실할 때, 정지용의 경우에서와 같은 고향상실, 앙드레 지드의 경우와 같이, 남불南佛과 노르망디에 둘의 고향을 둔 것 등은 모두 그들의 약점이었다고 본다. 이런 때 진실로 위대한 시의 출발은 한 고향의 발견, 발견이라기보다는 한 고향의 창조에 있다고 본다.

함동선이 「나의 삶 나의 시」에서 고향을 변호한 글이다. 이 글은 그의 최근 시집 『마지막 본 얼굴』의 후기에 속하는 글이다. 칼라일은 비평에서 잘못을 지적하기보다는 좋은 점을 말하라는 말로 그의 작품에 대한 변호를 말한바 있다. 함동선이 '고향'에 대한 뭇 평론에 반기를 들면서 한 말로는 매우 합당한 지적으로 생각된다. 결국 평자들은 이 글을 읽으므로 한결같이 선입견의 오류를 헤맨 우스꽝스러운 잘못을 반성해야 할 수 밖에 없게 된다. 함동선의 고향에 대한 추구는 이데올로기의 장벽인 삼팔이북도 아니고, 실향의 푸념도 아니고—이런 관념적이고 피상적인 생각의 고향이 아니라 진실로 위대한 시의 출발을 위한 고향은 '한 고향의 발견', 즉 '한 고향의 창조'에 있다는 말로 고향에 대한 변론을 마무리 한다. 이런 시인의 결론 앞에 지금까지 함 시인의 시를 평한 평자들은 여지 없이 닭 보고 짖는 꼴이 되어 버린다. 그렇다면 '한 고향의 창조'란 무엇일까? 이런 해명을 시인은 외면하는 데서 후발 평론가의 입지가 설정된다. 위의 시인의 말엔 '생태적 고향'이라는 어휘의 일차적 문제가 대두된다. 역사적 사실로 삼팔선 이남이 황해도 연백이다. 그러나 그곳은 이데올로기의 붉은색으로 갈 수 없는 개념—이것이 삼팔선이라는 개념과 같아진다. 시는 항상 사실이 아니다. 다만 아리스토텔레스가 말한 개연성 probability 속에서 증명해 나가는 과정의 예술이다. 시는 이 점에서 수학이 아닌 상상으로 조립되는 가능성의 문을 열어 놓은 4차원의 예술이다. 생물을 군집의 대상으로 분류할 때 분류학taxonomy, 생태학ecology, 유전학 genetics과 진화론evolution theory으로 나뉜다. 더구나 생태적인 고향이라는 말에서—생태적ecology이라 말할 때 생명체와 환경 사이의 관계를 연구하는 학문을 지칭할 때—고향은 실증적 대상이 아니라 실증 위에 사는 보이지 않는 관념의 총체적 개념으로 돌아온다. 어떻든 함동선의 고향은 그가 고향을 실향의 측면으로 보든 아니면 존재하지 않는 상상 속에 나타나는 관념이든 그것은 상관할 바가 아니다. 홍길동전의 율도국이 존재하느냐 그렇지 않느냐는 별개의 문제다. 그런 이상향을 설정했다는 가능성은 인간에게 공감을 줄 수 있느냐 없느냐에 있을 뿐이다. 이점이 예술과 현실에 가로놓인 문제를 간과해서는 안 된다는 당위성의 문제가 제기된다. 함동선은 위대한 출발을 위해 그의 '고향', 혹은 '실향'이라는 벽을 뛰어넘으려고 한다. 그의 나이 이순 무렵에 이르러 사는 곳이 고향이라는 생각에서 지도 속에 고향이 전혀 다른 개념의 고향을 생각하게 된다. 그가 생각하는 고향의 개념은 지리적인 실제의 고향이 아니다. 최재서도 '고향이란 반드시 유형임을 요하지 않는다'라 말했다. 이 점에서 그의 시는 몸을 뒤흔들어 새로움 앞에 선다. 그러나 무엇이 변화인가는 그의 말로 증명할 수가 없다. 다만 그의 시로 말하는 것이 그의 육성 밑바닥을 증명하는 예에 불과하다는 점이다. 의식과 무의식은 동일한 보조로 나가는 것은 아니다. 의식의 한 발 뒤에 무의식은 따라갈 수도 있다. 이점에서 시인의 말과 시와는 거리가 있을 수 있다. 그가 말한 분단을 넘어선 노래가 무엇인가는 궁극적으로 한국 민족이 생각해야 할 큰 고향이면서 모두의 고향으로 이끌고 가는 시인의 의도 속에 들어가는 말이다. 인간은 결국 '고향'을—그것이 어떤 곳이든 그리움의 대상이라는 일반적인 관념의 보편성 속에서 맞으려는 설정된 공간이기 때문에—일반적인 것으로 증명하려는 것은 매우 어리석은 일로 치부된다. 이 점에서 함동선의 시에 고

향은 인간 보편적인 공간으로 그리움, 혹은 유년의 광장, 회고의 공간 등
으로 개념을 정리하면서 그 구체적 전개를 살피게 된다. 그의 시는 전통
적 정서 또는 향토적 정서가 주요한 시적 모티프가 되고 있다. 그렇다고
해서 거기에 안주하지 않고 조용한 파괴 작업을 시도하고 있다.3) 이런
말은 끊임없는 시인의 실험정신을 지적하게 된다. 실험정신은 시의 몸체
를 변화metamorphose하려는 창조적 노력을 지칭한다. 함 시인은 이런 기조
위에서 그의 입지를 마련하려 한다. 이런 각도 위에서 그의 시의 변화-
고향이 어떤 얼굴에서 어떤 얼굴로 바뀌려는가를 점검한다. 우선 고향이
시인의식의 원천임을 보이는 작품이다.

> 내 이사할 때는
> 고향 뒷산에 내린 적이 있는 하늘을
> 손 안에 담고서야
> 길을 떠났는데요
>
> —「소묘」 부분

　이 시의 시간적 시점은 아무래도 현재이다. 다음 행에 '고향 뒷산에 내
린 적이 있는'이라는 시간성을 개입할 때 과거와 오늘의 간격은 유장함
속에 '고향'은 계속성을 갖고 시인의 의식을 따라붙는다. 더구나 '손 안에
담고' 옮겨 다니는 이사는 고향의 모든 것을 잊지 않고 잃어버리지 않으
려는 시인의 끈질긴 집념이 투영되어 있다. 이로 보면 고향은 그것이 창
조된 고향이건, 그가 그리워하는 막연한 공간이든 별개의 문제다. 그의
의식 속에 연기적으로 작용하는 인자임에 틀림없을 때 상당한 힘을 발휘
하고 있기 때문에 고향은 시인의 촉수를 거느리고 나타나는 알 수 없는

---

3) 함동선, 『마지막 본 얼굴』, 96쪽.

나그네이며 친근한 동반자인 것이다. 돌아갈 수 없는 공간인 고향은 언제나 유년의 추억을 불러일으키는 데서 더욱 애절하게 된다. 변화 없는 옛일은 정적 공간으로 머물러 있기 때문에 시간을 지나온 현재 위치와 거리감을 단축할 수 없는 안타까움은 항상 미화되어 나타난다. 「무제」와 「단상」, 「그게 향수란 거 아냐」, 「여행기·1」, 「여행기·2」는 고향의 추억이 주요 심상을 이루고 있다.

> 가야 할 연안 땅은 그만큼 가까워졌는가 했더니
> 열 살 때 떠보낸 가오리연이
> 입술이 시퍼렇던 어린 날 그대로 떠서
> 찬바람으로 내 눈썹을 쿡쿡 찌르는 게 아닌가
>
>   —「그게 향수란 거 아냐」 부분

> 어린 날을 손에 넘치도록 꺼내들은 채
> 모두들 떠나갔더라도
>
>   —「무제」 부분

> 어릴 때 문지방에서 키 재던 눈금이
> 지금쯤은 빨래줄처럼 늘어져
> 바지랑대로 받친 걸 볼 수 있겠지
>
>   —「여행기·1」 부분

> 첫날 첫불에 불타던 고향 하늘은 간데없고
> 어릴 적 그대로의
> 코딱지만이 다닥다닥 붙어 있다
>
>   —「여행기·2」에서

어린 날의 추억은 가장 화려한 황금의 종이다. 얕은 개울이며, 피라미를 쫓는 여름날의 기억이며 친구들과의 싸움 등등—모든 것들은 추억의 강물이 되어 저만큼 흘러갔지만, 정지되어 있는 착각으로 더듬어 가는 어린 시절의 고향 일은 영원한 가슴속 심상이 되어 따라 붙는다. 비록 건너갈 수 없고 다가갈 수 없는 날들일지라도 사향의 노스탤지어는 항상 깊이 있는 소리처럼 들려온다. 김수돈金洙敦의 "고향은 아직도 내 마음에 너그럽다"(「고향」)이라는 기억이나 "지붕 낮은 나의 고향집, 아아 그 봄을 바라"(「그 봄을 바라」)라는 주요한의 고향은 한결같이 넓고 포근한 곳으로 이름 지어 있다. 고향을 떠난 마음은 떠난 시간과 거리만큼 관대해지는 데서 추억이 생기고 유년의 목소리를 재생하려 한다. 함 시인도 열살 때 가오리연을 날리던 어린 날을 이순이 된 나이에 역순으로 거슬러 회상구조를 펼치는 데서 오늘의 삶을 재충전하는 기회로 삼으려 한다. 「그게 향수란 거 아냐」에서나 「여행기」 속에 담겨진 유년의 추억은 현실의 삶을 부드럽게 어루만져주는 원형으로 생각할 때 더욱 소중하고 따스함으로 간직하려 한다. 고향이 그리움으로 계속 남는 이유는 아름답다고 생각하는 마음 때문이라면 고향은 그리움으로 미화된다. 노스탤지어는 시인에게 평생을 따라 붙는 그림자이기에 안온하고 다정한 사건들과 얽혀든다.

2) 그리움의 공간

호메로스의 서사시 「오디세이」는 고향 '이타카' 섬으로 돌아가는 주인공 오디세우스가 포세이돈의 방해를 받고 천신만고 끝에 그의 아내 페넬로페아가 있는 고향으로 금의환향하는 이야기이다. 오디세우스는 비단 정숙하고 사랑스러운 아내만을 위해서가 아니라 그가 생명처럼 여긴 고향의 향수에 이끌려 고난과 고통을 넘어 승리자가 된다. 고향은 모든 것과 바꿀 수 있는 인자가 있기 때문에 가치판단의 가장 지고한 높이에 놓을 수 있는 그리움이다. 새끼로 고향을 떠났던 물고기는 산고를 위해 죽음을 넘어 고향으로 돌아온다. 고향은 그리움으로 멀리 있다고 느낄 때 귀소의 강한 집념을 행동화한다. 그러나 함 시인의 시는 체념이(그럴 수밖에 없지만) 짙게 승화된 정지의 공간으로 나타난다.

> 불을 끈 방에
> 달이 뜨면
> 고향의 초가도 보이는
> 달구지 길도 보이는
> 귀뚜라미 소리가 들린다
> 눈썹 아래 자디잔 주름살처럼
> 세월 속에 늙은 이야기들이
> 자리에 누우면
> 밤새 이마를 훑는
> 흰 머리칼이 된다
>
> — 「그리움」 부분

　　회상구조 속엔 항상 그리움이 자리 잡는다. 그 공간으로 돌아간다더라도 실망만 안고 돌아올지라도 고향의 추억으로 돌아가려는 마음을 버리지 않는다. 아름답다고 느끼는 것은 친근하다고 느끼는 데서 오는 심리적인 작용이 더욱 우세하다. 비록 현실공간과 지나온 공간 사이에 가로놓인 시간의 연결은 불명확한 개념으로 남게 될지라도 시인의 의식 속에 살아 숨쉬기 때문에 고향에 대한 기억은 항상 소중함을 낳게 된다. 가질 수 없다는 것은 아름답고, 더구나 과거공간에 기억은 첫사랑처럼 화려하고 빛나는 것이 된다. 함동선도 이런 빛나는 기억 때문에 버릴 수 없이 끈적끈적한 그리움을 키우는 셈이 된다.

뻐꾸기 울적마다 꼬부라진 여름날의 산길같이
보리 가슬거리는 언덕을 넘으면
바로 고향길인데
야하 수만의 아름다운 들꽃이
소꿉놀이하던 손가락 수만큼이나
낯이 익어오는데
그간의 세월을 다 쓸어 모으면
내 새치만큼이나 많겠다야
오 친구야
헌데 넌
어릴 적 모양대로 어릴 적 밭이랑에서
손 내밀고 다가서는 내게
팔랑팔랑 나비처럼 춤추며 손짓뿐이구나
그리움은 쌓이고 쌓여서 내 구두를 덮는데
팔랑팔랑 나비처럼 춤추며 손짓뿐이구나

−「꿈에 본 친구」 전문

어릴 적 친구는 잔상의 가장 밑바닥에 남아 있는 얼굴이다. 이를 편리하게 추억이라 하지만, 명확한 기억 속에 살고 있기 때문에 뚜렷한 상으로 살게 된다. 우리네 시골은 뻐꾸기 울음 속에 보릿고개를 맞았고 철쭉꽃 피는 산천의 화려한 색채를 기억한다. 작은 산길에 이르면 고향의 기억이 파노라마처럼 펼쳐지고 소꿉놀이하던 친구들이 무더기로 살아온다. 물론 오늘의 시인으로서는 만져볼 수 없는 회귀불가능의 과거사이다. '나비'와 '손짓뿐'이라는 신선한 비유에서 잡을 수 없는 기억이 날아다닌다. 이런 이미지의 유동성은 시인이 갖고 있는 정서의 무더기가 되어 그리움의 높이를 만든다. '구두를 덮는데'만큼의 높이가 함동선이 애달파하는 그리움의 높이다. 구두라는 이질적 이미지를 유추하기 위해선 거리의 아스라함을 생각하게 한다. 구두가 팔랑팔랑하는 나비와 결합할 때 생성하는 유동감을 배가해 주고, '그리움은 쌓이고 쌓여'에 이르러 애절한 공간은 더욱 멀리 있는 것처럼 아슬해진다. 함동선의 시 속에 고향은 시인과 거리를 갖는 데서 미화된다. 기억의 먼 거리에 도달할 수 없는 과거적인 경험요인과 거기에 닿으려는 아름다운 상상 사이에 가로놓인 그리움의 간격―그 간격은 고향의 자연인 예성강과 들꽃 혹은 민들레와 뻐꾸기 소리를 갖추고 시인을 부르는 소리로 돌아온다. 자연이 시 속에 육화된 감정을 낳고, 생성하는 의미로 재생된다. 함동선의 시에 나타나는 자연은 신비성보다는 보편적인 데 놓인 다정다감함이다. 이는 삶의 원형이 숨 쉬고 있다고 믿는 공간이기 때문에 아름답게 상상되어질 뿐이지 특이한 연상을 첨가할 만큼 별난 개념은 아니다. 앞에서 '창조적 고향'이란 시인의 말을 연상할 때 함동선의 의식 속에 고향은 체념이 누그러진 보편성으로 나타난다. 이는 지나버린 시간과 상관이 있게 된다.

> 옥양목 새 옷으로 갈아입으시고
> 횅하니 담을 돌아오시는 할머니를
> 오늘도 비치고 있으니
> 한 치 앞에서 뵙는 거나
> 고개 넘어 뵙는 거나
> 그리고 못 가는 고향에 계시다고 생각하는 거나
> 넓은 천지에 뭐이 그렇게
> 대수로운 차이가 있겠는가
>
> ―「얘야」 부분

지천명의 나이를 넘어선 함동선은 할머니와 고향을 동일공간에 놓고 거리를 소멸시켜 버린다. 고향이라는 연백의 실제적 거리와 시인의 거리가 없어지는 데서 고향은 전혀 다른 개념으로 오버랩된다. 「애야」로 보면 시인이 생각하는 고향은 초월의 공간으로 시인의 마음속에 자리 잡게 된다. 현실공간에 있다고 믿는 데서 오는 허탈감이 시간의 계속성에 밀려 버릴 때 정리된 공간으로 남아 항상 소유한 것 같은 고향이 되어 버린다. 이런 생각은 시인의 나이와 밀접한 관련을 갖는다. 인간의 나이는 세상 모두를 용해하고 새로운 의미로 탈바꿈하기 때문이다. 시집 『식민지』 (1986년)와 『마지막 본 얼굴』(1987년)의 상재년으로 볼 때 50대 후반 시인의 마음속에 고향은 다시 되돌아갈 수 없는 명백한 체념에서 생각만 바꾸는 셈이다. "넓은 천지에 뭐이 그렇게/ 대수로운 차이가 있겠는가" 하는 넓이만큼 광범위하게 변모한다. 고향은 변함없는 고정공간이고─ 인간은 수시로 변하는 의식 때문에 변하는 의식에서 고정공간은 언제나 신빙성 없는 안개 속에 쌓이는 고향의 그리움이 특징일 수도 있다. 이럴 때 고향은 허무의 색채를 갖는다.

> 내 빈손 안에
> 늘 잡혀 있던 고향이
> 어디쯤 있을까 두리번거렸더니
> 저 첩첩 산과 흐르는 물속에
> 내 옛집이 그대로구나
>
> ─「홍류동」 부분

　　함동선의 시는 한몫 속에 있어 하나의 마침표까지 단숨에 내려가야 할 만큼 가파르다. 쉼표와 마침표의 배역이 아니라 하나의 마침표로 직핍直逼해야 할 만큼 탄력적인 문체의 특징이 있다. 이는 시에 연의 구별이 없는 것과 맥을 함께한다. 「홍류동」에서도 고향의 허무가 빈손에 담겨진 망연함을 위해 탄탄한 탄력을 갖는다. 한 번의 호흡으로 허무를 만드는 기법은 그가 언어를 빚어내는 각고의 결실일 수 있을 뿐만 아니라 이미지를 정서의 다발로 연결하는 비범한 능력을 갖고 있다. '빈 손 안에'와 '잠혀 있던 고향' 사이에 공허감을 '내 옛집'으로 둔갑하는 허무의 실상이 결코 허무로 느껴지지 않게 되면서 없는 공간이 있을 것처럼 착각을 갖게 된다. "많은 생각에 얽혀 지낸 세월/ 하늬바람만 불어도/ 작은 나뭇가지의 흔들림 따라/ 그늘졌다가 밝아졌다가 하는/ 그림이 되어 있는 걸" (「허무가 생각되는 날」) 같은 그늘과 밝음 사이에 '불그레 달아오르는 고향산천을 본다'는 시인의 의식은 없음 속에서 있음을 만들어내는 언어 결합의 묘미를 고향이라는 원형 속에서 터득한 새로운 얼굴인 셈이다.

> 어린 시절에 불던 풀피리 소리 아니 나고
> 메마른 입술에 쓰디 쓰다
>
> 고향에 고향에 돌아와도
> 그리던 하늘만이 높푸르구나
>
> ─정지용, 「고향」 부분

　정지용의 고향은 쓰디쓴 고향의 거리를 느꼈다면 함동선은 적당한 거리 속에 간격을 유지하기 때문에 돌아갈 수 없는 고향일지라도 그립고 아쉬움이 아름다움으로 남게 된다. 정지용의 「고향」이나 김기림의 「향수」나 김상용의 「향수」는 정서 대상이 우울한 쪽에 있어 시인의 감정이 절제되지 못한 듯한 쓴맛과 애조에 떨어졌지만, 함동선의 실향은 역사적인 바람에 의했기 때문에 간절함이 깊은 것으로 파악된다.

내 이마에는
고향을 떠나던 달구지길이 나 있어
어머님 생각이 날 때마다
(중략)
수백 년의 무게로
우리의 아픈 역사를 베어내지만

− 「내 이마에는」 부분

고향길은
역사의 발자국소리와 같은 것
세상이 뒤집히면 함께 곤두박질했다가
세월이 출렁이면 따라서 출렁이다가
운명 속으로 저벅거리며 오고 간 나날인데도
안적도 따습네야

− 「고향길은」 부분

내 발밑에 밟혔던 민들레꽃이 자꾸 내 발목을 휘어잡아도 못 가는 것은
그렇지 그건 우리 역사의 아픔 때문이다 우리 역사의 아픔 때문이다

− 「지난 봄 이야기」 부분

　실향이 사향으로 바뀌는 데는 공간의 낯설음에 있다. 자기 영역을 장
악하지 못했을 때 고독을 느낀다. 수구초심은 능력이 한계에 이르렀음을
자각했을 때 나타나는 의타적 심리행위이다. 시인이 고향을 잃은 원인은
출렁이고 곤두박질치는 역사에 있음을 발견하고 있기에 창조적 고향을
생각하게 된다. 이른바 정들면 고향이라는 말이나 친해지면 친구가 되는
이치처럼 달관된 체념 속에 자기를 발견하고 역사의 흐름에 맡겨두는 자
세를 취한다. 역사의 아픔은 개인의 능력으로 벗어날 수 없는 데서 비극

이지만, 그로 하여 고향의 노래를 계속 부를 수 있는 아이러니는 문학이 갖는 역설의 미학이다.

4. 가족들

1) 갈증의 시학 – 어머니와 고향

고향은 모태심상과 일치함으로써 어머니와 같은 이미지가 된다. 어머니는 태어남을 주는 원인이라면 고향은 인간이 이 세상에서 최초의 인연을 맺는 장소로 인식된다. 생명과 삶의 원형이 한 가지에서 발원하는 데서 고향과 어머니는 자연스레 하나의 영역으로 자리 잡는다. 더구나 과거 공간으로 가는 데서 어머니는 자혜로운 사랑을 잉태하는 개념이 우선하고 고향은 추억이라는 행복함을 놓치지 않으려는 데 항상 같은 선을 유지한다. 이런 등가물은 시 속에 나타날 때 더욱 밀착된 자혜의 뜻이거나, 사랑의 원초적인 이미지에 묶이어진다. 이런 현상을 오양호는 함동선의 시세계를 조명하면서 다음과 같이 기술하고 있다.

> 함동선의 시는 이렇게 어린 시절이 고향의 이미지에 싸여 있고, 그 고향은 어머니의 이미지와 겹쳐지며, 또한 그것은 무구한 요람기로 나타난다. 무릇 인간의 상상력 속에서 고향이란 이미지는 어머니란 이미지와 언제나 한 상한象限에 놓이고, 그렇게 한 상한에 매달려 체험되는 시간이 어린 시절이다.
>
> – 『마지막 본 얼굴』 해설 부분

어린 시절을 보호받는 곳은 어머니이다. 그러나 평생 정신적으로 위안을 받는 원형의 장소는 고향이다. 고향이 돌아갈 수 없는 공간이라면 어머니는 사랑과 보호의 뜻이 담겨있는–역시 되돌아갈 수 없는 곳이다. 상실의 장소가 가장 그리운 이유는 인간을 감쌀 수 있는 사랑이라는 따스함으로 보호받고 싶어 하는 데서 고향과 어머니는 하나가 된다. 오양호가 고향과 어머니를 한 상한에 놓아야 한다는 말에서 함동선의 시는 보호받고 싶어 하는 갈증의 시학을 이룬다. 어머니와 아버지는 하늘과 땅의 심상으로 차가 있다. 가령 땅은 어머니요–하늘은 아버지의 사상으로 분기한다. 그러나 본고에서는 하나의 심상–자식을 사랑하는–원인심상으로 묶어 처리한다.

시집 『식민지』와 『마지막 본 얼굴』에 나타난 어머니의 심상은 「저고리」, 「예성강의 민들레」, 「어느 날의 일기 · 2」, 「오수」, 「보리누름에 와 머무는 뻐꾸기 울음은」, 「방울꽃」, 「여행기 · 1」, 「이 겨울에」, 「눈 감으면 보이는 어머니」, 「꽃이 있던 자리」, 「마지막 본 얼굴」, 「바다는」, 「그날의 감격은」, 「가을」, 「망향제에서」, 「처가에서 본 점경點景」, 「그 강은」 등에 보이고 「여행기 · 2」, 「식민지」, 「어느 날의 일기 · 1」, 「산에서」 등엔 아버지의 비유가 보인다. 이로 보면 어머니에 관한 생각은 시인 의식 속에 가득 고여 있는 물길이고 함동선의 시가 고향과 어머니라는 수용심상을 나타내는 상징이 된다. 시는 인간의 본질에 앞선다. 인간보다 앞에 있는 의식의 촉수를 거느리고 인간의 앞에 얼굴을 보일 때 독자는 감동한다.

시인은 시를 쓰기 위해 존재해야 한다. 존재의 여러 양상은 시를 쓰기 위한 목적은 아니다. 살면서 시를 찾겠다는 의도에 의해서 시의 얼굴은 고귀한 모습으로 나타난다. 시는 시인이 갈구하고 갈망하는 소원을 향해 문을 열어놓았지만 쉽사리 나타나지 않는다. 시인이 일상적으로 만나고 대화하고 생각하는 사물과의 관계에서 가장 깊은 관계가 시의 전면을 장식한다. 이것이 흔적trauma이다. 갈증난 사람은 물을 가장 많이 생각한다.

아울러 굶주린 사람의 생각에 가장 우선된 언어는 먹어야겠다는 생각이다. 이런 삶의 보편성에서 볼 때 시인이 시어로 선택하는 언어의 빈도는 시인의 생각과 항상 일치할 수 있다. 이런 시어와 정신의 방향이 일치하다고 믿을 때 함동선의 시속에 가장 많은 빈도로 나타나는 어머니는 그의 시의 얼굴이면서 그의 인간성까지 포괄되는 특징을 갖는다. 이런 견지에서 함동선의 시는 모상의 시이고 양성적인 것보다는 음성적이며, 동적이기보다는 정지적인 특징을 갖는다. 이런 근거는 뒤에 논하게 될 강, 바다, 달이라거나 그의 시에 특징색인 백색이나, 나비, 민들레꽃 등 들꽃이 나오고 봄, 여름이 계절적인 특징들은 점검하면서 구체화될 것이다. 시인이 이런 특징은 심리학적인 도움을 받아야 한다. 그의 삶의 전 도정을 거슬러 올라가 모든 특징의 요인을 점검하고 다시 내려오면 왜 음성적이고, 왜 백색이 많이 나타나는가 아니면 모두를 수용하는 어머니의 심상인 땅과 같은 이유는 어디에 있는가의 비밀한 소리를 밝혀낼 수 있지만, 문학연구의 한계는 심리학이나 문학 외적 보조학문이 줄기가 될 수 없다는 데 있다. 다만 문학작품의 창을 통해서 시인의 특징을 부감할 수 있는 데까지의 영역 문제로 귀결시킬 수밖에 없다.

어머니나 바다, 땅은 생성의 이치와 맞먹는 여성상에 가까워진다. 모두를 수용하는 상징은 가슴팍이 넓은 가이아gaia와 같은 수동적인 특징을 앞세워 삶을 창조하게 된다. 근원으로서의 자아를 나타내는 상징들은 저마다의 살아나는 시인의 결합에 의해 함동선의 시는 하나의 소우주를 생성한 첫 만남이 어머니와 고향이다. 인간이 태어나는 원형이 어머니요, 삶을 풀어헤치는 인생의 원형이 고향이기 때문에 둘은 분리할 이유를 갖지 못한다. 결국 시인은 자기의 근원적인 감정을 투사적 감정이입empathie projective을 시도하여 살아나는 아니미즘의 숨소리를 들려줄 때 그의 상징들은 저마다의 개성을 획득하는 창조물이 된다. 우선 작품에 나타난 보편적인 어머니의 모습을 점검한다.

> 오 뜨겁다
> 내 어머니 호흡 같을라
>
> ― 「저고리」 부분

> 내 속옷을 꼬매시던
> 어머니 얼굴의
> 달이 떠 있는데
>
> ― 「고향은 멀리서 생각하는 것」 부분

> 고향을 헹구어 너신
> 어머니의
> 손등이 땡기느라
>
> ― 「산에 들에」 부분

> 어머니의 흰 치마자락 위로
> 날아간다
>
> ― 「예성강의 민들레」 부분

> 보름마다
> 어머니의 가비야운 몸무게로
> 강물에 떠오른 달을
> 두 손으로 뜨면
>
> ― 「어느 날의 일기 · 2」 부분

> 오월의 길목을 가르마 타니
> 어머니가 흘린 흰 머리칼이 되어 날아가누나
>
> ― 「오수」 부분

주루루 어머니의 눈물로 흐르다가

                         −「보리누름에 와 머무는 뻐꾸기 울음은」 부분

사랑은 눈에 넣어도 아프지 않는 거야 하신
당신의 말씀은요

                                    −「방울꽃」 부분

그 어머니의 얼굴에 빗방울이 흘러 내리는데

                            −「여행기 · 1」 부분

짐을 지워주시던 어머님의 그 따스한 손결은
이제쯤 파삭파삭한 가랑잎이 되었을 거야

                                −「이 겨울에」 부분

그때 어머니의 치마주름은
홰나무에 걸려 안 보이고

                          −「꽃이 있던 자리」 부분

덮쳐 오는 파도에
어머니의 얼굴이 밀려온다

                                 −「바다는」 부분

젊었을 적 어머니의 고운 모시치마로 걸러서 보면

                            −「못물 안에」 부분

어머니와 함께 무밭의 김을 매는데

                          −「그날의 감격은」 부분

어머니의 손등을 그린다

-「가을」 부분

우린 떨어져 살아선 안 돼야 하신
어머니 말씀을 잘 들으라고

-「망향제에서」 부분

평생을
자식 바래다주시기만 하고
손을 흔들어 주시기만 하던
어머니 모습을

-「처가에서 본 점경點景」 부분

대충 추려본 어머니의 소묘이다. 어머니는 자애로운 데서 모든 것을 포괄한다. 사랑은 인간이 갖는 가장 지고한 표상으로 어머니는 가장 원형에 가까운 상징이다. 「저고리」에서는 따스한 사랑을 비유했고, 「고향은 멀리서 생각하는 것」엔 가난한 시절 한 벌의 옷으로 살아가는 어머니의 땀과 근심의 옷을 입고 성장해야 했던 보릿고개의 기억을 연상하게 한다. 「산에 들에」의 어머니는 빨래하는 어머니상을 「예성강의 민들레」에서 어머니는 흰 옷을 입은 순박함을, 「오수」의 어머니는 흰 머리칼의 근심 많은 어머니 등, 어머니에 대한 상징은 한결같이 따스함과 근심, 눈에 넣어도 아프지 않는 사랑을 펴시는 상징으로 일관되어 있다. 그리운 데서도 항상 함께하는 시인의 체온이 된다. 이처럼 시인의 체온을 지켜 주는 간절한 이유는 이산이라는 원인에서 이해할 수 있게 된다.

물방앗간 이영 사이로
이가 시려 오는

새벽 달빛으로

피난길 떠나는 막동이 허리춤에

부적을 꼬매시고 하시던

어머니 말씀이

어떻게나 자세하시던지

마치 한 장의 지도를 들여다보는 듯했다

한 시오리 길이나

산과 들판과 또랑물따라

단숨에 나룻터까지 달렸는데

달은

산과 들판을 지나 또랑물에 먼저 와 있었다

어른이 된 후

그 부적은

땀에 젖어 다 떨어져 나갔지만

그 자리엔 어머니의 얼굴이 늘 보여

두 손으로 뜨면

달이 먼저

잘 있느냐 손짓을 한다

—「마지막 본 얼굴」 전문

　피란을 떠나는 길에 어머니의 자상함을 모티프로 한 시이다. 어머니의 자상함이 지도와 같다는 데서 시인은 어머니의 사랑을 깨닫는다. 이때 어머니의 사랑은 시인에게 스미는 이미지가 된다. 스며드는 물기처럼 평생 따라다니는 은근함 때문에 시인은 잊지 못하는 원인을 갖고 있다. '마치 한 장의 지도'라는 정확한 염려가 시오리를 넘어선 지점까지도 사랑으로 미칠 수 있는 힘은 어머니의 자상함을 뒷날에 깨달았기에 시인의 마음에 젖어드는 심상이 되어 감격하고 잊지 못한다. 어머니의 사랑을 구체적으로 잡을 듯이 설명할 수는 없다. 마치 공기 속에서 숨을 쉬고 살지만, 공기는 눈에 보이지 않는다. 물고기는 물속에서 헤엄을 치지만 물을 잊고 산다. 새는 바람을 타고 날건만 바람을 알지 못한다.[4] 더구나 육친의 관계는 설명할 수 없는 하늘의 뜻이요, 가장 자연스러운 상태일 뿐이다. 함동선 시 속에 달은 어머니의 기능을 담당한다. 어머니의 힘이 미치지 못하는 거리를 달로 대신한다. 또랑물에 먼저 와 있었다는 달도 바로 어머니의 변신이고 어머니의 손길로 나타낸다. '달이 먼저 잘 있느냐 손짓을 한다'는 마음의 곱고 따스함과 은근함이 어머니라 느낄 때 시인이 벗어날 수 없는 필연의 관계로 묶여 있는 어머니의 모습이다. 이런 절대 심상은 시인의 뇌리 속에 벗어날 수 없는 시정신의 맥이 되고 있다.

「어느 날의 일기 · 2」 속에 달은 어머니의 마음을 나타낸다.

보름마다
어머니의 가비야운 몸무게로
강물에 떠오른 달을
두 손으로 뜨면
흰 머리카락 사이로
고향 떠날 때 어머니 나이가 된
내 새치를 확인하듯
어머니보다
달맞이꽃이 핀 간선幹線 둑으로
어릴 적 그대로 걸어온다
다 바랜 부적 주머니를 사타구니에서 꺼내자
너 그걸 여적 안 잊어버리고 가졌구나 야 그놈

---

4) 魚得水逝 而相忘乎水
  鳥乘風飛 而不知有風
  識此 可以超物累 可以樂天機(『채근담』).

하시는 말씀에
눈이 찡해와
눈물을 닦으려 하자
달은 질경이 꽃잎으로 또르르 굴러간다
                              ─「어느 날의 일기 · 2」 전문

어머니가 달로 뜨고, 그 무게는 가볍게 시인의 의식으로 다가오면, 달맞이꽃이라는 향기로 시인과 어머니와의 밀착된 정서가 한몸이 되어 시인에게로 걸어오게 된다. 이로 보면 시인과 어머니와의 거리가 소멸된 필연적 관계는 밀착된 상상력으로 응축된다. 달이 질경이 꽃잎으로 비유될 때 달과 어머니와 시인과의 관계는 벗어날 수 있다. 창조 속에 용해된 관계로 남는다. 강과 바다는 어머니와 고향의 소식을 전해 온다. 신족보神族譜에 보면 태초에 천지 가야가 '기다란 산줄기를 낳아 신과 신령들의 거처로 삼게 하고, 그 다음 혼자 힘으로 바다를 낳았으니 이것이 곧 폰토스다'라는 그리스 신화 속 바다는 산에 이은 창조의 대상이었다. 어떻든 물과 바다는 청정함을 주고 생명을 키우는 이미지로 나타난다. 바다나 강물은 무형태 속에 형태를 갖추고, 드러낼 수 있는 형상의 가능성을 가짐으로 창조 쪽에 있다. 이로 보면 물은 다시 태어남을 암시하고 삶에 활력을 준다는 의미를 함축한다. 형태를 수용하여 재생의 숨결을 주고, 창조의 밭을 다시 일구어 준다.

바다는
내가 고향을 떠날 때처럼
(중략)
남과 북을 터줄
말발굽 소리로

흰 치마자락 펴듯이
덮쳐오는 파도에
어머니의 얼굴이 밀려온다

－「바다는」 부분

시인과 어머니의 거리가 남북이라는 분단에 있기 때문에 현실적 거리를 뛰어넘을 수 있는 방법을 파도의 이미지에 연결시킨다. 물은 스며듦으로 생명을 갖는다. 인간의 신체 70%가 물이라는 것은 생명의 본질에 가깝다. 파도 속에 어머니가 밀려옴으로 어머니와 나는 비록 분단 속에서도 떨어질 수 없는 '창조된 고향'의 의미를 확인하게 한다. 물을 통해 새로운 형태의 재편성을 이루는 것이다.

신의 숨결이 태초의 물을 갈라 우월한 무정형과 열등한 정형의 가능성들로 분리하였을 때 구름, 이슬, 비는 축복으로서 나타났다. 땅이 받아들이는 물은 삶의 근원인 까닭이다. 그것은 무한한 가능성, 발전의 약속 그리고 모든 해체의 위협을 나타낸다. 물속에 뛰어든다는 것, 그것은 근원으로 되돌아가는 것이다. 인도에서 물은 제일 물질의 원래적 프라크리티prakriti의 실제적 형태이며, 미래의 세계는 태초의 대양 밑바닥에 누워 있다고도 한다. 성령은 살아 있는 물의 샘이요, 잠수한다는 것은 쇄신이다. 세례는 두 번째 탄생이기에, 모든 종교는 샘가에서 번성하였다. 성경 속에서 우물, 샘 그리고 샘터는 섭리적 만남이 이루어지고 결합이, 연합이 그리고 조약이 실현되는 성스런 장소의 기본적 구실을 하고 있는 것이다.5)

함동선에 강, 바다가 어머니요 고향인 이유는 그의 삶의 원형이 벗어날 수 없는 섭리관계와 같은 데 있어 바다는 어머니가 되기도 하고 강은 고향이 되기도 한다. 갈 수 없는 북을 바다와 강으로 의식을 옮겨 주는 구실을 한다. 바다와 강을 어머니나 고향으로 생각하여 그 품 안이 한없이

---

5) Luc Benoit, 윤정선 역, 『징표, 상징, 신화』, 탐구당, 1984, 86쪽.

부드럽다고 상상하게 하고, 때로는 시인의 소망을 들어줄 수 있게 하는 이미지로 여성적 심상에 가까워진다. N. Frye의 이미지 순환 형식은 비, 샘, 강, 바다로 변화하고 구름이 되어 눈비로 우주론적 순환의 구조원리[6]를 갖는다.

> 할아버지가 누우신 산에서
> 만난 비는
> 골짜기 물이 되어 흐르더니
> 한 시오리 길이지 아마
> 아버지 산소에
> 갇힌
> 구름이 되어
> 솔바람이 스쳐갈 때마다
> 내 눈물로 흐르더라
>
> ─「산에서」부분

고향산천을 생각하다 할아버지가 누워 계신 산에 내리는 비를 만난 시인은 비에서 흐름으로 길을 가는 물이 되어 아버지의 산소에 이르게 된다. 다시 아버지의 산소에서 구름으로 상승되어 바람의 자유스런 의식을 통해 시인의 누선淚腺을 자극하는 눈물로 다시 돌아온다. 비 → 물 흐름 → 구름 → 눈물로 이어질 때 비에서 구름까지는 자연현상의 객관대상이라면 눈물은 시인의 의식이 표출되는 현상이다. 객관과 주관이 하나로 연결되게 하는 인자는 조상이 묻힌 고향산천이 직접적 구실을 하고 있다. 이런 회귀의 원리 속에 함 시인의 시의 생명을 키우는 것이 물이다. 이런 면에서 어머니(고향)는 여전히 어머니, 가장 신성한 살아 있는 존재[7]라

---

6) N. Frye, 임철규 역, 『批評의 解剖』, 한길사, 1982, 223쪽.

고 말한 S. T. Coleridge의 말은 시인의 시를 살게 하는 의미에서 그 유한을 무한으로 이어준다.

> 또랑물에 잠긴 달이 뒤돌아볼 때마다 더 빨리 좇아오는 것처럼 얼결에 떠난 고향이 근 삼십 년이 되었습니다 잠깐일 게다 이 살림 두고 어딜 가겠니 네들이나 휑하니 다녀오너라 마구 내몰다시피 등을 떠미시며 하시던 말씀이, 노을이 불그스름하게 물드는 창가에 초저녁 달빛으로 비칩니다 (중략) 손닿는 곳마다 마음대로 안 되는 일이 없으셨던 어머니는 어디로 가셨습니까 눈 감으면 보이는 어머니는 어디에 계십니까
>
> ─「눈 감으면 보이는 어머니」 부분

달(어머니)이 또랑물(맑은 물이리라)에 잠긴다. 시인이 가는 곳이면 어디나 이를 수 있는 상승의 이미지인 달이 되어 삼십 년을 넘게 시인의 모든 것을 바라본다. 잠깐일 것 같은 이별이 오래도록 갈라진 아픔으로 변모되어 화석이 되어 가는 기억 속에 시인은 '어디로', '어디에' 계신가를 묻는 공허에 비탄을 쏟는다. 보일 수 없음 때문에 풀 속에 어른거리는 기억의 흐림을 안타까워한다. 어머니가 달이나 강물이 되어 시인을 찾아오는 이유는 무엇일까? 어떤 원인 때문에 강물에, 파도에 밀려오는 어머니의 모습일까 하는 결과는 아무래도 시인의 고향 산천과 상관이 있음직하다. 그 강이 예성강으로 보인다.

2) 아버지

아버지는 하늘이라 한다. 천붕지병天崩之病은 임금이나 아버지의 상을 당했을 때 하늘이 무너지는 고통이라 말한다. 일상적으로 아버지는 엄격과 자상함과 지혜를 상징한다. 함 시인의 시 속에 아버지는 어머니보다

---

7) A Mother is a mother still, the holiest thing alive.

빈도가 적을지라도 역시 절대 심상을 형성하고 있다. 물론 할아버지와 할머니의 시어 빈도를 빼놓을 수는 없지만, 시의 비유 빈도로 볼 때 수사적 의장意匠에 불과하기 때문에 아버지에 국한하여 논한다. 「어느 날의 일기 · 1」, 「여행기 · 2」, 「식민지」, 「꽃이 있던 자리」, 「그날의 감격은」 등에 단편적인 편린이 보인다. 아버지가 시인의 정신적 지주로 남은 시는 「그날의 감격은」으로 하늘의식父性意識을 담고 있다.

> 돌아가신 아버님께서
> 어느 때보다 온화하고 다정한 웃음 띠우시고
> 무엇이라 손짓하시는 모습이
> 점점 확대되더니
> 나중엔 하늘로 변하고 마는
> 그런 꿈을 꾼 다음날인가 그 다음날인가
>
> ─「그날의 감격은」 부분

온화와 다정한 아버지가 꿈으로 나타나 '하늘'로 변모된다. 물론 시인의 의식 속에 Metamorphose임은 사실이다. 그러나 시인의 내면속에 아버지를 하늘처럼 생각하는 절대가치기준에서 동양윤리는 천륜으로 맺어진다. 이런 시인의 생각은 아이들에게도 전수되고, 끊임없는 도덕가치로 승화된다. 시는 종교에 가까이 갈 수 있는 문학 장르이다. 절대가치를 추구하는 데서 아름다움은 시가 추구하는 종교이다. 함동선의 아버지는 굵은 선으로 자식에게 사랑을 가르친다. 또한 시인의 아버지에 대한 추억은 항상 외경스러운 생각으로 가까이 갈 수 없는 생각 때문에 어머니보다 아버지의 빈도가 적게 나타난다.

엊그제께는요

아버님 제삿날이었습니다

꽤나 큰 상을 괴어 놓고

큰형님이

분향하고 재배하자

아버님의 말씀은 이내

술잔에 가득 고였습니다

(중략)

"아이들은 탈이 없느냐

내 서둘러야겠기에 한마디 하겠다

그 왜 남북적십자회담이니 뭐니 해서

만나고 있다는데

언제나 길이 트일 성싶으냐" 하고

물으시는것이었읍니다

(중략)

돌아가신 아버님께서

분단된 조국이 언제 길이 트여

통일되겠느냐 하시는데

살아 있는 저희들은

아무 대답도 못했으니 말입니다

—「어느 날의 일기 · 1」 부분

시인의 아버지는 울화병으로 돌아가셨다. 형은 독립운동하다가 감옥에 끌려갔다는 「식민지」의 배경으로 보면 민족과 국가의 독립을 위해 헌신했던 애국심을 회고하는 시인의 명제는 오늘의 분단이 하나로 통일하는 데 아버지의 소망을 옮겨 놓고 있다. 아버지의 소망이 일제부터 해방이라면 오늘의 소망은 통일이 아니겠는가? 이를 잘 아는 시인은 술잔에 가득 고인 아버지의 음성으로 재생시킨다. 남북적십자회담, 그리고 통일이 비단 시인의 고향을 찾아가기 위함이 아니고, 민족사의 아픔을 치료하기 위한 휴머니스트적인 사랑에 수용된 아버지의 마음이고 또 시인의 마음이다. 이 점에서 어머니의 사랑은 단순한 사랑이고 아버지의 사랑은 근본으로 돌아가는 큰사랑임에 차가 있지만, 결국 하나의 원 속에 포괄되는 대승적인 자비가 아닌가. 갈라진 두 세계는 결국 남북이라는 이데올로기가 직접 원인이지만, 이 세상의 질서는 언제나 이분적인 주 · 객 · 남 · 녀의 관계처럼 둘로 보려는 시각이 아니라 하나로 통합하려는 데서 시인의 정신은 초점을 맞춘다. 남북이 하나 될 때 시인은 고향을 찾게 되지만−두 세계의 통합은 결국 한 단계 높은 세계를 회복해 보려는 의지8)라는 문덕수의 지적은 형이상적인 승화로 생각된다. 어머니와 아버지의 두 축으로 하여 시발始發하는 함동선의 시는 자연현상에서 벗어나 형이상적인 인식세계로 눈을 돌린다. 지천명의 나이를 대입하면 결국 이 점에서 시인은 실제의 고향을 찾는 데서가 아니라 '한 고향의 창조'에 눈을 맞추는 시인의 의도는 매우 긍정적이다.

3) 아내

시집 『마지막 본 얼굴』의 4장 「사랑 소묘」엔 시인 가족들의 시편이 모아져 있다. 대입예비고사를 치른 큰놈의 이야기도 나오고 키 작아 채송화가 된 막내딸, 둘째의 책 읽는 소리가 파도처럼 들리고 라는 비유가 나온다. 아내에 대한 이야기가 상당한 비중을 갖는다. 이는 아내가 그의 생활에 심대한 영향을 끼친 심리적 이유가 될 수도 있을 것이고 짙은 사랑의 농도를 별빛으로 끌어올린 비유가 될 수도 있다.

---

8) 文德守, 「함동선론」, 『식민지』, 116쪽.

몇백인지 몇천인지 헤일 수 없는
천정의 무늬로 반짝이는군
결혼반지에 닿아서
가구 하나하나에 닿아서
방 안에 놓은 물건 하나하나로 반짝이는군
                                    ─「사랑 소묘」 부분

　직접적인 묘사는 없지만, 아내의 사랑을 반짝이는 빛으로 생각한다.
아내의 사랑에 의해 가구 하나하나가 빛으로 남고, 그의 가정은 결국 빛
나는 상징으로 화목한 정경을 떠올리게 한다. 별들은 하늘과 결부되어
모든 신성을 입고 있어 지고한 상징을 낳는다. 반짝이는 이미지를 아내
와 결부시킬 때 상상의 증폭은 화려함을 유발한다. 「그 꽃은」은 그의 가
정을 가장 극명하게 시화하고 있다.

그 꽃은
내 처음 입 맞추던 날이어라
가는 손가락에 피 내리는 소리
한동안 그치고
하늘의 별들이 온통 입 안에 빨려오더니
내 아이들 만큼이나 커서 반짝이는 별이어라
새소리 여름 빛깔로 울타리한 벼랑에
내 아내의 눈두덩 얇은 주름살의
세월을 느끼게 하는 별이어라
가는 곳마다 살림에 찌들었어도
갈걍갈걍한 실웃음이 좋은
밤이 되면
비에 젖어 까마득한 발소리로 걸어오는 별이어라
                                    ─「그 꽃은」 전문

꽃은 아내가 변형되었고, 별은 아이들, 혹은 별이 밤이 되어 아내가 된다. 가족 전체가 밤이 되면 별로 변화된다. 시인이 생각하는 사랑의 궁극적 양태는 하늘의 별로 승화될 것을 믿는다. 그렇게 변화하는 속에서 아내의 주름살은 세월의 축적을 느끼게 하고 그가 사는 세월은 상승하는 별이기를 바란다. 시인의 의식은 빛을 추적한다. 이때 밤은 별을 살아나게 하는 심리적 기저가 되면서 걸어오는 소리로 발소리를 대입시킨다. 시인은 그의 뇌수 속에 우주를 감득한다. 우주는 생명의 신비를 시로 바꾸는 행위를 계속하면서 시의 탑을 축조한다. 함 시인은 꽃에서 별, 그리고 소리에 이어 별로 화하려는 지고와 지순의 심성을 갖고 있다. 시인은 요란스런 옷을 입지 않을 때 우주를 만난다. 이런 우주는 시인에게 끊임없는 정서의 증폭을 가져오고, 정서는 자연물과 어울려 비유의 폭을 넓혀나간다. 함 시인의 시는 자연과의 교감 속에서 나타나는 정서의 깊이에 이른다. 아내는 꽃과 별에 지고의 상관을 맺어 고귀함으로 감싸려는 시인의 심성을 표징한다. 현대시는 정서적인 데서 지성적이요, 독단적인 데서 판단적이고 상상적인 데서 구성적이고, 주관적인 데서 객관적이며, 음악적인 데서 회화적이고 기호적인 데서 기울어진다. 자연을 수단으로 생각하는 데서 오늘의 시는 난삽한 데 기울어진다. 별과 꽃을 인간의 가슴에서 빼내버릴 때 남은 것은 황량한 바람소리요, 테크노피아에서 맞게 되는 외계인의 암호풀이인 것이다. 아내라는 비유에서 건져 올린 꽃과 별은 결국 함 시인이 맞이하려는 문학의 궁극적 목표인 휴머니즘의 발현이요, 그런 발언의 전부일 것이다. 현대시는 인간의 감정을 포근하게 감싸려는 데 놓인 숙명이기 때문에 삭막함에서 따스함을, 고독에서 사랑을 주는 감정과 정서의 순화에 놓여야 하는 숙제가 있다. 끊임없이 암호풀이에 열중하는 지성이 난파될 때 현대인에게 한 편의 시는 우주의 숨소리가 되어 큰 얼굴이 되어야 한다. 여기에 시 속에 비유로 살아나는 이미지와 이미지의 결합이고 그 결합 속에 형체를 갖추는 사랑의 목소리여야 한다. 시인의 가족은 시인의 세계가 응축되어 나타난다. 시는 시로서 사랑을 베푸는 데서 미적 향수를 누리게 되고 이로부터 휴머니티의 손길을 갖게 된다.

> 계란처럼 갸름하게 흐른
> 내 아내의 턱에
> 세월을 느낄 수 없는
> 사랑으로 쌓이누나
>
> ―「눈 내리는 밤에」 부분

> 내 아내의 모시 적삼에
> 허리를 풀고 앉은 여름이 환히 내다보이는데
>
> ―「여름은」 부분

아내에게서 사랑과 밝음을 느끼는 시인은 행복함을 만끽한다. 사랑으로 쌓이는 심리적 상태와 아내의 모시적삼에서 환한 여름을 바라보는 심리적 밝음이 한 가정의 밝음으로 연결된다. 가정은 인간이 이룰 수 있는 한 편의 시이다. 이 경우 아내는 가장 중요한 몫을 담당하는 셈이다. 가정은 조화에서 만들어지는 꽃이요, 행복의 원천이기에 가화만사성의 기준이 되고 있는 장소이다. 시인의 가정이 사랑과 화목함이 가득하다는 이유를 아내와의 사랑으로 비롯되었음을 깨닫고 있기 때문에 아내에 대한 신뢰가 충만하다. 이런 심리적 저변엔―아내를 어머니와 결부시키는 모성회귀의식을 나타내고 있다. 즉 아내를 바라보면서 시인은 어머니에 대한 그리움과 겹치는 것 때문에 밝음과 사랑으로 상징되어 나타난다.

친정 간

아내의

뒤를 따랐더니

(중략)

평생을

자식 바래다주시기만 하고

손을 흔들어 주시기만 하던

어머니 모습을

다시 발돋움하고 쳐다보던

아내는

키 큰 미루나무 그늘이 자꾸

눈썹으로 누워오는 것이 싫어

후딱 두 손으로 털자

쨍쨍한 여름 햇볕이

사금파리처럼 떨어진다

－「처가에서 본 점경」 부분

   아내가 쳐다보던 방향이 어머니 모습이기 때문에－두 개의 상이 하나로 겹치는 데 놀란 persona는 '후딱 두 손으로 털자'라는 긴급행동이 옮겨진다. 이는 시인의 의식을 나타내는 말이기 때문에 시인의 심리 상태는 '여름 햇볕'의 후끈한 생각을 무의식으로 반영하게 된다. 시인에게 고향과 어머니는 절대 심상이다. 독립적인 남성 심상보다는 의타적인 여성심상이요, 적극적인 활동성의 정열인이기보다는 약간 소극적이요 정적인 여성심리가 시인의 심리적 바탕을 장식하는 셈이다. 빛과 화려함 그리고 그의 시에 상당한 빈도로 나타나는 나비나 강(바다)의 시어나 계절 중에 봄과 여름이 많음을 볼 때 시인의 의식은 부드럽고 포근함을 그리워하는 의식으로 채워진 느낌이다. 나비는 결국 시인의 의식을 표출하기에 그의

정서를 요약하는 셈이다. 본 연구대상의 시에 약 10분의 1에 해당하고
있다.

벽란도 나루 돌층계를 날으던 나비는
—「그 강은」 부분

열인지 백인지 흰나비가 춤을 추듯
—「여행기 · 2」 부분

나비가 민들레 언덕을 날으고 있다
—「모든 형체는 서로 엉키어 흐른다」 부분

팔랑팔랑 나비처럼 춤추며 손짓뿐이구나
—「꿈에 본 친구親舊」 부분

나비의 날갯짓으로
내 속옷을 꼬매시던
—「고향은 멀리서 생각하는 것」 부분

진득진득한 졸음이 묻은 채 흰나비는
—「오수」 부분

나보다 먼저 온 나비 한 마리가
—「대춘」 부분

열인지 스물인지 알 수 없는 나비의 날개로
—「어느 날 오후」 부분

등장하는 나비는 춤을 추는, 혹은 언덕을 날고 있는 움직임을 나타낸다. 나비의 움직임은 화려와 아름다움을 가져온다. 이런 시인의 의식은 결국 아내의 아름다움과 함께 하는 시인의 심성을 표현하는 증거로 보인다.

5. 예성강

예성강은 시인의 고향의 강이다. 그의 시에 강과 바다의 이미지가 숱하게 많은 것도 의식 바닥에 기억되는 고향의 강 때문인 것 같다. 예성강은 고향과 등가를 이루는 이미지로 어린 날이 재생되는 곳이다. 강은 스미는 이미지로 깨끗함과 정화의 속성으로 나타난다. 물은 인간의 더러움을 씻어주고 인간의 생명을 키우는 기능을 갖는다. 이 같은 물의 속성은 강과 바다에 이어지고 모든 형태를 포괄하는 이미지에 결부된다. 함 시인의 시에 바다나 강은 두려움이 되어 나타나지 않는다. 항상 감싸는 듯 함도 고향의 강―유년의 기억 때문에 그의 가슴을 흐르는 따스한 느낌을 준다.

앞산 허릴 감아 조이고 있는 외줄기 달구지 길이 저만치서 떠내려 오면 되살아 나는 유년시절의 길 언덕이 강중턱의 바위 목에서 크게 뒤척이었다 순간 물거품이 된 언덕은 둑 너머 긴 산허리에 걸린 낮달의 숨소릴 들으면서 구식 카메라의 주름살처럼 포개지는 고향을 보았다 산의 정적으로 터질 듯한 산열매 있는 곳은 산이도록 오뉴월 장마에 호박덩굴 뻗은 벌판은 벌판이도록 마을은 마을이도록 한 컨으로 밀어 놓았구나 해서 높직높직이 서 있는 나무들의 발부리께에 걸린 그 강 거울에는 잔치날 줄로 늘어선 손님 앞을 꽃이 알아듣는 걸음으로 걸어오듯 하는 세월을 비처 일곱 살때 줄 끊어진 가오리연의 눈은 시방도 반짝이는데 꽃이 고와서 따려면 여

인처럼 가볍게 들린 민들레꽃의 기억 그 기억으로 강물은 언제나 시들지
않은 채 흐르고 있고나

-「예성강 하류」 전문

시의 구조는 현재 시점에서 회고형식으로 찾아간 고향의 강이다. 시간
의 역순에서 고향을 보게 되기 때문에 '포개지는 고향을 보았다'라는 순
서를 밟는다. "그 기억의 강물은 언제나 시들지 않은 채 흐르고 있고나"
처럼 시인의 맥박 속에 유유한 흐름을 형성한 강이 예성강이다. 함 시인
의 시는 고향으로 가는 시라면 그것은 예성강의 흐름과 함께하는 데 있
고 그 강은 의식 속에 끊임없이 변화를 가지려는 데서 시인의 중심을 차
지하는 절대 심상이 되고 있다. 그의 시는 압도적으로 전면에 나타나는
무례함보다는 은근하게 스미는 느낌에서 더욱 친근하다. 예성강은 이런
시인에 절대요인으로 작용한다. 그러나 예성강은 기억 속에서 흐를 뿐이
다. 동국여지승람엔 예성강이 다음과 같이 기록되었다.

부(개성)의 서쪽 30리에 있다. 황해도 강음현江陰縣 조읍포助邑浦의 하류
가 보의 서쪽에 와서 이포梨浦가 되고, 또 전포錢浦가 되며 또 벽란도가 되
고, 또 동쪽으로 흘러서 예성강이 되어 남쪽 바다로 들어간다. 고려에서 송
나라에 조회할 때에, 여 기서 배를 띄우기 때문에 예성이라 하였다.

-『신증新增 동국여지승람東國與地勝覽』(4권 개성부 상)

중국 상인 하두강과 바둑을 두어 아내를 뺏기게 된 처지를 읊은 절부節
婦의 감동적인 노래가 전하는 「예성강곡」으로 고려사악지에 있다. 예성
강은 옛 시인들에 많은 시를 제공하는 강이기도 하다. 이규보, 이곡, 정
포, 이숭인 등은 예성강의 아름다움을 읊었으니 일찍이 예성강은 시제
속에 흐르는 강이었다. 이규보는 다음과 같이 읊었다.

강 언덕에 사람은 드물고 백로만 나는데 날 저무니 어옹이 고기 잡아 돌아가네 가벼운 구름 엷고 엷으니 어찌 비가 되랴 바다 기운 하늘에 올라가 우연히 이슬비 되는 것이9)

이규보가 읊은 예성강은 한적하고 아늑한 느낌을 주는 강이다. 이 강에서 함 시인은 유년의 꿈을 일구었고 이 강에서 평생의 사향을 끌어올리는 깊은 원천을 이루고 있다. 「예성강 하류」는 의미상 2개의 부분이 포개졌다. "구식 카메라의 주름살처럼 포개지는 고향을 보았다"까지가 사향의 근거를 제시한다면 그 이하는 어린 시절의 기억을 재생하는 파노라마가 된다. 민들레꽃의 기억, 가오리연의 추억 등이 얽혀진 예성강 둑은 시인이 찾아가는 깊은 의식과의 만남이다. 이런 고향의 기억은 「예성강 민들레」로 나타난다.

> 강둑으로 난
> 보리밭의 긴 허리가
> 엎드린 채 바람을 기다리는데
> 물속의 제 그림자에 놀라 치솟더니
> 김매는 밭이랑을 따라 펄럭거리는
> 어머니의 흰 치마자락 위로
> 날아간다
>
> ─「예성강의 민들레」 부분

예성강 둑에 핀 민들레의 기억은 상당히 깊은 심상으로 박혀 있다. 역시 고향의 꽃이요, 고향을 생각할 때 나타나는 꽃이다. 이는 시인의 유년 시절의 기억과 깊은 상관이 있다. 그 색채는 노랑이 대부분이다. 물론 흰

---

9) 江岸人稀白鷺飛 漁翁日暮得魚歸 輕雲薄薄那成雨 海氣宇天偶作霏.

민들레도 있고 양민들레도 있지만, 4, 5월경에 황금색 꽃이 피는 민들레
가 우리나라엔 많은 편이다. 어린 시절엔 노란색을 좋아한다. 점차 나이
가 들면 노란색은 차츰 변화한다. 강둑을 뛰놀던 시인의 기억 속에 민들
레는 지대한 아름다움과 함께 했던 꽃이다.

> 나비가 민들레 언덕을 날으고 있다
>
> —「모든 형체는 서로 엉키어 흐른다」 부분

> 멧방석만하게 퍼진 아버지 산소의 민들레꽃이 되었다
>
> —「꽃이 있던 자리」 부분

> 내 발밑에 밟혔던 민들레꽃이 자꾸 내 발목을 휘어잡아도 못 가는 것은
>
> —「지난 봄 이야기」 부분

> 오늘도 내 마음 속에 자라고 있는 민들레 밭에 물을 준다
>
> —「삼팔선의 봄」 부분

민들레꽃은 시인의 고향 꽃이다. 시인이 생각하는 민들레는 시인의 마
음속에 있는 기다림의 꽃이고 기다림의 갈증이다. 아버지 산소에 피어
있고, 예성강 둑에 피어 있는 꽃이기에 시인의 시 속에 고향의 상관물로
언제나 자리 잡은 꽃이다. 함 시인의 시에 들꽃 역시 많은 비중을 차지하
고 있다.

> 듬성듬성 피어 있는 들꽃이
>
> —「올여름은」 부분

이름 모를 들꽃이 되어

－「구름」 부분

눈에 띈 들꽃 그 들꽃을 보면

－「그리움은」 부분

산 넘어 간 스님의 발자국 따라 들꽃으로 핀다

－「절터를 지나가노라면」 부분

가을에 들꽃은 작고 앙징한 즐거움이다. 유년의 기억이 꽃으로 다가올 때 기억은 평생을 떠나지 않는 잔상으로 남는다. 민들레꽃이나 들꽃은 화려하지 않고, 작고 아름답다. 함 시인의 소탈함과 마음의 크기와 인간의 변모를 꽃으로 나타낸 흔적trauma처럼 보이는 꽃들이다. 이런 기억들은 모두 예성강과 결부될 때 신명나게 살아나는 셈이다. 다시 돌아가 기억을 재생시키는 예성강을 살핀다.

밤새
삼팔선이 홀린 눈물로 불어난
강물이
비단 자락을 느릿느릿 풀어헤치자
잽싸게 황해로 달아날려고
내 어릴 때처럼 어머니의 소매 끝에 서성거린

－「벽란도 나루」 부분

벽란도 나루 돌층계를 날던 나비는
한 이랑씩 한 이랑씩

보리꼴을 치며
바다로 나가자고
내 어머니 눈 속에

-「그 강은」 부분

절절절 흐르는 예성강 물소리에
고향 사람들 얘기 젖어서

-「고향은 멀리서 생각하는 것」 부분

예성강이 비늘을 드러낸 채
어린 날 그대로
몸을 뒤척이면서

-「망향제에서」 부분

고향 산둘레를 건져본다

-「지난 봄 이야기」 부분

　　예성강과 벽란도는 멀지 않은 거리에 있다. 송도 서북쪽 여러 골짜기
물이 모여 긴 강이 흘러 바다로 들어가는데 그 나루를 벽란이라 했다. 예
성강은 개성 서쪽 30리에 위치하고 벽란도는 서쪽 36리에 있다고 한다.
동국여지승람에 보면 강은 바다 하늘에 잇달았고 산은 들판에 가로 놓여
구불구불하여 아득히 멀어 바다의 끝이 없으니, 형세의 절승한 것이 제
일이라고 할 만하다고 기록되어 있다. 이곳이 다투어 건너는 장소이기에
경치를 구경할 겨를이 없다는, 아름다운 경치뿐만 아니라 교통의 중심이
었음을 생각하게 한다. 시인의 젊은 날은 강의 흐름과 더불어 성장했고,
이 기억은 시인의 뇌수에 깊은 인상으로 남아 있다. 벽란도 나루에서 강
으로 가는 물줄기는 어머니에 이어지고, 어린 날의 추억과 함께 흐르는

정신의 깊이가 되었다. 예성강 물줄기에서 고향의 사람들이 떠 흐르고, 어린 날의 웃음과 고향의 산빛이 따라오는 그림자가 되어 떨어지지 못하는 영원의 심상을 이룬다. N. Frye가 분류한 원형적 이미지에서 강은 묵시적 이미지로 생명의 물로 상징된다.

> 바다는
> 내가 고향을 떠날 때처럼
> 소리치며 무너지는 서슬에
> 밭이랑 논이랑의 한 모서리가 떨어지더니
> 어머니의 손을 놓친 채
> 고향을 놓친 채 떠난 피난길이라 그런가
> 온 세상이 가슴에서 빠져나가듯
> 가라앉았다가
> 이내 솟구쳐오르자
>
> —「바다는」 부분

강이 바다로 이어진다. 이런 현상은 예성강의 기억에서 비롯되는 것 같다. 불과 물은 대조적이다. 물의 세계는 죽음의 물이며 흘린 피와 자주 동일시되었다. 성서에서는 바다와 괴물이 리바이던이라는 모습으로 동일시되었지만, 함 시인의 시에 바다는 두렵거나 재난의 의미를 갖고 있지 않고 항상 고향으로 가는 길목에 있던 고향소식의 의미로 퍼져온다. "흰 치마자락 펴듯이/ 덮쳐오는 파도에/ 어머니의 얼굴이 밀려온다"처럼 파도 속에 어머니와 고향이 동일항이 되어 돌아오고 찾아오는 강이요 바다가 된다. "저 산맥에서 저 바다에서 저 하늘에서/ 마른 땅 적시는 빗물과도 같이"(「그날의 감격은」) 자애와 갈증을 식혀주는 강이요 바다이기에 항상 친근하고 따스함을 가져오는 대상물이다. 유동하는 강이 고향을 찾아가는 시인에게 안내자이면서 수로를 형성하는 막힘 삼팔선을 자유로이 넘어갈 수 있는 심리적 표징인 것이다.

6. 계절－봄, 여름, 가을

N. Frye의 원형비평에서는 봄을 Mythos, 즉 Comedy로, 여름을 순진무구의 아날로지의 Romance로 처리했고 봄과 여름을 희극적 움직임으로 상징했다. 가을은 비극적 움직임 속에 포함했다. 봄이 생성이라면 여름은 짙은 전성기의 삶으로 나타낸다. 봄은 함동선의 시에선 이데아의 개념이 짙게 나타나고 가장 많은 빈도를 갖고 있다. 「꽃이 진 언덕에」, 「산골 물소리」, 「모든 형체는 서로 엉키어 흐른다」, 「소묘」, 「오는 봄」, 「보리누름에 와 머무는 뻐꾸기 울음은」은 봄이 모티프가 되어 나타난다.

> 어느새 일어나서
> 또 어느새 무릎을 접은
> 봄은
> 잔치날 맑아오는 등빛을 일깨우며
> 어릴 적 고향의 소리 남겼는데요
> 휘어지도록 큰 향나무의 그늘을
> 남겼는데요
> 올 땐 슬쩍 와도 갈 땐 떠들썩하는
> 봄은요
>
> －「소묘」 부분

봄은 흐벅하다. 잔치와 고향소리의 기억을 일깨우게 하고, 큰 향나무 그늘아래 풍성한 시인의 꿈이 깃들었고, 오는 것이 풍성함처럼 넘치는 봄은 항상 가득함을 건네주면서 시인의 뇌리 속에 젖어 있다. 봄에 의해 "겨울은 이미/ 배로/ 떠난 모양"「오는 봄」이 되어 시인의 의식 속에 찬란한 준비를 갖추는 계절이 봄이다. 여름은 겨울을 이겨낸다. 그것은 푸른 계절이라는 이미지에서 비롯된다. 이미지는 정서를 옮겨놓은 전달수단이 될 뿐만 아니라 정서 그 자체를 제시하는 것이다. 이미지의 유추는 결합하여 시 전체의 무드를 만든다. 함 시인의 모든 시는 정신적인 영상에서 느껴지는 그림Mental picture을 만드는 데 능숙하다. 이는 그가 T. E. 흄을 사사하면서10) 얻어진 결과라고 한 고백처럼 서구 이미지즘의 이론을 받아들인 데서 엿볼 수 있다. T. E. 흄은 1904년 캐나다 대평원의 무한하게 보이는 광경에 압도되어 시의 필요 불가결함을 자각했다. 그는 생명적인 예술을 배격하고 기하학적 예술을 주장하게 된다. 기하학적 예술을 종교적 태도에 연결시키고 고전주의 정신에 접합시킨다. 이는 지적 정확성과 시각을 주로 하는 입체적 명확성을 시어에 도입시키는 새로운 장을 열었다. 그는 1901년 캠브리지에서 수학을 배운 데서 현대시의 얼굴을 변모시킨 새로운 운동으로 이미지즘 운동의 이론적인 지도자가 되었다. 그의 「가을」이라는 시는 이미지스트의 최초의 시가 된다.

가을밤의 싸늘한 감촉—
나는 밖을 거닐었다
붉은 달이 담장 위에 기울고 있는 것을 보았다.
마치 얼굴 붉은 농부처럼
나는 말을 안 했지만 고개를 끄덕였다.
그 주변엔 시름에 겨운 별들이

---

10) 咸東鮮, 「나의 삶 나의 시」, 『마지막 본 얼굴』, 홍익출판사, 1987, 96쪽.

도시의 아이들처럼 핼쑥한 얼굴로 나와 있었다.11)

-T. E. 흄, 「가을」

T. E. 흄은 「가을Autumn」에서 축축하고 신음소리 나는 낭만주의적 색체를 배제하고 고담한 이미지로 하여금 발언하게 하는 시각적 표현 쪽에 기울어진다. 표현의 폭이 좁다는 데서 이미지스트의 시는 풍경의 스케치 같은 인상에 떨어질 염려가 있다.

함 시인의 시어가 응축되고 함축된 결합의 다리를 이해하는 일단의 훈련이 앞서야 한다는 말이 된다.

여름은 「올여름은」, 「바닷가에서」, 「여름은」으로 집중된다.

폭우가 쏟아져
백일홍 빛으로 긁힌 생채기가 아려 오는
들판과 산자락은
흑흑 신음소리 내면서
더위 먹은 아이들처럼 자꾸
찬 것을 찾는다

-「올여름은」 부분

올여름은
장마비로 긁힌 상채기가 커서

---

11) A touch of cold in the Autumn night-
   I walked abroad,
   And saw the ruddy moon lean over a hedge
   Like a red-faced farmer.
   I did not speak, but nodded,
   And round about were the wistful stars
   With white faces like town children.

산도 솜구름을 개켜들고

(중략)

바람의 뒤꿈치만 아득히 보이는

불볕 속에

한 두어 치나 되게 혀를 빼어문 채

헐떡거리고

                                        —「올여름은」부분

   첫 번째 「올여름은」은 『식민지』에 있는 작품이고 두 번째는 『마지막 본 얼굴』에 있는 작품이다. 둘 똑같이 갈증의 시학이 된다. 찬 것을 찾는 갈증과 혀를 빼문 헐떡거림 등은 삶의 고달픔보다는 시인의 생각이 미치지 못하는 아득한 미지의 거리에 대한 아픔이다. 시인의 지향의식과 도달해야 할 이데아가 너무 멀리 있는 거리이기 때문에 여름에서 안주하지 못하게 된다. 시인에게 여름은 그렇게 즐겁지 못한 계절이다. 한편 이 계절에 우는 새는 고향의 새인 뻐꾸기이다.

     뻐꾸기 울적마다 꼬부라진 여름날의 산길같이

     보리 가슬거리는 언덕을 넘으면

     바로 고향길인데

                                 —「꿈에 본 친구」부분

     보리누름에 와 머무는 뻐꾸기 울음은

     질겅질겅 북간도 가는 기차 소리가 휘저어 놓은

     외삼촌의 한숨으로 머뭇거리다가

              —「보리누름에 와 머무는 뻐꾸기 울음은」부분

   뻐꾸기 울음은 가난의 높이였던 보릿고개와 같을 무렵의 초여름이다.

봄에서 여름으로 건너가는 뻐꾸기의 울음은 철쭉꽃 흐드러진 슬픔의 표상이었고 꽃잎은 배고픈 색처럼 투영되었다. 함동선은 뻐꾸기를 고향의 새로 생각하고 고향의 들판을 연상한다. 외삼촌의 한숨이 구체적으로 무엇인가 확인할 수 없지만, 고통과 고난으로 점철된 시절에 만난 가난이요, 고통이었을 것이다.

　가을은 「절터를 지나가노라면」, 「이 가을에 나를 생각게 하는 것은」, 「가을」로 압축되어 나타난다. alajon의 비극적 움직임처럼 처연하고 서글픈 생각들로 채워져 있다. 감각적 서경을 그린 「절터를 가노라면」은 가을날 들꽃이 피어 있는 절터를 지나면서 느끼는 인생의 무상감이 깃들어 있다.

　　　　그 후 얼마나 세월이 갔을까
　　　　웃을 때 눈가에 드러난 주름살에서
　　　　나이 먹었다는 이야기를 들었을 때쯤
　　　　대추가 석양에 어울려 발갛게 익어가는 걸 보고
　　　　하늘이 아주 가까이 내 곁에 내려와 있는 걸 보았다
　　　　꽃이 피는 것처럼 거기에는
　　　　섭리를 거역하지 않는 선현先賢의 가르침이
　　　　내 눈을 받고 있었다
　　　　　　　　　　　　－「이 가을에 나를 생각케 하는 것은」 부분

　가을에서 시인은 신의 섭리를 숙고한다. 하늘이 가까워진 의미를 터득하는 지천명의 시인은 영원의 의미를 터득했고, 꽃이 피는 것과 꽃이 지는 거리를 터득해야 하는 생각에 머문다. 꽃은 말이 없는 대상이지만, 시인은 꽃을 향하여 사고를 접근 시키면서 꽃이 피는 것과 지는 의미를 깨달으려 한다. 섭리를 역설한 선현의 가르침은 결국 죽음을 담담히 받아

들여야 한다는 데 있을 것이다. 이리하여 "죽음을 가까이/ 영원은 바로 곁에 있으니 말이다"를 이해하게 된다. 가을의 분위기는 아무래도 죽음 쪽에 가깝다는 비유는 인생의 깊이를 들여다보는 거리의 소멸에 있다. 함 시인의 인생관을 살필 수 있는 시로 「도정에서」, 「오늘에 생각하는 일은」, 「바닷가에서」를 보면 삶과 죽음이 한 줄기에 있음을 깨닫고 있다.

> 어제는 사는 일에 너무 가까이 기대었던 터라 죽음이라는 거 그건 좀 떨어진 데서 영원이라는 거 그건 훨씬 멀리 떨어진 데서 확인할 따름이었다 그런데 오동잎 하나 떨어지는 것을 보면 천하의 가을을 안다던가 오늘은 홀로 떨어져 홀로 깨어서 뒤로뒤로 흘러가는 시간과 시간을 따라 모든 거 모든 잡것까지 어디로 흘러간 다는 걸 깨달았을 때 생명을 보는 거리는 아득하고 죽음은 가까이 영원은 바로 곁에 와 있더라
>
> ―「오늘에 생각하는 일은」 부분

모든 것, 모든 잡것까지도 '어디로' 흘러가는 줄 알았다는 데서 삶과 죽음이 바로 곁에 있음을 감지한 시인은 형이상 시를 쓴 존 던의 시와 비슷한 느낌을 준다. 「도정에서」도 무위의 의미를 가르친 노장의 생각에 근사한 운명을 예감하고 있다. 그러나 「도정에서」가 사랑을 중심 모티프로 했다면 「오늘에 생각하는 일은」은 삶과 죽음이 분기分岐할 때 하나 속에 있음을 암시하고 있다.

함 시인의 시에 겨울은 흔하지 않다. 이는 시의 심心의 일단을 말하는 일이다. 시인은 경험의 부스러기를 모아 이미지를 만들게 되기 때문에, 신산한 삶이나 겨울로 상징할 수 있는 시어보다는 다사하고 화목하고 아늑한 삶에서 건져 올린 비유들이 대부분을 차지하고 있다.

7. 색채—백색

L. Cheskin은 색채는 마음에 작용한다고 했다. 색채는 시인의 심리를 지배하는 환경이 된다. 샤하텔은 색채체험은 정서체험과 유사하다고 말한다. 어떤 처지에서도 색채자극에 대한 수동의 입장에 선다. 정서는 적극적인 것은 아니라고 한다. 색채가 우리의 정서를 좌우함은 명백한 사실이다. 색채는 인간의 정서를 특징적으로 드러내주는 상징을 한다. 적색은 젊고 뜨거운 침착성과 조용함을 유도하고, 순백색은 순수, 청정함, 쌀쌀함, 냉혹, 청결함을 나타낸다. 멜빌의 『백경』에 흰 고래는 공포의 상징이고 서양에서의 백색인 화이트하우스는 권력의 상징이라면, 우리나라에선 신하지색臣下之色이고, 죽음의 상복으로 쓰이는 것이 백색이다. 색은 민족에 따라 혹은 인간의 심리에 따라 상이한 상징을 갖는다. 독일의 시인 Novalis의 소설 『푸른 꽃』(1802)엔 푸른 수레국화가 독일 낭만주의의 상징으로 유행한 적이 있었다. 상징은 언어 이전에 공통된 언어의 기능을 한다.

함 시인의 시 속에 색채는 백색이 압도적이다. 청색은 「기다림」, 「무제」, 「벽란도 나루」, 「그 강은」, 「눈 내리는 밤에」 등에 나타나고, 백색은 「구름」, 「여행기」, 「오늘에 생각하는 일은」, 「바닷가에서」, 「결말은 새로움을 잉태한다」, 「그리움」, 「꿈에 본 친구」, 「저녁 바다」, 「예성강의 민들레」, 「어느 날의 일기」, 「오수」, 「꽃이 있던 자리」, 「바다는」, 「그날의 감격은」, 「여름은」 등에 나타난다. 결론부터 말하면(숫자로 볼 때) 함 시인은 백색의 시인이다. A. Rimbaud는 그의 시(「모음」)에서 'A는 흑, E 백, I 적, U 녹, O 난색'이라 하여 "그날의 샛강, E, 안개와 천막의 순진함/ 오연한 빙하의 창끝, 새하얀 빛살, 옴펠꽃의 요동"이라는 표현으로 백색을 상징했다. 연상하는 색채는 심리적이기 때문에 시인의 생활 경험에 의한 것이고, 그 사람의 성격에 따라 다르게 나타난다. 「여행기」는 여행하면서 고향을 생각하는 형식의 시로서 흰 두루마기와 흰나비가 주요 모티프로 고향을 떠올리게 한다.

> 아버지의 흰 두루마기로 흔들린다
> (중략)
> 열인지 백인지 흰나비가 춤을 추듯
> 아이들 얼굴이
>
> $\qquad\qquad\qquad\qquad$ —「여행기 · 2」 부분

> 불을 끈 방에
> 달이 뜨면
> 고향의 초가도 보이는
> (중략)
> 밤새 이마를 핥는
> 흰머리칼이 된다
>
> $\qquad\qquad\qquad\qquad$ —「그리움」 부분

> 김매는 밭이랑을 따라 펄럭거리는
> 어머니의 흰 치마자락 위로
> 날아간다
>
> $\qquad\qquad\qquad\qquad$ —「예성강의 민들레」 부분

> 민들레꽃은 문득 생각난 듯이
> 하얀 머리를 바람에 날리잖는가
>
> $\qquad\qquad\qquad\qquad$ —「꽃이 있던 자리」 부분

더없이 흰 팔을 드러낸 예성강이 이제 막 돌아온 봄비 속의 산둘레를 비

치고 있다

―「삼팔선의 봄」 부분

　인용한 시 속에 백색은 모두 고향을 비유하고 있다. 시인이 태어난 예성강이며, 어머니의 흰 치마자락이며, 고향을 그리워해서 흰 머리칼이 된 심정 등은 한결같이 고향산천을 지향하는 색채로 암시된다. 이처럼 백색이 순결하고 순백한 시인의 마음을 표백하는 가장 순수의 상징으로 나타나고 있을 뿐만 아니라, 백색이 어머니의 이미지가 되고 있다.

> 흰 머리카락 사이로
> 고향 떠날 때 어머니 나이가 된
> 내 새치를 확인하듯

―「어느 날의 일기 · 2」 부분

> 오월의 길목을 가르마 타니
> 어머니가 흘린 흰 머리칼이 되어 날아가누나

―「오수」 부분

> 흰 치마자락 펴듯이
> 덮쳐오는 파도에
> 어머니의 얼굴이 밀려온다

―「바다는」 부분

　흰색은 어머니의 늙음과 결부되지만 그만큼 애틋한 정감이 자리 잡고 있는 색채로 어머니와 결부된다. 백색은 순수이면서 쉽사리 없어지는 특성을 갖고 있다. 그만큼 안타까움이고 초조함이기도 하다. 백색이 공감각의 색미色味에서는 고미苦味(적, 백, 흑, 회색)에 속한다. 아울러 색온色

溫에서는 냉한의 색으로 백색과 청색이 여기에 포함된다. 색을 소리로 감각했을 때 모음의 e는 황색, a는 백색, u는 흑색, 트럼펫의 음은 적색을, 플루트의 음은 청색으로도 느껴진다. 함 시인이 어머니와 결부된 색은 그저 시가 후반으로 올수록 많이 나타나는 이유도 그의 나이와 비례하여 멀어지는 어머니와의 거리를 느끼는 초조감에서 오는 것 같다. 「구름」에서는 백색이 들꽃으로 변용하기도 한다. 「바닷가에서」는 백색이 먼 곳으로 인도하는 느낌을 주기도 한다. 대체적으로 나타난 백색은 고향과 어머니에 압축된다. 「귀가」에서는 빨강, 「허무가 생각나는 날」엔 검은색이 나타날 뿐, 많은 색감이 드러나지 않는다. 백색이 주는 순백한 감정은 어머니와 고향으로 채색될 때 함동선은 염상섭이나 최인훈, 김승옥의 소설세계와 같은 백색에 포함되고 황금찬의 시색채와 유사한 범주 속에 들어 있다. 함동선의 시맥이 고향이듯, 그 정신의 원초적인 색채는 백색에서 비롯된다. 고향과 백색은 순수와 무구의 질감으로 상징되는 신선한 세계요 지고한 세계의 상징이다.

(『산목함동선선생화갑기념논총』, 1990.6)

전후 35년의 한국시

─전봉건, 함동선, 박재삼, 문덕수의 시를 중심으로

오양호*

1945년 광복이 되고, 이어 남북이 분단되면서 상당수의 문인들이 월남을 했고 또 북으로 가기도 했다. 1950년 한국동란이 일어나자 서울의 문인들은 다시 남북으로 갈라지게 되었다. 문인에게도 실향문인이 생기게 된 것이다. 이런 여유로 해서인지 이들의 시는 주로 망향과 환향의 꿈으로 나타나는 경우가 많다. 하기사 문학이란 "고향으로 돌아가는 길이다"란 말이 있기도 하지만, 한국시에서 나타난 이런 실향의 문제는 우리가 살아온 그 역사성으로 인하여 남과 다르다.

구체적인 예를 들어보자.

전봉건의 『북의 고향』, 함동선의 『함동선시선』, 박태진의 『회상의 대동강』, 김규동의 『깨끗한 망향』 그리고 박남수와 구상의 시편들, 그 외 본격적인 시로서는 다소 문제가 있다고 할지 모르지만 신홍철의 『고향에 부치는 노래』, 이기형의 『망향』, 한신의 『망향기』 등의 단행본 시집

* 오양호: 문학평론가, 인천대학교 명예교수.

들이 모두 그런 것들이다.

이 글은 일차적으로 실향의 상처와 환향의 꿈이 날과 올이 된 작품을 논의의 대상으로 삼았고, 다음으로는 6·25가 결코 망각의 골짜기에 핀 한 토막의 전설이 아니라, 아직도 우리의 가슴속에 굽이치는 아픔으로 살아나고 있는 작품들이 대상이 되었다. 그러니까 이 글은 또 한 번 좁게 든 넓게든 6·25와 분단문제를 축으로 한 시들이 결국 전후 35년의 한국 시의 주축이 된다는 가설 위에 출발되고 있다. 이런 점은 오늘의 한국시 를 하나의 소재사로만 단순화시키는 듯한 인상을 준다. 그러나 현재의 한국현실에서 무엇이 가장 큰 문제냐고 누가 물어올 때, 우리들은 누구 나 서슴없이 그것은 '분단문제'라고 할 것이다. 상황이 이러하니 논리를 비약시키지 않더라도 한국 문학에서의 미제문제 역시 분단문제가 된다.

그러기에 앞에서 열거한 바와 같은 시집들이 쏟아져 나오고 있고 현재 의 한국 시단의 현장 인부노릇을 하고 있는 문덕수나 전봉건 등 또한(이 들은 현재 한국의 대표적인 시 전문지의 편집인이거나 주간이다) 분단의 소재를 가지고 작품집을 내어 놓는 실정이다. 『북의 고향』과 『살아남은 우리들만이 다시 6월을 맞아』가 바로 그 예이다.

1. 생명의 근원으로서의 고향

이 유형의 시인은 전봉건이 대표적이다. 이 시인의 시집을 지배하고 있는 단어는 단연 '고향'이란 말과 '어머니'란 말이다.

> 어머님
> 그로부터 또 한 오년이 지나서

나는 당신이 아지 못하는
당신의 며느리를 맞았습니다.
그 사람이 물었습니다.
─북쪽의 고향이 그립지 않느냐고.
그때 나는 대답해 주었습니다.
사람이란 고향없이도
살 수 있는 거라고.

그런데
어머님
그로부터 다시 한 십년이 지난 오늘
당신이 아지 못하는
당신의 어린 손자놈이
말했습니다.
─아버진 고향이 어디냐고.
이십여 년 전
당신을 두고 떠나 왔을 때
그때처럼 어머님,
오늘은 내가 이 어린
남쪽사람 앞에서
다시 말문이 막혔습니다.
어머님

45편의 시가 수록된『북의 고향』어느 페이지를 펼쳐도 우리는 「고향」
이란 단어를 발견할 수 있고, 그리고 그 단어가 물고 있는 환상의 고리가
'어머니'나 '아버지', 또 고향의 '흙'임을 발견하게 된다. 시집명이『북의
고향』이고, 1장이 「고향」, 2장은 「다시 고향」, 3장은 「또 다시 고향」으

로 되어 있다. 물론 함동선의 『눈 감으면 보이는 어머니』를 펼칠 때에도 이런 민족분단의 통한을 느끼지 못하는바 아니고, 김규동의 『깨끗한 희망』에서도 고향상실의 원흉을 따지는 탁탁 쏘는 소리들을 듣지 못하는 바 아니지만, 전봉건에게서는 유독 그 망향에의 정한이 강렬하다. 그의 시는 삶의 한 과정을 송두리째 유실당하고 있다는 아픔에 차 있다.

지금까지 70여 편의 고향시를 썼다는 이 시인의 이 '어머님'은 결국 자신의 생의 근원으로서의 고향을, 잊고 살아야 하는 상황 때문에, 지우고 살려 했지만 결코 지워버릴 수 없다는 한에 다름 아니다. 어머니를 고향에 두고 떠나와 처음 남쪽에서 살기 시작했을 때 누가 북쪽의 고향이 그립지 않느냐고 물어보면 말문이 막혔고, 그로부터 한 오 년이 지난날 어떤 사람이 북쪽의 고향이 그립지 않느냐고 물었을 때 이 시의 퍼스나는 괜찮다고 대답한다. 그로부터 다시 오 년이 지난 날, 다시 한 사람이 북쪽의 고향이 그립지 않느냐고 물었을 때, 이 시의 퍼스나는 "사람에겐 반드시 고향이란 게 있어야 하는 것이 아닐 거"라고 시치미를 뗀다. 그러나 장가를 들고 아들을 낳고, 그 아들이 자기의 아버지의 고향은 어디냐고 물었을 때, "고향이란게 꼭 있어야 하는 것이 아니"라고 답하지 못하고 다시 말문이 막혀버리더라는 것이다. '어머니−나−아들' 그렇게 생명이 이어지는 과정에서 어머니란 곧 생명의 근원이 된다. 이 시에서도 이러한 관계가 그대로 나타나고 있다. 고향을 떠난 직후, 고향을 생각하면 말문이 막혔지만, 그것도 세월이 흐름에 따라 잊을 수 있었다는 것이다. 하지만 또 하나의 생명의 뿌리가 태어나면서 고향은 단순한 고향이 아니라 자기 생명의 근원이었음이 확인된 것이다.

이 시인이 「국어사전」이란 글에서 "고향이란 내가 태어나서 자란 곳이요, 내 조상이 오래 누려 살던 곳이요, 그리하여 떠나 살던 내가 죽으면 반드시 돌아가서 조상 곁에 뼈를 묻는 곳"이라 노래하고 있는 것도 바로 이야기에 다름 아니다.

이런 점은 전봉건의 『북의 고향』에 빈번히 등장하고 있는 죽음의 상
징성으로서도 해명된다.

> 타향에서 죽어
> 찬 흙 두 눈에 가득히 담고 죽은 부모님의 뼈
> 고향 땅 맑은 샘물로 씻어
> 조부모님 무덤 아래 묻고
> 자식놈들 무덤자리 저만치 햇볕 바른
> 더 아래 정해준 뒤에
> 밝고 옳은 죽음의 질서 제대로 잡은
> 뒤에 죽은 내 죽음.

시 「가서 보고 섞고 죽어 그리고 다시 태어나리」는 죽음이 가까운 퍼
스나의 눈에 비친 환상적 귀향에의 가상으로 엮어져 있다. 객사한 부모
님의 뼈를 고향 땅 맑은 물로 씻어 조부의 무덤 아래 묻고, 그 아래 어디
쯤 자신도 묻히고 아들의 터까지 잡아두겠다는 이 소망은, 실향의 뼈아
픈 설움을 극복할 수 있는 마지막 바램인지 모른다. 죽음을 생각하는 인
간의 마음은 가장 순수하고 진실하다. 그런데 이 시는 타향을 떠돌던 몸
이 죽을 임시에나 고향에 돌아와 사지를 꽁꽁 묶어 묻히는 그런 죽음이
아니라, 마치 날기라도 하는 것처럼 사지를 펴고 선산 아래 잠들겠다는
희구로 되어 있다. 무덤은 죽음의 상징물이다. 그리고 그것은 인간의 현
세적 삶이 끝날 때 돌아가는 영생의 유택이다. 또 그것은 생명에의 종식
을 고하는 절명지, 영원한 잠자리가 아니라, 잠시 휴식하는 장소, 육신을
벗고 재생하기 위한 과정으로 이해될 수도 있다.

「죽고/그리하여 나는 다시/태어나겠습니다.//태어나도 바닷물로 태어나/내 땅덩이 동서남북/후미진 구석구석까지 흠뻑/푸르디 푸른 물로/그 한 가지 물로 싸안겠습니다.」

여기서 우리는 전쟁의 험열함 속에서 유린되어 버린 목숨과 내팽개쳐져 버렸던 삶이 회향의 환상 속에 갈망과 기도로써 극복되는 면모를 발견한다. 죽고 다시 환생하여 푸르디 푸른 물이 되어 내 땅 동서남북 후미진 구석구석까지 흠뻑 싸안겠다는 소리는 인간적 염원의 한계를 넘어선 구도의 자세이다. 「여어이 부르면/ 바로 강건너에서/ 여이어!/ 메아리로 답하는/ 땅」, 『북의 고향』을 바라보기 30년, 오직 바라만 보기 30년을 살아왔기에 『북의 고향』 갈피마다엔 이 시인의 한이, 이제는 죽고 다시 태어나 이룩되는 환상적 윤회사상의 무늬로 환생되고 있다. 무덤이란 흙으로 돌아가는 입구이다. 그리고 흙은 생명의 근원지로 생명수가 있고, 생명이 삶을 유지할 수 있는 자양분이 함유된 인간의 영원한 고향이다. 인간이 흙에서 태어나 흙으로 돌아간다고 했을 때, 그 의미는 재생의 영원한 삶일 수 있다. 여기서 비로소 죽음과 고향과 흙의 이미지가 만난다.

시 「어머니」에서 '어머니+고향'으로 나타났고, 「가서 보고 섞고 죽어 그리고 다시 태어나리」에서 '고향에서의 죽음+재생'이라고 할 때, 우리는 어려움 없이 '어머니=고향에서의 죽음=재생'이란 등식을 세울 수 있다. 그리하여 어머니와 흙이 생명잉태의 모체로서, 무덤이 생명의 재생을 위한 휴식의 의미로 굴절되면서 고향의 의미에 녹아든다.

전봉건의 이런 시적 의미화는 거의 산문체의 현재시제로 나타난다.

그러한 어느 날 밤의 꿈이었습니다
나는 드디어 아버님과 어머님 또 두 형님을 뵐 수가 있었습니다. 죽어서 재가 되었던 어머님과 두 형님 그리고 죽어서 흙이 되었던 아버님은 고향으로 돌아와 다시 사람으로 현신하여 함께 살고들 계셨습니다.

―「꿈길」부분

이런 작품은 언어가 가지는 자의성과 모호성으로 인해 작가의 의도가 다르게 전달될 우려는 없다. 문학작품이 작가의 사상이나 감정을 표현하는 것이라면 작가의 의도를 밝히는 것이 작품 해석의 본래 의무가 될 것이다. 이것은 언어가 작품의 의미형성에 커다란 영향을 미치니 독자는 작가의 의도보다도 언어 조직에서 관심을 집중해야 한다는 원론 때문이다. 그러나 이런 경우는 앞에서 분석했듯이 '어머니, 흙, 죽음'이란 말들이 겉으로 드러난 것과 달리 기실은 그런 단어들이 조직되고 통일되어 궁극적으로는 산문적 언어의 의미망을 뛰어 넘어 시적 상징의 의미망으로 나타나고 있으니 뜻은 달라진다.

2. 꿈의 원형과 고향

함동선의 『눈 감으면 보이는 어머니』는 바로 분단의 비극이 우리 자신의 현실임을 일깨워 주는 동시에 그 현실이 꿈의 웅어리로 되어가는 안타까움이 직설화된 시이다. 그러나 이 시인의 경우는 고향상실감을 회상체로 전치시킴으로써 내연되고 있는 환향 욕구를 어느만큼 벗어나고 있다.

> 또랑물에 잠긴 달이 뒤돌아볼 때마다 더 빨리 쫓아오는 것처럼 얼결에 떠난 고향이 근 삼십 년이 되었습니다 잠깐 일게다 이 살림 두구 어딜 가겠니 네들이나 휑하니 다녀오너라. 마구 내몰다 시피 등을 떠미시며 하시던

말씀이 노을에 불그스름하게 물드는 창가에 초저녁 달빛으로 비칩니다
　　　　　　　　　　　　　　　　　－「눈 감으면 보이는 어머니」 부분

　이 시에는 어머니에게 대한 그리움이 의식의 조화된 전이 속에 쉽게
정리되어 있다. 쉬운 시, 그것은 결코 미숙한 시가 아니고, C · D · 루이
스의 말처럼 건강하고 희망적 상태로 테크닉이 사용된 시이다. 이 시인
의 다른 작품 「여행기」, 「마지막 본 얼굴」도 위의 시에서처럼 고향에서
의 유년기가 그리움의 등불로 반짝이지만, 결코 난삽한 테크닉이 시적
상상력을 차단하는 일이 없이 분단비극의 상징인 고향을 노래함으로써
전후 세대의 아픔을 대변해 주는 데 성공하고 있다.
　이와 같이 함동선 대부분의 시가 시적공간이 고향이고, 시간적으로는
유년기에 있는 점은 『북의 고향』의 전봉건의 세계와 맞물린 점이자 1950
년대의 박봉우가 "요런 자세로 꽃이 되어야 쓰는가"라고 휴전선을 읊은
무기교의 테크닉에 이어진 산문형의 서정시이다. 시가 쉽게 읽힌다는 것
은 정서와 시작품 사이의 융화가 쉽게 이뤄진다는 의미다. 그러나 함동
선의 경우는 긴장의 서정이 인식의 수단으로 되어 있고, 결코 잃어버린
지난날에 대한 회고나 감상, 과거지향적 찬미가 아니기에 그 쉬움은 범
상을 뛰어 넘어 독자의 공감에 닿는 그런 것이다.

　　　그 별난 산열매맛 나는
　　　한가위 언덕을
　　　심심치 않게 주전부리하며 오는
　　　나비의 날갯짓으로
　　　내 속옷을 꿰매시던
　　　어머니 얼굴의
　　　달이 떠 있는데

귀뚜라미 우는 소린

팔고인 베개 밑에서

더욱 큰 소리 되어

고향으로 간다며 길 떠난

저어기 언덕엔

수염이 댓치나 자란

세월만이

가득할 뿐인데

―「고향은 멀리서 생각하는 것」 부분

손바닥에 그린 고향의 논둑길은

땀에 지워지고

참외 따먹던

혹부리 영감네 원두막이 언뜻 사라지면서

바다의

소금기 먹은 짠 햇볕만이

마치 부서진 유리조각을 밟고 오는가

아리어 오는 눈에

갑자기 쏟아지는 소나기 한 줄기

차창에 부우연 내 얼굴이 떠오르는데

그 얼굴 위로 어머니 얼굴이 겹쳐 오는데

그 어머니 얼굴에서 빗방울이 흘러내리는데

―「여행기」 부분

　　이 두 편의 시에는 '어린 시절', '어머니', '고향'이 오롯이 등식 선상에 놓여 있다. 또 이 셋의 어휘들은 시인의 회상적인 상상력 속에서 한 덩어리로 어우러져 행복했던 요람기로 뭉쳐져 있다. 지금은 비록 수염이 댓치나 자란 세월만이 가득하지만, 혹부리 영감의 원두막이며 한가윗날 따먹던 산열매 맛이 고향의 등가물로 판박혀 버렸다. 함동선의 시는 이렇게 어린 시절이 고향의 이미지에 싸여 있고, 그 고향은 어머니의 이미지와 겹쳐지며, 또한 그것은 무구한 요람기로 나타난다. 무릇 인간의 상상력 속에서 고향이란 이미지는 어머니란 이미지와 언제나 한 상한象恨에 놓이고, 그렇게 한 상한에 매달려 체험되는 시간이 어린 시절이다. 따라서 함동선에게 있어서의 어린 시절이란 고향 이미지의 시간화 된 형식 바로 그것이라 하겠다.

이렇게 고향과 유년이 이 시인의 작품에서 기본항으로 나타남은 고향 상실이 그만큼 지울 수 없는 하나의 업보로 되어 있다는 말이다. 즉 떠나와 이별하고 늙어 가는 속절없는 세월이지만, 고향과 어머니의 이미지 속에서만은 따뜻하고 안락한 인간의 참모습을 찾아 구원을 받을 수 있다는 것이다. 갈갈이 흩어져 버린 전쟁의 상처가 아직 이 시인의 가슴을 지배하고 있기에 눈 감으면 보이는 것이 어머니이고, 예성강의 민들레이다.

이 시인에게 있어선 고향은 그저 멀리서 생각하는 것이기에 아름답고 가고 싶은 것이 아니라, 육친과 소중한 사람들과 유년기의 꿈을 묻고 왔기에 한시도 잊어버릴 수 없고, 떨쳐 버릴 수 없는 문학의 원형질이 되어 있다. 그것이 전봉건이나 함동선의 시에 빈번히 나타나는 다른 하나의 이미지 '길'로 재확인된다.

3. 분단현실과 길의 표상성

오늘의 분단현실은 우리 정신사에 어떤 의미를 형성해 가고 있는가. 그것은 바로 길의 분단개념이다. 우리가 '분단현실'이라고 할 때 가장 먼저 머리에 떠오르는 소박한 생각은 서울의 사람이 북으로 갈 수 없고, 평양의 사람이 남으로 올 수 없다는 길의 단절성이다. 인간의 공간개념에 있어서 가장 근본적인 것은 고향과 길이라고 한다. 우리가 처음 만난 사람에게 흔히 먼저 묻는 것이 고향이다. 이것은 고향이 삶의 근원적 공간이 되기 때문에 그 동질성을 찾으려는 심리에서 나타난 행위라고 할 수 있다. 그러나 사람들은 이러저러한 연유로 해서 그 삶의 원점을 떠나 살아야 하는 비극적 존재이다. 하지만 다른 동물과 달라 생명의 근원지 고향으로 언제나 돌아갈 수 있는 지능을 가지고 있다. 이러한 귀소의식은 인간의 주요 본능의 하나이다. 그런데 오늘의 한국 현실은 그러한 귀소의 길을 막고 있다. 길의 차단, 그것이 다름 아닌 분단이다.

문학작품에 나타나는 길의 이런 표상성을 이재선 교수는 지향성과 회귀성으로 나누고, 현대 한국문학에서의 길의 표상을 세 가지로 나눠 논의한 바 있다.

그러면 실향의 소재를 집중적으로 다른 전봉건이나 함동선의 시에 아주 자주 나타나고 있는 '길'은 어떤 의미를 지니는가.

    (A) 어제의 길보다
    조금은 더 넓게 보이는
    길

    그러나
    눈 덮인 길
    저
    얼어 붙은 길
    북으로 가는
    길을

정말로 어제보다는

조금은 더 넓은 것이게에 하는 것이

오늘 아침

새 아침의

우리들 간절한

소망입니다

-「길」 부분

(B) 오늘도 해동갑했으니 하루가 가는가 언뜻언뜻 떨어뜨린 기억의 비늘들이 어릴 적 봉숭아 물이 빠져 누렇게 바랜 손가락 사이로 그늘졌다 밝아졌다 그러는 고향 집으로 가게 합니다 신작로에는 옛날처럼 달맞이꽃이 와악 울고 싶도록 피어 있었습니다 길 잃은 고추잠자리가 한 마리 무릎을 접고 앉았다가 이내 별들이 묻어 올 만큼 높이 치솟았습니다 그러다가 면사무소 쪽으로 기어가는 길을 따라 자동차가 뿌옇게 먼지를 일으키고 동구 밖으로 사라졌습니다

-「눈 감으면 보이는 어머니」 부분

시(A)는 시집 『북의 고향』에 「길」이란 제목의 시를 세 편이나 발표하고 있는 전봉건의 작품이고, 시(B)는 함동선의 작품이다. 시(A)의 길은 얼어붙고 눈 덮인 길이고, 시(B)의 길은 환상의 길, 꿈속의 길이다. 얼어붙고 눈 덮인 길은 험해서 갈 수 없고, 환상의 길은 갈 수 없기에 나타난 길이다. 그러니까 두 길이 다 막힌 길이다. 시(A)에서는 어제보다는 조금 더 넓은 것으로 하려는 것이 소망이지만 길은 결국 막혀, '어디에도 뚫린 길'은 나타나지 않는 길이다. (B)의 경우도 길은 옛날처럼 달맞이꽃이 핀 고향길이지만, 그것은 기억의 비늘을 타고 온 환상의 길일 뿐이다. 이 시인은 다른 시에서 "내 이마에는/ 고향을 떠나던 달구지 길이 나 있어/ 어머님 생각이 날 때마다/ 쇠바퀴 밑에 빠각빠각 자갈을 깬다"고 하고 있다. 그러나 이럴 경우도 그것은 회향하지 못한 차단된 길이다.

이와 같이 이들의 길은 막혀버렸기에 끝내는 절망하거나 꿈길로 나타날 수밖에 없다.

    찬 서리 길을 가도
    고향 길이 아니다

    잎 지는 길을 가도
    고향 길이 아니다

    손잡은 길은 가도
    고향 길이 아니다

    한 사나이 늙어
    아!

    강나루 건너가도
    고향 길이 아니다

    달지는 길을 가도
    고향 길이 아니다

                                    −「길」 전문

이와 같이 '아니다'라고만 소리치고, '아!'라고 탄식한다. 그래서 전봉건의 북의 고향은 닫혀 있고 막혀 있다. 절망의 미학, 단절의 미학, 극복되지 못한 좌절의 좌표에 앉아 있다.

그러나 함동선은 다르다. 그는 꿈꾸고 회상한다. 꿈과 회상이, 현재시제의 서술보다 덜 절박하고, 덜 심각하고, 긴장미가 덜하지만, 탈출이 가능하고, 극복이 가능하다.

> 내 이사할 때는
> 고향 뒷산에 내린 적이 있는 하늘을
> 손 안에 담고서야
> 길을 떠났는데요
>
> 정 붙이며 사는 타지에서는
> 살기 답답해 어깨를 추스르면
> 하늘은 한쪽으로 기울어지는데
> 거기
> 봄이 오는 후미진 길목이 있었는데요
> 어쩌면 꿈속에 빠뜨리고 온
> 영산홍이 폈다고
> 벙어리도 웃는 걸 봤는데요
>
> —「소묘」 부분

전봉건이나 함동선의 시의 퍼스나는 끊임없이 떠난다. 길을 따라 떠나고(함동선의 두 편의「여행기」), 꿈길을 따라 떠나고(전봉건「꿈길」), 달구지를 타고 떠난다(함동선「내 이마에는」). 또 배를 타고 떠난다(함동선「이 겨울에」, 전봉건「나의 바다」). 그런데 함동선의 경우는 위의 시에서처럼 트인 길이다.

"고향에 가면 말야/ 이 길로 고향에 가면 말야/ 어릴 때 문지방에서 키재던 눈금이/ 지금쯤은 빨랫줄처럼 늘어져/ 바지랑대로 받친 걸 볼 수 있겠지"라고 노래하는 여행기의 서두나, "내 이마에는/ 고향을 떠나던 달구지 길이 나 있어/ 어머님 생각이 날 때마다"간다는「내 이마에는」과 같이 트인 길인데, 전봉건의 길은 막힌 길이다. 그의 길은 찬서리 길을 가도 막혔고, 잎 지는 길을 가도 막혔고, 강나루의 길을 가도 막힌 길이다. 윤동주 같은 시인이 그 질곡의 시간에도 "내를 건너서 숲으로/ 고개를 넘어서 마을로// 어제도 가고 오늘도 갈/ 나의 길 새로운 길"이라고 했는데, 전봉건의 길은 잎이 지는 철도, 달이 밝은 철도, 눈이 오는 철도, 막히기만 한 길이니 어찌된 일인가. 그것은 그만큼 경색되고, 절망된 상황이란 의미일 게다.

길은 잃어버린 것도 찾을 수 있는 공간이고, 헤어졌던 사람과도 만날 수 있는 공간이고, 가보고 싶은 산하도 찾아갈 수 있는 공간이다. 그런데 그런 길은 누가 막고 있다. 길을 막고 있다는 말이다. 세상에 길을 막을 자가 누구인가.

길은 인간이 해야 할 바, 도리 또는 인생지침이나 진리 등을 의미한다. 노자의 도덕경에 나오는 도道의 개념이나, 공자가 조문도 석사가의組聞道石死可矣할 때의 도는 인간의 도리를 의미하고, 불교에서 불도佛道니 중도中道니 하는 것이나, 예수가 '나는 길이요' 할 때의 길은 인생의 진리, 구도의 정신을 의미한다. 그리고 길은 원초적인 우주공간의 질서요, 자연법칙으로 인간이 지향하는 순리의 상징이 된다. 그러니까 이 두 시인의 시에 길이 자꾸 나타나는 것은 잃어버린 게 있고, 인간의 도리를 다 못한 게 있고, 질서가 깨어진 게 있기 때문이다. 그것이 바로 고향상실이고, 어머니와의 이별이고, 귀소본능이 깨어진 현실인 것이다. 전봉건의 시에 나오는 죽은 아버지나 어머니, 조상 무덤의 모티브는 전적으로 이 막힌 길 때문이다.

함동선의 경우는 회상의 길이다. 그래서 그의 길은 뚫릴 수 있다. 그의 시가 분단의 현실을 문제 삼으면서도 전봉건처럼 절망적 비극으로 나타나지 않고 서정적 간결체로 나타나는 것은 전적으로 이 때문이다. 정붙여 사는 타향이지만 어깨를 추스르면 영산홍이 피는 고향이 보이고, 눈만 감으면 예성강의 민들레도, 어머니의 흰 치마도 보인다는 것이다. 그의 이런 환각은 고향 떠나 타향에서 눈 껌뻑이며 한 40여 년 살아온 동안 생긴 하나의 재주인지 모른다. 그렇지만 그의 이런 회상은 「보리누름에 와 머무는 뻐꾸기 울음은」과 같은 울음과 「지난 봄 이야기」 같은 아픔 다음에 온 어쩔 수 없는 방도였다고 해야 할 것이다.

4. 살아남은 자들의 아픔과 그 서정성

6·25란 외상의 문덕수나 박재삼에 와서는 다르게 반응된다. 이들의 시는 과거에 느꼈던 원물의 모상을 재구성함으로써 현재의 외상을 치유하는 것이 아니라, 그 전쟁의 현장을 재현시켜 고발하거나, 고전적인 것에의 경도로 그 외상에서 눈을 돌려버린다.

> 그날
> 적탄을 맞은 가슴에서
> 쏟아진 피로
> 새빨간 장미가 피었다
>
> 그날
> 붉은 탱크에 깔려
> 피로 붙들인 그 흙속에서
> 새빨간 칸나가 피었다.
> —문덕수, 「살아남은 우리들 만이」 부분

그 총탄은
아직도 나를 쫓고 있다
지하도를 내려가면 그 계단을 따라
강을 건너면 그 물살을 따라

그 조준은
아직도 나를 표적으로 노리고 있다
좁은 골목길로 들어서면
먼 총구의 방향이 따라 돌고 있다

―문덕수, 「6월의 탄도」 부분

6·25 때 우리 보도연맹원을 죽인
억울한 자리에 핀
들국화를 처음 보았다
꽃씨 모으기를 잘한
죽은 삼득의 호주머니에 들어 있던
억울한 꽃씨였을까
억울한 피거름에 핀 꽃이여!

―박재삼, 「한 보도연맹의 마음」 부분

온전히 온전히 눈물이거든
언덕위에 서 있는 사람도 나무되어 흔들리는 것이요
나무도 옷자락 되어 나부껴 하나란 것이란다
허지만 이 형청 사람들은
어줍은 눈물 속에서
도무지 흔들릴 수가 없는
뻣뻣하고 여문 매와 같이 보인단다
향단아!

눈물마저 이리 가두어질 줄이야
제일 원은 옳게 울리고 싶어지는
이 형청 밖의 맑은 하늘이란다
세상은 언제 좋아지나

―박재삼, 「세상은 언제」 부분

6월이 우리에게 주는 의미는 잔인하고 끔찍하다. 그래서 칸나와 탱크의 이미지가 상충하고, 검은 흙과 붉은 피가 충돌하여 그 충격이 오지고 다부지게 재현되고 있다. 이것은 그가 지금까지 단순한 서정미에 목표를 둔 리리시즘이 아니라 청신한 감각을 통하여 보여 주려던 은밀한 허무의식이, 이제 시를 알 만한 나이가 되어(시집 『아득하면 되리라』 서문) 그 허무한 전쟁의 역사를 되살리는 율사의 모습이다.

"꽃씨 모으기를 잘한/ 죽은 삼득이의 호주머니에 들어 있던" 꽃씨가 다시 피어나듯 다시 피어나는 이 6·25의 외상의 재발은 그가 춘향이 마음에 의지해 왔던 인간의 본질적인 허무가 아니다. 그것은 문덕수의 칸나와 같고, 지하도에서 만난 총구와 같은 참혹한 진행의 망령이다. 다만 박재삼에게 있어서는 들국화로 나타났을 뿐이다. 이것이 박재삼의 세계이다. 국화는 그가 「수정가」나 「화상보」를 통해 보여 주던 고전 정신이 땅에 핀 다른 하나의 꽃, 다른 하나의 한국적인 것의 상징일 뿐이다.

그런데 이 두 시인의 작품에서 발견하는 동일한 현상은 6·25가 지나간 역사의 한 장이 아니라, 아직도 그로 인해 받은 고통으로 되살아나고 있는 점이다. 문덕수의 위 두 작품이 정확히 언제 쓰여졌는지는 알 수 없지만, 1980년에 발행된 시집에 이런 시가 주류를 이루고 있고, 박재삼의 것은 1984년 간행시집 『아득하면 되리라』 말미의 미수록 시편 항에 실려 있다. 말하자면 6·25의 악령은 아직도 우리를 고문하고 있고, 그 악령은 그 고통스런 교접을 통해 항상 새로이 태어나고 있다. 우리가 그 악령으로부터 구원받을 수 있는 길은 우리들 나름으로 열심히 구제의 날을 기원하고 치유의 방도를 찾는 데 있다. 그것을 문덕수에 있어서는 재생과 고발에 의한 것이고, 박재삼은 또다시 보여주는 「춘향의 마음」이다.

문덕수의 "그날/ 붉은 탱크에 깔려/ 피로 물들인 그 흙속에서/ 새빨간 칸나가 피었다"는 진술 속에는 전쟁의 참담함을 고발하는 일체의 관념적 의미를 사상하고 고발하는 선명한 이미지가 있다. 그리고 거기에는 참여시나 반공시가 십상 빠져들기 쉬운 허위와 과장은 말끔히 배제되어 있다. 그것이 이 시의 리얼리티다.

그가 「우화 · 1」에서 동경으로 가는 3등 야간열차에 채이고 받히고 가슴팍을 떠밀렸다고 했을 때나, 초병哨兵에 바치는 헌사에서 단선적인 감상을 벗어날 수 있었던 것은 전적으로 이런 관념적 언어를 내버리고 올라서는 이미지 때문이다.

> 총알이 잎새를 찢고 날아갔다
> 고지를 넘어오는 포성이 줄기를 타고 올라
> 찢긴 잎새를 흔들어댄다.
> 반쯤 허물다 남은 돌담
> 받아 울리던 여인의 손길도 없이
> 무슨 의지처럼 뿌덕뿌덕 기어오른다.
> 총알이 빨간 꽃잎을 찢고 날아갔다.
> 어디서 튀어온 파편이 꽃줄기를 쳤다.
> 나팔꽃은 화약냄새만 풍기고 있다.
> 　　　　　　　　－문덕수, 「폐허속의 나팔꽃」 전문

이 시에는 전쟁의 이미지와 평화의 이미지가 연쇄 반응을 일으키고 있다. 이 시인이 지금까지 주로 이미지의 자율성에 의한 시를 써 왔던 바는 우리가 익히 아는 사실인데, 6·25의 정체를 밝히는 위 시에서도 이 시인은 설명한 이미지의 배치로 그 역사를 구체의 현실로 바꾸고 있다. 다시 말해서 총알, 잎새, 돌담, 여인, 꽃잎, 파편, 꽃줄기, 나팔꽃, 화약 냄새와 같은 이미지들의 폭력적 결합은 이 시인의 한결같은 시 방법의 하나이긴 하지만 수사와 진술로서가 아니라, 보여주고 감각케 하는 역사비평의 시각으로 전쟁을 되돌아보게 하고 있다. 그러나 한편 「살아남은 우리들만이 다시 6월을 맞아」에서는, "오뉘들이 잠든 마을을/ 소련제 캐터필러로 깔아 눕히던 29년 전의 지옥의 새벽을/ 너는 기억하느냐!"고 분개하고, "사랑하는이여/ 속타는 불길이라도 좀 끄고/ 기도하는 심정으로/ 잠시 가로수에 기대거나/ 조금 서성거리게······"라고 노래하면서 우리 시대의 가장 한국스런 토산품 박재삼처럼 분단의 현실을 서정화 한다. 이들을 묶을 수 있는 점이 바로 이것이다

> 강바닥 모래알 스스로 모는
> 진주남강 물 맑은 물갈이는,
> 새로 생긴 혼이라 반짝거리는
> 진주남강 물빛 밝은 물갈이는,
> 사람은 애초부터 다 그렇게 흐를 수 없다.
>
> —박재삼, 「남강가에서」

 고색 창연한 읍내, 진주 남강의 물 맑은 모래밭의 물처럼 흐를 수 없지만 우리는 그렇게 흐르고 살아간다는 것이나, 가로수에 조금 기대거나 서성이면서 살아가는 문덕수 시의 퍼스나는 문학예술이 본질적으로 가지고 있는 서정의 탄력이 만든 것이 아닌가.
 우리는 이런 데서 비로소 하나의 에콜, 곧 전쟁의 가혹한 악령의 폭력

에 대응하는 정신방법, 그리고 정신적 파산에서 구제되는 문학세계를 발견한다.

그것은 가열한 문학적 원체험이 다양한 정신적 스펙트럼으로 여과되고 응축된 긴장이었다는 점에서 분단문학의 한 성과이자 시적 승리가 아닐 수 없다.

(『시문학』, 1986.4)

작아지고 싶은 존재의 꿈

박철화*

    산문시가 출현하기 전까지 오래도록 시는 '사실'에다 리듬을 붙이는 일이었다. 그 사실이 심정적인 것이건, 아니면 객관적인 풍경이나 사물이거나 간에 말이다. 운율이 없다면 더 이상 시가 아닌 것이다. 시란 운문이다. 그런데 보들레르의 산문시집 『파리의 우울 Le Spleen de Paris』이 나타난다. 이런 역설이 있는가. 산문으로 된 운문이라니! 하지만 이후에도 산문시는 계속해서 나오고 있다. 시에 있어 리듬은 부차적인 것이라는 말인가? 그렇다면 시의 본질은 무엇인가? 말라르메는 이렇게 답한다.

> 시란 실존의 겉모습 뒤에 숨겨진 신비한 뜻을 자신의 본질 된 운율을 되찾은 언어로써 표현한 것이다. 시는 그래서 현세의 우리 머뭄에 정당성을 부여하며 하나 뿐인 영적 업무의 근본을 이룬다.

    쉽게 드러나는 운율 대신 '본질 된 운율'을 찾아야 한다고 그는 말했다. 아폴리네르는 그래서 시에서 마침표를 없애버렸다. 행行이 되든, 연聯이

---

*박철화: 문학평론가, 중앙대학교 교수.

되든, 운율을 가두던 울타리를 치운 것이다. 저마다 시의 본질을 찾아 미지未知로 뛰어들 수 있도록, 그래서 많은 새로운 깃발이 그 미지의 땅에 꽂히게 되었다. 그런데 아직도 아득한 대지가 펼쳐져 있다. 그 비어 있음은 우리에게 더 나아가라고 말하고 있는 것 같다.

그러니 어쩌면 시의 본질은 유일한 것이 아닐지도 모른다. 언어가 여전히 신비에 싸여 있는 한, 우리는 그저 있을 수 있는 여러 개의 본질을 제시할 수밖에 없으니 말이다. 그래서 언젠가 밝혀질, 혹은 영원히 밝혀지지 않을 그 본질을 위해 지금은 다양한 본질을, 그리고 그것들 사이의 관계를 알아볼 때다. 그런 '작은 본질'들, 그것이 시인들의 시론詩論이다.

그런 의미에서 시론을 밝힐 수 없는 시인은 엄밀한 의미에서 시인이 아니다. 그는 그저 행갈이가 된 산문을 적고 있을 뿐이다. 산문의 긴 노동을 피하기 위해서, 또는 시적 탐구의 강렬한 집중력이 부족하기 때문에 그는 그저 시를 흉내 내는 것이다. '영감靈感'이라는 한 세기도 더 전의 낡은 말로 자신의 게으름에 방패막이를 하면서, 아니면 시 자체보다는 시의 대상에 대한 그럴듯한 말을 늘어놓으며 비어 있는 시론의 난처함을 피해 나간다. 그 대상은 시 이전에 이미 존재하고 있었으며, 시가 아니라도 다른 언어에 의해 옮겨질 수 있는 것인데도 불구하고 말이다.

그렇다면 결국 시만으로, 시가 뇌관이 되어 스스로가 가진 강렬한 에너지를 분출할 어떤 대상, 요약하자면 언어와 대상의 굳건한 결합에서 우선 시의 문을 열어야 할 것 같다. 이때 시는 문학의 대표 단수單數다. 오래도록 운문으로 쓰여 왔던 희곡은 물론이고, 소설이나 비평조차도 어느 순간 시가 되지 않으면 좋은 문학으로 자리 잡을 수 없기 때문이다.

'언어와 대상의 굳건한 결합', 언어가 최적으로 자신의 가능성을 꽃피울 대상, 대상을 극한으로 몰고 가 스스로 드러나도록 만들 언어, 이 둘 사이의 긴장선 위에 시가 놓여 있지 않을까?

다소 추상적인 이런 생각을 하게 된 것은 함동선의 작업 때문이다. 1958년 미당 서정주의 추천으로 『현대문학』을 통해 문단에 나온 이래 40년이 넘도록 시의 발걸음을 힘차게 이어가고 있는 시인, 조로早老가 상식처럼 되어버린 이 땅의 문학풍토에서 그것은 쉬운 일이 아니다. 그렇다면 그를 지금도 시의 땅 위에 세워둔 힘은 무엇인가? 이런 의문과 함께 그의 시집을 읽어나가며 나는 시의 본질에 관한 생각을 내내 했다. 아마 그의 시론 때문이었을 것이다.

> 오늘의 시는 노래하거나 절로 나타나기보다 짓고 만드는 것이다. 짓고 만듦으로써 시는 세계와 사물의 본질을 깨우치고 스스로의 존재에 근거를 마련한다. 그것은 시인의 원심적 확대일 수도 있고 구심적 응집력일 수도 있다.[1]
>
> 시 쓰는 일은 새로운 정서를 찾는 것이기보다 보편적인 정서를 활용하는 데 있다. 보편적인 정서를 활용함으로써 누구에게나 강력한 호소력을 발휘한다는 것은 시가 누리는 가장 중요한 기능의 하나다. 이렇듯 시의 중요한 기능의 하나가 새로운 소재 못지않게 이미 있어 온 보편적인 정서를 표현하는 것이라면 역사 앞에 내 고향만큼 우리의 동의와, 탄복을 보장하는 보편적인 정서나 이야기도 드물 것이다. 이와 같이 나의 시는 나의 삶에 있어서 고향이 무엇인가를 찾는 일이고, 고향 앞에서 나란 무엇인가를 알아내는 일이다. 그리하여 내가 고향의 뜻을 열고 내가 열릴 때 우리 역사도 열리게 될 것이다.

첫 번째 단락만 보더라도 그는 이미 '영감'을 기다리는 나태함에서 멀찌감치 벗어나 있는 시인임을 알 수 있다. 그는 드러난 세계와 사물 그대로가 아니라, 그 너머에 존재하는 본질을 찾으려는 사람이다. 게다가 그 본질은 자아와 무관한 객관이 아니라, 자아의 실존과 연결된 '관계로서의 본질'이다. 이미 그는 세계와 시 모두에 참여되어 있다. 현대시의 기원

---

1) 함동선, 「시집」, 『짧은 세월 긴 이야기』의 서문, 산목, 1997. 이후 이 시집은 ' I '로 표시한다.

이라고 일컬어지는 보들레르는 일찍이 그것을 '자아의 확산과 집중'이라고 표현한 바 있다.

거기에 덧붙여 그는 지금까지 쌓여온 시의 전통을 존중한다. 두 번째 단락의 앞부분이 말하는 바가 그것이다. 그는 감히 자신이 이전의 모든 전통을 해체하고 새로운 것을 찾겠다는 식의 오만으로 기울이지 않는다. 그의 시론은 오히려 '작은 본질'의 다양함을 받아들이는 것이다. 그리하여 얻은 '보편적인 정서'란 세계와 존재, 사물과 존재의 관계는 물론이고, 이 관계가 시인과 독자, 독자와 독자 사이의 관계로까지 확대되어야 한다는 것을 의미한다. 이것을 전제해야만 고향에 대한 그의 시작업을 온전히 이해하게 된다.

물론 그는 비극적인 역사의 희생자인 실향민이고, 스스로도 실향민임을 적극적으로 밝히고 있다. 하지만 실향이 꼭 시인만의 주제는 아니다. 그것은 정치학의, 사회학의 그리고 경제학의 주제이며, 심리학의 주제이기도 하다. 그런 점에서 함동선의 고향 혹은 실향은 단순한 시적 대상이 아니다. 그의 시가 고향을 찾은 것이지, 실향민이기 때문에 시를 쓴 것이 아니라는 말이다. 따라서 고향에 대한 시편도 그것이 함동선 개인의 개인사를 밝히는 데 그칠 것이 아니라, 시의 본질을 찾는 과정으로 이해되어야 한다. 나 → 고향 → 역사 → 나로 이어지는 시적 고리는 시의 추적인 것이다. 그래야만 시인으로서의 함동선의 온전한 모습을 보게 된다.

그가 겉으로만 보자면 반복의 위험을 무릅쓰면서까지 계속해서 고향, 또는 실향을 시적 공간으로 끌어들이는 것도 그런 이유에서이다. 여기에 대해서는 역시 함동선 자신의 다른 글이 좋은 설명이 될 것이다. 가장 최근에 간행된 시집의 '서문'에 해당하는 글에서 그는 다음과 같이 진술하고 있다.

또 하나는 시란 살아 있는 사람의 확인이라는 것이다. 살아 있는 사람의 확인이란, '사람이란 무엇인가', '사람은 어떻게 살아야 하는가'의 총체적인 물음이기도 하다. 하지만 이 사람은 그렇게 변하질 않고 사람의 관계, 사람과 대상과의 관계가 시대에 따라 변하는 것뿐이다. 그것은 사람과 사람 또는 사람과 대상을 새롭게 해석하고 새롭게 발견하는 경우를 말한다. 따라서 시란 소재의 새로움이 아니라, 소재의 새로운 해석과 발견에서 형상화되는 것이다. 그것은 Y축과 X축에 의해 결정되는 함수와 같다. Y축에서는 지속성을 살피고 X축에서는 변화를 보여준다. 이런 의미에서 시란 변하지 않는 것과 변하는 것과의 교류에서 현상화되는 것이다.[2]

그의 고향은 고정된 대상이 아니다. 시인 자신이 변해감에 따라 '관계' 속에서 그 대상도 의미가 변화하기 때문이다. 그것은 시간이 흘러가면 모두 변한다는 단순한 자연현상을 말하는 것이 아니다.

> 어제 세상을 떠난 사람이
> 그렇게도 보고 싶던 이 아침
> 차례를 지내면서
> 내 생애 중 가장 오랫동안
> 할아버지와 증조할아버지는 거리를 좀 두고
> 아버지 곁에 머물러 있다
> 분향을 할 때마다
> 무엇인가 보면 느껴지고 느끼면 보이는 게
> 시간이 가는 것이 아니라
> 내가 가고 있는 것을
> 알게 되었다
>
> — II:「시간이 가는 것이 아니라」 부분

2) 함동선, 「변하지 않는 것과 변하는 것」, 『인연설』, 산목, 2001. 이후 이 시집은 로마자 'II'로 표시한다.

나와 대상은 우선 변하지 않는 어떤 실체이다. 하지만 그것들은 관계 속에 놓여 다른 의미를 갖게 될 수 있다. 그래서 나와 대상은 변하는 것이 기도 하다. 그렇기 때문에 나와 너, 나와 대상과의 관계를 계속해서 추적 해야만 한다. 함동선에 따르면, 그것이 시적 인식이다. "시란 변하지 않는 것과 변하는 것과의 교류에서 현상화되는 것이[기 때문이]다."

19세기 중반에 이미 보들레르는 「현대성의 화가」라는 글을 통해서, 현대성의 미학이란 일시적인 것이자 흘러가는 것인 동시에 영원하며 불변인 것이라 말한바 있다. 그런 의미에서 함동선의 시론은 시적 현대성의 핵심을 예리하게 포착하고 있다.

그래서일까? 그는 같은 대상을 시차를 두고서 반복해서 시로 옮기고 있다. '강화도' 같은 지리 공간은 물론이고, '나비'와 같은 동물, '들꽃' 같은 식물, 그리고 '보름달' 같은 풍경까지. 그런데 그 모든 것은 잃어버린 고향의 기억으로 모인다. 왜 아니겠는가. 그의 고향이야말로 시인이 마지막으로 떠나오던 순간에 고정된 '불변不變의 것'이자, 다시 돌아가지 못하게 된 뒤로 시인과 함께 그 의미가 '변하는 것'의 상징이다.

> 바람 부는 쪽으로 가지 뻗는다는
> 팽나무 열매가 서낭당을 에워싼다
> 어둠이 더 보이지 않게
> 소복을 한 어머니는
> 보름달을 물이 가득한 물동이처럼 이고 온다
> 치성을 드릴 때마다 물이 쏟아져
> 귀신이 붙은 이 땅 구석구석을 씻어내는데
> 피란 떠난 막내아들은 아직도 돌아오질 않는다
> 쑥이 키를 넘고 또 넘으니
> 다시 보름달이 뜰 때까지

그게 나 때문이야 하면서
촛불을 켠다

— Ⅰ :「보름달」 전문

담장 넘는 대추나무 가지에 걸린
보름달을 보고
'넌 또 왜 거기 앉아 있니
어서 떠나지 않구'
만신 할머니는 손녀에게 하듯 타이른다
그때 나무다리를 건너오는 사람에게
'거 누구요' 하고 소리친다
'고향 떠난 떠돌이요'
'보름달 뜨니 난리 통에 죽은 아일 찾고 있구만'

— Ⅱ :「보름달 뜨니」 전문

약 5년의 시차를 두고 쓰여진 이 두 작품은 비슷하면서도 다르고, 틀리면서도 닮아 있다. '서낭당'과 '만신'에서 보듯 우선 둘 다 무속과 관련이 있다. 그리고 '소복'과 '죽은 아이'에서 알 수 있듯이 여기에는 죽음의 어둠이 짙게 깔려 있다. 비록 대화체의 형식이 다르고, 등장인물이 다르긴 하지만, 보름달과 관련된 시인의 의식 세계가 어떠한지를 엿볼 수 있다. 돌아가지 못한 막내아들은 어머니에게 죽은 아이일 수도 있는 것이다. 사실 시인에게 죽음은 원초적이다. 그것은 아버지의 죽음 때문인데, 그 풍경 속에 역시 달이 들어 있다.

노을이 북한산 숲 속에 숨었는지
달이 큰 나뭇가지에 걸리더니
아버님 모신 상여가

Ⅰ 함동선의 시세계 195

하얀 개망초 꽃밭을 질러간다

— I : 「하산주」 부분

8 · 15광복 두 달 전이었지
독립운동을 하다 감옥에 간 형님을 부르다가
가신
아버지의 상여 따라 피던 들꽃이 말야
허물어지기는커녕 더욱 꼿꼿한 자세로
피었지

— I : 「뉴욕 힐튼호텔에서」 부분

　이것이 얼마나 강렬한지는 고향과 관련해서는 거의 어김없이 들꽃이
등장하는 데서 알 수 있다. 그 꽃은 나비를 부르고, 이 나비가 고향에 가
고 싶은 시적 자아의 분신이 되는 것도 마찬가지 이유에서이다. 그 고향
에는 아버지의 산소가 있다.

꽃을 찾는 너를 따라
어릴 때의 들이 되기도 하고
비가 내린
어제는
부엉이 소리 은은한 가랑잎 되어
여린 날개를 가렸다
내 이마의 주름처럼
굵어만 가는 철조망 건너
아버지 산소가
목구멍에 걸린 생선가시가 되어
밥 먹을 때마다 뜨끔거린다

가진 것은 시간밖에 없으니

오는 한식에는

작고 무리 지으면 더 예쁜

꽃다지로 피어

내 고향을 들러올 너를 기다릴 거다

— II : 「나비」 전문

고향에서 그는 꽤 사는 집의 막내아들이었던 것 같다. 집에서 '판소리 가락'이 흘러나오고, 바이올린을 켜는 '떠돌이 악사'가 사랑방에 머물다 갈 정도였기 때문이다. 거기서 장난꾸러기였던 시인의 유년은 따듯하고 행복했을 것이다. 손톱에 물들인 봉숭아 빛이 두고두고 그의 뇌리에 남는 것을 보면,

내 어릴 적 기억의 벽에

발톱 세우고

그 벽 긁던 장난꾸러기도 있다

— II : 「운주사」 부분

어렸을 적 물들인 봉숭아 빛으로

독경 소리가 들린다

— I : 「산에서 만난 스님의 말씀」 부분

그 '봉숭아 빛'이 시인의 의식 속에다 '들꽃'의 이미지를 더 분명하게 만들었는지도 모른다. 그래서 들꽃은 자연으로 돌아가려는 현재의 자아를 계속해서 과거와 연결시킨다. 그런데 그 과거는 고정된 것이면서도 변하는 것이다.

과거는 용서해야지
그러나 과거는 잊어선 안 되지
그렇게 들꽃은 말하고 있구만
- Ⅰ:「뉴욕 힐튼호텔에서」 부분

잊을 수 없는 과거 속에서 시인은 늘 행복한 막내아들로 있고 싶으나,
그 과거를 용서하고 현실 속의 자아로 변해갈 수밖에 없다. 그래서 마치
『최초의 인간』의 알베르 카뮈가 처음으로 아버지의 묘비 앞에 섰을 때,
묘비에 적힌 아버지의 나이가 자기보다 적은 것을 안 그 순간처럼, 그렇
게 변하지 않는 것과 변한 것 사이에서 스파크가 일어나는 시간이 온다.
자아의 분화가 일어나는 순간이다.

아버지보다 더 많은 나이가 되면서
아버지가 보이기 시작하는
가을이 온다
- Ⅰ:「강촌에서」 부분

그 자아는 그러나 행복했던 '막내아들'이 시간으로 더 가고 싶어한다.
그 시간은 자아의 경우는 물론이고 국토와 역사까지 둘로 나뉘어지기 이
전의 시간이다. 그래서 마치 성경聖經의 요나처럼 작은 존재가 되어 고향
으로 가고 싶어지는 것이다. 그러기 위해 어떻게든 작아져야 한다.

눈오는 소리는
창호지 문을 열고 들어오다가
이내 어둠으로 밀려 나간다
낯익은 발자국 소리가 나뭇가지에 매달리는지

고드름이 다 된 불안은
바람이 불 때마다 후두둑 무너져 내린다
어둠은 더 단단한 입자로 엉키면서
어깨에 켜로 앉은 치악산의 무게가
얼음을 깨는 물소리로 커진다
먼 곳 보려고 앉아 있는
내 안의 또 다른 나는 자꾸 키만 작아진다

― I :「암자에서」전문

　물론 이 작품만을 놓고 보자면, '내 안의 또 다른 나'는 자연의 힘 앞에
서 움츠러드는 인간을 의미한다고도 볼 수 있다. 그러나 시인의 심층 의
식 속에 있는 자아의 모습을 염두에 두면, 정신분석 혹은 심리학에 의거
하여 행복했던 과거의 시간으로 거슬러 오르려는 시적 자아를 만나게 된
다. 이것은 역시 암자庵子를 배경으로 지어진, 비슷한 시기에 발표된 다른
작품에 등장하는 아버지를 보면 알 수 있다. 아버지가 살아계신 시간이
란 시인에게 10대 중반을 넘어서기 이전이다.

나뭇가지의 그림자만 가득한 뜨락에
방 깊숙이 든 햇살이
조금씩 빠져나간다
그 서슬에
스님 손등의 핏줄이 파아랗게 얼비친다
젖은 눈동자에
먼 들녘이 펼쳐진다
황소의 고삐를 당기는
아버지의 모습이 보이는 걸까
방문을 닫자

먼길을 달려온 강이 바다와 합친 것처럼
등산객의 옷자락이 밀려온다

ー I :「관음사」 전문

　　그 시간의 작은 장난꾸러기로 가고 싶은 소망은 어쩌면 당연한 것이
다. 보들레르가 평생을 두고 모친의 재혼 이전의 시간을 회한과 함께 떠
올리며 그리워했듯이 말이다. 그래서 보들레르는 『악의 꽃』 속에다 "나
는 잊지 않았네……"로 시작되는 시를 남기기도 했다. 그러니 유년으로
의 회귀욕망은 함동선 시인만이 아니라 누구라도 마찬가지일 보편적 심
리다. 더구나 홀로 되신 어머니를 스물 이후로 보지 못한 그를 생각하면,
그러한 회고 욕망은 자연스럽다. 하지만 이미 현실 속에서 생의 '노을'에
다다른 시인은 쉽게 그 진실을 말하지 못한다. 그래서 고향의 들꽃 코스
모스를 빌어 슬며시 그 꿈을 표현한다.

가을 햇살이 한 뼘쯤 기어든 창가에
낡은 소파가 마주 놓여 있다
벽에 걸린 세한도歲寒圖의 솔잎에
부는 바람이
낮잠을 깨웠는지
신발 끄는 소리가 들려온다
칠이 벗겨진 탁자 위에
먹다 남은 녹차 잔에는
낮 두 점을 치는 뻐꾸기 소리가 넘친다
펼쳐 놓은 시집에
'단풍이 든 판소리 가락이
낮게 떨려 나오는 동구 밖' 그 동구 밖 지나서까지
담길을 따라 핀 코스모스의 키가

자꾸 작아진다

ㅡ II : 「오후」 전문

　판소리 가락이 울려나오는 그의 고향집 동구 밖, 그곳에서 시적 자아
가 투사된 코스모스의 키가 자꾸 작아지는 것이다. 그것은 실향과 이산離
散 이전의 충만했던 시간으로 돌아가려는 시인의 간절한 꿈이다. 그 꿈을
노老시인이 그리고 있다.

　그래서 함동선의 시를 읽는 일은 감정을 쉽게 드러내지 않으려는 그
절제된 언어와 시적 열정의 놀라움에도 불구하고 여전히 슬프다. 언제
그 꿈은 현실이 될 것인가?

(『시문학』, 2003.4)

고향의식의 분석

김태진*

1.

한 시인의 작품 속에 자주 등장하는 동일한 공간은 그 시인의 내면세계를 들여다 볼 수 있는 좋은 근거체라 할 수 있다. 더구나 그 공간이 한으로 얼룩진 우리의 역사와 관련된 것이라면, 그것은 반드시 우리로 하여금 어두운 시대적 과거에 대한 상상력을 동반하게 하므로, 오늘날의 우리가 과거의 민족적 공동 체험과 개인적인 체험을 확인해보는, 그리고 현재의 우리를 되돌아보는, 또 미래의 우리를 생각해 보는 계기체로서 논의해볼 만한 것임에 틀림없다.

함동선의 시를 읽다 보면 '고향' 공간에 대한 묘사가 자주 발견된다. 이는 그가 6·25 때 늙은 어머니를 남겨둔 채 떠나온, 그리고 지금은 휴전선에 막혀 갈 수 없는 고향인 황해도 연안에 대한 그리움을 작품 속에 들어낸 것이다. 그러기에 그에게 있어 고향공간은 경험상의 떠나 왔음의

---

* 김태진: 문학평론가, 문학박사.

장소요, 필연적으로 돌아가야만 할 역사적 장소로서 그가 도달하고자 하는 곳이다.

그런데 그가 고향을 떠나게 된 근본 원인은 개인적인 것이 아닌, 순전히 역사적인, 즉 우리의 역사적 비극인 6 · 25에 의해서이다. 말하자면, 그는 역사의 피해자로서 실향민의 한 사람인 것이다. 이러한 역사의 피해자는 그 가해자에게 보상을 받아야 마땅하다. 그러나 이러한 주장은 나약한 개인이 거대한 역사 앞에서 할 수 있는 것은 무엇일까? 하는 의문만 던지게 하며, 아울러 거대한 역사 앞에 선 나약한 개인만을 발견케 할 뿐이다. 그리고 역사 앞에 선 개인이 오직 선택할 수 있는 최선의 방법은 상황에 대한 순응주의로서 좌절과 포기만이 있을 뿐이다. 그러나 이러한 좌절과 포기가 아무리 체념과 달관, 초월과 승화라는 의미로 치장되어 미화된다고 할지라도, 그것은 최선이 될 수 없는 것이 사실이다. 그것은 역사적 상황에 대한 도피 이외에 아무 것도 아니기 때문이다. 그러기에 우리에게는 이러한 도피적 자세를 극복하기 위해 역사에 대한 올바른 인식을 하고 그리고 현실 상황에 대한 대답으로 '아니오'가 필요한 것이다. 그리고 이러한 '아니오'의 반응으로서 역사에 대한 개인적 의지를 내보이는 방법으로서는 직접적인 행동과 강변, 그리고 간접적인 그 무엇을 선택할 수 있을 것이다.

함동선이 선택한 방법은 후자의 것인 간접적 성격에 가깝다고 할 수 있다. 즉 그는 문인이기에 자신의 문학작품을 통해서 스스로 보상받는 방법을 선택하고 있는 것이다. 그래서 그의 시에는 고향의 모습이 그렇게 자주, 그리고 생생하게 묘사되어 있는 것이다. 그런데 우리가 간과할 수 없는 것은 그의 작품 속에 내재된 시인의 목소리라 할 수 있다. 그것은 목적 달성을 위한 구호와 강변이 아닌 내면적으로 심화된 의식적 산물로서 존재하기 때문이다. 즉 체험의 서정적인 목소리로서 우리에게 울려

오는 것이다. 그래서 그의 목소리는 그가 선택한 일그러진 세계에 대한 자아의 응전 방법임과 동시에, 자신의 삶의 깊이를 담아내고 있는 한 측면이라 할 수 있다.

그의 시에서 우리가 눈 여겨 보아야 할 것은 그 무엇보다도 자기가 태어난 고향에 대한 지향의식인 향수의식이다. 즉 황해도 연안 땅에 대한 그리움이 작품 곳곳에 체험의 서정적인 목소리로서 짙게 드리워져 있는 것이다. 그러기에 우리는 함동선의 시를 향수 의식의 산물로 결론지을 수 있을 것이다. 그러나 우리는 그의 시를 '향수 의식'의 산물로 보기에 앞서 그의 다음과 같은 주장에 귀 기울여 볼 필요가 있다.

> 그렇다면 내가 추구하고 있는 고향이란 무엇인가? 그 고향은 나를 낳은 생태적인 고향, 38선 이남이면서도 휴전선 북이 되어 갈 수 없는 지리적 고향이 아니다. 또한 평자들이 논의하고 있는 바와 같이, 고향상실, 실향의식이라는 지적도 적절하다고는 할 수 없다. 따라서 그 고향은 단순한 향수의 대상이라기보다, 하나의 감각, 페르낭데스가 말한 구체감각이라는 원형으로 재현되는 방위감각이다. 이러한 방위감각을 상실할 때, 정지용의 경우에서와 같은 고향상실, 앙드레 지이드의 경우와 같이, 남불과 노르만디에 둘의 고향을 둔 것 등은, 모두 그들의 약점이었다고 본다. 이런 때 진실로 위대한 시의 출발은 한 고향의 발견, 발견이라기보다는 한 고향의 창조에 있다고 본다.
>
> 내 시에 있어서 고향은, 고향상실 또는 두 개의 고향이라는 고정개념이 아니라, 분단 상황의 극복, 통일을 지향한 운동개념이라는 것이다.

위의 글은 함동선의 「나의 삶, 나의 시」에서 '고향'에 대해 말한 부분을 인용한 것이다. 이 글에서 그는 자신의 시에서 추구하는 고향은 자신의 출생지인 황해도 연백이 아님을 분명히 밝히고 있다. 그리고 그곳은 분단된 우리 조국이 지향하고 도달해야 할 하나의 창조된 세계라고 주장한다. 이러한 주장을 근거로 한다면, 함동선의 시에 묘사된 '고향'은 실재하는 장소를 추구하는 것이 아니라 하나의 창조된 세계를 추구하는 것이 된다.

또 이러한 주장은 함동선의 시를 향수의 시라고 평가해오던 그간의 다른 평자들을 어리둥절케 하기도 한다. 즉 여러 평자들은 함동선의 시가 그의 기억이 남아 있는 과거의 고향을 묘사하고 있기에, 그 고향공간을 향수 의식의 산물로 여겨 왔다. 그러나 함동선의 주장은 자신이 묘사하고 있는 시적 고향에는 향수의 측면을 넘어서서 그 묘사 이면에 숨어 있는 또 다른 추구성의 세계가 있다는 것이다.

그렇다면 우리는 여기서 함동선의 시적 '고향'은 과연 그의 주장대로 창조적 산물인가? 아니면, 평자들의 말대로 향수 의식의 산물인가? 하는 의문을 제기해 봐야 한다. 그것은 그의 시를 정확히 읽기 위한 시각의 확보에서 절대적으로 필요한 것이다. 그래서 우리는 함동선의 시를 다시 읽기 위한 기초작업으로서 그의 주장을 간략하나마 음미해 봐야만 한다. 그중에서도 특히 '고향의 창조'란 부분을 주목해야 할 것이다. 그것은 이 부분이 그의 고향공간에 대한 다른 평자들의 견해와는 구별되는 주장이기 때문이다.

그의 주장에 있어서 '고향'이란 자신의 출생지요, '창조'란 사전적 개념으로 새로이 만들었다는 의미이다. 따라서 그가 주장하는 고향의 창조란 고향을 새로이 만들었다는 의미이다. 이는 그의 시에 있어서 고향은 홈시크니스를 할 수 있는 공간이 아닌, 다른 지향 공간으로서 존재함을 암시한다. 그의 주장대로라면, 그의 고향은 다른 세계로의 지향성으로 드러나는 것이다. 또 그는 고향을 '단순한 향수의 대상이라기보다 하나의 감각, 페르낭데스가 말한 구체 감각이라는 원형으로 재현되는 방위감각'으로 설명하고 있다. 즉 그곳은 하나의 고정된 것이 아닌 끊임없이 움직이며 변화하는 공간으로서, 함동선이 미래의 희망을 꿈꾸어 보는 곳이라는 것이다. 그래서 그 고향공간은 우주 만물이 질서를 유지하여 돌고 도는 것과 같이 반드시 질서 체계에 의해 돌고 돌아서 이상적인 세계로 되는 희망의 장소로서 제시되고 있는 것이다. 이 같은 것을 종합해 볼 때에, 함동선의 고향공간은 하나의 유토피아로 제시되고 있다 할 것이다.

그러나 위의 언급에서 보다시피, 함동선은 이러한 주장의 근거를 분명하고도 자세히 밝히지 않은 채, 자신의 견해를 마무리 짓고 있다. 이러한 미진한 마무리는 그의 논리적 부재성을 의미하는가? 아니면 그의 주장을 증거할 또 다른 무엇이 있다는 것인가? 하는 의문을 독자로 하여금 자아내게 한다. 이에 우리가 여기서 눈 여겨 보아야 할 것은 작품 속에 나타난 고향의 모습이다. 함동선의 시적 고향은 필자가 분석하기로는 향수의 고향, 역사인식과 함께 묘사되는 고향, 그리고 미래의 고향 등으로 나타나고 있다. 즉 평자들이 주장하는 향수의 고향뿐만 아니라, 새로운 다른 고향의 모습들도 발견되고 있는 것이다. 그러기에 함동선 시에 나타난 고향의 다양한 모습들은 고향공간이 창조적 산물이라는 그의 주장을 충분히 밑받침해주고 있다 할 것이다. 이는 아울러 그가 주장 자체가 아닌, 작품적 실천을 통하여 고향공간을 증명해내고 있는 것이라 할 수 있다.

그러면 이제 우리에게는 함동선 시의 고향공간에 대한 다시 읽기 작업만이 남아 있다. 그래서 이 글에서는 이러한 노력의 일환으로 그의 작품 속에 나타난 다양한 고향의 모습을 '향수의 고향, 역사인식과 함께 묘사되는 고향, 그리고 미래의 고향' 등으로 나누어 살펴보고 그 정확한 의미 추구에 주안점을 주고자 한다.

2.

1) 향수의 고향

향수란 고향에 대한 지향의식이다. 물론 이 고향이 실재적인 것이냐, 정신적인 것이냐에 따라, '향수'라는 개념도 홈시크니스homesickness와 노스탤지어nostalgia로 나누어 볼 수 있다. 그러나 여기서 말하는 향수란 전자의 경우에 해당한다. 그것은 함동선이 과거에 떠나 온 고향을 작품에서 생생하게 묘사하고 있기 때문이다.

> ①
> 내 이사할 때는
> 고향 뒷산에 내린 적이 있는 하늘을
> 손 안에 담고서야
> 길을 떠났는데요
>
> ―「소묘」 1연

> ②
> 고향 떠날 때의
> 노젓는 소리 생각하면
> 지금도 어지럼병이 도지는데
> 짐을 지워주시던 어머님의 그 따스한 손결은
> 이제쯤 파삭 파삭한 가랑잎이 되었을 거야
>
> ―「이 겨울에」 1-5행

위의 시들은 1970년대 초, 중반에 발표된 것으로 함동선이 6·25 때 고향을 떠나 왔다는 전기적 사실을 증명해 주는 듯한 묘사들이 발견된다. 즉 1)의 추억 속에 남아 있는 고향 하늘과 2)의 노젓는 소리 및 어머니의 모습 등에서 그러한 것을 발견할 수 있다. 이와 같은 것들은 함동선이 고향을 떠나오기 전에 보고 들었던 것들일 것이다. 이같이 실재의 고향을 작품 속에 재현한다는 것은 향수의식의 흔적이다. 그러기에 위의 작품들에서는 그의 고향에 대한 그리움의 의식이 실재적인 묘사를 통하여 강하게 나타난다고 할 수 있다. 다음의 시편들에서는 고향의 현장성이 더욱 선명하게 부각되어 그의 향수의식을 드러내고 있다.

①
손가락 사이로 빠진 한 해가
발돋움하다가 기웃거리다가 다 갔으니
가야 할 <u>연안</u> 땅은 그만큼 가까워졌는가 했더니
　　　　　　　　　　　　　－「그게 향수란 거 아냐」 1~3행

②
또랑물에 잠긴 달이 뒤돌아볼 때마다 더 빨리 쫓아오는 것처럼 얼결에 떠난고향이 근 삼십년이 되었습니다 <u>잠깐일 게다 이 살림 두고 어딜 가겠니 네들이나 휑하니 다녀오너라</u> 마구 내몰다시피 등을 떠미시며 하시던 말씀이 노을이 불그스름하게 물드는 창가에 초저녁 달빛으로 비칩니다
　　　　　　　　　　　　　－「눈 감으면 보이는 어머니」 부분

③
<u>강둑</u>으로 난
<u>보리밭</u>의 긴 허리가
엎드린 채 바람을 기다리는데
종다리가 몇 마리 날아오다가
물속의 제 그림자에 놀라 치솟더니
김매는 밭이랑을 따라 펄럭거리는

<u>어머니</u>의 흰 치마자락 위로
날아간다

–「예성강의 민들레」 부분

(이하 밑줄은 필자)

①에서 실재 지명인 '연안'이 등장한다. 이 연안이라는 장소는 함동선에게 있어서 향수 어린 시적 공간이다. 그것은 그가 연안에서 태어났으며, 그 고향은 6·25전쟁이 끝난 후인 지금까지도 돌아갈 수 없는 곳이기에 그렇다. 그러기에 고향 지명의 등장은 그의 향수 의식을 반영한 일례라고 할 수 있다.

또 ②에서는 '또랑물', '달'이라는 고향 이미지의 시어와 더불어 어머니의 말씀 등이 묘사된다. 즉 이 시에서 작자는 삼십 년 전에 떠난 고향을 어머니의 말씀과 더불어 회상하고 있는 것이다. 그래서 이 시는 작자의 고향에 대한 그리움과 더불어 고향에 계신 어머니에 대한 그리움이 내포되어 있다고 할 수 있다.

그런데 이 시에서 등장하는 어머니는 작자의 어머니로서 고향에 두고 온 어머니이다. 그래서 어머니의 잔잔한 목소리는 함동선이 돌아가야만 할 실재적인 고향을 그리움으로 가득 채워 주는 추억의 심상이 된다. 또 이 추억의 심상은 작자의 어린 시절을 따스한 사랑으로 감싸 준 지고한 사랑의 대상이다. 그러나 이 어머니는 현실적으로 갈 수 없는 고향에 남아 그 목소리만 들려 주고 있기에, 작자로서는 이산의 생생한 아픔이기도 하다. 그러기에 어머니는 함동선에게 사랑과 아픔을 동시에 확인케 하는 심상이라 할 수 있다. ③에서는 고향의 산천이 생생하게 묘사된다. 즉 이 시에는 황해도를 흐르고 있는 강인 제목에서의 '예성강'과 작품자체에 '강둑', '보리밭' 그리고 인륜으로서 작자의 모친인 '어머니'가 등장한다. 이러한 산천들과 인물의 등장은 작자가 고향 떠나는 당시의 상황과 어울려 현장감 있게 묘사되고 있기에, 그의 향수 의식이 강하게 부각된 경우라고 할 수 있다.

실제로 '예성강'이란 함동선의 고향을 가로 지르는 강이다. 언제나 잔잔한 흐름으로써 함동선의 시 속에 등장하는 추억의 강이기도 하다. 이러한 추억의 강은 유년 시절에 작자가 뛰놀던 강이기에 아름다운 모습으로 남아 있을 수뿐이 없다. 강이 아름다운 모습으로만 남아 있다는 사실은 하나의 허구일 수도 있다. 그러나 예성강은 현실적으로 흐르고 있는 강이요, 작자의 고향에 존재하는 강으로서 현재는 갈 수 없는 그리움의 강이다. 그래서 함동선의 기억 속에는 과거적 대상물로서 아름다운 향수물로 존재하게 된다. 그 밖에 '강둑, 보리밭' 등도 작자가 어릴 때 본, 고향의 모습으로서 향수 의식이 서린 부분들이라고 할 수 있다.

이상에서 보다시피, 그의 작품 속에 자신의 고향인 황해도 연안과 어릴 때 고향에 두고 온 어머니, 그리고 황해도의 산천인 '예성강'과 '강둑, 보리밭' 등을 묘사하고 있다. 이같이 자신의 고향적 이미지를 작품 속에 묘사하고 있다는 것은 스스로의 고향에 대한 그리움의 발로일 것이다. 그러기에 이 같은 시들에서 우리가 볼 수 있는 것은 그가 자신의 고향을 지향하고 있는 향수 의식이라고 할 수 있다.

2) 역사인식과 함께 묘사되는 고향

그의 시를 살펴보면 우리민족이 이미 공유한 바 있는 역사의 경험들, 즉 일제시대, 6·25 등이 향수 의식에 가미되는 경우가 있다. 이는 그가 개인적인 그리움으로 묘사하는 향수의 고향에다 우리의 역사에 대한 자신의 생각을 덧붙여 보는 것이다. 즉 그의 고향공간에 역사의 인식이 유

입되고 있는 것이다. 그래서 그의 고향의 모습은 다음과 같이 향수의 공
간이자, 역사의 흔적이 남아 있는 공간으로서 제시되고 있는 것이다.

①
보리누름에 와 머무는 뻐꾸기 울음은
절겅절겅 북간도 가는 기차 소리가
휘저어 놓은
외삼촌의 한숨으로 머뭇거리다가
주루루 어머니의 눈물로 흐르다가
일제히 보리바람이 불기 시작하면
은박지 구기는 소리를 내는
내 생일 달인 음력 5월이
쓸쓸한 옛날같이
나이 들어가면서 절실해지는 것은
미루나무가 치마처럼 둘러 있는 보 둑에
질긴 질경이 꽃빛이 다 된
우리 조상의 한풀이가
자갈밭을 달려온 달구지 쇠바퀴만큼이나
뜨끈한 눈길을 주기 때문이다.
― 「보리누름에 와 머무는 뻐꾸기 울음은」 전문

②
예성강 물에 비친 고향 산 둘레를 건져 본다 그리곤 아무리 고향은 멀리
서 생각하는 것이라도 말이다 내 발 밑에 밟혔던 민들레꽃이 자꾸 내 발목
을 휘어잡아도 못 가는 것은 그렇지 그건 우리 역사의 아픔 때문이다 우리
역사의 아픔 때문이다
― 「지난봄 이야기」 부분

③
내 이마에는
고향을 떠나던 달구지길이 나 있어
어머님 생각이 날 때마다
쇠바퀴 밑에 **빠각빠각** 자갈을 깨는
소린
수십 년의 시간이
수백 년의 무게로
우리의 아픈 역사를 베어내지만
세월 따라 그 세월을 동행하듯
느리지도 빠르지도 않는 소걸음 그대로
스물여섯 해의 여름이 땀에 지워지는
내 이마에는
고향을 떠나던 달구지 길이 나 있어

　　　　　　　　　　　　　　　　－「내 이마에는」 전문

　위의 시들은 1970년대 후반에 발표된 것으로 그의 고향의식이 역사에 대한 인식을 동반하고 있음을 보여 주는 시편들이다. 즉 ①에서는 일제시대에 북간도로 쫓겨 갔던 가족들의 경험, ②와 ③에서는 6·25 때에 겪었던 이산의 경험들이 역사의 아픈 모습으로 묘사되고 있는 것이다.

　그러나 여기서 우리가 주시해야 할 것은 자신이 경험한 역사적 경험에 대한 그의 독특한 태도이다. 즉 그는 우리의 역사를 아프다고 표현한다. 이 같은 그의 역사에 대한 인식은 자신의 비극이 역사의 아픈 상처에서 기인되었음을 인식하는 것이기도 하다. 그러나 그는 역사의 전면에 나서서 목소리를 높이지는 않는다. 이러한 그의 태도는 현실적인 체념일 수도 있지만, 달리 생각하면 우리의 역사를 사랑으로 포용하는 그의 정신적 아량이다. ①에서는 일제의 압박에 쫓겨 북간도로 이주하는 우리의 역사적 사실을 다루면서도 조상에게 뜨끈한 눈길을 줌으로써 그 역사에 대한 긴장을 해소 시키고 있으며 ②에서는 남북 분단의 역사적 현실을 한스럽게 되뇌이면서도 정다운 고향의 모습을 회상하여 우리 역사에 대한 아픔을 어루만져 보고 있다. 또 ③에서는 비극을 가져다 준 역사를 없애 보려는 의지가 엿보이기는 하나, 결국 자신의 이마에 새겨진 역사의 흔적은 없앨 수 없기에, 그 부장할 수 없는 역사를 재확인만하고 있다.

이와 같이 함동선은 향수의 고향공간에 우리의 역사를 바라보는 자신의 태도를 투영시켜 고향을 노래하고 있는 것이다. 이는 고향에 대한 개인적 향수 의식이 우리민족 공통적 경험체인 역사 속으로 유입되고 있음을 의미한다. 그래서 그의 시는 우리의 역사를 쳐다보는 시각과 향수나 실향이라는 개인적 감정을 혼합시킨 형태로 나타나게 되게 되는 것이다. 그런데 다음에서 그의 고향은 또 다른 모습으로 나타나게 된다.

3) 미래의 고향

여기서 미래란 창조와 바꿀 수 있는 단어이다. 그것은 앞으로 만들어질 고향에 대한 예시적 단어이기 때문이다. 즉 그의 고향은 현재에 있어 일그러진 역사의 상처를 그대로 투영된 존재일 뿐, 밝은 모습은 보이지 않는다. 그러나 미래에 창조될 고향의 모습은 헤어진 너와 나가 만나는 희망의 장소로 제시되고 있다.

①
평안한 세월보담 뒤숭숭한 세월에 좋은 운을 만나는 법이라는 어른의 말씀대로 여러 사람이 들먹거리는 데를 피하고 남이 가기 싫어하는 길목을 골라 서두를 필요도 기다릴 필요도 없이 나의 길을 걸어왔다 <u>그러노라면 국운 따라 38선의 봄은 돌아올 것이라고 믿고 오늘도 내 마음 속에 자라</u>

고 있는 민들레 밭에 물을 준다

—「삼팔선의 봄」11~14행

②
파도에 떠밀리고 떠밀리고 떠밀려도
다시 만나야 한다
어깨의 우두 자국이
이른 초저녁 별처럼 돋아나 있는
우리는

—「우리는」23~26행

③
핏줄이 땡기는 소리가
들려올 만큼
그리움은
피난길의 기적소리로 쌓이고 쌓여서
구두를 덮어 버렸으니
한 걸음도 뗄 수 없게 되었으니
갈 길은 먼데
너는
지금 어디서
뒷동산의 소나무 가지로 뻗어 있는가
아침으로 향한 강둑을 걷고 있는가
이산의 아픔은
달빛을 진 바위같이 어깨를 누르지만
이제 그만 눈물은 눈물이도록 하고
이제 그만 세월은 세월이도록 하고
이만한 분수의 시험은 이만한 분수의 시험이도록 하고

다시 만나게 되리

– 「우리는 · 2」 전문

이 시들은 우리 역사의 비극적 사실인 이데올로기적 분단을 극복하여 새로운 고향을 창조하려는 작자의 강한 목소리가 드러나는 작품들이다. 그래서 작자는 ①에서 '삼팔선의 봄'을 기대하며 '민들레 밭'에 물을 주는 행위, ②에서는 '파도' 같은 역사의 격랑에 시달려도 우리는 '다시 만나야 한다'는 의지, ③에서는 '이산의 아픔'을 마음속으로 삭인 채, 다시 만나야 된다는 의지를 드러내고 있는 것이다. 이 같은 행위와 의지는, '만나야 한다, 만나게 되리'라는 미래형 시제들을 통해 알 수 있듯이, 아직은 현실적으로 이루어지지 않은 희망들이다. 그래서 작자의 의지와 행위는 미래의 새로운 고향에 대한 지향의식의 표출형태가 되고 있다.

또 이 새로운 고향에는 이데올로기의 극복과 혈육의 결합이 있다. 물론 이 같은 시들에는 고향에 대한 현장성이 내포된 '38선'과 '피란', '이산' 등이 시어로 채택되기는 하나, 그것은 고향에 대한 현장성의 강조보다는 흩어진 혈육이 하나로 결합해야 한다는 작자의 의지를 강조키 위한 시적 표현이라 할 수 있다. 그래서 삼팔선에는 봄이 오고, 피란과 이산의 고통은 재회의 기쁨으로 예기되는 것이다. 여기서 재회란 개인적인 만남보다는 집단적인 만남이 강조된다. 그래서 시의 제목에서처럼 '우리'라는 표현이 강조된다. 따라서 이 희망의 미래적 고향, 즉 창조적 고향은 본디 하나였던 너와 나가 그간의 흩어진 모습을 청산하고 하나의 '우리'로 뭉치는 공간으로 나타나고 있는 것이다.

그런데 이러한 고향이 창조되기 위해서는 우선 극복되어야 하는 것이 우리의 현실인 이데올로기적 분단이다. 그러나 그의 시에는 우리의 역사적 비극이 제시만 되어 있지, 그에 대한 구체적인 극복책이 드러나 있질 않다. 즉 그의 시 어디에도 우리민족의 분단이 물리력에 의해 행해진 만큼 그 극복은 물리력으로서 해야만 한다는 식의 현실적인 측면은 찾아볼 수가 없다. 물론 우리 민족에게 그러한 여력이 없는데도 그 같은 주장을 하는 것, 그리고 나약한 개인이 거대한 역사에 부딪히는 무모한 행위 등은 바위에 계란치기식의 어리석음일 수도 있다. 그러나 그렇다고 우리의 역사를 모르는 채, 그냥 방관만 하면 그것은 민족을 저버리는 행위가 된다. 우리는 세계 유일의 단일민족으로서 오랜 역사를 지녔다는 긍지심이 있다. 그 오랜 역사 속에서, 많은 외침에도 불구하고 계속 유지해 온 것이 있다면, 그것은 민족 자존심이었다. 그러나 근대의 우리 역사를 돌아보자. 조선 말부터 일제시대, 그리고 해방기, 어느 한 곳도 우리민족 스스로 자결권을 가지고 역사의 주체가 되었었는가? 우리의 근대역사는 굴절의 역사이다. 우리 스스로의 역사적 주체의식이 전혀 존재하지 않는 '부의 상실'시대였다. 그래서 어지간한 지조 없이는 작금에 와서까지도 우리의 근대역사에 관하여 언급하기를 꺼린다. 이 꺼림은 우리의 역사는 들여다 볼 가치가 없다는 무관심적 태도와 들여다보아서는 안 된다는 회피적 태도에서 연유된다. 이유야 어쨌건 이 두 태도가 역사를 외면하고 있다는 데는 그 동질성을 가진다.

그러나 함동선의 경우는 우리의 역사를 체념하고 버려두는 흔적은 보이지 않는다. 그는 우리의 역사를 뒤돌아보고 아픈 상처를 드러내어 사랑으로 감싸려는 노력을 계속한다. 그리하여 그 감싸는 노력 속에서 제시한 그의 아픈 상처에 대한 치유법은 세월의 흐름에 의존하는 것이다. 그것은 '만나게 되리' 하는 시구에서도 볼 수 있듯이, 희망의 미래를 쳐다보고 기다리는 작자의 태도를 보아 알 수 있는 것이다. 즉 세월이 흐르면 언젠가는 우주만물이 제자리를 찾아가듯이, 우리의 역사도 제자리를 찾아 갈 것이라는 것이다. 그래서 잃어버린 고향과 잃어버린 우리의 혈육은 하나의 공간 속에서 다시 그 모습을 드러낼 것이라는 것이다. 이렇게 함동선은 우리의 역사에 대해 스스로 외면하지도 저항하지도 않는 따끈한 눈길로서 미래를 계속 지켜보고 있는 것이다. 따라서 그의 시적 고향은 삼팔선에 봄이 와 우리가 다시 하나로 만나는 시점에서 이데올로기적 극복을 하게 되며 새로운 고향으로서 창조되고 있는 것이다. 여기에 그의 시에 묘사된 고향이 향수 의식의 산물임과 동시에 창조의식의 산물로 평해야 하는 이유가 있다.

3.

지금까지 논의한 함동선 시의 고향은 향수 의식을 근간으로 하는 고향, 역사에 대한 인식이 가미되어 있는 고향, 그리고 우리 역사의 비극이 극복되는 희망의 창조적 고향 등으로 나누어 생각할 수 있다.

그가 고향을 묘사하는 시편 어디에나 생생한 고향의 모습이 등장한다. 그러나 그 묘사는 향수만을 담아내는 공간이 있는가 하면, 역사에 대한 인식이 동반되는 공간과 미래의 희망을 담고 있는 공간이 있다. 그 향수 의식의 공간에는 고향의 그리운 모습이 생생하게 묘사되어 있다. 그리고 역사인식이 가미되는 고향에는 그리움과 눈물의 과거적 고향보다는 역사적 비극으로 얼룩진 고향공간이 등장한다. 또 미래의 고향에는 역사의 이데올로기적 비극이 극복된, 그래서 우리의 혈육이 하나가 되는 희망의 창조적 고향공간이 등장한다.

그의 이 같은 시적 고향의 변화는 그의 고향에 대한 의식이 개인 및 역사, 그리고 과거 및 미래 중 어느 것에 비중을 두느냐에 달려 있다. 구체적으로 말하자면, 그의 '고향'에 대한 시각이 과거와 개인에 비중을 두었을 경우, 그의 시에는 유년 시절에 떠나 왔던 추억 속의 고향, 즉 개인적인 향수 의식의 산물인 고향을 강조하여 묘사하고 있다. 그리고 역사에만 비중을 두었을 경우, 그의 시에는 상처로 얼룩진 우리 역사의 아픔 속에 존재하는 고향을 묘사하고 있다. 또 그의 시각이 미래와 역사에 비중을 두었을 경우, 그의 시에는 현실의 이데올로기적 분단이 극복된, 그리고 너와 내가 하나가 된 희망의 고향이 그 모습을 드러내게 되는 것이다.

그런데 우리가 주목해야 할 것은 일반적으로 '고향'이란 항상 우리의 기억 속에 남아 있는 그리운 향수의 과거적 대상이라는 것이다. 그러기에 고향은 누구에게나 아름답게 기억되는 그리움의 공간으로 존재한다. 그러나 함동선의 시에서는 다르다. 즉 이러한 그리움의 고향과 더불어 불행한 역사를 긍정적으로 포용하는 시각에서의 고향, 그리고 미래적 희망의 고향 등으로서 그 시적 공간이 확충되어 있는 특징이 있다. 그러기에 그에 있어서 고향이란 다양한 시각으로서의 지향공간이 된다.

그의 미래적 고향은 우리가 이데올로기에 의한 비극적 역사를 체험한 민족인 것을 감안한다면, 우리에게 희망을 주는 한 줄기 빛과 같은 공간일 수 있다. 그것은 지나간 역사적 아픔은 과거자체로 던져 놓고 현재를 직시하여 미래를 바라다보는 시정신의 투영이기 때문이다.

그는 일제시대에 태어나 해방과 6·25, 그리고 우리 역사의 격변기를 겪어 온 산 중인이다. 더구나 6·25는 그에게 실향의 비극을 안겨 준 잊을 수 없는 역사이다. 그의 비극은 이러한 참담한 우리 역사에 의해서 시작되었고 지금도 계속 진행되는 중이다. 그러나 그가 선택한 것은 역사에 대한 저항이라기보다는 그것들을 포근히 감싸고 긍정적으로 미래를 설계하는 사랑의 시학이다. 그것은 불행한 역사에 대한 체념이라기보다는 우리의 역사는 우리만이 포용, 해결해야 한다는 책임의식일 것이다. 여기에 함동선의 시가 중요한 의미로서 존재할 가치가 있는 것이다.

그래서 모든 것이 흑백논리로서 재단되고 굳어져 가는 작금에, 우리 역사의 모순과 비극을 사랑으로 감싸 안고 희망적인 미래를 제시해주는 그의 시는 우리에게 민족공동체라는 의식을 심어 주는 정신적 자극제요, 청량제라고 할 수 있다. 또 우주의 질서 체계가 순환되면서 제자리를 찾아 가듯이, 우리도 원래 하나의 민족이었으므로 언젠가는 제자리를 찾아 갈 것이라는 신념의 장소로서 함동선의 고향공간은 의미가 있는 것이다. 따라서 우리는 비극적인 역사의 산물인 자신의 '고향'공간에 대하여 애정 넘치는 시선을 보내며 미래에 희망된 고향을 꿈꾸어 보는 함동선에게 격려의 제스처로서 손을 한 번쯤 흔들어 주어도 좋을 듯하다.

(『시문학』, 1994.1)

불교식 연가

이필규*

1. 함동선 연구사

함동선 시인은 1930년 음력 5월 21일 황해도 연백군 해월면에서 출생하였다. 한국 전쟁 중 당시 58세인 모친과 헤어졌다. 제주대학, 서라벌예대, 중앙대학교 예술대학 문예창작학과 교수를 역임하였으며 현재 중앙대학교 명예교수이다. 서정주 선생이 시 「봄비」(1958.2), 「불여귀不如歸」(1959.2), 「학의 노래」(1959.9)를 『현대문학』에 추천하여 등단했다. 첫 작품집인 『우후개화雨後開花』(1965) 이후 십 수권의 시집과 『한국문학비』 등 몇 권의 저서와 다수의 논문 및 평론을 발표하였다.

함동선 시인은 많은 평자들로부터 평가의 대상이 되었다. 김윤식 교수의 말처럼 비평은 어느 정도는 '작가를 칭찬하는 기술'이기 때문에 평가의 대상이 되었다는 사실은 그만큼 '칭찬'을 받았다는 뜻이겠다. 평자의 입장에서는 논쟁의 절박한 필요성을 특별히 느끼는 경우가 아니라면 부

---

* 이필규: 문학평론가, 문학박사.

정적으로 비판될 만한 작품이나 시인을 아예 수록하거나 언급하지 않음으로써 간접적이되 확고한 가치 판단을 내리는 것이 상례이다. 예컨대 서울대 서양사학과 주경철 교수가 시오노 나나미의 『로마인 이야기』가 얼마나 일본 극우사상에 물들어 있는가를 밝힌 평문은 통쾌한 차원을 넘어서서 만약 그러한 점을 인식하지 못한 한국의 나나미 독자들은 수치를 느껴야 할 정도이다. 이러한 경우가 바로 상술한 '절박한 필요성'에 의한 비판에 해당한다.

그러나 하이데거의 평론인 『숲속길Der Holzweg』이 논의 대상으로 삼았던 휠덜린의 시 「귀가」보다 지나치다 할 만큼 화려하고 엄청난 깊이의 어투를 구사하고 있다고 설혹 느껴지더라도 그 때문에 전자를 비난할 필요가 없다. 이러한 점에서 평자들의 '칭찬'에 대해 '주례사 평론'이라고 비난을 하는 작금의 태도에는 문제가 있다. 수십 년간(수십 년간이 아니더라도 무방하지만) 시를 써 온 시인이라면 한 번도 제대로 평가의 대상이 된 적이 없다고 할지라도 생애사적으로나 작품상에서나 놀라운 점이 반드시 있다. 그 놀라운 점을 세상에 널리 알리려 하고 놀랍지 않은 많은 점들을 평자가 가슴속에 묻어두었다고 해서 비난받을 이유는 없다.

함동선 시인은 이미 많은 평가를 받았다. 지금까지의 함동선 연구사에 의해 밝혀진 그 시세계의 특성은 대체로 다음과 같다.

① 한국적 정서와 서구시의 지성적 방법(특히 T. E. 흄을 중심으로 한 이미지즘)의 통합을 추구하여 동양적 직관에 도달하였다. 이 점에 대해서는 시집 『식민지』(1986)의 자서 등 도처에서 시인 스스로도 밝히고 있지만 상세한 근거는 생략하고 이하 요약만 제시한다.

② 비유의 세계를 섬세하고 신선한 감각적인 언어로 표현한다. 이 표현 기법이 궁극적으로 ①의 전통성에 귀착된다는 점에 그의 특성이 돋보

인다. 수사법상으로는 직유를 위주로 한다.

③ 분단에 따른 고향 상실의 체험이 예성강 하류, 멸악산맥, 연백평야 등의 아련한 시어에 하나의 원형질로 작용한다. 그의 시에 나타나는 끊임없는, 길 떠나기도 이 원형질에서 유래한다. 따라서 함동선 시정詩情의 뿌리는 향수鄕愁이다. 윤재천 교수는 함동선 시인의 문학비 순례 역시 향수와 관련된다고 본다.

④ 제9시집 『마지막 본 얼굴』(1987)에 이르러 이남 땅 역시 또 하나의 고향으로 받아들임으로써 대승적 역사의식으로 심화되면서 인간사를 더 넓고 더 깊게 받아들이게 된다(오양호, 「인간사, 그 파괴의 아픔과 회복의 원리」 참조).

⑤ "고향의식은 중기 이후 분단 의식으로 바뀌고, 동시에 개인의 아픔은 역사의 아픔으로 확대됨을 알 수 있다"라고 함동선 시인 스스로 자신의 시세계를 설명한 데 대해 평자들은 동의한다. 나아가 그의 시세계는 점차 '민족 화합의 통일 원리로 귀납'된다. 그 귀납의 정점이 '어머니'이다. 여기에 그의 사모곡과 다른 사모곡들과의 변별력이 생긴다. "함동선의 어머니는 그 자신의 어머니이면서 북에 어머니를 두고 온 실향민 모두의 어머니요, 구원을 소청하는 사람이나 분단 조국의 지상적 어머니로 대표된다"(이상 인용은 이운룡). 따라서 그의 고향과 어머니는 공간적 그것과 육친적 그것을 넘어서는 민족적 염원과 이념으로 개진되어간 등가물이다. 함동선 시인 본인의 진술로는 그의 고향은 "원형圓形으로 재현되는 방위감각方位感覺"이다. 문덕수文德守 교수는 이 방위감각은 세상의 이분법들(그 뼈아픈 예는 조국의 이분二分이다)을 원형으로 통합하여 결국한 단계 높은 세계를 회복해 보려는 의지라고 정리한다. 성 빅터 유고에 의하면 고향의식에는 3단계가 있다고 한다. 저단계는 고향 그리워하기고 중간단계는 타향도 고향처럼 느끼기고 고단계는 고향도 고향이 아니

기이다. 이에 따르면 함동선 시인은 고단계이다.

⑥ 그런데 고향과 어머니는 다 같이 모태母胎 심상이므로 함동선의 세계는 보호받고 싶어 하는 갈증의 시학을 이룬다(채수영蔡洙永, 「사향思鄕과 시적 변용」참조).

이미 평가가 활발한 시인에 대해서 쓸 때에는 반드시 연구사를 점검해야 한다. 그래야지만 무엇을 연구하지 말아야 할지가 분명해진다. 말을 조금씩 비틀더라도 결국 비슷한 주장을 펼쳐서는 연구사에 아무 보탬이 되지 못한다. 이번에 새로 나온 함동선의 시집『인연설』은 동양 사상을 그 배경으로 한 제목부터가 당장 위 ①번의 특성과 결부되거니와 나머지 5가지 경향도 여전하다. 본고는 함동선의 신작 시집『인연설』(산목, 2001) 속에서 ①∼⑥이 아닌 미지의 ⑦을 찾아내기 위한 노력의 산물이다.

2. 불교식 연가戀歌 계보系譜

> 이별은 길었지만요
> 그 이별 이전의 세월은 더 길었다구요
> 비록 서로 다르게 걸어온 길은
> 오랜 시간에 걸쳐졌다 해도
> 정말로 마음을 합치고 나면
> 모래의 발자국처럼 바람 한줄기 불어도
> 파도 한 자락이 들이쳐도
> 무너진다구요
> 그래서 시작은 준비할 수 있어도
> 끝은 대비하기 어렵고
> 인연이란

시작할 때보다 끝이 날 때라는 말이

더 대견하다구요

이제 마지막이란

늘 마지막 다음에 찾아오는 것이라 믿으니까요

오늘도 기다리는 님은요

시간을 멎게 할 님은요

-「님은요」 전문

　사랑하는 사람과 이별한 기간도 길었지만 그러나 이별 이전에 함께했
던 나날은 더 길었다. 이 차이는 월력상月曆上 계산의 문제가 아니다. 인
생에는 가장 빛나는 순간이 있게 마련이고 나머지는 그림자라고 가정한
다면 그 질적 편차를 심리적 시간으로 환원한 비교이다. 이별하고도 세
월이 갔고 마음이 합쳐지기 전에도 서로 다르게 길을 걷느라고 많은 세
월을 보냈으니까 사랑 속에 서로 함께 했던 동안은 자연적 객관적 시간
으로는 오히려 가장 짧게 추론된다.

　죽어 있는 안정을 피하기 위하여 마지막 순간까지 생명의 사랑 쪽으로
몸과 마음을 움직이기 마련이다. 그래서 정말 두 사람의 마음이 가까스
로 합쳐지고 나면, 왜 다시 그렇게도 쉽게 예컨대 바람 한 줄기, 파도 한
자락에도 모래에 찍힌 발자국처럼 사랑은 깨지고 지워지는가. 어쩌면 마
음이 합쳐진 상태가 또다시 죽어 있는 안정이 되는 변증법이라도 진행된
단 말인가. 흔히 사람간의 관계는 시작은 쉬워도 끝은 어렵다고들 한다.
고대 인도의 신비한 성전聖典인『우파니샤드』라는 오의서奧義書에는 "서
로 좋게 사귄 사람에게는 사랑과 그리움이 생긴다. 사랑과 그리움에는
괴로움이 따른다. 연정에서 우환이 생기는 것임을 알고, 무소의 뿔처럼
혼자서 가라"(法頂 역)고 한다(여기에서 어느 여류소설가가 책제목을 따
오기도 했다). 우파니샤드 속의 말은 그러니까 아예 인연 맺기를 시작하

지 말라는 경고이다. 그러나 시인은 승려가 아니다. 그러니까 시인은 준비까지 하면서 사랑의 인연을 시작한다. 그렇지만 준비할 수도 없이 닥치는 사랑의 끝은 역시 어렵다.

시작도 인연이고 끝도 인연이다. 실은 불교에서는 완전히 깨달아서 끊임없이 반복 재생하는 생명의 고리를 끊고 적멸(죽음)로 돌아가는 이외에, 인간은 Karma(업)와 인연을 따라 Samsara(윤회)의 고해苦海 속을 계속 돌고 돌 뿐이다. 서양인들은 생명이 언젠가는 죽는다고 생각했기 때문에 그 반대물인 영생을 소망했다. 현대 기호학에서는 예수의 등장을 삼원三元 구조의 형성으로 해석하기도 하나 기독교는 궁극적으로 이원二元 구조이다. 죽음과 생명이 그것이다. 즉, 너희가 사망에 이를 것이냐 아니면 생명을 얻을 것이냐이다. 기독교 사상가 쇠렌 키에르케고르의 저서『이것이냐 저것이냐』는 그의 다른 모든 저서들과 마찬가지로 그러한 이원 구조의 산물이다. 모든 이분법을 지양하고 불교적 원융圓融사상을 지향하여 '원형圓形으로 재현되는 방위감각方位感覺'(함동선의 말)을 가진 함동선 시인은 근원적으로 기독교적이지가 않다.

죽을 수밖에 없는 유한한 인간이라는 인생관 속에서 살아가는 지역 사람들에게는 무한성이 결여되어 있으므로 죽지 않는 생명을 가지고 그것을 나눠줄 수 있는 자가 신이 된다. 살든가 죽든가 반드시 둘 중의 하나여야 하는 기독교의 입장에서는 살았어도 죽은 것이고 죽었어도 산 것이고 앞으로 죽을 것인지 말 것인지 아니면 이미 죽은 것인지 아닌지조차 절대적으로 불분명한 드라큘라가 더럽게 기분이 나쁠 수밖에 없다. 드라큘라 입장에서도 십자가를 꺼림칙하게 여기는 습성을 가지게 된다. 게다가 여기서는 자세한 논의를 할 자리는 아니지만 드라큘라는 결국 에로티시즘의 화신인데 기독교가 최선을 다해 막으려는 게 바로 그것이다. 그러나 힌두교든 불교든 인도 사상에서는 생명체는 어차피 죽지 않는다. 윤회의 쳇바퀴에 한 번 던져지면 죽을 수가 없다. 짐승으로 다시 태어나든 천상에 다시 태어나든 아귀가 되든 육도(六道: 중생이 선악의 업인業因에 따라 윤회하여 이르는 여섯 세계. 곧, 지옥도·아귀도·축생도·아수라도·인간도·천상도, 육계六界)를 전전하며 인간이 어차피 죽을 수가 없다면 무한한 생명을 누린다는 뜻이고 이렇게 되면 그들에게는 유한성이 결여되게 된다. 따라서 누군가가 진짜로 죽었다면 소문이 쫙 퍼지면서 그를 교주로 삼을 수밖에 없다.

괴롭다. 인생이. 사랑하는 사람과 마음이 합쳐지기 위해 애쓰는 동안은 아직 마음이 합쳐지지 못해 괴롭고 겨우 합쳐진 뒤에는 마음이 다시 그것을 깨뜨리는 쪽으로 굴러가니 더욱 괴롭다. 인연 따라 돌고 도는 데에 기독교식 죄 사함이 있을 수 없다. 자기가 지은 업에 대해 누가 대신 피흘려준다고 될 문제가 아니다. 우주 자체의 냉혹한 법칙에 의해 인생살이의 인연도 맺혔다가 풀린다. 공부를 많이 해서 좋은 대학에 들어가는 일도 안 해서 낙방하는 일이나 마찬가지로 자업자득에 의한 냉혹한 법칙에 따른 결과일 뿐이다. 인도 사상에서는 용서도 없지만 심판도 없다. 누가 부처를 믿지 않아 벌 받을 일이 없다. 아수라 생지옥으로 떨어지는 것은 심판이 아니라 자신이 저지른 업에 의한 윤회의 일부이다. 아수라로부터 다음에는 천상Deva으로 갈 수 있다고 하더라도 윤회의 쳇바퀴일 뿐이다.

고해 속에서 맺은 사람과의 인연은 시작 때보다 끝날 때 더욱 힘든 법이다. 냉혹한 우주 법칙 속에서 인연의 끝을 감내하는 과정을 시인은 자랑스럽게 느끼며 대견스럽다고 한다. 여기에서 우리는 승려와 시인의 차이를 확인한다. 시인은 깨달음을 얻고 윤회의 쳇바퀴에서 떨어져 나가기를 전혀 원하지 않는다. 함동선 시인은 우주에 퍼져 온 우주를 뒤덮고 있는 크나큰 괴로움의 그물망에 갇혀 사랑하고 헤어지는 인생살이의 드라마를 대견스럽다고 추켜세우는 쪽이지 깨달음과 탈속을 희구하는 쪽은 아니다. 시인은 단순히 신화에 불과한 영원한 진리를 꿈꾸어서는 안 된다. 예를 들면 어느 시인이 방황과 고뇌와 육욕이 뒤범벅된 『화사집』을 썼을 때에 그가 사상적으로 신라 천년의 영원성의 진리에 매달릴 때보다 문학사적 의의를 더욱더 부여받게 된다. 함동선 시인은 인연을 벗어나고자 하지 않고 만남과 이별이라는 사랑의 전모를 받아들이되 끝내 이별의 괴로움을 더욱 잘 갈무리한다. 나훈아의 노래 중 대중가요의 제목으로는 약간 뜻밖으로 느껴지는 「갈무리」는 엄청난 히트를 쳤고 지금까지 인기곡이다. "내가 왜 이러는지 몰라 도대체/ 왜 이런지 몰라/ 꼬집어 말할 순 없어도 서러운/ 맘 나도 몰라 (중략) 이제는 정말 잊어야지 오늘도 사랑 갈무리"(나훈아의 노래 중에서). 사랑하는 두 사람 사이에 생겼던 모든 괴로움을 합친 것보다 훨씬 더한 고통이 그 끝 갈무리에서 요동칠 수도 있다. 음이든 배신이든 고달픔이든 그 이유가 무엇이든 사랑의 끝을 '대견하다'고 말하는 사람이 곁에 있을 때 받을 수 있는 위안을 생각하게 하는 시이다.

진짜 마지막이라고 말하고 진짜인 줄 알았는데 결국 마지막이 아닐 수도 있고 정말 마지막이라고 하더라도 인연은 끝나는 게 아니다. 해탈하지 않는 한 인연에 마지막은 없다. 이러한 점에 대해 함동선 시인은 「님」이라는 시에서 "이쁜 사람은요/ 떠난 사람일지라도 이쁘더라구요"라고 한다. 이쁜 사람이 떠난 뒤에도 여전히 예쁘다고 생각되는데 어떻게 인연의 끝이 있을 수가 있겠는가. 시인의 어미 구사도 참 예쁘다. 시인은 끝낼 수도 없는 인연을 예찬하고 승려는 인연의 종식을 향해 정진한다. 함동선 시인의 불교적 경향은 사상적인 측면의 정진은 아니고, 불교가 한국에 들어온 이래 민간에 널리 풍습화된 "옷깃만 스쳐도 인연이다. 인연은 소중한 거다"라고 말할 때의 불교적 색채이다. 여기에서 우리는 그가 애써서 진귀한 소재나 주장을 찾는 시인이 아님을 또 한 번 확인한다.

"오늘도 기다리는 님은요"라는 행에 님은 갔어도 나는 님을 보내지 않았다는 만해萬海의 불교식 연가戀歌가 오버랩된다. 그러나 만해가 불교사상의 핵심에 닿아 있는 사유적 경향이 강한데 비해, 함동선은 민간에 널리 유포되어 불교적 유래를 가지고 있는지조차 의식되지 않는 생활의 정서에 호소한다는 차이가 있다. 선배 시인과 달라야 한다는 개성은 당연한 일이며, 무엇보다도 만해의 불교식 연가의 계보를 잇는 시세계의 출현은 시사상詩史上 기대되는 일이었다. 님을 향한 마음속에서 시간관념을 잊어버리고 시간이 멎게 된다는 표현에서도 님을 향한 절대적 느낌이 감지되면서 만해의 시와의 비교가 요청된다. 물론 이 불교식 연가 계열로 미당未堂의 시들을 빠뜨려서도 안 되겠다.

> 멀리 살면서 가깝게 살고
> 가깝게 살면서 멀리 살았으니
> 밥 먹을 때마다 서러워지던 님의 모습
> 보는 것 같구나
> 눈 날리는 날
> 나뭇가지 끝의 마른 잎 또 하나 지니
> 우리도 어디론지 흘러가고 있구나
> 헤어짐도 또 하나의 만남이 듯
> 손을 잡아야 쓰는데
> 시작은 끝이 있는 법
> 이 한줌의 흙에
> 꽃이 피고 열매를 맺게
> 비가 되어 만나야 쓰는데 물이 되어 만나야 쓰는데
>
> ─「한줌의 흙」 전문

사랑은 먼 듯도 하다가 그러다가도 아주 가깝게 느껴진다. 지독하게 사랑하면 상대가 누구인지 모르게 된다(정체불명). 지독한 사랑에 빠진 상태가 아닌 자유롭고 자연스러운 입장에서 다른 사람을 대할 때 훨씬 그 사람이 잘 보인다. 그래서 사랑하는 사람을 설명하기가 훨씬 더 어렵다. 이를테면 송창식의 노랫말처럼 "당신은 누구시기에 내 마음 깊은 곳에 찾아와……"가 된다. 이 정체를 모르겠어요 때문에 사랑하는 사람과 가깝게 살아도 멀리 사는 것 같다. 또한 늘 그 사람을 생각을 하기 때문에 공간적으로 떨어져 있어도 가까이 있다 함이겠다. 또는 아무리 최대한 가까이 있어도 더 가까워지고만 싶기에 가깝게 있어도 멀다고 함이겠다.

사랑하는 사람이 밥 먹는 모습을 보면서 가슴이 미어질 때가 있다. 또 멀리 떨어져 있으면 밥 먹을 때마다 그 사람도 밥을 잘 먹는가 싶으면 밥에 초점이 맞춰지게 마련이다. 그렇게 밥 먹고 사는 건데 결국 밥숟가락을 놓으면 나뭇가지 끝의 마른 잎 하나 지듯이 죽는 게 아닌가. 궁극적으로 우리 모두 흘러가는 곳은 단 '한줌의 흙'으로 표상된 대지에로의 회귀이다. 인간이 돌아갈 대지의 면적이 크면 얼마나 클 것이며 매장된 뒤 세월이 흐르면 결국 대지의 작은 일부로 화할 것이기에 '한 줌'이라 표현했다.

"헤어짐도 또 하나의 만남이듯"이라는 행에서는 또한 만해와의 연관성 또한 강력하다. 만날 때에 헤어질 것을 알고 헤어질 때에 또다시 만날 것을 아는 애정관은 아무래도 동양적이며 불교적인 인연관의 요체이다. 손을 잡는 마음이 최고임을 알면서도 시작은 반드시 끝이 있는 법임을 미리 인식한다. 가장 소중하면서도 동시에 허망한 순간이다. 어찌해 봐도, 무슨 사연으로 괴로워해 봐도 결국 우리 모두는 저마다 약간의 시차를 두고 한줌 흙으로 돌아갈 뿐이다.

그런데 그렇게 돌아갈 흙이 꽃을 피우고 열매를 맺을 수 있도록 사랑하는 사람과 비가 되어 만나기도 하고 바람이 되어 만나기도 해야 쓰겠다는 표현은 불교적 상상력의 정점이다. 마침내 그 비가 흙이 되어도 끝나지 않을 우주론적 순환의 연기緣起는 타고 남은 재가 다시 기름이 되는 만해의 시에서도 또 미당未堂의 시에서도 익히 보아 왔다. "안녕히 계세요/ 도련님 (중략) 저승이 어딘지는 똑똑히 모르지만/ 춘향의 사랑보단 오히려 더 먼/ 딴 나라는 아마 아닐 것입니다// 천 길 땅 밑을 검은 물로 흐르거나/ 도솔천의 하늘을 구름으로 날더라도/ 그건 결국 도련님 곁 아니에요?// 더구나 그 구름이 소나기 되어 퍼부을 때/ 춘향은 틀림없이 거기 있을 거예요!"(서정주, 「춘향유문─춘향의 말 3」 중에서). 노드롭 프라이의 『비평의 해부』에 의거한 신화 · 원형 비평을 근간으로 함동선의 시세계를 분석한 채수영蔡洙永은 "물은 다시 태어남을 암시하고 삶에 활력을 준다는 의미를 함축한다. 형태를 수용하여 재생의 숨결을 주고, 창조의 밭을 다시 일구어 준다"라고 한다. 1990년의 이 진술은 이번 새 시집에도 정확하게 적용된다. 그러나 함동선의 불교식 연가가 시대정신과 직결된다는 점에서 서정주와는 사뭇 그 방향을 달리하며 이러한 맥락에서라면 한용운의 보다 마땅한 상속자가 된다. 이 두 사람(한용운과 함동선)은 시대정신을 창도했던 이 나라 불교사의 한 중심축에 그 맥락이 닿아 있다.

> 하나이던 몸이 두 동강난 지가
> 강산을 몇 번이나 바뀌었는지 모르겠는데요
> 또 봄풀이 돋기 시작합니다
> 이쁜 사람은요
> 떠난 사람일지라도 이쁘더라구요
> 목소리는 자꾸 들려오는데요
> 아무리 두리번거려도 찾을 수 없으니
> 징소리로 울려옵니다

사람의 큰 기쁨은 사람에게서 오구요
큰 슬픔 또한 사람에게서 온다구요
눈에 안 보인다고
없는 거는 아닙니다
너무 오랫동안 떨어져 살았으니
이어지는 듯 끊어지고
사라지는 듯 나타나는 얼굴이
자꾸 희미해집니다

-「님」 전문

그동안의 함동선의 시세계를 주시해 온 사람들에게는 "하나이던 몸이 두 동강난 지가/ 강산을 몇 번이나 바뀌었는지 모르겠는데요"라는 구절은 당장 하나의 조국이 38선으로 분단된 뒤 강산이 다섯 번 바뀌었으니까 50년이 넘었다는 의미로 번역되어 파악된다. 본고의 서두 부분에서 제시한 연구사에 이 시 구절들을 맞춰 보면 척척 맞아 들어간다. 그러나 나는 이 시를 그냥 소품의 연애시로만 읽고 싶은 심정이기도 하다. 한용운의 『님의 침묵』에 수록된 88편의 시 또한 내게는 연애시로만 읽히는 때가 있다. 함동선 시인 역시 내게는 그렇다는 점에서 또한 만해의 계보이다. 양자의 시에는 아무리 그렇게 안 보려야 볼 수가 없게 남녀 간의 애가 바싹 마르고 뜨거운 사랑이 가득하다. 그럼으로써 양자는 만고의 보편적 감정과 정서에 더욱 다가선 울림을 준다. 함동선의 시세계에 등장하는 고향과 어머니가 창작 의도와는 달리 지나치게 시인의 개인적 이력의 발로로 해석되는 오해가 빈번해지자, 1920년대 식민지 수난사의 시적 돌파구 역할을 수행한 '님'을 오늘날의 분단 상황의 돌파구로 변용하였다고 나는 확신한다.

한 몸이었던 예쁜 사람과 이별한 지 수십 년의 세월이 갔어도 여전히 예쁜 사람은 예뻐서 견딜 수가 없다. 또다시 봄이 돌아오니 더욱 보고 싶을 뿐이다. 그러나 만날 수가 없기 때문에 그 목소리만 기억 속에서 들린다. 김기림은 1935년 1월 「현대시의 기술」에서 파운드의 멜로포에이아, 파노포에이아. 로고포에이아를 소개하면서 우리들에게 요망되는 것은 뒤의 두 가지뿐이라고 보았다. 그런데 함동선의 시세계에서는 청각적 이미지로서의 소리와 운율 또한 매우 중요해서 파운드의 앞의 한 가지 요소도 한데 아우른다. 김기림의 발언은 파운드를 올바로 이해했다기보다는 시문학파에 대한 반발의 논리로 파운드 시학을 편의성 있게 일부 강조한 결과다.

'님'의 목소리만 자꾸 들리는 상태에서 그것이 악기 중 가장 깊고 웅장하고 여운이 길게 끄는 징소리라는 청각적 이미지로 전환되는 데 비해 얼굴은 도리어 기억 속에서 희미해져 간다. 누군가를 정말 그리워하기 시작하면 오히려 그 사람의 얼굴 이미지가 잘 잡히지 않는 법이다. 엉뚱하게도 별 관계도 없는 사람의 얼굴은 또렷하게 떠오른다. 이는 전술한 나는 당신의 정체를 확실히 모르겠어요와 관계된다. 이어지는 듯 끊어지고 사라지는 듯 나타나는 얼굴의 시각적 이미지는 그리워하면 할수록 안타깝게도 그 상이 또렷하게 잡히지 않는다. 게다가 그토록 오랫동안 떨어져 살았으니 시각적 이미지가 희미해져 간다. 가장 큰 기쁨도 '님'에게서 오지만 이렇게 오랫동안 떨어져 살아야 한다는 까닭에 가장 큰 슬픔도 '님'으로부터 온다. 지금 눈에 안 보인다고 '님'이 이 세상에 없는 것도 아닌데 만남을 이루지 못하게 하는 이유를 남북 분단의 비극적 상황에서 찾는다고 해서, 특히 그의 지금까지의 시세계로 볼 때 이 시를 지나치게 확대 해석한 오독은 아니다. 얼굴이 자꾸 희미해져 간다는 속뜻은 남북 이산가족 제1세대가 사라지기 전에 통일이 와야 한다는 절박한 촉구이다.

3. 결론—존재론적 원융圓融 사상

이상에서 함동선의 신작시집『인연설』속 3편의 작품을 중심으로 이 시집의 중요한 한 특징을 파악하고자 하였다. 이 시집은 총 5부로 구성되었는데 본고에 소개한 3편의 시 모두가 제1부「인연설」수록 작품이다. 제1부는 그 제목부터가 불교에서 유래했고(제2부의 제목도 '운주사'이다) 이전 시집과 변별되는 특성이 이 앞부분에 집중되어 있다. 이러한 점을 시인 자신도 의식하고 제1부의 제목인「인연설」을 동시에 이 시집 전체의 제목으로 삼았다. 그 뒷부분에서는 물론이고 제1부「인연설」에서만도「섬진강에서」등 꼭 소개하여 같이 읽고 싶은 시들을 그대로 남겨두고 본고를 마무리해야 하는 점이 너무나 아쉽지만 일단은 본고의 서두에 요약한 함동선 연구사의 결론들로 그것을 대신할 수밖에는 없겠다.

이 신작시집의 가장 중요한 경향은 불교식 연가戀歌이다. 그런데 사랑의 대상인 '님'을 통해서 분단 조국의 현실과 그 극복에의 의지를 명백하게 추론할 수 있게 한다는 점에서 한용운의 시적 전통에 맥을 잇는다. 한용운의 불교식 연가에 등장하는 '님'이 1920년대 민족 수난사에 대하여, 함동선의 그것은 민족 분단사에 대하여 각각 시적 돌파구로 작용한다는 기능에 비추어 볼 때 이 두 사람 다 시대정신을 창도해 온 이 나라 전통 불교사의 한 가닥에 접맥되어 있다. 그러나 만해萬海가 불교사상의 핵심에 사유적 깊이로 다가서 있다면 함동선 시인의 그것은 이 나라 민간에 융화되어 생활 의식의 완전한 일부가 되어 있는 불교적 습속이다.

함동선 시인은 그동안 남북통일에의 의지를 포함한 불교적·존재론적 원융사상을 '어머니'와 '고향'으로 상징해 왔다. 그러나 그것이 시인의 지나친 개인사적 체험으로만 협소하게 해석되기도 했던 불만에서 '어머니'와 '고향'을 '님'으로 변용함으로써 개인적 정서를 넘어서 보다 보편적 감동의 호소력을 기획했다는 데에 이 새 시집의 가장 큰 의의를 발견할 수 있다.

그런데 만해萬海와 산목散木 함동선의 시는 둘 다 간절하고 애타는 연가로만 읽어도 시적 성취의 면에서 정서적 울림이 크다. 이뤄져야 할 일이 이뤄지지 않고 있거나, 또는 이뤄지지 않을 것 같아 속이 타는 것 같은 상태에 놓여 있는 연가들의 애끓음을 굳이 광복이나 통일에의 지향과 연결시키지 않고 그냥 남녀 간의 그것으로 읽는다고 하더라도 서정적 소품으로 빼어난 작품이다.

(『시문학』, 2001.10)

'시 쓰기'의 소명의식과 '순리'의 시학

이경욱*

1. 서론

역사는 우리의 일대기가 모여 만들어진 기록이며 시간이 흐르면서 각기 다른 기억으로 남게 된다. 그런데 누구나 인생에서 가장 아름답고 찬란한 순간만큼은 뚜렷한 영상으로 오래도록 가슴에 머무른다. 그래서 언제든 그 시절로 돌아가 만끽하고 싶은 향수가 되어, 자신이 발 디딘 현실의 굴레로 힘들 때마다 추억이란 이름으로 떠오르게 되는 것이다.

그러나 각 개인은 그동안 삶의 의미를 자신의 세계 속에 한정시킬 수 없다. 동시대를 살아가는 운명 공동체와 역사를 간과할 수 없기 때문이다. 한마디로 사회는 개인의 소자아를 성장시키는 장소이다. 게다가 대자아는 사회적 자아로서 소자아보다 자연적 본성이 강해 언제나 능력을 발휘할 수 있다. 곧 존재의 근원에 대한 탐구는 인류애를 실천하는 일이며 자아 정체성의 실현과도 일맥상통한다. 개인은 타인과 더불어 사회라

* 이경욱: 문학박사, 서강대학교 강사.

는 공동체를 위해 맡은바 역할을 수행하게 되고 양심에 따른 삶을 살고 자 노력하는 것이다. 예컨대 불행한 시대를 경험한 지식인들은 부조리한 현실에 정면으로 대응하지 못한 소극적 자세를 반성하고 이상적인 자아 와 사회를 만들기 위해 고뇌한다. 많은 한국의 시인들이 그렇듯이 산목散 木 함동선의 시작세계 또한 같은 과정으로 형상화된 것이다.

그는 미당 서정주의 추천으로『현대문학』을 통해 등단한 이래 시 쓰 는 일을 평생의 소명으로 삼고 부단히 시작 활동을 하고 있다. 지금까지 그의 시에는 우리나라의 격변기 역사가 그의 가족사를 통해 극명한 아픔 으로 남아 있다. 오직 시다운 시를 쓰기 위한 일념만이 그가 실향민으로 서 살아온 고통과 아픔의 삶을 견딜 수 있는 방편이기 때문이다.

본고는 그의 시작세계를 통시적 차원에서 '유년시절의, 고향과 회고적 정서', '실향민의 가족사와 역사의식', '지워지지 않는 인연과 순리順理의 법칙' 등 3단계로 구분하여 살펴보기로 한다. 이것은 어디까지나 각 단계 에 따른 시적 변모과정의 고찰로 그 주제 및 이미지의 변화를 추구하게 될 것이다.

2. 유년시절의 고향과 회고적 정서

1) '꽃'과 '비'의 이미지와 서정성

함동선은 어린 시절 형들 방에 있던 책들을 마음껏 읽는 것이 취미였 는데, 특히 글을 많이 썼던 둘째 형의 원고는 그의 미래 모습을 키우는 계 기가 되었다고 술회하고 있다. 무엇보다도 본격적인 출발은 연백공립중 학교(연안농업학교) 4학년 때, 동호인들의 문학 공부를 위해 발간한 '지 우芝友'라는 동인지에 참여한 것이다. 그의 첫 시집『우후개화雨後開花』에는 스무 살 이선에 습작한 몇몇 시편이 수록되어 있다.

> 되게 배겨날 수 없는 어디고 매어가는
> 자기 사람을 향해
> 환호를 부르는 그 환호의 뒷전에서
> 왜 지목을 하고 따라가는지
>
> ―「학의 노래」 부분

> 유두날인가부대
> 형산강 동쪽으로 흐르는 물에
> 정히 머리를 빗질 하고난 가슴은 내리
> 산 같은 게 바다로 떠 보내고
> 그래도 무가내 홀로 산다고 살아야 한다고
> 우리 누님 고향 두고 생소한 곳에 와 우네
>
> 나이야 어려서 홀로
> 가만히 닫아버린 마음 앞에 다가오는 표상 속을
> 스미어 스미어서
> 날마닥 접대를 무량하게 미루어놓은 요량이면
> 언젠가는 역정이 일 것만 같아
>
> 인정머리도 없이 아무 말도 없이
> 기왕에 별러온
> 구변으로 얼버무려도
> 원통한 사정을 지니어요
>
> ―「불여귀」 부분

「학의 노래」에서 함동선은 학의 무리가 한 마리씩 목적지로 이동할

때, 서로를 지목하고 또 따르는 것으로 바라보고 있다. 학의 무리에게는
이것이 생존의 자연적 질서인데, 시인은 이것을 자신이 처했던 급박했던
실존적 상황의식으로 치환하고 있다. '환호를 부르는 환호의 뒷전'에서
명령과 복종의 위계질서를 따라야 하는 억압된 현실에서 반문하고 있는
것이다. 억압된 현실에서 탈출하고자 하는 자유의지를 역설적으로 말하
고 있다.

　「불여귀」는 시인 자신의 체험을 바탕으로 한 작품으로, 어려서 월남
하여 이방인으로서 타지에서의 고단한 삶과 아픔을 시적 화자를 통해서
표출하고 있다. 생존의 수단으로 손님 접대를 해야만 하는 화자가 그 일
을 미루어 놓고 초조하게 살아가는 자신의 절박한 마음을 이렇게 표현한
것이다.

　　　　참 발소리도 허실하게 군다야
　　　　소심한 사람 와 가슴에 안기면
　　　　강물은 뒤안 멀리서 여울 여울져 흐르는데
　　　　(중략)
　　　　창을 열고
　　　　경황 없이 가슴에 괸 기다림은야
　　　　광채가 서려
　　　　흡사 일일이 타박한 겸연쩍음에
　　　　욱 하고 솟구치는 눈물 구실이요

　　　　근데 꽃송이를 대하는 품은 요행
　　　　존절한 살림은 하리다
　　　　연이어 백 날을 그리이 홀로 보낸 허술함에
　　　　움추렸다가
　　　　덩달아 서둘러온 새댁이니 제구실은

톡톡히 하리다

—「봄비」 부분

이 시는 그의 데뷔작으로 참신한 표현과 정서가 돋보인다. '빗소리'를 '발소리'에 비유하여 기다림의 정서를 감각적으로 전달하고 있다. '허실하게 구는 모양'은 본질을 거짓과 참으로 파악하려는 의지에서 비롯된 것이며, '소심한 사람의 가슴'에는 집 뒤에 강물이 여울져 흐르는 것처럼 파문이 일어나게 된다. 서정적 자아는 봄비 오는 소리에 한 줄기 '광채'를 보며, 평소 '일일이 타박한 겸연쩍음'이 떠올라 눈물이 솟구친다. 그토록 기다리던 비 또한 꽃을 향해 제구실을 하려는 새댁처럼 반갑게 오고 있다. 여기서 "꽃송이를 대하는 품은 요행"은 꽃을 만난 행운이며, "존절한 살림은 하리다"는 쏨쏨이를 아끼는 자세이다. 일상의 빗소리에서 살림살이의 이치를 깨우친다는 시적 발상이 돋보인다.

한 송이의 꽃을 가꾸어서는
말상대를 하던 친구와
또 가만히 앉아 있던 친구와
서로 이런데 있을 줄 몰란 도랑을 너머
목 놓고 부르게 하는
퍼언한 충족을 찾아 대꾸를 구하는 것이다
(중략)
한 송이 꽃을 가꾸어서는
그 동안의 세월이 보이는
그 옆에 가 선 영원의 큰 순간에서
인간의 보다 많은 수효가 볕을 만나
기를 펴게 되는 명제를 알고
우리는 거기서 오는 바람에 젖는다

—「한 송이 꽃을 가꾸어서는」 부분

I 함동선의 시세계 239

'꽃'은 자연의 대상이 아니라 관념의 대상이다. 김춘수가 "내가 그의 이름을 불러 주었을 때, 그는 나에게로 와서 꽃이 되었다"라고 표현한 것처럼 사물인 '꽃'이 철학적 사유를 통해서 의미 있는 존재가 된다. 그 정체는 "인간의 보다 많은 수효가 별을 만나"고 "기를 펴게 되는 명제를 알고"서 바람 같이 다가오는 하나의 관념이다. 이 시에서 화자는 자연을 대하는 마음과 인간에 대한 애정을 동일시한다. '꽃'을 가꾸는 일은 많은 사람에게 충족을 주며 기를 불어넣어 생기를 얻게 하기 때문이다. '꽃'을 가꾸는 '나'에서 '친구(너)'로 그리고 '너'에서 '우리'로 확대되어 우주로 통하는 존재의 의미를 구현하게 된다.

> 걸음 그대로가 춤이요 숨쉬는 그대로가
> 세월을 못 이기고 그러는 걸음이요 걸음이요
> 결핵의 몸에 치밀어 오는 기침과도 같이 그때
> 수많은 말들 치밀어 정신 팔렸던
> 하루 해 대놓고
> 손잡는 저 국도연변
> 산림의 가슴너머 높게 걷어 올린
> 눈부신 물이랑 따라온 언덕의 나무 밤나무
> 큰 뿌리 내리고 앉은 자리는
> 개화요
> (중략)
> 옳네 옳아
> 그 꽃술 부딪치는 소리 그 꽃술 떨어지는 소리
> 꽉 들이차서
> 존 세상 빼다 박은 그냥
> 귓속 어디 귓속 거밋줄 같은 정신으로
> 누굴 믿었어 보게 안 그런가
>   ─「그것은 어제까지나 해변의」부분

이 시에서는 힘들었던 하루를 '숨 쉬는 그대로가 세월을 못이기는 걸음'과 '결핵의 몸에 치밀어 오르는 기침과도 같이'처럼 호흡과 운동의 감각적 이미지로 전달하고 있다. 해변의 산림은 '바다의 물이랑을 따라온 나무'로 비유하고, '큰 뿌리 내리고 앉은 자리'를 '개화開花'라는 상징적 이미지로 표출한다. 이때 꽃은 '사랑'과 '믿음'의 관념이다. 또 개화의 공간은 꽃술이 부딪치고 떨어지는 소리가 가득하게 들리는 좋은 세상이다. 이렇듯 '세상'과 '나'는 꽃으로 이어진다. 그리고 '그 꽃술 부딪치는 소리 그 꽃술 떨어지는 소리'에서 들리지 않는 꽃술의 움직임이 들리는 것은 실체와 만나고 싶은 심정의 발로이다. 또 '옳네. 옳아'라는 긍정의 목소리로 수화자를 가까이 불러온다. 거미줄같이 엉킨 많은 생각으로 '누굴 믿었어 보게, 안 그런가' 하며 되묻는다. 이처럼 시적 자아는 시의 전화선으로 자연과 시공간을 넘나들며 대화의 장을 펼쳐 가고 있다.

2) '어머니'와 애틋한 그리움의 정서

시집 『꽃이 있던 자리』와 『눈 감으면 보이는 어머니의』의 '고향'과 '어머니'에 관한 시편들을 중심으로 살펴보고자 한다. 그가 그려낸 고향의 모습은 자연과 인가人家가 어우러진 한 폭의 그림과도 같다. 예성강가의 촌가 마을과 노랗게 피어있는 민들레꽃, 거기에서 친구와 함께 보낸 유년 시절의 추억은 서정의 깊이를 더한다. 그의 고향은 "지금 봉숭아물들인 내 아내의 손톱에 남아서 반짝 거릴까"[1]에서처럼 붉은 빛깔로 곱게 물들어 있다. 그가 『한국문학비』(1978)에서 전국을 돌아다니며 시비나 문학비를 하나하나 실사하고 그 비석에서 느끼는 따스함과 정겨움의 술회를 통해 고향에 대한 영상을 떠올리고 있는지도 모른다.

---

1) 「홍류동」 부분.

유년시절의 길 언덕이 강 중턱의 바위 목에서 크게 뒤척이었다 순간 물
거품이 된 언덕은 둑 너머 긴 산허리에 걸린 낮달의 숨소릴 들으면서 구식
카메라의 주름살처럼 포개지는 고향을 보았다

—「예성강 하류」 부분

억세게만 날서 비친 세상 빛깔
찬찬스레 읽어가면서
몇 번이나 지켜보아도 흐미한 등잔불 비친
촌가의 봄가을이 심지불 돋우고 여기까지 산울리고 신명난
내 출생한 고향의 강아……

—「무제」 부분

하루에도 열번씩 안달이 나 집을 떠나던 내 어린 날
거기에는
가르마를 한 가운데로 탄 머리를
어깨 위로 늘어뜨린
어린이 모양의 민들레가 지천으로 피어……

—「예성강의 민들레」 부분

어릴 때 문지방에서 키 재던 눈금이
지금쯤은 빨래줄처럼 늘어져
바지랑대로 받친 걸 볼 수 있겠지……
어린 날의 풀벌레를 날려 보내며……
혹부리 영감네 원두막이 언뜻 사라지면서……

—「여행기」 부분

오 친구야
헌데 넌
어릴 적 모양대로 어릴 적 밭 이랑에서

손 내밀고 다가서는 내게
팔랑팔랑 나비처럼 춤추며 손짓뿐이구나

―「꿈에 본 친구」 부분

이들은 모두 고향 시편들이다. 「예성강 하류」, 「무제」 그리고 「예성강의 민들레」 등 3편이 고향 마을의 자연, 즉 '강'을 둘러싼 촌가와 민들레꽃을 형상화시켰으며, 「여행기」는 고향집 마당을 소묘한 것이고, 「꿈에 본 친구」는 제목과도 같이 어린 시절의 친구를 주제로 한 것이다. 「예성강 하류」에서 그의 고향마을은 예성강 하류에 위치하여 둑 너머 산허리에 걸린 낮달의 숨소리가 들릴 만큼 가까이에 카메라의 주름살처럼 포개지고 있다. 「무제」는 호롱불 심지 돋우는 희미한 등잔불에 비친 강가의 촌가 모습을 '강'과 함께 그려 낸다. 하루에도 열 번씩 드나들던 어린 시절의 고향집과 그 주변에 지천으로 피어 있는 어린이 모양의 민들레가 바로 예성강을 둘러싼 풍경이다. 여기서 '강'은 예성강 본래의 원초적 모습도 되겠지만 유년 시절 그의 출생과 성장과정을 연상시키기도 한다. 고향의 강은 실제가 아닌 관념 속에서도 연속적으로 흐르기 때문에 무엇이든 정화할 수 있고 회복시킬 수 있는 원천이 되고, 어린 시절의 무지갯빛 추억이 함께 자란 포근한 공간이 된다. 그리고 「여행기」에 나타난 어린 시절 문지방에서 키 재기와 마당 한가운데 늘어진 빨래줄을 받치고 있는 바지랑대 그리고 멀리로 보이는 혹부리 영감네 원두막은 모두 고향집을 둘러싼 소박한 촌가의 풍경이다. 밭이랑에서 어릴 적 모양으로 나비처럼 춤추며 손짓만 하는 친구와의 만남을 노래한, 「꿈에 본 친구」도 그의 고향에서 있었던 일이다. 이처럼 고향은 그에게 유년 시절의 아름다운 꿈과 낭만의 추억으로 짙게 남아 있다.

그에게 어머니에 대한 간절한 그리움은 평생을 이어 간다. 아버지를 일찍 여의고 홀로된 어머니에게 잠시 다녀오겠다고 하고 또 그렇게 믿고 혼자서 집을 지켰던 어머니와 헤어진 것을 그는 몹시 안타까워하며 평생을 살아온 것이다.

> 또랑물에 잠긴 달이 뒤돌아 볼 때마다 더 빨리 쫓아오는 것처럼 얼결에 떠난 고향이 근 삼십 년이 되었습니다 잠깐일 게다 이 살림 두고 어딜 가겠니 네들이나 휑하니 다녀오너라 마구 내몰다시피 등을 떠미시며 하시던 말씀이 노을에 불그스름하게 물드는 창가에 초저녁 달빛으로 비칩니다 오늘도 해동갑했으니 또 하루가 가는가 언뜻언뜻 떨어뜨린 기억의 비늘들이 어릴 적 봉숭아물이 빠져 누렇게 바랜 손가락 사이로 그늘졌다 밝아졌다 그러는 고향 집으로 가게 합니다 신작로에는 옛날처럼 달맞이꽃이 와악 울고 싶도록 피어 있었습니다 길 잃은 고추잠자리가 한 마리 무릎을 접고 앉았다가 이내 별들이 묻어올 만큼 높이 치솟았습니다 그러다가 면사무소 쪽으로 기어가는 길을 따라 자동차가 뿌옇게 먼지를 일으키고 동구 밖으로 사라졌습니다 온 마을 개가 짖는 소리에 대문을 두들겼습니다 안에선 아무런 대답이 없었습니다 손 안 닿은 곳 없고 손닿은 곳마다 마음대로 안 되는 일이 없으셨던 어머니는 어디로 가셨습니까 눈 감으면 보이는 어머니는 어디에 계십니까
>
> ─「눈 감으면 보이는 어머니」 전문

그가 고향을 그리워하는 가장 큰 이유는 자신을 기다리는 어머니가 있기 때문이다. 오래도록 보지 못한 어머니는 아련한 기억 속에서 고향을 생각할 때마다 절실하게 밀려왔을 것이다. 그는 '휑하니 다녀오너라' 하고 헤어진 어머니를 두고 다시 돌아가지 못한 고향을 30년 동안 마음에 담고 살아야만 했다. 꿈속에 보이는 음화陰畵와 양화陽畵처럼 "그늘졌다 밝아졌다 그러는 고향집"은 '신작로 면사무소 쪽으로 기어가는 길 대문'으로 시공간을 초월하여 도착한 어머니 없는 고향집이다. 세월의 아련한 기억으로 남아 있기 때문인지 아니면 눈을 뜨면 늘 사라지기 때문인지는 알 수가 없다. 마지막 행의 "눈 감으면 보이는 어머니는 어디에 계십니

가!"에서 안나삽세 불러 보지만 환상 속의 고향과 어머니는 갈 수도 볼 수도 없는 슬픈 모습으로 남아 있다.

> 내 이마에는
> 고향을 떠나던 달구지길이 나 있어
> 어머님 생각이 날 때마다
> 쇠바퀴 밑에 빠각빠각 자갈을 깨는
> 소린
> 수십 년의 시간이
> 수백 년의 무게로
> 우리의 아픈 역사를 베어내지만
> 세월 따라 그 세월을 동행하듯
> 느리지도 빠르지도 않는 소걸음 그대로
> 스물여섯 해의 여름이 땀에 지워지는
> 내 이마에는
> 고향을 떠나던 달구지 길이 나 있어

> — 「내 이마에는」 전문

함동선에게 어머니를 향한 그리움과 기다림은 오랜 세월을 거쳐 이마의 주름으로 남아 있다. 그는 "쇠바퀴 밑에 빠각빠각 자갈을 깨는/ 소린"은 어머니와 생이별한 슬픔과 민족상잔의 비극을 생각하고[2] 완성한 부분임을 밝히고 있다. 그런데 "내 이마에는 고향을 떠나는 길이 나 있다"에서 '길'은 어머니에게로 향하는 변함없는 마음의 통로라 할 수 있다. "느리지도 빠르지도 않는 소걸음"으로 가는 고향길은 답답하지만 참고 기다려야 하는 민족분단의 현실을 표현한 것이다.

---

2) 함동선, 「이 달의 시인연구 4」(함동선), 『시문학』, 2013, 73쪽.

3. 실향민의 가족사와 역사의식

1) 가족사에 얽힌 고통과 아픔

대학시절 함동선 시인은 스승 서정주의 가르침 중에 '시에서만큼은 진실을 담아야 한다'는 말이 가장 감명 깊었다고 한다. 그렇다면 이 진실은 어떻게 시속에 녹아 들 수 있는 것일까? 먼저 다양한 경험을 쌓아 정신을 살찌우는 일이 기초가 될 것이다. 경험적 시제를 바로 그의 가족사에 얽힌 고통과 아픔 속에서 찾아보기로 한다. 온갖 강압과 탄압을 받으면서 절벽의 끄트머리에 서야만 했던 그의 집은 파도에 떠밀리다가 말라붙은 '검부락지' 같았다고 한, 「식민지」는 상처투성이인 그의 슬픈 가족사를 주제로 하고 있다.

> 형은
> 독립운동하다가 감옥에 끌려갔다
> 그날 풀섶에서는 밤여치가 찌르르 찌르르 울었다
> 물처럼 풀어진 온 식구는
> 조그만 바람에도 민감한 반응 보이는
> 포플러처럼 떨었지만
> '이놈들 정말 지는 척하니까 이기는 척하누나' 하고
> 이를 악문 아버지는
> 오매간에 그리던 광복을 눈앞에 두고
> 울화병으로 돌아가셨다
> 그때 장사잠자리가 떠다니듯
> B29 포격기가
> 처음으로 마귀할멈 손놀림에 놀아나는 은박지처럼
> 무섭더니

나종에는
창호지에 번지는 시원한 누기와도 같은
안온함이
식민지의 처음이자 마지막 기쁨이기도 했다
그 기쁨의 현상은
좀처럼 잡을 순 없었지만
내 몸과 마음 모두가 활의 시위처럼
팽팽히 부풀어 올랐던 기억이
지금도 새로워진다

—「식민지」 부분

그가 15살 되던 해에 맞이한 조국 해방은 독립운동으로 감옥에 간 넷째 형님이 나올 수 있다는 기대를 부풀게 했던 기쁜 날이었다. 이것은 그에게 "창호지에 번지는 시원한 누기와도 같은 안온함"과 "내 몸과 마음 모두가 활의 시위처럼 팽팽히 부풀어 올랐던 기억"으로 남아 있다. 이런 기쁜 날이 오기까지 그 가족들이 식민지 시대에 겪었던 고통과 아픔을 짐작하게 한다. 8·15해방을 눈앞에 두고 울화병으로 세상을 떠나신 아버지에 대한 슬픈 기억은 독립운동을 하다가 감옥에 간 형의 일로 해서 생긴 것인데, 함동선은 이때의 슬픈 감정을 '밤여치' 울음소리로 표현하고 있다. 형님이 끌려가던 날 온 식구들은 물처럼 풀어지고 조그마한 바람에도 포플러처럼 떨어야만 했다. 그러나 "이놈들 정말 지는 척하니까 이기는 척 하누나" 하고 이를 악물었던 아버지의 생생한 모습이 떠오르기도 했다. 6·25전쟁 때에 미처 피란하지 못하여 후퇴하던 인민군에게 끌려가 희생된 둘째 형의 일도 그에게는 슬픈 가족사의 하나일 것이다.

후퇴하는 인민군 총뿌리에 떠밀리며

서낭당에 절하고 또 절하던 형님은

그 후에 다신 돌아오질 못했다

(중략)

천도제 올린 식구들

절이 멀어질수록 풀벌레 소리로 귀를 막는다

형님은 언제나 거기에 있다

6·25를 기억하는 예성강처럼

언제나 거기에 있다

　　　　　　　　　　　　　　　　　　-「형님은 언제나 서른네 살」 부분

　후퇴하는 인민군의 총부리에 떠밀려 서낭당에 절하고 또 절하던 형은 그 후에 영영 돌아오지 못했다. 그리하여 그에게 둘째 형은 6·25를 기억하는 예성강처럼 언제나 서른네 살로 거기에 남게 되었다.

　　나는 38선 이남에 있는 고향을 바라본다 그러다가 이렇게 단 하나의 길을 걸어왔다 평안한 세월보담 뒤숭숭한 세월에 좋은 운을 만나는 법이라는 어른의 말씀대로 여러 사람이 들먹거리는 데를 피하고 남이 가기 싫어하는 길목을 골라 서두를 필요도 기다릴 필요도 없이 나의 길을 걸어왔다 그러노라면 국운을 따라 38선의 봄은 돌아올 것이라 믿고 오늘도 내 마음 속에 자라고 있는 민들레 밭에 물을 준다

　　　　　　　　　　　　　　　　　　-「38선의 봄」 부분

　이 시에서 '봄'은 재생과 회귀의 기대감으로 상징되며 고향에 돌아가고 싶은 간절한 마음을 상징한다. "국운을 따라 38선의 봄은 돌아올 것이라고 믿고"에서 화자는 통일에 대한 굳은 신념과 염원을 갖고 있다. 이런 간절한 기다림의 정서는 그의 마음속에 자라고 있는 '민들레'에 물을 주고 있는 것이다. 여기서 '민들레'는 그의 고향과 밀착되어 있다. 예성강 유역 어느 촌가 주변에 노랗게 피어 있는 '민들레'는 바로 그의 고향이기

때문에 그에게 잊혀질 수 없는 기억으로 남아 있다.

그의 정체성의 상징인 고향(본적)은 '일제 강점기'에는 '황해도', '8·
15광복 후'에는 경기도, '휴전 후'에는 '서울특별시'(가호적)로 바뀌게 된
다.[3] 이것은 함동선이 살았던 수난의 개인사이면서 동시에 우리 민족이
겪어 온 수난의 역사이기도 하다. '일제강점기, 8·15광복, 남북분단, 한
국전쟁, 피란생활, 휴전 분단'의 과정 속에서 그는 살아온 것이다. 뒤숭숭
한 세월에 좋은 운을 만나는 법이라는 어른들의 말씀대로 그는 사람들이
들먹거리는 곳을 피하고 남이 싫어하는 길목을 서두르지도 기다리지도
않고 살아왔다.

2) 분단의 역사와 '통일'에의 염원

함동선에게 실향의 아픔은 '나 개인의 아픔뿐만이 아니라, 고향에 가
지 못한 모든 사람의 아픔이고, 우리 역사의 아픔이기도 하다'[4]고 말한
다. 이러한 아픔은 「로스엔젤레스에 와서·1」과 「로스엔젤레스에 와서·
2」에서 조국을 떠나 온 이민자들로 「독도 앞바다」, 그리고 4·19를 회상
한 「그 함성이 들리는가」와 「내일을 생각하는 사람들에게」 등과 같은
일련의 시편들 속에서 나타내고 있다.

> 뿌옇게 흐려 보이는 사진 위로
> 남편이 전사한 한국을
> 어림해 본다
> (중략)
> 손에는 무덤의 흙 한 줌 쥐고

---

3) 함동선, 「이 달의 시인연구 4」(함동선), 『시문학』, 2003, 72~73쪽.
4) 함동선, 「짧은 세월 긴 이야기」, 산목, 1977, 7쪽.

발에는 그 고무신 신고 죽는 게 소원이라는
큰 눈에 눈물 고일 때
영락없는 우리네 할머니다

―「미네소타 할머니」 부분

　그는 한국 전쟁 때 전사한 남편을 생각하고 서글퍼 하는 외국인 할머니의 모습이 잊혀지지 않는다. 무덤의 흙 한 줌 쥐고 고무신을 신고 죽는 것이 소원이라면서 눈물 짓는 할머니, 그녀는 분명 '우리네 할머니'와도 같다. 비록 인종과 생활풍습은 서로 다르다 하지만 사별한 남편을 그리워하는 정감과 서글픈 정서는 인간이 공유하는 감정적 속성인지 모른다.

　이 시기는 함동선이 교수로 자리매김할 무렵이다. 그는 강단에서 젊은 이들에게 현실에 대한 올바른 인식을 갖도록 선도할 것을 다짐한다. 그들에게 민족사의 문제를 정면으로 바라보고 미래 지향의 비전을 제기하고 싶었으며, 현실에 순응하기보다는 올바른 민족정신을 환기시켜 보고도 싶었다.

사물놀이패의 강신은
단군할아버지의 가래 낀 기침 소리로
신라통일을 빚은 만파식적의 소리로
어둠은 가라고 기쁨은 오라고
높은 듯 낮은 듯 짧은 듯 이어진다
그 가락 속에
역사에 자리한 시간의 무게만큼
긴 한
'문인독도방문단' 의 기념사 고유문 시 결의문은
3 · 1운동 때
외치던

만세 만세 만세 소리다

—「독도 앞바다」 부분

이 작품은 함동선이 문인독도방문단의 일원으로 독도를 직접 찾아가서 쓴 것이다. 개국성조 단군할아버지의 기침소리와 신라통일의 만파식적은 우리들에게 시사하는 바가 크다. 아직도 민족통일을 못 이루어 서로가 아파하는 역사적 현실을 맹렬히 질타하고 있다. 사물놀이의 높고 낮은 가락 속에 어둠은 가고 기쁨은 오라고 함은 그의 민족통일에 대한 간절한 염원이다. 그들이 결의문을 채택하고 부르는 만세소리는 마치 3·1운동 때에 외치던 만세소리와 같았다.

우리 민족사에서 4·19혁명은 커다란 사건이다. 시민의 힘으로 독재정권을 무너트린 쾌거가 아닐 수 없다. 그리하여 함동선은 그 자랑스러운 영령들에게 그때에 일어서던 '키'처럼 이 나라를 더 자라게 해 달라고 역설한다.

4·19의 영령들이여
그날 일어서던 키처럼
이 나라를 자라게 하라
그날 달리던 용기처럼
이 나라를 일어서게 하라
그날 일어서던 키처럼
이 나라를 자라게 하라
그날 달리던 용기처럼
이 나라를 일어서게 하라
그리하여
날로 발전해가는 대중앙을
있게 하는

날로 새로와지는 대중앙을
움직이게 하는 태양이 되어라
　　　　　－「그 함성 들리는(4 · 19 20주년을 기념하면서)」 부분

　이 시가 제작된 것은 1980년 '서울의 봄' 당시가 된다. 군부정권이 무너지고 자율화의 물결이 고조되고 억눌렸던 시민의식이 분출되고 있었다. 우리는 이 자율화의 도도한 물결을 타고 영롱한 채색으로 미래를 설계하기도 했다. 그러나 이것도 잠시였을 뿐, 그것은 신군부정권의 출현으로 좌절되고 말았다. 그날 일어서던 '키'와 그날 달리던 '용기'로 이 나라를 일어서게 하고 자라게 하라 함은 이 시인의 투철한 역사의식이기도 하다.
　젊어서 고향을 떠나 온 함동선에게 민족통일의 문제는 무엇보다도 절실한 과제이다. 어머니와 가족을 고향에 남겨 두고 떠나온 지 40년의 세월은 좌절과 실망과 환멸의 세월이 아닐 수 없다.

좌절 실망 환멸의 40년은
이제 남과 북의 숨결이 지나감을 들을 수 있는
그리움의 한 해가 될 것이라 메아리친다
그러기 위해선
국민 모두가
시련 속에서 용기를 찾고
좌절 속에서 응기의 힘을 기르고
방황의 혼미 속에서 기어이 재기의 활로를
찾아야 한다
　　　　　－「내일을 생각하는 사람들에게」 부분

'남과 북의 숨결을 들을 수 있을 만큼 가까워지는 것 같아서 고향에 대한 그리움은 더해진다. 그가 그렇게 소원하던 통일이 가까운 것 같으면서도 이루어지지 않는 것이 몹시 안타까울 뿐이다. 그는 민족통일에 대한 염원을 촉구하며 시련 속에서 '용기'와 좌절 속에서 웅기의 힘, 그리고 혼미 속에서 '재기의 활로'를 찾을 것을 독려한다. 한마디로 한 시대를 살아가는 구성원들이 가져야 할 역사적 책무를 일깨우고 있다.

3) 산행시와 자아성찰의 명제

함동선의 시에서 '산행'과 '여행'은 체험적 모티프로 자주 등장한다. 그는 시간이 날 때마다 배낭을 메고 길을 나설 준비를 한다. 이러한 그의 남다른 취미가 1988년~1992년까지 한국문인산악회의 회장직을 맡게 된 것인지도 모른다.

> 모든 관계를 끊고
> 규범을 벗어날 때
> 새로운 만남을 위한 이별이 시작된다
> (중략)
> 이 모두가 변함이 없는 것은
> 자연이 아니라
> 나 자신이다
> 서둘지 말고 욕심 부리지 말고 게으르지 말고
> 한 발씩 오르는
> 정상
> (중략)
> 또다시 산이 부르는 소리에
> 나를 돌아보는 잔에는

자유가 가득 고이는 것을 발견한다

―「산에 홀로 오르는 것은」 부분

함동선은 '산행'을 일상의 모든 관계를 끊고 새로운 만남을 위한 이별의 시작으로 본다. 이것은 산 아래서의 일상사로부터 자유로움을 얻고 복잡한 생각을 말끔히 지우기 위해 산을 오른다는 의미가 되기도 한다. 변함없는 것은 자연이 아니라 '나 자신'이라 함은 자신이 자연보다 우위에 있다는 것이 아니다. 서둘지 않고 욕심 부리지 않고 변함없이 정상에 오르는 것이 그렇다는 것이다. 그가 산을 오르는 것은 지나온 삶을 되돌아보기 위해서이다.

산행 중에 만난 합장하신 스님께서 혼자 있을 때만이 '제 모습이 보이고 제 목소리가 들리는 법'이라고 일러주셨다는, 「북한산」에서 그는 스스로의 정체성을 확인하려 애쓴다. '나의 실체는 무엇일까?' 하는 문제이다. 이것은 그가 평생을 두고 추구해온 사유의 대상이기도 하다. 사람들은 태어나 한평생을 살아가면서 자신의 진정한 모습과 목소리를 보지도 듣지도 못하고 죽어가는 것이다.

살아 있는 모든 것
빛을 받은 모든 것
그것들과 온종일
스쳤는데도 깨달음은커녕
의문만 더 늘어나누나
지는 여름 햇빛에
시집 한 권을 다 읽었는데도
벌을 서는 아이들처럼
우두커니 선 어둠이

상수리나무 가지에 걸렸으니
나는 무엇일까
한 번 더 진저리치자
깊고 검은 밤이 명료해지면서
노시인의
한 마디 육성이 들려오누나

—「산막에서」전문

  "살아 있는 모든 것/ 빛을 받은 모든 것"들과 온종일 함께 했는데도 깨달음은커녕 의문투성이다. 그렇다. 자연의 이법과 인생, 곧 '나'의 실체를 파악하기 위해서 얼마나 많은 시인과 철학자들이 애써 왔는가? 이것은 영원히 해결될 수 없는 인간에게 주어진 과제가 아닐 수 없다. 그러나 인간은 이것을 해결하기 위해 부단히 노력하고 있는 것이다. 이것이 바로 인류의 역사라 할 수 있다.

  '나는 무엇일까?' 하는 명제는 이 시인이 평생을 추구해온 것이다. 이것은 바로 '시란 무엇인가?' 하는 명제와 일치하기 때문이다. 그가 노시인이 되기까지 그의 시작세계에서 부단히 추구해온 과제이기도 하다. 온종일 시집을 읽었는데도 깨달음은커녕 어둠이 몰려온다는 것은 이를 두고 이름이다. 여기서 깊고 검은 밤이 또렷해지면서 노시인의 육성이 들려온다 함은 달관의 경지가 아닐 수 없다. 자신의 진정한 목소리를 들을 수 있는 것도 오랫동안의 인생 역정과 피나는 마음의 수련을 쌓지 않고서는 불가능하기 때문이다.

키 작은 채송화의 체온일지라도
뜨락에 번지면
온 집안이 따스해지는 법이니

이 우주에는 바닥을 알 수 없이 깊은

우물이 있는가

자꾸 기웃거리며

흐린 날씨엔 운명을 예감할 만큼

많은 생각을 거미줄로 엮으니

인생은

서두를 필요도 기다릴 필요도 없는 것

나날을 보내노라면

세월이 옥가락지를 만들 듯

일엔 서두름이 없어야지

바람엔 초조함이 없어야지

눈을 꿈적 뜨고 감는 모양

조용히 침묵하면

우리가 당긴 힘으로

해가 조금씩 기운다고 생각되는

사랑을 본다.

―「도정道程에서」 전문

이 시에서 함동선은 "채송화의 체온일지라도/ 뜨락에 번지면"과 같이 신선한 감각을 환기시켜 준다. '꽃'의 향기를 사랑이라는 체온이 있다고 의인화하여 따뜻한 감정을 삶의 주변에 가득히 전달하고 있다. 그리고 그는 우주를 바닥을 알 수 없는 '우물'로 비유하고 있는데, 소동파도 일찍 이 자연을 '무진장한 보고'라고 말한바 있다. 우주의 무한대한 크기에 비하면 인생은 얼마나 왜소한 존재인가? 그래도 우리는 그 무한대한 '우물'을 기웃거리며 운명을 예감하기도 하고 많은 생각을 거미줄처럼 엮어 가고 있는 것이다.

그리고 그는 또 말한다. '인생은 서두를 필요도 기다릴 필요도 없는 것'

이라 하고 있다. 세월의 힘으로 '옥가락지'를 만들듯이 서두르지 않고 초조해하지 않으면 사랑이 찾아온다는 것이다. 여기서 '사랑'은 세상 만물에 애정을 갖는 데 생기는 기쁨이며, '느림'은 속박 없이 조용한 삶을 누리는 편안함이다. "눈을 꿈적 뜨고 감는 모양으로 침묵"하는 인생 태도는 노시인의 오랜 삶을 통해서 얻어진 열매라 할 수 있다.

4. 지워지지 않는 인연과 순리의 법칙

1) 생사애生死愛의 관념과 연기설緣起說

함동선은 『인연설』의 서문에서 시란 살아 있는 사람의 확인으로 생生, 애愛, 사死가 시의 주제가 되어야 한다고 강조한다. 한편 사람은 본능과 감정이 그렇게 변하지 않고, 사람과 사람 사이의 관계나 사람과 대상과의 관계가 시대에 따라 변하는 것뿐이라서 시를 형상화할 때 '소재의 새로운 해석과 발견'을 매우 중요한 요소로 지적하고 있다.

그는 경주에서 구름을 밟고 달리는 천마도를 보고 돌아오다가 어느 말사에 머무르면서 바람이 없는데도 떨어져 쌓이는 낙엽을 통해 지우려 해도 지워지지 않는 '인연'을 생각해 본다. 낙엽이 지는 소리조차 없는 산사의 깊은 고요함 속에서 그는 나를 듯이 가벼워진 마음을 느끼게 된다. "몸무게뿐만 아니라 욕심까지" 모두 놓아 버린 그런 허심의 경지에 이르고 있다.

> 동승이
> 누가 밟기 전에 낙엽을 쓸기 시작한다
> 비질을 할 때마다 나비가 날아오고

매미 소리가 요란하다
쓸어내도 쓸어내도 따스한 추억은
비질을 한 자리를 덮고 또 덮는다
그건 살아오는 동안
지우려 해도 지워지지 않는 인연이다

-「인연설」 부분

　　동승이 비로 쓸고 또 쓸어도 그 자리를 덮고 또 덮는 낙엽은 지나간 세월을 의미한다. 함동선이 살아온 세월들도 도량에 쌓이고 또 쌓이는 낙엽처럼 '따스한 추억'이 되어 지워지지 않는 인연으로 남아 있다. 그런데 이러한 인연은 시작보다 끝을 기다려야 하고 '마지막 다음'까지 찾아오는 것이라 시인은 믿고 있다.

이별은 길었지만요
그 이별 이전의 세월은 더 길었다구요
비록 서로 다르게 걸어온 길은
오랜 시간에 걸쳐졌다 해도
모래의 발자국처럼 바람 한줄기 불어도
파도 한자락이 들이쳐도
무너진다구요
그래서 시작은 준비할 수 있어도
끝은 대비하기 어렵고
인연이란
시작할 때보다 끝이 날 때라는 말이
더 대견하다구요
이제 마지막이란
늘 마지막 다음에 찾아오는 것이라 믿으니까요

오늘도 기다리는 님은요
시간을 멎게 할 님은요

– 「님은요」 전문

이별은 길었지만, 그 이전 세월이 더 길었다 함은 불교적 발상법이다. 헤아릴 수 없는 세월을 돌고 돌아서 이승에 태어나 우리들이 서로 만나 잠시 살다 가게 마련이다. 한줄기 바람과 한 자락의 파도에도 쓸려 갈 '모래의 발자국'처럼 사라진다. 그리하여 인연이란 시작할 때보다 끝날 때가 더 대견하다. 늘 '마지막 다음'에 찾아오는 믿음, 그가 그토록 '기다리는 님'만이 시간을 멎게 할 수 있다 함은 인간이 모든 죄업을 해탈하고 정토에 이르러 갔을 때만이 시간의 관념을 뛰어넘어 무량수無量壽의 경지에 이르러 갈 수 있기 때문이다.

불교에서 생명의 고리를 끊고 작별(죽음)로 돌아가는 이외에 인간은 업業, Karma과 인연을 따라 윤회輪回, Samsara의 고해苦海 속을 돌고 돌 뿐이라서 계속 인연을 맺게 되어 있다.5) 한마디로 이 시에서 '인연'이라는 말은 자기 인식에 삶을 거는 불교적 심미체험이라 할 수 있다.6) 함동선이 고향, 자연, 어머니, 아내, 가족, 유년시절, 친구 등을 시의 소재로 삼아 '지워지지 않는 인연'을 제시하는 것도 불교적 발상법이다.

하나이던 몸이 두 동강이 나고 강산이 몇 번이나 바뀌었는데도 '님'은 여전히 예쁜 모습으로 남아 있다고 말한, '님'에서 그는 두고 온 고향의 어머니와 가족, 나아가서 분단된 조국을 생각하기도 한다.

사랑의 큰 기쁨은 사람에게서 오구요
큰 슬픔 또한 사람한테서 온다구요

---

5) 이필규, 「함동선 론–불교 연가」, 『시문학』, 2001, 74쪽.
6) 박철희, 「연기설의 심미체험」, 『인연설』, 산목, 2001, 89쪽.

눈에 안 보인다고
없는 거는 아닙니다
너무 오랫동안 떨어져 살았으니
이어지는 듯 끊어지고
사라지는 듯 나타나는 얼굴이
자꾸 희미해집니다

-「님」 부분

　사람의 큰 기쁨이나 슬픔이 사람에게서 오고, 눈에 안 보인다고 없는
게 아니라는 관념은 모두 '인연'에서 비롯된 것이다. 눈에 보이지 않고 오
랫동안 떨어져 살아 왔기에 "이어지는 듯 끊어지고 사라지는 듯 나타나
는" 그 '희미해진 얼굴', 이것은 그에게 고향과 어머니, 가족들, 그리고 분
단된 조국의 얼굴이다. 아무리 오랜 세월이 흘러가도 이들과의 맺어진
인연은 끊을 수 없다. 이것은 그 자신의 정체성을 위해 어느 것도 버릴 수
도 버려서도 안 되는 소중한 인연으로 얽혀져 있기 때문이다. "철조망 너
머로/ 나비 한 마리가 날아가는" 저기가 고향이라고 강화도에서 고향을
바라보면서 그곳에 돌아가지 못하는 안타까운 마음을 이렇게 노래하고
있다.

누가 전쟁을 시작했는진 몰라도
끝을 맺는 사람이 있어야 하잖아
그 밥에 그 나물이니 말이야
내 피난 길을 막아섰던 개펄은
이제 휴전선이 되었으니
밀물을 기다릴 수밖에 없는
고향이 있다는 거
웃어야 할지 또 울어야 할지

풀과 나무는 모두 총과 칼이 되어 마주보고 있으니

—「강화도에서」(–고향) 부분

국토를 분단시키고 전쟁을 일으킨 사람이 누군지 몰라도 끝을 맺었어야 할 것을 역설하고 있다. 고향에 돌아갈 수 없는 실향민의 한에 대한 극한 원망인 것이다. 고향에 가는 길을 막아섰던 개펄은 휴전선이 되고 '풀'과 '나무'는 모두 총칼이 되어 남북이 대치하고 있다. 이런 상황에서는 웃어야 할지 울어야 할지 모르는 절망만이 감돌뿐이다. "그 밥에 그 나물이야"라는 말은 양측 모두 책임을 지지 못하고 있기 때문에 나온 말로 '그게 그거다'란 뜻이다. 오랫동안 민족통일을 염원했던 기대감이 모두 무너지고, 이에 대한 허탈한 심정을 이렇게 표현한 것이다.

2) 흐르는 '강'과 순리적 인생태도

함동선의 후기 시편들에는 사색적이고 철학적인 태도가 담겨져 있다. 앞에서도 말한바 있듯이, 그의 지적 욕구는 꿈을 키우는 데서 출발한다. 그가 시인이 되는 꿈을 이루고 평생 시를 쓰면서 살아온 이유도 바로 여기에 있다. 「시」의 시편들 속에서 그는 어느 게 느리고 한가롭게 사는 것이고 여유롭게 즐기는 것인지도 모른 채 세상의 버림을 피해서 살아왔다. 그는 비비람을 맞으면서 늘 그 자리에서 미소 짓는 돌부처가 되고자 한다. 그 어디에도 치우치지 않고 중용의 자세로 살아오던 그의 인생에서 '삶의 꽃'은 '세상과 나'를 잇는 가교라는 신념을 견지하고 있다.

내가 살아온 날을 돌아보며
얻은 것도 없으니 버릴 것도 없어
그저 하루하루 살았구나 하는 생각이 들 때······

—「차 마시기 좋을 때」 부분

여유를 즐기기 위해 차를 마시는 것이 아니라 "하루하루 살았구나" 하는 허탈감을 달래기 위해 차를 마신다고 한다. 그는 얻은 것도 버릴 것도 없이 무료하게 살아온 지난 세월을 되돌아보면서 뉘우치고 있다. 누구에게나 지나온 세월은 아름다운 추억으로 남아 있기도 하고 후회로운 삶으로 남기도 한다. 함동선 그가 살아온 세월은 용케도 살아온 조심스럽고, 한 맺힌 실향민으로서의 외롭고 쓸쓸한 세월이었다.

> 편지를 보낼 데가 있으면
> 해야 할 말이 있을 것 같다
> 쓸쓸하다는 말 한 마디
> 그것은 살아 있는 사람의 몫이 아니던가
> 끝도 없는 과거가 현재에 묻히는
> 세밑에
> 나는 북한산을 바라보는 것만으로도 족한
> 새해를 기다리면서
> 지난여름을 얼마나 바쁘게 살았는가
> 허수아비에게 묻는다
>
> ―「일기 · 1」 부분

"편지를 보낼 데가 있어야 할 말이 있을 것 같다" 함은 가지 못하는 고향을 두고 한 말이다. 꼭 쓸 말도 없고 오직 외롭고 쓸쓸하다는 말밖에 없다는 것이다. 이 '쓸쓸하다'는 말은 살아 있는 모든 사람의 몫이며 이러한 정서의 보편성을 말하는 것이다. 그렇다. 누구나 지나온 세월이 아름다운 추억으로만 남는 게 아니다. 무엇인가 후회스럽고 안타깝고 외로움을 느끼는 때가 훨씬 더 많다. 이것이 바로 인간의 보편적인 감정일 것이다.

함동선은 세밑에 북한산을 바라보는 것만으로 족하면서 새해를 기다린다. 모두가 새해맞이네 바쁘지만 실향민인 그로서는 할 일이 없다. 그저 북한산을 바라보는 것만으로 만족하면서 바쁘게 살아온 지난여름을 허수아비에게 묻고 있다. 한여름 들판을 비켜선 허수아비만이 그의 지난 세월을 알 수 있기 때문이다. 너무나도 서글프고 쓸쓸한 정경이 아닐 수 없다. 어디 하나 찾아볼 일가친척도 없이 타지에서 외롭게 살아가는 그의 심정을 이렇게 표출한 것이다.

> 지나간 시간들이 밀려가고 있는 이곳
> 내가 너를 기다리는 오래 전부터
> 네가 기다린 곳은 이런 데가 아니었는가
> 비어 있으면 채우기가 쉬운 법인데
> 너에게 가는 길은 멀기만 하다……
>
> ─「섬진강」 부분

예성강 하류의 마을에서 태어난 함동선은 '섬진강'을 보고 고향 마을을 떠올리고 있다. 그는 '섬진강'을 만나자마자 곧바로 친숙한 상대가 되어 대화하기 시작한다. 오래 전부터 내가 너를, 아니 네가 나를 기다린 곳이 바로 여기란 말인가. 그곳에는 수많은 세월들만 밀려가고 있다. 마음을 비우기만 하면 쉬운 것인데, 그렇지 못하여 내가 너에게 다가갈 길은 멀기만 하다. '강'은 시작과 끝을 알 수 없는 우주 물줄기로 위에서 아래로 순리를 따라 쉬지 않고 흘러간다. 마음을 비우지 못한 자아는 강과 같이 될 수 없다. 그래도 그는 포기하지 않는다. "내가 너를 기다리는 오래 전부터". 또 "네가 기다린 곳"이 일치되는 지점에서 만나기를 그는 간절히 소망하고 있다.

사람이란 벙어리가 될 때 자유로워진다는, 「요새 생각나는 말」을 비롯하여 신은 끝까지 침묵하고 있다는, 「오늘」이나 어제 세상을 떠난 사람이 그렇게도 보고 싶다고 한, 「시간은 가는 것이 아니라」는 인간의 생사에 대한 무거운 관념을 초월하여 모든 것을 '순리'로 받아들이는 인생 태도를 보이고 있다. 이것은 그가 살아온 많은 세월을 바탕으로 한 달관의 경지를 보인 것이라 할 수 있겠다.

> 신은
> 끝까지 침묵이었으니까
> 죽었어도 살아 있는 것보다 좋을 수 있고
> 살아 있어도 죽은 것만 못할 수도 있는 지
> 그게 산다는 건데
> 우리가 의미없이 지낸 오늘은
> 어제 죽은 사람이
> 그렇게도 보고 싶었던 내일이 아니었던가
> 우리는 그런 하루를 살고 있으니…
>
> ─「섬진강」 부분

신이 끝까지 침묵하고 있기 때문에 죽음이 삶보다 좋을 수도 있고, 살아 있어도 죽은 것만 못할 수도 있다고 함은 언제나 '중용'을 견지하려는 그의 인생 태도와 맞물린다. 그는 극에서 극으로 이어지는 사고를 경계하면서 평생을 살아왔다. 그에게 아무런 의미도 없이 지낸 '오늘'은 어제 죽은 사람이 그렇게도 보고 싶었던 '내일'일 수밖에 없다.

> 어제 세상을 떠난 사람이
> 그렇게도 보고 싶던 이 아침
> 차례를 지내면서
> 내 생애 중 가장 오랫동안
> 할아버지와 증조할아버지는 좀 거리를 두고

아버지 곁에 머물러 있다
분향을 할 때마다
무엇인가 보면 느껴지고 느끼면 보이는 게
시간은 가는 것이 아니라
내가 가고 있는 것을
알게 되었다

-「시간은 가는 것이 아니라」 부분

'신의 침묵'에서 우리는 무질서하고 자유로운 삶을 연상하기 쉽다. 그러나 이 시에서는 시인의 연륜에서 오는 진지함과 엄숙함을 읽을 수 있다. 죽은 사람이 그렇게도 보고 싶었던 아침에 차례를 지내면서 그는 아버지 곁에 가장 오랫동안 머물러 있을 수 있었다. 그에게 시간은 가는 것이 아니라 내가 가고 있는 것이다. 인간이 태어나서 죽음을 향해서 끊임없이 자고 있는 허무한 마음을 그는 이승을 떠난 사자들을 통해서 환기하고 있다. 이것은 지나간 어제로 세월의 의미를 되새기며 내일을 준비하는 인생 태도라 할 수 있다. 무엇보다 '시간'은 가는 것이 아니라, 죽음으로 향해 가고 있다는 실존의식이기도 하다.

5. 결론

우리가 역사를 논의할 때 이데올로기적인 해석을 하거나 한 쪽의 잘잘못을 운운하며 비판하는 경우가 많다. 오양호는 1950년대 시를 전쟁의 현장을 다룬 시, 반공 애국시, 전쟁의 어두운 형식을 다룬 시로 나누고 있는데, 함동선 시의 경우는 전반적으로 어느 갈래에도 속하지 않는다. 그의 역사 인식은 적극적이거나 비판적이지 않고 중립적인 입장을 취한다. 또 과거에 집착하지도 부정하지도 않는다. 이것을 한계로 볼 수도 있지만 사람마다 정서가 다르듯이 그에게는 자연스러운 현상이다. 드러냄보다는 드러내지 않음에 초점을 맞추고 있기 때문이다. '언어의 창조로 정서를 표출한다'는 시의 본령을 간직하려는 의도와도 일맥상통한다.

그가 실향민이 된 비운은 고향이 '지운地運이 없는 곳'이기 때문이라고 말한다. 한마디로 함동선의 시작 세계는 전체에 흐르는 서정적 맥락을 유지하면서도 역사적 문제에서 새로운 변화를 모색한다. 고향에 대한 그리움은 동시대의 아픈 정서로 확인시키고 민족 역사의 비전을 제시하게 된다. 다시 말해 그는 서정시의 큰 원류인 동양적 세계관을 계승하고 있지만 어디까지나 이지적이고 이성적인 면에서 시심을 기울이고 있다는 것이다. 그가 시에서 등장시킨 꽃, 산, 강, 바람, 사계절(절기) 등의 자연이나 어머니, 아내, 친구, 할머니 스님 등 인간에 관한 소재는 전체적으로 볼 때 친화적이긴 하지만 완전히 동화되지 않는 경지로 머물러 있다. 자신의 이야기를 들어 줄 대상이고 자신이 하고 싶은 이야기를 대변해 주는 대상일 뿐이다. 현실생활의 어려움이나 고단함을 달래거나 안일하고 의식 없는 자아를 채찍질하려는 요소가 아닐까 한다.

그는 정신적으로나 물질적으로 가장 풍요로웠던 어린 시절의 고향을 시의 원천으로 삼고 있다. 그곳은 어머니의 염려와 사랑이 깃든 요람으로서 부정적인 것을 긍정적인 것으로 바꿔 주는 재생의 공간이다. 그러니 정치적으로나 경제적으로 혼란했던 사회로부터 안정을 찾게 되고 학식과 견문을 넓히면서 그는 피해갈 수 없었던 소용돌이와 적극적으로 해결할 수 없었던 문제에 직면하게 된다. 그에게 시는 소자아를 극복하기 위한 끊임없는 노력의 수단이 되었고, 자기 다짐을 확인하는 통로가 되었던 것이다.

결론적으로 그는 1950년대에 가장 밀접한 개인사를 담은 시작詩作으로 대표되는 시인이다. 무엇보다 시를 부끄러움이 없고 양심적인 것으로 만들기 위해 최선을 다하는 시정신의 소유자이며, 시의 한 켠에서 부족한 자신을 인정하고 변명해 보는 지성인이다. 아울러 그가 시에서 특정 대상과 시선을 맞추거나 나누었던 대화는 '침묵'이란 시어와 행간에 생략된 '침묵'의 의미와 함께 인화지에 현상되듯 긴 여운을 남긴다.

(『한국 전후 문제시인 연구 06』, 2007.11)

II
시 해설

인연을 캐낸 시학

장백일*

1.

세상사에는 원인이 있고 그것을 끝내는 길이 있다. 일체는 연緣이 빚은 생이요 멸이기 때문이다. 그물이 매듭의 이어짐이듯 매사는 매듭의 인연으로 이어진다.

꽃이 핌은 피는 연이 모여 피고 잎이 짐은 지는 연이 모여진다. 혼자 피고 짐이 아니다. 그럼에 일체는 바뀐다. 홀로 존재하고 상주하는 것은 없다. 이는 불변의 법칙이다. 바뀌고 무상하지 않는 것이 없음에 이 또한 영원한 진리이다.

사람의 근심, 슬픔, 괴로움, 고민은 집착에서 생기고 집착에서 번뇌가 솟아난다. 끊으면 근심 슬픔도 괴로움도 고민도 없어지련만 그 끊기가 어렵다. 본래 사물에는 차별이 없고 선악도 없으련만 차별이 있고 선악이 있다고 봄은 무명과 탐애의 작용 때문이다. 그로써 미혹의 포로가 된

* 장백일: 문학평론가, 국민대학교 명예교수.

다. 우비고뇌의 미혹도 깨달음을 낳음도 결국 마음이다. 만약 일체가 운명으로 정해지고 신에 의한 맹목적인 우연히 빚는다면 선도 악도 업이요 행불행도 업 아님이 없다. 따라서 진보도 발전도 희망도 노력도 없어지고 만다. 그럼에 일체는 연에서 생기고 멸한다.

몸도 마음도 연임에 몸도 마음도 자아가 아니다. 연의 모임임에 항상 몸은 무상하고 마음은 변한다. 만약 마음이 자아라면 왜 세상사는 내 뜻대로 안 되는가. 마음도 무상이요 고苦이며 자아가 아니다. 이 개체를 이룬 심신은 그것을 둘러싸고 있는 외계와 더불어 '나'다. '나의 것'이라는 관념과는 떨어진 것들이다. 지혜 없는 마음이 '나'요 '나의 것'이라고 집착한 데 불과하다. 흐르는 강물처럼 흔들리는 촛불처럼 사람의 마음은 잠시도 쉬지 않고 어지럽게 변하고 변한다. 집착을 깨칠 때 깨달음을 얻는다. 그럼에 일체에 무상이요 변하며 자아가 없다고 함은 진리이다.

2.

함동선의 시집 『인연설』(1. 인연설, 2. 운주사, 3. 꽃담에 앉은 새, 4. 남는 것은 그리움과 기다림뿐이다, 5. 차 마시기 좋을 때)은 인연이 그린 무상과 무아의 깨달음을 빚는다. 그 점에서 서로 인연 맺는 오묘한 미추美醜의 심미체험을 나름의 시학으로 형상화한 인연학으로 집약된다. 마치 마술사가 여러 물건을 소매에서 끄집어내듯 인연의 조화를 시로 물들인다. 시집 『서문』에서 제시하듯 "사람이란 무엇인가", "사람은 어떻게 살아야 하는가"의 물음에 대한 증언이요 "소재의 새로운 해석과 발견"에의 시적 형상화이고자 한다. 즉 한 폭의 그림(시집)에다 한없는 마음의 경계를 그린다. 세상사는 다 마음이 만들어냄을 시로 채색한다. 1부의 '인연설'편은 말 그대로 인연이 캐는 깨달음에의 시심詩心의 집약이다.

> 동승이/ 누가 밟기 전에 낙엽을 쓸기 시작한다 (중략) 쓸어내도 쓸어내
> 도 따스한 추억은 비질을 한 자리를 덮고 또 덮는다/ 그건 살아오는 동안/
> 지우려 해도 지워지지 않는 인연이다
>
> ―「인연설」부분

낙엽은 쓸어내도 쓸어내도 비질한 자리를 덮는다. 그 낙엽은 "살아오
는 동안/ 지우려 해도 지워지지 않는 인연"의 고리로 하여 나와 함수관계
를 맺는다. 인연에 의해 지고 인연에 의해 지워지지 않는 인생사는 이런
인연의 조화와 교류에서 빚어지는가.

> 비어 있으면 채우기가 쉬운 법인데/ 너에게 가는 길은 멀기만 하다/ 하
> 동 화개 쌍계사 구례 곡성 남원/ 그리고 지리산이/ 목판화 되어 둥둥 떠
> 간다
>
> ―「섬진강」부분

북소리에 끌려온 섬진강에다 아름다운 인연의 연분을 펼친다. 나는 강
이고 너는 물이 되는 김명환의 북소리가 몸을 죄기 시작하면 섬진강 굽
이굽이의 주막도 색시도 흥에 겨운다. "은어회 맛내는 육자배기 가락"이
흥에 겨우면 그 흥에 "산수유꽃도 개나리꽃도 가만있질 않는다." 내가 널
기다렸던 곳도 이런 데가 아니었던가. 그 흥겨움에 지리산을 에워싼 고
장은 고장대로 다 아름답게 새겨진 목판화가 돼 섬진강을 둥둥 떠가고
있음이 아닌가. 실로 아름다운 자연의 풍경이다. 그래서 하동의 그물눈
은 화개 쌍계사 구례 곡성 남원 지리산의 그물눈들과 하나가 되면서 자
연의 그물을 조화한다. 이 또한 연분으로 잇는 인연의 조화다.

「일기·1」에서 실토하듯 "지난여름을 얼마나 바쁘게 살았는가/ 허수아비에게 묻는다" 하듯 바쁘게 사는 우리의 그 삶이 무상임을 어찌할까. 그럼에 무량無量의 인연으로 생겨남이 영구히 존재한다고 믿는 상견(常見, 영구불변이란 견해) 또한 그릇된 생각이다. 그래서 단斷, 상常, 유有, 무無는 물物 자체의 모습이 아니다. 집착에서 본 모습이다. 사물의 본래의 모습은 집착과 차별에서 벗어난다. 그러나 그 깨달음은 무상이다. 또한 깨달음의 삶이란 시「님은요」에서 "인연이란/ 시작할 때보다 끝이 날 때"라 하듯 끝이 날 때 무상은 더욱 진하게 진지하게 씹혀진다. 기실 그날그날의 삶은 결국 허수아비에게 묻는 무상 바로 그것이었음이다.

생각하면 "헤어짐이 또 하나의 만남이듯/ 손을 잡아야 쓰는데/ 시작은 끝이 있는 법/ 이 한줌의 흙에/ 꽃이 피고 열매를 맺게/ 비가 되어 만나야 쓰는데/ 시작은 물이 되어 만나야 쓰는데" 하고 시「한줌의 흙」이 염원하는 윤회도, "너무 오랫동안 떨어져 살았으니/ 이어지는 듯 끊어지고/ 사라지는 듯 나타나는 얼굴이/ 자꾸 희미해지는"「님」과의 그리움도, 「과꽃」을 '과꽃'이라 부르는 사연도, "떠나는 게 결코 떠남이 아닌/ 만남의 시작"인 시「편지」에서의 만남과 헤어짐도, 「산수유꽃이 필 때마다」 "둥둥둥 둥둥둥 북소리에/ 마음을 빼앗긴 사람을 찾아/ 나비"가 되는 환상도, "나는 따스한 이불 속으로 파고드는"「바닷가 하얀 호텔에서」의 아픔도, "나는 썰물에서 몸을 뒤집다가/ 개펄의 작은 배가 되어 옴짝 못하게" 시「밀물 때가 온다」는 기다림도 다 인연의 조화요 그로부터의 해명은 또 하나의 인생 물음이다.

2부의 「운주사」편은 "세상은 그래도 살 만하다는 듯/ 웃기만" 하는 돌부처의 무심無心으로 꿰뚫은 인간사의 관조요 달관이다. 그 표현은 수채화처럼 천진무구하다. "벽에 걸린 세한도歲寒圖의 솔잎에/ 부는 바람이/ 낮잠"을 깨는 시「오후」의 정적도, "산으로 겹겹이 싸인" 시「간이역 I」

에서의 정막도, "붉은 색깔로 물든 노을이/ 산기슭을 돌아간 기차를 따라가"는 「간이역 II」의 허전함도, "왕과 자연의 눈이 함께/ 부신 햇살을 안고 서울을 내려다본다"는 시 「경복궁에」인연이 하나 되는 응시도, 등산객의 발자국 소리만 들려오는 "태고사의 오후"의 「고요」도, "수없이 많은 만장으로 일어서는" 시 「노을 속에」서의 무상도, 「노란꽃 I」에서의 나비도, 「바람이 그립다고 소리가 그립다고」 반짝거리는 촛불의 정서에서 시인은 차별을 떠나 세상을 뜬구름으로 보는 공空의 미학을 터득한다. 그로부터 일체 한정된 것은 환상으로 보되 이를 취함도 버림도 공으로 체득하는 시인의 불심(시심)에 접한다. 상相에 집착하는 차별을 떠나고 있음이다. 그래서 지혜 있는 자는 이치를 깨닫고 환幻을 환으로 볼 뿐이다. 그것의 시적 형상화이고자 한다.

3부 「꽃담에 앉은 새」편은 "있다"고도 "없다"고도 할 수 없는 인연의 오묘함을 캔다. 사물은 인연에서 생겼음에 변한다. 실체 있는 상주 불변常住不變이 아니다. 변함이 환상 같고 아지랑이와 같다. 이런 상변常變에도 사물의 본질은 상주 불변이다. 사람에게 강은 강으로 보이지만 물을 불로 보는 아귀에게는 강으로 보이지 않는다. 그럼에 아귀에게 강은 "있다" 할 수 없고 사람에게는 "없다" 할 수 없다. 이렇듯 일체는 "있다", "없다" 할 수 없음에 환상과 같다. 환상 같은 세상을 떠나 진실의 세상도 상주 불변의 세상도 없음에 이 세상을 거짓이나 참이라 봄도 잘못이다. 잘못은 이치를 모르는 마음에서 생긴다.

이렇듯 3부에서 일체는 유무의 범주를 떠나 있음에 유有도 무無도 아니요 생기지도 멸하지도 아니한다고 말한다. 시 「꽃담에 앉은 새」에서 "다만 궐 안을 위해 궐 밖을 버릴 수도 없고/ 궐 밖을 위해 궐 안을 버릴 수도 없는/ 저 새는/ 오늘도 보름달에 걸린 나뭇가지에/ 아무 일 없는 듯이 그냥 앉아 있다" 함도, "밤이 으슥해서 한 편의 시가 마무리 됐다" 하기까지의 시 「시를 쓴다는 것」의 고뇌와 진통도, "내 서른둘에 온 젊음이/ 아직 이 섬을 떠나지 못했는지/ 오름을 휘어감는다"는 시 「그 섬에서」의 재생적 상상에 젖음도, "삼팔선 부근의 노랑꽃처럼 움츠리다가/ 개울에서 소리가 되고/ 하늘에서 바람이 되는 봄을/ 기다리고 있는" 「나목」의 향수도, "밤새껏/ 물꼬 싸움을 하고 내 논에 댄 물은/ 이미 남과 다른 벼를 가꾸고 있다"는 「시·2」도, "집안과 평양지방의 고분 속에/ 채색되어" 있는 「고구려−벽화」도, "오늘도 기다림이 있고 기대가 있는 시 「카나디안 로키는」 등에서 시인은 살아온 삶의 관조와 달관을 통해 깨달음으로부터 어리석은 미혹 버리기의 지혜를 시로 설한다. 그 깨달음이 시심과 함께 하는 시간이요 시심을 캐는 시간이다.

4부 「남은 것은 그리움과 기다림 뿐이다」편은 '불이不二의 도리'를 깨우친다. 사람은 불행을 두려워하고 행복을 그리워한다. 지혜의 눈으로 이 둘을 보면 불행이 행복이 되고 행복이 불행이 된다. 지혜로운 자는 행복에 우쭐거리지 않고 불행에 꺾이지 않으며 담담한 심정으로 화복에 대처함을 알기에 불이의 도리를 깨닫는다. 시인은 그 경지를 휴전선에 둔 고향 동경을 "떠난 지가 50년이 된/ 나를 보면서/ 남은 것은 그리움과 기다림 뿐"인 통일의 회복에 젖는다. 시 「강화도에서」 말하듯 고향은 "웃어야 할지 울어야 할지/ 풀과 나무는 모두 총과 칼이 되어 마주보고" 있는 철조망 너머 "바로 저긴데" 시 「나비」에서 아버지 산소는 "굵어만 가는 철조망 건너/ 여긴데", "내 고향을 들러올" 나비를 부러워할 뿐이다.

그로 세월의 「일기 2−꿈」은 "아우가 형을 찌르고/ 아들이 아버지한테 총을 겨눈" 핏발선 전쟁의 악몽이 되씹혀지기만 한다. "정주영 명예회장이 소 오백 마리를 몰고/ 북으로 가는" 시 「판문점」에서 "나는/ 한 이불 속에서 자란 조카"를 생각하며 "이 못난 삼촌이 갈 때까지 살아달라고 당부"할 수밖에 없는 삼촌, 그래서 시 「DMZ」는 눈앞에 둔 고향을 확인하며 실향의 한에 젖는다. 등산길의 진달래 능선에서는 시「실향민」이 말하듯 실향의 아픔을 달래보기도 하고 시「어느 날의 화두」로 향수에 젖기도 한다. 그뿐인가 시「보름달 뜨니」에서는 "난리 통에 죽은 아이 찾는" 원혼이 또한 가슴에 와 닿으며 불이의 도리를 깨우친다.

5부의 시「차 마시기 좋은 날」편은 유와 무, 미혹과 깨달음, 정淨과 부정不淨과 선악은 기실 상반된 둘이 별도로 있음이 아니다 함이다. 그 참모습은 말로 표현할 수 없고 알 수도 없다 함이다. 말이 빚는 분별을 떠날 때 진실의 공空은 깨달아진다. 연꽃이 진창에서 피어나듯 미혹을 떠나서 깨달음은 있지 않으며 그릇된 견해나 미혹은 되려 깨달음의 씨가 된다 함이다. 위험한 바다 밑을 내려가지 않으면 값진 진주를 딸 수 없듯 미혹에 빠져보지 않고는 깨달음을 얻을 수 없다. 자아의 집착에 빠져본 사람이라야만 법을 찾는 마음을 일으켜 마침내 깨달음을 얻는다. 이 또한 체험을 통한 체득의 미학이다.

오직 "내가 살아온 날을 돌아보며/ 얻은 것도 없으니 버릴 것도 없어/ 그저 하루하루 살았구나 하는 생각"을 진지하게 깨달을 때, 시「이 가을」이 말하듯 "양지바른 언덕 같기도 한/ 아득한 물소리 같기도 한/ 북한산 자락에서/ 신을 느끼는" 공을 깨달을 때, 시「오늘」에서 "죽었어도 살아 있는 것보다 더 좋을 수 있고/ 살아 있어도 죽은 것만 못할 수도 있는 거/ 그게 산다는 건데"를 참으로 깨쳤을 때가 차 마시기 좋을 때다. 힘겹게 달려가는「비둘기호에서」쓸쓸함의 진미를 깨칠 때, 많은 사람들이 세월에 머물다 갔음에 나도 그 한 점이련만 "언덕을 오르던 해가", "노을로 지는데/ 나는 창문만한 어둠이 밀려올 때까지 지켜보다가/ 촛불" 켜는 촛불을 깨칠 때, 시「한계령에서」"놓쳐버린 시간을 거머쥐려/ 어디론가 가고 있는" 자기를 발견했을 때가 차 마시기 좋을 때다. 할아버지가 "1천 한마리" 소를 몰고 갈 때를 보는 그때도 기실 차 마시기 좋을 때다. 그로부터 인생은 여물어지기 때문이다.

> 창문을 열고/ 꽃의 향기 맡던 사람/ 그 꽃 지기도 전에/ 상여 타고 가네/
> 육자배기 가락에/ 앞만 보고 살았는데/ 죽음은/ 멀리에 있다가 갑자기 찾
> 아오네/ 산다는 거 사람마다 다르듯/ 결산하는 인생도 결국/ 하늘과 땅처
> 럼 차이가 나네/ 그 차이는/ 모두 살아 있는 사람의 몫이기도 하네
>
> ─「인생」 전문

그렇다. 죽음은 멀리 있다가 갑자기 찾아온 불청객이다. 불청객을 맞
아야 할 인생, 이승에 태어남에는 순서가 있지만 저승을 감에는 순서가
없는 법, 그것이 인생이다. 그래서 인생의 참뜻을 상반하는 두 개를 떠나
불이의 하나를 얻음이다. 만약 상반된 두 개 중에서 하나를 취해 거기에
집착하면 비록 그것이 선善이나 정正일지라도 그릇됨이다. 인생 그 자체
가 고苦라 함도 그릇된 생각이요 일체는 즐거움이라 함도 그릇된 생각이
다. 그럼에 인생은 이들 두 개의 대립을 꿰뚫는 데 있음이다. 그리고 "시
간이 가는 것이 아니라/ 내가 가고 있는 것을"(시 「시간이 가는 것이 아니
라」에서)깨달을 때, "사람이란/ 스스로 벙어리가 될 때/ 그 벙어리로부터
자유로워진다"를 깨칠 때 참맛을 씹게 됨이 아닌가.

3.

이상에서 필자는 시인의 시심을 살폈다. 그 시심은 실로 오묘한 인연의
고리를 나름의 언어로 추구하고 추적하는 시법으로서 비개성화depersonifi
cation였다. 감정의 해방이 아니라 감정으로부터의 도피라는 고전적인 압
축성 속에서의 '낯설게 하기'였다. 즉 정서의 직접 표현이 아니라 정서를

나타내는 방법으로서의 하나의 사물, 혹은 정황, 혹은 사건의 발견으로 부터의 낯설게 하기였다. 그것은 독자의 감각체험으로 끝남과 동시에 그 정서를 환기시키는 낯설게 하기로부터의 정황그리기였다. 그래서 시에 나타난 감정, 정서, 환상은 시인 자신의 감정, 정서, 환상과는 달랐다. 그 것은 개성의 표현이 아니라 개성의 도피였다. 그래서 시인은 끊임없이 나름의 특수한 매개 수단a particular medium을 개척했다. 그것은 시적 용기 容器이다. 즉 시인이 느낀 인상, 경험, 감정을 예기치 않는 다른 상태로 결 합하는 일이었다.

우리 생활(경험)은 시의 소재가 된다. 그러나 그것이 곧 시의 정서가 된다 함은 아니다. 감정과 정서를 시의 형식으로 표현하는 유일한 방법 은 그것의 객관적 상황 진술을 위한 상관물objective correlative로 만드는 일 이다. 이는 어떤 정서나 사상을 그대로 생경하게 나타냄이 아니라 일단 정서나 사상에 상응하는 이미지나 장면을 찾아내 표현함이다. 즉 '사상 의 정서화'이다. 정서의 직접 표현이 아니라 간접화로서의 정서의 환기 다. 그래서 시인은 하나의 대상을 표현하기 위해 먼저 장면을 설정하기 도 하고 분위기를 그려내기도 한다. 많은 대상을 비교하고 대조해 분석 하기도 한다. 그로 인연 속의 인생을 캐낸다.

(『시문학』, 2002.4)

'연기설'의 심미체험

박철희*

글을 쓰는 일은 무엇보다 존재의 한 순간을 영원히 잊을 수 없는 순간으로 조소彫塑하는 일이라고 작가 쿤데라는 자신의 문학에 부친 감동적인 글에서 적고 있다. 하필 존재의 한 순간뿐이랴. 시인은 작고 하찮은 낌새 하나에서도 사람살이의 이치를 깨우치는 사람이다. 아니, 사람살이 그 자체가 보두 인연으로 맺어져 있음을 깨닫는 것이다. 그것은 관조의 세계이자 개안開眼에의 부름이다. 그렇다고 이 관조 개안은 굳이 불가나 노장의 도에 기대하여 얘기할 필요는 없다. 시인의 오랜 연륜과 넉넉한 마음으로 가능한 것이다. 그것은 동양적인 삶의 의지다.

이런 의미에서 잠시 머물렀던 어느 말사 도량에 쌓인 '낙엽'에서 '지우려 해도 지워지지 않는' '인연' 『인연설』을 떠올리고, '인연'을 시작보다 끝날 때 '님은요'라고 인식한 함동선의 시집 『인연설』이 환기하는 호소력은 각별하다.

　　　쓸어내도 쓸어내도 따스한 추억은

---

*박철희: 문학평론가, 서강대학교 명예교수.

비질을 한 자리를 덮고 또 덮는다
그건 살아오는 동안
지우려 해도 지워지지 않는 인연이다

인연이란 시작할 때보다 끝이 날 때라는 말이
더 대견하다구요
이제 마지막이란
늘 마지막 다음에 찾아오는 것이라 믿으니까요
오늘도 기다리는 님은요
시간을 멎게 하는 님은요

　　그만큼 이 시집은 '인연설', '님은요' 등이 보여주듯이 조용한 일상에서
삶의 실존적 한계와 그 초극이라는 근원적인 것의 탐색에 그의 인식론은
움직이고 있다. 시집『인연설』의 시편들 거개가 이렇듯 자기인식에 삶을
걸고 있다. 말하자면 '인연설'의 심미체험이다. 그리고 그것을 가능케 하
는 것은 시인의 넉넉한 마음과 연륜이다.
　　「일기」 등 추억시편조차 '콩 볶듯 쏘아대는 소총 소리'에 움츠린 '개망
초꽃'에 시심이 움직이면서 그날 전상戰傷의 아픈 순간을 상기하고 있다.
「일기」만이 아니라 「노을 속에」, 「노란꽃」, 「강화도」, 「남은 것은 그리
움과 기다림뿐이다」 등의 절규조차 시간을 멎게 하는 '님'(「님은요」)의
변주이자, 변용이다. '인연설'의 꿈(윤회) 뒤에는 이렇듯 분단을 딛고 서
서 내일을 기다리는 절규가 있었다. 시집에 '나비'의 이미지가 자주 나오
는 것도 이 때문이다.

오는 한식에는
작고 그래서 무리 지으면 더 예쁜

꽃다지로 피어
내 고향을 들러올 너를 기다릴 거다

- 「나비」 부분

　이때 '나비'는 단순히 실제상의 나비가 아니라 풍경의 나비다. 풍경 속
에서는 사람과 자연은 공감적으로 존재한다. '나비'의 서정과 인식이다.
꽃과 나비, 나비와 꽃의 변신의 윤회를 그리고 있다.
　이와 같은 시집 『인연설』 시편들은 한결같이 자기응시의 메타적인 예
증이 되어 준다. 「차 마시기 좋을 때」, 「촛불을 켠다」, 「한줌의 흙」, 「님」
등 청결한 서정 시편들이 결국 체념이나 달관의 심경으로 귀결된다는 것
은 한 시대의 시적 반응이라기보다 보편적인 노년 지혜랄 수 있다. "내가
살아온 날들을 돌아보며/ 얻은 것도 없으니 버릴 것도 없어/ 그저 하루하
루 살았구나하는 생각이 들 때"가 시인에게 제목 그대로 차 마시기 좋을
때다.
　「차 마시기 좋을 때」와 마찬가지로 시집 『인연설』의 시편들은 삶에
대한 긍정이 낳은 것이다. 삶에 대한 긍정, 그것이 그의 대표적 포에지의
하나다. 이 시인의 근작이 그렇듯이 시인은 의도적으로 자기정의와 자기
발견에 상상력을 바치고 있다. '시작보다 끝'을 '인연'으로 파악했듯이
"언덕을 오르던 해가/ 버릴 것을 버리고 있을 자리에 있는/ 저 제비꽃을
보고/ 노을"(「촛불을 켠다」)로 지고, 그 노을 속에 혼자 발을 끌며 걸어가
는 '허리 굽은 사람'이 시인의 대유가 된 것은 이 때문이다. 아니, '몸의 무
게뿐만 아니라 욕심까지 놓아 버린 것 같다'(「인연설」) 같은 시구처럼 세
상에 살되 집착함이 없고 탐하지 않는 경지―이것이 그가 꿈꾸고 지향하
는 시적 포에지다. 그것은 세상이 공임을 깨닫고 열리는 불교의 깨달음
을 연상시킨다. 굳이 얘기한다면 깨달은 자의 법시法施와 같은 것이다.

물론 시 「인연설」만이 아니라 「시간이 가는 것이 아니라」, 「요새 생각나는 말」, 「인생」, 「님은요」 등은 일종의 잠언이나 정의처럼 들린다. 그러나 아폴리즘이나 에피그램과 같은 잠언적 요소와 다른 것은 잠언이나 정의처럼 보이는 위의 진술을 몸(은유)으로 파악했기 때문이다. 말하자면 시인은 은유를 통해 삶의 지혜를 적절하고 간결하게 보여주고 있다. 「님은요」의 경우, 가락과 사설의 조화를 도모하면서 음률성을 내세운 것이 바로 그러한 것이다. 대화체의 언어구사는 물론 소리 내어 읽을 때 음률적이다.

그런 점에서 「이 가을」, 「오후」, 「간이역」, 「운주사」 등과 같이 서경하면서 순수한 깨달음의 찰나를 명증하는 능력이 보통이 아님을 보여준다. 서경하면서 동시에 그 자체가 화자의 내면표현이 되어준다.

> 붉은 색깔로 물든 노을이
> 산기슭을 돌아간 기차를 따라간다
>
> ―「간이역」 부분

> 짧은 해를 기다리지도 못하고
> 창가의 나뭇잎이 진다
> 언뜻 인수봉이
> 바람 앞에 앉았는지 흔들리는데
> 해가 진다
>
> ―「이 가을」 부분

특히 시 「섬진강에서」의 서경 혹은 사생 능력은 예사가 아니다. 시 스스로 지리산을 두고, 목판화木版畵라고 할 만큼 시 자체가 한 편의 아름다운 풍경화다. 아니,

작설차에 젖은 오후
역마의 슬픈 사랑을 기억하는
매화가 피기 시작한다
굽이굽이 주막이 있고 색시도 있고
은어회 맛내는 육자배기 가락이 있어
산수유꽃도 개나리꽃도 가만있질 않는다

라는 주변 묘사까지 합쳐 본다면 낭만이 넘친 풍물 수채화를 연상케 한
다. 그러나 그것은 자연주의 화풍이 아니라, 인상주의 화풍이라고 할 만
하다. 인간적인 정서가 녹아 있는 인간적인 것의 내음, 그 내음들의 조화
가 빚는 풍속과 안식을 지탱하면서 그려져 있기 때문이다. 더구나 「둥둥
둥」 김명환의 북소리와 어울려서 동화적 분위기까지 자아낸다. 그러한
분위기가 그의 시편에 독특한 생기와 현실감을 부여한다.

"둥둥둥 북소리에 끌려왔더니/ 섬진강은/ 나무 사이를 비집고 들어온
햇살로/ 종이처럼 얇고 깨끗하다"로 시작되는 「섬진강에서」는 압축과
생략에 담긴 세목이 동양화가 지닌 여백의 미적 변이라고 할 만하다. 겉
보기는 단순한 것 같지만 그러나 그 이면과 공간은 넓다. 자연에 부친 심
미주의가 섬진강 풍경만이 아니라 아울러 섬진강의 내면풍경까지 보여
주고 있다. 「오후」 또한 시인에 있어서 시화일체詩畵一體, 혹은 시선일체
詩禪一體의 전경화이자, 실현이다.

가을 햇살이 한 뼘쯤 기어든 창가에
낡은 소파가 마주 놓여 있다
벽에 걸린 세한도의 솔잎에
부는 바람이
낮잠을 깨웠는지

신발 끄는 소리가 늘려온다
칠이 벗겨진 탁자 위에
먹다 남은 녹차잔에는
낮 두 점을 치는 뻐꾸기 소리가 넘친다
펼쳐 놓은 시집에
"단풍이 든 판소리 가락이
낮게 떨려 나오는 동구 밖" 그 동구 밖
지나서까지
담길을 따라 핀 코스모스의 키가
자꾸 작아진다

　얼핏 그의 인생시가 수채화적 소품이라는 인상을 주는 것도 배제할 수 없다. 그러면서도 「섬진강에서」 보이는 섬세한 관찰과 능력이 없는 것은 아니다. 「섬진강에서」와 같은 묘사와 이미지가 그가 시각의 시인일 뿐만 아니라 감수성의 시인임을 말해준다.

　시는 그 언어가 지닌 내용 때문에 힘 있는 것은 아니다. 인간적인 것의 육화요 수육 때문에 힘 있는 것이다. 육체로 파악되지 않은 세계는 관념으로 시종할 수밖에 없다. 이런 뜻에서 「일기」, 「편지」 같이 시가 자기만족적인 감정주의나 관념적인 자기 과시와 무관하고, 「나비」 등과 같이 흔한 일상의 주제를 다루면서도 평면적인 진술을 극복할 수 있었다.

　함동선만큼 시종일관 삶의 의미를 모색해 온 시인도 드물다. 초기의 감각화 작업이 근자에는 인간의 윤리적 실존에 관심하고 있다. 그만큼 있는 그대로의 세계에 대한 인식에 삶을 걸고 있다. 그만큼 초기 시처럼 세계를 억제된 욕구를 통해서 바라보는 것이 아니라 있는 그대로 바라본다. 안분지족의 초연한 태도가 그로 하여금 세계를 비판적 안목보다 있는 그대로 보게 한다.

사실 그의 시는 시종일관 고전적인 단순성 속에 압축되어 있다. 정서의 직접적인 표출이 아닌 상황의 객관적인 진술을 통해 시인은 심미적 거리를 유지하면서 일체의 감상주의를 거부한다. 주관적인 감정이나 주석을 최소한 줄이고 사물을 있는 그대로 보여준 것은 이 때문이다. 그러면서도 천편일률적인 사실적 필치가 빚어내기 쉬운 상투성과 진부함을 물리치고 진실에 도달하려는 자기 나름의 방법을 모색하고 있다.

(시집『인연설』, 2001.7)

달과 카니발

김 영 수*

시인이나 작가들의 창작은 일종의 유토피아 찾기이다. 현실에서 잃은 것을 작품에서 찾고자 하는 것이다. 함동선도 예외가 아니다. 그의 유토피아는 시간과 공간의 재구성에 있다. 이것은 하나의 카니발이다. 바흐친이 착안한 카니발은 처지를 바꾸어 보는 유쾌한 상대성 만들기이다. 왕이 거지가 되고 빈자가 부자도 되어 본다. 천국과 기옥도 바꾸어 본다. 선사의 지팡이 같은 풍경, 이런 카니발이 함동선 시의 총화에서 엿볼 수 있다.

> 쌀가마니 탄약상자 부상병이 탄 달구지를 보고
> 놀란 까치들이
> 흰 배를 드러내며 날아간다
> 후퇴하는 인민군 총뿌리에 떠밀리며
> 서낭당에 절하고 또 절하던 형님은
> 그 후에 다신 돌아오질 못했다

---

* 김영수: 문학평론가, 청주대학교 명예교수.

오늘도 낮달은 머리 위에서 뒹굴고 있지만
빛을 먹은 필름처럼 까맣게 탄 사진을 현상해서
천도제 올린 우리 식구들
절이 멀어질수록 풀벌레 소리로 귀를 막는다
나무껍질이 된 세월은
내 얼굴의 버짐처럼 가렵기만 한지
저수지에 돌팔매질을 해
물수제비 예닐곱 개나 뜨던 여름이 오면
형님은 언제나 거기에 있다
6 · 25를 기억하는 예성강처럼
언제나 거기에 있다

― 「형님은 언제나 서른네 살」 전문

　　이 시에는 "나무껍질이 된 세월"이 "내 얼굴의 버짐처럼 가렵기만 하
다"는 감각적인 기법도 빛나지만 그보다는 시인 개인사사 전통이나 역사
까지를 묶어버리는 시간을 해체하고 재구성한 마력이 돋보인다. 이처럼
아우가 재구성한 시간의 축제 속에 사별한 형이 살아나는 것이다. 이러
한 역동성에 '달'이라는 매개항이 작동하였다. 이 달은 이 작품의 연결고
리에 한하지 않고 함동선 시의 주류를 이루는 동시에 이것이 동양사상의
전통과 연관되어 있어 주목에 값한다.

순이가 달아나면
기인담장 위로
달님이 따라 오고

분이가 달아나면
기인 담장 밑으로

달님이 따라가고

하늘에 달이야 하나인데

순이는 달님을 다리고
집으로 가도

분이는 달님을 다리고
집으로 가고

—조지훈, 「달밤」

위의 시에서 시편 한가운데 뜬 달은 분명 하나인데 달을 데리고 가는 사람은 순이와 분이 두 사람이다. 즉, 달은 너도 갖고 나도 갖는 동양적인 공유 공존을 상징한다. 달 하나로 이처럼 우주적 심포니를 상징해 주면서도 조지훈의 시에는 구조적인 '통합된 감수성'이나 '포괄'이나 패러독스 같은 테크닉 없이 단순소박하면서 정신문명의 거대한 오케스트라를 연주해준다. 그런데 달은 오늘까지 수많은 사람들로부터 가지가지 변주곡을 만들게 했다.

신라의 처용은 달로 '벽사진경辟邪進慶'을 끌어냈고, 백제의 아낙은 행상나간 남편의 발길을 밝힌다. 여기서 일일이 거론할 수 없을 만큼 달은 이 땅의 희비애락의 동반자였다. 그 달로 때로는 울고 웃는다.

반짝반짝 하늘이 눈을 뜨기 시작하는 초저녁
나는 자식놈을 데불고 고향의 들길을 걷고 있었다.
아빠 아빠 우리는 고추로 쉬하는데 여자들은 엉뎅이로 하지?
이제 갓 네 살 먹은 아이가 하는 말을 어이없이 듣고 나서
나는 야릇한 예감이 들어 주위를 한 번 쓰윽 훑어보았다. 저만큼 고추밭
에서

아낙 셋이 하얗게 엉덩이를 까놓고 천연스럽게 뒤를 보고 있었다.
무슨 생각이 들어서 그랬는지
산마루 걸린 초승달이 입이 귀밑까지 째지도록 웃고 있었다.

― 김남주, 「추석 무렵」

　언제나 성난 얼굴로 저항하던 민주투사 김남주로부터 농경사회의 어
스름 달밤에 있었던 코믹 한 토막을 들을 수 있는 것은 달의 진폭력 때문
이다. 이것이 농경사회의 진풍경이고 우리가 잃어버린 유토피아이다.
　지금은 농경사회에서 산업사회를 거쳐 정보화사회에 당도하였다. 남
은 농경시대를 지나고 산업사회를 지나고도 그날의 농경사회를 그대로
유지, 발전시켜 시너지 효과까지 얻는다는데, 우리는 어설픈 정보화에
들어서면서 어느새 농경사회는 까맣게 잊고 시멘트에 자동차에 휘황한
전등에 어스름 달밤 같은 것은 잔상으로도 보이지 않는다.
　어느 TV 방송국에서 강남길의 엉덩이가 돌발사태로 까뒤집혀 잠깐 소
동이 있었다. 농경시대의 달밤이라면 고추밭 여인네들의 까발긴 엉덩이
를 달까지 즐거워했는데, 정보화다 최첨단이다 하는 이 시대에는 남정네
엉덩짝 하나도 충격이고 소문이고 소동이다. 사막 같은 세상을 살면서
얼마나 마음이 황폐해졌는지를 알 수 있다.
　나는 함동선의 시를 대하면서 달이 연이어 떠오르고, 바람이 있고 구
름이 있고 나비가 나는 것을 보고 지난 농경시대의 르네상스를 반가워했
다. 특히 함동선은 달 하나로 많은 변주곡과 애창곡을 만들어냈다. 원형
갑이 함동선 시 중에 걸작이라고 골라낸 「풍경」이라는 작품도 그 화룡점
청은 역시 달이었다.
　함동선은 이미 오래전부터 "모든 형체는 서로 엉키어 흐른다"는 깊은
인식에 젖어 있었기로 "나비가 민들레 언덕을 날고" 있는 것을 보면 "나

는/ 그 나비를 따라 날갯짓을 익히다가/ 어느새인지 모르게/ 한 마리 나비가 되어" 있고 "이사할 때"는 "고향 뒷산에 내린 적이 있는 하늘을/ 손 안에 담고서야", "길을 떠났는데요"(소묘)라고 한다.

너와 내가 금방 하나로 동화할 수 있는 이런 '자타불이自他不二'가 생리화한 것을 볼 수 있는 것이다. 시집살이하는 새댁이 잠을 이기지 못해 그 잠을 뽑아 탱자나무에 걸었더니 금방 탱자나무가 꼽박꼽박 잠에 취할 정도로 우리는 언제나 사물과 깊이 교감할 수 있었다.

> 옥양목 새 옷으로 갈아입으시고
> 횡하니 담을 돌아오시는 할머니를
> 오늘도 비치고 있으니
> 한 치 앞에서 뵙는 거나
> 고개 넘어서 뵙는 거나
> 그리고 못 가는 고향에 계시다고 생각하는 거나
> 넓은 천지에 뭐이 그렇게
> 대수로운 차이가 있겠는가
>
> —「애야」 부분

여기서도 시인은 자기 속에 넓은 천지를 안고 있는 것이다. 연꽃 한 송이에도 우주가 들어 있었던 것이다. 이것은 사물의 본성이라고 하는 진여眞如의 세계이다. 이러한 사실을 보면 언젠가 함동선은 자신의 시세계 구축에 "T. E. 흄 사사" 운운했지만 이것은 지난 이야기이거나 자신에 대한 오해의 소지가 아니었나 생각된다.

소위 서구의 신비평가들은 시의 구조를 황금률로 여기면서, 그 속에 애매모호하고 서로 어울릴 수 없는 것끼리 어울리게 하는 불일치나 모순 어법에서 미를 찾는 너스레를 떨었지만, 동양의 정신문명 속에는 천지만

물은 애당초 동근 동체여서 그런 패러독스가 미가 될 수 없었다.

난초가 꽃을 피우는 것은 하늘이 궁금해서였고 "소자 이 생원네 무밭은" 밑둥거리가 굵다고 소문났는데 그것은 이 집 마누라의 오줌기운이 센 때문이라고들 했다(서정주, 「소자 이 생원네⋯⋯ 오줌 기운」). 이렇게 만물은 상감相感, 감통感通하고 있는 것이다.

그런데 지금 우리 현실은 사물과 사람의 교감은커녕 사람과 사람, 이웃과 이웃, 더러는 부모자식이나 사제지간이나 부부끼리도 마음은 제각각이다. 제각각에 그치지 않고 경우에 따라서는 상대를 파먹는다. 아비가 어린 자식의 새끼손가락도 필요에 따라서는 자르고 자신이 부모를, 혹은 부부간에도 예외는 아니다. 하여 우리에게는 서정주의 「질마재 신화」가 소중하고 조지훈의 「달밤」이 그리운 것이다. 함동선도 이러한 그리움 때문에 그런 달을 노래하고 있는 것 같다.

앞에서 함동선이 자신의 시를 오독하지 않았을까 했지만 롤랑 바르트는 텍스트 이론을 펼치는 가운데 "저자는 텍스트의 기원도 종결도 아니고 단지 손님으로 텍스트를 방문할 뿐"이라고 말한다. 그리고 이어 텍스트는 중심을 정하거나 종결될 수 없는, 철저히 파괴적인 기표들의 자유로운 놀이를 통해 기의를 무한히 연기시킨다고 했다. 이러한 논리는 독서는 본질적으로 오독할 수밖에 없다는 이론에 이르게 된다.

함동선 시인은 역시 서구풍의 구조미에서보다 동양적인 교감체계에 가깝다. 이것은 본인 스스로도 잘 눈치 채지 못한다. 왜냐하면 서구적인 이미지즘 기법은 시인이 의식적으로 시도하는 것이지만 동양적인 신화나 선의 세계는 그것이 무의식적으로 흐르기 쉽기 때문이다. 이러한 사실은 남에게 더 잘 들킬 수밖에 없는 것이다. 무의식적인 자기행동은 무의식적으로 이루어지기 때문이다.

내 빈 손 안에
늘 잡혀 있던 고향이
어디쯤 있을까 두리번거렸더니
저 첩첩 산과 흐르는 물속에
내 옛집이 그대로구나

―「홍류동」부분

"내 빈 손 안에" 늘 잡혀 있는 내 고향은 언제나 내 마음속에 있다는 말이다. 마음속에 있는 그 고향이 화자의 눈으로 전달(이심전심 같은)되어 화자는 그 그리운 고향을 "저 첩첩 산과 흐르는 물속에"서도 찾아낸다. 마음은 모든 것을 빚어낼 수 있는 것이다. 일체가 '유심'이다.

이러한 함동선의 시 옆에 선시 한 편을 빌어 본다.

산비 그윽히 내리는 곳
새소리 지저귀는 때네
마음물결 일고지는 것 돌아다보니
노송의 가지에 바람이 움직이네

山雨濛濛處
喃喃鳥語時
返觀心起滅
風動老松地

―용담龍潭,「閑居卽事」

위의 선시에는 깨달음의 세계가 나타나 있다. 선은 마음의 역동성이라 할 수 있다. 마음속에 살아 숨 쉬는 것은 모든 대상 속에 살아 있다는 것을 느끼고 깨닫는 것이다. 이것이 선의 세계이기도 하다. 그래서 자아는 바람도 되고 달도 되고 나비도 된다. 하여 내가 그리던 고향은 내 시선이 멎는 저 산과 물속에도 있게 되는 것이다. 여기에는 걸림돌이 없다. 원융무애圓融無碍, 산이 아무리 높아도 구름은 방해받지 않고 넘어간다. 그리고 아무리 큰 수미산도 겨자씨 속에 들어갈 수 있다. 하여 "수수산산이형水水山山爾形 화화초초이의花花草草爾義(물과 물, 산과 산은 내 모습이고 꽃과 풀은 내 뜻이다)(「용성龍城의 자찬自讚」 부분) 내가 대상 속에 들어가고 호환互換하니 걸릴 것, 이루지 못할 것이 없다. 꿈꾸는 대로 마음먹은 대로 다 이룰 수 있다. 그래서 선의 세계는 놀라운 비약과 천지조화가 자유롭다. 반대로 또 선의 힘에는 인생 자체를 해체하기도 한다.

"인생은 아무것도 의미하지 않는다Signifying Nothing"라고도 본다. 셰익스피어의 작품 가운데 맥베스가 외치는 세계이기도 하다.

> 인생이란 걸어가는 그림자
> 자기가 맡은 시간만은
> 장한 듯이 무대 위에서 떠들지만
> 그것이 지나가면 잊혀지는
> 가련한 배우일 뿐
> 인생이란 바보가 지껄이는 이야기
> 시끄러운 소리와 광포로 가득하지만
> 아무것도 의미하지 않는 이야기

셰익스피어의 소견대로 결국 인생이란 바보가 지껄이는 이야기에 지나지 않는다는 것이다. 그래서 "To be, or not to be, that is the question"을 "살아 부지할 것인가, 죽어 없어질 것인가"(최재서), "과연 인생이란 살 가치가 있느냐 없느냐"(이덕수), "삶이냐 죽음이냐"(장우영), "있음이냐 없음이냐"(최종철) 등으로 해석하기도 하지만, 김용옥은 사느냐 죽느냐 그 어느 쪽에도 회답이 있지 않고, 이러한 실존적 갈등에서 벗어나고 해탈하라는 해석이 옳다고 주장한다. 그러나 선은 역시 조화옹의 지팡이일 때 무릎을 치게 한다.

> 바다 밑 제비 둥지엔
> 사슴이 알을 품었고
> 불 속의 거미집에선
> 고기가 차를 달인다
> 이 집안의 소식을
> 뉘 있어 알아볼 건가
> 흰구름 서쪽으로 날으니
> 달은 동으로 날으네
>
> —이찬형, 「효봉」

위의 시는 상식을 파괴한다. 바다 밑 제비집에 사슴이 알을 품는다는 것은 우리의 상식과 논리로는 상상할 수 없다. 그리고 거미집이 어떻게 불 속에서 타지 않고 있으며 그 거미집에서 고기가 차를 달일 수 있는가. 이러한 광경을 김용옥은 "우주적 여여如如의 심포니"라 했다.

우리가 인간적인 욕망에서 풀려나 해탈할 수 있다면(그것은 열반의 경지일 수도 있지만) 불 속에서도 타지 않는 거미줄이 될 수 있을 것이다.

괴테는 "환상은 나의 여신"이라고 했다. 그리고 칸트는 신비의 우수 속에 뚫고 들어가는 힘은 환상뿐이라고 했다. 이것은 그들의 신념이고 철학이다. 철학보다는 만물통령 의식이 승화한 해탈의 경지 같은 것으로 생각된다.

> 돌계집이 갑자기 아기 낳으면

나무사람이 가만히 머리를 끄덕이고
저 곤륜산이 쇠말을 타면
허공이 곧 채찍으로 친다

石女忽生兒
木人唁默頭
崑崙駸鐵馬
舜苦着金鞭

—백운白雲, 「又作十二 松呈似」

　　이러한 선시는 이미 기교를 지나 비약과 역설로 개오와 대각大覺의 세
계를 열고 가는 것이다. 그런데 이러한 선이 극도에 이르면 그것은 다시
지극히 평범하고 단순한 일상에 와 닿게 된다. 그래서 제자가 불이나 선
에 대해 묻는 경우 스승은 코를 비틀거나 "밥 먹어라", 혹은 지팡이로 머
리통을 두드린다는 것은 선의 세계에서는 흔한 예화이다. "불을 구하고
법을 구하는 것은 곧 지옥을 만드는 업일 뿐이다(求佛求法 卽是造地獄業)"라
는 것이다.

할아버지가 누우신 산에서
만난 비는
골짜기 물이 되어 흐르더니
한 시오리 길이지 아마
아버지 산소에
갇힌
구름이 되어
솔바람 스쳐갈 때마다
내 눈물로 흐르더라

—「산에서」 부분

위의 시를 보면 나는 함동선에게서 신화나 선시적인 요소를 더욱 강하게 느끼게 된다. 신화나 선사상을 엄격히 구획짓기는 어렵지만, 그 조화가 진정으로 조화로울 때 우리는 선사의 대나무 지팡이 한소리가 깨우는 놀라운 사실을 보게 된다.

시인은 「산에서」에서 조 · 부 · 자의 혈맥적 교감을 비와 구름과 눈물이라는 우주적 교감에서 찾는다. 이러한 우주적 교향곡에서 삶의 비밀을 찾아내는 시인은 단순한 기교적 미학으로 시를 구축하는 것과는 다르다.

엘리아데는 「신화와 실제」라는 글에서 불멸성 가운데 가장 널리 퍼진 모티프 중의 하나는 창조적인 근원에의 복귀, 즉 삶의 상징적 자궁에의 복귀라고 말한다. 그래서 옛사람들의 행동이 오늘 우리들의 꿈속에 나타난다는 것이다.

「그날의 감격」에서 함동선은 돌아가신 아버님께서 다정한 웃음으로 "손짓하시는 모습"이 하늘로 변하는 것이라든가 「어느 날의 일기」에서 아버님 제삿날 큰형님이 분향하고 재배하자 아버님 말씀이 "술잔에 가득 고였다는" 것 등은 우주적인 원형에 신화적인 인간사가 오버랩되어 나타난 것이라 볼 수 있다. 이러한 일련의 시작은 함동선의 선시적인 역동성을 가늠케 하는 것이다. 함동선은 말수가 적고 눈매까지 부드러운 선사 같은 신사다. 이러한 신사가 선사의 풍경을 제대로 그려낸다면 제격일 것이다.

(『시문학』, 2002.2)

생명외경의 시작과 관조

엄창섭*

1. 심성 다스리기와 시적 자아

글의 모두에 솔직한 고백이라면 필력이 부족한 자신이기에 종종 활자화된 지면을 대하면 가끔은 후회도 하지만, 월간 『문학공간』의 최광호 주간과의 맺어진 인연으로 '문화 칼럼'을 집필한 지 벌써 4년이라는 짧지 않은 시간이 흘렀다. 오늘도 푸른 생명의 계절이, 단절된 조국의 산하에 고향 냄새가 묻어 있는 옷자락을 펄럭이며 그렇게 다가오고 있다.

그간에 문단의 선배인 『함동선 시 99선』을 출간한 함동선 시인은 전화戰火의 상흔이 자리한 분단된 북녘 땅 황해도 연백 태생이다. 문화충돌의 21세기 화두인 공생interbeing의 바탕 위에서, 오랜 날 변주와 조화를 반복하며 한국현대시인협회의 기수로 활동하던 순수한 그날의 열정과 자신이 몸담고 있는 대학의 캠퍼스에서 예술인구의 저변 확대와 안목의 확장을 위해 새로운 시적 토양을 조성하는 데 열중해 온 시사적詩史的인 존

---

* 엄창섭: 시인, 관동대학교 명예교수.

재이다.

암울한 우리네 사회 현상에서 선비적인 기질과 열정으로 예술의 자유와 시적 치유의 방법 모색을 위해 과거에서 현재, 맞물려 있는 가까운 미래의 시간대에서 따뜻한 감성과 생명외경의 틀 짜기로 늘 고뇌하는 함동선 시인의 시편을 통해 또다시 얻는 심적 평안과 희열은 모두가 절감하는 하나의 기쁨으로, 영혼의 노래이며 행복일 것이다.

우리에게 친근하게 다가오는 함동선 시인은, 『현대문학』(1958년)을 통해 등단하였다. 1966년 12월 한림각에서 상재한 처녀시집 『우후개화 雨後開花』 이후, 『꽃이 있던 자리』, 『눈 감으면 보이는 어머니』 등 10년 안팎을 주기로 줄곧 마르지 않는 시샘에서 길어 올린 폭포수 같은 열정으로 시의 꽃을 눈부시게 피우며 『함동선 시 99선』을 간행하기에 이르렀다. 비교적 그의 시력에 있어 초기 시편의 특성은 평자들의 지적처럼 "원형질 속에 움직이고 있는 힘, 식물로 하여금 빛을 구하게 하는 힘의 추구"였으나, 점차 후기에 이르러 그의 시적 변모양상은 시인 특유의 형상성에 대한 언어구조가 점차 간결하게 처리되어 동양적 직관의 세계로 변주하게 된 것이다. 바로 이 점은 내적 충만의 층위인 사유思惟에서 근거한 파상破狀으로의 전이, 곧 사설조의 자기변명, 담론적인 시적 자아로 해석되어진다.

여기서 무엇보다 한 사람의 충직한 독자로서 우리의 관심사는 시인 자신이 '자서'에서 천명하였듯이 "그동안 바쁘게 살아온 나날을 돌아보니, 한때 나답지 않게 속기를 부린 적도 없지 않아 있어 여간 부끄럽지 않다. 앞으로 자연을 찾아 자연과 조화를 이루도록 느리게 사는 법을 배워야겠다"는 시적 이론의 틀 위에서 형성된 화소話素일 것이다. 물론 그 자신이 해명하고 있듯이 "느리게 사는 법"이란, 단순한 게으름이 아니라, '삶의 순간을 구석구석 느낄 수 있도록 속도를 늦춘다는 것'을 의미한 그만의 시 창작의 비법에 해당된다. 비정한 지식이 광속으로 전달되는 정보화시대에 몸담고 있는 현대인들의 정신적 결핍이나 한 순간의 격분, 증오는 바로 자기 파멸의 고독이 아닌 홀로 있기라는 사유, 느리게 사는 비법을 체득한 노시인의 철학과 사상에서 기인한 생산물이다.

이 점에 있어 '10편의 시와 군말－자작시 해설(식민지, 삼팔선의 봄, 꽃, 여행기, 지난 봄 이야기, 산수유꽃이 필 때마다, 내 이마에는, 어느 날 오후, 이 겨울에, 가을 산조)'을 다시 옮겨 논의하지 아니하더라도 "사랑을 고백한 여인의 눈물처럼/ 포도나무 잎을 말리고 가는 바람 곁에/ 우수수 지는 꽃잎을 따라/ 떠날 채비를 한다"(「가을 산조」)를 통해 확인되는 관조와 여유surplus로 변형시켜 '느리게 사는 삶의 지혜'를 생산적인 결과물로 교시하는 남다른 애정과 끊임없는 관심의 실체인 그는 혜안을 지닌 예언자적 시인임에 틀림이 없다.

2. 불투명의 공간 확인과 관망으로의 전이轉移

칠순의 굽이를 지나친 연륜이지만 활활 타오르는 그만의 창조적 자아는, 비공인된 입법자로서의 소임을 양식 있는 시인으로 고독한 가운데서도 충직하게 맡고 있기에 존경스러움이 내재해 있다. 여기서 중요한 인자因子라면, 언어공해가 심각한 현대산업사회에서 식물성인 언어로 상처받은 영혼을 치유하며, 정신적 기후를 따뜻하게 조성하는 함동선 시인과 오늘의 우리가 한국시단의 미래를 걱정하는 동반자로서 교분을 나눌 수 있다는 사실은 그저 고마워 감사할 일이다.

가르마를 한가운데로 탄 머리를 어깨 위로 늘어뜨린/ 어린이 모양의 민

들레가 지천으로 피어/ 작고 앳되면 작고 앳된 대로/ 담담한 빛깔이면 담담
한 빛깔대로/천지의 신비를 담고 있다

—「예성강의 민들레」 부분

잠깐일 게다/ 부적을 허리춤에 넣어주시던 어머니의 손을 놓고/ 고향을
떠난 지가 50년이 된/ 나를 보면서/ 남은 것은 그리움과 기다림뿐이다

—「남은 것은 그리움과 기다림뿐이다」 부분

종교적으로 빛은 어둠과 대치되며 밝음의 징표로 순수성과 동일시되
기에 "나를 보면서/ 남은 것은 그리움과 기다림"으로 응시되고 투사된다.
예술의 힘은, 피폐한 영혼과 오염된 세상을 정화할 뿐 아니라, 인간의 고
통과 상처를 치유하는 능력을 지닌다. 정화와 재생은 양면성을 지니고
있어 언제나 동체胴體를 이루고 있어 사유 체계로 해석된다. 여기서 예술
의 신성한 기운에 의해 영혼이 깨끗해진 인간이라면 부서지고 상처 입은
정신 상태일지라도 "작고 앳되면 작고 앳된 대로/ 담담한 빛깔이면 담담
한 빛깔대로/ 천지의 신비를 담고 있어" 때때로 순수한 생명력으로 고양
되는 느낌을 체득하게 한다.

돌멩이 구르는 소리가 들리는/ 백도의 신기루 현상은/ 이따금 옛날을 생
각게 한다/ 우리가 지금 보고 있는 저 절경은/ 그 당시 낙원의 한 보기일 뿐
이다

—「거문도—백도 이야기」 부분

이끼 낀 돌들이 촉감 이름 모를 들꽃/ 유심히 보면/ 또다시 산이 부르는
소리에/ 나를 돌아보게 하는 잔에는/ 자유가 가득 고인다

—「산에 홀로 오르는 것은」 부분

어디까지 그의 시적인 저력은 노장적·불교적인 사고에서 기인한다. 그 자신이 추구하는 시적 의미를 파악하려는 독자들에게 "우리가 지금 보고 있는 저 절경은/ 그 당시 낙원의 한 보기일 뿐"이거나 "나를 돌아보게 하는 잔에는/ 자유가 가득 고인다"에서 암유暗喩하듯 무위자연에 대한 시학의 반증을 통시적으로 해명하는 안목이 요청된다. 바로 이 같은 그의 시적 자아는 사물과 감성의 합일을 꿈꾸는 시적 동력으로 화해와 공존의 열린 세계를 지향하는 정신적 작업에 해당된다.

> 다시 만나야 한다/ 어깨의 우두 자국이/ 이른 초저녁별처럼 돋아나 있는
>
> ―「우리는·1」 부분

> 저녁 햇살이 길어진 나무 그림자가/ 남에서 북으로 누울 때/ 이 능선을 다시 오르기 위해/ 뻐꾸기 울음이 밟히는 하산을 한다
>
> ―「진달래 능선」 부분

시인 자신이 안타까워하는 실상은 "이 능선을 다시 오르기 위해/ 뻐꾸기 울음이 밟히는 하산을" 운명처럼 되풀이할 수밖에 없는 일상을 확인시켜 줄 뿐더러 "어깨의 우두 자국이/ 이른 초저녁 별처럼 돋아나 있는" 정황을 통하여 주체 못할 전율을 느끼고 있다. 이 같은 수사적 배경은 바슐라르가 『공기와 꿈』에서 "대지의 환희가 풍요이며, 바람의 환희는 자유"라는 기술처럼 함동선 시인의 경우, "파도에 떠밀리고 떠밀리고 떠밀리도/ 다시 만나야 한다"(「우리는·1」)라며 이산가족의 참담한 심적정황을 "그 시간이 빚어 놓은 일이/ 짧다면 짧고 길다면 긴/ 들꽃으로 피기 시작한다"(「한계령에서」)처럼 절제된 정감으로 처리하여 준다. 바로 이 같은 그의 줄기찬 작위作爲는, 존재의 물활성을 그만큼 강하게 노출시킨 드러냄의 보기로 지적된다.

물수제비 예닐곱 개나 뜨던 여름이 오면/ 형님은 언제나 거기에 있다/ 6·
25를 기억하는 예성강처럼/ 언제나 거기에 있다
                              ―「형님은 언제나 서른네 살」 부분

잠자리 한 마리가 날아온다/ 구름과 바람과 세월 속에/ 무게를 느낄 수
없는 시간이/ 이 산골엔/ 이미 정해진 것처럼/ 새가 날아가는 쪽으로 해가
진다
                              ―「간이역·1」 부분

특이하게도 함동선 시인의 「형님은 언제나 서른네 살」이나 「간이역·
1」과 같은 계열의 시편에서 한 번쯤 조망해야 할 점은, 끊임없이 생성하
며 변형되는 대상과 내면의 의식에 "6·25를 기억하는 예성강처럼" 서
른네 살 형에 대한 끈끈한 기억 흔적은, 혈연의 층위로 접목된다. 그것은
"구름과 바람과 세월 속에" 새가 날아가는 쪽으로 해가 지는 자연의 섭리
와 같은 원리일 것이다.

불을 끈 방에/ 달이 뜨면/ 고향의 초가도 보이고/ 달구지 길도 보이는
                              ―「그리움」 부분

다소 냉소적이고도 불안한 비정한 시대의 늪을 건너며 살아가는 우리
네의 불행은, 소중한 일(직업)을 위해 애씀의 땀을 흘리기를 거부하고 찰
나적인 것들을 위해 순리를 거부하고 비열한 이기주의에 철저하게 사로
잡히는 데 기인한다. 이 점을 함동선 시인은 그리움을 통한 상상력의 확
장에 의해 '불을 끈 방에 달이 뜨면, 고향의 초가도 달구지 길도 보이고,
귀뚜라미 소리 들리는' 홀로 있기라는 내적 충만, 즉 느리게 생각하는 사
유의 소중함을 다시금 일깨워 주기도 한다.

해가 진 다음 어디선지 남아서/ 밤과 낮의 숨소릴 나누는 마지막 빛은/
우리를 둘러싼/ 한낮의 설레임 같은 바람으로 곁자리 하였다가/ 이불 속에
깨어 있는 살들과도 같이/ 천맥天脈의 많은 할 말을 받아/ 다시 자리 잡는다
  －「교감」 부분

함동선 시인은 오랜 날부터 생명에 대한 경외심을 소중히 인지하고 시
창작에 몰두해 왔다. 우리가 몸담고 있는 현실적 상황이 때로는 불확실
성과 불특정 다수를 겨냥한 생명경시의 충격으로 참담함을 겪기도 하지
만, 언어에 대한 분별력으로 상생의 통로로 나아가기 위해 사유의 시간
을 소유해야 한다는 것을 교시하고 있는 지극히 따뜻한 정신적 기후가
그의 시편에 조성되어 있다. "그것도 내 아내 고무신 끄는 소리로/ 꽃샘
추위 속에 내리고 있어요"(「춘삼월」)나 또는 "한낮의 설레임 같은 바람
으로 곁자리 하였다가/ 이불 속에 깨어 있는 살들과도 같이"(「교감」) 그
시편은 온화한 정감의 교신이어서 신선한 감동을 안겨준다.

새 소리로/ 꽃그늘이 깔리는 봄이었죠/ 깃털과도 같은 웃음 웃으시며/
내 어머니 가슴에 강물은 푸른빛이 돼/ 길길이 뛰었는데요
  －「그 강은」 부분

날아오름을 회구하는 시인은 천상의 표징인 새는 소리 하나로도 꽃그
늘을 깐다고 인식할 뿐 아니라, 어두운 동굴에서 노래하지 않으며, 자신
을 위해 무덤을 만들지 않는 새의 생리를 체득하고 있다. 모름지기 삶의
처소에서 저마다 불러야 할 노래와 꿈을 소망하는 함동선 시인은 "내 어
머니 가슴에 강물도 푸른빛으로 길길이 뛰는" 생명의 충일함을 밝음 지
향指向으로 시의 틀에 담아내는 이 시대의 현명한 존재이다.

창문을 열고/ 꽃의 향기 맡던 사람/ 그 꽃 지기도 전에/ 상여 타고 가네
                                              ─「인생」 부분

스적스적 휘젓는 도포자락에 매달린 손톱에는/ 어렸을 적 물들인 봉숭
아빛으로/독경 소리가 들린다
                                  ─「산에서 만난 스님의 말씀」 부분

여기서 그 보기를 조목조목 제기하여 예증하지 아니하더라도 인생의
허망함을 꽃상여 타고 가는 실체로, 또는 '산에서 만난 스님의 말씀'에서
확인되듯 "스적스적 휘젓는 도포자락에 매달린 손톱에는/ 어렸을 적 물
들인 봉숭아 빛으로/ 독경 소리가 들린다"와 같은 시적 발상이나 '스적스
적 휘젓는 도포자락과 봉숭아 불든 손톱'의 대조에서 생태시ecolyric의 빛
깔이 순수하게 채색되어 있음이 파악된다.

특히 상징의 숲을 거니는 대다수 이 땅의 시인들은 칼날이 섬뜩한 금
속성 언어를 마구잡이로 사용하는데 견주어 투명한 서정성을 확립하고
있는 함동선 시인은 비교적 식물성 언어와의 연계선상에서 생명적인 대
상이나 자연을 소재로 거부감이 없이 폭넓게 다루고 있다. 생명외경의
사상은 자연 친화와 융화적 교감이라는 이론의 틀 위에서 마땅히 시인
스스로가 해결해야 할 시대적 소임임을 확증시켜 주고 있다. 차지에 지
나친 구조적 처리나 난해한 시어의 배치에서 파생되는 모순 갈등과 혼란
을 거부한 그의 정신적 산물은 서정시의 본질인 미적 주권의 확립이기에
더욱 빛나고 품격이 높은 것으로 평가된다.

예술의 신성한 기운에 의해 영혼이 깨끗해진 인간이라면 부서지고 상
처 입은 정신상태일지라도 "하늘은 푸르고/ 샘은 흐르고/ 눈 섬벅이며 한
아름씩/ 붉은꽃과 노랑꽃과 그리고 진한 흙빛이/ 구름을 보내는 마음으
로/ 바람을 보내는 마음으로 있다"(「누상동시」)처럼 그의 시적 자아는

푸른 생명력으로 고양되는 느낌을 피부로 체험케 하는 마력을 지니고
있다.

3. 행복한 공간 만들기와 참 자기眞我의 발견

함동선 시인이 빚어낸 눈부신 시편들은, 순수한 서정의 틀 위에서 미
적 주권을 형상화하고 칙칙함을 떨쳐 버린 현상적 일탈과 존재를 위한
노력의 편린이다. 여기서 궁색한 평자의 변명 같지만, 함동선 시인에 대
한 작은 관심의 일면일 수도 있지만, 현대시의 현상과 존재론적 해석이
나 판단에 있어 그의 시적 행위소를 행복한 공간 만들기와 참 자기의 발
견으로 구분 지어 제시할 수 있다.

> 꼭 쥔 주먹엔 나비가 앉지 않듯/ 세월을 때린 빗방울에 멍들었으니/ 누
> 가 선을 그은 사람이고 누가 뛰어넘은 사람인가/ 미움의 키 높이고 단절에
> 길 든 시절이 가면/ 신바람에 오는 역사의 목소리/ 개울물이 되어 넘치고
> 넘칠 것이다
>
> ─「너는」 부분

인간의 삶은 고통이 따르기에 보다 존엄한 것이다. 그 자신 "신바람에
오는 역사의 목소리/ 개울물이 되어 넘치고 넘칠 것이다"(「너는」)에서
확인하듯 심장 깊은 곳에 세월의 물결에 부딪겨 온 연륜보다 뜨거운 피
를 올곧게 간직하고 있다. 함동선 시인의 내면의식에 있어 물상에 대한
고집스런 애정과 관심의 발동은, '응시 관찰 분석(해부)'의 과정을 거치는
재창조의 통로로 생명의 존엄성을 확대시켜 주고 있다.
함동선 시인은 모순어법을 시적 수사로 즐겨 쓰지는 않는다. 그러나

시 의식에는 모순과 갈등의 대립된 양상이, 기성세대가 겪는 보편적 심리 현상이지만 항시 남모를 비분과 통한으로 자리한다. 다행스럽게도 그 자신은 내면의식에 흐르는 울분과 까닭모를 슬픔을 예술가의 기질로 말끔히 걷어내고 있다. 특히 대다수 종교인들은 신앙 대상을 향해 영혼의 창문을 언제나 열어 놓기를 소망한다. 천상을 향해 영혼의 눈心眼이 열려 있는 경이로움, 바로 그것은 신선한 감동이다. 그 점은 구도자의 열린 사고와 끊임없는 수행을 위한 가치의 회복을 위해 깨어 있는 발상의 전환에 타당성을 부여한다.

현실적 상황에서 자기 삶의 충직한 실체로서 내적 충만을 위해 사유의 시간을 즐기는 멋스러움으로 시작에 열중하는 시인에 대한 새로운 해석과 조명은 삶의 의미를 부여하는 기쁨으로 간주된다. 따라서 『함동선 시 99선』은 생명외경의 시학에 대한 검색과 실험에 근거한 이해의 모형으로, 담백한 시정신에 대한 분할과 통합, 그리고 관심사에 해당하는 행위로 해석되어진다. 시 해설을 마감하며 어디까지 『함동선 시 99선』(도서출판 선)은, 현상적 일탈과 존재론적 해명을 계기로 시적 상상력의 확장에 대한 변주變奏임에 틀림이 없다. 다소 낯설게 하기의 시적 수사의 아쉬운 바도 없지는 않으나, 사상성이 빈곤한 한국현대시단에서 독자적인 냄새, 느낌, 의식이 강도 높게 자리한 지극히 한국적인 토양 위에 함동선 시인만의 생명적인 기후를 독자적으로 조성해 줄 것을 절박한 심정으로 기대할 뿐이다.

인간사, 그 파괴의 아픔과 회복의 원리

오양호*

1.

시인 함동선은 1958년『현대문학』에 봄비가 추천되면서 문단에 나왔다. 문단경력이 30년이 넘는다. 그간 시집으로는『우후개화』(1965),『꽃이 있던 자리』(1973),『안행』(1976),『눈 감으면 보이는 어머니』(1978),『함동선시선』(1981),『마지막 본 얼굴』(1987) 등이 있다.

위의 6개 시집은 대체적으로 양대분된다. 앞의 세 시집은 감각적 언어가 전통성과 관련된 듯하고, 뒤의 세 시집은 분단에 따른 고향상실의 체험이 서정성을 지반으로 하여 되 꺾여 나오는 자세를 취하고 있다. 이 글은『눈 감으면 보이는 어머니』,『함동선시선』,『마지막 본 얼굴』세 시집을 중심으로 하여 함 시인의 시력의 일면을 고찰하고자 한다.

> 또랑물에 잠긴 달이 뒤돌아볼 때마다 더 빨리 쫓아오는 것처럼 얼결에
> 떠난 고향이 근 삼십년이 되었습니다 잠간일 게다 이 살림 두고 어딜 가겠

---

* 오양호: 문학평론가, 인천대학교 명예교수.

니 네들이나 휭하니 다녀오너라 마구 내몰다시피 등을 떠미시며 하시던
말씀이 노을이 불그스름하게 물드는 창가에 초저녁 달빛으로 비칩니다

함동선의『눈 감으면 보이는 어머니』의 들머리 4행이다. "잠간일 게
다 네들이나 휭하니 다녀오너라" 그러한 이별이 삼십 년을 넘기고 있다
고 이 시의 퍼스나는 말하고 있다.

1945년 광복이 되자, 시인들은 "아아 이 아츰/ 시들은 핏줄의 구비 구
비로/ 사늘한 가슴의 한복판까지 은은히 들려오는 종소리"라고 해방의
감격을 노래했다(조지훈,「산상의 노래」,『해방기념시집』, 1945).

그러나 이어 남북이 분단되면서 상당수의 문인들이 월남을 했고, 또
북으로 가기도 했다. 다시 6 · 25전쟁이 일어나자 한국의 문인들은 또 한
번 남북으로 나뉘게 되었다. 물론 함동선의 경우는 월남문인은 아니다.
그러나 그의 고향은 휴전선 북쪽에 있고 불과 몇 년 전까지도 강화도 같
은 데 가서 망원경으로 그의 고향인 연백의 해월면을 바라보다 서울로
돌아오곤 했던 실향문인이다.

이런 연유로 해서인지 위의 세 시집은 거의가 망향과 환향에의 꿈으로
가득 차 있다. 하기야 문학이란 '고향으로 돌아가는 길'이란 말이 있기도
하지만 함동선의 시에 나타나는 이런 실향의 문제는 우리가 체험한 비극
의 역사성으로 하여 더욱 특이한 울림을 준다.

실향의 한과 망향의 회원을 다룬 시는 많이 있다. 전봉건의『북의 고
향』, 박태진의『회상의 대동강』, 김규동의『깨끗한 희망』, 그리고 박남
수와 구상의 시편들, 그 외에 본격적인 시로서는 다소 문제가 있다고 할
지 모르지만 신홍철의『고향에 부치는 노래』, 이기형의『망향』, 한신의
『망향기』같은 시집들이 모두 그런 것들이다.

하지만 함동선의 시는 흐르는 계곡의 물처럼 슬픈 과거를 겸허하고 솔

직하게 이야기하고 있다. 감각이 날카로우면서도 모나지 않고, 서정성이 넘쳐 시상을 상하게 할 듯한데 절제하고 있다. 그의 평소의 언행처럼 나직하고 담담히 어머니를 부르면서 우리에게 이름만 들어도 아득해오는 예성강이며, 멸악산맥을 시의 언어로 다듬고 있다. 구체적으로 고찰해 보자.

2.

함동선의 「3·8선의 봄」과 같은 시편은 분단의 비극이 우리 자신들의 현실임을 일깨워 주는 동시에 그 현실이 돌릴 수 없는 사실로 되어가는 안타까움이 직설화(진술)된 시이다. 직설화란 것은 시법으로서는 감응력이 떨어지고, 텐션이 느슨해지는 비효과를 줄 수 있다. 그러나 이 시인의 경우는 고향상실감을 구두점도 없는 현재 시제로 표현함으로써 내연되고 있는 환향 욕구를 밀도 있게 실현시킨다.

> 멸악산맥에서 큰 산줄기가 단숨에 달려오다가 38선 팻말에 걸려 곤두박질하자 넘어진 김에 쉬어간다고 한쪽 무릎을 세운 치악산이 남과 북으로 나뒹굴고 있다 그 산 허리께에 치마자락 펼치듯 구름이 퍼지면 월남하는 사람들의 걸음따라 골짜기가 토끼걸음으로 껑충껑충 뛰어내리면 더 없이 흰 팔을 드러낸 예성강이 이제 막 돌아온 봄 비 속의 산둘레를 비치고 있다 (중략) 해방이 되었다고 만세 소리로 들뜨던 산천 그 산천에 느닷없이 그어진 38선으로 초목마저 갈라서게 된 분단 그 분단으로도 부족해서 동족상쟁의 6·25전쟁을 겪고 휴전이 된 오늘에도 고향엘 못가는 내 눈가의 굵은 주름살처럼 세월과 함께 슬픈 역사의 이야기가 소나무 숲에서 더 큰 소리되어 돌아온다

이 시에는 분단에 대한 안타까움이 평이하게 진술되어 있다. 쉬운 시, 그것은 결코 미숙한 시가 아니다. C. D. 루이스의 말처럼 건강하고 희망적인 상태로 테크닉이 쓰인 시가 쉬운 시이다.

이 글의 초두에 인용한 바 있는 「눈 감으면 보이는 어머니」도 위의 시에서처럼 두고 온 고향, 가지 못하는 고향에 대한 그리움이 등불처럼 반짝이지만 결코 난삽한 테크닉이 시적 흐름을 차단하지는 않았다. 인간사와는 관계없이 의연한 산, 무정한 세월 속에 그대로 남아 있을 예성강을 노래함으로써 분단의 아픔을 배가시키는 수법은 분단시가 일반적으로 빠지기 쉬운 회상체의 감정과잉을 벗어났다는 면에서 아주 돋보인다.

함동선의 시에는 '멸악산', '예성강', '38선' 등 지명이 자주 나타난다. 「예성강 민들레」, 「삼팔선의 봄」, 「예성강 하류」 등 시제에서부터 고향의 등가물인 어머니와 함께 이 어휘가 등장한다. 이와 같이 시적 공간이 고향으로 된 점은 「마지막 본 얼굴」이나 「여행기」 같은 시가 좋은 예다. 여행을 가면서 고향의 논둑길을 손바닥에 그리고, 어머니가 꼬매 준 부적을 달고 고향나루를 달리던 회상이 유년기의 아련함 속에 녹아 있다. 「지난 봄 이야기」에서도 "이때쯤이 되면 고만고만씩한 애들의 고만고만씩한 웃음판 같기도 한 예성강 물에 비친 고향 산 둘레"라고 타향의 봄이 고향 유년기의 봄과 겹쳐져 있다. 동화처럼 부드럽고 쉽다. 시가 쉽게 읽힌다는 것은 시어와 정서가 쉽게 융화된다는 말이다. 이런 쉬운 융화는 상투적인 관념시가 될 가능성이 있고, 이 상투성은 또 문학적 예술성을 놓칠 염려가 있다. 그러나 함동선의 경우는 긴장의 서정이 인식의 수단으로 되어 있고, 결코 잃어버린 지난날에 대한 회고나 감상, 과거지향적 찬미가 아니기에 구 쉬움은 범상을 뛰어넘어 독자의 공감을 자극한다.

그 별난 산열매 맛 나는

한가위 언덕을
심심치 않게 주전부리하며 오는
나비의 날갯짓으로
내 속옷을 꼬매시던
어머니 얼굴의
달이 떠 있는데
귀뚜라미 우는 소린
팔고인 벼개 밑에서
더욱 큰 소리 되어
고향으로 간다며 길 떠난
저어기 언덕엔
수염이 댓 치나 자란
세월만이
가득할 뿐인데

　　　　　　　　　　－「고향은 멀리서 생각하는 것」 부분

손바닥에 그린 고향의 논둑길은
땀에 지워지고
참외 따 먹던
혹부리 영감네 원두막이 언뜻 사라지면서
바다의
소금기 먹은 짠 햇볕만이
마치 부서진 유리 조각을 밟고 오는가
아리어 오는 눈에
갑자기 쏟아지는 소나기 한 줄기
차창에 부우연 내 얼굴이 떠오르는데
그 얼굴 위로 어머니 얼굴이 겹쳐 오는데
그 어머니의 얼굴에서 빗방울이 흘러내리는데

　　　　　　　　　　－「여행기」 부분

이 두 편의 시에는 '어린 시절', '어머니', '고향'이 등식 선상에 놓여 있다. 또 이 셋의 어휘들은 시인의 회상적인 상상력 속에서 한 덩어리로 어우러져 행복했던 요람기로 뭉쳐져 있다. 지금은 비록 수염이 댓 치나 자란 세월만이 가득하지만, 혹부리 영감의 원두막이며 한가윗날 따먹던 산열매맛이 고향의 의미로 판 박혀 버렸다. 함동선의 시는 이렇게 어린 시절이 고향의 자연에 쌓여 있고, 그 고향은 어머니의 이미지와 겹쳐지며, 또한 그것은 무구한 요람기로 나타난다. 무릇 인간의 상상력 속에서 고향이란 이미지는 어머니란 이미지와 언제나 한 상한에 놓이고, 그렇게 한 상한에 매달려 체험되는 시간이 어린 시절이다. 따라서 함동선에게 있어서의 어린 시절이란 고향 이미지의 시간화된 형식 바로 그것이라 하겠다.

이렇게 고향과 유년이 이 시인의 작품에서 기본항으로 나타남은 고향 상실이 그만큼 지울 수 없는 하나의 업보로 되어 있다는 말이다. 즉 떠나와 이별하고 늙어 가는 속절없는 세월이지만, 고향과 어머니의 이미지 속에서만은 따뜻하고 안락한 인간의 참모습을 찾아 구원을 받을 수 있다는 것이다. 갈가리 흩어져 버린 전쟁의 상처가 아직 이 시인의 가슴을 지배하고 있기에 눈 감으면 보이는 것이 어머니이고, 예성강의 민들레이고, 멸악산맥의 멧부리이다.

이 시인에 있어서 고향의 예성강, 연백평야, 멸악산은 그저 멀리서 생각하는 것이기에 아름답고 가고 싶은 것이 아니라, 육친과 소중한 사람들과 유년기의 꿈을 묻고 왔기에 한시도 잊어버릴 수 없고, 떨쳐 버릴 수 없는 문학의 원형질이 되어 있다. 이 점은 함동선의 시에 자주 나타나는 다른 하나의 이미지 '길'로 재확인된다.

3.

오늘의 분단현실은 우리 정신사에 어떤 의미를 형성해가고 있는가.

우리가 '분단현실'이라고 할 때 가장 먼저 머리에 떠오르는 소박한 생각은 서울 사람이 북으로 갈 수 없고, 평양 사람이 남으로 올 수 없다는 길의 단절성이다. 인간의 공간개념에 있어서 가장 근본적인 것은 고향과 길이라고 한다. 사람이 집(고향)을 떠나는 것도 길을 따라 떠나고, 돌아오는 것도 길을 따라 돌아온다. 고향과 타향을 잇는 것도 길이고, 그 길이 막히면 병, 곧 죽음을 생각한다. 병이 깊으면 죽음이 된다. 영어의 homesick이 바로 그런 뜻이 아닌가. 병을 고치기 위해서는 그 병을 일어나게 하는 원인, 발병의 원인을 뽑아 내버려야 한다. 홈씩의 원인은 길이다. 길만 트이게 하고, 고향으로 통하게만 하면 홈씩은 없어진다. 이렇게 '고향'이란 공간이 사람에게 절대적 존재인 것은 고향이 생명의 근원이 되기 때문이다. 자신이 태어난 곳이고, 육친이 태어난 곳이고, 선조가 뼈를 묻었고, 나 또한 그 곳에 한 줌 흙이 될 곳, 그곳이 고향이란 생각, 그러니 세상에 이보다 더 중요한 데가 어디 달리 있을 수 있겠는가. 이런 안타까움은 가까이는 정지용이 일찍 우리에게 하나의 절창으로 들려주었다. "비인 밭에 밤바람 소리 말을 달리고/ 엷은 졸음에 겨운 늙으신 아버지가/ 짚벼개를 돌아 고이시는 곳―그곳이 차마 꿈엔들 잊힐리야"라고.

우리는 사람을 처음 만나 인사를 나누었을 때 흔히 고향이 어디냐고 묻는다. 처음 만난 사람에게 고향이 어디냐고 제일 먼저 묻는 것은 그것이 그만큼 중요하다는 뜻이다. 또 그것은 고향이 삶의 근원적 공간이 되기 때문에 그 동질성을 찾으려는 심리에서 나타난 행위라 할 수 있다. 그러나 사람들은 이러저러한 연유로 해서, 그 삶의 원점을 떠나 살아야 하는 비극적 존재이다. 하지만 다른 동물들과 달리 생명의 근원지 고향으로 언제나 돌아갈 수 있는 지능을 가지고 있다. 이러한 귀소의식은 인간의 주요본능의 하나이다. 그런데 오늘의 한국현실은 그러한 귀소의 본능을 막고 있다. 길의 차단, 그것이 다름 아닌 분단이다. 문학작품에 나타나는 길의 이런 표상성을 이재선 교수는 지향성과 회귀성으로 나누고, 현대 한국문학에서의 길의 표상을 세 가지로 나눠 논의한 바 있다.

그러면 실향의 소재를 집중적으로 다룬 함동선의 시에 아주 자주 나타나고 있는 길은 실제 어떻게 데프로마숑되고 있는가.

> 오늘도 해동갑했으니 또 하루가 가는가 언뜻언뜻 떨어뜨린 기억의 비늘들이 어릴 적 봉숭아물이 빠져 누렇게 바랜 손가락 사이로 그늘졌다 밝아졌다 그러는 고향집으로 가게 합니다 신작로에는 옛날처럼 달맞이꽃이 와악 울고 싶도록 피어 있었습니다 길 잃은 고추잠자리가 한 마리 무릎을 접고 앉았다가 이내 별들이 묻어올 만큼 높이 치솟았습니다 그러다가 면사무소 쪽으로 기어가는 길을 따라 자동차가 뿌옇게 먼지를 일으키고 공구 밖으로 사라졌습니다
>
> —「눈 감으면 보이는 어머니」 부분

위의 시에 나타난 길은 환상의 길, 꿈속의 길이다. 현실적으로 북쪽 길은 갈 수 없는 길이다. 그리고 환상의 길은 갈 수 없기에 나타난 길이다. 따라서 환상의 길은 현실의 길보다 의미가 더 무겁다. 막힌 길을 갈 수 있다는 뜻이 아니라 북쪽으로의 길이 사실은 갈 수 없는 길, 비극의 길임을 보다 중층화시킨 것이다. 길은 옛날처럼 달맞이꽃이 핀 고향길이지만 그것은 기억의 비늘을 타고 온 환상의 길일뿐이다. 이 시인은 「내 이마에는」이란 시에서 "내 이마에는/ 고향을 떠나던 달구지길이 나 있어/ 어머님 생각이 날 때마다/ 쇠바퀴 밑에 빠각빠각 자갈을 깬다"고 하고 있다. 그러나 이런 경우도 그것은 회향하지 못한 차단된 길이다.

그러나 함동선의 길이 반드시 그런 것만은 아니다. 그는 꿈꾸고 회상

한다. 꿈과 회상이 현재시제의 서술보다 덜 질박하고 덜 심각하고 긴장미가 덜 하지만, 이것은 탈출이 가능하고 극복이 가능하다.

> 내 이사할 때는
> 고향 뒷산에 내린 적이 있는 하늘을
> 손 안에 담고서야
> 길을 떠났는데요
>
> 정 붙이며 사는 타지에서는
> 살기 답답해 어깨를 추스리면
> 하늘은 한 쪽으로 기울어지는데
> 거기
> 봄이 오는 후미진 길목이 있었는데요
> 어저껜 꿈속에 빠뜨리고 온
> 영산홍이 폈다고
> 벙어리도 웃는 걸 봤는데요
>
>   ─「소묘」 부분

함동선의 시의 퍼스나는 끊임없이 떠난다. 길을 따라 떠나고 달구지를 타고 떠나고, 배를 타고 떠난다. 그러나 그의 떠남은 위의 시에서처럼 트인 길이다. 영산홍도 피고 벙어리도 웃는 걸 보는 내왕 잦은 길이다.

"고향에 가면 말야/ 이 길로 고향에 가면 말야/ 어릴 때 문지방에서 키 재던 눈금이/ 지금쯤은 빨래줄처럼 늘어져/ 바지랑대로 받친 걸 볼 수 있겠지"라고 하는 시의 서두나, 이마에도 고향을 떠나던 달구지 길이 나 있다는 길도 트인 길이다.

길은 인간이 해야 할 바 도리 또는 인생지침, 진리 등을 의미한다. 노자의 도덕경에 나오는 도의 개념이나 공자가 말하는 도는 인간의 도리를 의미하고, 불교에서 불도니 하는 것이나 예수가 '나는 길이요' 할 때의 길은 인생의 진리구도의 정신을 의미한다. 그리고 길은 원초적인 우주공간의 질서요 자연법칙으로 인간이 지향하는 순리의 상징이 된다. 그러니까 이 시인의 시에 길이 반복되어 나타남은 잃어버린 게 있고, 인간의 도리를 다 못 한 게 있고, 질서가 깨진 게 있기 때문이다. 그것이 바로 고향상실이고, 어머니와의 이별이고, 귀소본능도 실현할 수 없는 현실인 것이다.

함동선의 길은 회상의 길이다. 그래서 그의 길은 뚫릴 수 있다. 그의 시가 분단 현실을 모티프로 하면서도 다른 시인, 이를테면 「북의 고향」의 전봉건처럼 비극적, 절망적으로 나타나지 않고 서정적 간결체로 나타날 수 있는 것은 바로 이 때문이다. 비록 정 붙여 사는 타향이지만 어깨를 추스르면 영산홍이 피는 고향이 보이고, 눈을 감으면 예성강가의 민들레도, 어머니의 흰 치마도 보인다는 것이다. 그의 이런 환각은 고향 잃고 타향에서 눈 껌벅이며 40여 년 살아온 동안 생긴 하나의 재주인지 모른다. 그렇지만 그의 이런 회상은 「보리누름에 와 머무는 뻐꾸기 울음은」과 같은 울음과 「지난 봄 이야기」 같은 아픔 다음에 온 어쩔 수 없는 방도였다고 해야 할 것이다.

> 나이 들어가면서 절실해지는 것은
> 미루나무가 치마처럼 둘러있는 보 둑에
> 질긴 질경이 꽃빛이 다 된
> 우리 조상의 한풀이가
> 자갈밭을 달려온 달구지 쇠바퀴만큼이나
> 뜨끈한 눈길을 주기 때문이다
> —「보리누름에 와 머무는 뻐꾸기 울음은」 부분

아무리 고향은 멀리서 생각하는 것이라도 말이다 내 발 밑에 밟혔던 민

> 들레꽃이 자꾸 내 발목을 휘어잡아도 못 가는 것은 그렇지 그건 우리 역사
> 의 아픔 때문이다 우리 역사의 아픔 때문이다
>
> ―「지난 봄 이야기」 부분

자, 이러니 함동선의 시세계도 결국 한, 잘못된 역사에 와 부딪힌 핏자국 같은 아픔의 기록이 되고 만다. 나이 들어 찾아봐야 돌아갈 고향도 없고, 큰 눈 껌벅이며 둘러봐야 고향사투리로 인사 하나 건넬 수 없는 이 신산한…… 그러나 그의 시는 어머니, 예성강, 고향의 민들레를 부르는 담담한 흐느낌이 아니다. 비통이 안으로 터져 녹아내린 두견화의 전설이다. 영산홍처럼 피어나는 살아남은 자의 아픔, 버려진 인간사의 얼룩이다.

4.

그러나 함동선의 시가 언제나 고향상실감, 북방에 두고 온 어머니를 못 잊는 고아의식에 차 있는 것은 아니다. 그의 시는 이제 자신의 시대, 자신의 현실로 돌아오고 있다. 마지막 본 어머니 얼굴에서 처자식의 사랑소묘에 와 있는 것이다.

> 소한집에 대고
> 찢어져라 눈 흘기는 대한 추원가
> 손바닥 크기로 가로지른 목다리 건너
> 새까만 날개를 편
> 어두운 골목에 이르자
> 횡뎅그렇게 밝아오는 내 집은
> 돛을 내린 호화선처럼 둥둥 떠 있다

부우자를 누르자
네 나갑니다 하는
아내의 목소리 목소리에
난 자꾸 파도에 밀려만 간다

    이 시는 1987년에 나온 시집『마지막 본 얼굴』의 끝 페이지에 실린
「귀가」의 후반이다. 이 시집의 첫 작품은 「예성강 하류」이다. 이를테면
이 시집은 황해도 예성강에서 시작하여 함 시인이 지금 살고 있는 도봉
산 근처에서 끝나고 있다. 물론 그의 시를 이렇게 이해하는 것은 난센스
일지 모른다. 그러나 「예성강 하류」는 분명히 공간개념으로서의 한 지역
이지만 「귀가」에는 그렇게 나타나지 않는다. '도봉산 근처'라고 장소가
명기되어 있지 않기 때문에 그렇다는 것은 아니다. '사랑소묘'장에 실린
11편의 시에는 멸악산맥, 예성강 같은 공간감각적 어휘나 어머니가 하나
도 발견되지 않기 때문이다. 이 장에는 어머니 대신 외할머니가, 아버지
대신 외할아버지가, 본가가 아닌 처가가, 또 시인의 소꿉친구도 사라지
고 '큰 놈, 둘째 놈, 딸' 하며 시인의 어린 자식들이 등장한다. 유년기의 고
향에 대한 안타까움이 사라지고 현실에서의 충일과 안온함이 자리 잡고
있다. 「귀가」에서, 내 집은 밝아오고, 또 그 집은 돛을 내린 호화선처럼
떠 있고, 더욱이 버저를 누르자 상냥한 아내의 '네 나갑니다' 하는 목소리
가 울려 나온다. 「예성강 하류」의 세계도 행복하지 않은 게 아니다. '낮
달, 산열매, 호박덩굴 뻗은 벌판, 가오리연, 민들레꽃, 강물……' 그러나
이런 대상들은 일곱 살 때 줄 끊어진 가오리연과 함께 과거회상체로 기
술될 수밖에 없는 세계를 이룬다. 이에 비해 「귀가」는 현제 시제로 진술
되고 있다. 과거에서 현재로, 어머니가 나올 자리에 아내가 뛰어나온다.
40년이 걸려 이 시인은 어머니와 고향으로부터 겨우 벗어나고 있는 것이

다. 그런데 이 벗어남이 원한 · 포기 · 망각과 같은 과격한 반응으로서가 아니라 지극히 자연스런 일상사로부터 시작하고 있는 것이다. 이것은 무엇을 의미하는가. 소승적 역사로부터의 탈출을 뜻한다. 함동선에 있어서의 소승적 역사의식이란 무엇인가. 그것은 그의 시를 지배하던 고향과 어머니의 의미가 단순한 공간개념에서 떠났음을 가리킨다. 그러니까 행복은 예성강 하류, 연백평야, 어머니의 곁, 어린 시절의 소꿉친구에게만 있는 것이 아니고, 이 시인이 현재 살고 있는 쌍문동 근처 '산골 논배미의 낮짝만한 우리 집 마당'에도 있다는 것이다. 이것이 바로 함동선에 있어서의 소승적 역사의식에서 대승적 역사의식에로의 심화이다. 그리고 유일무이의 고향이 두 개의 고향, 제2의 고향으로 변화되었다는 뜻이고, 제2의 고향은 다시 인간사를 더 넓고 더 깊게 받아들였다는 것이 되기 때문이다. 이런 점에서 사랑소묘에 나타나는 일상사의 기술은 단순한 일상사가 아니라 이 시인의 시적 지평이 넓혀진 갓을 의미한다.

다음과 같은 시를 보자. 행복이 눈처럼 쌓이는 생활의 현장을 발견할 것이다.

쨍쨍한 여름 햇볕이
사금파리처럼 떨어진다
그 서슬에
눈이 부셔 부셔서 눈을 가린
큰놈 손등에서
굵은 손마딜 느끼는 건
추억속의 바윗돌 들출 때마다
헤엄치곤 하던
가재의 등으로 남아 있는
내 어릴 적 손마디 아닌가

북어모양

바짝 마른 둘째 놈은

이런 일을 알기나 하듯

바람이 머물다 간 자리에

가만히

앉은 것 아닌가

결국에

사람은 어디 가서 앉는가 하는 것이 문제처럼 말야

−「처가에서 본 점경」 부분

　이 시의 포에지는 자기세계의 회귀, 자기세계의 확인이다. 안타까움의 그리매는 사라지고 삶에 대한 열기가 땡땡한 여름 햇빛같이 피어나는 세계이다. 굵은 큰 놈 손마디에서 자신의 청소년기를 떠올리지만, 그것은 과거가 아닌 현재로서의 자기 확인이다. 거듭나는 생명을 북어처럼 바짝 말랐지만 둘째 놈에게서도 발견하고 드디어 인간의 삶이란 "어디 가서 앉는가 하는 것이 문제"라는 결론에 이르고 있다. 여기서 우리는 이 시인의 의식세계가 『눈 감으면 보이는 어머니』와 같은 세계인식에서 완전히 떠나고 있음을 확인한다. 그러나 이 떠남은 사실 고향상실에 대한 시리고 스산하고 목이 메이던 삶의 다른 모습에로의 굴절이다. 그것은 그의 시세계가 아직은 그 깊이가 확연히 드러나지는 않지만, 모든 상실을 충일로 대치하면서 삶의 현장에서 미래를 지향하는 대승의 원리로 확대되어가고 있기 때문이다. 그리고 이 점은 좀 더 두고 보아야겠다.

(『산목함동선선생화갑기념논총』, 1960.6)

산정에서 부르는 망향의 노래

조명제*

1.

함동선 시인의 시를 읽으면 가을날 고추잠자리의 날개 스치는 소리, 혹은 마른 수수잎 흔들리는 소리가 들려온다. 온전히 이미지 창출에 집중되고 있지는 않지만, 시인이 빚어낸 독특한 이미지는 전통적 정서와 향토성의 재발견 못지않게 중요한 한 국면을 점하는 것으로 보인다. 아니, 차라리 그것은 고요함과 쓸쓸함과 그리움으로 특징지어지는 우리의 전통적 정서와 향토성을 노래한다고 할 때 가장 적절한 한 방법이 아닐 수 없다. 사실 예의 그 잠자리 날개에 가을볕 스치는 소리나 수수잎 흔들리는 소리를 연상시켜 주는 그의 시적 이미지들은 얼마나 고요한 그리움과 쓸쓸한 상념들의 내면화에 성공하고 있는가.

> 봄비에 산수유꽃이 피면
> 작설차 말리는 흙냄새가 시내를 이루고

---

* 조명제: 시인 · 문학평론가, 문학박사.

여름밤의 나뭇잎은 너무 호젓해
새가 날아가도 은박지 구기는 소리를 낸다

                                        −「산에 홀로 오르는 것은」 부분

꽃샘바람에
마른 잎 구르는 소리가
멀리서 삭정이 부러지는 소리로 번지더니
눈 속의 산골물이
큰 바위에 걸려 멎는다

                                        −「경칩절」 부분

더위는
능구렁이 등과 같이 꿈틀거리고
바람의 눈썹에 앉는 잠자리가 졸고 있는데
여름 나무의 발목께쯤에서일까 아니면

                                        −「여름 나무」 부분

나뭇잎의 맥처럼 이어진 산길을
다시 내려온다

                                        −「산행」 부분

미루나무에 불타고 있는
하늘 자락이
목마르지 않는 새벽을 위해
까마귀 날개빛으로 장막을 치누나

                                        −「세모」 부분

인용한 시구들은 그 일부에 지나지 않거니와 '새가 날아가도 은박지

구기는 소리를 낸다'든가 '나뭇잎의 맥처럼 이어진 산길'이라든가 하는 이 같은 절묘한 이미지들은 함동선 시인의 거의 모든 시에, 나뭇잎의 맥처럼 혹은 잠자리 날개의 무늬맥처럼 골고루 퍼져 있다.

그의 이러한 이미지는 정지용이나 김기림의 즉물적 감각 이미지와는 거리가 멀며, 김광균의 회화적 이미지와도 다르다. 그들에게서는 전혀 느낄 수 없었던 이 한가로운 이미지의 고요한 감동과 쓸쓸함은 어디에서 오는가. 그것은 첫째, 우리의 자연과 전통적 삶의 모습을, 그 낱낱과 가려진 부분까지도 놓치지 않고 주도면밀하게 관찰하여 그것을 내면화하는 데 탁월한 기량을 발휘한 시인의 개성에서 연유하는 것으로 보인다. 그리고 무엇보다도 그러한 이미지들이 이미지 자체의 형상물로 끝나지 않고, 시적 사유체계에 전적으로 이바지하고 있음이 주목되는 것이다. 그것은 표제시 「산에 홀로 오르는 것은」에서부터 발견된다.

> 모든 관계를 끊고
> 규범을 벗어날 때
> 새로운 만남을 위한 이별이 시작된다
> 봄비에 산수유꽃이 피면
> 작설차 말리는 흙냄새가 시내를 이루고
> 여름밤의 나뭇잎들은 너무 호젓해
> 새가 날아가도 은박지 구기는 소리를 낸다
> 가을 노을을 이고 섰는 고갯마루에서
> 천야만야 떨어진 단풍의 절벽
> 겨울 회오리바람이 몰아치는가
> 마른 나뭇가지가 비벼대면 아득하게 들려오는
> 개울물 소리
> 이 모두가 변함이 없는 것은
> 자연이 아니라

나 자신이다
서둘지 말고 욕심 부리지 말고 게으르지 말고
한 발씩 한 발씩 오르는
정상
그 정상은
세속으로 돌아오는 길목이지 끝이 아니다
산을 내려올 때
이끼 낀 돌들의 촉감 이름 모를 들꽃
유심히 보면
또다시 산이 부르는 소리에
나를 돌아보는 잔에는
자유가 가득 고이는 것을 발견한다

    풍경과 이미지와 사상이 서로 스며들고 기능적으로 짜여 져서 하나의 완성된 조직체를 이루고 있다. 이 작품의 이미지들이 함축하고 있는 쓸쓸함과 고요함은 삶의 외로운 산행이라는 의미론적 시정詩情에 철저히 이바지한다. 그 쓸쓸함의 시적 기여는 드디어 봄여름을 지나 '천야만야 떨어진 단풍의 절벽' 가을의 고갯마루에서 절정을 이룬다. 그리고 그 산정(山頂: 삶의 길)은 회오리바람이 몰아치는 겨울에 한결 결연한 모습으로 우뚝 선다.

    그 겨울 산정의 적막한 절정에서 시인이 깨닫는 것은 자유이다. "모든 관계를 끊고/ 규범을 벗어날 때/ 새로운 만남을 위한 이별이 시작된다"라 는 허두 3행에 전제되어 있듯, '자유의 고행'은 세속적 삶의 욕망들을 떨어내고 내적 자기 혁신─진정한 '나'와의 만남─을 거듭하는 일인 것이다. 그 같은 산행을 통해 얻어지는 실존적 성찰이나 득달은, 세속적 일상과 완전한 절연을 통해 절대 자유에 이르는 선적禪的 열반과는 다르다. 서두르지 말고 겸허하게 올라야 하는 그 정상은 '세속적으로 돌아오는 길목이지 끝이 아니다.' 다시 말하면, 정상을 향한 산행을 통해 시인이 추구하고 있는 자유는 현실과 맞물려 있는 인생의 깊이를 터득해 가는 자의 자기 성찰인 것이다.

그 자유가 자기 성찰의 결과라는 사실은, 회오리바람 몰아치는 겨울 "마른 나뭇가지가 비벼대면 아득하게 들려오는/ 개울물 소리"에서 확인된다. 여기에서 물(물소리)은 생명성, 그리움, 자유, 거울 등의 이미지로 풀이되는데, 특히 자기 성찰로서의 물의 '거울' 이미지는 "또다시 산이 부르는 소리에/ 나를 돌아보는 잔에는 자유가 가득 고이는 것을 발견한다"라는 끝 부분에 가서 거듭 확인된다. 그리고 그 자유는 "물처럼 맑고 차갑고 그리고 아득한 높이"(「오늘도」)에서 비롯된다고 할 것이다.

2.

그렇다면 어째서 '마른 나뭇가지가 비벼대'는 겨울 산행의 절정을 통한 시인의 자기 성찰이 '개울물 소리'로 환치되는 것일까. 산정이라는 상황이 환기시켜 주는 물소리의 중요한 두 측면은 겸허의 미덕과 자연스러움이다. 몸을 낮추는 겸허한 자에게만이 지혜가 모이는 법이다. 일찍이 노자는, 물江海이 능히 모든 계곡의 왕자가 되는 까닭은 물이 아래에 잘 있기 때문江海所以能爲百谷王者, 以其善下之, 故能爲百谷王이라고 했다. 자연물 중에서 물이야말로 도의 성질에 가장 가깝다고 한 노자의 말을 빌릴 것도 없이, 시인의 경우 산에 오른 것 자체가 이미 자신의 몸을 낮추기 위함인 것이다. 그것은 이를테면 「산행」이라는 작품 전반부에 보이는,

> 산이 저기 있어
> 정상에 오르면
> 나무들은
> 땅을 기듯 누워 있다
> 우리네 삶처럼 몸을 낮춘
> 겸손을 본다

는 뜻만이 아니라, 높은 산의 정상을 올라봄으로써 터득하게 되는 겸허인 것이다. 험준한 산을 올라본 사람이면 다 깨닫게 되는 일이지만 실로 산행의 으뜸 수칙은 겸허 그 자체인 것이다.

산을 오르면서 깨닫는 삶의 진리나 자유는 정상에 올랐을 때 극에 달하는 것이지만 그러나 그 자유의 깨달음(지혜)은 결코 정상에 머무를 수 없으며, 또 거기에 무작정 머물러 있을 수도 없다. 시인은 「산행」의 후반부를 통해 그 점을 명확히 보여주고 있다.

> 그러나 거기선 오래 머물 수 없어
> 더 어렵게 더 힘들게
> 나뭇잎의 맥처럼 이어진 산길을
> 다시 내려온다

그것은 앞에서 살펴본바 "그 정상은/ 세속으로 돌아오는 길목이지 끝이 아니다"(「산에 홀로 오르는 것은」)라는 사실과 직결된다. 그 깨달음과 자유의 지혜는 다시 인간이 처한 현실로 돌아올 때만이 의로운 일일 터이다. 작품 「명銘」이 그 점을 간결하게 깨우쳐 준다.

> 세속은

때로 벗어날 수 있어도
아주 떠나지 말아라
어제의 행복은
오늘 알게 된다

　정상을 오름으로써 터득하게 된 깨달음이 낮은 데로 내려와서 일상적 삶의 지혜가 된다는 이 이치는 물의 속성을 그대로 반영하고 있다 할 것이다. 물은 높은 곳에서 낮은 곳으로 흐른다. 백곡의 정상에서 가장 낮은 데로 흘러내려, 강해江海를 이룸으로써 평정과 넉넉함과 깊이를 간직한다. 그 물은 절벽을 만나면 폭포로 떨어지고 바위를 만나면 돌아가며, 둑을 만나면 찰 때까지 기다려 넘쳐흐르거나 둑을 무너뜨린다. 낮은 데를 향해 흐를 때, 심지어 절벽을 만났을 때에도 물은, 김수영이 진작 열렬히 노래했듯 "곧은 절벽을 무서운 기색도 없이 떨어"(김수영 시 「폭포」)지는데 반해 인간은 높은 곳을 오를 때보다 '더 어렵게 더 힘들게' 잎맥처럼 복잡하게 이어진 산길을 다시 내려오는 것이다. 그것은 실제 산행의 구체적 상황이면서도 등산을 통해 얻은 지혜나 호연지기를 현실에 적용하며 살기란 얼마나 어려운 것인가를 암시해 주는 것도 같다.

　폭포(물)의 경우 "규정할 수 없는 물결이/ 무엇을 향하여 떨어진다는 의미도 없이"(김수영, 같은 시) 떨어지고 흐르지만, 세상은 의미와 관념으로 뭉쳐진 복잡 미묘한 세계이기 때문에 정상을 경험한 인간의 하산길은, 결코 무서운 기색도 없이 온몸으로 떨어지는 물(물론 김수영은 폭포를 고매한 정신에 비유했다)처럼 용맹스럽거나 편안하지 않다. 그러나 어쨌든 낮은 곳을 지향하는 물의 흐름이 가장 '자연스러운' 현상이듯, 정상 정복이 목표가 아니라 '세속으로 돌아오는 길목'임을 깨닫는 자유가, 메마른 정상에서 '개울물 소리'를 따라 낮은 곳 세속으로 돌아와 삶의 지혜나 원기가 되는 것은 그만큼 자연스러운 일인 것이다.

　물 흐름 같은 자연스러움은 강으로 유추되고, 그 강물은 굽이굽이 흘러온 우리의 파란 많은 역사와, 그리고 우리의 내면을 흐르는 곡절한 그리움을 연상시킨다. 그렇다면 함동선 시인이 최근 산행을 즐겨 일삼고, 산정에서 이따금 먼 강물소리를 연상하여 듣게 된 데에는 무슨 사연이 있지 않을까.

　3.

　함동선 시인의 근작들은 산행시와 망향시로 크게 대별된다. 지금까지 주로 산행시편에 관해서 살펴본 것이지만, 시인의 경우 산행을 즐기는 만큼에 비해 산행을 주제로 한 시편은 그리 많지 않아 보인다. 그 경우 흔히 예상되는 연작시도 아직은 찾아볼 수 없다. 그렇다면 시의 내면을 들여다보면 생각보다 많은 시편에 산행의식이 배어 있는데, 그의 산행시는 그 편수의 많고 적음에 상관없이 중요한 의미를 띠고 있음을 알 수 있다. 한마디로 그의 산행은 쓸쓸한 일상적 존재의 넓이와 깊이를 더해 가는 삶의 터득인 동시에 강물처럼 아득히 굽이쳐 흐르는 그리움(이 시인의 경우 특히 망향)의 호소인 것이다. 어쩌면 시인은 삼각산의 백운대나 인수봉, 도봉산의 형제봉, 관악산정의 연주암에 올라 멀리 휴전선 너머 두고 온 북녘 땅 고향 황해도 연백의 예성강물 소리를 듣는 것인지도 모른다. 따라서 그의 이른바 산행시와 망향시는 마침내 따로 분리, 설명될 성질의 것이 못된다. 그의 산행은 도행道行(求道)인 동시에, 끝없는 되풀이의 눈물겨운 망향행인 것이다.

삼각산에 뜨는 해가
손끝에 닿을 듯 말 듯
예성강 하류에 떠 있다
황해도 연백군 해월면 해월리 동구 밖엔
고추잠자리 몇 마리가
옥수수 이삭에 간당간당 앉아 있다

　　　　　　　　　　　　　　　　　　　　－「꿈」 부분

　"굵은 밧줄이 다된 휴전선 너머"(「성묘」) 북녘에 고향을 두고 온 이들 누구에게나 공통된 이 문제는 이렇듯 연치가 더해갈수록 더욱 간절해지는 법인가 보다. 세월이 흐를수록 "눈물을 느끼게 하는"(「예성강에서」), 몽매에도 잊지 못하는 고향 산하는 이념의 철조망으로 가로 막힌 채 한 세대를 넘어 아들 세대에까지 흘러왔다.

아들아
네 편에선 아버지 고향이 잘 보일 테지만
내 편에서 아무것도 보이질 않더구나

　　　　　　　　　　　　　　　　　　　　－「산에서」 부분

아무것도 보이질 않는 그 고향은 그러나 꿈과 추억으로부터 온다.

예성강은
그리움 파묻고 슬픔 파묻고
먹구름 벗어난 해 같은 나의 어린
시절이 있었다
하늘의 소리인가 땅의 소리인가
하나 얻으면 둘을 깨닫고

셋에 능통했는데도
광복 후 남과 북으로 가른 삼팔선을
흘려보내고 또 흘려보냈는데도
끝내 흘려보내지 못했다
깊고 깊은 어둠은
밝음을 잉태한 고통 그 자체이기도 했다
이제 밤이 깊다는 건
새벽이 가까워졌다는 증거일 테지만
산고는 기쁨으로 보상되기 때문에
마침내 울음을 터뜨리기 시작할 것이다

―「예성강은」 전문

마침내 울음을 터뜨리게 하는 분단과 이산, 시인이 얼마나 꿈속의 고향을 그리고 있으며 통일을 기다리고 있는가는 이 「예성강은」 한 편으로도 어렵잖게 짐작할 수 있다. 조금 과장해서 본다면 시인의 최근 시집 『산에 홀로 오르는 것은』은 망향시집이라 해도 크게 지나치지 않을 것이다.

그해이었지 아마
달맞이하고 떠 보낸 연이
삼팔선을 끌고 키질을 하면서
들을 건너 산을 넘어간 게 말야
그런데 휴전선을 어떻게 통과했는지
오늘
북한산 산행길 상수리나무에 걸렸구나

―「꽃샘추위」 부분

고목이 구름을 이듯

그리움을 메고
북한산을 갔더니
골짜기는 아직도 토시를 벗지 못하고
추억은 언 채로 있는데
나보다 먼저 온 나비 한 마리가
날개짓을 할 때마다
고향 그대로의 산수유꽃이
겨울이 길면 봄은 따스하다고
토박이 말을 한다

－「대춘待春」 부분

바다 건너
옛 모습 그대로의 마을이며 나무들
그리고 거기에 붙박이로 살고 있는 사람들이
파도에 밀려 올 때
내 마음은 편지가 아니라 전보 같았다

－「섬」 부분

보물 중
가장 소중한 건
고생스러웠던 어린 시절의 추억이지 아마
그래서 책갈피 속의 귀에 익은 사투리마저
자꾸 눈에 밟혀와
사십 년의 세월이 흘러도
첩첩 산줄기인 듯 피 마르게 한다

－「세모」 부분

이상 몇 편의 일부를 뽑아 보인 것처럼 시인의 상념은 분단 '사십 년의 세월이 흘러도' 삼팔선 너머 북녘 땅 고향을 더욱 집요하게 그리며 끊임없이 꿈꾸고 있는데, 갈 수 없는 그곳에 대한 망향의식은 어린 시절의 추억에 의지하여 형성되어 있음을 본다. 북한산의 나뭇가지에 걸린 연을 보아도, 봄날의 산수유꽃을 보아도, 풍경 비친 못물을 들여다보아도 혹은 책 속의 사투리를 만나도 시인은 "옛 모습 그대로의 마을이며 나무들/ 그리고 거기에 붙박이로 살고 있는 사람들"을 떠올린다.

6·25 당시의 비극적 상황 회상과 아울러 "철조망을 자를 만큼 높이 매단/ 그리움은"(「산에서」), 「예성강에서」, 「너」, 「못물 안에 둥둥 떠 있는 고향을」, 「벽란도 나루」, 「기러기 날아가는 풍경」, 「어느 나라의 일기」, 「어느 날 독백」, 「춘삼월」, 「오래 사는 게 이기는 길이다」 등 많은 시편에 산재해 있다. 기러기는 북으로 북으로 날아가지만 "밤새/ 삼팔선이 흘린 눈물로 불어난"(「벽란도 나루」), "임진강에는/ 늙은이의 살비듬 같은/ 녹슨 휴전선이/ 푸설푸설 떨어져 내"(「기러기 날아가는 풍경」)리도록 통일의 기미가 보이지 않자 시인은 아예 "고향을 떠나 살아야 할 팔자"(「10월」)라거나, 어쩌면 살아생전 다시 못 볼 이산가족과 고향에 대해 "물이 되어 만나거나 비가 되어 만날 수밖에 없는/ 우리들"(「가을 사설」)이라고 짐짓 단정 짓는다. 진정 시인은 북녘 땅에 살고 있는 사람들을 물이 되어서나 다시 만날 수밖에 없는 일로 체념하고 있는 것일까? 혹시 물을 통해 피가 마르게 그리운 고향을 한층 명징하게 떠올려 보려는 것은 아닐까?

　　　못물 안에
　　　둥둥 떠 있는 고향을
　　　젊었을 적 어머니의 고운 모시치마로 걸러서 보면
　　　지금도 머리카락 한 오라기가 남아 있는

중학교 운동장에
미루나무 두 서너 그루가 아슬하게 높다
칡덩굴이 우거진 북쪽 능선으로 잇는
삼팔선을 지우노라고
손톱까지 물이 든
역사책 갈피마다
이름 모를 들꽃으로 피어 있다
오리 가다 오리나무 가지에 걸려
피난을 못 떠난
낮달은
분단의 아픔을 누른 채
뜨락의 모란꽃이 되어
한 잎 두 잎 떨어진다

—「못물 안에 둥둥 떠 있는 고향을」 전문

　　못물에 비치는 풍경만 보아도 북녘 땅 어릴 적 고향이 연상되고, 고운 세모시 치마를 즐겨 입으시던 그때 그대로의 젊은 어머님 모습이 떠오른다. 속살 얼보이는 그 모시 치마를 통해 시인은 천진하게 뛰놀던 고향의 학교 운동장과 그 둘레에 아슬하게 높이 서 있던 미루나무를 그려본다. 그 고향은 역사책 갈피의 삼팔선을 손톱까지 물이 들도록 지우노라고 애쓴, 그리운 곳이다.

　　4.

　　"물이 되어 만나거나 비가 되어 만날 수밖에 없다"고 하였지만 시인은 살아생전의 남북통일과 이산가족들의 상봉을 전적으로 단념하고 있는 것 같지는 않다. 남북회담이 성사되고 행정의 책임자들과 예술인단이 분단의 장벽을 허물 듯이 조심스럽게 오갈 때 또한 시인은 "귀에 익은 억양을 되찾고"(「가을 사설」) 고향의 푸른 개울물과 6·25의 포화와, 어머니인 예성강을 그린다.

고르바초프의 페레스트로이카 이후 급격히 몰아닥친 동구 공산권의 몰락과 자유화 물결, 특히 베를린 장벽의 붕괴로 상징되는 독일의 통일은 국제 냉전 이데올로기의 종식을 실감케 한 바 있다. 소련에서마저 레닌의 동상이 철거되고 공산사회주의가 퇴조하고 말아 세계는 바야흐로 탈냉전시대를 맞고 있는 것이다. 그러나 냉정히 관찰해 보면 우리는 엄연히 냉전시대의 연장선상에 있을 뿐 아니라 국제 냉전이데올로기의 첨예한 대립의 유일한 현장으로 남아 있다. 요 몇 년 사이 물적 인적 교류가 잦은 편이었지만 최근에는 핵사찰 문제를 놓고 다시 냉기류가 흐르고 있다. 아니, 이 글을 쓰고 있는 이 순간에도 사태는 느닷없이 돌변하여 북한은 '국제 핵 확산 금지 조약' 탈퇴 선언과 함께 준전시상태에 돌입하여 있다는 보도가 날아든다. 이는, 우리 측의 인도적 배려에 의한, 비전향 장기수 이인모 씨 북송 결정과 때를 같이하고 있다는 점에서 우려할 만한 사태가 아닐 수 없다.

그러나 우리는 이 모든 문제가 서서히, 때로는 급진적으로 해결되면서 남북 교류 및 통일이 조만간 이루어질 것으로 기대하고 있다. 이 같은 기대와 희망과 신념의 공감대를 시인은 「홰를 치는 첫닭의 울음소리로」라는 작품을 통해 웅혼하게 노래한다.

> 홰를 치는 첫닭의 울음소리로
> 우리말이 닿을 수 있는 땅의 끝까지

뱃머리가 닿을 수 있는 바다의 끝까지

핏줄이 땡기듯 아침이 밝아온다

이제 남과 북은

맡은 일의 보람과 정성으로

지난날을 탓하지 말고

물 흐르면 도랑이 저절로 생기듯

사람이 다니는 데로 길을 내야 한다

잊으려 도리질해도

불에 데인 자국같이 더 선명해지는

고향길은

더는 막을 수 없다

한강의 역류가 밀물 때처럼

늘어지는 경우는 있을지 몰라도

모든 굴은 끝이 있게 마련인데

마른 들판도 깊이 파내리면

샘이 솟기 마련인데

6 · 25 이후 남북이 한층 더 날카로이 대치한 이래, 그것 때문에, 때로는 그것을 빌미로, 때로는 그것을 악용해서 쿠데타와 독재를 예사로이 일삼던 군사정권의 통치시대를 종식시키고, 장면 정권 이후 32년 만에 다시 새로운 문민정부시대를 우리는 만들어 내었다. 일종 휴전선 없는 휴전선―이데올로기의 대립과 갈등으로 말미암아 그간 우리는 얼마나 많은 인명을 희생시켜 왔으며, 또한 얼마나 많이 국력을 낭비해야만 했던가. 그러나 이제 시인이 힘주어 노래하고 있듯 "홰를 치는 첫닭의 울음소리로" 눈먼 분단민족의 몽매함이 일깨워지고, "우리말이 닿을 수 있는 땅의 끝까지", "불에 데인 자국같이 더 선명해지는/ 고향길을/ 더는 막을 수 없는" 시대가 도래하고 있다. 여론조사 결과 향후 10년 이내에 남북이

통일되리라는 견해가 지배적이고 보면, 잃어버린 세월의 뼈아픔과 슬픔을 넘어, 마른 수수잎 스치는 소리 혹은 고추잠자리 날개에 가을볕 부서지는 소리 같은, 시인의 쓸쓸한 망향시가 통일 조국의 축제시로 노래될 날도 그리 멀지만은 않은 것 같다.

(『동양문학』, 1998.8)

생명의지를 통한 근원지향의 상상력

유성호*

1.

함동선 시인은 황해도 연백에서 태어나 월남하여 1958년 『현대문학』을 통해 미당 서정주의 추천으로 등단하였다. 그 후 지속적인 창작활동을 이어오다가 시력詩歷 50년이 되는 해에 새 시집 『밤섬의 숲』(시문학사, 2007)을 출간하게 되었다. 반세기의 시작기간 동안 그는 "고전적인 단순성"(박철희)을 통해 감각적 선명함과 분단 경험을 내밀하게 결합한 현실 인식의 시편으로 우리 시단의 굵은 광맥을 지켜왔다. 또한 "모더니스트 김광균을, 특히 그의 공감각을 탁월하게 계승"(박찬일)한 시인이라는 평가를 받아오기도 하였다. 이처럼 강렬한 현실 인식과 선명한 감각의 결속으로 그는 한국 시단의 한 정상에 서 있었던 것이다.

그러한 그가 이번 신작 시집을 통해서는 "속도와 변화의 상징인 디지털 시대에 아날로그적으로 느리게 살면서, 가슴에서 머리로 가는 긴 여

---

* 유성호: 문학평론가, 한양대학교 교수.

행을 떠나고자 한다"(「책머리에」)는 강한 다짐을 피력하고 있다. 그만큼 이번 시집은 느리고 굵고 선명한 그의 시법을 잘 드러내 보이고 있을 뿐만 아니라, 시적 주제의 외연을 서서히 넓혀가는 중요한 지점을 함께 보여주고 있는 것이다. 특별히 이번 시집에 담겨 있는 시편들은 구체적인 생명 의지를 통해 근원 지향의 상상력으로 아득하게 번져가는 양상을 집중적으로 보여주고 있다. 이 길지 않은 글은 함동선 시학의 이러한 면모를 살피는 동시에, 노경老境을 맞아 다시 새롭게 펼쳐지는 그의 역동적인 시학적 표지標識를 탐사해보려는 뜻에서 쓰여진다.

2.

이번 시집을 통해 특징적으로 드러나는 함동선 시편의 속성은, 우리를 둘러싸고 있는 미시적 환경이나 자연의 세목細目에 그의 시선이 가 닿고 있다는 점에 있다. 그 동안 그의 시적 주제가 "자연 질서의 인식을 통하여 현실 사회에서의 삶의 리얼리티를 이해"(문덕수)하려 한다는 점에 모아져왔다면, 이번 시집은 그 주제적 음역音域을 분단 문제는 물론, 환경 문제에 대한 관심이나 정신적 고처高處에 대한 갈망 등으로 확산한 결과라 할 것이다. 거기에 나타나고 있는, 생명의지를 통한 근원 지향의 상상력을 한 번 들여다보자.

> 노을 길고 해넘이 짧은 어둠이
> 푸서리에 내리고 꽃다지에 얹힌다
> 버드나무 우듬지에서
> 까만 옷 갈아입은 바람이

황사 털어내고 뿌리로 내려간다
그 어둠 끝에
눈길 놓아주지 않는 들꽃들
온종일 버리고 버려도 성性이더란
사랑에 미친 꽃잎들
대낮 사내 등판처럼 뜨겁다
숲과 나무와 들꽃이 서로 보지 못하게
5월은 불 끄고
알 품은 철새
수평선에 눈 베기도 한 닻소리와
한 쪽 겨드랑이에 바다 끼고 온 홑소리 모아
이 지상에서
말로 할 수 있는 계절은 고향이라고
글 쓴다

―「밤섬의 숲·1」 전문

　"노을 길고 해넘이 짧은 어둠"이 내리는 밤섬에는 뭇 생명들이 제 나름의 활력으로 살아가고 있다. 예컨대 "버드나무 우듬지에서/ 까만 옷 갈아 입은 바람"은 뿌리로 내려가고, 들꽃들은 "사랑에 미친 꽃잎들"과 함께 뜨겁다. 그렇게 '숲'과 '나무'와 '들꽃'이 서로 어울려 화창和唱하는 풍경은 "수평선에 눈 베기도 한 닻소리"와 "한쪽 겨드랑이에 바다 끼고 온 홑소리"들이 어울리는 화음和音으로 나아간다. 그 화음으로 숲은 "지상에서 말로 할 수 있는 계절은 고향"이라고 발화發話하고 있다. 이처럼 '밤섬의 숲'에서는 모든 자연 사물들이 제 목소리를 얻어 노래하고 있고, 화자는 그러한 숲의 풍경을 시적으로 담아내고 있는 것이다.

　그의 이러한 시선은 "사람들의 생각은/ 모든 걸 갖고도 직선"이고 "숲은/ 모든 걸 잃어도 곡선"(「밤섬의 숲·5」)이라는 확연한 대위對位에서 다시 한 번 구현된다. 그래서 "시속 5센티미터의 배밀이"(「밤섬의 숲·4」)를 지속하는 지렁이의 풍경을 세심하게 묘사하기도 하고, "여름이야말로 사랑에 미친"(「밤섬의 숲·3」) 풍경을 보여준다는 생태적 묘사를 그치지 않는다. 시집 표제작인 「밤섬의 숲」 연작은 이러한 시인의 시적 의지의 결실이라 할 것이다.

3.

함동선 시편에서 '분단' 경험과 그에 대한 인식의 편모片貌들은 그야말로 지속성을 띠고 펼쳐져 왔다. 그 점에서 그가 그리워하는 '고향'은 생명 의지를 통한 근원 지향의 상상력을 펼치는 그의 시적 의지가 가장 구체적으로 드러나는 장소이기도 하다. 언젠가 시인은 '분단'의 경험이 가져다준 상처에 대해 다음과 같이 노래한 바 있다.

> 쌀가마니 탄약상자 부상병이 탄 달구지를 보고
> 놀란 까치들이
> 흰 배를 드러내며 날아간다
> 후퇴하는 인민군 총뿌리에 떠밀리며
> 서낭당에 절하고 또 절하던 형님은
> 그 후에 다신 돌아오질 못했다
> 오늘도 낮달은 머리 위에서 뒹굴고 있지만
> 빛을 먹은 필름처럼 까맣게 탄 사진을 현상해서
> 천도제 올린 우리 식구들
> 절이 멀어질수록 풀벌레 소리로 귀를 막는다
> 나무껍질이 된 세월은

내 얼굴의 버짐처럼 가렵기만 한지
저수지에 돌팔매질을 해
물수제비 예닐곱 개나 뜨던 여름이 오면
형님은 언제나 거기에 있다
6 · 25를 기억하는 예성강처럼
언제나 거기에 있다

-「형님은 언제나 서른네 살」 전문
(『함동선 시 99선』, 선, 2004)

이 감동적인 시편은, 전쟁의 잿더미 속에서 항구적으로 나이가 '서른
네 살'에 멈춰 있는 형님을 회억回憶하면서 분단의 상처를 어루만지고 있
는 작품이다. 화자가 기억하고 있는 전쟁의 현장성은 "쌀가마니 탄약상
자 부상병"이라든가 "후퇴하는 인민군 총부리" 등에서 그 구체적 육체를
얻고 있다. 그토록 급박한 상황에서 "서낭당에 절하고 또 절하던 형님"은
소식을 멈추고 '서른네 살'에 그렇게 멈추어 있다. 이처럼 화자는 반세기
도 훨씬 전에 일어났던 그 선명한 사건들을 "빛을 먹은 필름처럼 까맣게
탄 사진"의 기억 속에 담아 천도제를 올리고 "6 · 25를 기억하는 예성강
처럼" 서 계신 형님의 흔적을 더듬고 있는 것이다. 그래서 그의 시편들은
"분단의 개인사적 체험이 민족사적 한 전형의 확대"(이상옥)된 결과라는
칭평을 얻게 된 것이다. 이처럼 「형님은 언제나 서른네 살」은 그의 분단
시편의 원형archetype이 되었다. 이러한 생각과 표현을 바탕으로 하여, 함
동선 시인은 이번 시집에서도 자신의 원형적 상像이 녹아 있는 두고 온
'고향'을 일일이 호명하면서 자신은 물론 우리 모두의 근원을 찾아 가고
있는 것이다.

전쟁이 사람을 갈라놓아도

핏줄 땡기는 그곳에서
모든 책 읽었다

물러날 때 알고 떠났으니
늘 처음처럼 끝없는 끝에서
해야 할 일 아직 이루지 못했으니

사투리 기억나지 않아 잠깬 아침
고향으로 돌아가기 위해
더 멀리 떠날 채비를 한다

　　　　　　　　　　　　　　　　　　　　－「고향」 전문

　이 시편에서 우리는 화자가 자신의 기원origin으로 돌아가려는 강한 열
망을 만나게 된다. 하지만 그것은 현실적으로는 분명히 이룰 수 없는 일
종의 결여 형식의 열망이다. 하지만 고향을 향한 한없는 그리움은 함동
선 시학의 마르지 않는 시적 수원水源이다. 그래서 고향은 "전쟁이 사람
을 갈라놓아도/ 핏줄 땡기는 그곳"일 수밖에 없게 된다. 거기서 세상의
모든 활자를 읽어낸 화자는 "늘 처음처럼 끝없는 끝에서/ 해야 할 일"을
아직 이루지 못한 진한 아쉬움 속에서 살아간다. 오랜 시간이 흘러 사투
리조차 잊혀진 어느 아침에 화자는 그 고향으로 "돌아가기 위해/ 더 멀리
떠날 채비"를 하는 것이다.

　물론 이 시편은 고향을 직접 묘사의 대상으로 삼은 것은 아니다. 하지
만 "노을 한 자락/ 북으로 가는 기러기 날개에 닿았는지/ 핏덩어리 여기
저기"(「도라산 노을」) 서려 있는 북녘 땅을 바라보면서, 아직도 소멸하지
않는 "이 밤 한줌의 재 남기지 않고 태우는/ 어머니 말씀"(「어머니 생신
날의 기제사」)을 듣고 있는 화자는, 그러한 고향을 언젠가는 돌아가야 할

근원으로 일관되게 노래하고 있는 것이다.

> 내가 지키지 못한 들꽃
> 나비 날아올 수 있게 언덕 쌓더니
> 어느 날 나비 모르는 들꽃 되었다
> 순간순간을 산 일기 쪽마다
> 내 떠난 예성강물 푸느라
> 손이 부르튼 겨울 이야기 옆에
> 길어진 소문만 누워 있다
> 가시밭이 아니다
> 가슴 뛰지 않아서가 아니다
> 발병이 나 가질 못하는
> 고향집 마당에
> 우두커니 서 있는 들꽃
> 바람일지라도 꺾질 말아라
> 꺾어도 버리질 말아라
> 두고 온 마음 종이처럼 야윌지라도
> 봄은 기다리지 않는다
>
> —「들꽃」 전문

　　이름 모를 산하에 피어 있는 '들꽃'은 그동안의 비극적 역사를 한 몸에 안고 있는 상징적 이미지이다. 이를테면 그것은 "내가 지키지 못한 들꽃"이다. 나비도 모르게 피어버린 그 들꽃은, "순간순간을 산 일기 쪽마다" 번져 있다. "내 떠난 예성강물"의 숱한 이야기 속에서 지금도 "발병이 나 가질 못하는/ 고향집 마당에/ 우두커니 서 있는 들꽃"은 바람이 불어도 꺾이지 않는 질기디질긴 삶의 편재적 표상으로 남아 있는 것이다. 그래서 화자는 거기 두고 온 마음이 비록 종이처럼 야위었더라도 "봄은 기다리지 않는다"라고 함으로써, 여전히 겨울 이야기 속에 놓여 있는 자신의 역사를 경험적 실감으로 전해주고 있다. 그 점에서 그에게는 고향에 돌아갈 때까지 "살아 있다는 것은 가장 중요한 일"(「잡초 · 1」)이고 "삶은/ 과거나 미래보다/ 이 순간 살아야"(「오늘」) 하는 것이 아닐 수 없는 것이다.

멕시코의 유명한 시인 파스O. paz는, 유년의 시간이 '시'의 시간으로서 날짜가 없는 시간이자 원초적 시간이라고 말한바 있다. 그래서 유년을 향한 기억은 인간의 자기동일성에 지속적 영향을 끼치는 가장 원초적인 힘이 된다. 함동선 시편에서 나타나는 고향에 대한 기억 또한 이러한 자기동일성 확인에 무게중심을 두고 있다. 그것이 생명 의지를 통한 근원 지향의 상상력을 구체적으로 돕고 있는 것이다.

4.

또한 그의 근원 지향의 상상력이 가 닿고 있는 곳은 '산'이라는 상징적 고처이다. 그는 오래전에 이 나라 산하 곳곳에 산재한 시비詩碑들을 찾아 그것을 『명시의 고향』(한국문학사, 1980)이라는 제목의 책에 담아낸 바 있다. 거기서 그는 "시인으로서의 극진한 애정과 이해로 이 세상에 남기고 싶었던 말을 돌에 새기고 간 선배 시인들의 석비石碑를 찾아보는 것은, 사승자史乘耆로 사는 후배 시인으로서 해야 할 도리라고 생각된다"(「서문」)라고 말하였다. 이제는 그러한 "시인으로서의 애정과 이해"의 대상을 구체적인 자연인 '산'으로 삼으면서, 그는 살아 있는 조국 산하의 '시비'들을 찾아 나서고 있는 것이다.

　　구름 안개 댓재를 싸는 바람에

들꽃 숨을 죽이고

뿌리서 갈라진 키 작은 참나무와 산죽

겨우 길을 내준다

버릴 것 다 버리고 와도 마음을 열지 않아

또 얼마나 버려야 하는가

가파른 기울기 누그러지자

사람 혼적 느끼게 하는 능선

허리 추스르기 시작한다

안개비에 젖은 어깨와

무거운 배낭에 눌린 한 걸음 한 걸음

산행 아니라 자기 학대라 말하는 이 있어도

여태까지 숨겨온 너 숨소리 들으니

또 나 버려야 하는가

정상

지상에서 빛 가장 충만한 곳

두타산을 오르며

나는 왜 떠나는가 확인한다

　　　　　　　　　　　　　-「두타산을 오르며」 전문

　화자는 '구름 안개'와 '바람' 그리고 '들꽃'과 '참나무 산죽' 등의 세목이
가로놓여 있는 산길을 오른다. 거기서 화자는 "버릴 것 다 버리고 와도
마음을 열지 않아/ 또 얼마나 버려야 하는가" 하면서 아직도 지상에 두고
온 욕망의 "가파른 기울기"를 고백한다. 하지만 "사람 혼적 느끼게 하는
능선"은 어느새 "안개비에 젖은 어깨와/ 무거운 배낭에 눌린 한 걸음 한
걸음"을 통해 다시 한 번 자신을 버려야만 하는 생의 이법理法을 넌지시
알려주는 게 아닌가. 그래서 산의 정상은 "지상에서 빛 가장 충만한 곳"
인 동시에 "나 왜 떠나는가"를 확인하여 주는 사표師表로 뚜렷하게 다가

오게 되는 것이다.

　그래서 함동선 시인은, 산다는 것이 비록 "자신의 의지와 관계없는 쪽으로 가는 것"(「마지막은」)이라 할지라도 어떤 신성한 가치가 안내하는 곳으로 불가피하게 가야만 하는 것임을 힘주어 암시한다. 그 신성의 목소리가 존재하는 곳이 바로 '산'이고, 그 산이 전해주는 소리가 "여운 길다"(「가을 편지」)고 시인은 노래하는 것이다.

　　　　산다는 일은
　　　　크고 작은 이별입니다
　　　　산에 오르는 일 또한
　　　　떠나지 않고 어떻게 새로운 만남 있겠습니까
　　　　저 도시의 규범 벗어나는 해방감은
　　　　혼자되는 순간
　　　　스스로 들여다보는 나 자신과
　　　　만나게 됩니다
　　　　때로 인적 드문 길 찾는 것
　　　　사람 싫어서가 아닙니다.
　　　　아직까지 보지 못했던 산
　　　　기지개 펴는 걸 보기 때문입니다
　　　　세상에서 가장 높은 산은 에베레스트가 아니라
　　　　인생이란 이름의 산이라 하잖습니까
　　　　산에 오르는 일은
　　　　우리들 삶의 음영이어서
　　　　오르고 오르는
　　　　그 정상이 최종 목표가 아니라
　　　　집으로 돌아가는 길목일 뿐입니다
　　　　　　　　　　　　　　　－「집으로 돌아가는 길목」 전문

제목에서 환기하는 '귀환(귀가/귀향)'의 이미지는, 함동선 시편의 강렬한 전회Kehre를 상징적으로 보여준다. 그는 여행을 통해 집으로 돌아가려는 것이다. 그래서 그는 삶을 만나고 헤어지는 순환 과정으로 이해하면서, "산에 오르는 일" 역시 그러한 과정의 일환이라 믿고 있다. "떠나지않고 어떻게 새로운 만남"이 있겠느냐는 질문은 그러한 인식을 핵심적으로 담고 있다. 가령 "저 도시의 규범 벗어나는 해방감"을 통해 혼자가 되는 순간, 화자는 "스스로 들여다보는 나 자신과/ 만나게" 되는 의식을 치른다. 인적 드문 길을 찾는 것 역시 아직까지 만나보지 못했던 산에서 "인생이란 이름의 산"을 만나기 위해서이다. 마침내 "산에 오르는 일"은 우리들 삶의 음영처럼, 오르는 것이 아니라 돌아가는 것이라는 사실을 노래한다. 그 "집으로 돌아가는 길목"에서 산을 만나는 것이다. 이처럼 "어느 순간 그냥 쓸쓸하다 느꼈을 때/ 절대 자유인이 된 나"(「이화령」)는 "떠남으로 시작해서/ 떠남으로 끝나는"(「잡초 · 5」) 생의 길목을 통해 집으로 돌아가고 있는 것이다.

독일의 철학자 하이데거M. Heidegger는 우리들에게 말을 걸어오는 '존재'의 소리Stimme에 응답하는 것이 바로 시 쓰는 일이라는 말을 한 적이있다. 말할 것도 없이, 시 쓰기를 통해 '존재Sein'에 대한 직접적 경험을 치를 수 있기 때문이다. 그 점에서 함동선 시학의 화자들은 산에서 들려오는 '존재'의 목소리를 통해, 강렬한 귀향의 의지를 전해주고 있는 결과라할 것이다.

5.

본래 서정시는 시인 스스로 자신을 탐색하고 성찰하는 자기 확인의 속성을 강하게 띤다. 그만큼 서정시의 가장 근원적인 창작 동기는 일종의 자기 확인 욕망이라고 할 수 있다. 따라서 누구나 시를 쓰면서 느끼게 되는 것은, 자기 확인에 따르는 일정한 두려움 그리고 그에 따르는 부끄러움일 것이다. 함동선 시편이 보여주는 자기 확인의 욕망은, 뭇 생명들이 살아 화창하는 숲의 풍경, 두고 온 고향 풍경이 아련하게 전해주는 상상적 귀향 의지, 산에서 경험하는 신성한 목소리에의 귀 기울임 등으로 나타나고 있다. 이 모든 것이 자신이 돌아가야 할 '근원'에 대한 강렬한 회귀 의지를 구성하고 있는 것이다.

이처럼 우리 시대의 노시인老詩人은 "숲으로 가는 쪽마다/ 들고 다닐 수 없는 경전經典 쓰면서"(「밤섬의 숲 · 2」) 한 시절을 건너가고 있다. 더불어 우리도 그 느리고 굵고 선명한 그의 보법步法을 바라보면서, 우리의 근원을 다시 한 번 생각하게 되는 것이다.

(시집 『밤섬의 숲』, 2007.12)

휴머니즘과 분단의식의 미적 승화

한성우*

1.

이제 새로운 21세기와 밀레니엄이 목전으로 바짝 다가왔다. 우리나라를 비롯한 세계 도처에서 새로운 21세기와 새 천년을 향한 카운트다운이 시작되어 갖가지 기념행사와 축제가 준비되고 있는 것으로 알려지고 있다. 그런가하면 아직도 세계 곳곳에선 국가와 민족 간 종교와 문화 간의 갈등과 충돌이 계속되고 있다. 그야말로 세계는 지금, 세기 말 대전환기의 우울한 혼돈과 방황 속에서 허우적거리고 있다. 그럼에도 불구하고 새로운 세기와 밀레니엄에 거는 인류의 자유와 평화, 행복과 번영에 대한 기대는 그 어느 때보다도 크고, 또 그 실현성 또한 어느 때보다도 크다고 할 수 있다. 이미 금세기 말에 냉전체제의 녹슨 이데올로기가 붕괴되었고, 국가와 민족의 경계를 초월해서 대립과 갈등보다는 화해와 협력의 국제관계가 형성되기 시작했기 때문이다. 이른바 글로벌라이제이션이라

---

* 한성우: 문학평론가, 문학박사.

든가 코스모폴리타니즘은 바로 이러한 세계정세와 문화사적 흐름을 집약한 말이다.

이러한 세계사적, 문화사적 흐름과 변화에도 불구하고 지구상의 유일한 분단국가와, 구시대의 유물인 냉전 이데올로기 체제의 장벽을 두텁게 쌓아올린 곳이 있으니—더구나 그곳이 바로 우리가 발을 딛고 선 이 땅이라는 사실 앞에서는 민족적 자괴감과 함께 커다란 슬픔과 분노를 느끼지 않을 수 없다. 참으로 한국 근현대사를 점철해온 크고 작은 사건들, 특히 6 · 25전쟁과 그로인한 국토분단은 모든 한국인들의 마음과 정신 속에 쉽게 치유될 수 없는 커다란 상흔을 남겼다. 하물며 그러한 전쟁의 한가운데서 부모형제와 친구들과 헤어져 고향을 단신으로 떠나온 실향민들에게 그러한 고통과 슬픔은 오죽하랴. 비록 자유를 찾아 월남했지만, 한번 떠나온 뒤로 반세기가 다 되어가도록 그리운 가족과 고향땅을 밟아보지 못하는 그들에게 휴전선은 정말로 '통곡의 벽'이 아닐 수 없다. 이 시집의 저자인 함동선 시인은 실향민으로서 그러한 이산의 슬픔과 고통의 한을 가슴 켜켜이 감싸 안고 살아가는 시인이다. 그리하여 그는 어느 누구보다도 이산가족과 실향민들의 슬픔과 고통을 잘 알고 있다.

비교적 그의 최근의 시집이라고 할 수 있는 『짧은 세월 긴 이야기』에는 이러한 실향민들의 한과 이산가족 상봉의 꿈, 떠나온 고향에 대한 한없는 그리움과 고향에의 복귀의지 등이 함동선 시인의 개인적인 체험을 바탕으로 구체적이고 생동감 있게 표현되어 있다.

2.

6 · 25전쟁이 끝나고 남과 북으로 국토가 분단된 지도 어언 반세기가

되어가지만, 동에서 서로 국토를 가로지른 녹슨 철책과 서로의 가슴을
겨냥하고 있는 총구의 날카로운 시선은 변함이 없다. 냉전 이데올로기가
붕괴되고 사회주의 국가들이 줄줄이 무너지고 화합과 번영의 새로운 세
기와 밀레니엄이 목전으로 다가와도 한민족의 가슴팍과 국토의 허리를
자른 삼팔선은 여전히 굳건하다. 침통하고 답답하고 노엽기조차 한 이
민족적, 역사적 상황을 함동선 시인은 누구보다도 정확히 인식하고 있다.

> 개울과 바다가 만나는 곳이었다
> 갯물이 드는지
> 샛강이 찰박찰박 몸을 뒤집자
> 내려쓴 모자를 추스르면서
> 카메라의 조리개를 좁혀
> 고향의 할미대를 해체하기 시작했다
> 그때 날개에 검은 점을 드러낸 물새가
> 그쪽에서 날아온다
> 내가 어렸을 적에 들은
> 끼룩끼룩 우는 소리가
> 구름에 물든 시간은
> 오후 다섯 시 사십 분
> 셔터를 누를 때마다 터지는 플래시에
> 점화되지 않는 땅
> 수묵화의 한 폭을 담은 카메라까지
> 짙은 안개가 휘감아 버린다
>
> ─「비무장 지대─강화도」 전문

　강 건너 바로 앞의 고향마을(시집의 서문에서 함동선 시인은 강화도
포대에서 망원경으로 고향집을 살펴본 적이 있다고 적고 있음)과 혹시

거기 들려올지도 모를 고향소식을 카메라 렌즈로 쉴 새 없이 탐색하고 있는 시인의 모습과 정적이 감도는 휴전선의 모습이 일촉즉발의 긴장감과 공포감을 자아내고 있다. 하지만 이러한 시인의 숨 막힐 듯한 추적에도 불구하고 끝내 고향의 모습은 드러나지 않고 오히려 방향과 위치를 상실한 안개 속으로 휘감긴다. "서터를 누를 때마다 터지는 (중략) 짙은 안개가 휘감아 버린다"는 시구는 바로 이러한 시인과 시인의 고향과 시인이 서 있는 한반도의 전망을 상실한 암담한 상황에 대한 메타포이다.

이러한 현실 속에서 세월은 계속 흘러 점점 더 멀어지는 가운데 두고 온 가족과 고향에 대한 흐릿한 기억은 정말로 참을 수 없는 고통과 슬픔이 아닐 수 없다.

> 오늘도 낮달은 머리 위에서 뒹굴고 있지만
> 빛을 먹은 필름처럼 까맣게 탄 사진을 현상해서
> 천도제를 올린 우리 식구들
> 절이 멀어질수록 풀벌레 소리로 귀를 막는다
> 나무껍질이 된 세월은
> 내 얼굴의 버짐처럼 가렵기만 한지
> 저수지에 돌팔매질을 해
> 물수제비 예닐곱 개나 뜨던 여름이 오면
> 형님은 언제나 거기에 있다
> 6·25를 기억하는 예성강처럼
> 언제나 거기에 있다
> 　　　　　　　　　　　－「형님은 언제나 서른네 살」 부분

동족상잔의 총부리에 떠밀려가다 돌아오지 못한 '형님'—이제는 그 모습조차 '빛을 먹은 필름처럼 까맣게 탄 사진'처럼 기억마저 희미해져, 아

주 잊어버리자고 '풀벌레 소리로 귀를 막아'도 끝내 사라지지 않고 세월 속에 앙금처럼 남아 해마다 여름이면 기억 속에 다시 살아나고 있다. 여기서 형님은 함동선 시인의 가족사의 한 상징어로 단지 형님뿐만 아니라 전쟁의 충격과 폭력 속에 무참히 짓밟힌 비극적인 가족사 전체의 의미망으로 확대되고 있다.

> 바람 부는 쪽으로 가지 뻗는다는
> 팽나무 열매가 서낭당을 에워싼다
> 어둠이 더 보이지 않게
> 소복을 한 어머니는
> 보름달을 물이 가득한 물동이처럼 이고 온다
> 치성을 드릴 때마다 물이 쏟아져
> 귀신이 붙은 이 땅 구석구석을 씻어내는데
> 피난 떠난 막내아들은 아직도 돌아오질 않는다
> 쑥이 키를 넘고 또 넘으니
> 다시 보름달이 뜰 때까지
> 그게 나 때문이야 하면서
> 촛불을 켠다
>
> ―「보름달」 전문

고향과 어머니에 대한 시인의 그리움이 한국의 토속적인 전통 속에 신화화되어 있는 작품이다. 고향을 떠나 반세기가 되도록 돌아오지 못하고 있는 아들에 대한 그리움을 '팽나무', '서낭당', '소복', '보름달', '물동이', '귀신' 등과 같은 전통적인 사물들이 환기시키는 토속적 서정으로 농축시켜 오랜 민족신화로 승화시키고 있다. 그래서일까, 이 시작품 속의 주인공인 '어머니'의 아들에 대한 그리움과 기다림은 감상적인 면보다는 상당히 신비화, 상징화되어 있다. 이러한 어머니의 형상은 한과 눈물을 숙명처럼 안고 살아온 마조히즘적인 한국여인의 전통적 원형이랄 수도 있다. 함동선 시인은 자신의 어머니에 대한 그리움을 이렇게 어머니의 자신에 대한 그리움을 통해 역설적으로 형상화시키고 있다.

> 노을이 북한산 숲 속에 숨었는지
> 달이 큰 나뭇가지에 걸리더니
> 아버님 모신 상여가
> 하얀 개망초 꽃밭을 질러간다
> 저승도 모르는 사이에
> 숱하게 드나든다는 밤길
> 개울을 건너 다리를 지나
> 손가락만한 닻을 내린 술집에서
> 피로를 몰아내는 잔에 소주를 따르자
> 추석에 가지 못한 성묘길이
> 술잔에 떠오른다
>
> —「하산주」 전문

이 시작품 또한 시인의 가족인 '아버지'에 대한 그리움을 상상력을 통해 현재화시켜 노래하고 있다. 헤어진 지 오래이지만 시인의 간절한 소망 속에 자연적인 시공간의 경계는 상실되어 '지금 바로 여기서' 아버지를 만나고 있다. 그러나 안타깝게도 그러한 재회는 '상여'를 통해 행해지는 것으로 미루어 볼 때, 이승에서의 재회에 대한 소망을 포기한 것이 아닌가 보이기도 한다.

이토록 함동선 시인은 아버지와 어머니, 형님 등과 같은 자신의 혈육에 대한 그리움과 기다림의 정서를 기억 속의 생생한 체험과 상상력을

통해 형상화 시키고 있다. 그러나 그는 자신의 가족사적인 이러한 체험
과 비극적 고통을 동시대인들의 보편적인 고통과 절망으로 확대시키고
궁극적으로는 한민족 모두의 파토스적 서정으로 승화시키고 있다.

> 망향의 제단에 와서 분향하는 이 불행을
> 멀리멀리 물리려 하느니
> 차라리 이 불행을 데리고 살아야지
> 한강공원에는
> 날이 저물고 밤이 되고 날이 샐 때까지
> 앉아 있겠다는 실향민들이
> 밟아도 밟아도 푸르러지기만 하는
> 질경이처럼 돋아 있구나
>
> ─「황해도민회 가는 길에」 부분

고향을 상실하고 가족과 헤어져 반세기를 살아온 실향민들의 한과 마
음의 고통을 짐작케 하는 시작품이다. 세월이 더할수록 가족과 고향에
대한 기다림과 그리움은 '질경이'처럼 더욱 더 새로워져, "날이 저물고/
밤이 되고 날이 샐 때까지"도 잠들지 못하는 한강 공원에 앉아 있는 실향
민들, 그러나 그들은 단연코 이 분단의 아픔과 이산가족의 고통을 역사
속에 물려주지 않겠다고 다짐하고 있다. 이러한 다짐은 단순한 말이나
일시적 감정에서 나온 수사가 아니라 뼈저린 체험과 상황인식, 미래에
대한 전망으로부터 비롯되고 있다.

> 통일이
> 망각으로 묻힌 지난 세월을 들먹이는가
> 콩 볶는 듯한 총소리

따콩따콩하고 뭔 소린가 저것이 하는 사이에
우리들을 향해 있던 고향은
마흔다섯 해도 더 내쉬었을 한숨을 내쉬고
미수복지구란 흑색 필름으로 남아 있다
오늘도 통일이란 말만 들어도
연회장 바닥을 피눈물로 물들이기 시작한다

─「어느 동창회」 부분

   그동안 무수한 통일에 대한 논란이 있었고, 그럴 때마다 실향민들은 통일에 대한 성급한 기대를 하기도 했지만 그것은 끝내 "마흔다섯 해도 더 내쉬었을 한숨"의 "미수복지구란 흑색 필름"의 절망으로만 귀결되었다. 일종의 정치권의 비효율적인 통일정책에 대한 간접적 비판으로, 이제 통일은 단지 정략적인 차원에서 벗어나 민족적, 역사적, 당위성을 가진 절대절명의 과제임을 우회적으로 지적하고 있다. 이러한 좌절과 절망에도 불구하고 시인은 통일에 대한 믿음과 추구를 멈추지 않고 있다.

여울목에 이르며 굽이치는 역사처럼 갑술甲戌아
우리는 손을 잡아야 한다
산과 들녘을 깨우고 어둠을 쓸어내는 이 새벽에
이산의 아픔을 덜어야 한다
갑술아

─「우리는 손을 잡아야 한다」 부분

세월의 허리춤을 추스르며
북으로 날아가는 철새들의 울음소린
고향을 두고 온 내 어깨에 떨어져
가슴을 타고 내려와

손톱까지 물들게 하지만
역사의 흐름은
우리를 만나게 할 거다

　　　　　　－「우리의 빈 들녘을 깨우는」 부분

　인용 작품들은 한결같이 어떠한 난관이 있어도 기필코 남북으로 흩어
진 한민족은 다시 만나야만 한다는 역사적 민족성 당위성과 그 믿음을
확신에 찬 투로 말하고 있다.

　3.

　지금까지 살펴본 것처럼 함동선 시인의 시집 『짧은 세월 긴 이야기』
속에서 발견할 수 있는 시적 주요 관심사는 그 자신의 직접적인 체험을
바탕으로 한 분단현실로부터 비롯된 실향민들의 고향과 가족에 대한 그
리움과 기다림, 또 그에 대한 해결방안의 모색적 대응으로써의 통일논의
와 그 전망이었다. 따라서 그 시적 제재 역시 휴전선, 비무장지대, 총소
리, 대포소리, 철모, 땅굴, 인민군, 탄약상자, 로동당 당사, 6 · 25, 남방한
계선, 북방한계선, 삼팔선 등 우리의 분단 상황을 예각적으로 드러내는
경직되고 모나고 날카로운 금속성의 개념어와 이념적 시어가 많이 등장
하고 있다. 이런 것만으로 볼 때 그의 시는 상당히 이념적, 관념적, 추상
적이 되는 게 당연하지만, 앞서 살펴본 바에 따르면 그의 시에는 기본적
으로 휴머니즘적 인간애와, 자연에 대한 사랑, 세계와 사물에 대한 긍정
적 인식, 부드러움과 관용의 감성이 관류하고 있어 앞의 이념성과, 행동
성 추상성을 효과적으로 극복하고 있다. 실제 그의 시작품의 소재로 산,

감, 꽃, 눈, 섬, 항구, 들, 산사, 구름, 바람, 여행 등 순수 자연물이 차용되고 있음을 볼 수 있는데, 이것들이 바로 그러한 시어의 문체론적 효과를 발생시키는 기초적 요소가 되고 있다. 이러한 소재의 선택과 형상화에서 발견할 수 있는 것은 함동선 시인의 깊고 폭넓은 휴머니즘이다. 그가 이 시집에서 6·25 체험시가 반인간적, 반문명적 전쟁행위에 대한 비판과 고발이며 인류애의 실현임을 의미한다. 그의 그러한 휴머니즘은 우선 자아에 대한 내성in wardness과 새로운 자아인식으로부터 비롯되고 있다.

> 스적스적 휘젓는 도포자락에 매달린 손톱에는
> 어렸을 적 물들인 봉숭아 빛으로
> 독경소리가 들린다
>   ―「산에서 만난 스님의 말씀」 부분

> 산수유 나뭇가지가 굽은 샘가에
> 합장하신 스님께서
> 어서 떠나시게 그리구 혼자 되시게
> 그래야만이 제 모습이 보이구 제 소리가 들리는 법일세
> 하고 말씀하신다
>   ―「북한산」 일부

> 살아 있는 모든 것
> 빛을 받는 모든 것
> 그것들과 온종일
> 스쳤는데도 깨달음은커녕
> 의문만 더 늘어나누나
> 나는 무엇일까
> 한 번 더 진저리치자

깊고 검은 밤이 명료해지면서
노시인의
한마디 육성이 들려오누나

— 「산막에서」 부분

　「산에서 만난 스님의 말씀」에서 시인은 순수한 동심을 통해 인생의
근원과 의미에 대한 추구를 하고 있으며,「북한산」에서는 인간의 개체성
과 존재의 고독을 자연과의 대조 속에서 파악하고 있다. 또「산막에서」
는 일상인으로서 인간의 근원과 목적에 대한 철학적 물음을 통해서 자아
의 정체와 삶의 의미를 규명하고자 하고 있다. 세 편의 시작품은 모두 영
원한 자연과 우주의 원리 속에서 유한적有限的, 불완전적 존재로서의 인
간의 실존을, 자아의 새로운 깨우침과 발견을 통해 확립하고자 한다. 이
는 곧 시인의 끊임없는 자기애로서 자아와 자연과 세계와의 화해롭고 완
전한 관계설정으로 낙원지향 의식과 현실적 존재론의 일치를 의미한다.
이러한 자기애에서 비롯된 사물과 세계에 대한 긍정과 관용의 미학으로
이어진다.

저 들꽃들의 무서운 생명력
참알락 팔랑나비 등빨간 잎벌이 날아오자
놀란 긴 알락꽃 하늘소가 원을 그린다
나라는 두 동강이로 잘렸지만
생태계는
집합의 띠인가

— 「비무장지대—마을터」 부분

간만에 따라 물이 됐다가 바다가 됐다가 하는
개펄이 살아나고

갈대가 무성한 습지가 살아나면
꽹매기 소리처럼 가슴에 남아 울리는 저어새의
날갯짓이
문창호지를 뚫고 들어오는 미명이 되어
뿌옇게 흐리던 안개를 걷게 할 것인가
　　　　　　　　－「이 새를 어디서 본 일이 있습니까」 부분

　비록 남북한이 이념과 체제의 대립으로 서로의 가슴에 총구를 겨누고 있는 긴장감이 감도는 휴전선의 비무장지대에도 아름답고 순수한 온갖 종류의 들꽃은 피어나고 있다. 이념과 체제의 갈등과 대립을 초월해서 피어있는 이 들꽃에서 시인은 자연과 그리고 그 자연의 위대하고 강력한 생명력을 발견하고 있다. 따라서 자연의 일부인 인간은 마땅히 이러한 자연과 생명성 앞에서 모든 인간적 갈등과 대립을 벗어버려야 한다는 것을 암시하고 있다. 그것은 바로 반자연적, 반생명적인 폭력적 전쟁에 대한 강력한 고발이며 생명주의에 대한 옹호이다. 이렇게 해서 한반도의 해변에서 죽었던 개펄과 습지가 되살아나게 되면 멸종위기에 놓인 희귀조인 '저어새'가 다시 찾아올 것이라고 시인은 말하고 있다. 생태환경의 중요성과 남북한을 자유롭게 오가는 저어새의 상징성을 함축적으로 표현하고 있는데, 이는 곧 시인의 따뜻한 휴머니즘의 발로이다.

아파트 창문을 통해 스머든
보자기만한 햇살에
아빠 엄마는 손톱에 커피 물이 들고
아이들은 인형의 사촌이 됐는데
솔바람 소리가 귀를 가득 채우는
이 밭이랑에서 고추를 따며

구름에 가렸던 고향집으로 달려간다

-「주말농장」 부분

　　현대문명의 세례 속에 부족한 것 없이 그럭저럭 살아가는 도시 소시민의 삶의 의미와 도시문명의 본질을 다시 한 번 생각케 하는 작품이다. 그러나 시인은 이 작품에서 그러한 도시문명과 소시민적 삶에 대한 부정적 비판보다는 그들이 알뜰살뜰 가꿔가고 있는 작지만 의미 있는 삶을 형상화 시키고 있다. 그래서 주말농장에서 상실한 고향과 자연을 되찾고 행복해 하는 그들의 모습을 사랑스런 휴머니즘의 시선으로 음미하고 있다. 그의 이러한 휴머니즘은 일상적, 존재론적 차원에서 한 차원 높은 정신, 사상적면으로 확대되어 나타나기도 한다.

8 · 15광복 두 달 전이었지
독립운동하다 감옥에 간 형님을 부르다가
가신
아버지의 상여 따라 피던 들꽃이 말야
허물어지기는커녕 더욱 꼿꼿한 자세로
피었었지
헌데 그 꽃이
우리가 묵은 호텔 한구석에 피었구만
개화기 때 이민 온
할아버지 할머니를 보는 듯해
가슴 때리는 굵은 빗방울이
내가 되어 흐르는구만
(중략)
슬픔과 절망을 모두 삭인다 해도
이따금 한숨 끝에 매달렸던 추의 무게로

과거는 용서해야지
그러나 과거는 잊어선 안되지
그렇게 들꽃은 말하고 있구만

-「뉴욕 힐튼호텔에서」 부분

함동선 시인은 왜 미국행을 하면서 여행의 낭만이나 향수를 노래하기보다 다소 엉뚱하다고 볼 수 있는 먼 기억 속의 형님과 아버지와 들꽃을 떠올리고 '개화기 때 이민 온' 할머니 할아버지를 떠올린 것일까? 이는 곧 시인의 조국애와 민족애로 그의 따뜻한 휴머니즘의 확대라고 볼 수 있다. 이는 그가 식민지통치의 억압과 착취에 못 이겨 미국으로 이주해 온 유랑민들에게 온갖 슬픔과 고통을 안겨준 가해자들을 용서는 하되 잊지는 말아야 한다고 주장하는 대목에서도 확인할 수 있다.

이 시집 전편을 통해서 우리는 함동선 시인의 이러한 휴머니즘을 지속적으로 확인할 수 있는데, 이는 곧 그의 반전, 생태, 자연주의, 화합과 평화, 자유와 생명을 지향하는 시적 태도로 이어지고 있다. 이러한 시적 지향은 궁극적으로 그 자신 실향민으로서, 또 이 시대의 가장 다급한 분단 현실의 극복을 위한 모색의 하나로써 빼앗긴 고향에 대한 회복의지로 귀결되고 있다.

누가 선을 그은 사람이고 누가 뛰어넘는 사람인가
미움의 키 높이고 단절에 길든 시절이 가면
신바람에 오는 역사의 목소리
개울물이 되어 넘치고 넘칠 것이다

-「너는」 부분

'너'로 상징되는 함동선 시인의 개인사적 혹은 그것의 확대로써의 한

민족의 민족사적 당면문제들이 어느 누구의 잘잘못을 따지기보다는 서로 이해하고 양보하고 화해해서 '단절에 길든 시절이 가면', '신바람에 오는 역사의 목소리'처럼 단숨에 해결될 것임을 예언하고 있다. 실향민의 고향회복, 이산가족 상봉, 남북통일 등이 바로 '너'의 내포개념임은 두말할 필요가 없다. 새로운 21세기와 밀레니엄의 시대는 기필코 이러한 대역사적 전환이 이뤄지고, 한민족의 시대가 될 것을 시인은 믿어 의심치 않는다.

(『서울문학』, 1999 여름)

분단시대와 함동선 시의 자리

이상옥*

1. 함동선 시 읽기의 전제

함동선은 「봄비」(1958.2), 「불여귀不如歸」(1959.2), 「학의 노래」(1959.9) 등이 『현대문학』에 서정주의 추천으로 시단에 나온 이후 『우후개화』 (1965), 『꽃이 있던 자리』(1973), 『눈 감으면 보이는 어머니』(1979), 『함동선 시선』(1981), 『식민지』(1987), 『산에 홀로 오르는 것은』(1992), 『짧은 세월 긴 이야기』(1997), 『인연설』(2001) 등의 시집과 『한국문학비』 (1978) 등 다수의 산문집을 낸 바 있는데, 올 초에는 그간 시작 활동의 결산이라 할 수 있는 『함동선 시 99선』을 출간했다. 『함동선 시 99선』의 첫머리에 「예성강의 민들레」를, 끝머리에는 「진달래 능선」을 수록하고 있는데, 이 두 작품은 모두 분단문제를 드러낸다. 또한 7부로 나눈 이 선집의 제1부에 분단의식이 가장 뚜렷한 작품들만 골라 묶어 놓았다. 이러한 사실은 함동선 시에서 '분단의식'이 매우 중요하고 결정적인 모티프

---

* 이상옥: 시인, 창신대학교 교수.

임을 강력하게 암시하는 것이다. 함동선 시가 한국적 정서 및 토착어 지향과 아울러 사물자체를 객관화한 사물시 같은 현대시의 다양성을 모색한 것도 간과할 수는 없지만, 그의 시의 두드러진 개성은 분단의 개인사적 체험이 민족사적 한 전형으로 확대하는 것이라고 볼 수 있다.

황해도 연백군 해월면 출신인 함동선은 6·25전쟁 중 월남한 시인으로 그의 시 곳곳에서 당시 58세였던 모친과 헤어지는 아픔을 형상화하고 있다. 그에게 분단비극의 정점인 '어머니와의 이별'이 그의 시의 가장 중요한 모티프로 작용하는 것이다. 함동선 시는 분단시대의 중심에 위치하는 것이다.

그러나 현대 시문학사에서 분단문제는 특정 계열의 몇몇 시인들이 독점하는 양상을 보인다. 그것은 분단 이후 매우 가파르게 전개된 한국의 정치적 상황과 무관치 않은 것이다. 식민시대의 종언을 고하는 8·15광복을 맞았지만 역설적으로 그것은 남북분단의 새로운 계기를 열었던 것이다. 남북의 이데올로기 대결이 한반도에서 격렬하게 타오른 것은 일제시대 잠복해 있던 좌우 이데올로기 대립국면이 광복된 조국에서 다시 전면에 부상하면서, 결국 6·25전쟁 참화를 빚은 데 기인하는 것이다.

분단 문제는 8·15, 6·25를 기점으로 서서히 한국문학의 강력한 이슈로 점화되기에 이른다. 넓은 의미로 보면 8·15, 6·25 이후의 문학은 모두 분단문학이라고 보아도 틀림이 없을 것이다. 분단으로 빚어진 민족의 모순과 갈등은 한국문학의 주요 테마가 될 수밖에 없었다. 6·25전쟁 당시 우리나라 인구가 3천만이었는데, 그중 3백만이 죽고, 6백만이 이산가족이 되었던 것이다. 20세기 중반에 발발한 6·25전쟁의 후유증은 21세기에도 여전히 그 영향을 미친다.

8·15광복, 6·25전쟁 이후 한국은 4·19의거, 5·16쿠데타, 10월 유신, 부마항쟁, 10·26사태, 5·18광주의거 등 파란의 정치적 사건의 연

속이었다. 이것이 분단의 모순과 깊은 연관을 맺고 있음은 주지하는 바다. 이런 과정에서 한국사회는 민주화와 독재의 날카로운 대립국면이 조성되고, 그 결과 민중의식이 점차 고양되면서 문단에서도 참여문학의 득세를 불러들였다. 이런 가운데 시단에서도 1950, 1960년대를 거치면서 분단의 비극과 민중적 역사의식을 형상화하는 시인들이 속속 등장하였다. 이들은 민중문학론을 뿌리로 분단모순이나 사회현실, 나아가 정치현실에 대해서도 비판을 가하는, 현실의식을 매우 강하게 드러내었다. 그런 가운데, 민중 계열의 문인 일부가 투옥되는 등 갖은 고초를 겪는다.

드디어 1974년 11월 18일 군사독재의 탄압에 맞서 "시인 김지하 씨를 비롯하여 긴급조치로 구속된 지식인·종교인 및 학생들은 즉각 석방되어야 한다" 같은 내용의 '문학인 101인 선언'으로 '자유실천문인협의회'가 결성되면서, 1970년대의 유신독재와 1980년대의 군부독재체제에 맞서 범국민적 민주와 항쟁의 정치성을 강력하게 드러내는 문단기류가 조직적으로 형성되기에 이른다. 1987년에는 '자유실천문인협의회'를 확대·개편한 '민족문학작가회의'가 창립되었다.

8·15광복 이후의 분단시대에 자유실천문인협회, 민족작가회의 계열의 문인들이 정치현실에 강력하게 대항하면서 투옥되고 갖은 수난을 받게 되면서, 김지하, 고은, 신경림, 문병란, 김준태, 채광석, 김남주 같은 시인들은 크게 주목을 끌었다.

이들 시인들은 대부분 분단의 비극과 민중적 역사의식을 고양시키면서 이 땅에 민중시의 부흥을 가져오게 한 것이다. 그러나 이 계열의 시인들이 정치와 시의 지나친 밀착으로써 문제점을 드러내기도 한 점을 간과할 수는 없다. 역시 그것은 시의 지나친 정치성 추구라고 볼 수 있다. 이 정치성이 근자에 들어서는 저널리즘과 결부되어 문단권력적 색채까지 띠는 경향을 보인다. 어두운 시대에 문학의 참여정신은 높이 평가되어야 하겠지만, 그 정치성·대중성이 저널리즘과 결합하여 절대적·일원적 가치로 자리매김되는 것은 오늘의 다원적 가치체계에 역행하는 것이 아닐 수 없다. 따라서 분단이나 통일의 시적 형상화가 자유실천문인협회, 민족작가회의 계열의 민중시인만의 전유물인 양 치부하는 획일주의적 비평태도는 지양되어야 하는 것이다.

함동선이 한결같이 분단시대를 살아가는 실향민으로서의 실체적 체험을 지속적으로 깊이 있게 형상화한 시인임은 이번 선집에서도 확인되는 바이다. 그러나 그의 시적 업적은 민중문학의 정치성에 함몰되어 많이 가려져 있는 국면이다.[1]

함동선의 분단의식의 시적 형상화 방식은 민중시인들의 그것과는 차이가 난다. 그 차이는 오히려 함동선의 시적 개성을 드러내는 것이다. 함동선에게 시의 마음[2]은 단순한 차원에서 볼 수 없던 진실의 발견이라는 것이다. 그 발견은 먼저, 깊은 느낌에서 오는 감정과 상상력, 나아가 주지적 표현의 포괄, 즉 느낌과 깊은 생각의 어우러짐에서 획득되는 것이다. 결국, 함동선은 정서적 반응과 지성적 방법의 통합의 시론을 추구하는

---

1) 최근 문덕수 시인이 출간한 증보판 『오늘의 시작법』(시문학사, 2004) 말미에서 "오늘의 한국시의 동서남북은 그 갈래가 매우 다양함을 알 수 있다. 문제는, 오늘의 우리 시대는 오직 하나의 가치가 지배하는 시대가 아니라 여러 가지 가치가 경합하면서 공존하는 시대라는 사실이다. 따라서 어떤 갈래만을 중시하거나, 어떤 한 갈래의 시인이 한국시 전체의 가치를 대표하는 것으로 볼 수는 없다. 이러한 여러 갈래의 특성이나 다원화 현상을 무시하고 원시적인 일원주의나, 전제주의적 관점에서 '오직 하나의 가치'만을 추구하여 일등을 의도적으로 만들어 최고로 내세우는 관행은 다원화시대의 반문화적 행위라고도 볼 수 있다. 그리고 오늘의 한국시의 다원적 가치 성장의 싹을 잘라버리려고 하는 짓이 아닐 수 없다"라고 시단의 전제주의적 관점을 비판적으로 제기하고 있는데, 이는 함동선 시의 새로운 자리매김에도 참조할 만하다.
2) 함동선은 이번 선집 부록에서 '시의 마음'을 다음과 같이 밝히고 있다. "시의 마음은 대상에 대한 과학적인 이해와 해석이 아니다. 그 대상에 대해 어떻게 느끼게 하는 감정에서 출발하여, 상상력을 부추겨 어떻게 생각하는가 하는 주지적 표현을 포괄하는 것이다. 이를테면 깊은 느낌과 깊은 생각이 잘 어우러질 때 단순한 차원에서 볼 수 없던 진실의 발견 즉 생각에 이른다."

것이다. 이런 관점에서 함동선 시의 분단의식은 기존의 민중시의 정치 편향성과 차별화성이 분명히 드러난다.

2. 가족사적 비극의 전형성

함동선 시의 분단의식은 관념적이 아니라 실체적 가족사적 비극에서 기인한다. 그의 가족사적 비극체험은 식민지시대와 분단시대의 전형성을 띠고 있다. 식민지와 분단의 이중고를 그의 가족사는 온몸으로 관통하고 있는 것이다. 그의 시는 비극적 가족사를 생생하게 재현하고 있다.

> 강제 속에 강압 속에
> 얼마나 구석구석 서 있게 하던지
> 절벽 위에 절벽 끄트머리에 절벽 아래에
> 왼 사방에서 서 있게 하던지
> 우리 집은 파도에 떠밀리고 떠밀리다가
> 마지막 끝까지 떠밀려 와서 말라붙은 검부락지 같았다
> 게다가 길마진 소모양 그 자리에
> 어느 날은 앉게 하고 어느 날은 서게 하더니
> 폭력이 발끝에서 머리끝까지 미칠 때
> 나직하나마 뻐꾸기 소리는
> 개울물을 사이에 두고서도 또렷또렷 들렸다
> 그 소리에 저녁이 가고 여름이 가고 세월이 가는
> 따감질 속에
> 형은 독립운동하다가
> 감옥에 끌려갔다

그날 풀섶에서는 밤여치가 찌르르 찌르르 울었다

물처럼 풀어진 온 식구는

조그만 바람에도 민감한 반응 보이는 포플러처럼 떨었지만

'이놈들 정말 지는 척하니까 이기는 척하누나' 하고 이를 악문 아버지는

오매간 그리던 광복을 눈앞에 두고 화병으로 돌아가셨다

그때 장사 잠자리가 떠다니듯

B29폭격기가

처음에는 마귀할멈 손놀림에 놀아나는 은박지처럼 무섭더니

나중에는 창호지에 번지는 시원한 누기와도 같은 안온함이

식민지의 처음이자 마지막 기쁨이기도 했다

그 기쁨의 현상은 좀처럼 잡을 순 없었지만

내 몸과 마음 모두가 활의 시위처럼

팽팽히 부풀어 올랐던 기억이 지금도 새로워진다

-「식민지」 전문

    이 작품은 식민지 시대 함동선의 가족사를 그리고 있다. 그 무렵 비극적 정황은 일제의 강제 속에 강압 속에서 피폐해진 모습으로 드러난다. 절벽 위에 절벽 끄트머리에 절벽 아래에 왼 사방에 서 있는 형상, 파도에 떠밀리고 떠밀리다가 마지막 끝까지 떠밀려 와서 말라붙은 검부락지 형상으로 비유되고 있는데, 식민지 시대에 실제적으로 겪은 함동선의 비극적 가족사는 자작시 해설에서도 처절하게 밝히고 있다. 형은 일본 강점기의 징병 1기였는데, 일본군 징집을 거부하고 독립운동 지하조직의 일원으로 활동하다가 일경에 체포된다. 그 후 일본 경찰은 시도 때도 없이 집을 뒤지면서 형의 책, 편지, 문서 등을 압수해 갔다. 이런 정황에서 물처럼 풀어진 온 식구는 조그만 바람에도 민감한 반응 보이는 포플러처럼 떨었다. 그런 와중에 "이놈들 정말 지는 척하니까 이기는 척하누나" 하고 이를 악물기도 했던 아버지는 형이 2년간 옥고를 치르고 광복을 맞아 풀

려 나오는 것도 보지 못하고 광복 한 달 전에 화병으로 세상을 뜬다.

이처럼 일제 강점하에서 아버지는 화병을 얻어 돌아가시고 형은 옥고를 치르는 등 가족은 풍비박산이 난 것이다. 그런 비극적 정황은 개울물 사이에 두고 또렷또렷 들리는 뻐꾸기 소리, 풀섶에서 밤여치가 찌르르 찌르르 우는 소리 등으로 더욱 고조되고 있다. 그럼에도 불구하고 B29폭격기가 함의하는 광복의 희망이 곁들여져 소생의 기운이 엿보이기도 한다. 그러나 광복의 희망도 잠시 다시금 동족상잔의 비극이 몰려와 함동선의 가족사는 또다시 비극적 정황으로 내몰리게 된다.

> 쌀가마니 탄약상자 부상병이 탄 달구지를 보고
> 노란 까치들이
> 흰 배를 드러내며 날아간다
> 후퇴하는 인민군 총뿌리에 떠밀리며
> 서낭당에 절하고 또 절하던 형님은
> 그 후에 다신 돌아오질 못했다
> 오늘도 낮달은 머리 위에서 뒹굴고 있지만
> 빛 먹은 필름처럼 까맣게 탄 사진을 현상해서
> 천도제 올린 우리 식구들
> 절이 멀어질수록
> 피안과 차안의 경계처럼 사진을 쓰다듬는다
> 나무껍질처럼 투박해진 세월
> 내 얼굴의 버짐처럼 가렵기만 한지
> 저수지에
> 물수제비 예닐곱 개나 뜨던 여름이 오면
> 형님은 언제나 거기에 있다
> 6·25를 기억하는 예성강처럼
> 언제나 거기에 있다
>
> ―「형님은 언제나 서른네 살」 전문

이 작품은 동족상잔의 참화를 형님이 직접 당한 것으로 그린다. 후퇴하는 인민군 총뿌리에 떠밀리며 서낭당에 절하고 또 절하던 형님은 그 후에 다신 돌아오지 못했다고 한다. 그때 형님의 나이는 서른네 살이었음을 제목에서 밝히고 있다. 식민지 치하에서 겪은 비극적인 가족사는 다시 한 번 전쟁의 참화를 입은 것이다. 식민지 시대에 아버지를 잃고 6·25전쟁에서는 형님을 잃게 되었다. 함동선은 아버지와 형과는 사별하고, 게다가 6·25전쟁 중에 어머니와도 생이별을 한다.

> 잠깐일 게다
> 부적을 허리춤에 넣어주시던 어머니 손을 놓고
> 고향 떠난 지가 50년이 된
> 나를 보면서
> 남은 것은 그리움과 기다림뿐이다
>   -「남은 것은 그리움과 기다림뿐이다」 부분

> 고향 떠날 때의
> 노젓는 소리 생각하면
> 지금도 어지럼병이 도지는데
> 짐을 지어주시던 어머니 그 따스한 손결은
> 이제쯤 파삭 파삭한 가랑잎이 되었을 거야
>   -「이 겨울에」 부분

6·25전쟁 중 당시 56세인 어머니와 헤어지던 장면을 생생하게 그리고 있는 작품들이다.

잠깐일 거라고 생각하고 부적을 허리춤에 넣어주시던 어머니의 손을 놓은 그 순간이 영원한 이별이 될 줄이야 그 당시는 어찌 알았겠는가. 짐

을 챙겨주시던 어머니의 그 따스한 손결은 이제 파삭 파삭한 가랑잎이 되었을 만큼 많은 세월이 지났는데도 고향 떠날 때의 노젓는 소리 생각 하면 지금도 어지럼병이 도지는 것은 분단의 상처가 함동선의 가슴에 지 워질 수 없는 화인火印으로 찍혀 있음을 드러내는 것이다.

함동선의 고향은 앞서 지적한 바대로 황해도 연백군 해월면 해월리인 데, 8 · 15광복과 함께 삼팔선이 그어지면서 삼팔선 이남의 가장 북쪽의 접경지가 된다. 그러나 전선이 그어지면서 그의 고향은 미수복지로 휴전 선 북쪽에 자리한다. 이런 과정에서 함동선의 본적은 세 번이나 바뀌게 되었다고 한다. 그의 슬픈 가족사는 식민지시대와 분단시대를 얼마나 생 생하게 관통하는 것인가. 따라서 함동선 가족의 분단체험은 분단민족의 아픈 역사의 전형이 될 만한 것이다.

3. 정서적 모티프와 분단의식

함동선 시는 특히 가족사적 비극을 후경에 두고 북한에 두고 온 어머 니에 대한 그리움, 애틋함, 아픔 등의 복합적인 강렬한 정서가 지배소로 작용하고 있다. 그의 시의 뿌리는 어머니와의 생이별에서 주체할 수 없 는 감정인 셈이다. 따라서 함동선 시의 분단의식은 관념적이 아니라 가 슴에서부터 북받쳐 터져 나오는 실체험적인 것이다. 그의 시는 처절한 비극적 생체험에서 유발되는 정서를 바탕에 깔고서 분단의 역사적 인식 을 드러낸다.

　　　싸움을 말리는 척 편역을 드는 척하다가
　　　주인을 몰아내고 안방 차지했던

지난날 강대국의 행적이 역사로 남아 있는
휴전선 비무장지대
귀청을 때리는 총성이 산을 으깨고
강물도 끓이던
남북고저南北高低의 땅굴
침묵은 공포를 키운다던가
한 발 한 발을 옮길 때마다
굵은 붓으로 그어놓은 듯한 저 끝이 어두워지다가
공회당에서
굴비처럼 엮어진 채
북으로 끌려간 형님의 뒷모습이
떨어지는 물방울에 흔들리누나
땅굴에서 기어나오니 40여 년의 세월이
일 미터 거리의 내 앞에 굴절되는 불안감
햇빛은 손가락에서 모두 빠져나가
주저앉고 싶은 언덕에는
6 · 25 때
저승을 넘나들면서 본 개망초꽃이
눈 가득히
상여의 요령소리로 피어 있구나

―「제3땅굴에서」 전문

　함동선의 분단역사 인식은 가족사적 비극의 생체험에서 드러나는 것
이기에 공소하지가 않다. 이 작품에서는 휴전선 비무장지대와 제3땅굴
을 바라보면서 강대국들에 의해 강제된 동서냉전 체제의 역사현장으로
인식한다. 싸움을 말리는 척 편역을 드는 척하다가 주인을 몰아내고 안
방 차지했던 강대국의 행적이 바로 휴전선 비무장지대라는 역사적 현장

을 빚었음을 명시하고 있다. 냉전 체제의 힘이 서로 부딪치는 비무장지대의 시대사적 의미를 정확하게 읽는다.

강대국들의 이데올로기 충돌이 아무 죄 없는 함동선 가족의 비극을 불러온 것이다. 강대국들의 이해관계에 따라 약소국의 운명이 결정되고 그에 따라 특정 개인의 가족이 아무런 잘못도 없이 공회당에서 굴비처럼 엮어진 채 끌려가야 하는 부조리한 현실을, 비극적 가족사의 주인공인 함동선, 그의 시의 눈을 생생하게 포착하고 있는 것이다.

> 물어 물어서
> 백 리 길을 구십 리 왔건만
> 나머지 십 리 길이 천 리 같은걸
> 길 떠나보지 않은 사람은 모를 거다
> 철원땅 월정리역에 와서
> 기차표를 끊지 않는 것은
> 니가 내 안에 있지 않아서가 아니라
> 오늘도 니가 나의 하루를 차지하고 있어
> 기차표를 끊을 수 없다
> 6월 25일이 무슨 날인지 모르는
> 들꽃만이 핀 월정리역에서
>
> －「DMZ－월정리역에서」 전문

도대체 인간이 이끌어가는 역사란 무엇인가. 함동선은 6월 25일이 무슨 날인지 모르는 들꽃만이 핀 월정리역에서 더 이상 갈 수 없는 한계상황에 서 있다. 들꽃 앞에서 부끄러움을 느끼지 않았겠는가. 만물의 영장이라는 인간들이 하는 짓이라는 것이 늘 싸우고 죽이고 구획을 긋고 대립하고 갈등하는 것인가.

DMZ는 민족 비극과 함동선 비극을 환기한다. 월정리역에서 더 이상 DMZ를 뚫고 북으로 갈 수 없는 한계상황에서 고뇌하는 캐릭터에서 시인 함동선의 시적 정체를 엿볼 수 있을 듯하다.

4. 여행과 달관

함동선 시인의 캐릭터는 매우 개성적인 것 같다. 그것은 시적 화자의 캐릭터의 개성도 그렇지만 학자로서도 마찬가지다. 함동선 하면『한국 문학비』,『한국문학비답사기』로 널리 알려져 있다. 그는 한마디로 시비나 문학비의 순례자라 할 수 있다. 시비나 문학비가 있는 곳이면 어느 곳에나 카메라와 메모지를 들고 가서 촬영하고 비석에 새겨져 있는 비문을 조사하고 연구하는데 그의 에너지를 쏟은 것이다. 그 일차적인 업적이 1978년에 나온『한국문학비』다. 전국의 문학비를 총망라하여 한 권의 책으로 묶은 것은 이 책이 처음이었다고 알려져 있다. 문학비를 찾아 순례의 길을 떠나는 것은 어떤 의미를 지니는 것일까.

> 모든 관계를 끊고
> 규범을 벗어날 때
> 새로운 만남을 위한 이별이 시작된다
> 봄비에 산수유꽃이 피면
> 작설차 말리는 냄새가 시내를 이루고
> 여름밤의 나뭇잎들은 너무 호젓해
> 새가 날아가도 은박지 구기는 소리를 낸다
> 가을 노을을 이고 섰는지 고개 마루에서
> 천야만야 떨어진 단풍의 절벽

겨울 회오리바람이 몰아치는가
마른 나뭇가지 비벼대면 아득하게 들려오는
개울물 소리
이 모두가 변함이 없는 것은 자연이 아니라
나 자신이다
서둘지 말고 욕심 부리지 말고 게으르지 말고
한 발씩 한 발씩 오르는
정상
그 정상은
세속으로 돌아오는 길목이지 끝이 아니다
산을 내려올 때
이끼 낀 돌들의 촉감 이름 모를 들꽃
유심히 보면
또다시 산이 부르는 소리에
나를 돌아보게 하는 잔에는
자유가 가득 고인다

-「산에 홀로 오르는 것은」 전문

　함동선 시는 여행시편이 많다. 우리국토의 바다와 강, 산뿐만 아니라 외국으로까지 다니면서 쓴 시편들이 많은 것이다. 그가 문학비를 순례하는 것이나 여행하며 시를 쓰는 것은 다 같이 사유의 길을 가는 것이다.

　분단민족으로서 직접적으로 겪은 함동선의 비극적 체험은 그의 삶에 깊이 각인되고 그의 세계관을 결정하는데 핵심적 역할을 하고 있다. 그는 오랜 시간 동안 여러 곳을 두루 여행하면서 비극적인 삶의 의미를 곱씹었을 것이다. 그런 과정에서 그는 성숙하고 거의 달관의 경지에 다다른 듯하다.

　위의 작품은 분단시대를 사는 함동선 개인의 삶의 자세를 상징적으로 보인다. 아마 처음에 분단과 비극적 가족사의 멍에가 너무 가혹하여서 그것으로부터 잠시라도 벗어나고파서 산으로 강으로 바다로 주유하지 않았겠는가. 모든 관계를 끊고 규범에서 벗어날 때 새로운 만남을 위한 이별이 시작된다고 인식하는 데서 드러나듯이, 비극적 현실과 절연하고자 일단 떠나는 것이 그의 여행의 시작이었을 것이다. 잠시 현실과 이별을 하고 새로운 자연을 만나면서 현실의 고통을 잊고자 하지 않았겠는가. 그런 과정에서 봄비에 산수유꽃이 필 때 작설차 말리는 냄새, 여름밤의 나뭇잎들과 은박지 구기는 새가 날아가는 소리, 가을 단풍과 천야만야 떨어진 단풍의 절벽, 아득하게 들려오는 개울물 소리 등의 순수한 자연 사계의 앞에서 시인은 존재를 응시하기 시작했을 것이다.

그러면서 홀로 산을 오르면서 터득한, 서둘지 말고 욕심 부리지 말고 게으르지 말고 한 발씩 한 발씩 산정으로 올라 그 정상에 다다르고 나면 또다시 세속으로 돌아와야 하는 이치를 깨우치게 되었을 것이다. 산이 부르는 소리에 응답하여 산을 오르며 나를 돌아보는 수많은 여정 속에서, 어느 덧 그는 성숙하고 거의 달관의 경지에까지 다다르게 되지 않았겠는가.

> 새벽 내내
> 변화하지 않는다는 것은
> 변화한다는 말뿐이더라는
> 친구의 말을 생각하다가
> 커튼을 젖히니
> 인수봉이 커다란 덩어리로 다가온다
> 아침 햇빛이
> 한꺼번에 내 바지 위에 올라앉더니
> 이내 탁자 위로 자리 잡는다

그때
아내의 머리카락 한 가닥이 눈에 띄어
생각해 보니
신혼의 저 끝에서 끊어지질 않고
용케도 여까지 왔다
지금이라도
세상을 뜰 수 있는 준비가 되었는데
그 머리카락은 점점 동아줄이 되어
내 마음을 묶어 놓는다

— 「결혼기념일」 전문

이 작품 속의 캐릭터는 산전수전 다 겪은 노老시인의 달관의 포즈를 보인다. 험난한 분단시대를 살아온 노시인의 여정을 반추해보면, 이런 단계에 이르기까지 그 얼마나 숱한 아픔과 슬픔, 그리움과 고독, 분노와 탄식을 걸러 왔을까 싶다. 노시인은 새벽 일찍이 일어나자마자 사유의 세계로 빠져들고 있지 않은가. 변화하지 않는다는 것은 변화한다는 말뿐이라는 친구의 말을 생각하다가 커튼을 젖히니 인수봉이 커다란 덩어리로 다가온다. 유한한 인생과 자연이 대비된다. 예나 지금이나 인수봉은 의구한데 약관의 청춘기에 월남하였지만 벌써 노년이 아닌가. 이제는 지금이라도 세상을 뜰 수 있는 준비가 되어 있을 만큼 파란의 세월을 뒤로하고 거의 달관의 경지에 도달한 것이다.

그러나 그렇게 그리워하던 어머니 생각마저 잠시 놓아 둘 수 있을 만큼 더 많은 세월이 지나고 세상의 이치도 터득한 듯하지만, 함께 살아온 아내 생각을 하니 마음이 애잔해진다고 하는, 분단시대를 힘겹게 견딘 노시인의 애틋한 휴머니티가 가슴 찡하게 여운으로 남는 것만은 어쩔 수가 없다.

한정된 지면에서 함동선 시세계를 깊이 있게 운위할 수가 없어 아쉬움이 남는다. 거칠게라도 정리할 단계에 이르렀다. 함동선 시는, 분단시대의 대표적 담론을 펼치고 있다고 평가받는 민중시 계열의 고은, 신경림, 김지하 등과는 다른 개성을 지닌다. 민중시 계열의 시인들이 이데올로기를 전면에 내세워서 정치성 · 운동성을 띠고 집단성을 드러내면서 저널리즘의 스포트라이트를 받은 결과, 대중적으로 널리 알려져 있음에 비하여, 함동선의 시적 담론은 매우 내재화되면서 정치성 · 운동성이 배제된 채, 소리 없이 진행되어 온 것이다.

　함동선이 식민지와 분단시대의 민족적 비극에서 한 걸음도 비켜서지 못하고 온몸으로 감당하며 그가 겪은 비극적 체험의 정서는 분단의 역사적 상황을 과학적으로 이해하거나 해석하게 하지 않고, 시적 상상력을 부추기면서 지적 성찰의 단계까지 이르게 하는 동인으로써 중요한 시적 모티프다. 이 비극적 모티프를 동력으로 삼아, 함동선은 느낌과 깊은 생각이 잘 어우러진, 분단시대를 살아가는 한 인간의 슬픔, 고통, 그리움, 그리고 역사의식 등을 한결같이 형상화해왔던 것이다. 이런 과정에서 거의 달관의 경지에 도달한 성숙된, 그 인고의 캐릭터를 보여준 바, 이는 분단이나 통일의 시적 이슈를 민족작가회의 계열의 민중시인들이 거의 독점하다시피 한 획일주의적 시단의 왜곡된 구도 속에서 함동선 시의 자리를 새삼 새롭게 마련해야 할 충분한 이유가 된다.

(『시문학』, 2004.7)

어머니를 찾는 길, 그 순리의 이미지

맹문재*

1. 연구의 방향

1) 고찰의 의미

이 글은 1958년 『현대문학』에 「봄비」 등을 출발로 30여 년간 시작활동을 해 온 산목 함동선의 시세계에 대한 고찰이다. 그러나 산목은 현재에도 작품 활동을 하고 있으므로 그의 시세계를 결론적으로 정리하기에는 아직 이르다 하겠다. 그러므로 이 글은 기존 연구자들의 견해를 정리종합하는 정도에 불과한 것이다. 다만 최근에 발간되어 아직까지 고찰되지 않은 제7시집 『산에 홀로 오르는 것은』을 이 글에 첨부하여 논하고자 한다.

산목에 대한 연구는 그의 작품 활동 기간과 그 성취도에 반해서 많지 않다고 볼 수 있다. 그 원인에 대해서는 내외재적 요인이 복합되어 있겠으나, 한국 비평의 저널리즘적 흐름을 그 우선적으로 들 수 있을 것이다.

---

* 맹문재: 시인, 안양대학교 교수.

산목이 추구해 온 이산가족의 아픔, 나아가 분단극복 노력은 어느 시인의 경우보다도 진실되고 절실한 것이다. 그리고 그러한 시적 성취 역시 떨어지지 않는다. 분단 상황에 있는 오늘에 있어서 그의 시에 의미를 두어야 할 이유는 바로 여기에 있다 하겠다. 산목의 시는 우리들에게 통일에 대한 진정한 이유를 깨우쳐 주는 것이다. 그리하여 그의 시세계에 대한 고찰의 의미는 다음의 견해와 같다고 할 수 있다.

> 저널리즘이 만드는 어떤 종류의 쇼와도 전연 무관한 그의 그런 착실하고 끈질기고 또 지극히 내찰스런 차근차근한 걸음걸이 —이것이 한국 사람의 전형적인 본모 아닐까 하는 것을 생각하고 느낄 때 우리는 이런 이에게로 향하는 향수를 안 느낄 수 없을 것이다.[1]

2) 연구사 검토

산목의 시세계에 대한 고찰은 그의 『화갑기념논총』(청한출판사, 1990.6)에 비교적 잘 정리되어 있다. 그 외 『월간문학』이나 『시문학』 등의 문예지와 신문에 단편적으로 언급되어 있으나, 본격적인 연구라고 보기에는 어렵다. 따라서 이 글은 『화갑기념논총』을 기본 자료로 삼고자 한다.

오양호는 '인간사, 그 파괴의 아픔과 회복의 원리'(위의 책, 1990.6, 433~443쪽)라는 글에서 산목의 시세계를 시집의 간행년도에 따라 크게 두 범주로 나누었다. 시선집 『안행雁行』(현대문학사, 1976.9)까지를 감각적 언어와 전통성과 관련된 것으로, 그리고 제6시집 『마지막 본 얼굴』(홍익출판사, 1987.9)까지를 분단에 따른 고향상실의 체험이 서정성을 지반으로 하여 되꺾여 나오는 것으로 보았다. 이러한 진단은 산목의 시세계를 나름대로 개괄한 것으로 보인다.

---

1) 서정주, '서문', 『꽃이 있던 자리』, 同和文化社, 1973.5.

원형갑은 「함동선과 시인의 사계」(위의 책, 445~455쪽)에서 '귀는 눈보다 길다'라는 전제로 산목 시의 청각성 부활을 내세우고 있다. 눈의 의미가치가 시대문화의 넓이에 수평적으로 퍼진다고 한다면, 귀의 의미가치는 의식의 시간적 깊이에 수직으로 오르내린다는 것이다. 그리하여 산목의 시에 있어서 사계는 곧 민족어의 살아 있는 생활세계라고 하였다. 이러한 고찰은 민족어의 역사적 깊이에 있다는 것을 잘 지적했다고 여겨진다.

윤재천은 「함동선 시 연구」(위의 책, 497~508쪽)에서 산목의 '향수' 문제와 '문학비'의 업적을 다루었다. 그러나 그의 고찰은 지기의 입장에서 쓰여졌을 뿐, 작품 세계에 대한 본격적 고찰은 아니었다.

이운룡은 「분단 상황의 극복과 통일 지향의 고향의식」(위의 책, 579~600쪽)에서 시 형성의 배경, 실향의 한과 망향의 회원, 역사의 아픔으로 확대된 사모의 정한, 분단 상황의 극복과 통일지향, 이미지즘의 회화적 기법 문제 등으로 나누어 산목의 시세계를 고찰하고 있다. 이 연구는 이전의 연구들보다도 본격적이고 또 깊이가 있는 것으로, 특히 작품에 있어서의 분단문제와 아울러 이미지 기법문제를 일리 있게 설명하고 있다.

이유식은 「향토적 정서의 현대적 수용」(위의 책, 601~615쪽)에 산목의 시 주제를 사랑의 원리, 인사와 인륜, 고향상실의식과 역사의 아픔 등으로 요약시켰다. 그 또한 시의 기법 문제를 깊이 있게 고찰하고 있다.

채수영의 「사향과 시적 변용」(위의 책, 769~818쪽)은 산목의 시작품에 대한 연구 중에서 가장 방대한 언급이다. 그의 연구는 산목의 고향, 가족, 계절, 색채, 역사 등을 다룬 것으로 지금까지의 연구를 종합한 성격을 띠고 있다. 특히 산목의 시에 대한 색채의 적용 연구는 흥미를 주고 있다. 뿐만 아니라 산목의 '고향'이 단순한 기억의 대상이 아니라 시인의 시를 위한 출발, 즉 '한 고향의 창조'에 있다는 발견은 지금까지의 연구를 한층 이끌어 올린 것으로 평가할 수 있다.

이 밖에 문덕수는 「함동선론」(『식민지』, 청한출판사, 1986)에서 산목의 시세계를 리얼리티나 현실적 윤리를 자연의 질서를 통하여 조명하고 있다고 해석하였다. 그의 시에는 자연과 현실이 한 작품속의 구성인자로 통합되어 있다는 것이다. 그리하여 산목의 시에 있어서의 사랑은 자연 질서에서 생성하는 가장 아름답고 신비로운 현상과 일체가 되는 시인의 세계인식이라고 보았다. 이러한 고찰은 산목의 시에 대한 근원을 다룬 것으로서 그 의미가 있다고 생각된다.

산목의 시작품에 대한 연구는 이상과 같은데, 모두가 나름대로 일리를 지니고 있다. 그러므로 이 글에서는 이러한 견해들을 비판하기보다는 될 수 있는 대로 수용하여 정리하고자 한다. 이운룡의 견해를 주로 수용하고 나머지는 보충자료로 삼고자 한다.

2. 시 형성의 배경

1) 망향의 얼굴, 어머니

산목의 시에서 바탕이 되는 배경은 무엇보다도 고향이다. 더 구체적으로 든다면 그 고향의 어머니이다. 고향과 어머니에 대한 그리움은 인간 누구나 갖는 정서일 것이다. 그러나 산목의 경우는 참으로 어처구니없는, 운명적으로 받아들여야 하는, 즉 자신의 의지와는 하등의 상관도 없는 이데올로기에 의해 한이 되어 있는 것이다. 산목의 시에 있어서의 고향과 어머니는 그러기에 그리움의 차원이 아니라 고통과 슬픔의 대상이다. 그의 시집『눈 감으면 보이는 어머니』,『마지막 본 얼굴』,『그 후에도 오랫동안』,『식민지』와 같은 제목은 그러한 면을 충분히 보여주는 것이다.

한 시인의 작품에서 주로 쓰이는 특정 언어가 있다면, 그것은 바로 그 시인의 정신 영역을 지배하는 표현 매체라고 할 수 있다. 산목의 시집 『마지막 본 얼굴』에 수록된 57편의 작품 중에서 21편이나 '어머니'란 시어가 발견되었다[2]는 사실은 그 예가 되는 것이다. 그러므로 그의 어머니는 단순한 그리움의 대상이 아닌 것이다. 그렇지만 그의 어머니는 과거에만 갇혀 있는 얼굴이 아니다. 오히려 그러한 슬픔과 아픔을 받아들이고 미래를 안고 현재를 살아가게 하는 시인의 거울이다. 그가 고향에 집착하고 있는 것은 그러므로 현실을 외면하거나 포기함이 아니고, 현실을 직시하는 태도이다. 미래지향적인 자세로 고향과 어머니를 찾고 있는 것이다. 그의 시에 있어서의 '어머니'는 결국 자신의 재생적 의지의 지표인 것이다.

2) 이미지즘의 의식

오늘날 한국 현대시는 고전시 그 자체 내에서 맥락을 찾으면서 서구시는 하나의 충격으로 수용되어야 한다는 과제로 시도되고 있다. (중략) 이런 관점에서 내 시는 전통적 서정, 또는 향토적 정서가 주요한 시적 모티프가 되고 있다. 그렇다고 해서 거기에 안주하지 않고 조용한 파괴 작업을 시도하고 있다. 다시 말하면 전통적 서정을 바탕으로 하면서 그 서정이 넘치지 않도록 문체상의 실험을 꾀하고 있다는 말이다. 그중에서 두드러진 것은 이미지즘의 회화적 기법을 원용하고 있다는 사실이다. 특히 이런 기법은 T. E. 흄을 사사하면서 얻어진 결과라고 여겨진다.[3]

산목은 자신의 시세계 바탕이 전통적 서정 또는 향토적 정서라는 것과 이미지즘의 회화적 기법을 추구하고 있다는 사실을 밝히고 있다. 그리하

---

2) 李雲龍 위의 책, 586쪽.
3) 함동선, 『마지막 본 얼굴』, 홍익출판사, 1987.9, 95~96쪽.

여 이 회화적 기법에 있어서는 직유의 사용과 사물시를 고찰할 필요가 생긴다. 산목이 중요시하는 기법이기 때문이다.

수사법상 직유는 은유보다 쉬운 기법이라고 하지만 결코 시격에 있어서 낡았다거나 덜 효과적이라고는 할 수 없다. 그 가치의 문제는 어떤 표현 기법을 선택하느냐에 달려 있는 것이 아니라, 시인의 개성과 작품의 형상화에 기여한 정도에 있는 것이다. 산목의 시에서 쓰인 직유는 개성적인 감각을 잘 나타내고 있다. 난해하거나 기교주의에 편향되지 않고 시의 이미지에 조화를 이루고 있는 것이다. 그 이유는 체험에서 생성된, 진실성을 갖는 비유이기 때문이다. 산목의 사물시에 대해서는 이유식이 이미 언급한 바 있다. 그의 견해를 빌면, 산목은 센티멘탈리즘을 싫어한다는 것이다. 그 예로『함동선시선』(도서출판 호롱불, 1981)의 55편 중에서 한 행을 제외하고는 '아ー', '오ー'란 감탄사가 없으며, '쓸쓸한', '서러운', '고독한', '처량한', '슬픈' 등의 감상어가 2곳을 제외하고는 없다는 것이다. 이러한 연구 결과를 수긍한다면, 그는 센티멘탈리즘을 기피하고 견고한 이미지의 구사에 보다 노력을 기울인다고 볼 수 있다. 즉 기법의 현대화에 나름대로의 노력을 기울이는, 전통적 정서를 시 형식의 새로움으로 발전시키고자 하는 것이다. 이러한 노력이 바로 그의 시 형성에 있어서 또 한 가지의 배경인 셈이다.

3. 작품 세계의 실제

1) 인사와 인륜의 추구

모든 관계를 끊고/ 규범을 벗어날 때/ 새로운 만남을 위한 이별이 시작된다/ 봄비에 산수유꽃이 피면/ 작설차 말리는 흙냄새가 시내를 이루고/

여름밤의 나뭇잎들은 너무 호젓해/ 새가 날아가도 은박지 구기는 소리를
낸다/ 가을 노을이 이고섰는 고갯마루에서/ 천야만야 떨어진 단풍의 절벽/
겨울 회오리바람이 몰아치는가/ 마른 나뭇가지가 비벼대면 아득하게 들려
오는/ 개울물 소리 이 모두가 변함 이 없는 것은/ 자연이 아니라/ 나 자신
이다/ 서둘지 말고 욕심 부리지 말고/ 한발씩 한 발씩 오르는/ 정상/ 그 정
상은/ 세속으로 돌아오는 길목이지 끝이 아니다/ 산을 내려올 때/ 이끼 긴
돌들의 촉감 이름 모를 들꽃/ 유심히 보면/ 또다시 산이 부르는 소리에/ 나
를 돌아보는 잔에는/ 자유가 가득 고이는 것을 발견한다

―「산에 홀로 오르는 것은」 전문

자연이 변하지 않는 것은 자연 그 자체가 아니라 인간이라고 산목은
단정한다. 위 시에서 말하는 자연이란 사람의 손에 의하지 않고 존재하
는 산이나 바다나 강 따위만을 지칭하는 것이 아니다. 오히려 그 반대의
개념으로 인간사회를 지칭하는 것이다. 이것은 자연이란 대상을 인간 사
회를 떠나 독립적으로 존재하는 것이 아니라 인간과 합일을 이루는 것으
로 인식함이다. 산목은 그리하여 자연과의 조화를 이루려고 한다. 위의
시에서 욕심 부리지 말고 한 발 한 발 그 정상을 가자고 자신에게 다짐하
는 것은 바로 그러한 것이다. 그 정상이란 인간사회를 떠나는 것이 아니
라 세속으로 돌아오는 길목이라고 거듭 강조까지 한다. 산목의 인사와
인류에 대한 이러한 추구는 우주만물의 이치를 깨달음에서 나오는 것이
다. 우주만물은 원래 제 본성을 벗어나지 않고 그 질서 체계를 유지하려
는 이치를 지니고 있다. 산목은 이러한 이치를 개달아 가고 있는 것이다.
그는 이러한 깨달음 위에서 순리를 따르고자, 즉 자연과의 조화를 추구
하는 것이다.

살아 있는 모든 것/ 빛을 받는 모든 것/ 그것들과 스치는 이 노릇은/ 과
문한 탓에 깨달음은커녕/ 의문만 더 늘어나는데/ 지는 햇빛에서/ 시집 한
권을 다 읽었는데도/ 벌을 서는 아이들처럼 우두커니 선/ 어둠이/ 상수리

나뭇가지에 걸렸는데/ 나는 무엇일까/ 한 번 더 진저리를 치자/ 깊고 검은
눈이 응시하는/ 저 기이한 순간이 명료해 지면서/ 한 마디 육성이 들려오
는데

-「산막에서」 전문

위 시에서 산목은 우주만물의 깨달음은커녕 의문만 늘어간다고 토로
하고 있다. 그러나 이러한 진술은 어떤 의문이나 회의의 상태로 느껴지
지 않고 오히려 겸손한 자세로 와 닿는다. 우주만물의 이치에 대해서 사
색하는 행동으로 비춰지는 것이다. 시인이 "나는 무엇일까/ 한 번 더 진
저리 치자"라고 자신에게 채찍질하고 있는 것은 그 단적인 예로 보인다.
이것은 불교에서 말하는 선의 과정과도 같다. 그러나 번뇌를 버리고 진
리를 깊이 생각하여 무아의 경지로 드는, 탈세속적인 것은 아니다. 그와
는 반대로 자신이 살아가고 있는 사회 속에서의 구도를 추구하고 있는
것이다. 이것이 바로 우주만물과 인간이 합일을 이루려는, 즉 조화로움
의 추구이다. 이러한 인식이 분단극복과 통일지향으로까지 나아간다는
사실을 우리는 주목해야 할 것이다.

2) 분단의 극복과 통일지향

어머니는 인간 누구에게나 절대적인 존재이다. 아무리 시대가 변하고
도덕이 훼손된다 하더라도 그 존재의 가치는 무너지지 않는다. 자기의
존재를 궁극적으로 깨닫게 해 주는 모체로서 그 위대함은 영원한 것이
다. 어머니를 찾는다는 것은 그러므로 어떤 조건반사적이 아닌 인간의
본성적인 행동이다.

산목이 어머니를 찾는 경우도 예외적이지 않다. 그러나 산목의 경우는
어느 누구보다도 아픔을 수반하는 행동이다. 참으로 어처구니없이, 자신

의 의지와는 아무 상관없는 두 이데올로기의 싸움에 희생당하고 있기 때문이다. 이것은 산 자와 죽은 자 사이의 이별보다도 더 미련이 있는 고통이다. 그의 시에서 나오는 어머니는 그리하여 역사적인 의미로 자연히 전환된다. 역사로부터 피해 받은 실향민들의 상징적인 어머니로 바꾸어지는 것이다.

> 물방앗간 이엉 사이로/ 이가 시려오는/ 새벽 달빛으로/ 피난길 떠나는 막동이 허리춤에/ 부적을 꼬매 주시고 하시던/ 어머니 말씀이/ 어떻게나 자세하시던지/ 마치 한 장의 지도를 들여다보는 듯했다/ 한 시오리 길이나/ 산과 들판과 또랑을 따라/ 단숨에 나룻터까지 달렸는데/ 달은/ 산과 들판을 지나 또랑물에 먼저 와 있었다/ 어른이 된 후/ 그 부적은/ 땀에 젖어 다 떨어져 나갔지만/ 그 자리엔 어머니의 얼굴이 늘 보여/ 두 손으로 뜨면/ 달이 먼저/ 잘 있느냐 손짓을 한다
>
> ─「마지막 본 얼굴」 전문

피란 가는 아들의 무사귀환을 위해 부적을 달아 주시는 어머니의 모습이 선하다. 시에서 비유된 것과 마찬가지로 지도와 같은 자상함이 느껴진다. 그러나 어머니 모습이 우리들의 가슴을 때린다. 그리움의 차원이 아니라 안타까움과 절망의 모습으로 떠오르기 때문이다. 이러한 인식이 드는 이유는 같은 민족이어서이다. 시 속의 어머니가 분단의 피해자라는 것을 아무런 설명을 듣지 않고도 알 수 있는 것이다. 그러므로 시의 끝부분에서 "달이 먼저/ 잘 있느냐 손짓을 한다"와 같은 토로는 산목 개인의 절망이자 민족의 안타까움이다. 이 시는 결국 분단이란 현실의 상황 속에서 해석을 해야 하는 것이다. 산목의 시를 두고 분단과 통일의 문제를 거론하는 것은 이렇듯 타당하다. 그 어느 시인보다[4]도 진실되게 그리고

---

4) 실향을 다룬 시인으로는 『북의 고향』의 전봉건, 『회상의 대동강』의 박태진, 『깨끗한 희망』의 김규동, 그리고 구상과 박남수 등을 들 수 있다.

꾸준히 추구해 온 것이어서 특히 그러한 것이다.

> 내 이마에는/ 고향을 떠나던 달구지 길이 나 있어/ 어머님 생각이 날 때
> 마다/ 쇠바퀴 밑에 빠각빠각 자갈을 깨는/ 소린/ 수십 년의 시간이/ 수백 년
> 의 무게로/ 우리의 아픈 역사를 베어내지만/ 세월 따라 그 세월을 동행하듯/
> 느리지도 빠르지도 않는 소걸음 그대로/ 스물여섯 해의 여름이 땀에 지워
> 지는/ 내 이마에는/ 고향을 떠나던 달구지 길이 나 있어
>
> — 「내 이마에는」 전문

산목은 자신의 이마 주름살과 세월의 흐름을 역사의식으로 대치하여
상징하고 있다. 그리하여 추억으로 남아 있는 고향의 달구지 길을 이마
의 주름살로 비유하며, 무심하게 흘러간 세월을 한스러워하고 있다. 이
러한 상황 인식은 답답하고 우울하다. 어머니와 생이별한 26년이나 되었
는데도 서로 만나지 못하고 있으니 당연한 일이다. 그리하여 쇠바퀴 밑
에서 빠각빠각 깨지는 자갈 소리는 우리들의 가슴을 더욱 울린다. 우리
의 아픈 역사가 치유되지 못하고 있는 현실이 그 소리 속에서 들려오는
것이다. 산목의 어머니에 대한 안타까움은 세월이 지날수록 깊어져 「눈
감으면 보이는 어머니」에서 더욱 여실히 나타난다.

> 또랑물에 잠긴 달이 뒤돌아볼 때마다 더 빨리 쫓아오는 것처럼 얼결에
> 떠난 고향이 근 삼십 년이 되었습니다 잠깐일 게다 이 살림 두고 어딜 가겠
> 니 네들이나 휑하니 다녀오너라 마구 내몰다시피 등을 떠미시며 하시던
> 말씀이 노을이 불그스름하게 물드는 창가에 초저녁 달빛으로 비칩니다 오
> 늘도 해동갑했으니 또 하루가 가는가 언뜻언뜻 떨어뜨린 기억의 비늘들이
> 어릴 적 봉숭아물이 빠져 누렇게 바랜 손가락 사이로 그늘졌다 밝아졌다
> 그러는 고향집으로 가게 합니다 신작로에는 옛날처럼 달맞이꽃이 와악 울
> 고 싶도록 피어 있었습니다 길 잃은 고추잠자리 한 마리가 무릎을 접고 앉
> 았다가 이내 별들이 묻어올 만큼 높이 치솟았습니다 그러다가 면사무소
> 쪽으로 기어가는 길을 따라 자동차가 뿌옇게 먼지를 일으키고 동구 밖으

로 사라졌습니다 온 마을 개가 짓는 소리에 대문을 두들겼습니다 안에선
아무런 대답이 없었습니다 손 안 닿는 곳 없고 손닿는 곳마다 마음대로 안
되는 일이 없으셨던 어머니는 어디로 가셨습니까? 눈 감으면 보이는 어머
니는 어디에 계십니까?

—「눈 감으면 보이는 어머니」 전문

해가 지니 새들이 제 보금자리를 찾아들 듯 산목도 집으로 돌아왔다.
그리고 노을 드는 창가에 서서 하루를 되돌아보고 있다. 그러는 순간 고
향의 모습이 언뜻언뜻 초저녁의 달빛에 비친다. 신작로에는 달맞이꽃이
피어 있고, 고추잠자리가 그 길 위로 날아다니고, 자동차가 뿌연 연기를
일으키며 달려 나가고, 그리고 온 마을 개가 짖는 고향의 모습이다. 그 길
끝에 고향집이 있어 가다가 대문을 두들기며 어머니를 부른다. 그러나
아무 기척이 없다. 어느덧 현실로 돌아온 것이다. 참으로 안타까운 순간
이다. "잠깐일 게다"라고 생각했던 이별이 삼십 년이 넘어, 이제는 어쩔
수 없이 받아 들여야 하는 사실로 되어 있는 것이다. 그러나 포기할 수는
없는 법. 그래서 산목은 번민하고 있다. 산목의 이러한 번민은 억울하게
피해를 받고 있는 민족으로까지 나아간다. 그리하여 민족적 과제가 무엇
인지를 우리들에게 촉촉이 깨우쳐 주고 있는 것이다.

산목은 그러나 과거에만 얽매여 있지 않다. 현재의 아픔을 딛고 언젠
가는 다시 귀향하리라는 믿음을 버리지 않고 있는 것이다. 그러나 자신
의 의도를 구체적인 설명이나 큰 소리로 제시하지는 않는다. 고향과 어
머니에 집중된 이미지의 형상을 통하여 그 뜻을 전하고 있을 뿐이다. 이
것은 시인으로서의 사명 의식이다. 자신의 진실한 꿈을 구호나 설명으로
써 단순화 시키지 않고 더 아파하며 추구해야 한다는 결심인 것이다. 우
리는 산목의 이러한 아픔에 어느덧 깊은 공감을 하게 된다.

두어 달이 되었는가/ 망향제 향불에 뜨거워진 섬이/ 배가 되어 흘러갈 때/ 선영에서 우레소리가 들려오는 것을 느꼈다/ 그 소리는 낮았지만 바람처럼 온몸으로 퍼져/ 속삭이는 게 아닌가/ 고향길은/ 춘삼월에 트인다면서야

―「고향길은」 부분

핏줄이 땡기는 소리가/ 들려올 만큼/ 그리움은/ 피난길의 기적소리로 쌓이고 쌓여서/ 구두를 덮어버렸으니/ 한 걸음도 뗄 수 없게 되었으니/ 갈 길은 먼데/ 너는/ 지금 어디서/ 뒷동산의 소나무 가지로 뻗어 있는가/ 아침으로 향한 강둑을 걷고 있는가/ 이산의 아픔은/ 달빛을 진 바위같이 어깨를 누르지만/ 이제 그만 눈물은 눈물이도록 하고/ 이제 그만 세월은 세월이도록 하고/ 이만한 분수의 시험은 이만한 분수의 시험이도록 하고/ 다시 만나게 되리

―「우리는 · 2」 전문

고향과 어머니에 대한 산목의 인식은 상실 또는 이별의 개념만이 아니라 분단의 상황을 극복하려는 강한 의지이다. 그의 고향에 대한 추억과 안타까움은 그러므로 실향민의 푸념과 절망이 아니라 자기 고향의 발견, 나아가 진정한 고향의 창조 행동이다. 산목이 고향과 어머니를 추억하며 부르는 것은 분단 극복을 위한 실천 행위인 것이다.

위의 시 「고향길은」이나 「우리는 · 2」 등은 어떠한 설명을 필요치 않을 만큼 산목의 그러한 의식이 잘 나타나 있다. 산목이 「고향길은」에서 "고향길은/ 춘삼월에 트인다면서야"라고 한 것은 그 단적인 함축이다. 「우리는 · 2」에서 "이제 그만 눈물은 눈물이도록 하고/ 이제 그만 세월은 세월이도록 하고 (중략) 다시 만나게 되리"라 한 것도 그러하다. 이외에 「삼팔선의 봄」5)에서 "국운 따라 삼팔선의 봄은 돌아올 것이라 믿고 오

---

5) 멸악산맥에서 큰 줄기가 단숨에 달려오다가 삼팔선 팻말에 걸려 곤두박질하자 넘어진 김에 쉬어간다고 한쪽 무릎을 세운 치악산이 남과 북으로 나뒹굴고 있다 그 산허리께에 치마자락

늘도 내 마음 속에 자라고 있는 민들레 밭에 물을 준다"라고 한 것이나 「망향제에서」[6] "우린 떨어져 살아선 안 되야 하신/ 어머니 말씀을 잘 들으라고" 한 것도 같은 것이다.

　고향과 어머니에 대한 산목의 그리움은 이렇듯 새로운 고향, 즉 진정한 어머니의 창조로 나아감이다. 이것은 이념을 초월한 한 민족으로서의 합일, 곧 남과 북이 통일의 역사로 완성되어야 함을 제시하는 것이다. 그런데 이러한 제시에도 불구하고 그의 시에는 어떤 작위적인 냄새가 나지 않는다. 그만큼 그의 시는 진실되고 절실한 것이다. 그의 이러한 바탕에는 역사의식을 넘어선 우주의 원리가 깔려 있음을 특히 주의해야 한다. 우주 만물은 원래 제 본성을 벗어나지 않고 그 질서체계를 유지하려고 하는데, 산목은 그 이치를 깨닫고 있는 것이다. 이것은 자연과 인간의 합일, 즉 자연과 조화를 이루고자 함이다. 이러한 태도는 사회와 역사에 무

펼치듯 구름이 퍼지면 월남하는 사람들의 걸음 따라 골짜기가 토끼걸음으로 껑충껑충 뛰어내리면 흰 더없이 흰팔을 드러낸 예성강이 이제 막 돌아온 봄비 속의 산둘레를 비치고 있다 그 산둘레를 나는 지금도 비 오는 강물 속에서 건져 본다 서너 달 한 이레를 더 지나서 이제 막 돌아온 산둘레를 건져 본다 해방이 되었다고 만세 소리로 들뜨던 산천 그 산천에 느닷없이 그어진 삼팔선으로 초목마저 갈라서게 된 분단 그 분단으로도 부족해서 동족상잔의 6·25동란을 겪고 휴전이 된 오늘에도 고향엘 못 가는 내 눈가의 굵은 주름살처럼 세월과 함께 슬픈 역사의 이야기가 소나무 숲에서 더 큰 소리되어 돌아온다 나는 삼팔선 이남에 있는 고향을 바라보다 그러다가 이렇게 단 하나의 길을 걸어왔다 평안한 세월보다 뒤숭숭한 세월에 좋은 운을 만나는 법이라는 어른의 말씀대로 여러 사람이 들먹거리는 데를 피하고 남이 가기 싫어하는 길목을 골라 서두를 필요도 기다릴 필요도 없이 나의 길을 걸어왔다 그러노라면 국운 따라 삼팔선의 봄은 돌아올 것이라 믿고 오늘도 내 마음 속에 자라고 있는 민들레 밭에 물을 준다

-「삼팔선의 봄」전문

6) 십 년이면 강산도 변한다던가/ 손가락을 접었다 펴기를 몇 번 했는데도/ 남과 북은 각각 섬처럼 흘러가고 있으니/ 쑥과 잡초가 무성한 고향은 빨래로 널려/ 휴전선 너머 허리띠 같은 길 위에 가물댄다/ 그때 바람에 여기저기 떠다니는 얼굴들을/ 이쪽저쪽으로 옮겨 놓으며 만날 때/ 야하 내 가슴 밑바닥에선 끊임없이 북소리가 울린다/ 그 서슬에, 예성강이 비늘을 드러낸 채/ 어린 날 그대로/ 몸을 뒤척이면서/ '우린 떨어져 살아선 안돼야' 하신/ 어머니 말씀을 잘 들으라고/ 내 과거에 처진 거미줄을 말끔히 걷어낸다

-「망향제에서」전문

관심하다는 것이 아니다. 오히려 그러한 미래를 확고하게 믿고 있음이다. 산목은 민족의 통일을 우주만물의 원리로 해석하여 믿고 있는 것이다. 산목의 이러한 믿음을 진실되고 절실한 것으로 인정할 때, 우리는 그의 시에 대해서 또 하나의 책임을 져야 한다. 그것은 그의 시에 대한 재고찰로, 이미지즘의 회화적 기법문제라고 하겠다.

3) 이미지즘의 회화적 기법

산목의 시에 있어서 또 하나의 특성으로는 이미지의 창출을 들 수 있다. 이것은 시의 아름다움에 대한 시인의 추구라고 볼 수 있는데, 특히 회화적인 기법이 그러하다. 이러한 이미지즘의 회화적 기법은 1930년대 김광균 등의 모더니스트들에 의하여 왕성하게 사용된 바 있다. 산목은 그러한 모더니스트들에게 영향을 받았을 가능성이 많다. 특히 앞에서도 인용한 바 있는 "전통적 서정을 바탕으로 하면서 그 서정이 넘치지 않도록 문체상의 실험을 꾀하고 있다는 말이다. 그중에서 두드러진 것은 이미지즘의 회화적 기법을 원용하고 있다는 사실이다. 특히 이런 기법은 T. E. 흄을 사사하면서 얻어진 결과라고 여겨진다"[7]와 같은 진술은 그러한 가능성을 한층 높여준다. 1930년대의 모더니스트들도 T. S. 엘리어트나 T. E. 흄으로부터 영향을 받았기 때문이다.

그러나 산목의 경우는 그 수용의 정도에 있어서 1930년대의 모더니스트들과는 상당히 다르다. 오히려 1930년대의 모더니스트들의 한계를 극복하고자 하는 노력으로 볼 수 있는 것이다. 이미 잘 알려져 있다시피 1930년대 모더니스트들의 회화적 기법은 기법 그 자체에만 경도되어 한국의 정서를 어설프게 나타내었다. 그러한 결과는 그들의 철학이 빈곤한

---

7) 함동선, 『마지막 본 얼굴』, 홍익출판사, 1987.9, 95~96쪽.

것으로, 다시 말하면 전통의식 내지 역사 인식이 부족하였기 때문이다. 산목은 이러한 한계를 분명히 알고 그것을 극복하고자 하는 것이다.

> 불을 끈 방에/ 달이 뜨면/ 고향의 초가도 보이는/ 달구지 길도 보이는/ 귀뚜라미 소리가 들린다/ 눈썹 아래 자디 잔 주름살처럼/ 세월 속에 늙은 이야기들이/ 자리에 누우면/ 밤새 이마를 훑는/ 흰머리칼이 된다/ 많은 생각이 거미줄에 얽힌/ 한가윗날/ 그이는/ 화살 짓듯한 밤기차를 타고/ 이 외딴 집을/ 또 그냥 지나간다
>
> ―「그리움」 전문

위 시는 제목이 시사하는 바와 같이 상당히 추상적인 것이다. 그러나 작품의 실제에 있어서는 마치 영화의 한 장면을 보는 듯한 선명한 이미지가 떠오른다. 특히 시각적 이미지를 달고 오는 청각적 이미지의 쓰임이 그러하다. '귀뚜라미 소리' 속으로 '고향의 초가'도 '달구지길'도 보인다는 표현이 그 예로 아주 신선한 것이다. 청각적 이미지가 시각적 이미지로 전환되는 것도 특색이다. '세월 속에 늙은 이야기들'이 '밤새 이마를 훑는/ 흰머리칼'이 된다는 이미지화는 아주 독특하다. 산목은 이 밖에 관념적인 개념들까지 이미지화하려고 한다. '이야기들'을 '눈썹 아래 자디 잔 주름살처럼' 늙었다고 하고, 한가윗날의 '생각'들을 '거미줄에 얽힌'것 등으로 하고 있는 것이다.

그런데 이러한 비유의 쓰임이 결코 난해하거나 낯설지 않다. 오히려 시의 분위기에 어울리고 있을 뿐이다. 이것은 비유 자체가 진실된 것, 즉 체험의 바탕에서 나왔기 때문이다. 이러한 자연스러움은 곧 우주만물의 이치를 깨달아가는 시인의 의식으로, 곧 산목의 시정신인 것이다.

> 고향 떠날 때의/ 노젓는 소리를 생각하면/ 지금도 어지럼병이 도지는데/ 짐을지워 주시던 어머님의 그 따스한 손결은/ 이제쯤 파삭파삭한 가랑잎

이 되었을 거야/ 보리밭이 곧 마당인 집에서/ 막동이가 돌아오는 날까지/
막동이가 커가는 소리/밭이랑에 누워 듣겠다 하셨다는데/ 지금은 손돌이
바람만 서성거릴 거야/ 눈을 꿈쩍꿈쩍거리다가/ 마흔다섯을 살아온 세월
이/ 물속에 비친 등불처럼 흔들려 오는/ 유리창에는/ 그물처럼 던져 있는/
어머님 생각이/ 박살난 유리 조각으로 오글오글 모여든다

―「이 겨울에」 전문

위의 시에 있어서도 사정은 비슷하다. 고향 생각에 '어지럼병'이 돈다
고 한 것은 상상하기 힘든 독특한 비유이다. 이것은 체험이 있는 자만이
떠올릴 수 있는, 아주 구체적이면서도 진실한 것이다. 시인은 더 나아가
'어머니의 손결'을 '파삭파삭한 가랑잎'으로 이미지화하고 있다.

이것은 세월의 흐름을 아주 독특하게, 그것도 안타까움이 배여 있음으
로 환기시키고 있다. 위 시에서는 관념어를 이미지화하려는 노력을 역시
보이고 있다. 마흔다섯을 살아온 '세월'을 '물속에 비친 등불'처럼 흔들려
오는 것으로, 어머니에 대한 '생각'을 유리창에 '그물처럼 던져 있는' 것
으로 비유한 것이 그 예이다.

끝부분에서 '어머님 생각'을 '박살난 유리조각으로 오글오글 모여든다'
고 한 것은 시의 분위기와는 다소 거리가 있지만, 시각적 이미지의 형상
에는 성공했다고 볼 수 있다.

이러한 이미지화에는 직유법을 많이 쓰고 있음을 주의해야 한다. 위의
시에서 '물속에 비친 등불처럼 흔들려 오는' 및 '그물처럼 던져 있는' 표
현 등이 그러하다. 이 직유에 대해서는 이미 앞에서 밝힌바 있듯이, 은유
보다 쉬운 기법이라고 하지만 결코 시 격格에 있어서 낡았다거나 덜 효과
적인 것이 아니다. 그 가치의 문제는 어떤 표현 기법을 선택하느냐에 달
려 있는 것이 아니라, 시인의 개성과 작품의 형상화에 어느 정도 효과성
을 갖느냐에 놓이는 것이다. 위 시에서 쓰인 직유는 그 효과성을 충분히

나타내고 있다. 전체적인 시의 분위기에 거슬리지 않으면서도 신선감을
주고 있는 것이다. 이러한 시작 효과는 '어느 날 오후'에 더욱 잘 나타난다.

> 산골 논배미의 낮짝만한/ 우리 집 마당은/ 아이들 도화지모양 모로 찢어
> 져 있는데/ 그 한 모서린/ 빨강 노랑으로 피어 있는 채송화 꽃밭이/ 열인지
> 스물인지 알 수 없는 나비의 날개로/ 둘려져 있는데/ 봉숭아 몇 포기가/ 동
> 생을 거느린 형같이 우뚝 서선/ 세월이 쉬었다 간 흔적이 두어 개/ 개울이
> 되어 흐르는 내 이마를 쳐다보고/ 그 다음에는/ 봉숭아물을 들이던 내 손톱
> 을/ 내려다본다
>
> －「어느 날 오후」 전문

위 시를 내용적으로 보면 앞에서 인용한 작품들과는 사뭇 다르다. 분
단의 아픔이나 어머니에 대한 회상이 보이지 않는 것이다. 그러나 다른
어느 시보다도 이미지즘의 한 전형을 완성하고 있다. 소설의 시점 이론
으로 볼 때에는 3인칭 관찰자 시점인 셈이다. 그리하여 이 시에는 화자의
감정이나 도덕, 그리고 어떤 교훈적 관념이 들어 있지 않다. T. S. 엘리어
트의 '객관적 사물'이나 T. E. 흄의 '사물시'의 유형에 속한다고 볼 수 있
다. 그러면서도 이 시는 어떤 정감을 주고 있다. 그 이유는 '객관적 상관
물'이나 '사물시'를 추구하면서도 공감할 수 있는 내용을 바탕으로 깔고
있기 때문이다. 이것은 이미지의 기법에만 떨어지지 않고 공감할 수 있
는 내용을 함께 포함하고 있다는 것이다. 이 내용은 해석의 차원이 아니
라 느낌의 차원에 해당된다. 이 느낌이 바로 한국적인 정서라고 할 수 있
는 것이다.

4. 남은 문제들

이상에서 산목 시의 형성 배경과 그 세계를 작품 분석을 통하여 살펴보았다. 그리하여 그의 시세계는 인사와 인륜의 추구, 분단 상황의 극복과 통일지향, 그리고 이미지즘의 회화적 기법 등으로 나누어 보았다. 그러나 시간상의 제약과 필자의 능력 부족으로 본격적인 고찰이 되지는 못했다.

인사와 인륜의 추구에 있어서는 산목이 상당히 다루었던 아내와 가족에 대한 얘기들을 고찰하지 못하였다. 아내와 가족에 관계된 작품들이 인사와 인륜 추구의 시세계에 훨씬 관련이 있을지 모른다. 산목의 시가 대부분 자신의 체험을 바탕으로 두고 있음을 생각한다면 더욱 그러하다. 더구나 인사와 인륜을 우주만물의 이치에서 추구하는 것을 수긍한다면, 이 문제는 중요하다. 그의 시에서 아름답고 숭고한 개념으로 쓰인 '사랑'의 개념은 아내와 가족을 통하여 제대로 파악할 수 있기 때문이다.

이미지즘의 기법 문제에 있어서는 문학사적 조명이 더 필요하다고 본다. 전통적인 정서에 기반을 두면서도 시의 이미지화에 노력을 기울인 것은 분명 우리 시의 한 흐름을 넓힌 것으로 볼 수 있다. 구체적으로 서구 지향적이던 1930년대, 1950년대의 모더니즘시에 대한 반성으로 우리시를 창출한 것이다. 이것은 결국 우리의 전통 순수시를 한층 더 계승 발전시킨 것이라고 할 수 있다. 이미지즘의 기법에 있어서는 그의 철학적 인식과의 접맥도 더 깊이 밝혀야 할 것이다. 그는 우주만물의 이치를 순리로 따르고 있다. 그리하여 시 창작에 있어서도 그러한 순리를 따르고 있어 이미지화에도 나타나는 것이다. 그것이 직유의 쓰임인데, 이것은 난해하거나 낯설지 않으면서 전체 분위기와 잘 어울린다. 그러므로 이러한 효과의 문제와 그의 세계관을 더 깊이 고찰해야 하는 것이다.

이러한 문제는 그의 시가 추구하는 분단 극복과 통일지향의 문제와도 관계를 갖는다. 그의 통일에 대한 인식은 역사의식을 넘어선, 우주의 원리를 깔고 있다. 그는 이러한 이치로써 통일의 당위성을 믿고 있는 것이다. 그의 이러한 태도는 사회와 역사에 무관심한 것이 아니라 어느 누구보다도 확고하게 믿는 행동임을 주시할 필요가 있다. 이러한 관계를 본격적인 작품 분석을 통하여 더 깊이 고찰해야 하는 것이라고 할 수 있다.

그의 시에 있어서는 한계점도 규명되어야 할 것이다. 그의 시는 시기별로 초기, 중기, 후기로 나눌 수 있다. 초기 시가 주로 이미지의 회화적인 기법 및 새로운 시 감각에, 중기 시는 분단 문제에, 그리고 후기 시는 인간의 삶에 대한 인식에 중점을 두었다고 볼 수 있다. 이러한 전환의 평가는 그러므로 다소 조심스러워진다. 과연 시인이 추구하는 시세계의 깊이가 이루어졌는가, 하는 문제가 대두되는 것이다. 우주만물의 이치를 따른다고 하더라도 현실과의 대응이 요구된다. 그것은 분단 극복과 통일의 문제, 인사와 인류의 문제, 그리고 이미지화의 문제에 모두 관련되는 것이다. 그의 시에 있어서는 형식상의 문제도 고려해야 할 것이다. 지루하게 느껴지는 행의 늘림, 의미망이 끊어지는 행의 구분, 설명식 대명사와 접속어의 사용 등이 시의 호흡을 끊고 또 산문적인 인상을 주고 있는 것이다.

(『시인정신』, 1999 여름호)

사상과 언어예술의 통섭에서 열리는,
역사와 생명의 상호관계

송용구*

1. 사상과 언어예술의 통섭

시인 함동선의 시세계는 사상과 언어예술의 통섭通涉에서 빚어낸 결정체이다. 시인이기 이전에 국문학자이기도 했던 함동선의 사상은 편식주의에 빠져 있지 않는 다양한 지식체계를 갖고 있다. 그의 시세계를 지탱하는 두 가지 중심축은 역사의식과 생태학적 세계관이다. 시집『연백』의 표제작「연백」을 비롯하여 시「함왕성 · 1」,「함왕성 · 2」,「강화도 · 1」,「강화도 · 2」등 구체적 지명을 소재로 수용한 시작품들은 시인 함동선이 갖고 있는 역사의식의 그물망이 얼마나 넓고 조밀한지를 여실히 증거하고 있다. 그의 역사의식이 이처럼 넓은 반경과 함께 구체적 조밀성을 갖는 것은 어떤 까닭일까? 인간의 정치사와 생활사뿐만 아니라 인간과 자연 간의 생태적 관계사까지도 역사의식의 네트워크 속에 포괄되고 있

---

* 송용구: 시인 · 문학평론가, 고려대학교 연구교수.

기 때문이다. 흙, 산, 강, 나무, 숲, 꽃, 새 등 '자연'이 인간의 이웃으로 살아오면서 인간과 함께 어떤 정서적 교감을 쌓아 왔으며 인간에게 어떤 현실적 영향력을 주었는지를 한반도의 역사 속에서 시적으로 조명하고 있기 때문이다. 몽골의 고려 침입 이후에도 계속되어 왔던 외세의 침략전쟁과 한국민들의 수난, 한반도의 '분단'을 가져온 국제정치의 역학관계, '분단' 이후 한반도의 정치적 현실 등 연속적 사건들이 시적 다큐멘터리처럼 펼쳐지는 가운데 자연과 인간의 상호관계가 언어예술의 붓놀림속에서 녹색의 춤을 추듯이 살아 움직인다. 그러므로 시인 함동선의 역사의식은 넓은 범주와 함께 구체성과 현실성을 가질 수밖에 없다.

또한 역사의식과 생태학적 세계관을 조화롭게 결합시키는 정신적 이음새 역할을 하는 지식들이 있다. 그것은 한국 문학, 동양 문학, 서구 문학의 경계를 넘나들면서 이 3지역의 문학을 깊이 있게 이해할 수 있는 문예학의 지식들이요, '문학'에 정신적 생기를 불어넣는 '철학'의 지식들이다. 이와 같이 철학, 역사학, 문예학, 정치학, 생태학 등 서로 다른 분야의 사상과 지식들이 '통섭'하는 과정을 통하여 시인 함동선은 튼실한 사상의 토대와 기둥을 갖추고서 '시'의 집을 세우고 있는 것이다. 그러나 그의 시세계가 '집다운 집'이 될 수 있는 것은 사상의 토대와 의식의 기둥이 튼튼해서만은 아닐 것이다. '집'을 찾아오는 손님인 독자들에게 토대와 기둥이 튼실하면서도 '아름답다'는 미적 신뢰감까지도 주기 때문이다. '시'라는 집에서 '사상'이라는 토대와 '역사의식'이라는 하나의 기둥 및 '생태학적 세계관'이라는 또 하나의 기둥을 아름다운 문양으로 장식해 주는 자원들은 시인의 객관적 시어와 예술적 시어이다. 그의 시어는 객관성과 예술성을 겸비하고 있다. 그의 시적 언술방식은 영미 주지주의 문학의 이미지즘으로부터 적지 않은 영향을 받았다. 시인의 주관적 심상과 감정을 표현할 때에도 의식적으로 거리감을 조성하는 과정을 통해 감정을 절제하고 심상을 객관화시키는 길을 걸어왔던 시인이 곧 함동선이다. 자신의 심상을 겹겹이 휩싸고 있는 감정의 열기를 가라앉히고 그 '열기' 속에 앉아 있는 '심상'이라는 몸을 밖으로 데리고 나와 '사물'의 실제적 옷을 입힌다. 영미 주지주의 문학의 장본인 엘리엇T. S. Eliot이 강조한 "객관적 상관물"을 시어로써 구현하는 것이다. 시인의 심상이 사물의 옷을 입고 현실적 실체로 변화된다. 움직이지 않던 '흙' 속에 하느님의 생기를 불어 넣음으로써 살아 꿈틀대는 아담의 몸이 완성되었듯이.

그러나 함동선의 시어는 여기에서 그치지 않는다. 남성적 근육미와 여성적 곡선미를 동시에 갖추고 있는 미켈란젤로의 '다비드'상처럼 함동선의 시어는 '심상'이라는 몸을 여성적 곡선의 문양으로 디자인하고 남성적 근육질의 직선미로 인테리어한다. 필자가 해설하는 함동선의 시작품은 '사상'이라는 토대 위에서 '역사의식'이라는 왼쪽 기둥과 '생태학적 세계관'이라는 오른쪽 기둥을 여성적 곡선의 유려한 시어와 남성적 직선의 강인한 시어로 교직交織하여 건설한 예술적 사상의 '집'이다. 한 편, 한 편을 만나 봄으로써 이것을 확인해 보자.

2. "경계 없는 녹색의 우주"–생태학적 세계관의
시적 형상화

역사의식의 오누이처럼, 때로는 막역지우처럼 함동선의 시를 든든히 지탱하는 또 다른 중심축은 생태학적 세계관이다. 함동선은 이전에 상재했던 시집 『밤섬의 숲』과 『한줌의 흙』에서 만물이 유기적 생명선으로 연결되어 상호 의존하고 있는 생태계의 순환적 질서를 노래한 바 있다.

특히 연작시 「밤섬의 숲」은 그의 생태학적 세계관을 명징하게 보여 주는 모델이다. '서울'을 몸에 비유한다면 '한강'을 혈맥에, '밤섬'을 허파에 비유할 수 있다. '밤섬'은 서울의 허파처럼 중요한 역할을 하는 '에코-리퍼블릭', 즉 생태공화국과 다름없음을 함동선의 시에서 수긍하게 된다. '밤섬'이라는 생태공화국의 주민은 나무, 새, 꽃, 곤충이다. 이 녹색의 주민들은 '숲'이라는 집 속에서 살아간다. 인간은 주민들의 마을을 찾아오는 손님이다. 하나 둘씩 이곳을 방문하는 바깥의 손님들은 곤충, 꽃, 새, 숲, 나무에게 녹색의 혈액을 공급하는 심장을 만나게 된다. 바로 '흙'이다. 함동선의 시집 『밤섬의 숲』에서 영혼의 손길로 '흙'을 만져 보았던 독자들은 그의 새 시집 『연백』에서 한반도의 '흙'을 만나게 된다. 특히 그의 새 시집에서는 한반도의 '흙'을 생태적 매개체로 삼아 지구 전체의 '흙'을 진단하는 생태의식의 점층적 발전과정을 보여 주는 것이 이채롭다.

해 바람 공기 물
봄 여름 가을 겨울 지구 표면의 바위 덩어리 굴리다가
어느 여름 바위 부서진다
흙이 말 시작한다
어린 나무 가지의 두 잎
해 향해 팔 벌린다
떡잎이다
어린 나무 광합성 공부 시작한다
지렁이
온갖 유기물과 돌 덩어리 먹고 삭이고
손으로 흙 판다
미세한 생물 박테리아 곰팡이 버섯균
있을 자리에 있게 한다
땅 속 적당한 온도와 맑은 물과 공기 도는

지렁이 창자 거쳐 온 흙

어머니 자궁처럼

농부는 쌀 보리 조 수수 심는다

이 잉태의 계절

1년에 흙은 1mm밖에 생산하지 못하는데

문명은 더 빠르게 지구의 껍질을 벗긴다

－「흙」 부분

　밤섬의 "흙"은 새 시집 『연백』에서 한반도의 "흙"으로 넓어지더니 마
침내 "문명"의 세계이자 만물의 생명공동체인 "지구"의 흙으로 확대된
다. 시집 『밤섬의 숲』에 이은 시집 『연백』의 출간은 '흙'을 투시하는 시
인의 미시적시각이 거시적 시각으로 전환되고 있음을 의미한다. 그러나
이러한 시각적 전환은 일방형이 아니라 쌍방형이다. 시집 『연백』에서는
한반도의 여러 산들의 허파였던 "흙"이 "말㕮"을 전파하듯이 자신의 혈
맥을 "지구"의 허파를 향해 드넓게 이어나간다. 생명선의 연속성을 묘사
하고 있다. 그런데 이 생명선의 방향성은 베링해로 항해를 떠났던 연어
가 남대천으로 귀향하듯이 다시금 한반도의 "흙"으로 되돌아오고 있다.
시집 『연백』에서 "흙"의 혈맥과 생명선이 보여 주는 이러한 쌍방형의 진
행 구조는 자연의 순환론적 질서와 만물의 유기적 '상호의존'을 믿고 있
는 시인 함동선의 생태학적 세계관을 그대로 증거한다.
　사랑이 넘치는 "어머니"의 "말"을 먹고 성장하는 아이처럼 "흙"의 말
을 마시며 자라나는 아이가 "나무"이다. 흙의 자녀가 어디 나무뿐이랴?
흙이 요리해 준 "온갖 유기물"을 음식으로 먹고 흙의 품에 안기듯이 "손
으로 흙을 파는" 지렁이는 제 어미인 흙의 빛깔을 닮은 나무의 근친이 아
니겠는가? 모유를 먹듯이 유기물을 흡수하여 튼튼해진 "지렁이"는 어미
를 봉양하는 자녀처럼 흙의 몸에 살肉 한 점을 보태 드린다. 비록 "1mm"

밖에 안 되는 살점이라고 해도 수많은 자녀들을 낳을 "어머니 자궁"을 튼실하게 가꾸어 주는 살점이다. 만물의 순환 질서를 더욱 원활케 하는 살점이다. 그 살점 속에 "농부"는 "쌀 보리 조 수수"를 심고 흙의 열매를 얻는다. 함동선의 시 「흙」에서는 태초부터 반복적으로 순환되어 왔던 "흙"과 생명들 간의 상호의존 관계를 보여 준다. 이 상호의존의 관계는 "어머니 자궁"과 태아를 이어 주는 탯줄처럼 흙과 만물 사이에 유기적 생명선으로 결속되어 있는 생명의 소통 구조이다.

그러나 위의 시 「흙」이 갖는 문학적 의의는 생태계의 유기적 순환구조를 보여 주는 데 그치지 않는다. 마지막 시행에서 시인은 "어머니 자궁"인 흙이 '인간'이라는 흙의 자녀로부터 살점을 뜯기고 있다는 사실을 고발한다. 1mm의 살점이 "흙"의 자궁에 덧입혀지기까지는 아득한 세월이 필요하지만 인간의 문명은 바퀴에 칼날을 장착한 쾌속 열차처럼 직선적 질주를 거듭하며 "더 빠르게" 지구의 살점을 도려낸다. "껍질이 벗겨진" 자리를 아무렇지도 않게 성형하듯 제 어머니의 피부를 콘크리트로 덮어 버리는 "문명"의 파괴적 폭력성을 시인은 비판한다. 생태학적 인식을 묘사하는 데 그치지 않고 '생태위기'를 불러일으킨 사회적 원인을 비판하고 있다는 점에서 함동선의 시 「흙」은 독일의 '정치-생태학' 전문가 페터 코르넬리우스 마이어-타쉬가 명명했던 '생태시'의 모델이 될 수 있다. 인조인간을 만들 듯이 "흙"을 콘크리트와 쇠붙이로 "더 빠르게" 덮어 버릴수록 지구의 허파인 흙의 "껍질"은 더 빠르게 "벗겨질" 뿐이다. 허파가 파괴되고 허파의 크기와 넓이가 줄어들수록 생명의 숨결인 산소는 왜소해진다. 그 결과로서 인간은 '지구 온난화'로 대표되는 기후 변화의 재앙을 겪고 있다. 흙에서 태어난 모든 생물들이 인간과 함께 '생태위기'의 한계상황에 부딪쳐 있음을 시인은 「흙」의 마지막 시행에서 함축적으로 고발하고 있다.

생태학적 인식, 현실인식, 문명비판의 요소들에 이어 함동선의 시에서 나타나는 현실극복의 의지와 대안사회로 나아가는 미래지향적 비전은 그의 시를 '생태시'의 문학적 기준에 밀착시키는 요소이다. 궁극적으로 함동선은 허파인 "흙"의 기능을 살려 냄으로써 자연과 인간의 상호의존 시스템을 회복하는 과정을 밟으려 한다. 이 과정을 거쳐 생태학적 대안 사회인 에코토피아를 지상에 구현하려는 전망을 시의 곳곳에서 표현한다. "만물은 서로 돕는다"고 말했던 크로포트킨의 말처럼 에코토피아를 움직이는 원리는 만물의 막힘없는 상호의존과 유기적 소통 구조이다. 몸 속에서 혈관을 타고 혈액이 중단 없이 순환하는 것처럼 생태계 안에서 생명선을 타고 물, 공기, 흙, 동식물이 생명의 자양분을 주고받는 유기적 순환질서가 시「흙」을 포함하여 함동선의 다양한 시편 속에 산처럼 앉아 있다. 그의 연작시편「백두대간」이 가장 좋은 본보기이다.

> 백두산서 지리산까지 산줄기다 나무 큰 줄기의 1대간 작은 줄기의 12정 간正幹 가지의 13정맥으로 가른 생태축이다 뿐만 아니라 한강 낙동강 금강 외 여러 강과 하천의 발원지이기도 하다 이 생태축은 남의 땅 남의 마을로 등을 대고 있지만 서로 고통 나눌 수 있는 곳 살고 싶어서 장맛은 같다 대 간 남쪽은 영남 금정 정맥의 남쪽은 호남 경상도 물 전라도로 흐르지 않는 다 대간 종주꾼 떠나 보낸 날 비오고 눈이 오면 우산 들고 폭풍 부는 날 눈 을 뜨고 잔다 너는 나니까
>
> —「백두대간」 전문

함동선의 시「흙」과 더불어 그의 연작시「백두대간」은 한반도의 생태 계가 유기체적 네트워크임을 보여 준다. "백두산서 지리산까지 산줄기" 를 "12정간 가지의 13정맥으로 가른 생태축"이라고 부르고 있는 것이 이 를 입증하지 않는가? 몸의 각 기관이 혈관으로 연결되어 상호 작용을 하 는 것처럼 "백두대간"의 산들은 수맥과 지맥으로 연결되어 "너"와 "나"

의 고통을 함께 나누고 생명의 자양분을 주고받는다. '생태'라는 낱말이 본래 그리스어 '오이코스oikos'로서 '집'을 의미하는 것처럼 한반도의 생태계도 '지구'보다는 작은 '집'이다. 그렇다면 "백두산서 지리산까지"이어지는 "백두대간"은 집의 척추이자 몸의 등뼈와 같다. 심장에서 혈맥이 몸의 모든 기관으로 흘러 나가듯이 "백두대간"에서 한반도의 모든 강이 발원한다는 사실을 염두에 둔다면 "백두대간"은 몸의 심장 역할을 하는 생명공동체의 중추가 아니겠는가? 한민족뿐만 아니라 한반도에서 공생하는 모든 생물들에게도 "백두대간"은 생명의 근원이자 생명의 본향이다. "백두대간"을 따라 남에서 북으로 올라가면 만항재, 소백산, 죽령, 추풍령, 속리산, 덕유산, 함백산, 두타산 등 본향의 마을들을 만나게 된다. 어째서 산이 곧 마을인가? '덕유산'에 '털진달래꽃', '노란제비꽃', '족두리풀', '하얀만주바람꽃', '처녀치마꽃'이 살고 있듯이 백두대간의 모든 산은 꽃들의 마을이자 생물들의 거주지이기 때문이다.

> 털진달래꽃이 지른 산불에 땀 식히고
> 톡톡 바람결에 털진달래꽃 벙그는 소린
> 입 속에서 단내나는 산꾼들 기운 솟게 한다
> 중봉 가까워지자
> 노란제비꽃 족두리풀 하얀만주바람꽃
> 구름에 가려지고
> 향적봉 가는 길엔 보랏빛 처녀치마꽃 지천이다
>
> —「덕유산·1」부분

사람의 이름이 저마다 다르듯이 꽃들의 이름도 저마다 다르다. 한 사람이 독립적 인격체이듯이 한 송이 꽃도 독립적 생명체이다. 그러므로 꽃마다 이름이 다른 것은 당연한 현상이다. '이름이 다르다'는 것은 생김

새, 색깔, 크기, 속성, 생활의 섭리가 제각기 다르다는 것을 의미한다. 어느 꽃이든 존재의 의미가 분명할 수밖에 없다. 꽃을 비롯한 만물은 하늘과 대지로부터 필연적으로 부여받은 생명을 갖고 있기 때문이다. 그러므로 천부인권天賦人權만이 아니라 천부생명권의 중요성 또한 간과할 수 없다. 생명을 유지하고 보존하는 권리, 즉 '생명권'의 평등이 모든 꽃과 모든 생물에게 적용되어야 하는 당위성을 함동선의 시에서 확인하게 된다. 그런데 시「덕유산·2」에서 "나무 수만큼 하늘로 올라가는 강물"이 암시하는 것처럼 '산'은 어느 특정한 생물의 독점 거주지가 아님을 볼 수 있다. 사람의 다문화 공동체처럼 만물이 공생하는 생명공동체가 곧 '산'임을 알게 된다. '바위채송화', '노랑물봉선', '꽃며느리밥풀꽃'과 같은 꽃처녀들과 더불어 '고려엉경퀴', '긴산꼬리풀', '큰까치수염' 같은 풀草 총각들이 산동네의 주민으로 살아간다. '무당벌레'처럼 기어 다니는 생물, '나비'와 '벌'처럼 낮게 날아다니는 생물, '소쩍새'처럼 고공비행을 펼치는 생물 등 생활방식과 습성이 다른 무수한 생물들의 그린 빌리지GREEN VILLAGE가 곧 '산'이다. 시인 함동선의 시작품「속리산」, 「추풍령」, 「문경세재·2」, 「죽령·2」, 「만항재·1」, 「만항재·2」, 「백두산」 등이 이것을 말해준다. 백두대간으로 대표되는 한국의 '산'은 기어 다니는 생명, 걸어 다니는 생명, 피어서 향기를 발하는 생명, 날아다니는 생명 등 토박이 생명들의 공동거주지역이다. 한반도의 백두대간은 함동선의 생태학적 세계관을 통하여 "경계 없는 녹색의 우주"로 거듭나고 있다. 그 우주를 언어적으로 응축시킨 마이크로코스모스가 함동선의 시이다.

3. 함동선의 시에 나타난 '정치-생태학'의 패러다임과 생태주의적 역사의식

시인 함동선의 시에서 읽을 수 있는 생태학적 세계관 혹은 생태의식은 '생태'라는 문제에 제한되지 않는다. 그의 생태의식은 정치의식 및 역사의식과 떼려야 뗄 수 없는 문학적 혈연관계를 맺는다. 시집 『밤섬의 숲』, 『한줌의 흙』 등 이전에 상재했던 시집에 이어 새 시집 『연백』에서도 '정치-생태학'의 관점으로 바라볼 수 있는 의미의 반경이 넓다. 정치와 역사에 대한 시인의 인식체계가 생태학적 세계관과 통섭을 이루고 있기 때문이다. 시인 함동선은 경계가 없어야 할 우주적 생태계의 허리를 철책으로 동강 내는 정치적 원인과 역사적 조건에 대하여 언어의 창검을 겨누고 있다. 역사의 진행과정에서 발생하는 국제정치의 '힘의 논리'를 비판하고 '분단'이라는 정치의 부조리를 응시하는 시인의 펜촉은 차갑다. 그러나 그의 펜촉이 예리한 섬광을 발하는 것은 한반도의 뭇 생명을 보듬어 지켜내려는 모성적 눈빛의 소산이기도 하다. 바로 이 점에서 시인 함동선의 생태의식은 역사의식 및 정치의식과 결합하여 하나의 몸을 이루게 된 것이다. 그의 시가 가진 가장 큰 문학적 가치가 아니겠는가? 이러한 문학적 가치를 대변하는 「연백」을 읽어 보자.

아버지 상여가 귀야산貴也山 자드락 길을 돌아갈 적에 개망초꽃이 가로막고 한다는 소리가 '감옥 간 상주 올 건데 왜 서둘러 떠나시오' 한다 달포는 지났을까 8·15광복으로 식민지를 불 지르고 있는 마을에 삼팔선 그은 지도 한 장 든 형이 달구지 타고 돌아온다 피골이 상접한 몰골은 일본군에 끌려가면 못 돌아온다는 말에 독립운동하다가 감옥에 끌려갔다가 살아온 몸값이다 B29비행기 구름이 쉬던 산등성이엔 이내가 걸리고 새들은 삼팔선 말뚝을 넘어가고 오지만 꽃과 나무와 풀은 이미 남과 북으로 갈라섰다

내 고향은 '삼팔선 이남'의 변방이 되었다

─「연백」 1연

　시의 화자는 '분단'이라는 역사적 사건이 정치적 이념의 대립과 체제의 대립만을 의미하는 것이 아님을 말하고 있다. '분단'을 뜻하는 "삼팔선 말뚝"은 인간관계만이 아니라 인간과 자연 간의 관계에서도 수많은 해체와 분열을 일으켰다는 것을 은유적으로 말하고 있다. "새들은 삼팔선 말뚝을 넘어가고 오지만 꽃과 나무와 풀은 이미 남과 북으로 갈라섰다"는 화자의 발언이 바로 그것이다. "삼팔선 말뚝"은 민족공동체와 정치공동체를 분단시키는 데 그치지 않고 한반도의 생태계마저도 분단시켰다. 남녘의 자연과 북녘의 인간을 "갈라" 놓고, 북녘의 자연과 남녘의 인간을 분단시켰다. 하나의 생활터전이었던 한반도는 국제정치의 역학관계 속에서 약소국의 운명처럼 '분단'을 강요당할 수밖에 없는 상황이었다는 것이 "B29" 속에 암시되어 있다. 한반도의 '분단'은 열강들의 세력다툼이 낳은 약소국의 비극이었다는 시인의 역사의식이 현실정치에 대한 시인의 비판의식과 맞물려 있다. 하나의 운명이었던 민족공동체의 분열, 하나의 몸이었던 가족의 해체, 하나의 동반자였던 자연과 사람간의 단절 등등. 한반도 안에서 살아가는 '생명'을 가진 모든 존재들의 관계가 연속적으로 "갈라"진 것은 정치적 분단의 결과물임을 시인 함동선은 미시와 거시의 통섭적 시각으로 통찰하고 있다.
　'정치─생태학'이라는 융합적 학문의 관점으로 바라볼 때에 더욱 선명히 드러나는 것은 시인의 '생태주의'적 역사의식이다. 인간과 자연 간의 관계를 분리시키는 원인이 열강들의 '힘'의 논리, 정치적 분단, 전쟁 등의 잘못된 '정치'에서 발생한다고 시인은 확신하고 있기 때문이다.

만년 동안 두무진 바위 깎고 다듬은 비경 보아라
누가 신의 작품이라 했는가
사곶냉면의 '반냉' 먹고 찾은
하늬해변에 박은 용치龍齒 쇠기둥이
노을을 끌어당기자 번쩍이는 창이요 칼이요
온종일 서해 5도 돌며 경계 근무한
가마우지와 갈매기 그 끝에 날개 접는다

―「백령도」 부분

　"두무진"이 내비치는 "비경"의 아름다움이 무색할 만큼 "가마우지"와
"갈매기"조차도 백령도에서는 "경계" 태세에 만전을 기하는 보초병 같
다. 물론 "두무진"과 "하늬해변"은 "신의 작품"이라는 별명을 가져도 손
색없는 겉모습을 지니고 있다. 그러나 언제든지 물리적 폭력에 의해 흔
적조차 남지 않을 가능성을 배제할 수 없는 까닭에 박명薄命을 염려해야
만 하는 미인 같다. 한반도는 장기 휴전 상태에 있는 휴화산이라고 해도
과언은 아니기 때문에 "비경"을 자랑하는 "가마우지"와 "갈매기"의 낙원
조차도 잘못된 정치의 파장으로 인하여 "창"과 "칼"의 위협에 노출되어
있다. 전쟁과 냉전이라는 정치적 병리현상은 언제든지 자연을 파괴할 개
연성을 갖고 있다. 인간과 자연 간의 생명선을 단절시키는 원인도, 인간
과 자연 간의 정서적 연대를 분열시키는 원인도 한반도를 둘러싼 기형의
정치에 있다고 한다면, 그 '정치'가 낳은 기형아는 곧 전쟁과 냉전이다.

　강대국의 패권주의는 한반도를 분단시킨 것도 모자라서 민족공동체
를 전쟁의 화마에 사로잡히게 만들었다. 마침내 인간과 자연 간의 생태
적 연결고리를 끊고 정서적 연대마저도 해체시켰다. 그런데 시인 함동선
이 정치의 부조리로 인식하고 있는 '패권주의'는 분단의 주범인 소련과
미국에게만 해당되는 것이 아니라 고려를 실질적 식민지로 만든 원나라

와 조선을 신하국으로 삼은 청나라에까지 거슬러 올라간다. 시인의 폭넓은 역사의식을 확인할 수 있다. 「강화 · 1」, 「강화 · 2」, 「함왕성 · 1」, 「함왕성 · 2」에서 침략국의 전리품이 되어 끌려가는 한민족의 여인들은 가족과 헤어지는 아픔을 겪는 데 이어 어린 시절부터 정들었던 고향의 자연과 분리되는 정서적 유대감의 박탈을 경험한다. '분단'이라는 현실 속에서 고향 '연백'의 자연과 유리되어 미아의 아픔을 앓고 있는 시인의 자화상이 여인들의 얼굴로 바뀌어 있다. 이와 같이 함동선은 한반도의 역사를 관류하는 통시적 안목으로 일천년의 '정치'를 비판하고 성찰한다. 인간과 자연 간의 생명선을 단절시키고 자연에 대한 정서적 유대감을 앗아가는 '정치'의 부조리가 시인의 질타를 받는다. 역류하는 역사의 물결 속에서……

그러나 시인은 분열되었던 것들을 새롭게 통합하고, 해체되었던 것들을 예전처럼 결속시키며, 단절되었던 것들을 다시금 연결시키려는 염원을 포기하지 않는다. 시집의 표제작 「연백」은 제1연에서 '정치-생태학'의 관점으로 한반도의 역사를 비판하였지만 이것은 현실극복의 의지를 반증하는 것이라고 볼 수 있다. 시의 화자는 제2연과 제3연의 고향을 향한 그리움의 불씨로부터 '분단'을 극복하려는 소망의 불을 지펴 올린다. 시 「연백」의 마지막 연(제4연)은 민족공동체의 결속과 생명공동체의 통합을 '기다리려는' 소망을 마지막 순간까지도 포기하지 않는 시인의 의지를 확인시켜 준다.

내 안의 속앓이와 내 밖의 억눌림으로 성숙한 나이가 되었다 자유를 지킬수록 재도 없이 타버려야 한다는 것을 안 것은 그 무렵이었던 것 같다 아침마다 우물가의 세숫대야에 북한산 세 봉우리 뜨는 거 보고 집 떠나는 연습을 했다 하루는 그림 같이 앉았다가 또 하루는 어린 시절의 물처럼 흐르다가 머무름과 떠남의 경계에서 6 · 25전쟁이 터졌다 끝이 처음에 접해 있

너 휴전으로 분단은 고착화되고 나의 역마살은 지금도 바람이다 '고도를
기다리며'

―「연백」 마지막 연

시인의 말처럼 "휴전으로 분단은 고착화"되었다. 그러나 분단을 극복
하고 민족의 통합과 생명의 결속을 회복하려는 소망은 "역마살"처럼 "바
람"을 타고 삼팔선의 장벽을 넘나든다. 시인이 이야기하는 "기다림"은
소망의 또 다른 이름이다. 스웨덴 한림원이 주최하는 시상식에는 의도적
으로 불참하였으나 '노벨 문학상'을 수상한 바 있는 아일랜드 출신의 작
가 사뮈엘 베케트의 희곡「고도를 기다리며Waiting for Godot」를 마지막 시
행詩行에서 언급하고 있는 까닭은 무엇일까? 부조리극의 대명사로 알려
진 이 희곡의 테마는 무엇일까? 그것은 제목과 같은 "기다림"이다. 이 희
곡에 등장하는 작중인물 '블라디미르'와 '에스트라 공'은 50년 이상 '고
도'라는 존재를 기다려왔다. 어제도 기다렸고, 오늘도 기다리고 있으며,
내일도 그들은 '고도'를 기다릴 것이다. 다양한 의미로 해석될 수 있는
'고도'는 모든 인간이 갈망하는 미래의 유토피아로 해석될 수도 있다. 인
간세계의 모든 어려움을 해결해줄 수 있는 신적 존재로 해석될 수도 있
다. 그러나 사뮈엘 베케트는 '고도'가 어떤 존재이며 어떤 세계인지 명확
하게 규정하지 않는다. 문학작품은 다층적 시각에서 바라볼 수 있는 체
험의 산물이기 때문이다. 또 다른 이유가 두 가지 더 있다.

연극 비평가 마틴 애슬린은 1953년 파리의 '바빌론 극장'에서 처음 공
연된 연극『고도를 기다리며』를 관람한 후에 이 작품을 "부조리극"이라
고 명명하였다. 이때 '부조리'란 정치적 부조리와 사회적 부조리를 뜻하
는 협소한 의미가 아니다. 이 '부조리'는 역사철학의 의미를 지니고 있다.
우주, 세계, 역사를 움직이는 근본적 원리를 인간의 이성으로는 인식할

수 없기 때문에 세계와 역사를 인간의 의지로써 개혁하는 것도 불가능하다는 것이다. 인류의 역사는 고대에서 현대에 이르기까지 계속 '반복'될 뿐이라는 것이 '부조리 문학'과 '부조리극'에서 이야기하는 '부조리'의 의미이다. "역사는 계속 발전한다"라고 주장하는 진보사관과는 다른 역사관을 갖고 있는 역사철학의 입장이라고 말할 수 있다.

독일의 실존주의 철학자 마르틴 하이데거Martin Heidegger가 인간을 "지금 이곳"으로 "내어던져진 존재"라고 규정하였듯이 '부조리 문학'의 거울에 비춰진 인간은 '부조리'의 세계에 '내어던져져'서 '부조리'의 감옥에 갇힌 채 살아가고 있다. 세계의 원리를 인식할 수도 없고 세계를 개혁할 수도 없기 때문에 역사는 발전하는 것이 아니라 계속 반복될 뿐이며 이 반복에서 느껴지는 허탈한 슬픔조차도 묵묵히 견뎌내는 수밖에는 다른 도리가 없다는 것이다.

그러나 사뮈엘 베케트와 더불어 '부조리 문학'의 대표적 작가로 손꼽히는 알베르 카뮈가 '시지프스'라는 신화적 인물을 내세워 '부조리'에 대한 '반항'을 제시한 것을 주목해보자. 인간은 '부조리'의 감옥에 갇혀 있다고 해도 이 '부조리'가 개선되기를 끊임없이 "기다리고" 희망하는 존재이다. 산정으로 굴려 올린 바윗돌이 언제나 처음 출발했던 곳으로 되돌아오는 무의미한 행위를 반복하고 있지만 시지프스는 자신이 옮겨 놓은 바윗돌이 산정에 우뚝 멈춰 설날이 오리라는 희망을 버리지 않는다. 시인의 말처럼 "역마살"의 "바람"은 결코 멈추지 않는 것이다. 난공불락의 '부조리'한 산정에 '반항'의 바윗돌을 굴려 올리듯이, 블라디미르와 에스트라 공은 고도처럼 아득하고 험한 미래의 고도Godot를 향해 "기다림"의 돌을 굴려 올리기를 중단하지 않는다. 인식할 수 없다고 할지라도 인식되지 않는 세계의 극점을 향해 이성의 돌을 끊임없이 밀어 올린다.

개혁할 수 없다고 할지라도 개혁되지 않는 세계의 중심을 향해 의지의 돌을 중단 없이 밀고 나간다. "살아 있다"고 말할 수 있는 것은 "기다림"을 포기하지 않고 고도를 만나기 위해 끊임없이 고도를 향해 전진을 멈추지 않는 데 있다. "내어 던져진" 곳에서 수많은 한계의 장벽에 부딪친 채 살아가지만 그 장벽을 넘어서서 근원적 세계를 향해 언제나 새롭게 항해의 돛을 올리는 배船가 곧 "살아 있는" 인생이 아니겠는가? 마르틴 하이데거가 말하는 "존재"의 "실존"은 바로 이것을 두고 하는 말이 아니겠는가?

시 「연백」에서 함동선은 "휴전으로 고착된 분단"의 장벽이 무너질 수 있다는 소망의 씨앗을 "기다림" 속에 심는다. 민족공동체의 통합과 생명공동체의 결속이라는 산정을 향해 "기다림"의 돌을 굴려 올린다. "기다림"의 돌로 육화된 시인의 온 생명은 '분단'이라는 장벽을 향해 "지금도" 반항의 "바람"을 변함없이 불어 보내고 있다. 이러한 시각으로 바라본다면 표제작 「연백」을 비롯하여 함동선의 새 시집 『연백』 속에 담긴 모든 시편을 필자는 '기다림과 나아감의 변주곡'이라고 명명하고 싶다.

시인 함동선이 "기다리는" 대상은 단지 남과 북의 이념적 분단, 정치적 분단, 영토의 분단이 극복되는 단계만이 아니다. 그가 주목하는 분단의 현실은 남과 북의 '자연'이 서로 분열되었고, 북의 '자연'과 남의 '사람'이 분리되었으며, 남의 '자연'과 북의 '사람'이 갈라진 현실이다. 그러므로 그가 "기다리는" 대상은 영토의 통일, 이념의 통일, 정치의 통일만이 아니라 '갈라진' 자연과 사람간의 통합이 이루어지는 생명공동체의 통일로 확대된다. 그의 시적 렌즈는 한반도의 역사를 거시적 시각으로 통찰하는 가운데 미시적 시각으로 '자연'과 '사람' 간의 관계까지도 정밀하게 투시한다. 시 「연백 아리랑」에 등장하는 "기다리는 임"은 시인과 헤어진 북녘의 모든 사람들만이 아니다. "임"은 시인의 소년 시절에 '갈라선' 북녘의 자연이기도 하다. 더 나아가서는, 철조망 없는 하늘을 지붕으로 삼고

사람과 자연이 생명의 숨결을 막힘없이 주고받으며 공생하는 '생태사회'
가 마침내 "기다리는 임"의 얼굴로 떠오른다. 그러므로 함동선의 시에서
살아 돋히는 '기다림'의 의지는 정치의 분단, 이념의 분단, 영토의 분단을
극복하는 과정을 통해 자연과 사람간의 분단마저도 극복하려는 '생태주
의'적 역사의식을 지니고 있다. 이것만으로 함동선의 시가 갖는 문학적
가치가 종결된 것은 아니다.

마지막으로 필자는 함동선의 시세계를 '생태주의적 역사의식의 미학
적 결정체'라고 정의하고 싶다. '미학적'이라는 가치를 부여할 수 있는 근
거는 무엇일까? 그의 시에 등장하는 자연의 모든 생물들이 한반도의 역
사를 증언하는 객관적 상관물의 기능까지도 맡고 있기 때문이다. 시집
『연백』의 척추를 형성하는 백두대간의 산, 숲, 나무, 풀, 꽃, 새들은 '분
단'과 '전쟁'이라는 역사의 진실을 증언하는, 살아 있는 녹색의 역사책이
다. 그러나 함동선의 시에서 '자연'이 담당하는 미학적 기능은 단지 한반
도의 역사를 대변하는 연초록 대리자에 그치는 것이 아니다.

> 휴전선 최북단 도라산의 새
> 하늘에 길을 내고 날아간다
>
> —시 「꽃신 무덤」 부분

"휴전선" 위에 펼쳐진 "하늘"로 하나 됨의 길을 여는 "새"를 보라! '분
단'이라는 인위적 대립의 벽을 아무렇지도 않게 초월해 버리는 '자연'의
힘은 시인에게 '분단'을 극복할 수 있다는 소망을 안겨 준다. '자연'은 한
반도의 허리를 동강낸 정치적 장벽과 이념적 철조망을 허물 수 있다는
'소망'의 은유로서 기능하고 있다. 그럼에도 '자연'의 역할이 은유에만 그
치는 것은 아니다. 시인이 체험해 왔던 '자연'의 유구한 생명은 민족공동

체의 통합과 생명공동체의 결속을 회복할 수 있는 실제적 에너지를 시인에게 안겨 준다. 그 에너지의 원천이 '자연'임을 은유, 상징, 수사의 조합을 통하여 형상화하는 까닭에 시인 함동선의 시세계는 "생태주의적 역사의식의 미학적 결정체"로서 현대시사의 한 페이지를 자리매김할 것이다.

(시집 『연백』, 2013.6)

Ⅲ
이미지의 조형성과 시학적 모색

함동선론

유한근*

1.

　함동선의 시인적 삶은 1958년『현대문학』에 미당의 추천으로 시작된
다. 첫 시집『우후개화』(한림각, 1965)를 낸 후,『꽃이 있던 자리』(동화문
화사, 1973),『안행』(현대문화사, 1976),『눈 감으면 보이는 어머니』(시
문학사, 1979),『짧은 세월 긴 이야기』(산목, 1997) 등을 펴냈으며, 시선
집으로는『함동선 시선』(호롱불, 1981)과『우리의 빈 들녘을 깨우는 새
벽』(청한, 1995)을 출간했다. 함동선 시인에 대한 중요한 시인론 및 작품
론으로는 문덕수의『함동선 시선』(현실과 휴머니즘 문학, 성문각, 1985)
을 비롯하여 시인의『회갑기념논총』(청한, 1990)에 수록된 원형갑의
「함동선과 시인의 사계」, 이운용의「분단 상황의 극복과 통일 지향의 고
향의식」, 이유식의「향토적 정서의 현대적 수용」, 채수영의「사향과 시
적 변용」 등이 있다. 이 글들에서 공통적으로 나타나는 작품에 관한 담론

* 유한근: 문학평론가, 디지털서울문화예술대학교 교수.

은, 함동선 시인의 시 창작의 방법론은 모더니즘적인 성향을 지니고 있으며, 시인의 주된 모티프는 망향의식이라는 점에서 일치하고 있다.

'『함동선 시선』을 중심으로'라는 부제가 붙은 이유식의 글은 함동선 시의 특징, 그 요체를 비교적 잘 갈파한 평론으로 주목된다.

> 그의 시의 주제는 대체로 자연의 섭리와 자연 속에 내재해 있는 사랑의 원리, 인사와 인륜 그리고 고향 상실의식과 역사의 아픔으로 요약할 수 있다. …… 추상적인 관념시platonic poetry를 싫어하고 또 한편 언어와 감정의 고도한 절제와 제어 …… 그리고 이러한 시에서 보인 그의 기교는 청각적 이미지나 시각적 이미지를 통한 과거 연상의 수법을 쓰기도 하고 때론 상상적 이미저리를 통해 과거와 현재를 병치시켜 보는 수법을 쓰는가 하면 때론 환상적 수법을 쓰기도 한다. …… 그는 센치멘털리즘을 기피했기 때문에 보다 견고한 이미지를 구사하려고 노력하는 것 같다. 현란스런 수사를 피하고 조형적이고 회화적인 이미지 그리고 묘사적 이미지를 즐겨 사용하고 있다. …… T. E. 흄과 같은 이미지스트 내지 정지용鄭芝溶의 시에서 보이는 이미지즘의 시, 존. 크로우 램섬식으로 말한다면 '사물시phisical poetry'에 해당하는 유형이다.
>
> ―이유식, 「향토적 정서의 현대적 수용」에서

이유식의 위의 견해처럼 함동선 시의 표현 구조는 이미지즘의 영향권에서 벗어나지 않고 있다. 한국 현대시의 창작 방법론이 서구 현대시에서 온 만큼 이를 부정할 수는 없을 것이다. 그러나 함동선의 시는 이유식의 지적처럼 흄이나 램섬, 엘리어트, 에즈라 파운드의 영향권에서 안주하고 있지 만은 않다. 시인은 『함동선 시선』의 자서에서 이렇게 밝힌다. "응축되고 압축된 언어는 그 언어의 알맞은 우리의 감정과 사상을 담은 그릇으로, 그 그릇에는 우리의 감정과 우리의 사상의 모양을 한 '삶'의 모습 즉 한 편의 시가 담겨진 모습은 자신이 살아온 인생의 응축"인 만큼 '국적' 있는 시를 써야 한다고, 여기에서의 '그릇'은 이미지즘의 시 창작 방법론 차용을 의미한다. 그리고 그 안에 담기는 정서나 사상은 한국의 것이어야 한다. 우리의 것을 응축해서 담는 한국적인 언어이어야 함은 물론이다. 이러한 함동선 시인의 시학이 반영되고 있는 시는 쉽게 찾아 진다. 함동선 시인론이나 작품론에서 공통적으로 거론되고 있는 일련의 시들이 그것이다. 이들 시가 때로는 미당의 톤과 분위기를 느끼게도 하지만, 결코 미당의 것은 아닌 언어와 정서 그리고 사상으로 나타나고 있는 점도 간과할 수는 없을 것이다. 이에 대해 문덕수는 「함동선론」에서 다음과 같이 그의 시적 면모를 정리한다.

> 함동선 시가 앞으로 어떻게, 그리고 어떤 방향으로 나아갈 것인가는 물로 예측 할 수가 없다. 그러나 이상 시도한 그의 작품의 구조 분석과 시적 역정의 고찰을 토대로 해서 볼 때, 현실과 역사에 대한 관심의 확대와 더불어 '자연'이 가지는 초월적 의미의 탐구가 계속될 것으로 생각된다. 자기의 자전적 체험이 단절시대라는 오늘의 역사적 상황의 의식으로 확대되고 있고, 자연의 초월적 의미가 현실의 삶에 지대한 영향을 미칠 뿐 아니라 나아가서는 단절에 의한 상실세계를 통합하여 새로운 세계의 회복을 가능하게 하는 존재로 시사되고 있다는 점에서, 휴머니즘의 실현과 통일지향이라는 1980년대 민족문학의 가능성이 계속 추구될 것으로 생각된다.
> —문덕수, 「함동선론」(『현실과 휴머니즘 문학』, 성문각, 1985, 101쪽)

문덕수의 위의 글은 함동선 시가 "자연의 심상이 과거와 현재, 상실된 고향의 공간과 현실 세계를 통합"하려 하고 있으며 "이러한 사실은 단절을 극복하고 두 세계(남북)를 통합하여 한 단계 높은 세계를 회복해 보려는 의지" 즉 분단시대 문학의 휴머니즘으로 우리 민족문학의 가능성을 발견하려는 문학적 의지의 소산임을 밝히고 있는 글이다(문덕수의 위의 글, 100~101쪽). 민족의 통합 원리를 두 세계의 통합, 즉 과거와 현재, 고향 상실의 공간과 현실 공간 등의 통합을 통해, 문예창작적으로 제시한 함동선 시의 변모를 밝힌 글이다. 이와 같은 맥락에서 이운룡은 「분단 상황의 극복과 통일지향의 고향의식」이라는 함동선론을 썼다(『산목함동선선생화갑기념논총』, 579~600쪽). 그리고 채수영은 「사향과 시적 변용」이라는 글에서 함동선의 망향과 역사의식과 그의 시 수사학적 변용을 살피고 있다(위와 같은 책, 769~818쪽). 이런 함동선론을 통해 함동선 시세계의 요체는 어느 정도 밝혀진 셈이라 필자의 함동선론도 새로울 것으로 기대되지는 않는다. 그러나 기존의 함동선론과의 변별성을 위해 거론되지 않은 시들을 통해 함동선의 시 창작 공간을 탐색하여 시 창작의 방법론, 그 일단을 찾아보려 한다.

2.

함동선은 모더니즘적인 시인이다. 그러나 '국적 있는 시'를 쓰려는 시인이다. 여기에서 '국적'의 의미는 '한국적'이라는 의미일 것이다. 자신이 『함동선 시선』의 '자서'에서 밝힌 대로 '국적'의 의미는 우리의 정서와 사상을 의미할 것이다. 서양의 그릇과 솜씨를 빌어 담을지라도 우리의 그릇과 솜씨로 우리의 생각과 느낌을 담는 시를 함동선은 '국적'이라고 표현했을 것이다.

함동선은 최근의 시집 『짧은 세월 긴 이야기』(산목, 1997)의 서문에서 자신의 '고향이 자신을 시인으로 태어나게 만들었음'을 토로하면서 시의 기능을 다시 이렇게 상기한다.

> 오늘의 시는 노래하거나 절로 나타나기보다 짓고 만드는 것이다. 만듦으로써 시는 세계와 사물의 본질을 깨우치고 스스로의 존재에 근거를 마

련한다. 그것은 시인 자신의 원심적 확대일 수도 있고 구심적 응집력일 수도 있다. 시 쓰는 일은 새로운 정서를 찾는 것이기보다 보편적인 정서를 활용하는데 있다. 보편적인 정서를 활용함으로써 누구에게나 강력한 호소력을 발휘한다는 것은 시가 누리는 가장 중요한 기능의 하나다. …… 나의 시는 나의 삶에 있어서 고향이 무엇인가를 찾는 일이고, 고향 앞에서 나란 무엇인가를 알아내는 일이다. 그리하여 내가 고향의 뜻을 열고 내가 열릴 때 우리 역사도 열리게 될 것이다.

—함동선 시집 『짧은 세월 긴 이야기』, 7쪽에서

위의 글에서 '짓고 만드는' 것이 오늘의 시라는 창작 방법론은 동서양의 문학 이론이 일치하는 견해이다. 시는 노래하는 것인가 혹은 지어지는 것인가에 대한 담론은 동서양 모두 부단히 전개되어 왔던 것이지만, '시가 짓고 만드는 것'이라는 견해는 서양의 모더니즘 문학론과 중국 시학의 '시안론詩眼論'에서 찾아볼 수 있어 동서양 공히 있어 왔던 담론이라는 점에서 그러하다. 그리고 '시 쓰는 일은 보편적 정서의 활용'이라는 위의 함동선의 시학도 이런 점에서 일관성 있는 견해이다. 그러나 위의 인용문에서 '고향'의 의미는 단순한 함동선 시인의 '실제적 공간'인 연백만을 의미하지는 않을 것이다. '고향'의 의미 공간이 시인의 원체험 공간인 연백에서 출발했다 하더라도 시로써 역사를 여는 공간일 때, 그 공간은 단순한 망향의 공간만이 아니라, 우리 시가의 원형적인 공간까지 확대될 수 있다는 의미이다. 시 「오후」가 그 하나의 예이다.

> 가을 햇살이 한 뼘쯤 기어든 창가에
> 낡은 소파가 마주 놓여 있다
> 벽에 걸린 세한도 솔잎이 이는 바람이
> 낮잠을 깨웠는지
> 신발 끄는 소리가 들려온다

III 이미지의 조형성과 시학적 모색 425

칠이 벗겨진 탁자 위에
먹다 남은 녹차 잔에는
낮 두 점을 치는 뻐꾸기소리가 넘친다
펼쳐놓은 시집에
'단풍이 든 판소리 가락이
낮게 떨려 나오는 동구 밖' 그 동구 밖까지
담을 따라 핀 코스모스의 키가
자꾸 작아진다

　　　　　　　　　　　　　　　　　－「오후」 전문

　이 시는 함동선의 대표시라 해도 좋을 「오후」이다. 이 시의 시작은 망
향의 공간을 그린 시 「어느 날 오후」에서 출발한다. 그리고 「가을 소묘」
를 통과하여 나온다.

산골 논배미의 낮짝만한
우리 집 마당은
아이들 도화지모양 모로 찢어져 있는데
그 한 모서린
빨강 노랑으로
피어 있는 채송화 꽃밭이
열인지 스물인지 알 수 없는 나비의 날개로
둘러져 있는데
봉숭아 몇 포기가
동생을 거느린 형같이 우뚝 서선
세월을 쉬었다 간 흔적이 두어 개
개울이 되어 흐르는 내 이마를 쳐다보고
그 다음에는
봉숭아물을 들이던 내 손톱을

내려다본다

– 「어느 날 오후」 전문

위 두 편의 시 「오후」와 「어느 날 오후」는 시간과 공간을 뛰어넘어 시인의 심상, 그 중심에 놓인 '오후'와 만난다. 그리고 「가을 소묘」의 '고향의 풍경'의 '코스모스'와 만난다. 「어느 날 오후」, 「가을 소묘」 그리고 「오후」를 연결해 주는 모티프는 '고향'의 풍경 체험이다. 그리고 과거와 현재에도 다름없는 시간, 햇살이다. 그러나 무엇보다도 중요한 것은 시인의 심상이다. 그리고 시인의 시 창작의 방법이기도 하다.

검푸른 소나무숲의 그림자가
철교를 자나 억새밭을 지나
산자락에 주춤한다
이에 놀란 잠자리가
햇볕을 받는
둑의 긴 허리를 따라
바람을 기다리는 자세로 핀
코스모스에 앉는다
단풍이 든 판소리 가락이
낮게 떨려 나오는 동구 밖
허리 굽은 할머니의 어깨 너머로
가을 해는 정말 뜻이 없는지
기울었다 하면 금방 저무는가
내 가슴에는
자꾸 마른 잎 하나가 굴러간다

– 「가을 소묘」 전문

시「오후」는 위의 시「가을 소묘」의 시 구절 '단풍이 든 판소리 가락이/ 낮게 떨려 나오는 동구 밖'과 '코스모스'를 중요한 모티프로 차용하여 쓰여진 시이다. '세한도 솔잎에 이는 바람', '신발 끄는 소리', '낮 두 점을 치는 뻐꾸기소리'와 '판소리 가락'이라는 청각적인 이미지를 '창가에 기어드는 가을 햇살', '낡은 소파', '칠이 벗겨진 탁자' 그리고 '담을 따라 핀 코스모스'라는 시각적 이미지와 유기적인 구조로 오후의 심상을 빚어낸 한 폭의 '세한도' 같은 시이다. 그러나 이 시 속에서 시「어느 날 오후」와 「가을 소묘」에서 드러내 주고 있는 시인의 망향이 절제되어 행간 속에 숨겨져 있다. 이 시에서 시인의 감정이 묻어난 곳이 '담을 따라 핀 코스모스의 키가/ 자꾸 작아진다'라는 끝 구절이다. 시「가을 소묘」에서의 코스모스는 '바람을 기다리는' 심상으로 표현된 데 반해 시「오후」에서는 '작아진다'라고 표현하고 있다.

전자의 코스모스가 꿈을 가지고 있으며 그 꿈을 키우고 있는 코스모스라 할 때, 후자의 코스모스는 꿈을 죽이는, 꿈을 잃어가는 코스모스를 의미할 것이다. 여기에서의 꿈은 그의 망향의식을 염두에 둘 때, 귀향 혹은 통일 조국이라는 것으로 이해해도 좋을 것이고, 시인으로서의 삶을 염두에 둘 때, 열정 혹은 시인이 지향하려 하는 시세계인 '국적 있는 시'일 수도 있을 것이다. 부연컨대 '담을 따라 핀 코스모스의 키가/ 자꾸 작아진다'는 의미는 국적 있는 시로의 안착을 의미한다는 말이다. 서양적 시학의 차용으로부터 벗어나 원숙한 한국 시인으로서의 정신세계에로의 귀착을 의미하는 것으로 이해해도 좋을 것이라는 의미이다.

함동선 시인은 미당 서정주의 추천으로 시인으로서의 삶을 시작했다. 그러나 서정주의 시의 표현 구조를 따랐다고는 볼 수 없다. 오히려 함동선 시인은 많은 이가 지적했듯이 흄이나 에즈라 파운드의 시 창작 방법론을 한국화하려고 시도한 시인이다. '한국화'란 한국인의 정서적 구조와 의식 구조화를 의미한다. 문덕수의 지적대로 '함동선의 리얼리티나 현실적 윤리는 자연 질서의 추구를 통해서 조명되고 있다.

그의 세계관이 자연과 현실이 동일성을 바탕으로 한 일원론에 입각하고 있는지의 여부는 속단할 수 없으나, 그의 시는 자연과 현실의 괴리 내지 모순을 암시하면서 형상된 대조적, 통합구조를'(문덕수의 「함동선론」, 위의 책, 94쪽) 의미한다. 표현 구조 즉 하드웨어는 흄이나 에즈라 파운드의 것을 빌어오고 있으나 그 내용인 소프트웨어는 우리의 것, 미당의 것에 접목된 함동선 자신의 것을 담고 있다는 의미이다.

> 첫눈 오는 날
> 아끼고 아낀 봉숭아물든 손톱이
> 이렇게 먼산에까지 비치니
> 나는 아내의 가구인가
> 강 굽이를 돌아 솔바람을 일으킨 기차는
> 오백 리를 달려왔는데
> 이불장 여닫는 소리 희미하게 들려온다
> 눈은 어둠을 밝히기 위해
> 흰 종이를 찢는데
> 길은 아직도 몇 날을 더 가야 하는데
> 밤은
> 나무의 키를 넘고
> 골짜기를 건너 쌓여만 간다
>
> ─「첫눈 오는 날」 전문

감성적 터치가 수채화 같은 시이다. 내면의 서정 공간을 한 폭의 풍경에 의탁한 정결한 시이다. 그러나 아름다운 수채화도 이 시에 실향의 아픔이 배어난다. '봉숭아 물든 손톱', '기차', '어둠', '밤' 등의 시어들은 함동선 시인의 시에서는 특별하기 때문이다. 고향을 잃은 아픔의 시어이기 때문이다. '봉숭아물든 손톱'의 이미지는 시인의 고향 연백의 집 마당을 떠올려 쓴 망향의 시 「어느 날 오후」에서도 차용되고 있다. 이 '손톱'은 그의 고향 집 마당을 옮겨온 것이며 고향의 색깔과 냄새, 그리고 소리를 옮겨 온 총체성을 지닌 이미지다. 그리고 '기차'는 그의 시어 '철교'와 함께 고향을 이어주는 유일한 매체로 남북 통합의 표상물로 인식해도 좋을 시이다.

> 시간이 멈춘 곳
> 정적이 깻잎처럼 재어 있다
> 기찻길이 끊어진 저 너머에는
> 핏빛 풀이 우거져 있는 것 같다
> 역광으로 뻗은 길을 옆으로 자르고
> 철새들이 날아간다
> 기둥만 남은 로동당 당사에
> 바람이 구름의 그늘을 벗기자
> 널따란 판자처럼 내려오는 하늘을
> 한 장의 흑백사진으로 찍는다
>
> ―「비무장지대」 전문

　위의 시의 '기찻길'처럼 함동선 시인에게 있어서는 '기차'라는 시어는 분단의 아픔이며 남북통일의 표상물이기도 하다. 뿐만 아니라 시적 자아이기도 한 '철새'의 등가치적인 시어이기도 하다. 시어 '밤'과 '어둠'은 망향을 그린 그의 시에서는 남북 통합을 기다리는 분단 상황의 이미지로 차용된다. 위 시의 '깻잎처럼 재어 있는 정적'과 함께, 그리고 '한 장의 흑백사진'의 이미지와 함께 얼어붙은 분단 상황을 대변해 주는 시어이다.

이처럼 함동선 시인의 시어는 시인의 경험 공간의 일가적—價的 코드화로 모더니즘의 경향을 뚜렷이 한다. 이쯤해서 그의 말을 다시 상기해도 좋을 것이다. '시 쓰는 일은 새로운 정서를 찾는 것이기보다는 보편적 정서를 활용하는 것'이라는 엘리어트의 객관적 상관물의 시학과 결코 무관하지 않는 그의 시학을 환기하는 것이 그것이다.

3.

이 글의 화두는 함동선의 창작 방법론이었다. 위에서 필자는 함동선의 시어론을 간략하게 개진하였다. 그러나 구조에 대한 분석을 통해 시 창작의 방법에 대한 탐색은 하지 못했다. 이제 이쯤해서 대표적인 시 한 편을 텍스트로 하여 그의 시 창작의 일단을 살피려 한다. 이를 위해서는 함동선 시 전편을 유형별로 분류하는 것이 선행되어야 하지만 이 장에서는 '보편적 정서를 활용'하여 쓰여진 시 한 편을 텍스트로 삼아 분석하려 한다. 그 텍스트로 적합한 시 한 편이 시 「오후」이다.

이 「오후」는 이렇게 짜여져 있다.

> 1. 창가에는 가을 햇살이 한 뼘 기어들어 있다.
> 2. 그 맞은편에 낡은 소파가 놓여 있다.
> 3. 벽에는 추사의 그림 '세한도'가 걸려 있다.

위와 같이 이 시의 서두에는 '오후'라는 제목과 함께 이 시의 시간과 공간을 제시해 주는 그림이 시각적 이미지로 그려진다. 이어서 이런 시각적 이미지를 청각적인 이미지로 연결한다. 그것이,

4. '세한도' 그림 속의 소나무의 잎에서 이는 바람과

5. 낮잠을 깨우는 신발 끄는 소리이다.

그런 다음,

6. 칠이 벗겨진 탁자 위에 놓여 있는 녹차 잔이 묘사되고,

7. 그 잔에서 뻐꾸기소리가 넘쳐나는 것으로 그려진다.

여기에서 다시 시각이 청각 이미지로 공감각 전이되는 것을 살필 수 있다. 그러니까 여기까지를 도식화하면, 시각-시각-시각+청각-청각-시각+청각(공감각 전이)의 순서로 시 문장이 구조되고 있다. 그런 다음, 시인은 감각적 이미지에서 심정적인 이미지로 넘어간다. 여기에서 비로소 시인의 정서가 표출되는 셈이다. 그것이,

8. '펼쳐진 시집' 인 함동선의 망향 시집이랄 수 있는 『짧은 세월 긴 이야기』에 수록된 시 「가을 소묘」의 한 구절 "단풍이 든 판소리 가락이/ 낮게 떨려 나오는 동구 밖"이라는 구절이다.

이 시 구절 역시, 시각+청각, 청각+시각 이미지 형태의 것이다. 여기에서는 감각적 이미지의 표현 속에 숨겨진 망향의식을 엿보게 된다. 그러나 시인은 끝까지 자신의 고향의 그리움을 이미지로 은폐한다. 그것이 이 시의 끝부분인

9. "담을 따라 핀 코스모스의 키가/ 자꾸 작아진다"이다.

이 부분에 대한 은유적 해석은 다양할 수 있다. '코스모스'가 시인 자신

일 경우, 자기 존재의 왜소함으로 이해될 수도 있고, '코스모스'가 시인의 망향 의식의 표상물일 때는 고향 그리워하는 마음이 작아진다는 반어적인 표현일 수도 있기 때문이다.

그러나 이 시에서 간과할 수 없는 부분은 "벽에 걸린 세한도 솔잎이 이는 바람이/ 낮밤을 깨웠는지/ 신발 끄는 소리가 들려온다"에서의 '세한도 솔잎에 이는 바람'과 '단풍이 든 판소리 가락'이다. 이 부분을 '전통적인 서정과 향토적 정서의 시적 모티프'로, '서정을 바탕으로 하되 그 넘침을 피하기 위한 문체상의 실험' 또는 '정서적 등가물의 이용 기법' 그리고 '이미지즘의 회화적 기법'으로 규정하기에는 모자람이 없지 않다는 것이 그것이다. 이러한 표현들을 서양의 시인들은 알까? 그들은 해낼 수 있을까? 하는 의혹 때문이다. 시, 공을 뛰어넘는 초월의식 혹은 선禪적인 세계를 이 시구에서 발견할 수 있기 때문이다. 함동선 시인의 시는 분명, 그 표현 구조로 볼 때 모더니즘의 영향을 받았음을 부정할 수는 없다. 그러나 그 또한 우리 시가에 영향을 준 중국 시학의 비飛, 잠潛, 동動, 치寘의 이미지 이론으로 분석할 때, 그의 시는 그 구조로 넉넉히 분석되고, 한편으로는 그 미학에 의해 쓰여졌음도 입증될 수 있다. 그뿐만 아니라, 그의 시 정신세계는 우리의 것이며 정서 또한 우리의 보편적인 정서인 만큼 그의 시는 우리 현대시의 한 모습이다.

그의 시가 어느 지평으로 향할지 그리고 우리에게 어떤 창작적 패러다임을 제시해 줄지 그것은 예단할 수 없다. 다만 우리가 기대하는 것은 미당이 보여준 국면과는 다른 새로운 한국적 국면을 보기 원한다는 점이다.

『시대문학』(2000 가을)

공감각을 통한 만다라의 미학

차영한*

1.

한국의 시 문단에 원로로 계시는 산목 선생님의 시세계에 대한 비평은
결론적으로 크게는 분단된 조국통일의 염원을 담은 자신의 서정적인 세
계인 것으로 간과해 버리는 경우가 있는 것 같습니다. 그러나 필자는 반
드시 그렇지 않다는 견해를 갖고 밝히려 합니다. '말하는 화자와 그 말을
듣는 청자 그리고 담화로 구성된 자리'라는 정신분석학에서 볼 때 선생
님만이 갖고 있는 서정시의 특질이라 할 수 있는 공감각synesthesia이야말
로 통합된 기억을 강렬하게 불러일으키는 힘, 즉 우주적 동시성을 확장
시키고 있습니다. 이러한 기능은 바로 그의 시의 생명력이라고 할 수 있
습니다.

우리가 알고 있는 공감각을 구체적으로 살펴보면 공감각이란 그리스
어로 '다 같이 또는 함께syn와 느낀다 또는 감각하다aisthesis'가 합성된 것

---

* 차영한: 시인, 문학박사.

을 의미합니다. 이러한 공감각은 감각과 감각 간의 정상적인 차이는 물론 경계를 모호하게 만드는 감각능력이기도 합니다. 동시에 복수적으로 감각을 유발시키는 신경학적인 용어로 예술론에도 보편화되었는데, 어떤 소리가 향기와 맛이나 색채로 전이되어 표출되는 것과 같은 감각이 결합하는 것을 의미하기도 합니다. 말하자면 생각의 본질은 이미 공감각이라고 지적되어온 것도 사실입니다. 비유적, 상징적 이미지에서도 이미지와 소리가 뒤섞이는 등 동시에 다의성을 나타내기도 하며, 모든 감각상의 상호성을 갖는 감각 능력 등 공감각이 갖는 의미는 더욱 크다 할 수 있습니다. 또한 닥터 휴고Dr. Hugo, Hugo Heyrman, 1942~에 의하여 "여러 감각 중에서 어떤 감각에 가해진 자극은 연상에 의해 다른 자극으로, 자동적으로 이어진다. 따라서 공감각은 모든 창조적 행위와 각 해석의 형식에서 중요한 요소이다"라는 대목에 주목하지 않을 수 없습니다. 이러한 이론은 오늘날 디지털 자료의 전송이 공감각적인 효과를 가져온 원격 공감각tele-synesthesia 세계까지 발전해 온 것을 알 수 있습니다. 여기서는 디지털적인 메타 차원의 미디어 기능측면은 제외하더라도 산목 선생님의 시세계는 심오한 내면을 상승시키는 만다라세계를 향하고 있으므로 통합적인 마인드에서 재제조명할 필요성이 있다고 봅니다.

2.

그렇다면 산목 선생님의 시세계는 다차원적인 사고, 3차원 이상의 어떤 세계, 즉 우주적인데서 시간과 공간너머의 실재와 환상이 재결합하려고 하는 상상력의 세계가 엿보이고 있습니다. 현실의 속살이 보이고 있는데 그의 패턴인식은 외적 경험으로부터 내부로 받아들여 창조하는 진실을 보여줍니다. 이미 회자되고 있는 '진실은 허구일수록 더 진실하다'는 것과 같을 수 있습니다. 자크 라캉이 말한 상상계와 상징계 사이이기도 하며, 상징계에서 실재계로 다가가도 다가갈수록 멀어지는, 눈으로만 볼 수 없는 아름다움과 어떤 무無, 공空가 창조해내는 노래도 배어 있습니다. 모더니즘 이후에 다른 이들로부터 자기의 모습을 보고 놀라는, 주체의 상실, 즉 자기의 중심을 잃어버린 데서 현실은 더 진실한 동일성으로 보이는 것입니다. 다시 말해서 억압된 요소들이 모든 존재의 근원을 이루는, 꿈이 있는 무의식에서 의식으로 표출되기 때문입니다. 친숙한 것들이 절단되어 낯섦으로 다가오는 두려움을 극복하려는 자발적인 대응은 외상外傷, Trauma으로 표출되는 것이 더 많은 것 같습니다.

초현실주의를 주도한 앙드레 브르통이 그의 선언문(1924)에서 사용한 유명한 비유 "창문에 의해 잘린 두 부분으로 나뉜 사나이"의 패러다임은 사실적인 창문과 서사적인 창문으로 제시한 것은 그간 견해차이로 많은 왜곡도 있었지만, 결론적으로 상상력을 위한 정신적인 착란, 안과 밖의 분열을 통해 생성되는 새로운 욕망이라 할 수 있습니다. 모리스 메를로퐁티의 지적과 흡사한, 브르통이 말한 자신을 "내부로 향해 밖을 내다본다"는 의미부여는 현대시의 창작행위가 절대적 현실을 배제할 수 없는 것과 같습니다. 이처럼 절대현실을 배제할 수 없는 산목 선생님의 시세계는 때론 기독교의 십계명에도 닿아 있고, 불교계에서는 부모은중경에서도 발견됩니다. "부모를 업고 수미산을 백 번 천 번 돌아 골수가 드러나도 부모은혜에 보답할 길이 없다"는 의미가 함의되어 있는 것 같습니다. 말하자면 그에게는 생명을 노래하는 절대적인 공간인 구월산이 있고, 그곳의 따스함이 감싸오는 갈등은 반복되는 대상과 객관적 우연 속에서 부모 형제들이 현현되기도 하기 때문입니다. 이러한 아우라의 현상에서 상승하는 움직임을 만다라라 할 수 있는데, 만다라는 수미산이 있고 우주의 중심이 수미산이라면 산목 선생님의 중심은 구월산이라 할 수 있습니다. 따라서 분단된 그곳의 공간은 어떤 가상(사이버)세계가 아닌 만다라세계입니다. 한마디로 그의 시의 본질은 만다라의 미학이라 할 수 있을 것입니다.

3.

이처럼 초기, 중기 시세계에서의 거울 단계(상상계)에서 동일시하던 그의 노래는 그가 구원하는 만다라에 닿아 있었지만 사실은 꿈과 동시에 나타납니다. 그의 상상력은 망견妄見만으로 볼 수 없는, 실재계가 자연과 연결되는 것처럼 보이는 주체가 알고 있는 자신과 주체사이의 근본적인 분열, 즉 최초의 무의식적 환상이 보입니다. 무의식은 어떤 형태나 언어를 통해 표출되는 것과 같이 실재계는 엉뚱하거나 파편화되어 나타난다고 주장하는 라캉의 이론처럼 무의식적인 진실에 접근됩니다. 무의식적인 진실은 무심언어La Lingguisterie로 나타나면서 남아 있는 다음 대상을 찾아 가게 됩니다. 시선이 아닌 응시에서도 벗어나, 찾아 나서는 그의 모습은 전혀 다른 모습으로 나타납니다. 예시한 아래의 시가 갖는 의미처럼 자신은 스님으로 현현됩니다. 자신의 욕구가 자신의 소망을 물어봅니다. 내가 있는 곳은 현실임을, 즉 살아 있다는 존재확인에서부터 출발합니다. 그러나 멜라니 클라인의 분류에 의하면 무의식적 환상은 현실을 해체하고 부정하기도 한다고 주장합니다.

> 손금을 타고 번지는 작설차의 따스함이
> 온몸에 묻은 추위를 털어버린다

가벼운 합장으로 암자를 떠나는 스님께
"왜 산에 오르십니까" 하고 물었더니
"내가 여기 있으니까"라고 대답하신다
하늘과 땅 사이에
대각으로 선을 그으며 떨어지는 눈발 속에
산자락이 숨어버린다
"산이 저어기 있 으 니 까"
회오리바람에 산울림이 된다
스적스적 휘젓는 도포자락에 매달린 손톱에는
어렸을 적 물 들인 봉숭아 빛으로
독경소리가 들린다

－「산에서 만난 스님의 말씀」 전문

　작설차를 마신 후의 공감각은 나타납니다. "왜 산에 오르십니까" 하니
"내가 여기 있으니까"라고 답하는 화두는 당혹하게 실재계의 현상이 일
어나고 있기 때문입니다. 억압된 무의식은 객관적으로 알 수 없는 사물
이 아니라 주체(무의식)가 발생하는 것은 주체에게는 알려 있지 않은 욕
망과의 관계입니다. 이미 지적되고 있지만 항상 대상에게 욕망을 느끼는
것은 주체라고 볼 때 대상을 얻어도 욕망은 남게 되는 데, 실재계는 항상
욕망이 남아 그 다음 대상을 찾아 나선다는 것과 같습니다. 따라서 "기표
(욕망)로써 완벽한 기의를 갖지 못하고 끝없이 의미를 지연시키는 텅 빈
연쇄고리다"라고 말한 라캉의 주장과 같습니다. 왜냐하면 그의 이론에
의하면 주체는 은유와 환유라는 비유적 속성을 지니고 있기 때문입니다.
그렇다면 "하늘과 땅 사이에/ 대각으로 선을 그으며 떨어지는 눈발 속에/
산자락이 숨어버린다"는 무심언어는 자기와 동일시하려는 상상계와 상
징계의 뫼비우스 띠 속으로 감춰지는 것을 알 수 있습니다. 산목 선생님

이 스님이면서 허구화된 소타자로 나타납니다. 주체는 결핍으로 남게 되는 것을 알 수 있는데, 틈새요, 구멍이기도 하지요. "산이 저어기 있 으 니 까"라고 더듬거리는 것은 무의식적 작용인데, 본심을 드러내는 소리는 산울림에서 다시 독경소리로 환치되고 있습니다.

이와 같이 '나'라는 주체 속에 바라봄과 보여 짐이라는 두 개의 주체를 떠올릴 수 있습니다. 데카르트식이 아니고 "나는 내가 생각지 않는 곳에 존재한다"는 타자의식을 제시한 자크 라캉의 주장에서 보면 산목 선생님의 반복적인 모든 시편들은 외상적인 지각으로 나타나는 것 같습니다. 즉 "외상적 사건을 상징적 질서에 통합시키려는 그 사건(행위 속에서, 꿈 속에서, 이미지들 속에서)을 반복한다"는 프로이트의 관점이기도 합니다. 워홀에 따를 경우, 반복은 재생산의 기능도 있지만 생산기능도 동시에 갖고 있기 때문에 서로 모순되는 것도 열려서 상호작용하는 것으로 보입니다. 특히 끝없이 파편화되어 내리는 눈발은 무의 창조입니다. 눈발을 원용한 대각선은 "무의식의 깊은 곳에서는 순수한 대칭성이 지배하는데, 모든 것이 하나요, 전체가 작은 부분에 반영 된다"는 필 멀런의 이론이 맞아떨어집니다. 위의 시작품이 제시하는 기호인 하얀 '눈발'은 그의 무한집합인 통찰력이 살아 움직이기 때문입니다. 스님과 산, 산과 눈발, 산울림과 독경소리는 순수한 대칭구도입니다. 풍경으로 묶어도 이상李箱의 시에 나오는 거울 중에서도 '명경明鏡'입니다. 뜨거운 혈루血淚가 순환하는 0과 1의 디지털세계가 펼쳐지는 것 같습니다.

사물과 스펙터클이 뒤바뀌는 무의식적 추론이 갖는 원시적 이미지기도 합니다. 관념적인 시가 아니라 피와 살의 합일에서 꿈결의 순간을 보는 것 같은 내면의 깊이가 오히려 승화하고 있습니다. 바로 신비에 쌓인 산의 본성을 끌어안을 때 일체는 흰 눈썹으로 남을 뿐입니다. 이러한 모티프는 작설차의 맛에서 연상되는 색채, 소리가 기억들을 불러일으켜,

직관을 통한 형태나 패턴을 하나로 내장시켜주는 단순한 감각에서 벗어난 다의성을 틴 공감각현상이라 할 수 있습니다.

4.

그의 시집 『밤섬의 숲』(2007)은 후기 시라고 볼 수 있는데, 시세계는 물질문명의 속박과 바바리안을 날카롭게 지적하는 양상이 나타나고 있습니다. 결국 그는 그의 만다라 꿈을 갈구했지만 자유롭지 못한 지상의 삶(현실)에 대한 회의적인 저항으로 나타납니다. 저항에 머무는 것이 아니라 지상에서의 삶에 순응하려 하면서 일어서려는 내적인 시도는 치열합니다. 물질문명을 벗어나려는 행방감을 위해 그의 무의식과의 대결은 구도적인 것 같습니다. 말하자면 그의 염원은 소통입니다.

> 노을 길고 해넘이 짧은 어둠이/ 푸서리 내리고 꽃다지에 얹힌다/ 버드나무 우듬지에서/ 까만옷 갈아입은 바람이/ 황사 털어내고 뿌리로 내려간다/ 그 어둠 끝에/ 눈길 놓아 주지 않는 들꽃들/ 온종일 버리고 버려도 성性이 더란/ 사랑에 미친 꽃잎들/ 대낮 사내 등판처럼 뜨겁다/ 숲과 나무와 들꽃이 서로 보지 못하게/ 5월은 불 끄고/ 알 품은 철새/ 수평선에 눈 베기도 한 닻소리와/ 한쪽 겨드랑이에 바다 끼고 온 홀소리 모아/ 이 지상에서/ 말로 할 수 있는 계절을 고향이라고/ 글 쓴다
>
> ─「밤섬의 숲 · 1」 전문

소통을 내세운 이 시는 밤섬의 생명력에 적응하려는 자신을 위장하는 모습으로 보이기도 합니다. 그러나 심층적인 측면에서 고려할 때 반드시 그렇지 않은 공감각현상이 보이는 것 같습니다. 도시에 있는 섬은 겉으

로는 불빛에 반사되어 한 다발의 꽃처럼 현란할 수도 있을 것입니다. 첫 행에 자신을 밝히는 해는 넘어가도 남은 노을빛에서부터 검게 타는 빛깔은 더 환한 들꽃이라고 빗대고 있는 것 같습니다.

노골적으로 움직이는 꽃들은 광기적으로 뜨겁게 흔들리는가 하면 서로 보이지 않아도 사내 등판처럼 뜨거운, 더군다나 5월은 불 끄고 알 품은 밤섬은 철새처럼 보이는 환영으로 노래한 것으로 보입니다. 그 배경은 노출된 긴 어둠을 내세우고 섬으로 사는 도시인들의 저녁은 섬들끼리 육감으로 엉키는, 즉 연인들끼리 낯붉힐 것도 없이 하나가 되는 나르시시즘적임을 지적한 것 같습니다. 차마 눈 뜨고는 볼 수 없는 문란한 성의 극치는 숲을 이루고 있어 닿소리 홀소리를 죄다 동원하여 막말을 한다면 꽃이 피는 고향이라고 어쩔 수 없이 글을 쓴다는 패러독스적인 작품으로도 인식됩니다. 어찌 보면 아름다운 시체들을 보고 절묘하게 표출시킨 이중성을 갖는 시작품인 것 같습니다. 겉보기에는 관념적인 시작품으로 보이지만 의미는 다의성을 띄고 있음이 발견됩니다.

이 시에도 '고향'이 나옵니다. 비단 북쪽에 두고 온 고향은 아니지만 바로 그의 외상에서 아프게 느끼는 주이상스Jouissance에서 오는 것 같습니다. 치명적인 쾌락 너머에는 죽음이 있다는 프로이트의 말처럼 환상을 벗겨보면 해골임을 경고하고 있는 것인지 모릅니다. 바로 무의식이 갖는 서로를 없애버리려는 병치와 모순과 대립적인 의미를 함의하고 있는 것 같습니다. 외상에서 오는 최초의 충족상태, 즉 어머니와의 결합을 반복하려는 욕망이 있기 때문에 그의 응시는 서로 유혹하는 데서 불안한 것입니다. 이러한 직관에서 시인은 대상으로부터 주체의 움직임을 보입니다. 근본환상이 갖는 외상을 치유하려는 본능입니다. 어머니가 살아 계실 것 같은 고향이라는 동일한 몸짓은 다른 현존재와의 관계에서 전체적으로 지각이미지가 결합되는 즉 공감각작용으로 표출하고 있기 때문입니다. 어쨌든 이 시가 갖는 의미는 그의 시 전체에 흐르는 시대상황적인 외상이 일종의 심리적 빈혈증이기도 합니다. 이러한 와중에 그의 몇 편 되는 '밤섬의 숲'과 나아가서 '잡초'에 머무는 응시는 봄(눈)과 다른 일종의 오컬트Occult 작용도 나타납니다.

산목 선생님의 시작품에는 시종 흐려지지 않는 그의 안목처럼 날카로운 응시凝視가 있습니다. 그의 눈은 예성강처럼 커튼을 걷어내는 맑게 흐르는 창이 있습니다. 그의 창에 비친 어머니의 모습은 눈을 감을 때 보이는 거울에서 다가옵니다. 들여다보면 훤히 보이는 '상봉장', '임진강', '도라산', '연백평야', '구야산' 등에서 마주보는 창을 닫을 수 없어 '두타산', '소백산', '태백산', '천마산', 심지어 거문도, 주문진을 떠돌며 고향이 부르는 음성을 찾고 있는 그의 눈은 거울 속에서 방황하고 있습니다. 필자가 볼 때 산목 선생님은 어머니는 조국을 말하기도 합니다. 피터 브룩스에 따르면 "창문은 거울과 마찬가지로 시각을 나타내는 은유물이라면 양쪽으로 작용하는 창문은 바깥을 내다보는 동시에 안을 들여다보는" 동일성이기 때문입니다. 말하자면 눈은 창이 되고, 창은 눈이 되며, 이러한 눈은 영혼의 거울이 되어 주체가 생기는 거울단계에서 자신과 동일시하는 외상적인 고향을 만나는 꿈을 꿉니다.

분단된 조국의 안주를 그의 눈을 통해 찾고 있습니다. 잃어버린 꿈을 찾으려는 그의 등산(구원)은 내면적 본질까지 꿰뚫고 있으며, 강물을, 때로는 폭포를 거슬러 오르려는 은어, 연어처럼 그의 시세계의 진정성, 독창성이야말로 몸으로 실천하는 시학이라 할 만합니다. 왜냐하면 '웃옷 받아 옷걸이에 걸고'/ '목발 짚고 일어 선 노인'/ '발소리 죽이고 가다 노루와 만나다'/ '핏덩어리가 여기저기 튄다'/ '이 글 쓰구 방의 불 끄구서리 한참 있다가' 등등에서의 주고받는 소리가 원초적 이미지로 꿈틀거리고 있기 때문입니다. 말하자면 그의 시는 손잡아보기도 하고 놓치는 데서 손짓하는 대화임을 알 수 있습니다.

그러면서 "우리는 어디에서 왔는가? 우리는 누구인가? 우리는 어디로 가고 있는가?"라는 유명한 모더니티에 대한 폴 고갱의 질문처럼 그의 시에도 갑자기 '지금 몇 시인가—인조인간'(시집 『밤섬의 숲』, 26쪽)에서 당혹성이 나타나고 있습니다. 그것은 마지막으로 밤섬은 밤섬이 되어야 하는데, 밤섬의 숲 이미지가 알맹이 없는 페티시즘으로 뒹구는 것을 경고하는 것인지도 모릅니다. 아이 보는 밤섬은 '산 능선처럼 물 흐르지 않으니' 메마르고 치다꺼리가 너무 벅차며, 급속도로 인조인간들만이 살 수밖에 없는 세상에 대해 이래서는 안 된다고 이 시대의 포스트모더니즘의 모순을 강하게 질타하고 있는 것 같습니다. 좀비들, 뱀파이어들이나 기계충이 되어가는 인간의 '죽음 어떻게 오는가 물어볼 걸' 하고 주름이 생기는 인간들 그리워하는 생명의 순리를 갈구하는 절박함을 토로하고 있습니다. 당장 이를 박차고 탈출하고 싶어 '나 지금 몇 시인가'라고 인간들에게 내던지는 경각심은 오늘날의 절실한 메시지가 아닐 수 없습니다. 바로 산목 선생님이 부르짖는 소중한 인간의 생명력의 경고판을 그의 시집 갈피마다 반드시 끼어두는 것이 또한 그의 시작품의 특질이라 할 수 있습니다.

5.

산목 선생님의 시어들은 미당 선생님 다음으로 우리 민족의 토속적인 정서를 담아낸 분으로 알고 있습니다. 다수 시인들의 시어들은 산목 선생님의 시어들을 잘 계승한다고나 할까 크게는 거부반응이 없이 각자의 시작과정에서 엇비슷하게 활용구사하고 있는 것 같습니다. 그만큼 독창적인 일상어를 발굴하여 현재도 그는 시어를 그의 시 전편에 반복적으로 사용하고 있는 것은 한게점이라고 보는 이가 있지만, 일관된 그의 사상의 근저를 지속적으로 보여주기 위한 강조된 진행형임을 주목해야 할 것 같습니다. 이러한 그의 톤은 다수 시편에서 한꺼번에 느끼는 공감각을 확장시키고 있는데, 고향과 부모 형제, 산천의 모습과 주고받는 서사담론은 항상 신선하게 다가와 상호작용하고 있기 때문입니다.

겉으로는 분단된 아픔으로 표출하고 있지만, 누구나 최초로 갖는 외상 중에서도 개인적으로 억압된 전쟁공포증은 생명 없는 물체(페티시)에서도 섬뜩하게 얼룩진 외상으로 볼 수 있습니다. 어떤 타자성에 호소하는 반복 강박에서 오는 무의식적인 공포감은 순간 친숙하면서 낯설게 하는 등 언캐니uncanny한 것들이 떠돌며 발작적인 환상으로 전이됩니다. 그렇다고 병적인 것이 아닌 누구나 정상적으로 갖고 있는 경미한 편집증적인 것에 불과합니다. 결국 자신이 자궁 속의 존재, 혹은 이마고imago, 즉 고향과 부모를 향한 근본환상이 중심이 되는 것 같습니다. 이처럼 조국에 대한 그의 시세계는 삶의 충동과 죽음의 충동 사이에서도 극히 퇴행적이거나 멜랑콜리에만 머물지 않는 만다라를 향한 상승작용을 하려는 꿈은 확고합니다.

무의식의 깊이에도 대칭성이 있듯이 "꿈의 언어에는 대칭성이 더 많이 깃들어 있다"는 필 멀런의 주장에 필자도 동의합니다. 특히 충격적인 전쟁외상을 지속적으로 토로하면서 안과 밖의 생명체를 껴안는 자아동일성회복에 초점을 맞추려는 투쟁이야말로 아무도 시도하지 못한 독특한 개성입니다. 따라서 산목 선생님의 시세계는 한국 시사의 자리매김에서 마땅히 높이 평가되어야 할 것입니다.

(『산목함동선선생팔순기념문집』, 2009.5)

기표, 그 이동과정

신웅순*

1.

　기표가 도달해야 할 궁극적인 지점은 기의이다. 기표가 기의에 도달하는 순간 그 기의는 기표가 되어 그 기표의 기의는 순간 멀리 달아나 버리고 만다. 이것이 기표의 운명이다. 기표는 결코 채워질 수 없는 욕망이며 그리움이다. 잡히는 순간 그 대상은 저만치 물러나고 만다. 함 시인의 기표는 어디서부터 출발하고 있는가. 그리고 어느 선상에 있는 것인가.

　문학은 인생의 표현이라고 흔히 말한다. 삶이 문학에 끼치는 영향이 절대적이라는 말에 다름 아닐 것이다. 함 시인은 식민지 시대를, 6·25를 거쳐 질곡의 현대사를 살아온 시인이다. 필자는 함 시인의 작품 「식민지」를 기표의 출발점으로 삼고자 한다. 여기에는 민족사와 가족사가 있기 때문이기도 하지만 그것이 시인의 인생에서 하나의 정신사적인 큰 줄기를 형성하고 있다고 보기 때문이다.

* 신웅순: 시조시인, 중부대학교 교수.

강제 속에 강압 속에
얼마나 구석구석 서 있게 하던지
절벽 위에 절벽 끄트머리에 절벽 아래에
왼 사방에 서 있게 하던지
우리 집은 파도에 떠밀리고 떠밀리다가
마지막 끝까지 떠밀려 와서 말라붙은 검부락지 같았다
게다가 길마 진 소모양 그 자리에
어느 날은 앉게 하고 어느 날은 서게 하더니
폭력이 발 끝에서 머리 끝까지 미칠 때
나직하나마 뻐꾸기 소리는
개울물을 사이에 두고서도 또렷또렷 들렸다
그 소리에 저녁이 가고 여름이 가고 세월이 가는
따감질 속에
형은 독립운동하다가
감옥에 끌려갔다
그날 풀섶에서는 밤여치가 찌르르 찌르르 울었다
물처럼 풀어진 온 식구는
조그만 바람에도 민감한 반응을 보이는 포플러처럼 떨었지만
'이놈들 정말 지는 척하니까 이기는 척하누나' 하고
이를 악문 아버지는
오대간에 그리던 광복을 눈앞에 두고 화병으로 돌아가셨다
그때 장사 잠자리가 떠다니듯
B29 폭격기가
처음에는 마귀할멈 손놀림에 놀아나는 은박지처럼 무섭더니
나중에는 창호지에 번지는 시원한 누기와도 같은 안온함이
식민지의 처음이자 마지막 기쁨이기도 했다
그 기쁨의 현상은 좀처럼 잡을 수 없었지만
내 몸과 마음 모두가 활의 시위처럼

팽팽히 부풀어 올랐던 기억이 지금도 새로워진다

-「식민지」 전문

「식민지」는 1981년 8월 11일『현대문학』에 발표되었던 작품이다. 그는 1958년『현대문학』지에 추천되었다. 추천 이후「식민지」작품 발표까지 그는『우후개화』(1965년),『꽃이 있던 자리』(1973년),『안행』(1976년),『눈 감으면 보이는 어머니』(1979년),『함동선 시선』(1981년) 등 다섯 권의 시집을 상재한 바 있다.

특히『함동선 시선』(1981년)에는 그동안 발표되었던 시들 중 55편을 한 자리에 묶어 놓고 있어 이는 그때까지의 함 시인의 시세계를 일별할 수 있는 좋은 자료가 될 수 있다.

> 고향이라는 상실된 과거의 공간과 이사를 하면서 옮겨다니는 현재의 현실적 공간-이 두 개의 공간을 통합해보려는 노력이「자연을 통해서」 그 가능성을 추구하고 있다는 점이다.「고향」의 이미지가 아무리 정신적, 관념적인 것일지라도 그 고향의 산천이나 인륜과 어울리기 마련이지만, 함동선의 경우에는 여기서 한 걸음 더 나아가서 과거와 현재의 아픈 단절을,「자연을 통해서」극복하고 통합해 보려는 태도를 볼 수 있다.[1]

함 시인의 시세계는 상실된 과거 공간과 아픈 현실 공간을 자연을 통해서 극복하고자 했다. 함 시인의 기표 출발점은 극복하고자 하는 대상, 과거의 공간 상실에서 비롯되고 있다. 이것이 지금까지도 줄곧 그의 시세계의 큰 줄기를 형성해오고 있다. 최근의 시집『밤섬의 숲』(2007년)에서「들꽃」,「고향」등의 시 텍스트들이 이를 증명해주고 있다.

---

1) 문덕수,『시문학』통권 148, 1983.11, 81쪽.

전쟁이 사람 갈라놓아도
핏줄 땡기는 그곳에서
모든 책 읽었다

물러날 때 알고 떠났으니
늘 처음처럼 끝없는 끝에서
해야 할 일 아직 이루지 못했으니

사투리 기억나지 않아 잠깬 아침
고향으로 돌아가기 위해
더 멀리 떠날 채비 한다

— 「고향」 전문

『함동선 시 99선』(2003년) 「식민지」 작품에 대한 그의 「군말」은 당시 발표되었던 「식민지」(1981년)와는 시기적으로 20년의 차이가 난다. 20여 년 전의 시를 20년 후에 군말로 적어놓았다. 세월이 흘렀어도 시인에게 있어서는 언제든 극복해야 할 대상으로 남아 있다. 시인의 기표의 출발점이 될 수 있는 것도 이러한 소이에서이다. 「식민지」 군말은 다음과 같다.

이 시는 1981년 8월 20일에 쓴 작품으로 『현대문학』(1981.11)에 발표되었고, 시집 『식민지』에 수록된 작품이다. 우리 집의 가족사 및 사회사를 보여준 작품의 한 보기이다.

형은 일본 강점기의 징병 1기이었다. 일본군 징집을 거부하고 독립운동 지하조직의 일원으로 활동하다가 일경에 체포된다. 감옥에서 2년간 고생하고 8·15광복과 함께 풀려나온다. 그러나 아버지께선 돌아가신 후이었다.

이때 우리 가족은 '강제'와 '강압'으로 '절벽'에 몰려 옴짝 달싹 못 한다. 일본경찰은 시도 때도 없이 집을 뒤진다. 형의 책, 편지, 문서 그리고 큰형의 책까지 소달구지에 실려간다. 우리 집은 파도에 떠밀리다가 말라붙은 검부락지 같았다. (중략)

이 밤여치의 울음은 우리 가족의 눈물이고, 우리 민족의 눈물이기도 하다. 이 눈물 속에 아버지는 '이놈들 정말 지는 척하니까 이기는 척하누나'고 그 간간한 성격으로 일갈하지만, 결국 화병으로 8·15광복 한 달 전에 돌아가신다.

여기에는 형의 감옥과 아버지의 죽음은 가족사이면서 민족사라고 말하고 있다. 이유식은 『함동선 시선』(1981년)에서 '역사의 아픔'이 시인의 시세계에 하나의 큰 주제가 되고 있다고 말했다.[2] 이 두 사건이야말로 시인에게 있어서는 절체절명의 극복의 대상임을 말해주고 있는 것이다.

이러한 비극을 함 시인은 어떻게 극복해나가고 있는가, 이러한 기표 이동을 살펴봄으로써 시인의 시세계를 조감하고자 하는 것이 본고의 목적이다.

기표의 출발점을 다음과 같이 표시할 수 있을 것이다.

국권침탈

———

민족상실

국권침탈은 기표이며 민족 상실은 기의이다. 식민지는 바로 의미의 저항선으로 볼 수 있다. 국권침탈로 가져온 것이 민족 상실이기 때문이다. 이에 대한 극복은 또 하나의 기의에 도달하기 위한 몸짓이다. 또 하나의

---

2) 이유식, 「향토적 정서의 현대적 수용」, 『한국문학』, 1982.7, 314쪽.

저항선을 통과해야 되는 그로서는 자연을 통하는 길 외에 달리 없었을 것이다.[3] 그래서 그는 「꽃」, 「꽃이 피는 것」, 「만월」, 「소묘」, 「고향을 멀리서 생각하는 것」 등과 같은 많은 자연의 시들을 노래해야 했다.

2. 저항선에서

라캉은 무의식도 언어와 같이 구조되어 있다고 했다. 무의식에 언어적 해석을 가했다. 프로이트는 의식은 사물의 표상과 언어의 표상의 합으로 이루어졌고 무의식은 사물의 표상만으로 되어 있다고 했다. 라캉은 이러한 프로이트의 무의식에 언어적 해석을 가하여 무의식을 의식의 세계로 끌어올렸다.

라캉은 소쉬르의 시니피앙의 개념과 야콥스의 은유와 환유의 개념을 정신 분석학에 도입, 프로이트의 무의식에 대해 언어적 해석을 가했다. 무의식이 언어와 같이 구조되어 있다면 예술은 무의식의 세계를 의식 세계로 끌어올리는 작업에 다름 아닐 것이다.

무의식 속의 시니피앙이 의식으로 편입하기까지는 많은 사색의 시간이 필요하다. 무의식층을 뚫고 나와 의식화된다는 것은 또 다른 기표의 표현이기도 하다. 이러한 기표 이동은 수시로 자리를 바꾸어 가면서 환유처럼 나타난다. 이런 기표들이 어수선한 것 같으면서 함 시인에게 있어서는 언제나 일정한 방향으로 이동하고 있다.

> 멸악산맥에서 큰 산줄기가 단숨에 달려오다가 38선 팻말에 걸려 곤두
> 박질하자 넘어진 김에 쉬어간다고 한 쪽 무릎을 세운 치악산이 남과 북으

---

3) 문덕수, 앞의 책, 81쪽.

로 나뒹굴고 있다 그 산 허리께에 치마자락 펼치듯 구름이 퍼지면 월남하
는 사람들이 걸음 따라 골짜기가 토끼걸음으로 껑충껑충 뛰어내리면 흰
더없이 흰 팔을 드러낸 예성강이 이제 막 돌아온 봄비 속의 산 둘레를 비치
고 있다 그 산 둘레를 나는 지금도 비 오는 강물 속에서 건져 본다 서너 달
한 이레를 더 지나서 이제 막 돌아온 산 둘레를 건져 본다 해방이 되었다고
만세 소리 들뜨던 산천 그 산천에 느닷없이 그어진 38선으로 초목마저 갈
라서게 된 분단 그 분단으로도 부족해서 동족상잔의 6 · 25동란을 겪고 휴
전이 된 오늘에도 고향엘 못 가는 내 눈가의 굵은 주름살처럼 세월과 함께
슬픈 역사의 이야기가 소나무숲에서 더 큰 소리가 되어 돌아온다

－「삼팔선의 봄」 부분

이 텍스트는『월간문학』(1981.9)에 발표되고 시집『식민지』(1986)에
수록된 작품이다. 이 텍스트에 대해 채수영은 다음과 같이 말하고 있다.

> 「식민지」가 무대 상황을 설정했다면 이와 유사한데 놓인 작품이「삼팔
> 선의 봄」이다. 여기에선「식민지」의 막연한 설정보다는 보다 구체화하여
> 함 시인의 개인적 비극의 배경을 보여준다. (중략) 함동선의 뇌리에 간직된
> 첫 번째 비극은 일제 침탈에 맞은 가족의 이별과 죽음에 이어 찾아온 동족
> 상쟁으로 인한 이산의 뼈아픔이다. 어머니와 이별과 고향을 상실하고 그
> 리워만 해야 한다는 비극 의식이다. 이런 비극적 인자는 함동선 시세계의
> 바닥에서 만나는 실체이다.4)

함 시인의 기표는 이렇게 민족 상실을 거쳐 6 · 25라는 고향 상실의 뼈
아픈 비극을 겪게 된다. 민족의 고향, 한반도를 잃고 다시 시인의 고향,
황해도를 잃게 된다. 기표는 민족사에서 개인사로 구체화되어 민족적 비
극에서 개인적 비극으로 이동하게 된다. 비극의 기표 '민족상실'이 6 · 25
를 거쳐 또 하나의 새로운 기표 '고향 상실'로 이어지고 있는 것이다. 이
것이 시인에게는 깊은 상실감으로 작용되어 그의 고향이 세 번씩이나 바

---

4) 채수영,「사향과 시적 변용」,『산목함동선선생화갑기념논총』, 8~9쪽.

뀌는 비극5)을 겪게 된다.

기표의 출발이었던 '국권침탈'에서 '민족 상실'로, '민족 상실'은 이젠 '고향 상실'의 새로운 기의가 되면서 일단의 저항선에서 그의 기표들이 머물러 있다. 이러한 기표들의 정지는 시인에게는 많은 숙성의 시간을 가져오게 된다. 「여행기」(1979년), 「지난 봄 이야기」(1978년), 「어느 날 오후」(1974년) 등 1970년대의 고향상실에 대한 극복의지가 집중적으로 노래되고 있는 것도 이와 무관하지 않다.

국권침탈　　민족상실
───── → ─────
민족상실　　고향상실

3. 저항선에 있는 기표들

시인의 이러한 비극들은 개인에 의해 생긴 것이 아니라 일제와 동족이라는 타자에 의해 생긴 것이다. 국권 상실과 고향 상실이라는 이 두 사건은 시인에게는 뿌리 깊은 비극으로 자리 잡고 있다. 『식민지』는 민족의 비극을, 『형님은 언제나 서른네 살』은 개인 비극을 나타내는 대표적인 기표이다. 이 기표는 아직도 시인이 욕망하는 궁극적인 기의에는 도달하지 못하고 있다. 엄청난 비극을 안겨 주었기 때문이기도 하지만 스스로가 감당할 수 없는 상황들의 존재하고 있기 때문이다. 궁극적으로는 시인이 통과해야 할 선이 아닌 극복해야 할 선이고 타자가 해결해주어야

---

5) "내 본적은 일제 강점기엔 황해도, 8·15광복 후엔 경기도, 6·25전쟁 후의 가호적은 서울특별시 등으로 세 번씩이나 바뀐다.『함동선 시 99선』, 178쪽.

하는 선이다. 이러한 저항선에 많은 기표들이 머물러 있을 수밖에 없는 것은 이 때문이다. 그의 훗날의 시 텍스트 『밤섬의 숲』(2007년)에서 이러한 기표들을 어렵지 않게 찾아볼 수 있다.

거룻배 타고 떠난 막둥이 허리춤에
부적 달아준 어머니의
생신날
쪽진 머리 옆으로 도툼한 귓밥
둥그스름한 볼
예쁜 두 눈
부드럽게 솟은 코
정한수 떠 놓고 비는 손
제수로 괴고
음복하라 음복하라 음복하라
이 밤 한줌의 제 남기지 않고 태우는
어머니 말씀

－「어머니 생신날의 기제사」 전문

시인에게는 언젠가는 고향의 어머니가 계신 고향으로 돌아가야 한다는 비극적 원형이 자리 잡고 있다. 이러한 기표들은 「여행기」, 「지난 봄 이야기」, 「내 이마에는」, 「형님은 언제나 서른네 살」 등 1970년대의 기표들을 거쳐 작금의 「들꽃」, 「고향」, 「상봉장에서」, 「임진강」, 「까치집」, 「도라산의 들꽃」 등 2000년대의 기표로 이어져 오고 있다.

시인은 왜 일관되게 고향을 이렇게까지 집요하게 확인하고 있는 것일까. 우리나라는 내란과 외침, 민란이 유난히도 잦았다. 그런데서 생긴 우리 민족만이 갖고 있는 한 같은 것이 아닐까 생각해 본다. 이운용도 "함동선의 시는 모두가 분단 역사의 아픔 속에 망가진 한 맺힘이고, 민족 동질성을 회복하고자 피범벅이 되어 조상의 한을 푸는 썻김굿의 한 정형이다"[6]라고 말한바 있다.

한은 단순히 상실감으로만 나타나는 것이 아닌 생명, 허무 등으로 나타날 수 있고 때로는 체념, 관용의 자세로 나타날 수도 있다. 함 시인은 이런 것들을 자연 속에서 찾고 자연 속에서 극복하고자 하고 있다. 자연은 우리들이 궁극적으로 돌아가야 할 근원지이자 고향이다. 시인에게 있어 많은 숙고와 사색이 필요한 것도 이러한 이유에서 일 것이다. 그러한 기의에 도달하기 위해 안식처로 택한 것이 바로 자연이다.

> 함동선 시편이 보여주는 자기 확인의 욕망은, 뭇 생명들이 살아 화창하는 숲의 풍경, 두고 온 고향 풍경이 아련하게 전해주는 상상적 귀향 의지, 산에 서 경험하는 신성한 목소리에의 귀 기울임 등으로 나타나고 있다. 이 모든 것들이 자신이 돌아가야 할 '근원'에 대한 강렬한 회귀 의지를 구성하고 있는 것이다.[7]

'상상적 귀향 의지'에 주목할 필요가 있다. 귀향하지 못하는 상황 때문에 지금까지도 고향의 기표들은 궁극적인 기의에 이르지 못하고 현실 세계에 머물고 있다. 라캉이 말하는 거울단계를 벗어나지 못하고 있는지도 모른다. 대상은 저만치 있는데 비극이라는 두 기표만 그에게 안겨주었을 뿐 그의 욕망을 한 번도 충족시켜 주지 못했다. 대상을 실제라 믿고 다가가고 있지만 그 대상은 자꾸만 멀어져 갈 뿐이다.

그래도 가야만 하는 시인의 기표는 그 끈을 놓지 않고 있다. 고향 상실의 기표들이 회귀, 극복, 희망 등으로 나타나고 있어 이것이 시인의 일관

---

6) 이운용, 「분단 상황의 극복과 통일지향의 고향의식」, 『산목함동선선생화갑기념논총』, 579쪽.
7) 함동선, 『밤섬의 숲』, 시문학사, 2007, 108쪽, 유성호의 평설에서.

된 정신세계를 형성하고 있음도 또한 부인할 수 없다.

이 지상에서
말로 할 수 있는 계절은 고향이라고
글 쓴다

－「밤섬의 숲·1」부분

밤섬 실향민의 귀향제에서
흥겨워 거나해진 나비
망초꽃 찾아가는데 해넘이 시작된다

－「밤섬의 숲·4」부분

아무 데나 뿌리내릴 만큼 덕은 없어도
산다는 것은
살아 있다는 것은 중요한 일이다

－「잡초·1」부분

고향집 마당에
우두커니 서 있는 들꽃
바람일지라도 꺾질 말아라
꺾여도 버리질 말아라

－「들꽃」부분

하루 일생처럼 설법 짧았지만
나가는 뒷모습 작아질수록 커지는
나 살아 있는 것만으로 족한 오늘

－「오늘」부분

4. 기표를 넘어서

시인의 민족과 개인 비극의 기표는 궁극적인 기의에 이르지 못하고 '그리움, 저고리, 그 꽃은, 북한산, 목련, 초생달, 춘삼월, 입추'와 같은 초기의 기표들을 끌고, '밤섬, 잡초, 들꽃, 고향, 두타산, 이화령, 가을 편지, 엽서' 등과 같이 최근의 기표들을 데불고 왔다.

그는 초기부터 지금까지 줄곧 자연을 노래해 왔다. 자연은 그에게는 안식처요, 피난처요, 휴식처였다. 거기에서 자신의 기표를 극복하고자 했고 희망을 노래하고자 했고 달관하고자 했다. 이러한 기표들은 그가 욕망하는 대상, 근원적인 기표들을 조절하고 있는 것이다.

> 불을 끈 방에
> 달이 뜨면
> 고향의 초가도 보이는
> 달구지 길도 보이는
> 귀뚜라미 소리가 들린다
> 눈썹 아래 자디 잔 주름살처럼
> 세월 속에 늙은 이야기들이
> 자리에 누우면
> 밤새 이마를 핥는
> 흰머리칼이 된다
> 많은 생각이 거미줄에 얽힌
> 한가윗날
> 그이는
> 화살깃듯한 밤 기차를 타고
> 이 외딴집을

또 그냥 지나간다

— 「그리움」 전문

'민족의 비극'과 '개인의 비극' 이후에도 줄곧 고향에 대한 그리움은 식지 않고 있다. 누구나 다 본능일진대 그러나 그의 시편들은 진지하고 경건하다. 일단 원형으로 자리 잡으면 그것을 극복하고 상쇄한다는 것은 그리 쉬운 일이 아니다. 우리 민족의 공통된 염원일 수도 있는 그의 개인 시편들은 우리들에게 역사의 현장을 보여줄 수 있는 자료로서도 가치가 있다.

'역사, 나라, 식민지, 38선, 고향, 어머니, 피붙이'라는 근원적인 기표에서부터 '논빼미, 달구지, 채송화, 봉숭아, 막둥이, 등불, 코스모스, 달빛, 빨래줄, 바지랑대, 풀벌레' 등의 지엽적인 기표에 이르기까지 넘지 못한 수많은 기표들이 기다리고 있다. 어떻게 이를 극복하고 시인의 기의에 이르는가는 아직도 지켜볼 수밖에 없다.

고향상실
———
X

1958년 등단 이후 반세기 동안 이러한 노시인의 눈물겨운 시작은 젊은이들의 하나의 본보기가 될 수 있을 것으로 믿는다.

(『산목함동선선생팔순기념문집』, 2009.5)

분열과 통합의 변증

박찬일*

1.

상대적 이미지가 있고, 절대적 이미지가 있다. 상대적 이미지는 말 그대로 상대가 있는 이미지이다. 이미지가 보조적으로 '사용'된다. 절대적 이미지는 상대가 없는 이미지이다. 이미지가 독립적으로 '존재'한다. 절대적 이미지를 김춘수는 서술적 이미지라고 하였고, 이승훈은 묘사적 이미지라고 하였다.[1]

'상대적 이미지 시'를 이미지가 관념화된 경우와 관념이 이미지화된 경우로 나눌 수 있다. 본고에서는 이미지가 관념화된 경우 좁은 의미의 상대적 이미지 시로, 관념이 이미지화된 경우 좁은 의미의 관념시로 구분해서 사용하기로 한다. 좁은 의미의 관념시라고 한 것은 김춘수의 경우는 상대적 이미지 시와 관념시를 구별하지 않기 때문이다.[2]

---

*박찬일: 시인·문학평론가, 문학박사.
1) 엄격히 말하면 서술이 아니라 묘사이다. 서술은 주관적 서술이고 묘사는 객관적 묘사이기 때문이다.
2) 문덕수 역시 상대적 이미지 시와 관념시를 구별하지 않는다. 문덕수, 「오늘의 시작법」, 시문

함동선과 김춘수를 비교할 수 있다. 김춘수의 경우 상대적 이미지 시,[3] 절대적 이미지 시, 무의미 시들이 선형적으로 존재하는 데 반해, 함동선의 경우 관념시, 상대적 이미지 시, 절대적 이미지 시들이 비선형적으로 존재한다. 간단히 말하면 시간적 구조와 공간적 구조의 차이이다.

김춘수의 시간적 구조를 발단 전개 정점까지의 피라미드 구조로 설명할 수 있다. 상대적 이미지 시가 발단이고 절대적 이미지 시가 전개이고 무의미시가 정점이다. 무의미시가 정점인 것은 무의미시에서 관념을 완전히 떨쳐버리고 있기 때문이다. '시적 발전'이 관념을 버리는 쪽으로 진행되었기 때문이다.

함동선의 공간적 구조는 삼각형 구조로 설명할 수 있다. 관념시, 상대적 이미지 시, 절대적 이미지 시들이 삼각형의 세 꼭지점을 형성한다. 상대적 이미지 시, 절대적 이미지 시들이 무시간적 절대적 공간 속에서 공존한다. 김춘수의 경우 통시적 고찰이 요구되고, 함동선의 경우 공시적 고찰이 요구되는 이유이다.

김춘수의 경우 허무주의의 발전(?)과 상대적 이미지 시, 절대적 이미지 시, 무의미시로의 발전이 궤를 같이 한다. 허무주의의 극대화가 무의미시였다. 함동선의 경우에는 분열의 구체화가 관념시, 상대적 이미지, 절대적 이미지 시의 공존으로 나타났다고 할 수 있다. 시인은 관념에 시달릴 수 있고, 상대적 이미지에 시달릴 수 있고, 절대적 이미지에 시달릴 수 있다. 김춘수의 시 쓰기가 충동적 시 쓰기가 아닌 의식적 시 쓰기라는 점에서 현대적이라면, 함동선의 시 쓰기는 의식적 시 쓰기이면서, 동시에 무엇보다도 분열을 제시하는 시 쓰기라는 점에서 현대적이다.

학사, 2004, 159~165쪽 참조. 문덕수는 더 나아가 "대부분의 시는 관념시와 사물시(절대적 이미지 시)의 중간지대에 존재한다는 것"을 지적하고 있다. 같은 곳, 165쪽.
3) 다시 말하지만 김춘수의 경우 상대적 이미지 시가 관념시이다. '꽃'에 대한 일련의 시들이 관념시이다. 절대적 이미지 시가 소위 물질시이다.

2. 절대적 이미지: 공존의 모더니즘

'절대적 이미지 시'에서는 일차적 의미와 이차적 의미가 같다. 지시의 미Denotation와 함축의미Konnotation가 같다. 함동선은 "시적 자아를 전혀 느끼지는 못하는 것"이라고 하면서 마치 "영화를 보면서 카메라의 존재를 느끼지 못하는 것과 같다"고 하였다. "객관적 혹은 즉물적" 묘사만 있을 뿐이라고 하였다.4) 절대적 이미지 시는 "내용에만 편중하지 않고 방법에 대한 (중략) 의식적인 노력과 관심"5)의 결과이다. 의식적 시 쓰기의 모범적 예이다.

①
산으로 겹겹이 싸인 간이역
하루에 몇 번 기차가 지나가면 그뿐
밭둑의 민들레꽃도
산길의 딱정벌레도 그 자리에 잠이 든다

— 「간이역 · 1」 부분

②
미루나무에 머물다 간 바람과
구절초를 스치고 지나간 바람을
사진으로 찍을 수 없을까
카메라 셔터를 연거푸 누를 때
붉은 색깔로 물든 노을이
산기슭을 돌아간 기차를 따라간다

— 「간이역 · 2」 부분

---

4) 함동선, 「10편의 시와 10편의 군말」, 『함동선 99선』, 도서출판 선, 2004, 195쪽 참조.
5) 문덕수, 「함동선론」, 『현실과 휴머니즘 문학』, 성문각, 1985, 91쪽.

③
가을 햇살이 한 뼘쯤 기어든 창가에
낡은 소파가 마주 놓여 있다
벽에 걸린 세한도의 솔잎에
부는 바람이
낮잠을 깨웠는지
신발 끄는 소리가 들려온다

—「오후」 부분

④
새가 날아간 법당의 처마 끝에는
새파란 하늘이 풍경을 매달고 있다
그 풍경을 따라
목어 한 마리가
뎅그렁 뎅그렁 몸을 흔들다 잠이 드는
태고사의 오후
등산객의 발자국 소리만 들려온다

—「고요」 부분

⑤
해가 딸꾹질하듯 그렇게 뚝 떨어지자
철새가 날아간
허공을 저어서
구름을 말아 쥔
스님의 손에
무수한 별이 떠 있다

—「산수도」 부분

주관이 개입하지 않는, 묘사에 충실한 시들이다. '시는 그림 같아야 한다'라는 호라티우스의 명제에 충실한 시들이다.

'내용'이 없는(혹은 주제가 없는) 절대적 이미지 시들을 내용에 대한 절망, 혹은 내용에 대한 분노에서 비롯되었다고 볼 수 있다. 김춘수의 무의미시가 의미에 대한 절망에서 비롯된 것처럼, "폭력, 이데올로기, 역사"에 대한 절망에서 비롯한 것처럼, 혹은 "허무주의"에서 비롯한 것처럼[6] '무의미시'에서 무의미가 의미를 비판하는 것처럼, '절대적 이미지' 시에서 내용 없는 것이 내용을 비판한다고 할 수 있다. 이러한 가정이 개연성 있는 것은 함동선 역시 의미에 의한 피해자, 즉 폭력, 이데올로기, 역사에 의한 피해자였기 때문이다. '피해'가 현재까지 이어지고 있기 때문이다. 함동선의 시들을 통시적이 아닌 공시적으로 파악해야 하는 것도, 즉 시간적 구조가 아닌 공간적 구조로 파악해야 하는 것도 이 때문이라고 할 수 있다. 상황이 변하지 않았기 때문이다.[7]

정말 절대적 이미지만의 시가 존재할 수 있는가. 시인은 정말 '주관으로부터 자유로운 이미지'만의 시를 쓸 수 있는가. ②의 경우를 보자. "미루나무에 머물다 간 바람", "구절초를 스치고 지나간 바람"은 절대적 이미지를 제공한다. 그러나 시인이 "미루나무에 머물다 간 바람과/ 구절초를 스치고 지나간 바람을/ 사진으로 찍을 수 없을까"라고 했을 때 절대적 이미지는 '절대'에서 벗어난다. 주관이 개입되었다고 보고 이 주관이 이 시에 개입되었다고 보는 것이다.

위의 절대적 이미지의 시들에서 주목되는 것은 감각적 이미지들의 공

---

6) 김춘수, 「장편 연작시 <처용단장> 시말서」, 『김춘수, 한국대표시인 101인 선집』, 문학사상사, 2003, 321쪽 참조.
7) 김춘수는 역사로부터 자유로울 수 있었기 때문에 무의미시까지의 궤적을 그릴 수 있었고 함동선은 역사로부터 계속 자유로울 수 없었기 때문에 상대적 이미지 시, 혹은 관념시를 버릴 수 없었다.

존이다. '공존'은 모더니즘의 공존이다. 총체성은 리얼리즘의 세계이고 공존은 모더니즘의 세계이다. 공존은 분열과 멀리 떨어져 있지 않다. 감각적 이미지들의 공존은 다른 말로 하면 감각적 이미지들의 나열이다. 나열로 총체성에 접근할 수 있으나, 도달하지는 못한다. 그러므로 나열은 '분열의 나열'이다. 요소들이 총체성의 구성요소들이 아니므로, 요소들이 제각각 존재하므로, 분열의 나열이다.

⑤에서 "해가 딸꾹질하듯 그렇게 뚝 떨어지자"는 청각적 이미지(혹은 기관적 이미지)와 시각적 이미지의 공존이고, "스님의 손에/ 무수한 별이 떠 있다"는 촉각적 이미지와 시각적 이미지의 공존이다. 특히 ④에서 "목어 한 마리가/ 뎅그렁 뎅그렁 몸을 흔든다"라고 한 것은 공감각의 절정이다. 함동선은 모더니스트 김광균을, 특히 그의 공감각을 탁월하게 계승하고 있다.

3. 상대적 이미지: 상실과 복원의 변증

함동선의 많은 시들에 꽃(혹은 풀)이 등장한다. 절대적 이미지의 꽃, 풀이다. 예를 들어 1부에[8] 많이 등장하는 '민들레꽃'은 고향을 떠올리는 역할을 한다.

> 아무리 고향은 멀리서 생각하는 것이라고도 말이다 내 발밑에 밟혔던 <u>민들레꽃</u>이 자꾸 내 발목을 휘어잡아도 못 가는 것은 그렇지 그건 우리 역사의 아픔 때문이다

---

8) 본고가 텍스트로 삼은 것은 『함동선 시 99선』(도서출판 선, 2004)이다. 연대가 아닌 등가를 기준으로 7부로 구성되어 있다.

우리 역사의 아픔 때문이다

　　　　　　　　－「지난 봄 이야기」 부분9)(밑줄은 필자)

　"민들레꽃"은 고향의 민들레꽃으로서 고향에 대한 제유이다. 제유가
여러 시들에서 상호텍스트적으로 되풀이되면서 상징으로 굳어졌다. 정
확하게 말하면 상징적 이미지를 형성하였다. "고향"에서 "밟고" 다녔던
"민들레꽃"이 어서 오라고 시적 화자를 부르지만, 시적 화자의 "발목을
휘어잡지만", "못 간다"고 하고 있다. 물론 "역사"현실 때문이다.10)

　　　한강공원에는
　　　날이 저물고 밤이 되고 날이 샐 때까지
　　　앉아 있겠다는 실향민들이
　　　밟아도 밟아도 푸르러지기만 하는
　　　질경이처럼 돋아 있구나
　　　　　　　　－「황해도민회 가는 길에」 부분(밑줄은 필자)

　"밟아도 밟아도 푸르러지기만 하는/ 질경이"의 이미지 역시 '상대'가
있는 이미지이다. 실향민이 상대이다. 주제는 '희망을 잃지 않는 실향민'

---

9) 함동선은 6·25 때 월남한 실향민이다. 실향민 의식이 그의 시 전편에 추동하고 있다: 이 시
　에 대해 부기하고 싶은 것이 있다. "고향은 멀리서 생각하는 것이"라는 구절 때문이다. 필
　자의 "고향은 떠나 있다가/ 죽기 전에 몇 번쯤 눈물 흘리는 곳이다/ 고향은 가보는 곳이 아
　니다"(「고향」)라는 시가 떠올랐기 때문이다. 하이데거에게 고향상실은 형이상학적 테
　마였지만 우리에게 고향상실은 현실적 테마였다. 고향상실의 테마는 상호 텍스트적으로
　계속 재생산되었다: 고향 상실을 함동선 시의 "기본항", 혹은 지울 수 없는 하나의 "업보"로
　본 것은 오양호였다. 오양호, 「전후 35年의 한국시·完」, 『시문학』 제16권 제4호, 1986.4,
　92쪽 참조.
10) 이 점에서 문덕수가 함동선이 "자연을 추구하는 이유"를 "자연 질서의 인식을 통하여 현실
　사회에서의 삶의 리얼리티를 이해할 수 있기 때문"이라고 한 것은 매우 적절한 지적이었
　던 것으로 보인다. 문덕수, 앞의 책, 93~94쪽.

이다. 혹은 "밟아도 밟아도 푸르러지기만 하는/ 질경이처럼" 희망을 잃지 말라는 염원이다.

> 주저앉고 싶은 언덕에는
> 6 · 25 때
> 저승을 넘나들면서 본 개망초꽃이
> 눈 가득히
> 상여의 요령소리로 피어 있구나
>
> — 「제3땅굴에서」11)(밑줄은 필자)

"가득" 핀 "개망초꽃"의 상대는 물론 "상여의 요령소리"이다. 그러나 여기에서는 시각적 이미지와 청각적 이미지가 어우러지면서, 즉 개망초꽃의 어지럽게 피어 있는 이미지와 상여의 어지럽게 울려대는 요령소리가 겹쳐지면서, 대단한 상승효과를 이끌어내고 있다. 독자도 시적 화자 못지않게 어지러워 "주저앉고 싶다" 매체와 주지의 경계를 무너뜨리고 있다.

물론 시적 화자는 현재의 개망초꽃에서 6 · 25 때의 개망초꽃을 연상했다. 6 · 25 때의 개망초꽃에서 상여의 요령소리를 연상했다. 상여의 요령소리는 6 · 25 때의 비극적 상황에 대한 알레고리이다. '이미지의 연상'의 모범적 예이다.

함동선의 상대적 이미지 시들에서 주목되는 것은 앞의 경우들에서처럼 이미지 그 자체가 어떤 것을 보조하기도 하지만, 구체적 내용과 병렬되면서 그 구체적 내용을 강조하기도 한다는 점이다. 예를 들어 역사적

---

11) 위에서 인용한 「제3땅굴에서」의 '개망초꽃' 역시 상여의 요령소리와 무관하게 존재하는 것으로 그럼으로써 상여의 요령소리를(상여의 요령소리가 함의하는 바를) 강조하는 것으로 읽을 수 있다. 무음의 개망초꽃이 유음의 요령소리를 강조하는 것으로 말이다.

비극과 병렬되면서 역사적 비극을 강조한다.

> 6월 25일이 무슨 날인지 모르는
> 들꽃만이 핀 월정리역에서
> —「DMZ—월정리역에서」 부분(밑줄은 필자)

함동선에게 "들꽃"은 아무것도 모르는 들꽃들이다. "들꽃"은 "6월 25일이 무슨 날인지 모른다"고 명시적으로 밝혔다. 김소월의 표현을 빌면 '저만치' 피어 있는 것이다.

6 · 25와 6 · 25를 모르는 들꽃을 병렬시킴으로써 6 · 25의 비극을 강조하였다고 볼 수밖에 없다. 6월 25일이 무슨 날인지 모르는 들꽃을 유미주의에 대한 알레고리로 볼 수 있다. 유미주의는 역사를 모르는(혹은 외면한) 유미주의이기 때문이다. 그렇더라도 마찬가지인 것은 유미주의를 통해 6월 25일이라는 역사(주의)가 강조되었다는 사실이다. 혹은 비판되었다는 사실이다.

이렇게 보면 '들꽃'은 아무것도 모르지만 아무 것도 하지 않는 것은 아니다. 등장인물로서의 역할을 하고 있다. 등장인물이 아니라 서술자의 역할을 하는 것도 있다.

> 과거는 용서해야지
> 과거는 잊어선 안 되지
> 그렇게 들꽃은 말하고 있구만
> —「뉴욕 힐튼호텔에서」 부분(밑줄은 필자)

"들꽃"이 서술자의 역할을 하고 있다. 그리스 비극, 혹은 서사극에서의 '합창'의 역할과 같다.

가르마를 한가운데로 탄 머리를 어깨 위로 늘어뜨린

어린이 모양의 민들레가 지천으로 피어

작고 앳되면 작고 앳된대로

담담한 빛깔이면 담담한 빛깔대로

천지의 신비를 담고 있다

                                      −「예성강의 민들레」 부분(밑줄은 필자)

「예성강의 민들레」는 시선집의 '서시'이다. 정태적 '민들레의 이미지'와 동태적 '역사의 이미지'의 대비를 통해 동태적 역사의 이미지를 강조하고 있다. 물론 동태적 역사는 비극의 동태적 역사이다. 상대적 이미지 시로 보는 것은 "작고 앳되면 작고 앳된대로/ 담담한 빛깔이면 담담한 빛깔대로"라는 구절 때문이다. 윤리적 자세를 상대하고 있기 때문이다.

엘리엇이 말한 '객관적 상관물'도 상대적 이미지에 다름 아니다. 3부의 여러 시편들에서 '그리움'이 여러 객관적 상관물로 변주되었다. 「그리움」에서는 "외딴집"이 갈 수 없는 고향집에 대한 객관적 상관물이었다. 갈 수 없다고 한 것은 "화살짓듯한 밤기차"는 외딴집에는 영원히 서지 않을 것 같기 때문이다. 「첫눈 오는 날」에서는 "이불장 여닫는 소리"를 그리움, 혹은 그리운 대상의 객관적 상관물로 사용했다. 「거문도 편지」에서는 "파도치는 소리와 바람소리"를 그리움의 객관적 상관물로 사용했다.

민들레는 '고향'의 상대적 이미지이고, 질경이는 희망을 잃지 않는 '실향민'의 상대적 이미지이고, 개망초꽃 및 들꽃들은 6·25의 비극적 상황의 상대적 이미지였다. '상실 및 비극'의 이미지들이라고 할 수 있다. 이 점에서 '그리움'의 시편들은 시사하는 바가 많은데 상실은 복원을 필요로 하기 때문이다. 상대적 이미지 시들에서 나타난 상실과 복원의 변증은 관념시들에서 '분화와 원의 변증'으로 변주된다.

4. 관념시: 분화와 원의 변증

절창은 「만월」이었다.

> 어둠의 야국꽃 물들게
> 보라 보라 보랏빛 숨소리 들리는
> 다리 놓아주고
> 우리 내외한테는
> 금가락지만한 사랑을 둘러 끼우는
> 달아 달아 밝은 달아
>
> ─「만월」 전문

　무엇보다도 "우리 내외한테는/ 금가락지만한 사랑을 둘러 끼우는/ 달아 달아 밝은 달아"가 압권이다. 그중에서도 "금가락지만한 사랑을 둘러 끼우는/ 달"이 압권이다. 사랑이라는 관념이 둥근 "금가락지"와 둥근 "만월"에 비유되었다.

　주목되는 것은 원의 세계이다. "다리"가 원의 세계이고, "내외"가 원의 세계이고, "사랑"이 원의 세계이고, "보랏빛 숨소리"의 공감각이 원의 세계이다. "만월"과 "금가락지"는 원의 구체화이다. 물론 원은 원 이전의 상태, 분화상태를 전제한다. 보랏빛 숨소리 이전의 보랏빛과 숨소리의 분화, 다리 놓기 이전의 이쪽과 저쪽의 분화, 내외 이전의 내와 외의 분화, 사랑 이전의 너와 나의 분화 등 '분화에서 원으로'가 함동선의 시세계를 관류하는 주요 관념이다. 혹은 함동선의 관념을 관류하는 주요 코드이다.

　관념 자체가 이미지가 되는 경우를 보자. 관념 이미지의 파노라마이다.

이제 마지막이란

늘 마지막 다음에 찾아오는 것이라 믿으니까요

오늘도 기다리는 님은요

시간을 멎게 할 님은요

―「님은요」 부분

생경한 관념이 아닌 것은, 변형의 관념을, 여기서는, 역설의 관념을 보여주고 있기 때문이다. "이제 마지막이란/ 늘 마지막 다음에 찾아오는 것이라 믿으니까요"는 마지막 다음에 마지막이 있으므로 마지막은 마지막이 아니라고 한 것이다. 희망에도 '빼어난 희망'이 있다면 빼어난 희망의 시라고 하지 않을 수 없다.

또 하나의 관념은 "시간을 멎게 할 님"이다. 시간이 멎어 있는 곳 또한 원의 세계라고 할 수 있다. 시간이 멎어 있는 곳은 갈등, 분열이 없는 곳, 님에 대한 헌신만이 있는 세계이기 때문이다. 사랑은 정말로 원의 세계가 아닌가. 두 개가 하나로 되는 세계가 아닌. 여기서 짚어야 할 것은 관념이 관념으로 머물러 있는 것이 아니라, 구체적 현실을 담보하고 있다는 점이다. "기다리는 님"이라면 물론 관념의 님이지만, 님이 실상을 담보하고 있다면 관념의 님이 아니다.

①

헤어짐이 또 하나의 만남이듯

손을 잡아야 쓰는데

시작은 끝이 있는 법

이 한줌의 흙에

꽃이 피고 열매를 맺게

비가 되어 만나야 쓰는데 물이 되어 만나야 쓰는데

―「한줌의 흙」 부분

②
고향 떠나던 날 마지막 본
포플러 나무 두어 그루가
먹물 묻은 붓자루처럼 우뚝 서서
다시 만나게 될 것 같은 뜨거운 눈길로
내게 다가오누나
(…)
파도에 떠밀리고 떠밀리고 떠밀려도
다시 만나야 한다

−「우리는 · 1」 부분

①에서 "시작은 끝이 있다"고 한 것은 기다림에 끝이 있다고 한 것이다. "흙에/ 꽃이 피고 열매를 맺"듯, 아니, "흙에/ 꽃이 피고 열매를 맺게"끔, "비가 되어 만난다"고 하였다. '꽃'과 '열매', 그리고 '비'와 '물'은 등가물로서 내포하는 것이 같다.

비는 모여서 꽃과 열매처럼 하나로 맺어지고 물 또한 모여서 꽃과 열매처럼 하나로 맺어지기 때문이다. 더 중요한 것은 "헤어짐이 또 하나의 만남"이라고 한 것이다. 헤어진 님을 다시 만나겠다고 한 것이다. 헤어진 님은 실재이므로 구체적 님이다.

함동선의 사랑은 구체적으로 실재하는 님에 대한 구체적 사랑이다. 함동선의 원은 구체적 현실을 담보하고 있다.

②에서 "고향 떠나던 날 마지막 본/ 포플러 나무 두어 그루"도 구체적이다. 이것들을 다시 만나야겠다는 것이다. "파도에 떠밀리고", "떠밀려도/ 다시 만나야"겠다는 것이다. "사람은/ 만나지 못하면 죽은 것과 마찬가지"(「밀물 때가 온다」)라고 하고 있다. "믿음은 바라는 것이 실상12)이

_____

12) 히브리서 11장 1절.

다. 부기하면, 구어체에서 흔히 쓰이는 '요'와 '야'의 빈번한 사용도 원의
세계와 관계있다. "오늘도 기다리는 님은요/ 시간을 멎게 할 님은요"(「님
은요」)에서 '요'에는 님을 꼭 만나리라는 의지가 담겨 있다. 님과 화자 사
이의 거리를 좁히고 있다.

> ①
> 그 그늘마저
> 꺼져가는 니 발아래 다시 니 발아래
> 기대는 불길이요 <u>나요 그렇게 젖었다</u>
>
> — 「목련」 부분(밑줄은 필자)

> ②
> 창을 열고
> 경황없이 가슴에 괸 기다림은야
> <u>광채가 서려</u>
>
> — 「봄비」 부분(밑줄은 필자)

> ③
> 조르르 쏟은 봄볕은요
> 무겁게스리 갈앉았던 거리를
> <u>기지개 켜게 하네요</u>
>
> — 「봄볕은요」 부분(밑줄은 필자)

첫째, 요와 야 자체가 합의 모음, 다름 아닌 '이중모음'이라는 점에서
원의 세계이고, 둘째, '요'와 '야' 등은 앞뒤의 구절들을 '보다' 부드럽게
연결시켜준다는 점에서 원의 세계와 관계한다. '나 그렇게 젖었다'보다
"나요 그렇게 젖었다"가 더 부드럽고, '기다림은/ 광채가 서려'보다는 "기

다림은/ 광채가 서려"가 더 부드럽고, "봄볕은 (중략) 기지개 켜게 하네
요"가 더 부드럽다. 시를 낭랑 · 명랑하게 하고 있다. 낭랑 · 명랑한 원의
세계를 만들고 있다.

　'요'를 종결어미로 쓴 다음과 같은 경우도 마찬가지다.

> 내 이사할 때는
> 고향 뒷산에 내린 적이 있는 하늘을
> 손 안에 담고서야
> <u>길을 떠났는데요</u>
>
> 　　　　　　　　　　　　　　 −「소묘」 부분(밑줄은 필자)

　"길을 떠났는데요"라고 했지만 "하늘을/ 손 안에 담고" 떠났으므로 이
별이 아니고 분리가 아니다. 외부는 내부에서 살아 있고 내부는 외부에
서 살아 있다. 그런데 이것을 더욱 분명하게 해주는 것이 "길을 떠났는데
요"의 '요'이다. 떠났으나 떠난 것이 아니라는 것이다. 마음은 떠난 곳에
머물러 있다는 것이다. 혹은 '말줄임표'처럼 할 말이 많다고 한 것으로 보
인다. 떠난 것이 아니라고 했으므로 원이다. '덧붙여서' 원을 만드는 것이다.
　여기서의 원의 세계 역시 현실을 담보한 관념의 세계이다. 떠난 적이
없으므로, 떠났어도 금방 달려갈 태세가 되어 있으므로, 현실을 담보한
관념의 세계이다.

5. 나가며

　주목되는 것은 함동선의 시들은 외면적으로 상대적 이미지 시, 절대적

이미지 시, 그리고 관념시들로 분열되어 있지만 내면적으로는 통합을 지향하고 있다는 점이다. 상대적 이미지 시들은 상실과 복원의 변증이었고, 관념시들은 분화와 원의 변증이었다. 절대적 이미지 시들의 주요 항목은 공감각적이었다. '분열의 형식'과 '통합의 내용'이라고 할 수 있다. 통합은 특히 관념시들에서 전경화되었다. 분열과 통합의 공존(혹은 변증)이므로 모더니즘이다. 모더니즘은 분열의 모더니즘이고 통합을 동경하는 모더니즘이기 때문이다.

상실과 복원의 변증, 분화와 원의 변증은 다른 말로 하면 실향과 망향의 변증, 혹은 이별과 재회의 변증이다. '원'은 구체적 현실을 담보한 원이었다. '이별에서 재회로'를 '분화에서 원'으로의 구체화로 보는 것이다. 물론 거꾸로 '이별에서 재회로'의 관념화로서 '분화와 원으로'를 강조할 수 있다. '분화와 원으로'의 구체화로서 '이별에서 재회로'를 강조하면 시 세계를 너무 좁게 한정시키는 것이 되기 때문이다. 원을, 함동선의 말을 빌어, "고향의 창조"로 보는 것이다.13) 물론 이 경우에도 '현실적 이별'의 의미는 강조되어야 한다. 고향 상실이 고향 창조의 동인이 되었기 때문이다.

과연 함동선은 "헤어진 포플러나무 두어 그루"와 다시 만날 수 있을 것인가. 원에 도달할 것인가. 원에 도달하지 못하면, 원이 원怨이 될 것인가. 아니면, "자연이 가지는 초월적 의미의 탐구"14)에 의해 원의 세계를 발견할 것인가. '고향의 창조'에 도달할 것인가. 앞으로의 함동선의 시가 궁금한 이유이다.

(『시문학』, 2004.7)

---

13) 함동선, 「10편의 시와 10편의 군말」, 앞의 책, 178~179쪽 참조.
14) 문덕수, 앞의 책, 101쪽.

Ⅳ
시선집 『한줌의 흙』의 분단시 비평

토성역에서 해주로 가는 기차를 타고

오세영*

1.

그 이전에 이를 주제로 쓴 시들이 간혹 없었던 것은 아니지만 우리 시단에서 한반도 분단의 문제가 문학적 이슈로 등장했던 것은 다 알다시피 소위 민중문학 운동이 활발하게 전개되고 있던 1980년대였다. 이 시기에는 설혹 민중시 운동 그룹에 소속되어 있지 않은 시인이라 하더라도 한국분단에 관한 작품을 한두 편 쓰지 않은 사람이 아마 없었을 것이다. 그런데 그 후 분단시 창작과 그 논의는 무슨 약속이나 한 것 같이 우리 문단에서 소리 없이 사라져 버렸다. 마치 어떤 정치 운동이라도 하는 것처럼 한 특별한 시대 상황에 추수하여 한동안 쟁점화하더니 그 시대가 지나가 버리자 과거의 이야기나 된 듯 관심 밖으로 밀쳐내 버린 것이다. 아니라면 또 다른 어떤 특별한 시대 상황을 기다려 잠시 휴면기간에 든 것일까.

한국근대 문학 100년사가 모두 그래왔듯 그 역시 정치적 쟁점에 휘말

---

* 오세영: 시인, 서울대학교 명예교수.

려, 정치적으로 거론되다가, 그 정치적 이용가치가 소멸하자 즉시 버림을 받은 것 같아 나로서는 한편으로 안타깝고 한편으로는 씁쓸한 마음이다. 그러나 진정한 문학이란 당대의 정치 상황 혹은 문단적 논의가 어떻든 그 어떤 시대라도 써야 할 것은 써야 하는 것 아니겠는가. 비록 그것이 삶의 보편적 주제가 아니라 시대적인 것이라 하더라도 그렇다. 하물며 아직 끝나지 않았고 그래서 언제인가는 우리 자신들이 해결해야 마땅할 과제임에 있어서랴. 우리에게 민족 분단이라는 비극은 바로 그러한 명제들 중의 하나인 것이다.

어떻든 이 같은 우리 문단의 분위기 속에서 함동선이 최근 다시 분단에 관한 문제를 시─그것도 한 권의 시집으로 들고 나온 것은 그 나름의 의미가 적지 않다고 생각된다. 꺼져가는 우리 문학의 분단 논의가 이 시집을 통해 다시 불붙기를 기대하는 마음 간절하기 때문이다. 기대는 이루어질 것인가. 그 답은 오로지 그가 거둘 문학적 성과에 달려 있을 것이지만 우리는 일차적으로 시류에 휘둘리지 않고 묵묵히 제 갈 길을 가는 그의 진실한 문학적 태도에 먼저 박수를 보낸다. 그러한 관점에서 보면 이번 간행된 그의 분단시선집 『한줌의 흙』은 몇 가지 주목할 만한 특징을 지니고 있다.

첫째 분단시이면서도 전후시로서의 성격을 지니고 있다는 점이다. 한반도의 분단이 한국전쟁으로 인해 고착화되었으므로 물론 분단시는 직접적이든 간접적이든 전후시적 성격을 띨 수밖에 없다. 그러나 함동선의 시에서 분단시는 분단 그 자체에 초점을 맞추었다기보다는 분단으로 인해 야기된 한국전쟁과 그 전쟁의 참화를 입은 사람들의 내면적 상처가 더 크게 클로즈업되어 있다. 물론 이들 중심에 시인 자신이 서 있다는 것은 부연할 필요가 없다. 따지고 보자면 지금 우리는 한국전쟁 발발 60년이 지난 시대에 살고 있지만 아직도 그 전쟁의 트라우마로부터 결코 자유스럽다 할 수 없지 않은가. 오늘의 우리사회가—정치 상황이 좌우의 뿌리 깊은 갈등에서 벗어나지 못하고 있다는 바로 그 사실이 이를 실증해 주고 있다. 시인은 바로 이점을 바라보고 있는 것이다.

둘째 체험이 바로 내용으로 되어 있다는 점이다. 이는 물론 함동선 자신이 이산가족의 일원이었기에 가능한 이야기이기도 하다. 그가 당한 이산 가족으로서의 분단의 아픔이 얼마나 참혹한 것이었나 하는 것은 이 시집의 서문에서도 이미 드러나 있다. 아마 이 시집의 해설을 쓴 김종회 교수도 나와 같은 심정이었기에 이 부분을 직접 인용했으리라 짐작하지만 나는 이 시집의 시들을 채 읽기도 전 그 서문만을 대하면서 벌써 코가 찡해지는 연민과 슬픔을 느낄 수밖에 없었다. 바로 이 대목이다(참고로 시인의 고향은 강화도에서도 육안으로 바라다 보이는 황해도 연백군 해월면 해월리이다).

> 휴전 전해의 가을이었던 것 같다. 강화도에 갔다가 미군 탱크부대에 들러 망원경으로 고향을 본 일이 있다. 넓은 들녘엔 누런 벼가 한 눈에 들어온다. 강화도는 이미 추수가 끝났는데 지금부터 가을걷이를 해볼까 하는 풍경이었다. 그때 마을 동쪽 끝의 우리 집 부엌문에 흰 옷이 드나든다. "어머니다" 하니 눈물이 망원경을 흐리게 한 일이 있다. 그 어머니가 올해 118세이다.

물론 이산가족이 아닌 시인도 분단시를 쓸 수는 있으며 또 많이들 썼다. 그러나 아무리 상상력의 산물이라 하더라도 체험에 토대한 것보다 더 절실하게 마음을 흔드는 문학작품이 어디 있겠는가. 그러한 관점에서 이 시집의 시들은 체험 없이 관념적으로 혹은 이념적으로 쓴 다른 분단시들에 비해 훨씬 더 피부적으로 다가오며 따라서 그만큼 우리의 가슴을 아프게 한다.

셋째 함동선의 분단시들은 순수하다. 경향시가 아니다. 다시 말하면 함동선의 시는 특정한 어느 이념을 지향한다든가 어떤 정치적 입장을 드러내지 않는다. 그러므로 그의 시에는 정치시들이 항용 구사하는 현실 비판이라든가 폭로, 선전, 선동 같은 시적 전략이 없다. 그저 시대의 폭력 앞에 선 한 인간의 진실이 담담하게 고백되어 있을 뿐이다. 그러므로 굳이 그것을 이념적으로 정의하라고 한다면 인간애에 대한 성찰이라고나 해둘까. 우리는 그것을 휴머니즘이라 불러도 상관없으리라 생각한다. 사람들은 그것이 너무도 당연한 가치인 까닭에 이 휴머니즘이라는 용어에 대해 식상해 한다. 그리고 상식적이라고들 말한다. 그러나 모든 위대한 가치, 모든 위대한 진실은 다 상식이 아닌가. 우리는 여기서 문학이란 가장 보편적인 문제들을 가장 개성적으로 형상화시키는 언어 예술이라는 점을 상기해야 할 것이다.

넷째 이 시집이 지향하는 내면 공간은 그 자신의 표현대로 바로 상실 의식과 그 상실된 어떤 것의 본래적 회복이라 말할 수 있다. 사실 한국 근대사 백년은 우리 민족에게 있어서 어떤 절대적 가치의 상실과 그것의 회복을 위한 몸부림 혹은 투쟁이었다. 신화 비평에서는 일컬어 이를 낙원상실의 원형 상징paradise lost archetyphal symbol이라고 말하지만 그 절대적 가치의 중심에 국권이 자리해 있었고 이 국권의 상실에서 연유한 민족적 고뇌가 문학에서, 님의 상실, 부상실父喪失, 모상실母喪失 혹은 고향상실 등의 양상으로 형상화되어 왔다는 것은 이미 선학들에 의해서 익히 지적되어 온 터이다. 이 맥락에선 일제의 한반도 강점이 종지부를 찍자마자 남북이 분단된 해방 이후부터 오늘에 이르기까지의 시기 또한 예외는 아닐 것이다.

그러한 관점에서 함동선이 시집에서 일관성 있게 그려 보여준 고향상실과 가족―특히 어머니의 상실에 관한 콘텐츠는 단지 함동선의 개인사적 혹은 가족 사적인 문제만은 아닐 것이며, 우리 근대사가 겪는 민족사의 아픔을 원형 상징으로 형상화한 것이기도 할 것이다. 따라서 그가 다음과 같이 그의 시의 토대는 고향상실의식에 있고 그 지향점 또한 귀향에 있다고 고백한 것은 매우 자연스럽다. 그의 '고향상실'은 바로 미완에 머물고 있는 조국의 현실을, 그의 '귀향'은 완성된 민족국가의 확립을 원형적으로 의미하는 것이라고 해석할 수 있기 때문이다.

> 이번에 분단시선집을 엮으면서, 나의 시에 나타난 고향상실의 슬픔과 아픔, 그리움과 고통, 분노와 탄식 등은 결국 귀소본능의 지향이 아니었는가 싶다. 이런 의미에서 내가 귀향하는 그날이 오면 토성역에서 해주로 가는 기차를 타고 연안 온천 역에서 내릴 것이다. 그리하여 출향 때처럼 기다란 달구지를 타고 고향으로 돌아갈 것이다.

2.

시는 이념이나 사상으로 쓰이는 것이 아니다. 조금 부드럽게 표현해서 시인의 어떤 소회나 주장 혹은 감정고백 같은 것의 표출도 아니다. 아무리 그 말하고자 하는 내용이 지고지순한 것이라 하더라도 시는―마치 미술이나 음악이 그러한 것처럼―감각적으로 형상화되지 않고서는 일개 문학작품이 될 수 없다. 예술이 원래 그런 것이다. 그래서 추상적, 관념적 사유를 전달하는 언어로서의 과학과 구체적, 감각적 이미지를 통해 제시되는 언어로서의 문학이 구별된다. 엘리엇이 "사상을 장미향기로 표현한다"고 말한바로 그것이다.

따라서 아무리 남북 분단과 그로 인해서 야기된 이산의 고통이 가혹하다 하더라도 그리고 그 가혹한 우리 시대의 명제가 민족의 근대사적 비극성을 대표한다 하더라도 그것이 단지 서술적 고백의 차원에서 머문다면—적어도 문학적으로는—작품상의 성공을 거두기 힘들다. 그런 까닭에 일반적으로 시인은 시 창작에 있어서 이미지, 상징, 은유 같은 기호들과 이를 구조화하는 전략에 매달리게 되는 것인데 함동선의 분단시 또한 마찬가지이다. 따라서 이제 필자는—지면의 제약으로 인해 구조화의 문제는 일단 제쳐 두고—이 시집에 관류하고 있는 대표적 상징들 몇 개를 살펴보고자 한다.

다른 많은 이미지들과 그 파생물derivation들에 의해서 전체 시들이 직조되어 있음에도 불구하고 시집 『한줌의 흙』의 중심 이미지presiding image들을 지적한다면 우선 '강'과 '들꽃' 그리고 '새'의 이미지 군群을 들 수 있을 것이다. 그것을 하나의 지형도로 그릴 경우 어떤 지역에 강이 흐른다. 그리고 물론 강변엔 수많은 들꽃 혹은 들풀들이 자라고 있다. 그들은 흐르는 강물에 의하여 서로 단절된 삶을 살고 있으며 또한 숙명적으로 식물인 까닭에 각자 강 건너의 들꽃과 한 무리가 될 수 없다. 강을 건널 수 있는 존재는 오직 하늘을 나는 새밖에 없기 때문이다. 그리하여 그는 오늘도 푸른 하늘을 막막히 바라보며 그 자신 새가 되어 비상하는 날을 꿈꾼다.

이 같은 상징체계라면—필자가 더 이상 덧붙이지 않는다 하더라도—이제 독자들은 이 시의 미학적 구도를 충분히 이해할 수 있으리라 믿는다. 우선 그 한 특정지역은 물론 한반도이다. 그리고 강은 남북 분단을, 들꽃은 이산가족을, 새는 남북의 화해 혹은 통일을 상징하는 기호들이다. 강에 의해서 단절된 대안에 각자 뿌리를 내린 들꽃은 휴전선에 가로막힌 이산가족을, 그 강을 넘나드는 새는 통일된 조국의 삶을 형상화한 것으로 보는 것이 자연스럽기 때문이다.

한반도엔 다른 많은 강들이 있다. 그러나 남북분단을 상징하는 것으로 임진강이나 예성강만큼 적합한 강은 아마 없을 터이다. 실제로 휴전선은 이들 강 자체나 그 유역을 중심으로 해서 그어져 있다. 함동선의 시에 그 어떤 강보다도 임진강과 예성강이 자주 등장하는 이유이다. 시인은 그 임진강을 통해 민족분단의 참혹한 현실을 다음과 같이 피력한다.

> 사내 등판 같은 강둑
> 땀 흘리는 소나무 한 그루 서 있다
> 이따금 군용트럭이 오고 가는 다리
> 시집 넘길 때 여백처럼 백지 된다
> 목발 짚고 일어선 노인
> 저 산 너머서 지뢰를 밟는 순간
> 절규하던 노을
> 셀 수 없이 많은 다리下肢 되어
> 떠내려 온다
> 초승달이 떠 있다
>
> —「임진강」

임진강 즉 휴전선을 넘는다는 것은 곧 죽음을 의미한다. 시에서도 노인은 그 임진강을 침범하는 순간 지뢰의 폭발에 의해 다리를 잃는 것으로 묘사되어 있다. 따라서 휴전선 달리 말해 민족분단이란 비유적으로 시집 안에 들어 있는 백지와 같은 존재이기도 하다. 완결된 한 권의 단행본이어야 할 그 책은 그 안에 백지가 끼어들므로 해서 미완의 파본破本이 되어버리는 것이다.

이렇듯 남북을 가로지르는 강 즉 임진강이나 예성강이 민족분단의 상징으로 제시되는 이 시의 지형도에서 이산가족은 그 강의 서로 마주보는—그러나 건널 수 없는 대안의 들꽃들로 묘사되는 것이 당연하다. 같은 종의 같은 식생植生이면서도 흐르는 격류로 인해 나뉘어져 운명적으로 함께 무리를 지을 수 없는 이 들꽃들의 존재성이야말로 민족 이산의 본질을 여실히 보여주는 것이라 하겠기 때문이다.

> 새벽은
> 기럭기럭 기러기 떼와 함께 북으로 날아간다
> 죽은 사람의 눈빛까지 모아 이글거린다
> 남과 북으로 가로지르는 개울은
> 서낭당에서
> 튀튀튀 뱉은 침이 모여서 지금도 흐르는가
> 바위에 허옇게 부서지는 대포소리
> 녹이 슨 채 오는 봄이
> 남방한계선과 북방한계선을
> 온몸으로 받치고
> 민들레꽃이 여기저기 피기 시작한다
>
> ─「비무장지대」

함동선의 시에서는 많은 들꽃들이 등장한다. 가령 「홀로 잠깨어」에서 시인은 "그 총소리 난/ 구슬고개엔 엉겅퀴 피었다지 오 우리 마을에/ 지천으로 피던 꽃이야/ 미나리아재비 달맞이꽃 초롱꽃 도라지 백도라지/ 어릴 때 기억들의 그 길은/ 캄캄한 어둠 속으로 끝없이 길게 이어진/ 돌자갈 밭이었는데"라고 노래하고 있다. 그뿐 아니다. 「못물 안에 둥둥 떠 있는 고향을」, 「꿈에 본 친구」, 「귀향」, 「월정리 역에서」에서는 들꽃을, 「어머니의 달」, 「황해도민회 가는 길」, 「우리는 · 1」에서는 질경이 꽃을, 「고향은 멀리 생각하는 곳」에서는 들국화를, 「망향제」에서는 잡초를, 「제3땅굴」, 「피난살이」에서는 개망초꽃을 노래하고 있다. 이 모두는 물론 이산가족의 황막한 삶을 상징하는 기호들이다. 그러나 그 중에서도 단연 돋보이는 것이 인용시에 보듯 민들레이다.

함동선의 시에는 들꽃, 그중에서도 민들레꽃이 많이 등장한다. 「예성 강 하류」, 「38선의 봄」, 「예성강의 민들레」, 「들꽃」, 「지난 봄 이야기」, 「꿈에 본 친구」, 「비무장대－새벽은」 같은 작품들이 그러하다. 이렇듯 함동 선이 이상 열거한 수많은 들꽃 가운데서도 유독 민들레를 들어 이산가족 의 표상으로 삼은 것은 가족과 헤어진 채 운명처럼 이방에 내던져 오직 홀로 자신만의 길을 개척해 살아가야 하는 이산가족의 삶이 그 어느 척 박한 땅이든 일단 한 곳에 뿌리를 내리면 강인하게 사나운 계절과 맞서 싸워가면서 홀로 꽃을 피우는 민들레의 생리와 같기 때문일 것이다.

그렇다면 이 민들레와 같은 이산가족의 삶은 결국 무엇을 꿈꾸는가. 그것은 강의 양안兩岸에 서로 단절되어 겨우 실낱같은 목숨을 부지하고 있는 개개의 개체들이 이제 한 무리의 공동체가 되는 삶일 것이다. 그러 나 실제에 있어 강을 건널 수 있는 방법은 그 자신 새나 나비와 같은 날짐 승이 되는 길 밖에 없다. 함동선이 "휴전선 양지바른 곳에 모이는 나비" 를 찬양하고 "너와 나" 우리는 다시 만나야 된다고 절규하는 이유가 여기 에 있다. 분단을 극복하고 이산의 운명을 뛰어 넘어 우리 모두 하나가 될 때 민족의 삶은 드디어 완성되는 것이다. "다시 만나/ 삶에 모자람이 없 도록/ 죽음을 완성해야 한다"

> 휴전선 양지바른 곳에 모이는 나비모양
> 작은 허물 묻어버리고
> 다시 만나
> 삶에 모자람이 없도록
> 죽음을 완성해야 한다
>
> ―「너와 나」

고향길은
역사의 발자국 소리인가
세상이 뒤집히면 함께 곤두박질했다가
세월이 출렁이면 따라서 출렁이다가
운명 속으로 저벅거리며 간 나날인데
안적도 따습네
그래서 가위쇠 같은 휴전선도 넘어
가슴 바닥에서 날개 부딪히는 새가 되어
저 국도를 따라 북소리 울려야 한 텐데

-「고향길은」

민들레가 새나 나비가 되어 분단의 강을 건널 수 있는 날이 올 것인가. 그의 시에서 그것은 조금 비극적이며 어두운 꿈으로 제시되고 있지만 그렇다. 꿈이란 그것을 포기하지 않은 한 언제인가 이루어진다고들 하지 않던가.

(『시문학』, 2001.12)

분단시대 예언의 노래를 그리며

홍문표*

　함동선 시인이 최근 분단시선집『한줌의 흙』을 상재하였다. 우선 팔순을 넘긴 연치인데도 여전히 시작에 열정을 보이고 있는 모습이 존경스럽다. 그동안 학자로 시인으로 열심히 달려 왔으니 이제는 쉬엄쉬엄 거닐 만도 한데 오히려 더욱 뜨거운 시학의 불꽃을 피우고 있다. 미지근한 후학들의 게으름을 일깨우는 반가운 사건이다. 그런데 이번 시집을 보면서 필자가 놀란 또 다른 사건은 바로 분단시선집이라는 말이다.

　하기야 분단시대에 살고 있는 이 땅의 시인으로서 분단시 몇 편쯤은 다 쓰고 있는 것이 아닌가. 그러니 분단시선집이라고 해서 크게 놀랄 일이 아니라고 반문할 수도 있다. 사실 요즘 문단에서 통일시니 분단시니 하는 말들은 별로 흥미를 갖지 못한다. 분단이 민족적 비극의 원천이고, 그래서 통일만이 절체절명의 역사적 과제라고 떠들어 왔고 지난 반세기 동안 우리들 역사의 신성불가침이기도 하였다.

　그런데 요즘은 이러한 구호들이 잠잠해졌다. 무슨 이유일까? 지금은 떠들어야 별로 남는 장사가 아니기 때문이다. 우리의 광복은 참으로 역

---

* 홍문표: 시인, 전 오산대학교 총장.

사적인 사건이었지만 불행하게도 모두가 한마음으로 얼싸안고 춤을 추며 다시 시작한 것이 아니다. 강대국을 등에 업고 상반된 이데올로기를 앞세운 정치적 야망들이 배면에 깔려 있는 불행의 늪에서 남북 분단의 역사를 시작한 것이다.

그리고는 60년이 넘는 지금까지 서로 다른 깃발을 흔들며 겉으로는 모두 우리의 소원은 통일이라는 노래를 부르고 있는 것이다. 북한은 그때나 지금이나 수령의 영도하에 조국통일로 장사를 하고, 남한은 6 · 25를 겪고는 한동안 반공으로 장사를 하다가 1970 · 1980년대는 민중과 통일로 장사를 했다. 정치인들만 장사를 한 것이 아니라 지식인들이나 약삭빠른 문인들도 통일이라는 명분으로 장사를 해서 재미들을 봤다. 이처럼 서로가 각기 다른 정치적 속셈으로 통일이란 말을 이용하여 왔기 때문에 이제는 통일이란 말이 양치기 소년의 구호쯤으로 생각하기에 이른 것이다.

참으로 안타까운 일이다. 정말 통일은 민족사적 당위로서 우리에겐 신성한 진리가 되지만 그동안 통일 장사로 조롱당한 국민들은 이제 무관심이거나 오히려 경계의 대상이 되어버린 것이다.

이러한 시기에 함동선 시인이 이번에 분단시선을 내놓은 것이다. 함동선 시인은 황해도 연백이 고향이다. 강화도에서 보면 빤히 보이는 지척의 땅이다. 원래 그곳은 남한이었는데 휴전으로 북한이 되었고, 어머니와 헤어져 이산가족이 되었고, 고향을 상실한 실향민이 되었다. 6 · 25 때 이처럼 이산의 아픔을 맞은 인구는 1천만으로 알려지고 있다.

지금 세상은 탈냉전 탈이데올로기 시대를 맞아 국가 간에도 경쟁에서 상생으로 전환하고 있는데, 같은 동족인데도 우리만 지상에서 유일한 분단국으로 남아 있는 이유는 무엇이며 아직도 동족 간에 총을 겨누고 있는 실체적 진실은 무엇인가. 최근 이 땅에는 일백만의 외국인들이 거주하고 있다. 바야흐로 다민족 국가, 다문화 시대에 살게 된 것이다. 타민족 과는 이처럼 더불어 사는데 동족 간에는 피를 흘리는 모순과 불의, 가뭄 에 콩 나듯 하는 이산가족 상봉 행사마저 서로가 생색내기로 이용하고 있는 실상이 정말 부끄럽고 짜증나는 현실이다.

지금 문단에는 분단문학을 잊은 지 오래다. 오히려 이민족에 대한 디 아스포라 문학에는 너그러우면서 동족들의 이산에는 정치적으로나 문학 적으로 모두가 시들한 현실이다. 이러한 시대에 함동선 시인이 분단시에 불을 당긴 것이다.

원래 시인이란 예언자들이다. 예언은 미래를 앞서 맞추는 점쟁이의 언 어가 아니라, 새 하늘과 새 땅을 보여주는 영적으로 깨달은 자의 언어다. 시인이란 무엇인가. 메타포metaphor의 언어를 사용하는 자들이다. 메타포 역시 새 하늘과 새 땅을 보여주는 작업이다.

민족의 현실을 영안으로 직시하고 경고하여 아픔과 슬픔을 위로하고 치유하는 회복의 노래가 바로 예언자들의 언어다. 기독교의 구약 성경을 보면 39권 중 19권이 예언자들의 시다. 그들은 모두 먼저 이스라엘의 죄 악을 고발하고 회개를 외쳤으며 상실한 민족의 아픔을 연민하면서 마침 내 새 하늘과 새 땅의 비전을 보여주는 메타포의 노래를 불렀던 것이다.

우리의 근대사에도 한용운이나 이육사, 또는 심훈 같은 예언자 시인이 있었다. 그러나 불행하게도 요즘엔 예언자 시인이 없다. 체제를 옹호하 는 어용시인이거나 이념의 허울을 뒤집어쓰고 편 가르기에 앞장선 시인 들은 많은데, 그래서 통일론으로 재미 보는 정치 시인들은 많은데, 이념 을 초월하여 정말 민족의 새 하늘과 새 땅을 보여주는 영적인 예언자 시 인은 찾아볼 수 없다. 이러한 시기에 이산의 아픔, 실향민의 아픔을 평생 겪어 온 함동선 시인이 이제 마지막이 될지 모르는 분단시대의 절절한 아픔과 회복을 위한 염원을 예언자의 심정으로 토해낸 것이다.

강둑으로 난
보리밭의 긴 허리가
엎드린 채 바람을 기다리는데
종다리가 몇 마리 날아오다가
물속의 그림자에 놀라 치솟더니
김매는 밭이랑을 따라 펄럭거리는
어머니의 흰 치마자락 위로 날아간다
                                    ―「예성강의 민들레」 부분

못물 안에
둥둥 떠 있는 고향을
젊었을 적 어머니의 고운 모시치마로 걸러서 보면
지금도 머리카락 한 오라기가 남아 있는
중학교 운동장에
미루나무 두 서너 그루가 아슬하게 높다
                                    ―「못물 안에 둥둥 떠 있는 고향을」 부분

　　예성강은 예나 지금이나 그대로다. 강둑엔 보리밭 긴 허리가 있고, 종
다리도 있고, 민들레도 있고, 김매는 어머니의 흰 치마자락도 그대로다.
산하는 그대로고, 자연은 그대로고, 생명의 근원인 어머니의 순수한 모
정도 그대로다. 변한 것은 남과 북 인간들의 역사이고, 권력이고, 이데올
로기다. 그렇다면 통일이란 무엇인가. 그것은 남북을 공유하고 있는 예
성강이고 민들레고, 바로 모성이다. 그것들은 예나 지금이나 앞으로도
불변하는 통일이다. 여기에 시인의 통일론이 있고 예언이 있다. 고향도
그렇다. 지금은 인간들에 의해 철책으로 묶여진 황폐한 공간이지만 물속
에 떠 있는 그 아름다운 고향을 어머니의 고운 모시치마로 걸러서 보면
여전히 중학교 운동장엔 미루나무가 한가롭게 서 있는 순수한 고향이다.

바로 어머니의 마음에 통일론이 있고, 분단 이전의 본래의 모습에 통일이 있다.

빤히 보이는 거리에서 예성강도 그대로 흐르고 민들레 종다리도 여전한데 인간들만 실성들을 하여 하늘이 내린 땅에 철책을 두르고, 총을 겨누고, 정치적 이념을 만들고, 증오를 만들고, 원수를 만들고, 피를 흘린다. 분단 60여 년의 긴긴 세월, 일천만 이산의 고통이 여전하고, 수백만의 억울한 주검들이 구천으로 떠돌고 있는데 통일의 길은 아직도 아득한 안개 속이다.

그동안 통일로 재미 보던 권력들은 요즘 침묵을 하고 있고, 어쩌면 또 다른 장사를 준비할지도 모르는 일이지만 함동선 시인에게 있어서 순수한 시적인 통일론은 결코 포기할 수가 없다.

그것은 겨울만 되면 "물속에 비친 등불처럼 흔들려오는/ 유리창에는/ 그물처럼 던져 있는/ 어머님 생각이/ 박살난 유리조각으로 오글오글"(「이 겨울에」) 모여들기 때문이고, "그리움은 쌓이고 쌓여서 내 구두를 덮는데/ 팔랑팔랑 나비처럼 춤추며 손짓"하는 고향이 있기 때문이다. 그리하여 고향과 어머니와 통일은 마침내 그의 종교가 된다.

> 멀리 살면서 가깝게 살고
> 가깝게 살면서 멀리 살았으니
> 밥 먹을 때마다 서러워지던 님의 모습
> 보는 것 같구나
> 눈 날리는 날
> 나뭇가지 끝의 마른 잎 또 하나 지니
> 우리는 어디로 흘러가고 있구나
> 헤어짐이 또 하나의 만남이듯
> 손을 잡아야 쓰는데

시작은 끝이 있는 법
이 한줌의 흙에
꽃이 피고 열매를 맺게
비가 되어 만나야 쓰는데 물이 되어 만나야 쓰는데

　　　　　　　　　　　　　　　　　　－「한줌의 흙」

이별은 길었지만요
그 이별 이전의 세월은 더 길었다구요
비록 서로 다르게 걸어온 길은
오랜 시간에 걸쳐졌다 해도
정말로 마음을 합치고 나면
모래의 발자국처럼 바람 한 줄기 불어도
파도 한 자락이 들이쳐도
무너진다구요

　　　　　　　　　　　　　　　　　－「님은요」 부분

　　그동안 그리워하던 고향과 어머니가 여기서는 님으로 승화된다. 왜냐하면 멀리 살면서도 가깝게 살았고, 가깝게 살면서도 멀리 살았고, 밥 먹을 때마다 서럽게 생각했기 때문이다. 60년 세월의 망향과 그리움은 그의 생활이 되고 마침내 절대적인 님으로 종교화된다. 종교화된 님은 결코 영원한 이별이 아니다. 종교적인 님은 반드시 만남이 있고, 긍정적인 미래가 있기 때문이다. 헤어짐은 만남이 있고, 시작은 끝이 있는 법, 그러니 이 한줌의 흙에 꽃이 피고 열매 맺도록, 비가 되고 물이 되는 통일이 있기를 님에게 주문하는 것이다. 그리고 60년의 이별이 긴 것이기는 하지만 5천만 한민족의 역사는 더 길었다는 사실에서 잠시 서로가 다른 길을 걸었다 해도 마음만 합치면 그러한 이질성은 모래성처럼 무너진다는 것이 「님은요」에서 보여주는 거시적인 통일의 예언이다.

그렇다면 이번 함동선 시인의 분단시선집이 들려주는 통일에 대한 지극한 예언은 무엇인가. 통일은 한시도 잊어서는 안 되는 우리들의 님이고 종교라는 것이다. 따라서 정치적 장사꾼들의 흥정이나 음흉한 거래가 될 수 없다. 어디서 그 길을 찾을 것인가. 그것은 저 비무장지대를 날고 있는 새들의 평화로운 날갯짓에 있고, 도도히 흐르는 예성강의 맑은 물에 있다. 모든 이념과 정치적 야욕의 무장을 해제하고 어머니 같은 순수한 애정과 순리로 살아가는 자연의 한결같은 어우러짐에서 통일의 소리를 들어야 한다는 것이다.

(『시문학』, 2012.3)

생명의 기호, 감성의 시학과 소통

엄창섭*

평화와 평화/ 전쟁터를 벗어나/ 그 모든 악몽을 벗어나/ 어느 날인가 그
들은/ 평화로운 나라에 가고 싶었네
　　　　　　　　　　　　　　—베르톨트 브레히트의 「소년 십자군」 부분

1. 글머리: 경계 허물기와 서정의 시학

　현대문학사에서 분단문학의 개념은 한국전쟁KOREA war 이후의 분단
을 주제로 한 문학이다. 제1세대 문학은 작가가 전쟁을 체험한 세대로서
전쟁의 비극을 운명적으로 수락하고 고발한 정신적 산물로 괄목할 시편
에는 조지훈의 「다부원」, 모윤숙의 「국군은 죽어서 말한다」 등이 논의
되는 현상이다. 제2세대 문학은 문인 자신이 유년시절 전쟁을 목도하였
거나 청소년을 1인칭 화자persona로 내세워 천진한 아이의 눈과 맑은 영혼
을 통해 전쟁의 참상을 조망할 뿐더러 전쟁에 대한 피해의식을 극복하
고, 분단 상황에 초점을 맞추기도 한다. 한편 제3세대 문학은 작가가 전

* 엄창섭: 시인, 관동대학교 명예교수.

쟁을 체험하지 않은 세대로, 체험의 부재를 메우기 위해 비교적 부자父子의 축을 연계한 형태이다. 아울러 민족의 동질성에 바탕을 두고 분단극복·통일지향의 작품은 임철우의 「아버지의 땅」, 신동엽의 「껍데기는 가라」, 김남주의 「진혼곡」, 논의의 대상인 함동선의 『한줌의 흙』(시문학사, 2011) 등으로 대별할 수 있다.

모두冒頭에서 따뜻한 서정적 미감이 눈부신 함동선 시인의 분단시선집은, 전쟁의 비극을 시적으로 형상화한 정신적 집산물로 현재 아我의 전의식에 의한 분단의 원인과 화해의 향방이 대립과 갈등구도의 경계를 허물고 인간 본래의 자연회귀성을 회원하는 시 의미를 내면의식에 수용하고 있다. 여기서 남북단절의 원인에 대한 탐색, 이산에 의한 아픔과 상처를 극복하기 위한 의지와 연관된 내용을 전제하고 분단문학을 본격적으로 논의하기 시작한 시점은 주로 1980년대이며, 조용한은 '광복 이후의 문학' 중에 분단의 원인 탐구, 분단으로 인한 상처와 아픔 등을 다룬 것에서 보다 차원을 끌어올려 '분단극복문학'으로 나누어 분단문학의 폭을 협의적 개념으로 해석하였다. 특히 한국전쟁에서 파생된 전쟁 시 연구와 분단문학 극복의 층위를 편의상 점검하면, 상당 분량의 전쟁 시기의 시작품이 파악되고, 또 남북한 전쟁 시의 공통점은 '고향 심상과 가족애, 민족주의' 등에 주목하여 평가할 타당성이 주어지며, 북한작품을 강한 정치성을 지적하며 배격하기보다 역사로서의 차별성을 분할·통합하는 태도의 유용성, 그리고 이 시기 문인들의 계보와 분단문단의 동향을 확인하며 현실적으로 그 지평을 열어가는 기틀의 조성이다.

이 같은 이론의 틀에서 함동선 분단시선집의 심도 있는 시평을 위해 흙의 성분을 검토할 때 '빛과 물, 바람, 가스와 산소' 등에 의한 풍화작용으로 암석들이 푸석푸석 사그라지는 부산물이 흙 또는 공집합으로는 토양(대지)으로 변형되지만, 서식하는 생명체들이 끝내 회귀하는 본원적 질료이다. 여기서 '한줌의 흙'은 폴란드 태생 쇼팽Frédéric Chopin의 예술적 삶과 연계선상에서 접목시켜 공유할 타당성을 지닌다. 불행한 피아노의 시인 쇼팽은 섬세한 성격과 고독한 환경, 그리고 폐결핵으로 1849년 39세의 생을 마감하였다. 격렬한 애국심이 예술혼으로 승화된 그의 음악 특성은 전설에서 영감을 얻은 폴로네이즈, 마주르카 그리고 발라드가 있다. 페리스Peris에 의해 "연주에는 영혼이 있다"는 호평을 받은 쇼팽의 유해는 프랑스의 펠 라세즈 묘지에 매장되었으나 1830년 바르샤바를 떠날 때 가져온 '한줌의 흙'이 유해 위에 뿌려졌다. 뒷날 그의 심장은 고국 폴란드 바르샤바의 성聖 십자가교회에 안치되었음을 다시금 떠올릴 때, 함동선 시인의『한줌의 흙』을 통한 충격적이고 의미심장한 비장감에 새삼 옷깃을 여미지 않을 수 없다. 한 사람의 충직한 독자이기를 소망하는 평자는 연전에 함동선 시인의『함동선 시 99』(2004)를 나름대로 "함동선 시학의 생명외경—1. 심성 다스리기와 시적 자아—2. 공간 확인과 관망으로의 전이—3. 시의 공간 만들기와 참자기의 발견"으로 구분지어 평가한 적이 있다. 우리가 전쟁을 증오하며 인류의 사랑을 생산하지 않으면, 행복의 꽃나무는 결코 평화라는 결실을 거둘 수 없기에, 꿈이 실현되지 않으면 불가능은 결코 가능한 현실로 바꿀 수 없다. 이 땅의 문인들이 생명적인 행위를 전개해야 할 시간대에 함동선 시인의『한줌의 흙』은, 평화세계의 실현을 끊임없이 추구해야 할 인류의 궁극적 이념의 목표를 명중하고 상처 입은 영혼을 치유healing하는 정직하고도 유의미한 정신작업이다.

2. 분단시의 매혹적인 거리와 공감

평화의 문제에 대한 서구의 추이는 정치, 경제, 사회제도를 통하여 해결 방법을 찾는다. '분단시의 매혹적인 거리와 공감'에 있어서도 어떤 사상이든 그 이론과 실천의 통일성이 요구된다. 즉 이론과 실천은 변증법적 관계를 이루기에, 직면하는 물음(?)에 대해 정당한 평가를 내리기는 힘겨울 것이다. 근간 '남북분단과 통일문학'의 논제가 다루어지는 추세에 견주어, 세계인의 관심사가 되는 우리의 숙원인 평화통일은 고뇌 없이는 결코 기대할 수 없다. 이 같은 정조情調에서 지극히 예감의 시인으로 가슴이 따뜻한 예언자로 시대적 소임을 실천궁행하는 함동선 시인이 분단의 통한을 거대한 성채로 장식한 정신기후는, 민족적으로 청산해야 할 과제이다. 모름지기 영혼에 깊은 생채기를 소유하고 있는 사람은 암울한 기억의 흔적을 털고 비우지 아니 하고는 과거 속에서 살아갈 수밖에 없다. 그 자신이 한국전쟁의 악몽과 통절함을 역사의 강물에 문제의식 없이 흘려버리고 도외시하면, 풀벌레 소리를 귀 막고 60여 년을 살아왔다 할지라도 밤새워 우는 그 풀벌레소리는 못내 털어버릴 수 없는 고향, 혈육에 대한 그리움이 응어리진 울음일 것이다. 세월의 틈새에서 발현되는 모든 불행은 그 까닭에 더 절박하고 처연하기에, 격랑의 세월 앞에서 한국전쟁의 상흔으로 가슴앓이를 하고, 선혈처럼 선명한 정한의 서러움을 못내 토해낼 것이다.

> 물수제비 예닐곱 개나 뜨던 여름이 오면/ 형님은 언제나 거기에 있다/
> 6·25를 기억하는 예성강처럼/ 언제나 거기에 있다
> 　　　　　　　　　　　　　　　　　　－「형님은 언제나 서른네 살」 부분

위의 시편에서 한 번쯤 조명해야 할 점은, 끊임없이 생성하며 변형되는 즉물 현상과 내면의식에 한국전쟁을 기억하는 예성강처럼 서른네 살 형에 대한 끈끈한 기억 흔적은 혈연의 층위로 접목된다. 우리 현대시사에는 한국전쟁을 겪으며 분단의 비극을 질료로 다룬 시편들이 많다. 그것은 인간의 고통에 예민한 시인들이 분단의 아픔을 껴안고 함께 흐느껴 온 까닭이다. "이 세상 단 하나 어머니의 영상을 담고/ 내 가슴으로 흐르는 예성강이 스친다(「가을 사설」)"에서와 같이 예성강의 강줄기는 단순히 낮은 산자락을 휘굽어 도는 것이 아니라, 가슴으로 흐르기에 어머니에 대한 간절한 사모의 정은 못내 기억 흔적으로 전이되어 "어깨에 떨어지는 가을 햇빛도 그렇게 가슴을 타고 내리는 것이리라." 그것도 강화도 인화리에서 황해도 연백의 고향집을 눈물 속에서 61년간을 응시할밖에 없는 실향의 통한을 못내 삭이지 못하고 그리움으로 절창한 함동선 시인의 『한줌의 흙』은, 분단의 처절함에 의한 민족의 깊은 상처임을 다시금 확증한 푸른 바람의 초상이다.

> 물방앗간 이엉 사이로/ 이가 시려 오는 새벽 달빛으로/ 피란길 떠나는 막동이 허리춤에/ 부적을 꼬매시고 하시던 어머니 말씀/ 어떻게나 자세하시던지/ 마치 한 장의 지도를 들여다보는 듯했다/ 한 시오리 길/ 산과 들판과 또랑물 따라/나루터에 왔는데/ 달은 먼저 와 있었다
>
> —「마지막 본 얼굴」 부분

예시 「마지막 본 얼굴」을 통해 확인할 수 있는 것은 "또랑물의 어머니 얼굴 두 손으로 뜨면/ 달이 먼저 손짓을 한다." 이처럼 가슴 저려오는 모정의 그리움은 너무 절박하지만, 현실적으로 다가오고 확인되는 실체는 달月일 수밖에 없는 현상학적인 결과는 못내 막동이의 가슴에 뜨거운 눈물을 묻어나게 한다. 창조주로부터 허락받은 인간의 삶은, 그렇게 이끌

어가는 것이 아니라, 흐르는 삶을 타고 균형을 적절하게 잡아가는 것이다. 그 같은 원리는 이원규의 "보드는 수천리 길을 달렸지만, 서퍼는 한 발자국도 움직이지 않았다"의 지적처럼 "마침내 균형을 발견하게 되면 이제, 느껴지리라. 우리가 만나는 모든 파도는, 시끄러운 세상을 감싸는 은은한 종소리임을." 그렇게 인식되어질 또 다른 인자因子이다.

> 저희들은/ 무안하기가 그지없었습니다/ 돌아가신 아버님께서/ 분단된 조국이 언제 길이 틔어/ 통일되겠느냐 하시는데 /살아 있는 저희들은/ 아무 대답도 못 했으니 말입니다
>
> — 「어느 날의 일기」 부분

이미 유명을 달리한 부친이 이렇게 눈을 시퍼렇게 뜨고 있는 장성한 아들에게 분단된 조국통일의 시간대를 가늠하라고 통신하여도 묵언일 수밖에 없는 부끄러움 앞에서 안타깝게 어설픈 일기를 기록하는 함동선 시인은 분명 눈물 속에서 이 시를 썼을 것이다. 폴 엘뤼아르는 「자유」라는 시에서 "오! 자유여/ 자유에의 길은 시인의 길이며 그것은 정신의 자유다"라며 시적 형상화 작업에 임하였듯이 이 땅의 품격 있는 시인들은 인간의 정신적 자유와 평화를 위해 최소한의 시대적 소임을 수행하여야 할 것이다. "시인의 마음이 아플 때, 세상은 병들어 있다"는 게오르규의 지적처럼 "밥 먹을 때마다 서러워지던 님의 모습/ 보는 것 같구나/ 눈 나리는 날(「한줌의 흙」)"을 통해 함동선 시인은 담담하게 전쟁과 증오, 압제가 사라지고 평화와 사랑이 내재된 하나의 지구촌을 위해 고뇌하며 주어진 고통을 눈물겹게도 감내하는 것이다.

> 헤어짐이 또 하나의 만남이듯/ 손을 잡아야 쓰는데 시작은 끝이 있는 법/ 이 한줌의 흙에/ 꽃이 피고 열매를 맺게/ 비가 되어 만나야 쓰는데 물이 되

어 만나야 쓰는데

−「한줌의 흙」 부분

이 같은 상황에서 함동선 시인의 분단시선집의 '자서 격'인「책머리에−나의 귀향」에서 "이번에 분단시선집을 엮으면서, 나의 시에 나타난 고향상실의 슬픔과 아픔, 그리움과 고통, 분노와 탄식 등은 결국 귀소본능의 지향이 아니었는가 싶다"는 자기변명처럼 삶에 대해 사유하고 현실을 극복하기 위해 고뇌하는 그만의 집념에 위안과 감동의 회복은 바로 시적 상상력이 확장된 시문학의 응축된 창조적이고 생산적인 에너지의 힘Golden Brain이기에, 평화란 물의 생리처럼 자연의 순치를 거스르지 않는 이법理法 "한줌의 흙에/ 꽃이 피고 열매를 맺게/ 비가 되어 만나야 쓰는데"와 같이 전쟁의 부재가 아니라, 폭력의 부재 상태여야 한다.

21세기의 화두인 "더불어 함께inter-being"라는 공동체 인식이 소중한 지식·정보화 사회에 있어 인류의 역사는 전쟁과 평화라는 모순된 구조 속에서 반복을 거듭해 왔다. 그것은 마치 동전의 양면처럼 이해에 얽혀 상반된 양상을 보이는 2중 구조 속에서 전쟁과 평화는 경계가 모호할뿐더러 힘의 논리에 의해 지배된다. 이렇듯 전쟁과 평화는 분리되어 있기도 하고, 혼재되기도 하다. "아들아/ 네 편에서 아버지 고향이 잘 보일 테지만/ 내 편에선 아무것도 보이질 않더구나/ 허나 어쩌다가 말이다/ 보름달이 뜨거나/ 38선 이야기 들을 때/ 저 고향 산천이/ 비단 무늬와 같이/ 선명하게 떠오르는구나"(「아들아·1」)에서와 같이 전쟁 속에서도 평화는 존재하며, 평화 속에서도 전쟁은 상존하고 있다. 여기서 '선명하게 떠오르는 고향 산천'처럼 양자(아들과 아버지)를 연결하는 스펙트럼 안에 적극적 평화와 구조적 폭력이 자리한다.

더 넓게 더 높게 그러다가 더 칙칙하게만 보이는데/ 새들은/ 녹슨 철로
를 따라/ 남과 북을 오고가면서/ 양지바른 곳에 내려앉는다

　　　　　　　　　　　　　　　　　　　　　－「새가 있는 풍경」부분

「새가 있는 풍경」에서 새의 상징성은 '천상적이며, 남성적이며, 날아
오름'에 연유한다. 녹슨 철로, 철조망, 인위적인 휴전선 등은 자유롭게 무
한공간으로 비상하는 새들에게는 실로 무의미한 대상이다. '양지바른 곳
에 내려앉는' 새들의 자유로운 하강처럼 적극적 평화는 평화를 전쟁의
부재 상태만이 아니라, 인간의 기본적 욕구충족, 경제적 복지와 평등, 정
의 그리고 인간의 자연의 가치가 구현되고 보전되는 진정한 발전의 층위
이다. 전쟁을 방지하기 위해서 중요한 것은 개인의 자유의지에 의해 평
화가 실현될 수 있기에, 무력을 통한 방법보다는 비폭력적인 방법을 통
해 평화는 반드시 구현되어야 한다.

3. 결어: 평화, 그 소중한 이름

여기서 경계 허물기의 시대 논리와 결부시켜 한국 현대시의 문제－탈
도시, 자연 생명과 생태시를 하나의 컨셉으로 설정하여 검색할 필요는
없을지라도 '평화, 그 소중한 이름'에 걸맞는 부언에 곁들어 비록 우리의
삶에 고통이 따를지라도 한국전쟁 당시에 종군기자였던 마가렛 히긴스
가 들려준 참혹한 전장의 혹독한 추위와 기아 속에서 미 병사의 절규에
가까운 "give me tomorrow"는 못내 가슴에 아픈 상처로 남는다. 이처럼
현실에 안주하거나 방관하지 말고 자신의 안위만을 추구하는 비열한 이
기주의를 버리고 진정한 이타주의를 회복하기 위하여서는 뜨거운 시혼

을 지녀야 한다. 그리고 모든 생명체가 조화로움을 보여주는 에코토피아적 상생 의지로 따뜻한 감성과 피가 도는 "이제 밤이 깊다는 건/ 새벽이 가까워졌다는 증거일 테지만/ 산고는 기쁨으로 보상되기 때문에/ 마침내 울음을 터뜨리기 시작할 것이다"(「예성강은」)를 통해 따뜻한 감성과 시적 상상력을 동원하여 통일조국의 밝은 미래를 예감하듯이 문명사회로의 잠식蠶食과 치환置換은 지식배경으로의 엄숙한 이행이다.

아울러 이 시대의 주요 쟁점인 기계문명과 자연의 부조화로 파생되는 인간성 상실과 자연 파괴로 치닫는 전쟁을 극복하려고 반전 시위 현장에서 목소리를 높이는 행위도 중요하지만, 그보다 먼저 전쟁의 원인에 대한 분석과 문제점의 해결을 위한 진지한 노력과 합리적으로 평화를 갈구하는 문인들이 국내 문단에서 공감대를 이루는 두터운 층을 형성하여 힘의 총합을 구축해야 할 것이다. 따라서 간혹 인간의 마음은 밭에 비유되기도 하는데, 그 밭에 긍정적인 씨앗(기쁨, 사랑, 이해, 즐거움, 희망)이거나 부정적인 씨앗(분노, 미움, 절망, 시기, 집착)을 뿌리고 물을 주고 경작하여 결실을 거두는 것은 오로지 문인들의 몫이다.

일단 자유와 평화, 그리고 문학이라는 그 소중한 이름으로 언어공해가 심각한 우리의 사회현상에서 이 시대의 시인들은 "문학이 인간의 영혼을 구원할 수 있는가?"라는 물음 앞에서 자신을 놓아 보아야 한다. 문학의 종사자들은 신의 대언자로서 한층 더 고뇌하여야 하고 긍정적이되 열린 사고를 지녀야 한다. 까닭에 시격이 담백한 시인들은 금속성이되 동물적이며 파괴적인 언어가 아니라, 생명적인 푸른 언어를 써야 하고 생선의 비린내가 아닌 모과 향 같은 채취를 풍겨야 한다. 김종회 교수가 '시 해설'「천륜의 단절을 넘어서는 시인의 꿈」의 말미에서 "함동선의 시는, 그 역사의 흔적을 증언하며 그리움과 기다림의 형극을 헤치고 끈질긴 소망을 부양하는 힘으로 가능하다. 바로 그 힘은 세월의 풍화작용을 묵묵히 감당하는, 그러한 시인의 존재양식을 기리는 일이야말로 참으로 소중한 미덕이다. 이 시인이 분단시대의 시를 쓰는 이유, 우리가 정성껏 그의 시를 읽는 이유가 여기에 있다. 천륜을 가로막는 남북 간의 인위적 장벽을 넘어서려는 시인의 꿈을 함께 나누며, 그의 다음 노익장 시편들을 기다려 보기로 한다"고 했다. 무릇 이 점은 놀란 핀센트 빌의 "한순간 분노가 치솟아 오를 때, 좋은 시나 아름다운 기억을 떠올리면 마음에 평정을 얻을 수 있다"라는 시적치유의 가능성처럼 가급적이나마 틱낫한의 『마음의 평화』에서 제시하는 깊은 사유, 즉 '의식적인 심호흡 명상'으로 변주되어야 할 것이다.

결론적으로 함동선 시인에게 거는 평자의 소박한 바람은, 몸이 닿으면 예리한 칼날처럼 소외된 이웃에게 상처를 주는 문인이 아니라, 따뜻한 모성이나 영혼을 흔들어 위대한 사상을 심어주는 존경받는 이 땅의 정신적 스승으로서의 소임을 온전히 수행하여 줄 것은 물론, 시인의 혼이 없는 허망함보다는 복효근의 "누우 떼가 강을 건너는 법"의 시적 변명처럼 극단적인 이기주의의 경계를 허물고 서로의 상생과 화해를 위하여 역사 앞에 몸을 던져야 할 것이다. 모쪼록 함동선 시인에게 분단의 공간에 몸담을지라도 하버드 대학의 의학보고서 '테레사 효과'와 같은 역할로 세계와 자아의 관계성을 회복한 삶의 현장에서 즉물적 대상의 짙은 어둠을 끊임없이 거둬내는 극소수의 창조자로서 사물의 본질을 절제된 언어로 해명하고 생명적인 형질로 회복시키되 항상 거부감 없이 등을 기댈 수 있는 모두에게 든든한 버팀목이 되어줄 것을 소망한다.

(『시문학』, 2012.1)

분단의 아픔을 넘어서
통일에 대한 갈망으로

이승하*

시력 50년이 넘는 함동선 시인은 지난해 시전집을 펴낸 바 있는데 올해『함동선 분단시선집』이라는 부제를 붙여 이산가족의 일원인 자신의 기나긴 아픔을 한 권의 시선집으로 총정리를 하였다. 그간 분단의식이 뚜렷이 드러나 있는 시집『눈 감으면 보이는 어머니』(1979)나 시선집『고향은 멀리서 생각하는 것』(1994)을 펴내기도 했었지만 '분단시'만을 따로 모아 시선집을 내는 것도 의미가 있으리라는 생각에『한줌의 흙』을 내게 된 것이리라. 해설을 쓴 김종회 교수가 이 시집의 값어치를 워낙 잘 평가하였기에 덧붙일 말이 사실상 없다. 하지만 분단 60년이 넘은 이즈음, 통일은 고사하고 남북한 간 화해의 조짐이 영 보이지 않으므로 분단시선집의 출간은 그 자체가 큰 의미가 있고, 이 시집에 대한 논의는 널리 확산될 필요가 있다고 생각한다. 시인이 시집 앞머리에 적은 글 중에 이런 구절이 보인다.

---

* 이승하: 시인·문학평론가, 중앙대학교 교수.

휴전 전 해의 가을이었던 것 같다. 강화도에 갔다가 미군 탱크부대에 들러 망원경으로 고향을 본 일이 있다. 넓은 들녘엔 누런 벼가 한눈에 들어온다. 강화도는 이미 추수가 끝났는데 지금부터 가을걷이를 해볼까 하는 그런 풍경이었다. 그때 마을 동쪽 끝의 우리 집 부엌문에 흰 옷이 드나든다. "어머니다" 하니 눈물이 망원경을 흐리게 한 일이 있다. 그 어머니가 올해 118세이다.

기가 막힌 일이다. 갈 수 없게 된 이북의 내 집(정확히 말해 시인의 고향은 황해도 연백군 해월면 해월리이다)에는 어머니가 '막둥이'를 눈이 빠지게 기다리고 있다. 시인은 6·25전쟁 중에 강화도에 가서 미군 탱크부대에 들러 망원경으로 고향 쪽을 보게 되는데, 마을 동쪽 끝의 '우리 집' 부엌문으로 흰옷을 입은 이가 드나드는 것을 본다. 시인은 그분이 어머니라고 그때 확신했던 모양이다. 그분이 어머니가 설사 아니었다고 해도 흰 옷 입은 영상이 한평생 시인의 뇌리에 각인되어 잊혀지지 않고 있는 것이다. 어찌 그 모습을 잊을 수 있단 말인가. 시인은 월남한 이후 6·25를 겪고, 미수복지구가 되어 가 볼 수 없게 된 고향, 그 고향을 지키며 자신을 기다리고 있을 가족을 그리워하면서 어언 산수傘壽의 나이를 넘기고 있다. 시집의 제1부 제목이 「연백」인데, 전부 다 고향 이야기다.

연백평야는 내가 읽은 책의 국판과 사륙판으로 정지된 곡창지대다 이 끝과 저 끝이 보이지 않는 들녘에서 사람들은 봄 햇살의 온기처럼 이성을 감정으로 고인 말로 농사지었다 벼가 자라는 시간 어디쯤과 어머니 서낭당에 돌 쌓던 시간 어디쯤에 숟가락 휘일 만큼 찰기 있는 쌀이 되었는가 나는 지금도 연안 배천 인절미를 먹는다

−「연백」 제3연

황해도 최대의 곡창지대인 연안과 배천의 평야, 곧 연백평야에서 어린 시절을 보낸 시인이다. "숟가락 휘일 만큼 찰기 있는 쌀"을 먹고 자랐는

데 6·25를 겪는 와중에 고향은 '미수복지구'로 그만 북한 땅이 돼 버렸다. "휴전으로 분단은 고착화되고 나의 역마살은 지금도 바람"이고, "지금도 연안 배천 인절미"를 먹으며 향수를 달랜다. 망원경으로 본 어머니의 흰 치마자락은 시인의 시에 그리움의 상징물로 종종 제시된다.

강둑으로 난
보리밭의 긴 허리가
엎드린 채 바람을 기다리는데
종다리가 몇 마리 날아오다가
물속의 그림자에 놀라 치솟더니
김매는 밭이랑을 따라 펄럭거리는
어머니의 흰 치마자락 위로
날아간다

— 「예성강의 민들레」 부분

어릴 적 종종걸음으로 뒤따르던
흰 치마자락이
쏟아지는 햇살 모양 출렁이는 것은
가장 높은 덕이요

— 「예성강에서」 부분

이른바 '월남 시인'이 적지 않지만 함동선은 특이하게도 분단의 직접적인 피해자로서 휴전선 이북에 두고 온 어머니에 대한 사무치는 그리움을 지속적으로 노래해 온 시인이다. 시인의 기억 속에 어머니는 서낭당에 돌을 쌓기도 했었고 밭을 일구기도 했었다. 헤어질 때는 부적을 허리춤에 꿰어주며 막내아들의 안전을 기원했는데, 그때만 하더라도 그것이 영원한 이별이 될 줄이야 몰랐을 것이다. 지도를 보면 정말 가깝다. 거리

상 지척이지만 갈 수 없는 고향이다. 그 고향을 "젊었을 적 어머니의 고운 모시치마로 걸러서 보는"(「못물 안에 둥둥 떠 있는 고향을」) 시인, "나비의 날갯짓으로/ 내 속옷을 꼬매시던/ 어머니의 얼굴"(「고향은 멀리서 생각하는 것」)을 떠올리는 시인이 함동선이다. 오죽 고향에 가고 싶었으면 "경의선 개성역 지나 토성에서/ 협궤열차의 기차를 타고/ 연백의 산과 들을 꽃다발로 엮어/ 연안온천역에서/ 기다린 달구지를 탈 것이다"(「귀향」)라고 썼을 것인가.

어머니는 시선집에서 가장 자주 등장하는 인물이다. 시인은 "흰 머리카락 사이로/ 고향 떠날 때 어머니 나이가 된/ 내 새치를 확인"(「어머니의 달」)하기도 하고, 오늘은 "거룻배 타고 떠난 막둥이 허리춤에/ 부적 달아 준 어머니의/ 생신날"(「어머니 생신날의 기제사」)이다. 추석이나 설이면 선물보따리를 들고 고향에 갔다가 어머니가 싸주신 농산물이며 밑반찬을 잔뜩 싸들고 오는 것이 이 땅의 명절 풍속도이다. 명절만 되면 더욱 외로워지는 이산가족으로서, 이렇게 간절하게 꿈이라도 꾸어 보는 것이리라.

손 안 닿는 곳 없고 손닿은 곳마다 마음대로 안 되는 일이 없으셨던 어머니는 어디로 가셨습니까 눈 감으면 보이는 어머니는 어디에 계십니까
―「눈 감으면 보이는 어머니」 끝부분

이런 시는 천만 이산가족의 아픔을 대변하고 있다. 1972년에 남과 북이 체결한 7·4남북공동성명에서는 자주·평화·민족 대단결의 3원칙이 제시되었고, 방송을 통해 남북 이산가족 찾기가 본격화되기에 이르렀다. 하지만 첫 상봉은 13년 뒤에나 이루어진다. 1972년은 박정희 대통령이 영구 집권을 꿈꾸면서 '유신헌법'을 제정, 시행함으로써 정치적 대탄압을 전개하는 첫 번째 해이다. 7·4남북공동성명이란 것이 과연 그때까

지 25년 동안 만나지 못하고 서로가 남쪽과 북쪽의 하늘을 쳐다보며 앓아온 냉가슴을 치유해 주기 위해 조인된 것인지 의심스럽다. 이후 남과 북 모두 남북 이산가족의 만남을 정치적으로 이용하려고 했을 뿐, 분단의 장벽을 제거하려는 움직임은 좀처럼 보이질 않았다. 애가 타는 것은 이산가족 당사자였다.

처음으로 이산가족이 만난 것은 1985년 9월 20일이었다. 최초의 남북 고향 방문단 교환방문 행사가 실시되어 쌍방 151명으로 구성된 남북 이산가족 고향 방문단 및 예술공연단이 각각 평양과 서울에서 3박 4일간의 일정으로 감격적인 첫 행사를 가졌다. 151명 중 고향 방문단은 각각 50명으로 100명 중에 65명만이 그들의 가족을 만날 수 있었다. 최초의 이산가족 상봉이라는 커다란 의미가 있지만 1회성 행사에 그치고 말았다. 이후 2000년 6월 15일 남북 정상간 공동선언에 따라 이산가족 찾기 사업이 다시 활기를 띠고 진행되어 2010년까지 총 18차에 걸쳐 만남이 이루어졌다. 그런데 함동선 시인의 경우 어머니가 워낙 연세가 많아 가족 찾기 및 상봉에는 실패한 것 같다. "남과 북을 터줄/ 말발굽 소리로/ 흰 치마자락 펴듯이/ 덮쳐 오는 파도에/ 어머니의 얼굴이 밀려온다"(「바다는」)고 할 정도로 어머니에 대한 그리움이 크지만 현실에서는 모자 상봉이 이루어지지 않았던 것이다. 오히려 그동안 북의 가족을 찾으려고 하는 과정에서 더 많은 아픔을 겪었음을 알게 해주는 시가 있다.

> 휴전선의 풀잎 하나하나가 모두 칼이구
> 돌덩이 하나하나가 모두 대포구나
> 망향의 제단에 와서 분향하는 이 불행은
> 멀리멀리 물리려 하느니
> 차라리 이 불행을 데리고 살아야지
>
> ─「황해도민회 가는 길에」 부분

어느 날 북한이 고향인 사람들의 모임에 가서 합동 분향을 드리게 되는데, 이런 일이 시인에게는 '불행'을 곱씹는 일이다. 하지만 어쩌랴, 불행을 데리고 살아야 하는 것이 이산가족의 일원이 된 이상 짐져야 하는 운명인 것을. 제2부 「마지막 본 얼굴」의 시편이 시인의 수구초심을 노래한 것이라면 제3부 「월정리역에서」의 시편은 비무장지대 곳곳에 대한 풍경 묘사로 이루어져 있다. 월정리역, 임진강, 백령도, 제3땅굴, 강화도, 철원 등 지명도 보인다.

> 철원 땅 월정리역에 와서
> 기차표를 끊지 않는 것은
> 니가 내 안에 있지 않아서가 아니라
> 오늘도 니가 나의 하루를 차지하고 있어
> 기차표를 끊을 수 없다
>
> ─「월정리역에서」 부분

분단이 되지 않았더라면 월정리역에서 기차표를 끊어 고향에 들를 수 있을 테지만 그건 백일몽에 지나지 않는다. 오늘도 너(월정리역)는 나의 하루를 차지하고 있다는 말이 폐부를 찌른다. 오매불망, 하루도 잊은 적이 없는 곳이 고향이고, 잊은 적 없는 이가 북에 계신 어머니와 일가친척들이리라. 이산가족은 시인 자신만이 아니다. "연변 조선족을 통해/ 아들 편지를 받았다는 손으로/ 빗어 내리는 머리카락"(「실향민」), "휴전 전날 전투에서 죽은/ 이쪽 아버지와 저쪽 아들이 무덤/ 대물림으로 지킨 너"(「까치집」) 같은 구절을 보면 시인은 천만 이산가족을 대표하여 지금까지 분단시를 써 왔음을 알 수 있다. 「미네소타 할머니」 같은 시에는 한국전에 참전했다가 죽은 미군 병사의 아내가 등장하기도 한다. 서울에서 올림픽이 열렸을 때라고 하니 1988년 무렵이었던가 보다. 남편이 죽어

묻혀 있는 유엔묘지(부산 대연동 소재)에 가 보고자 성냥 공장에서 품을 팔기도 했었다는 미네소타의 한 할머니에 얽힌 사연도 시의 소재가 된다. 분단의 상처는 이 땅의 이산가족만 갖고 있던 것이 아님을 알 수 있다.

제4부를 이루고 있는 시편에서는 통일을 향한 갈망과 각오 같은 것을 다루고 있다. 과거지사에 대한 슬픈 회상에 아니라 미래에 이루어질 일에 대한 소망과 염원을 담고 있다.

> 헤어짐이 또 하나의 만남이듯
> 손을 잡아야 쓰는데
> 시작은 끝이 있는 법
> 이 한줌의 흙에
> 꽃이 피고 열매를 맺게
> 비가 되어 만나야 쓰는데 물이 되어 만나야 쓰는데
>
> ─「한줌의 흙」 후반부

분단시선집의 제목을 왜 『한줌의 흙』으로 했는지 생각해 보아야 한다. 한줌의 흙은 일단 고향마을의 흙을 의미한다. 한줌의 흙에서 꽃이 피고 열매를 맺을 수 있게끔 우리가 해야 할 일은 물을 주는 것이다. 헤어졌었기에 만남을 준비해야 하는 것이다. 결국 손을 잡고 악수를 해야 한다. 즉, 분단을 기정사실화하여 북녘 하늘만 바라보고 있을 것이 아니라 지금 이 순간, 통일을 위해서 우리가 무엇인가를 해야 한다는 뜻이 깃들어 있는 시편이다. 한줌의 흙은 또 우리 인간의 마지막 모습이기도 하다. 왕후장상도 죽어 화장을 하면 한줌의 흙이 된다. 결국 모든 인간의 귀착지가 한줌의 흙일 텐데 왜 이렇게 가슴만 아파하며 죽어가는가 하고 시인은 뭇 독자와 남북한 당국자들에게 묻고 있다. 통일을 앞당기고 싶어 하는 노시인의 눈물겨운 노력은 이 시 한 편에서 끝나는 것이 아니다.

장연 봄 하신 말씸과

맛 조은 연백쌀과

막내이 삼촌 속 아프게 한 진달래 꽃잎과

서낭당 고개 넘어 산등세기 흙허구 설나무니

궁금한 거 몽주리 옇으니까니

펜지 봉투 이리케 무쯜헙디다

―「북에서 온 펜지 · 1」 부분

가심에 나비 날아오면 꽃이 피구

머리에 낭구닢 지면 가울이 왔십니다

아이고 인전 지쳐서리

보름달 보구 만나야겟십니다

남으로 날아가는 끼러기 편에 이러케 씁니다

―「북에서 온 펜지 · 2」 부분

    황해도 말투로 전개되는 이 시에서 시인은 남과 북이 계속해서 분단국가로 남아 있지는 않을 것임을 암시하고 있다. 일단 편지가 왔으니 서로 소식을 전할 수 있게 된 것이고, 또 상봉의 횟수가 늘수록 분단의 벽도 조금씩 허물어져 갈 것이라고 기대해 보게 되는 것이다. 시인은 상봉장 풍경을 보고 "꽃 피는데 이별이라니/ 부처님 계시는 곳 알면/ 누구 가르쳐 주오/ 거기 가서 분풀이 좀 할라요/ 잡은 손 놓으니/ 손가락 사이로 빠져나가는/ 이 마지막 감촉/ 나 몰라라 나 몰라라/ 이데올로기도 나 몰라라" (「상봉장에서」)라고 쓰기도 한다. 사실 천만 이산가족 대부분이 시대의 회오리바람에 휩쓸려 헤어졌던 것이지 민주주의, 공산주의에 대한 확고한 신념이 있어 이산의 길을 택했던 것이 아니다. 더 이상 세월이 가기 전에 최소한 만남이라도 자주 이어지기를 시인은 이렇게 바라고 있다.

이산의 아픔은
달빛을 진 바위같이 어깨를 누르지만
이제 그만 눈물은 눈물이도록 하고
이제 그만 세월은 세월이도록 하고
이만한 분수의 시험은 이만한 분수의 시험이도록 하고
다시 만나야 한다

－「우리는·2」끝부분

　다시 만나야 하는데 지금은 이산가족 찾기는커녕 남북한 간 대화도 중단된 상태이다. 이산가족 당사자들도 이제 얼마 남아 있지 않다. 조금 더 세월이 흐르면 이산가족 상봉의 자리에 나올 이들이 사라질 것이다. "휴전선 양지바른 곳에 모이는 나비모양/ 작은 허물 묻어 버리고/ 다시 만나/ 삶에 모자람 없도록/ 죽음을 완성해야 한다"(「너와 나」)는 시인의 소망이 이루어지기를 바란다. 지금처럼 남북한 간 대화조차 중단된 상태라면 눈을 감을 수 없는 이들이 있다. 이들이 죽음을 완성하려면 "다시 만나"야 한다고 시인은 주장하고 있다.

　통일은 아직 절차상의 문제가 많으므로 요원한 일일 것이다. 함동선 시인의 시집을 읽다 보니 하루빨리 남북한 간 대화가 재개되고, 이산가족의 만남이 이루어지기를 바라는 마음이 간절해진다. 금강산 관광과 개성 관광길도 다시 열리기를 바란다. 또한 시인이 황해도 연백 고향마을을 직접 두 발로 밟아볼 날이 오기를 기원한다. 그럼 시인은 어머니를 외쳐 부르며 대성통곡하리라.

(『문학나무』, 2011 겨울)

천륜의 단절을 넘어서는 시인의 꿈

김종회*

　어쩌다 내가 실향민 출신 노시인의 시집에 해설을 쓰게 되었을까. 내게 글을 요청한 분들은, 내가 20년간 일천만이산가족재회추진위원회에서 일한 경력이나, 한 일간 신문에 40회에 걸쳐 '이산가족 이야기'를 연재한 사실을 알고 있었을까. 아닐 것이다. 그 또한 세월이 많이 지났고 내 입으로 쉽게 발설한 바가 없기 때문이다. 그런데 이 60여 년의 통한으로 얼룩진 남북 분단과 가족 이산의 문제는 미상불 내게 너무도 익숙한 주제이다.

　사람은 자신이 아는 것만큼 이해한다는 옛말을 되새겨 보면, 그리고 이 시편들을 읽으며 내내 눈시울이 뜨거웠던 것을 상기해 보면, 내가 이 글을 쓰기에 적임자인 점은 맞다. 동시에 여기서 만난 함동선의 분단시들은, 문학 외적 판단으로 살펴보아도 체험적 아픔의 깊이와 공감을 촉발하는 강도가 충분히 주목에 값할 만하다. 한편으로는 형용하기 어렵도록 서글픈 정서와 다른 한편으로는 훌륭한 글감을 만난 행복을 함께 끌어안고 이 글을 마쳐야 할 형편이다. 미리 선언문의 한 구절처럼 말해두

---

* 김종회: 문학평론가, 경희대학교 교수.

자면, 일제강점기의 종언과 분단시대의 시발이 함께 이루어진 우리 역사의 파행성과 더불어, 함동선의 시는 한 개인의 울음인 동시에 민족적 비극의 감응력을 환기하는 하나의 시금석이다.

함동선은 1958년과 그 이듬해에 걸쳐, 「봄비」, 「불여귀」, 「학의 노래」 등의 작품이 서정주의 추천으로 『현대문학』에 실리면서 등단했다. 그 이후 『우후개화』(1965), 『꽃이 있던 자리』(1973), 『눈 감으면 보이는 어머니』(1979), 『식민지』(1987), 『산에 홀로 오르는 것은』(1992), 『짧은 세월 긴 이야기』(1997), 『인연설』(2001) 등의 시집과 『한국문학비』(1978)를 비롯한 다수의 산문집을 상재했다. 이번에 펴내는 분단시선집 『한줌의 흙』에는, 1983년 KBS 광장에서 펼쳐졌던 '이산가족을 찾습니다' 프로그램처럼 파란의 시대를 증언하는 생생한 육성이 고스란히 담겼다. 그의 예성강과 민들레, 그리고 맨눈으로 건너다보이는 황해도 연백 고향땅에 남겨둔 어머니는, 어쩌면 시적 표현으로 모두 발화할 수 없는 절체절명의 숙제일 터이다.

이 시집의 제1부 '연백'에는, 바로 그와 같은 시적 대상들이 살아 숨 쉬는 공간 환경을 적실하게 끌어안았다. 이 대목에 「연백」, 「38선의 봄」을 필두로 여러 편의 산문시가 자리하고 있는 것은 자못 의미가 깊다. 일반적인 시의 운율 속에 도저히 수용할 수 없는, 60여 년 세월의 울혈을 보다 사실적인 언어의 행렬로 풀어낼 수밖에 없는, 설령 그리한다고 해도 그것을 속 시원히 토설하기 어려운 절절한 사연들이 산문시의 외형을 차용하도록 압박한 형국으로 보인다. 연백, 시인의 고향은 38선 이남이면서 휴전선 이북이 되어버린 슬픈 운명의 땅이다. 시집 '책머리에'에서 시인은 다음과 같은 기막힌 정황을 적어두고 있다.

휴전 전 해의 가을이었던 것 같다. 강화도에 갔다가 미군 탱크부대에 들러 망원경으로 고향을 본 일이 있다. 넓은 들녘엔 누런 벼가 한눈에 들어온다. 강화도는 이미 추수가 끝났는데 지금부터 가을걷이를 해볼까 하는 그런 풍경이었다. 그때 마을 동쪽 끝의 우리 집 부엌문에 흰 옷이 드나든다. "어머니다" 하니 눈물이 망원경을 흐리게 한 일이 있다. 그 어머니가 올해 118세이다.

어머니의 죽음을 직접 목도하지 못한 시인은, 결코 그 죽음을 믿지 못한다. 이산가족위원회에서 일하는 동안, 나는 그러한 월남 실향민, 이산가족들의 생각을 수도 없이 듣고 또 보았다. 마침내 포기하는 시기에 이르면, 이들은 생신날 제사를 지내거나 명절날 임진강 철조망 앞에 제사상을 차린다. 휴전 직후 남북으로 흩어진 이산가족의 숫자가 무려 1천만 명에 이르렀던 실상을 두고 보면, 이는 인류사에 있어 20세기 최대의 비극이요 그 현장이었다.

한 가족의 막내였던 시인은, 해방 이후 독립운동으로 감옥 갔던 형이 피골이 상접한 모습으로 달구지 타고 돌아오던 모습을 기억하고 있다. 자신의 고향 연백이 '38 이남'의 변방이 되면서, 6·25전쟁이 터지고 마무리되는 과정을 지켜보면서, '내 안의 속앓이와 내 밖의 억눌림'과 더불어 성숙한 나이가 되었으니, 스스로의 '역마살'이 지금도 '바람'이라고 단언할 수밖에 없다. '만세 소리로 들뜨던 산천에 느닷없이 그어진 38선으로 초목마저 갈라서게 된 그 분단으로도 부족해서' 남북은 여전히 낡은 이데올로기의 허울을 덮어쓰고 있다. 이토록 어긋난 시대 현실에 대해, 기실 들을 귀 있는 자가 듣기로는 「38선의 봄」이나 「예성강의 민들레」보다 더 절박한 항의는 있기 어렵다.

고향길은
역사의 발자국 소리인가

세상이 뒤집히면 함께 곤두박질했다가
세월이 출렁이면 따라서 출렁이다가
운명 속으로 저벅거리며 오고 간 나날인데
안적도 따슙네
그래서 가위쇠 같은 휴전선도 넘어
가슴 바닥에서 날개 부딪치는 새가 되어
저 국도를 따라 북소리 울려야 할 텐데
두어 달 되었는가
망향제 향불에 뜨거워진 섬이
배가 되어 흘러갈 때
선영에서 우레 소리가 들려오는 것을 느꼈다
그 소리는 낮았지만 바람처럼 온몸으로 퍼져
속삭이는 게 아닌가
고향길은
춘삼월에 트인다면서

―「고향길은」 전문

얼마나 그 간절한 염원이 넘쳤으면, 휴전선 너머 고향땅 선영에서 우레 소리가 들렸을까. 추석이나 설 무렵에 드리는 망향제, 곧 가을이나 겨울날의 절기에, 계절이 바뀌는 춘삼월의 고향방문 길을 하나의 계시처럼 예고로 듣는단 말인가. 그런데 사정을 알고 보면, 남쪽에 남은 오백만 이산가족들이 밤마다 눈물로 베갯잇을 적시며 감내해 온 세월의 형상이 바로 이런 것이었다. 누가 있어 이를 심약한 탄식이나 하소연이라 할 것인가. 동시대 남북의 지도자들이 이 눈물 어린 호소를 두고, 남북 분단의 시대사와 그 압제에 맞서는 민초들의 저항성으로 듣지 못한다면, 기필코 후세의 사필을 두려워해야 마땅할 것이다.

제2부 '마지막 본 얼굴'에는, 제1부에서 지리적 · 지정학적 환경을 이

루는 고향 연백의 구체적 인물군, 가족들의 초상을 배열했다. 일생을 객지로 떠돌며 고향을 그리워하는, 불후의 명편들을 남긴 두보의 고향도, 함동선의 고향처럼 고통과 신음 그리고 오열과 눈물로 일관하지는 않았다. 함동선 분단시편의 중심축에는 언제나 '어머니'가 잠복해 있다. 조병화 시의 종교적 의미였던 어머니, 헤르만 헤세의 문학에 사랑과 죽음을 정초했던 어머니는, 함동선에게 있어서 생명의 근원이요 떠돌이 삶이 지향하는 구경究境의 정착지였다.

> 물방앗간 이엉 사이로
> 이가 시려 오는 새벽 달빛으로
> 피란길 떠나는 막둥이 허리춤에
> 부적을 꼬매시고 하시던 어머니 말씀
> 어떻게나 자세하시던지
> 마치 한 장의 지도를 들여다보는 듯했다
> 한 시오리 길
> 산과 들판과 또랑물 따라
> 나루터에 왔는데
> 달은 먼저 와 있었다
> 어른이 된 후
> 그 부적은
> 땀에 젖어 다 떨어져 나갔지만
> 보름마다
> 또랑물의 어머니 얼굴 두 손으로 뜨면
> 달이 먼저 손짓을 한다
>
> ―「마지막 본 얼굴」 전문

어머니의 얼굴을, 그렇게 마지막으로 본 눈이 어디 시인의 눈뿐이었을까. 허리춤의 부적, 한 장의 지도 같은 자세한 당부, 시오리 길의 고향땅 여정, 나루터에 먼저 와 기다리던 달. 이제 어른이 된 시인은 남쪽에 살면서 보름이 될 때마다 '또랑물'의 어머니 얼굴, 달의 손짓을 만난다. 언제나 눈 감으면 보이는 어머니, '엊그제'가 제삿날이었던 아버님, 언제나 서른 네 살인 형님은 시인의 아프고 슬픈 세계를 이루는, 여전히 살아 있는 구성원들이다. 그러기에 '어머니 생신날의 기제사'는 지금도 과거완료형이 아니라 현재진행형의 시제인 셈이다.

그 현재의 형식에 살아 있는 자의 숨결을 부여하기 위해, 망향제에 나가는 시인의 심사를 나는 십분 짐작한다. 「망향제에서」는, '예성강이 비늘을 드러낸 채 어린 날 그대로 몸을 뒤척'이고, '우린 떨어져 살아선 안 돼야' 하신 어머니 말씀이 과거의 거미줄을 말끔히 걷어낸다. 「황해도민회 가는 길에」서의 그 도민회 풍경이, 외관이 화려할수록 얼마나 서글픈 마음들의 모임인지 이 또한 나는 익히 안다. 부모와 고향에게로 돌아가지 못할 때 실향민들은 그 눈길을 자식들에게 돌린다. 「아들아 · 1」과 「아들아 · 2」는, 그 해묵은 애환과 차마 손에서 놓지 못하는 미련을 당부로 남기는 언사이다.

사전에서 고향을 찾으면, '자기가 태어나서 자란 곳'이란 설명 다음에, '자기 조상이 오래 누려 살던 곳'이란 풀이가 부가되어 있다. 이 두 번째 의미를 불러오면, 남쪽에서 태어난 실향민의 아들은 황해도 연백을 고향이라 불러도 아무런 어휘상의 문제가 없다. 그 아들에게 무엇을 당부할까. 고향산천과 부모형제, 아들에게는 할머니인 어머니의 추억일 뿐이다.

이처럼 물량적 가치가 전면적으로 배제된, 오직 정신적 대물림만이 가능한 유산이 세상 어디에 또 있겠는가. 어쩌다 가뭄에 콩 나듯 열리는 남북회담의 귀에 익은 북쪽 말투에서도 '어릴 적 개울물'의 그림을 찾아내는 시인의 지병은, 아마도 치유의 길을 찾기 어려울 것이다. 그런데 그와 같은 이산 1세대들이 이제는 얼마 남지 않았다는 데 문제가 있다. 오랜 속언처럼, 시간과 세월은 사람을 기다리지 않는 까닭에서이다.

　제3부 「월정리역에서」는, 1부 「연백」이 북쪽의 공간 환경을 시 가운데 초치한 데 비해, 남쪽에서 실향민으로서 찾아가고 만나고 아파하는 상대적 공간 환경을 대칭적으로 배치한 경우이다. 철원 땅 월정리, 임진강, 제3땅굴, 백령도, 비무장지대의 강화도, 그리고 진달래 능선과 철조망 너머 어디를 막론하고 이 시적 방정식이 미치지 않는 곳이 없다. 연백이 꿈속의 고향이라면, 비무장지대 인근 곳곳의 지명들은 그 고향을 가장 근거리에서 관찰할 수 있는 갈망의 땅이다.

　함경도나 평안도처럼, 건너다 볼 수도 없었으면 외려 속이 편안했을까. 아니다. 아파도 먼 발치 먼 눈길로 바라볼 수 있는 것조차도 역설적으로 축복이라면 축복이다. 그런데 그 통절한 심사는 어떤 유려한 언변으로도 감당할 길이 없는 터, 그래서 여기 함동선의 시가 있는 것이다. 그러한 연유로 그의 시는, 그 목마른 꿈과 참으로 인색하게 통제된 현실 사이에 새로운 균형감각으로 열린 길이다. 이처럼 시로써 각혈하지 않았더라면, 그는 그 삶의 중량을 이기기 어려웠을지도 모른다.

　　　시간이 멈춘 곳
　　　정적이 깻잎처럼 재어 있다
　　　기찻길이 끊어진 저 너머에는
　　　핏빛 풀이 우거져 있는 것 같다
　　　역광으로 뻗은 길을 옆으로 자르고
　　　철새들이 날아간다
　　　기둥만 남은 로동당 당사
　　　바람이 구름의 그늘을 벗기자
　　　널따란 판자처럼 내려오는 하늘을

한 장의 흑백사진으로 찍는다

―「비무장지대―철원」 전문

한국의 문학비를 찾아 방방곡곡을 누빈 전력이 있는 시인의 손에는, 언제나 능숙한 솜씨와 함께 카메라가 들려 있다. 시인은 그 사진기로 고향 가까운 곳의 풍경을 찍는다. 시인의 렌즈에는 객관적 물상만 잡히는 것이 아니다. 진달래 능선에서 '남북으로 누워 있는 이 겨울'도 찾아내고, 까치집을 보며 '역사 만들다 역사 된 옥탑방'을 추출하기도 한다. 그의 이 처절한, 그리고 이제는 고색창연한 고전주의풍의 공간에는, 문득 '남편이 전사한 한국'을 잊지 못하는 미네소타 할머니가 들어서기도 한다. 화불단행禍不單行이라 했던가. 비극은 이렇게 여러 부류이고 여러 모양이다. 그런데 그 질곡에 머물러 역사의 침탈에 패배한 자의 끝머리가 되지 않기 위해, 함동선의 시가 있다.

제4부『한줌의 흙』은 바로 그와 같은 극복의 의지를 체관의 인식과 함께 가꾼 시편들로 엮었다. 이산가족 상봉장에서 만난 님, 꽃 피는데 이별이라 '잡은 손 놓으니 손가락 사이로 빠져나가는 이 마지막 감촉'을 어찌할 방도가 없다. '남은 것은 그리움과 기다림 뿐'인 이 참담한 가족사를 두고, '다시 만나 삶에 모자람이 없도록 죽음을 완성해야' 한다는 소망을 용훼한다면, 그가 누구이든 양심과 도의와 인륜을 거스른 죄인일 뿐이다.

멀리 살면서 가깝게 살고
가깝게 살면서 멀리 살았으니
밥 먹을 때마다 서러워지던 님의 모습
보는 것 같구나
눈 날리는 날
나뭇가지 끝의 마른 잎 또 하나 지니

우리는 어디로 흘러가고 있구나

헤어짐이 또 하나의 만남이듯

손을 잡아야 쓰는데

시작은 끝이 있는 법

이 한줌의 흙에

꽃이 피고 열매를 맺게

비가 되어 만나야 쓰는데 물이 되어 만나야 쓰는데

–「한줌의 흙」 전문

아무리 제도와 체제, 이념과 사상이 상이하다 해도 남북 간에 동일한 것은 이 '한줌의 흙'이다. 여기에 꽃이 피고 열매를 맺도록 '비가 되고 물이 되어 만나야 쓰는데', 남북의 세상 권력을 맡은 이들은 이 불을 보듯 밝은 이치를 실행으로 전화轉化하지 못하고 있다. 이별이 길었지만 그 이별 이전의 세월이 더 길었기에, '비록 서로 다르게 걸어온 길은 오랜 시간에 걸쳐졌다 해도 정말로 마음을 합치고 나면 모래의 발자국처럼 바람한 줄기 불어도 파도 한 자락이 들이쳐도 무너진다'는 간단명료한 해법을 시인은 아는데 저들은 모르는 것이다. 그래서 우리는, '성장의 나이테를 넓히는 법을 배우면서' 다시 만나야 한다는 것이 시인의 생각이다.

그런데 이 모든 생각의 깊이와 넓이는 그야말로 견자見者의 몫, 겪어본 자의 촉수로만 체감할 수 있는 것인지도 모른다. 봄날의 아지랑이, 여름의 신록, 벌레 우는 가을, 벌판에 눈 덮인 달밤의 기억들이 아로새겨진 고향을 남겨두고 홀연히 떠나오지 아니한 자가 실향의 정조情操를 말할 수 있을까. 거기 그곳에 피를 나눈 친혈육과 사시사철 경작하던 문전옥답을 고스란히 남겨두고 곧 돌아오마 손짓하며 떠나오지 아니한 자가 이산의 동통疼痛을 주장할 수 있을까. 시인은 지금도 '핏줄이 땡기는 소리'를 듣고 '어머니의 소문'에 목말라 한다. '서해 연평도가 북의 해안포 공격당하던 날'에 어깨를 짓눌리며 산다. 그래도 그는 희망의 끈을 놓지 않는다.

> 그때 자주포에 올라탄 해병의
> 방탄모 턱끈과 전투복 목 언저리가 그을린 사진을 본
> 무수한 얼굴들의 가슴 군인의 표상이라 손뼉친다
> 그 손뼉은 긴 어둠 물러나게
> 언제나 한 발자국 앞서 우리들 가슴에 솟는
> 아침햇살 광화문에 걸어놓고
> 봄 기다리며 손잡는 날까지
> 북한산의 나무와 풀 칼이 되어야 한다
> 모래알 총알이 되어야 한다
>
> —「오방색 옷 입은 아침햇살」 부분

대화와 타협이 불가능하면 '북한산의 나무와 풀 칼이 되고 모래알 총알'이 되어서라도 '봄 기다리며 손잡는 날'을 앞당겨야 한다는 것이다. 그런데 정녕 문제는 세월이다. 부귀도 공명도 잊을 수 있고 작록도 사양할 수 있고 서슬이 푸른 칼날도 밟을 수 있지만, 세월에는 이길 수가 없다. 시간의 가속도와 싸우며 실향과 고향 회귀, 이산과 만남의 서로 상반된 역사의 수식數式을 풀 새로운 방략이 시를 통해 제시될 길도 없다.

그러나 시는, 함동선의 시는, 그 역사의 흔적을 증언하며 그리움과 기다림의 형극을 헤치고 끈질긴 소망을 부양하는 힘으로 기능한다. 그 힘으로 세월의 풍화작용을 묵묵히 감당하는, 그러한 시의 존재양식을 기리는 일이야말로 참으로 소중한 미덕이다. 이 시인이 분단시대의 시를 쓰는 이유, 우리가 정성껏 그의 시를 읽는 이유가 여기에 있다. 천륜을 가로막는 남북 간의 인위적 장벽을 넘어서려는 시인의 꿈을 함께 나누며, 그의 다음 노익장 시편들을 기다려 보기로 한다.

(시선집 『한줌의 흙』, 2011.7)

총체적 '하나 됨'을 지향하는 '기다림'의 시학

송용구*

원로 시인 함동선의 시선집 『한줌의 흙』은 한반도의 허리를 자르고 있는 '분단'이 정치적 이념의 대립과 체제의 대립만을 의미하는 것이 아니라 수많은 해체와 분열을 가져왔다는 것을 은유로써 보여주고 있다. 하나의 터전이었던 한반도의 분열, '한'몸이었던 가족의 해체, '한' 동반자였던 자연과 사람 간의 단절 등등……. 슬픔을 일으키는 분열, 해체, 단절을 연속적으로 낳았던 것이 '분단' 이후의 역사임을 함동선 시인은 거시적 시각으로 통찰하고 있다. 그러나 시집의 제목 '한줌의 흙'이 시사하듯이 단절되었던 것들을 다시 연결시키고, 해체되었던 것들을 새롭게 결속시키며, 분열되었던 것들을 유구히 통합하려는 염원이 모든 시의 행간에 절절히 스며들어 있다. 그 염원의 노래는 시집의 초반부를 구성하는 시 「연백」의 마지막 시행에서 명징하게 울려나오고 있다.

> 내 안의 속앓이와 내 밖의 억눌림으로 성숙한 나이가 되었다 자유를 지킬수록 재도 없이 타버려야 한다는 것을 안 것은 그 무렵이었던 것 같다 아

---

* 송용구: 시인, 문학평론가, 고려대학교 연구교수.

침마다 우물가의 세숫대야에 북한산 세 봉우리 뜨는 거 보고 집 떠나는 연
습을 했다 하루는 그림같이 앉았다가 또 하루는 어린 시절의 물처럼 흐르
다가 머무름과 떠남의 경계에서 6·25전쟁이 터졌다 끝이 처음에 접해 있
어 휴전으로 분단은 고착화되고 나의 역마살은 지금도 바람이다 '고도를
기다리며'

—「연백」 끝부분

　"휴전으로 분단은 고착화되었지만" '하나 됨'의 염원은 '역마살'처럼
'바람'을 타고 휴전선을 넘나든다. 비록 시상식에는 의도적으로 불참하
였으나 '노벨 문학상'을 수상한 바 있는 아일랜드 출신의 작가 사뮈엘 베
케트의 희곡 「고도를 기다리며Waiting for Godot」를 마지막 시행에서 언급
하고 있는 까닭은 무엇일까? 부조리극의 대명사로 알려진 이 희곡의 테
마는 '기다림'이다. 이 희곡에 등장하는 작중인물 블라디미르와 에스트
라 공은 50년 이상 '고도'라는 존재를 기다려 왔다. 어제도 기다렸고, 오
늘도 기다리고 있으며, 내일도 그들은 '고도'를 기다릴 것이다. 여러 가지
의미로 해석될 수 있는 고도는 이상적 세계를 상징하는 존재라고 해도
틀린 말은 아닐 것이다. 인간세계의 모순들과 난제들을 해결해줄 수 있
는 신적 상징으로 해석될 수도 있고, 모든 인간이 갈망하는 미래의 유토
피아로 해석될 수도 있다. 그러나 사무엘 베케트는 고도가 어떤 존재이
며 어떤 세계인지 명확하게 규정하지 않는다. 문학작품은 다양한 다층적
시각에서 바라볼 수 있는 체험의 산물이기 때문에 단 하나의 측면만으로
는 규정될 수 없다. 또 다른 이유가 두 가지 더 있다.
　영국의 연극 비평가 마틴 애슬린은 1953년 프랑스 파리에서 처음 공
연된 연극 「고도를 기다리며」를 '부조리극'이라고 명명하였다. 이때 '부
조리'란 정치적 부조리와 사회적 부조리를 뜻하는 협소한 의미가 아니라
알베르 카뮈의 세계관에 가까운 '부조리'이다. 세계를 움직이는 근본적

원리를 인간의 이성으로는 인식할 수 없기 때문에 세계 자체를 인간의 힘으로 개혁하는 것도 불가능하다는 것이다. 그것이 곧 '부조리 문학'과 '부조리극'에서 이야기하는 '부조리'의 의미이다.

실존주의 철학자 마르틴 하이데거가 인간을 "지금 이곳"으로 "내어던져진 존재"라고 규정하였듯이 '부조리 문학'의 거울에 비춰진 인간은 '부조리' 속에 '내어던져'서 '부조리'에 갇힌 채 살아가고 있다. 세계의 원리를 인식할 수도 없고 세계를 개혁할 수도 없기 때문에 역사는 발전하는 것이 아니라 계속 반복될 뿐이며, 이 반복에서 느껴지는 허탈한 슬픔조차도 묵묵히 견뎌내는 수밖에는 다른 도리가 없다는 것이다.

그러나 사뮈엘 베케트와 더불어 '부조리 문학'의 대표적 작가로 손꼽히는 알베르 카뮈가 '시지프스'라는 신화적 인물을 내세워 '부조리'에 대한 '반항'을 제시한 것을 주목해 보자. 인간은 '부조리'에 갇혀 있다고 해도 이 '부조리'가 개선되기를 끊임없이 '기다리고' 희망하는 존재이다. 산정으로 굴려 올린 바윗돌이 언제나 처음 출발했던 곳으로 되돌아오는 무의미한 행위를 반복하고 있지만 언젠가는 자신이 옮겨 놓은 바윗돌이 산꼭대기에 우뚝 멈추게 될 날이 오리라는 희망을 버리지 않은 채 '그날'을 '기다리는' 시지프스여! 오지 않는 '고도'를 '기다리는' 행위를 반복하는 블라디미르와 에스트라 공의 '기다림' 속에도 이러한 희망이 심장처럼 살아 꿈틀대고 있는 것이다. 난공불락의 '부조리'한 산정에 '반항'의 바윗돌을 굴려 올리듯이, 블라디미르와 에스트라 공은 고도처럼 아득하고 험한 미래의 '고도Godot'를 향해 '기다림'의 돌을 굴려 올리기를 중단하지 않는다. 인식할 수 없다고 할지라도 인식되지 않는 세계의 극점을 향해 이성의 돌을 끊임없이 밀어 올린다. 개혁할 수 없다고 할지라도 개혁되지 않는 세계의 중심을 향해 의지의 돌을 중단 없이 밀고 나가는 '기다림'의 미학이여! 이것이 곧 인간의 실존이 아니겠는가?

시인 함동선 또한 "휴전으로" "고착된 분단"의 장벽을 무너뜨릴 수 있다는 희망의 별무늬를 아로새긴 '기다림'의 돌을 통일의 언덕을 향해 굴려 올린다. '기다림'의 돌로 육화된 시인의 온몸과 온 생명은 '분단'이라는 '부조리'를 향해 '지금도' 반항의 '바람'을 변함없이 불어 보내고 있다. 이러한 시각으로 함동선의 분단시선집『한줌의 흙』을 바라본다면 이 시집 속에 담긴 그의 모든 시편을 "기다림의 시학"이라고 명명할 수 있다.

그러나 그의 시에서 읽을 수 있는 '기다림'의 의지는 단지 남과 북의 이념적 분단, 정치적 분단, 영토의 분단을 극복하려는 차원에만 머무는 것이 아니다. 함동선의 시에서 가장 주목해야 할 분단의 현실은 남과 북의 '자연'이 서로 분열되었고, 북쪽의 '자연'과 남쪽의 '사람'이 분리되었으며, 남쪽의 '자연'과 북쪽의 '사람'이 갈라진 현실이다. 한반도 전체를 관류貫流하는 역사의 흐름을 거시적 시각으로 통찰하는 가운데 역사를 투시하는 미시적 렌즈를 '자연'과 '사람' 간의 관계로까지 정밀하게 비추어 준다. 그러므로 그의 시에서 살아 돋히는 '기다림'의 의지는 정치적 분단, 이념적 분단, 영토의 분단을 극복하는 과정을 통해 '자연'과 '사람' 간의 분단마저도 극복하려는 '생태주의'적 역사의식을 지니고 있다. 현실인식에 바탕을 둔 시인의 역사의식이 얼마나 구체적인지를 보여주는 문학적 현상이라고 평할 수 있다. 그 객관적 증거는 함동선의 시「못물 안에 둥둥 떠 있는 고향을」에서부터 시작된다.

　　못물 안에
　　둥둥 떠 있는 고향을
　　젊었을 적 어머니의 고운 모시치마로 걸러서 보면
　　지금도 머리카락 한 오라기가 남아 있는
　　중학교 운동장에
　　미루나무 두 서너 그루가 아슬하게 높다

칡덩굴이 우거진 북쪽 능선으로

삼팔선을 지우노라고

손톱까지 물이 든

역사책 갈피마다

이름 모를 들꽃이 피어 있다

오리 가다 오리나무 가지에 걸려

피란을 못 떠난

낮달은

분단의 아픔을 누른 채

뜨락의 모란꽃이 되어

한 잎 두 잎 떨어진다

　　　　　　　　　　－「못물 안에 둥둥 떠 있는 고향을」 전문

　시인, 그의 어머니, 그의 이웃 사람들, '미루나무', '칡덩굴', '들꽃', '오리나무', '모란꽃'은 고향의 터전에서 함께 살아왔던 공동체의 구성원들이요, 생태사회의 식구들이었다. '삼팔선'이 반도의 허리를 갈라놓기 전까지는 고향의 '자연'과 생명체들은 주민들과 함께 '역사'의 텃밭을 일구어 왔던 토박이 동반자들이었다. 그러므로 시인은 그들과의 생태적 '하나 됨'을 그리워하고 있는 것이다. "삼팔선을 지우노라고/ 손톱까지 물이 든/ 역사책 갈피마다/ 이름 모를 들꽃이 피어 있다 (중략) 낮달은/ 분단의 아픔을 누른 채/ 뜨락의 모란꽃이 되어/ 한 잎 두 잎 떨어진다"라는 시인의 애달픈 회한과 망향의 그리움은 남과 북의 '분단' 및 '고향'과의 '분단'을 극복하고 자연과의 '분단'마저도 넘어서고자 한다. 생태적 통일의 네트워크를 회복하려는 의지가 생생히 살아난다. 시인과 어머니와 고향사람들과 함께 하나의 산, 하나의 대지 위에서 살아온 '자연'의 생명체들은 '자연'의 실상 그 자체이면서도 '분단'을 극복하려는 시인의 의지를 대변하는 객관적 상관물이기도 하다.

> 쌀가마니 탄약상자 부상병이 탄 달구지를 보고
> 놀란 까치들이
> 흰 배를 드러내며 날아간다
> (중략)
> 형님은 언제나 거기에 있다
> 6 · 25를 기억하는 예성강처럼
> 언제나 거기에 있다
>
> — 「형님은 언제나 서른네 살」 부분

    함동선의 시에서 시인과 함께 숨결을 주고받는 '자연'의 생명체들은 '분단'과 '전쟁'이라는 한반도의 역사를 목격한 증인이다. 사람과 함께 '예성강' 또한 전쟁을 '기억하고' 있다는 시인의 고백에서 그것을 알 수 있다. '고향'의 사람들뿐만 아니라 그들과 공생해 왔던 '오리나무', '모란 꽃', '까치', '강'도 '분단'과 '전쟁'으로 인하여 가해를 당한 피해자이다. 이런 시각으로 바라본다면 함동선의 의식세계 속에서는 '고향'을 포함하는 한반도 전체가 생명 공동체로 확대된다. '나무', '꽃', '새'를 비롯한 산천의 모든 생명체들이 '한반도'라는 생명 공동체의 구성원들로 격상된다. '사람'과 '자연'은 고락을 함께해 왔던 혈육이자 반려이다. 그런 까닭에 시인 함동선은 분단이 남겨 놓은 고통에 대한 연대의식을 '나무', '꽃', '새'와 함께 나누고자 하는 것이다.

    함동선의 시에서 만날 수 있는 '물', '까마귀', '소금쟁이', '산', '기러기' 등 '자연'의 생명체들은 '분단'과 '전쟁'이라는 역사의 진실을 증언하는, 살아 있는 녹색의 역사책이다. 그러나 함동선의 시에서 '자연'이 담당하는 문학적 역할은 단지 한반도의 역사를 대변하는 연초록 대리자에 그치는 것이 아니다. '자연'은 한반도의 허리를 동강낸 정치적 장벽과 이념적 철조망을 허무는 힘을 갖고 있다. 시인은 그것을 잘 알고 있기 때문에 '자연'의 유구한 생명으로부터 통일을 향한 희망의 빛을 발견할 수 있는 것이다.

물이 되어 만나거나 비가 되어 만날 수밖에 없는
우리
서로 만나지 못하고 있는데
고향 까마귀만 봐도 반가운가
오늘
남북회담의 말투에서
귀에 익은 억양을 되찾고 누른
카메라 셔터에
돌자갈밭을 따라
소금쟁이가 그리는 파문이 없었더라면
그것은 영락없이 널어놓은 푸른 천인
어릴 적 개울물이 보인다
저켠엔
포탄에 들쑤셔져
창자를 드러낸 시체처럼 시뻘겋게 누워 있는
산 넘어
기러기 떼가 남으로 남으로 날아온다
또 저켠엔
이 세상 단 하나 어머니의 영상을 담고
내 가슴으로 흐르는 예성강이 스친다
며칠 집안일로 수척한 얼굴이 손에 느껴지는 가을
어깨에 떨어진 햇빛은 가슴 타고 내려
김현승의 시집 『절대고독』의 표지에 미끄러져

발밑으로 떨어진다

―「가을 사설」 전문

　"포탄에 들쑤셔져/ 창자를 드러낸 시체처럼 시뻘겋게 누워 있는/ 산"
과 같이 '자연'은 한반도의 생명 공동체 안에서 사람과 함께 무거운 질곡
의 짐을 짊어진 동병상련의 동반자이다. 그러나 남과 북의 사람들이 분
단된 장벽에 막혀 소통의 단절을 경험하고 있는 것과는 달리 '자연'의 생
명체들 중에는 남과 북을 왕래하면서 '하나 됨'의 하늘길을 열어나가는
'까마귀'와 '기러기'가 있다. 경희대학교 생물학 교수를 지낸 조류학자 원
병오 박사는 분단으로 인해 헤어진 북쪽의 조류학자 아버지와 찌르레기
를 통해 편지를 주고받았다고 한다. 찌르레기는 아버지의 마음의 땅과
아들의 마음의 하늘을 갈라놓았던 '분단'이라는 슬픔의 장벽을 허물고
두 사람 사이에 '하나 됨'의 하늘길을 열어 놓았다. 새들만이 할 수 있는
일이 아니겠는가? '자연'만이 도울 수 있는 기적이 아니겠는가? 시「새가
있는 풍경」에서 "녹슨 철로를 따라/ 남과 북을 오고가면서/ 양지바른 곳
에 내려앉곤" 하던 찌르레기와 '기러기 떼'는 시인의 하늘과 어머니의 땅
을 갈라 놓았던 '분단'의 철벽을 허허로이 뛰어넘는다. "어머니의 영상을
담고" 아들의 "가슴으로 흐르는" 한 줄기 '예성강'물의 가락에 맞추어 새
들은 어머니의 북녘 땅과 시인의 남녘 하늘 사이에 '고향'의 하늘빛을 닮
은 '하나 됨'의 바람길을 열어 놓는다.

　'분단'이라는 인위적 대립의 벽을 아무렇지도 않게 초월해 버리는 '자
연'의 힘은 시인에게 '분단'을 극복할 수 있다는 희망을 안겨 준다. '자연'
을 녹색의 미디어로 삼아 남과 북의 생태적 합일을 이룰 수 있다는 희망
은 정치적 '하나 됨'을 회복할 수 있다는 희망으로 발전해 간다. 남녘 '자
연'과 북녘 '사람'의 '하나 됨', 북녘 '자연'과 남녘 '사람'의 하나 됨을 염원

하는 시인의 '생태주의적 역사의식'은 영토의 '분단', 체제의 '분단', 이념의 '분단'을 극복하고 땅의 '하나 됨', 가족의 '하나 됨', '자연'과 '사람'의 '하나 됨'을 지향하는 총체적 통일의 이상으로 승화되었다. 무엇보다도 함동선의 시 「가을 사설」이 이러한 이상을 실증하는 객관적 상관물이다.

시인의 철학과 사상을 대변하는 객관적 상관물로서 작품보다 더 '객관적'인 것은 없으리라.

이 시에 나타난 총체적 '하나 됨'의 이상은 저승에 살고 계신 어머니와 이승에서 살아가는 시인과의 영적 합일로 변용된다. 다형茶兄 김현승의 시 「절대고독」을 맞아들이고 있는 이유가 분명해진다. 이 시에서 김현승 시인이 노래하였던 "영원의 먼 끝"에 앉아 있는 존재는 누구인가? 시인의 어머니이다. '영원'과 한 몸이 되어 시간의 한계를 초월하신 채 지금도 아들을 기다리고 계신 어머니. 블라디미르와 에스트라 공이 오지 않는 '고도'를 기다리는 것을 포기하지 않듯이, 어머니의 '기다림'도 '영원의 먼 끝'에서 시간의 장벽을 뛰어넘은 지 오래이다. 이 '기다림'은 시인의 '기다림'이기도 하다. 시인의 '기다림'은 어머니의 '기다림'과 하나로 합일하여 이승과 저승의 '분단', '삶'과 '죽음'의 분단, 시간과 영원의 분단을 극복하는 영적 '하나 됨'의 길을 낸다.

어머니와 함께 철책 없는 하나의 하늘 아래 영원한 '하나 됨'의 인생을 누리고자 하는 시인의 의지는 세 가지 소망을 나타내는 은유의 모태로 거듭난다. 시인과 어머니의 영적 '하나 됨'은 첫째, 모든 이산가족들의 '하나 됨'으로 변용)되었다가 둘째, 분리된 북과 남의 '하나 됨'으로 승화된다. 셋째, 남녘 '자연'과 북녘 '사람'의 '하나 됨' 및 남녘 '사람'과 북녘 '자연'의 '하나 됨'으로 열매를 맺는다. '총체적 통일'의 이상이 함동선의 시를 통해 선명한 비전의 빛을 밝혀 준다.

시인이 지향하는 '총체적 통일'은 모든 이데올로기로부터 '사람'과 '자연'을 해방시키는 정치철학의 의미를 갖고 있다. 분단과 통일을 주제로 다루는 함동선의 시가 남다른 문학사적 의의를 갖는 까닭이 여기에 있다. 바로 이러한 '정치철학'의 깊이를 바탕으로 하여 '통일'을 추구하기 때문이다. 그 객관적 근거가 될 수 있는 작품은 시선집의 제4부 대표시 「상봉장」에서이다.

눈길 한곳 모을 때 그렇게 좋던
고등학교 교복 입은 신랑
나이보다 더 늙어서 돌아왔다
죽었다는 소문에
산으로 귀 막은 50년의 액자 속에
님 자에 점 하나 찍으면 남 되는
그 님 만나
흰 머리와 주름 더듬는다
(중략)
잡은 손 놓으니
손가락 사이로 빠져나가는
이 마지막 감촉
나 몰라라 나 몰라라
이데올로기도 몰라라

― 「상봉장」 부분

시인 함동선이 바라는 한반도의 '하나 됨'은 '이데올로기로'부터 인간을, 인민을, 문학을, 예술을 해방시킬 때 이루어진다. '자연'이 '이데올로기'로부터 자유롭듯이 인간도 '이데올로기'에 예속되지 말아야 한다. '이데올로기'가 남녘의 국민과 북녘의 인민을 지배하는 정치적 수단으로 이용될 때에 그 '이데올로기'에 세뇌된 인간은 제2의 정치적 도구로 전락하게 된다. 분단 이후 지금까지도 북한의 정권은 '사회주의'라는 이데올로기를 인민을 지배하기 위한 허울 좋은 명분으로 사용해 오지 않았는가? 남한의 군부 정권도 약 30년 동안 국민의 비판적 사고를 마비시키고 '민주주의'를 막기 위한 '정치적 수단'으로서 '반공'이라는 '이데올로기'를 사용하지 않았는가?

'이데올로기'를 통하여 인민과 국민의 사고를 획일화시키는 이러한 전체주의적 지배 행위를 도와주는 '제3의 정치적 도구'로 이용되어 왔던 것이 곧 '문학'과 '예술'이다. 인류의 역사를 돌이켜 볼 때 수많은 예술가와 문학가들이 독재권력의 지배 이데올로기를 선전하는 역할을 강요당해 왔다. 이러한 '이데올로기'의 폭력을 시인은 비판하고 있다. 그는 '이데올로기'로부터 인간을 해방시킬 뿐만 아니라 '예술'과 '문학'마저도 해방시킬 때 비로소 한반도의 '하나 됨'을 이룰 수 있다고 생각한다. 자율성을 보장받은 '문학'과 '예술'이 모든 '이데올로기'로부터 '인간'과 '자연'을 해방하는 길을 지속적으로 열어주기를 시인은 기대하고 또 그 '길'을 안내하고 있다. '한반도'라는 생명 공동체 안에서 정치체제의 '분단'과 영토의 '분단'을 극복할 뿐만 아니라 '자연'과 '인간'의 총체적 '하나 됨'까지도 이루어낼 수 있으리라고 시인은 변함없이 믿기 때문이다.

(『창작 21』, 2012 봄호)

V

서문, 발문, 신간서평, 시평

시집『우후개화』

1. 서

여럿이 불 없는 밤길을 가면서 보면 특별히 어두운 밤길을 잘 찾아가는 밤눈이 밝은 사람이 있다. 어둠 속에서 잃어버린 실오라기나 바늘 같은 것도 특별히 잘 찾아내는 이가 있다.

그런 눈 밝음을 대하는 감개感慨를 나는 함동선의 시를 대할 때 느낀다.

함동선은 외모는 만년소년이지만, 그 시정신은 퍽 끈질기고 센 사람이다. 수년 전 몇 해 동안 제주대학에 가서 문학강의를 하고 있는 동안에도 그는 우리한테 한 번도 제주살이의 고독에 대하여 말한 일이 없다. 그곳 토종들도 육지의 그리움을 늘 말하는데, 이것은 함동선의 이런 일은 수월치 않은 일로 안다. 그는 늘 시인의 고독에 정통해 침잠하고, 이런 침잠을 통해 그의 그 밝은 시의 눈을 마련해 가지는 것으로 보인다.

내가 30년쯤 전에 제주도에서 한여름을 지낼 때 그곳의 특수한 바람소리에 매혹한 일이 있어 그 묘한 바람 소리를 그한테 말했더니, 자기도 벌써 2년을 두고 거기 많이 기울어져 있다고, 제주대학 교직생활 말기에 그는 내게 그 소년적인 미소를 띠며 대답하였다. 이런 식으로 현실에서 그 섬세한 시의 내용들을 찾아내며 살아가고 있는 함동선이다.

그가 근 10년의 시단생활에서 겨우 써낸 이 소수의 처녀시집 『우후개화』는, 첫째 그 정서의 섬세층에 대한 새 발견의 푼수에 있어서도 우리 시에 많은 새것을 기여하는 것으로 안다.

그리고 나는 그의 금시 가지에서 따 온 과실의 맛 같은 그의 신선한 감각능력을 좋아한다. 이렇게 시인이 무병하기도 어려운 일이다. 더욱이 현대문명 속의 복잡다단한 생활 속에 있어서 말이다.

그의 처녀시집 『우후개화』의 출현을 충심으로 기뻐하며, 그의 끊임없고 또 긴 정진만을 바란다.

1965년 11월
서정주徐廷柱 식識

2. 신간서평

한 권의 시집으로 정리되어 나온 최초의 시집인 함동선의 『우후개화』를 통독하였을 때 우리는 재래의 형식과 내용을 출발점으로 삼아 여기에 새로운 의미를 부여하여, 새로운 레토릭을 탐색하는 한 사람의 시인을 발견할 것이다. 제명 그대로 이 시인이 동심에 가깝도록 소박하고 섬세한 감정을 통하여 가식 없이 표현하는 개성적인 품을 우리는 무시할 수 없다. 즉 자연 앞에 선 인간의 모습이 연속적으로 전개되고 있음은 물론, 인생에 있어서의 인정의 문제와 인생의 허무가 시적 관점이 되어 조용하고 기쁘고 그리고 슬픈 삶을 읊고 있는 것이다.

종래 이 방면의 시인들처럼 인생과 자연의 대경對境이 주는 인상의 주관적 효과를 그 자연에 대하여 아무런 비판도 반성도 가하지 않고 표현하는 경향을 가짐에 비하여, 함동선은 일종의 이상 또는 인격적 기본정조에 의해서 경험의 내용을 평가 비판하여 선택하고, 이로써 표현의 대경에 중후한 주관적 색조를 짙게 하고 있다. 「초승달」, 「그것은 언제까지나 해변」 그리고 「꽃 옆에서」가 보여 주는 언어의 기적은 우리 앞에 가지각색의 이미지의 풍요성을 제공하여 준다. 그러나 그 풍요한 이미지의 연쇄가 좀 길어져서 그 결과 일관성을 결缺하여 이미지의 강도와 선명도를 약화시켰다면 그것은 시집 『우후개화』의 결정적인 약점이 아닐 수 없다.

한 편의 시에 깔려 있는 하나하나의 리듬이나 이미지는 모두가 그것이 가지는 위치 내지 관련 안에서 의미가 신생되고 가치에 도달하는 것이라면, 함동선은 좀 더 어휘의 선택과 배열에 세심한 주의를 경주하여 언어의 볼륨에 긴장을 주어야 할 것이다. 그리하여 현실생활에 결부된 새로운 이미지에 의존하여 전통적 서정의 재건을 의도할 때 우리 시의 질적 심화를 위하여 신기원을 이룰 것은 틀림없다. 혁명적인 개혁을 용감하게 시도하는 시만이 유일한 시일 수는 없기 때문이다.

그러나 금일 대중과 소원하게 된 시가 다시금 대중의 정신적 양식이 될 가능성이 있다면 그것은 주로 이 방면의 시인들의 작품에서였다.

(박철희, 『시문학詩文學』, 1966.5)

3. 신간서평

릴케, 타고르, D. 토마스 또는 G. 바아커 들에서처럼 시와는 가장 무연한 듯한 무기질에서조차 만유의 다양성 속에 일관되어 있는 영원의 리듬을 발견하게 하는 기쁨. 함동선 씨의 시들이 우리에게 주는 그런 기쁨은 자의식의 순수성에서 배양된 낭만적인 감성의 참으로 섬세한 가락 탓이다.

그의 어떤 시이건 한참 음미하다 보면 홀연히 들려오는 듯한 소리가 있다. 하늘의 바람 소리일까, 아니면 수액이 흐르는 소리일까 싶은 것.

서정주 씨가 그랬었듯이 '영원한 정신'에 의한 인간과 만유와의 본질적인 통일 및 전체와의 연관을 깨닫기 시작한 함동선 시인은 시가 우선 근원적인 리듬의 재현 및 그것의 환기라는 것을 잘 시현하고 있다.

바꾸어 말한다면 그의 시는 '생각하는 시'라든가 '눈으로 보는(구성주의류의) 시'라든가 '담담한 생활감정의 시'들과는 달라서 만유를 정관하는 시다. 그리고 릴케, 타고르, 토마스, 바아커 또는 서정주 씨가 그랬었듯이 '시적'이라는 것은 바로 낭만적이라는 것임을 암시한다. 영원, 그리고 별과 인간과 목련꽃들의 전일성全一性을 추구한 것이다.

그와 같은 감성은 드라이한 시취詩趣의 그 복잡한 유행 속에서 흔히 상식적인 어구가 범람하는 요즘의 우리에게 참으로 신선한 감각능력이라는 느낌을 갖게 한다. 그만치 요즘의 우리는 낭만적인 감성을 상실했거나 배격하는 시인들 사이에서 '시적'이라는 것에 굶주린 것이다. 바꾸어 말한다면 우리는 '비시적'인 것이 횡행하는 때에 살고 있는 것이다.

이런 가운데에서 함동선 씨의 시를 대한다는 것은 '시적'인 것의 부활, 또는 새로운 시취의 가능성을 생각하게 하는 한 찬스가 될 수도 있다.

두고 볼 일이다. 그 정신을 심화해서, 서정주 씨가 자주 그랬듯이 함동선 씨도 저 도저到底한 진제眞諦의 경지까지 보일 것인지 아닌지…….

(장문평,『동대신문』, 1966.6.13)

시집 『꽃이 있던 자리』

1. 서

시인 함동선 교수가 1965년에 느지막이 그의 첫 시집 『우후개화』를 낸 뒤 8년 만에 그 여전한 거북이걸음으로 둘째 시집 『꽃이 있던 자리』를 간행하는 것을 보는 것은 그다워서 재미가 있으며, 또 가장 우리나라 사람다운 것 같아 묘미가 있다.

저널리즘이 만드는 어떤 종류의 쇼와도 전연 무관한 그의 그런 착실하고 끈질기고 또 지극히 내찰스러운 차근차근한 걸음걸이—이것이 한국 사람의 전형적인 본모 아닐까 하는 것을 생각하고 느낄 때 우리는 이런 이에게로 향하는 향수를 안 느낄 수 없을 것이다.

그는 그의 첫 시집 『우후개화』에서 현상—그것도 향토적 현상들에 대한 짙은 애정과 깊은 이해의 토장국 냄새 나는 국어의 아름다움 속에 꾸준히 집착해 있는 걸 보여 그가 이 겨레의 구석의 애인의 자격으로서 시인이려고 하는 한 독자성의 진지한 모습을 우리에게 보였었다. 그런데 그는 이번의 둘째 번 시집 『꽃이 있던 자리』에서는 눈에 보이는 현상들

보다는 더 많이 주력해서 그 현상이 있던 자리들이나, 있을 자리, 즉 무형
화한 것이나 아직 무형일 수밖에 없는 것들 쪽으로 그 마음의 눈을 옮겨
거기 다시 그의 그 집요한 애정과 이해를 퍼붓고 있는 것이 보인다. 말하
자면 가시적인 그의 시의 영역은 다시 그의 시인으로서의 극진한 애정과
관심 때문에 무한대한 불가시의 영역으로 확대되었고, 그걸로 그는 결국
전통적인 한국인—동양인의 선비의 정신의 한 표준규격 위에 서는 걸로
보인다. 요컨대 동양적인 의미에서의 사승자史乘者에 사는 시인의 자각을
하고 있다는 말이다. 그러고 이것은 오늘날도 오히려 영원을 간절히 생
각하는 시인에게는 가장 바른 지향인 줄로 안다. 좀 느린 대로 그의 정신
의 대소의 경영에 있어서나 그 시 표현에 있어서나 가장 든든한 마라톤
선수의 한 사람인 그에게 나는 일찍이 한 번도 느껴본 일이 없던 그대로
지금도 불신할 수 없고, 또 앞으로도 무슨 불신을 가지지는 않게 될 줄로
안다. 어떤 쇼도 될 수 없는 그 한결같이 성실하고 든든한 걸음걸이가 달
리는 보여지지 않기 때문이다.

1973년 3월
관악산 문치헌에서
미당未堂 서정주徐廷柱 식識

2. 신간서평

함동선 형의 제2시집인 『꽃이 있던 자리』를 읽고, 이렇게도 순진한 서
정시가 아직도 우리의 현대시단에서 그 명맥을 이어가고 있구나 하고 느
꼈다. 나의 이 느낌은 아마도 함동선의 시의 독자적인 특징에 틀림없을

것이다.

현대시의 출발은 자연을 외면하는 풍조로부터 시작하여 1970년대의 우리 시단에서는 언어의 이미지에 치중하는 모더니스트와 그와는 반대되는 사회적 현실에 치중하는 참여시까지를 낳게 하였다.

그러나 이 시인은 이러한 시사적 흐름에는 관여치 않고 아직도 자연을 뒤지고 아직도 자연을 사랑하는 자신의 세계를 아무에게도 개의치 않고 소중하게 지켜 나가고 있다. 이러한 소신은 성급하게 자연을 버리고 드디어는 자연에서 배반을 당하여 지리멸렬에 빠져 버린 오늘의 시세계에선 매우 현명하고 매우 가상한 일이다.

이 시인이 구사하는 언어의 특징 또한 유니크한 데가 있다. 언어를 끈질기게 연장하고 굴절시키는 매우 오밀조밀한 수법을 터득하고 있다고 느껴진다. 그러면서도 산문과 운문이 어떻게 다른가를 읽는 사람에게 곧 잘 느끼게 만든다. 소위 현대시의 지성일변도적 잡다한 수법에 현기증을 일으킨 독자들에게는 이 시인의 본래적인 순진성에 접하여 보라고 권하고 싶다.

(김현승金顯承, 『신아일보』, 1973.6.7)

3. 월평

인습과 비전

새로운 비전을 열기 위해서 시는 언어의 인습을 부단히 깨뜨려나가야 하고, 그것을 깨뜨리기 위해서 시는 또 별 수 없이 그 언어의 인습에 의존할 수밖에 없다. 이것은 다른 어떤 문학양식보다도 시가 감당해야 하는 준엄한 아이러니다. 이러한 아이러니를 성공적으로 극복했을 때에만 비로소 시는 탄생하는 것이다.

하기야 이런 말은 초보적 상식에 속하는 말이기는 하다. 그러나 이런 상식을 새삼스럽게 운운하게 되는 것은, 다달이 발표되는 작품들이 대부분의 경우 이 아이러니를 성공적으로 극복하지 못하기 때문이다. 언어의 기존 인습에 안이하게 타협하여 한 걸음도 거기서 나아가지 못하는 작품들, 아니면 새로운 어떤 비전에의 질적 비약과는 아무 상관없는 난해성의 미로에 떨어져 버리는 작품들이 대부분일 뿐, 언어의 인습에 의존하면서 동시에 그것을 깨뜨리고 새로운 비전의 세계를 열어 주는 작품을 대하기가 정말 어려운 것이다.

이 달에 발표된 작품들 가운데서 비교적 인상에 남는 함동선의 「만월」(『현대문학』), 김경수의 「체험」(『현대문학』), 김여정의 「푸른 여인」(『현대시학』) 등을 중심으로 언어의 표시적 측면과 그것을 통한 시의 상징성에 관한 문제를 한 번 생각해 보기로 한다.

> 어둠의 야국꽃 물들게
> 보라 보라 보랏빛 숨소리 들리는
> 다리 놓아주고
> 우리 내외넨
> 금가락지만한 사랑을 둘러 끼우는
> 달아 달아 밝은 달아

이것은 「만월」의 첫 부분이다. 제2행의 '보라 보라 보랏빛'에 있어서의 중첩음은 우리들에게 시각과 청각을 동시적으로 자극하는 매우 싱싱한 구절이다. 이 중첩음은 제5행의 '금가락지만한'과 제6행의 동요적인 가락과 연락되면서 우리들에게 가령 강강수월래 같은 윤무를 연상시켜 매우 훈훈하게 안겨 온다. 그런데 이런 훈훈한 분위기가 작품의 후반부에 이르러 갑자기 썰렁하게 식어 버린다. '우리 무릎 가에 서성일 만큼', 혹은 '불암산 길에 활짝 핀 배밭'이니 하는 후반부의 싱싱한 이미지들이 '영원'이니 '비치네'니 하는 지극히 일상적인 어휘에 부딪쳐 그 생기를 잃고 마는 것이다. 작자는 이 작품의 생명을 잃고 마는 것이다. 작자는 이 작품의 마지막 두 행에 이르러 결국 언어의 인습에 타협해 버렸고, 이리하여 이 작품은 하나의 아담한 서경敍景일 수 있었을 뿐, 그 이상의 어떤 비전을 열지 못하고 만 것이다.

(천이두千二斗, 『현대문학』, 1970.3)

4. 월평

두 시인이 시를 안다

시를 알고 쓰는 두 시인이 9월 하늘에 굴굴嶇嶇한 바위 봉우리처럼 눈을 이끈다. 함동선과 김상옥 두 분이다.

애타는 수백 년의 잡문이 비슷비슷하게 널려 있으나 시가 아니다. 왜들 멀쩡한 눈들을 가지고 되지도 않는 습작들을 '시'라고 버럭버럭 우겨 대는 것일까? 한심스럽기 짝이 없다.

얘기할 흥미가 없는 일이지만 굳이 지적해 본다면 요즘 막 수재민을 울리는 붉덕물 홍수 같은 것들의 정체는 '메모를 정리한 글'들이 거의 전부다. 그림이라면 데셍도 작품이 될 수 있겠지만 이런 표현 이전의 간략한 줄거리들이 과연 무엇에 쓰일 데라도 있을 성싶지 않다.

모두들 큰 착각들을 하고 있는 것이 분명하다. 미당未堂도 늘 화를 내며 이르는 말인데, 생활어를 집어던지고 문화어만 가지고 시를 쓰라니까 도무지 생경하고 말이 되도 안 통하게 되는 것이다. 도대체 시는 감정어로 써야 한다는 것은 철칙이다. 모더니즘이거나 초현실주의거나 별의별 전위시를 하더라도 '시'의 표현은 감정의 전달에 있다는 철칙을 저버릴 수 없다.

만약에 시가 이성이나 지성 편에 서고 표현 방법이 논리적이 된다면 그것은 철학 논문이나 신문 논설이 되어 버리고 만다. 감정이 없는 명문들도 허다하니까 오늘 아침 신문 어느 사설이나 한 도막 적당히 잘라 내어 배열해 놓는다면 당신이 고심참담해서 며칠 낮 며칠 밤을 새워 가며 긁적거린, 더할 데 없는 의식의 파편들보다야 훨씬 훌륭한 '위시僞詩'가 될 것이다.

변영태卞榮泰 씨나 김규식金奎植 선생이나 하는 분들이 영시를 써서 시집을 낸 게 있는데 우리가 읽어 보고 대뜸 지적할 수 있는 건 영어 사용이 너무나 심한 간략화다. 이를테면 어휘 부족인데, 그렇게 삼백 단어 정도의 쉬운 말로 엮어서 그걸 영시라고 할 수 있을까 하는 의문이다. 그런 것은 동시라고는 할 수 있을 것이다.

마찬가지 얘기를 요즘 우리 시라는 잡문에다가 해당시킬 수 있다. 자기 딴으로는 심오한 개념용어 후뚜루마뚜루 마구 내갈김으로써 무슨 새로운 경지라도 찾아낸 줄 알고 사뭇 우쭐댈는지도 모른다. 하지만 그게 '메모 정리'에 지나지 않다.

거기 쓰여 있는 우리말 어휘란 고작해야 기본 회화단어 350단어 속에 있는 말밖엔 없기 때문이다. I. A 리처즈는 전시에 3백 단어로 외국인 비행사들을 교육시켜 충분히 써먹었다는데 말이란 실용주의로 줄이려 든다면 얼마든지 간략하게 추려 낼 수 있다.

아무런 표현도 기교도 없이 쓰는 그들의 항다반적 용법이란 하품 날 정도로 논바닥과 똑같은 꼴들이다.

×× 는 굴러가고 있었다.
바람은 웃었다.
거리 모퉁이에서 역살轢殺당한 나의 하루는
이제 남루한 기빨을 흔든다.
어둠이 벌레먹은
밤의 칭칭다리를 삐걱거릴 때

　이런 정도의 어휘나 표현을 가지고 참신한 '이미지'의 시라고 우겨대는 것이 유행 같은 시단 풍속인데, 생각해 보라, 우리 시의 전통인 정지용, 조지훈, 김기림 등이 서러워 울 것이다.

　　오, 달이여 얼마나 4월은 충만한가
　　얼마나 광대하고 우아한 대기인가
　　　　　　　　　　　　　　　－J 컬렌, 홍신선 역, 『시문학』 9월호

　대개 병폐는 이런 번역시에서 연유하는데, 이걸 잘됐다고 보는 사람은 어딘지 덜떨어진 사람이다.
　첫 줄에서 표현어인 동사는 '충만' 하나뿐인데, 이게 한자어계열이어서 막연하기가 짝이 없다.
　둘째 줄의 낱말은 '광대', '우아', '대기' 모두가 한자어지 우리말은 하나도 쓰여 있질 않다.
　이건 아쉬운 대로 메모한 것이지 작품화의 몇 걸음 앞에 있다는 걸 알기야 할 테지만 다음 인용구를 참조하기 바란다.

　　네 앞에 있으면 나는 그저 멍멍하구나. 어디에 대질렸던지……
　　　　　　　　　　　　　　－김상무(金相沃), 『시문학』 9월호

절절절 예성강 흐르는 물소리에……

그 별난 산 열매 맛 나는 한가위 언덕을

―함동선(咸東鮮)

(구자운具滋雲, 『풀과 별』, 1972.10)

시집 『눈 감으면 보이는 어머니』

1. 발문

　함동선 씨의 세 번째 시집이 나온다. 평소에 과묵한 그의 언동으로 볼때 이 느린 보법은 그다운 헤아림에서는 오히려 당연하다고 하겠다. 그는 종종걸음이 아니라 뚜벅뚜벅한 걸음이어서, 이 무엇에나 뜸을 들이는 그에게서 믿음직하고 무거운 실천을 보는 것만 같다. 웬만한 것에는 전광석화로 바쁘게 돌아가는 것을 제일로 치는 상황에서 그는 하나 서두르지 않고 그의 시의 밭을 갈아온 것으로 보인다. 그래서 그는 예성강 주변의 보리밭을 노래하고 고향을 읊고 목이 메인다.

　실향을 한 사람, 고향을 빤히 알면서도 가지 못하는 사람의 향수가 그의 작품에는 번득이고 있다. 오늘을 사는 많은 사람들은 갈 수 없는 고향에 대해서 이미 포기와 실망에 젖어 그것을 망각하고 있을 때, 그는 누구보다도 강하게 절실하게 노래하기를 잊지 않고 있다. 이것은 끈질긴 그의 집념을 알려주는 것이기도 하고, 그의 정신의 좌표를 분명하게 설정한 내력이기도 하다.

우리가 가령 서울역을 떠나 낯선 고장에 간다고 칠 때, 우리는 우리 눈에 초가집이 전혀 들어오지 않음을 안다. 그 그리운 것이 사라진 것은 비단 그것에만 한하지 않는다. 이것을 우리는 일면으로 비약적 생활의 변모라고 볼 수도 있을 것이다. 그러나 함동선 씨는 거기에 넘어가지 않음을 본다. 그는 추억의 세계를 바로 현실화시키고 있었던 것이다. 그의 시의 도처에서 이것은 나타난다. 이것을 나는 그의 오기에서라고 짚어 보는 것이다.

문학하는 사람에게 있어 이 오기는 얼마나 중요한 것인가. 이 점에서 나는 그의 시를 한국적 오기의 미학이라고 풀고 싶은 것이다. 거의 모든 사람이 '아니다'라고 외칠 때 단연코 '이다'라고 할 수 있는 뚝심이 오늘날처럼 요구되는 적은 없을 것이다. 그만큼 그는 줏대를 고집하여 온 것이다. 또한 이것이 그로 하여금 유니크한 세계를 지켜 오게 한 원동력이 되게 하였다.

물질의 풍족하고 다양한 세태에서 그는 드물게 마음의 고향을 구가하였고, 이것이 그에게 자기세계를 향유하게 하였다. 물질의 상태 파악도 중요하지만 우리는 마음의 상태 파악이 더욱 요긴한 것이라면, 그는 누구보다도 그 길에 앞장서 있었다고 할 수 있다. 그에게서 우리가 잃고 있는 마음의 고향을 보는 것은 그래서 값진 것이다. 그래서 그는 '달구지 길'을 찾고 '키질하는 하늘'을 떠올리고 '단풍이 드는 골짜기', '산골 논배미'에서 우리의 사는 곳을 밝혔던 것이다. 즉 지금은 잃었으되 결코 잃어서는 안 되는 마음의 본향을 비춘 것이다.

그를 오랜만에 만난 자리에서 무심코 본 것은 한약을 가지고 있음을 알았다. 그의 질긴 내환을 아는 나는 부인에 대한 한결같은 정성을 느꼈다. 시도 그런 것이 아닐까 싶었다. 남에게는 시시하게 보일지 모르나 당자에게는 둘도 없이 귀중하다는 것을. 그리고 끊임없이 추구하고 갈망하는 의연한 자세를. 남들이 부정해도 그는 긍정하는 높은 하늘을 따로 마련하고 있었던 것이다.

그의 장성長成을 위한 행로에 더없는 박수와 갈채를 보내는 바이다.

(박재삼朴在森, 1978.10)

2. 신간평

함동선 시인이 제3시집 『눈 감으면 보이는 어머니』를 출간하였다. 이 시집을 훑어보니, 함 시인의 시의 세계가 하나의 독특한 경지에 이르렀다.

첫째 그의 시는 동양화를 보는 것 같은 느낌을 받는다. 그것도 한국을 그리는 동양화다. 「산수도」는 그 대표적인 작품이다. 큰 산에 단풍드는 골짜기를 내려오다가 솟은 등성이에 선 절은 우리가 산에 가면 어디서나 보는 광경이다. 그것을 함 시인은 하나의 그림같이 말로 표현하고 있다. 그 외에도 들길에 듬성듬성 피어 있는 10월의 코스모스, 초복의 채송화 피는 마당, 가을에 50여 호가 모여 사는 동리와 들판, 초가와 달구지 길 등 한국의 시골 풍경을 여러 시에서 그려 보이고 있다.

둘째로는 그의 시가 여성적인 감정을 가지고 있다. 「어느 날 오후」에 보면 분명히 "복숭아 물을 들이던 내 손톱"이라고 밝히고 있듯이 그 정감이 여성적이다. 손톱에 물을 들이는 것은 주로 어린 소녀들이 하는 장난의 일종인데, 남자도 어릴 때는 누이들 틈에 끼어 손톱을 물들이는 경우도 있다. 그러나 손톱에 물을 들인다는 것은 어디까지나 여성적인 발상법이다. 그의 시에는 손톱에 물을 들이는 것은 아내나 딸들이다. 또 「가을 산조」에 보면,

가을은 벌써
가을을 만나
사랑을 고백한 여인의 눈물처럼
포도나무 잎을 말리고 가는 바람결에
우수수 지는 꽃잎을 따라
떠날 채비를 하고 있다

라는 구절에서 가을을 여인으로 보는 것은 이 시인의 여성적인 감정에서
나온 발상법이다.

　셋째로 이 시인의 특징은 가정적이다. 모든 생활의 중심이 가정적이어
서,「사랑 소묘」에서는, 처음 사랑해서 결혼하여 아이들을 낳고, 그 아이
가 대학예비고사를 치를 때까지 그 사랑은 변함이 없이 지속되어 자기가
사 준 결혼반지와 부인이 가지고 온 가구나 결혼 후에 산 가구에도 다 스
며 있다고 노래하고 있다.「귀가」에서도 겨울에 술이 취해 늦게 집으로
돌아와서, 부저를 누르니, 아내가 반기는 한 토막을 아주 극적으로 재미
있게 표현하고 있다. 이 외에도 처갓집 이야기, 장모, 둘째 아들, 딸 등에
대한 애정이 여러 시에 점철되어 있다.

　넷째로 이 시인에 있어서는 가족 중에서도 휴전선 이북에 남겨 놓고
온 어머니와 고향이 감정의 주류를 이루고 있다. 앞서 낸 두 시집에서도
그 감정이 주류를 이었으나, 이 시집에도 역시 고향, 그리고 어머니가 주
류를 이루고 있다.

　「눈 감으면 보이는 어머니」라는 시를 보자. 우선 이 시는 쉬운 산문으
로 쓰여져 누가 읽어도 이해할 수 있다. 그러나 그 쉽다는 것은 비범의 평
범으로 아주 잘 짜인 시다. 고향을 떠나온 지 삼십 년이 되었다. 보통 한
세대를 지나는 시간을 말하고 있다. 보통 사람 같으면 다 잊어버렸을 옛
날이다. 그러나 이 시인에게는 "또랑물에 잠긴 달이 뒤돌아 볼 때마다 더

빨리 쫓아오듯" 한 날 한 시도 잊지 못하는 현재로 남아 있다. 물에 잠긴 달이 뒤돌아볼 때마다 더 빨리 쫓아온다는 이미지는 아주 기발하며 독창적이어서 우선 이 시인의 변법의 성숙함을 말해 주고 있다. 다음은 담담한 말로 어머니와 이별할 때의 말이 나온다.

네들이나 휑하니 다녀오라고 등을 떠다밀며 하던 어머니 말씀이 달빛이 되어 초저녁에 창을 비춘다는 표현은 그 표현이 비록 담담하나, 단장의 슬픔을 나타내고 있다. 그 슬픔은 잊을 길이 없는 것으로 이 시인의 가슴에 크게 자리 잡고 있기 때문에, 그 슬픔이 이 시인의 의식의 현재이고, 실제 시간의 현재는 껍데기뿐인 기계적인, 물리적인 현재일 뿐이다. 그래서 "오늘도 해동갑했으니, 또 하루가 가는가" 하는 넋두리밖에 안 나온다. 이 시인의 마음속에는 어머니의 모습만이 남아 있다. 그래서 눈만 감으면 어머니가 계시는 고향의 광경이 보인다. 신작로에 핀 달맞이꽃, 고추잠자리, 면사무소로 가는 길을 달리는 자동차, 온 마을에 짖어 대는 개소리, 그리고 옛집, 그 대문을 두들기니, 나와야 할 어머니가 안 계셨다. 삼십 년이 지났으니, 이제는 돌아가셨으리라는 잠재의식이 이 시인으로 하여금 그렇게 심안으로 보게 하였던 것이다. 그래서 이 시인은 "눈 감으면 보이는 어머니는 어디 계십니까" 하고 마지막으로 절규하고 있다. 서울에서 눈 감으면 언제나 보이는 어머니가, 마음속으로 고향을 찾아가니, 집에 안 계셨다는 역설적인 표현이다. 통곡보다 더 처절한 부르짖음이다.

그런데 어머니는 "손 안 닿은 곳이 없고, 손닿은 곳마다 마음대로 안 되는 일이 없으셨던" 분이다. 무소부재하고 무소불능한 신과 같으신 분이다. 그러니 어머니는 이 시인에게 있어서 구원의 여인상이다. 따라서 이 시인의 시의 원천이 바로 어머니인 것이다. 그리고 그 어머니가 계시는 고향 연안인 것이다.

이 시 외에 「예성강의 민들레」에도

　　김 매는 밭이랑을 따라 펄럭거리는
　　어머니의 흰 치마자락 위로

라든가, 「내 이마에는」에서,

　　고향을 떠난 달구지 길이 나 있어
　　어머니 생각이 날 때마다
　　쇠바퀴 밑에 빠각빠각 자갈을 깨는
　　소린

이라든가 「이 겨울에」에서

　　유리창에는
　　그물처럼 던져 있는
　　어머님 생각이
　　박살난 유리 조각으로 오글오글 모여든다

라든가, 「여행기」에서

　　어릴 때 문지방에서 키 재던 눈금이
　　지금쯤은 빨래줄처럼 늘어져
　　바지랑대로 받친 걸 볼 수 있겠지

등등, 그의 시의 어디를 보나, 이 같은 감정은 스며 있다.
　　그러면 이 시인에 있어서는 어머니가 구원의 여인상이라면 그 여인상이 어머니만을 나타내고 있는가? 그렇지 않다. 그 어머니는 고향과 불가분의 관계를 가지고 있다. 어머니는 고향에 계시고, 고향은 어머니가 계시는 곳으로, 이 시인에 있어서는 어머니가 곧 고향이라는 등식이 성립된다. 그런데 그 고향은 전라도도 충청도도 아니고 「지난 봄 이야기」에서 나오듯 "38선 이남이면서도 휴전 때 미수복지구가 된 고향"인 것이다. 그래서 이 시인이 가슴 아파하는 것은 휴전 후 어머니가 계시는 이북이 된 고향이다. 즉 한 핏줄의 민족을 둘로 갈라놓는 분단된 민족의 아픔이다. 그것을 누구보다도 더 뼈저리게 느끼는 것이 이 시인인 것이다. 그것은 모자의 생이별이라는 가장 가슴 아픈 것을 이 시인에 체험했기 때문이다. 그래서 모든 이산가족뿐 아니라, 뜻있는 우리 세대의 누구나가 가슴 아파하는 것을 이 시인은 누구보다 더 가슴 아파하고 있다. 그것도 지난 일로 가슴 아파하는 것이 아니라 현재에 당하고 있는 일로 가슴 아파하고 있다.

오늘날 근대화 물결 속에 물질적인 형편이 좀 나아져서 살기가 조금 편해지니, 대중들은 거기에 휩쓸려 우리 민족의 분단된 비참한 현실을 잊기가 쉽다. 이런 때 이 민족의 분단을 어머니와의 이별의 쓰라림으로 노래하고 있는 함 시인은 이 시대의 대변인이다.

(조운제趙雲濟)

3. 신간서평

시집 『눈 감으면 보이는 어머니』는 함동선 시인의 세 번째가 되는 시집이다. 함 시인의 시를 논할 때 동양적 사상을 바탕으로 한국적 정서를 감각적으로 처리한다는 특징에 의견을 일치한다.

　제3시집인 『눈 감으면 보이는 어머니』도 결코 씨의 시적 특징에서 예외일 수는 없다. 다만 씨의 관심이 환기시키는 고향에의 짙은 향수와 존재의 본질적 추구를 위한 서정 짙은 향수가 생의 향수, 인간본향에의 향수로 확대되면서 고향을 상실한 현대인의 메마른 비극적 현실을 촉촉이 적셔 주고 있음을 알게 한다.

　W. H. 화이트가 지적한 현대문명은 고향을 떠난 데서 비롯된다고 보는 현대인의 상실된 고향에 입각할 때 함동선 시인이 추구하는 사향思鄕에의 연가는 자칫 반문명적 또는 로컬적 범주를 벗어나지 못하기 십상이다. 그러면서도 『눈 감으면 보이는 어머니』가 현대인의 본향에의 연가로 확대되는 것은 무엇인가. 그것은 씨의 개인적 체험과 향수가 보편적 인류의 진실과 연관되어 있다고 볼 수 있기 때문인 것 같다.

　고향을 상실한 현대인, 그들의 비극은 고향을 등진 데 있기보다, 향방없는 방황에 있고 방황으로부터 안주할 고향을 갖지 못한 데서 비롯되고 있다.

　시인 함동선 씨의 고향을 그리는 수구초심은 확실히 고향을 잃은 현대인에게 위안이 될 것 같다.

　"스물여섯 해의 여름이 땀에 지워지는/ 내 이마에는/ 고향을 떠나던 달구지 길이 나 있어"라고 노래한 「내 이마에는」의 한 구가 이를 말해 주고 있다. 호마의북풍胡馬依北風, 월조소남지越鳥巢南枝의 사모곡인 『눈 감으면 보이는 어머니』는 우리에게 잃은 고향에의 안내를 해 줄 것 같다.

(박진환朴鎭煥)

4. 월평

산문시와 단상시斷想詩

근년 우리 시단에는 산문시를 쓰는 시인들이 많고 유치환柳致環 시인이 널리 실험한 단상시斷想詩의 가능성을 계속 추구하는 시인도 보인다. 유치환 씨의 시집 『동방의 느티』에는 '수상隨想 단장집'이라는 부제가 붙어 있다. 하늘·별·산·나무·구름·바람 등의 소재를 산문시와 단상의 형식 속에 취급하고 있다.

일정한 길이 속에 끈질긴 사유를 보여 주는 산문시가 있고 "어디로 향을 해도 거기 또 하나의 나의 자태여" 같은 구름을 그린 일행시가 있다. 한 가지 상황에 대한 인식의 순간들을 모은 「전선」에서 같은 작품이 있고, 길고 짧은 사색의 결과들을 모은 「단장」이 있다. "대장간의 즐거운 원시성" 같은 적절한 표현이 있는가 하면 "벌레가 과일 속으로 봄을 파묻고 들어가듯 그렇게 내가 장차 돌아갈 대지여" 같은 비유도 있다. 동시에 사변적 진술에 기울어진 단상도 있다.

> 광대무변廣大無邊한 천체중天體中 조그마한 제 궤도를 지켜 있는 지구란 얼마나 미소한 존재인가?
> 기독교적인 말세사상이 인간에 속한 이 작은 유성에 국한한 것이라 할지라도 인간의 업보로써 인간 아닌 지구 위의 일체 생물까지가 망멸(亡滅) 받으리란 사유는 부당하다.

시는 논리적 핵심과 구체적 세부의 결합으로 이루어진다. 그런데 유치환 씨의 사변적 순간은 종종 후자를 배제함으로써 추상적이거나 생경한 산문으로 떨어진다. 그러나 그의 단상들은 우주와 자연과 인생에 대한 사색을 자유롭게 제시하는 가능성을 보여주었다.

단상은 산문의 자유와 시적 압축의 양면을 포용하는 형식이라 할 수 있다. 최근 단상시를 발표하고 있는 김윤성金潤成 씨는 이 형식의 개괄성과 압축성을 지향하고 있다. 그의 시는 사물의 소묘에 인생론적 명상을 결합시키는 경향을 보여 왔는데 근년에는 사물의 존재성과 삶의 의미에 대한 통찰을 개괄적으로 표현하는 일에 기울어지고 있다. 이것은 이미지나 상황에 사상을 응집시키는 일로 나타난다.

함동선의 「지난 봄 이야기」(『시문학』 11월호)는 고향을 그리는 정을 역사적 문맥 속에 담은 산문시이다. 남북분단·한국동란·휴전으로 이어지는 삼십여 년의 세월을 돌아보며 망향과 분단의 아픔을 감동적으로 표현한다.

이 시는 세월의 흐름과 함께 분명히 깨닫게 된 분단의 비극성을 회고적 어조와 회화적인 스타일 속에 취급하고 있다. 전체적인 인상은 꾸밈없이 소박한 스타일 같지만 감정의 굴곡을 포착하는 리듬의 변화와 세심한 시어의 선택과 풍경과 심경을 표현하는 흥미로운 기법이 있다. "어려선 뭔 소린가 했는데", "그리곤 아무리 고향은 멀리서 생각하는 것이라도 말이다", "그렇지 그건 우리 역사의 아픔 때문이다" 등의 구절에는 곰곰이 생각하는 이의 자세와 어조와 깨달음이 있다.

이 시는 남북분단에서 시작하여 동란과 피란의 상황을 거쳐 미수복지구가 되어 버린 고향 이야기로 이어진다. 유장悠長한 회화체 문장에 의인법·이미지·비유를 적절히 이용한다.

겨울은 뒤꿈치가 다 달은 신발을 끌고 치악산을 넘어갔는지 머리칼도 안 보이는데, 봄기운을 말아 쥐고 논갈이나 하는 밭갈이나 하는 사람들

온밤을 새우며 한 방울씩 떨어지는 고장난 수도꼭지의 물처럼 난을 피해 예성강을 떠나오던 날의 뱃전을 치던 물소리가 되어 휴전이 된 지 25년

이 된 오늘에도 내 가슴에 떨어진다

고만고만씩한 애들이 고만고만씩한 웃음판 같기도 한 예성강 물에 비
친 고향 산둘레

첫째 인용구의 의인법은 그 자체로 흥미 있지만 봄기운을 말아쥔다는
힘찬 표현과도 어우러지고 있다. 또 계속하여 약동의 계절을 분단의 비
극에 대조시킨다. 둘째 구절의 이미지의 포갬은 피란 시의 현장감과 회
고의 아픔을 동시적으로 제시한다. 셋째 구절의 비유는 풍경과 서정을
융합시키고 있으며, 리듬의 완급으로 망향이 슬픔을 미묘히 표현하기도
한다. 함동선 씨의 산문시는 이처럼 산문의 자유를 지향하면서도 세부를
통어하는 다양한 기법을 보여 준다. 세부에 대한 계산과 언어구사력을
통해 전체적인 긴장을 잃지 않고 있다.

(이영걸李永傑, 『현대문학』, 1978.12)

5. 월평

그 나라 민족의 지적 수준을 측량할 수 있는 대상이 학문이라면 정신
의 높이를 판별할 수 있게 하는 것은 시와 종교이다.

그런데 정신의 높이를 느끼게 하는 동서양의 고전이나 우리나라의 작
품들 속에 한결같이 관류하고 있는 것이 있다면 그것은 낯설고 생경한
것이 아니라 또한 높은 지식과 학문을 가진 자만이 이해할 수 있는 난해
한 철학적 원리가 아니라 평범하고도 일상적인 우리들의 삶에서 대체로
느껴 온 것들이 거기에 있는 것을 볼 수 있다.

시가 학문과 다른 가치를 지니는 까닭도 과학적 발명이나 학문의 연구와 같이 인간의 어떤 부분, 자연의 어떤 일부만을 다루지 않고 항상 삶의 총체를 그 대상으로 삼고 있다는 점에서 파악되며 또한 시의 대상이 되는 일상적인 삶의 문제는 누구든 느꼈던 것이거나 혹은 어렴풋하게나마 감지하고 있었던 것들이 시인의 아름다운 상상력의 힘으로 재현되고 있다는 바로 그 점 때문이다.

이 해에 노벨문학상을 수상한 시인의 작품을 읽으면서 문득 강렬하게 떠오르는 생각은, 우리 민족이 함께 살아오면서 형성한 민족 공유의 정서와 지혜를 대표하는 우리의 시가 세계 어느 나라의 우수한 고전이나 현대시보다 결코 부족함이 없을 정도가 아니라 오히려 더욱 절실한 것이며 아울러 정신의 높이를 깊이 깊이 느끼게 된다는 사실이었다.

그러나 이러한 생각의 근거는 전혀 1970년대의 시에서 촉발되는 것이 아니라 분단기 이전의 1930년대 전후의 시인들에게서 더 유발되는 편이고 언어의 테크놀로지에 봉사하는 시에서가 아니라 삶의 총체적인 경험, 진실, 지혜, 아름다움을 전면적으로 수용하는 작품들에서 더욱 강렬하게 느껴지고 있다.

이 달의 시를 통해서도 그와 같이 '만들어진 시' 방법론에 지배당하고 있는 시보다는 굵고 절실한 경험과 우리들의 삶을 총체적으로 수용하는 경향의 시에서 더욱 깊은 공감을 얻게 된다. 가령 함동선의 「그리움」(한국문학)은 비교적 언어중심주의가 포에지를 만들어 내지 않고 포에지에 의해서 시의 언어와 선택이 이루어지는 것을 본다.

"고향의 초가집도 보이는 달구지 길도 보이는/ 귀뚜라미 소리"를 통해서 고향과 그리운 이들의 이야기를 쓴 함동선의 「그리움」은 감동을 주는 작품이다. 귀뚜라미 소리를 통해서 고향의 초가와 달구지 길이 보이게 하는 시각과 청각의 복합 감각도 교묘하지만, "그 귀뚜라미 소리에/ 뜨락의 꽃나무 그 꽃나무의 가지 하나 하나가/ 다리를 놓아 주듯 그렇게 세월이" 가고 나서 이제는 흰머리칼을 날리며 달 저편에서 손을 내민다는 고향과 연인의 이야기에 문득 실향 시인의 그리움과 고통의 의미를 헤아리게 한다.

(홍기삼洪起三, 『동아일보』, 1977.11)

시선집『함동선 시선』

1. 발문

시상詩象의 역설

겸허한 사람을 만나면 주변의 모든 것들을 겸허하게 한다. 사람이 겸허하게 된다는 것은 익은 열매의 비밀을 접할 수 있는 문턱에 이르렀음을 느끼게 한다. 시인 함동선 사백詞伯을 만나면 겸허한 얼굴을 만나게 된다. 그래서인지 이분의 시도 무엇보다도 독자를 겸허하게 한다. 정직한 마음새에서 우러나오는 시가 아니면 겸허하게 삶을 접하게 하지 못하는 법이다. 함 사백의 시는 겸허하게 삶을 접하는 비밀을 하나씩 매듭을 풀어 가듯 저미어 나아간다. 이는 함 사백의 시들이 어떠한 객기든 범접할 것을 용서하지 않는 데에서 가능한 시품詩品인 셈이다.

함 사백의 시는 직핍直逼하지 않고 우회하여 삶의 속을 접하게 한다. 이를 시상의 역설이라고 해도 될 것이다. 시 속에다 거창한 의미를 생으로 담아 두려고 시를 좁아들게 하지 않는다. 술술 풀려지게 상들을 엮어서 상이 되게 하고 모여진 상象들이 상想으로 옮겨지게 시행을 몰아간다.

시에서 상은 자연의 물색과 같아 홀로 있으면 그대로 있으나 상象들이 겹쳐지면 상像으로 변용하여 시정을 타게 된다. 그 시정에서 상想은 형성되고 그러한 형성이 시가 감추고 있는 시의 '메시지'일 것이다. 함 사백은 이러한 시의 '메시지'를 드러내지 않고 감추어 둔다. 이것이 시상의 역설인 셈이다.

과거로 돌아가기 위하여 함 사백은 시가 과거를 읊은 것은 아니다. 시에서 과거는 현재를 비추는 거울인 것처럼 현재를 돌이켜 보게 한다. 이와 같이 여기를 비추기 위하여 시에는 저기를 말하려고 한다. 시멘트의 건물과 아스팔트의 거리와 들끓는 군상들 사이에 얽힌 비리나 비정이나 부정이나 폭력이나 권력의 횡포 등을 모르는 것은 아니나 그러한 것들을 우회하여 옛날의 아픈 곳을 다시 찾아가 지금의 아픈 곳을 되비치게 하는 수법을 함 사백의 시들은 즐겨 운용하고 있음을 보게 된다.

현대의 시인은 삶이 즐거워 시를 짓는다기보다도 삶이 고행이어서 시를 짓는 편이다. 함 사백도 예외가 아니다. 그러나 다른 것은 현장의 삶을 향하여 분노하거나 주장하거나 저주하는 것은 시가 아닌 다른 것들이 할 수 있다고 믿어질 만큼 함 사백의 시는 담담하게 시상을 처리하여 간다. 함 사백은 누구를 설득하려 드는 시를 싫어하는 시인인 셈이다. 시는 사람을 설득하는 수단이 아니라고 함 사백은 확신하고 있음을 시들이 말하고 있다.

그리하여 시의 흐름이 맑고 시상이 돌출하지 않으면서 조調를 얻는다. 날카로운 날을 지닌 칼이 쉽게 물리듯이 날카로운 감각만으로 시를 처리하려는 근자의 시 경향과는 달리 정직하게 그리고 부끄러울 것 없이 삶을 향하고 삶을 대하게 함 사백의 시는 우리를 체험의 장으로 이끌어 간다. 이것이 함 사백의 시가 지니고 있는 매력인 셈이다. 이러한 매력은 맑은 마음새에서 가능한 것이요 겸허한 비밀의 삶에 애정을 간직해야 시상과 맞아드는 것이다. 함 사백은 이러한 만남의 비밀을 시로 보여 주고 있음을 목격하게 된다. 시인 함동선은 시를 이용하려 드는 시류의 모순들을 완강히 거부하는 시인임을 알게 될 것이다.

(윤재근尹在根, 1981.10)

시집『식민지』

1. 신간서평

중용의 시학

함동선 시인은 지난 30여 년 동안 여섯 권의 시집과 추사秋史를 전후한 이 땅 금석학 분야에 새로운 업적인 문학금석문집 두 권을 첨가하는 발자취를 보이고 있다. 대체로 일정한 기간을 두고 상재된 시집들은 그의 줄기찬 시정신을 말해 주며 최근에 발간된 시집『식민지』(청한문화사, 1986.11)는 60대를 바라보는 시인의 둔화될 줄 모르는 시심을 보여 준다.

그의 시를 지난 1960년대부터 비교적 친숙하게 접해 온 필자로서는 함동선 시학의 세계가 이제는 매우 낯익은 감화력의 차원임을 헤아리게 되지만 그로서는 확고한 포에지의 줄기차며 늠열한 양식화를 통해 여섯 권에 달하는 방대한 양의 작품 하나하나마다 완벽성을 거두고 있는 것이다. 시력이 오랜 시인의 경우에도 그의 시혼의 이완성 양식화의 조악함이 드러나는 경우가 있으며 시집들의 경우에도 독자의 감수성이나 그 자체의 부분적 결함 때문에 독자가 받는 감동의 기복은 있을 수 있다. 그러나 포에지의 일관성과 견실한 기법의 점진적인 확대를 꾀하면서 다각적인 노력을 기울여 오는 시인의 경우 그 시인에 대한 반응은 매우 호의적일 수밖에 없을 터이다.

함동선 시인의 경우이다. 그는 시적 세계관이나 기법 면에서 총체적 일관성과 함께 정중동의 변화를 꾀해 왔으며 그의 시학은 주지와 서정의 융합을 확고한 시법으로 신봉하면서 그 실천으로서의 양식화 작업을 지속해 오는 것이다. 그런데 그의 주지와 서정의 융합은, 그러나 최근 시집 『식민지』에 이르면 그가 꾀해 온 정중동의 변화를 보이게 된다. 여기 정중동이란 지적은 그가 1960년대의 탁월한 서정시론인 「서정시서설」, 『현대문학』 통권 111, 113호)과 같은 방대한 시론을 전개했음에도 그 방면보다 본업인 시작만을 거듭해 온다는 축학적 의미의 것이다. 여하튼 그가 이번 시집에서 성취한 정중동 변화란 무엇인가. 그것은 그의 주지와 서정의 융합이라는 종래의 시법이 '중용의 시학'을 거듭 낳았다고 말할 수 있다. 이 글의 의도는 최근 시집 『식민지』에 나타난 그의 중용의 시학을 새로운 관심의 각도에서 드러내 보이는 일이다.

함동선 시인의 일관된 관심은 자연사상에 대한 초월적 의미와 사상적 삶에 대한 서정으로 요약된다. 그의 이른바 주지와 서정융합의 시법인 것이다. 함동선 씨는 가끔 「38선의 봄」, 「오늘에 생각하는 일은」, 「바닷가에서」와 같은 산문시도 발표했는데 대체적으로 15행가량의 단시 속에 주지와 서정의 융합을 꾀한다. 기법 면에서는 회화체 가락에 정서적 리듬을 보탬으로써 육성적 어법과 단정한 양식화를 거둔다.

2. 「38선의 봄」은 지극히 정제된 어조로 은유적 의미의 실체를 추구한 전형적인 산문시이다

멸악산맥에서 큰 산줄기가 단숨에 달려오다가 38선 팻말에 걸려 곤두박질하자 넘어진 김에 쉬어 간다고 한쪽 무릎을 세운 치악산이 남과 북으로 나뒹굴고 있다 그 산허리께에 치마자락 펼치듯 구름이 퍼지면 월남하는 사람들의 걸음 따라 골짜기가 토끼걸음으로 껑충껑충 뛰어내리면 흰 더없이 흰 팔을 드러낸 예성강이 이제 막 돌아온 봄비 속의 산둘레를 비치고 있다 그 산둘레를 나는 지금도 비 오는 강물 속에서 건져 본다 서너 달한 이레를 지나서 이제 막 돌아온 산둘레를 건져 본다 해방이 되었다고 만세 소리로 들뜨던 산천 그 산천에 느닷없이 그어진 38선으로 초목마저 갈라지게 된 분단 그 분단으로도 부족해서 동족상쟁의 6·25동란을 겪고 휴전이 된 오늘에도 고향엘 못 가는 내 눈가의 굵은 주름살처럼 세월과 함께 슬픈 역사의 이야기가 소나무 숲에서 더 큰 소리 되어 돌아온다 나는 38선이남에 있는 고향을 바라보다 그러다가 이렇게 단 하나의 길을 걸어왔다 편안한 세월보다 뒤숭숭한 세월에 좋은 운 만나는 법이라는 어른의 말씀대로 여러 사람이 들먹거리는 데를 피하고 남이 가기 싫어하는 길목을 골라 서두를 필요도 기다릴 필요도 없이 나의 길을 걸어왔다 그러노라면 국운 따라 38선의 봄은 돌아올 것이라 믿고 오늘도 내 마음속에 자라고 있는 민들레 밭에 물을 준다

함동선 시의 대표적 주제인 분단의 비감과 에토스를 표현한 작품이다. 도입부 세 구문으로 봄비 속 38선의 장경을 제시하고 거기에 따른 화자의 어조가 점충하는 효과를 예비한 후 마지막 어구 '오늘도 내 마음속에 자라고 있는 민들레 밭에 물을 준다'는 주제의 완결감을 성취시킨다. 또한 처음 세 개의 구문에는 시각 이미지들을 다이나믹하게 파노라마로 조망시킨 후 전개와 결말부에서는 훨씬 완급한 호흡으로 시각·청각 이미지를 병치시킴으로써 주제 추구의 톤이 은연한 역동감을 자아내고 있다. 이 시는 계절(봄)과 역사의 회로를 통해 화자와 자연의 경계가 무화되

는 시간을 체험하고 있다. 그러면서도 장경場景을 파노라마로 주시하는 화자의 어조가 끝까지 에토스의 세계를 추구함으로써 시간(봄 또는 역사)과 자연(분단된)의 분별이 남게 된다. 요약컨대 계절과 역사의 회로를 에토스적 거리를 두고 바라보는 인식론적 태도이다. 파토스적 서정과 인식론적 태도의 이와 같은 중용적 자각은 분단의 비감을 다룬 함동선 시학의 전반적인 세계를 이룬다.

「38선의 봄」에 비해 「마지막 본 얼굴」은 에토스 대신 파토스에 경도한다. 사상에 대한 인식세계를 추구하기보다 현실에 침윤된 심경을 피력하고 있다.

> 물방앗간 이엉 사이로
> 이가 시려오는 새벽 달빛으로
> 피란길 떠나는 막둥이 허리춤에
> 부적을 꼬매시고 하시던
> 어머니 말씀이
> 어떻게나 자세하시던지
> 마치 한 장의 지도를 들여다보는 듯했다
> 한 시오리 길이나
> 산과 들판과 또랑물 따라
> 단숨에 나루터까지 달렸는데
> 달은
> 산과 들판을 지나 또랑물에 먼저 와 있었다
> 어른이 된 후
> 그 부적은
> 땀에 젖어 다 떨어져 나갔지만
> 그 자리엔 어머니의 얼굴이 보여
> 두 손으로 뜨면
> 달이 먼저

「38선의 봄」의 어차피 산문시가 지닌 완급한 리듬이나 구문과는 달리 「마지막 본 얼굴」은 보다 회화체적인 호흡과 행간의 여유를 지니지만 제 1연에 제시한 과거의 장경 묘사에 근거해서 2연부터는 삶의 간난艱難에 대한 심경 묘사에 치중한다. 따라서 첫째 연의 부적을 꼬매주신 어머니의 은혜로움에 대한 애상감이 최종 연에 이르러 더욱 심경적으로 완결되는 데에 기여한다. 2연의 '또랑물에 먼저 와 있었다'는 말은 지난 간난의 세월을 돌이켜보는 화자의 심경이 현재와 과거를 동시적으로 보고 있는 파토스의 이미지이다.

마지막 연에서는 급속한 회고적 자세로 부적의 상실감에다 어머니의 은혜로움에 대한 애상감을 보탠다. 그렇게 함으로써 최종 행의 인식론적 에토스 세계로의 전기를 마련해 놓게 된다. 그러나 엄밀한 에토스의 세계 대신 장경과 심경의 은연한 교체를 통해 이 시는 전반적으로 서정과 주지의 융합까지도 뛰어넘어 중용의 시학에 떠받쳐진 구조를 보이고 있다. 육친의 은혜로움을 상실한 삶의 삭막감을 표현하면서도 비탄에 떨어지지 않는 불편불기不偏不倚한 중용의 세계인식인 것이다.

「마지막 본 얼굴」은 이처럼 서정과 주지의 융합이라기보다 서정과 주지 어느 한쪽에도 기울지 않고 있는데, 주정 · 주지 융합과 중용의 세계인식은 함동선 시학의 양면을 이룬다.

3.

함동선 씨의 시집 『식민지』는 이런 시집들의 주된 관심이었던 자연의 초월적 의미 추구와 분단사상에 대한 에토스적 세계추구를 지속적으로 전개하면서도 새로운 시점과 항심을 보여 준다. 이러한 새로움은 지속적인 포에지에 내재한 창조적 충동으로 전화되어 은은한 인생론적 오의奧義에 도달하는 시로서 창출되고 있다. 이 글에서 앞서 살핀 작품들은 지속적 항심, 단정한 기법 에토스적 원숙함을 보여 주었지만 이번 시집의 새로운 징후는 시「도정道程에서」, 「단상」 등에 나타난다.

시「도정에서」는 함동선 씨의 시학이 줄곧 추구해 온 항심과 사상적 인식을 보다 분명히 한다. 수년 전에 토로한 글에서-『시문학』(1980년, 제5회「시문학상」 수상자의 시세계)-함동선 씨는 시의 주제를 '성장과 소멸 속의 자연이나 인간이 낳고 사랑하고 죽는다는 생ㆍ애ㆍ사는 시의 영원한 주제가 되고 있다'고 규정하고 시는 '자연을 노래하거나 인간의 생ㆍ애ㆍ사'를 노래함으로써 영원한 생명력이 있다고 말한다. 여기 말하는 '함동선의 자연'은 신성神聖의 그것처럼 변할 수 없는 영원성의 세계로서 사상과 인간본능을 뛰어넘는 시인의 정신의 시력과 항심력을 가리키는 말이다.

자연에 대한 사랑과 초월적 의식은 「도정에서」의 주제를 이룬다. 도입부의 삶과 자연의 관계는 우주의 비의를 문맥으로 하여 긍정한다.

키 작은 채송화의 체온일지라도
뜨락에 번지면
온 집안이 따스해지는 법이니
이 우주에는 바닥을 알 수 없이 깊은
우물이 있는가
자꾸 기웃거리며
흐린 날씨엔 운명을 예감할 만큼
많은 생각을 거미줄로 엮으니

인생은
서두를 필요도 기다릴 필요도 없는 것

　시의 전반에서는 '채송화'와 '우주'의 유한과 영원성을 대비하여 자연
과 인생의 관계를 다루지만 후반에서는 연속적 자연에로의 삶의 길이 도
약되는 자연과 삶의 동일성을 성취한다.

나날을 보내노라면
세월이 옥가락지를 만들듯
일엔 서두름이 없어야지
바람엔 초조함이 없어야지
눈을 꿈적 뜨고 감는 담수어모양
조용히 침묵하면
우리가 당긴 힘으로
해가 조금씩 기운다고 생각되는
사랑을 본다

　에토스적 이미저리마다 회화체의 리듬감이 두드러지고 전후반의 호
흡이 평명성을 유지하면서 주정이나 주지 어느 한쪽으로도 치우치지 않
는 중용의 시도가 암시돼 있는 것이다.
　이 작품에 비해 「단상」은 함동선 시의 전반적 추세인 자연 장경에 비
해 도시적 리얼리티가 강한 시상으로 문식文飾된 표현을 얻고 있다.

세월이 출렁이면
따라서 출렁이고
세상이 뒤집히면
함께 곤두박질하던

사랑이

오늘도

새로 깐 식탁보에

지워지지 않는 홈처럼 남아 있다

칠월의 박 쇠듯

더위에 착 까브라진 거리에 나서니

덕수궁 뒷담 길에서

동숭동 플라타너스 길에서

혹은 공원 벤치에서

만날 수 있으리라

날마다 키우던 한 그루 꽃나무가

가슴속 깊이 뿌리내리며 말한다

광화문 지나

가뭄 웅덩이에 올챙이 북적이듯 한

사람의 물결 속에서

손톱까지 커피물이 드는 종로 화신을 돌아

무교동에 이르렀을 때

신문 파는 아이의 팔에 낀 석간신문

갈피 사이로

네 머리카락이 보여

눈물이 있어야 무지개가 선다던

네 말이 들려

신문을 사 펴 봤더니

넌 간 데 없고

6 · 25 특집 기사가 크게

눈에 띈다

영원한 사랑의 인식과 존재의 신비를 사실성 있게 다루고 있다. 도입의 9행에서는 '식탁보에 지워지지 않는 흠처럼 남아 있는 사랑'을 다루다가 결말에 가서는 '신문'의 '6·25 특집 기사'를 다룸으로써 상상력의 확대와 인식의 놀라움을 깨우쳐 준다.

도입부 9행은 식탁보에 흠처럼 남아 있는 사랑의 정황을 파토스적 어조로 술회한다. 다음 기승전결의 승구문 8행에서는 그런 정황의 인생론적 의의가 제시된다. '가슴속 깊이 뿌리내리며' 말한다는 '한 그루 꽃나무'의 취급으로 이 부분의 정황은 영원한 사랑의 은유가 된다. 전결부의 '손톱까지 커피물이 드는' 정황과 '석간신문 갈피 사이로 보이는 네 머리칼', '눈물'과 '무지개'는 사랑의 파토스를 강조하는 통렬한 이미지이다. 영원한 사랑의 애상을 전혀 슬프지 않게 노래하는 이 시는 최종 2행에 또 하나의 정황을 첨가함으로써 사랑의 영속성에 대한 인식론적 의문의 여운을 준비하고 있다. '넌 간 데 없고/ 6·25 특집 기사가 크게/ 눈에 띈다'는 사실이 그것이다.

「단상」은 이처럼 세 개의 정황을 병치시킴으로써 삶의 리얼리티를 드러내면서 사상의 긴밀한 연관을 통한 상상력을 사랑의 애상과 영원성을 중용의 시학 안에 훌륭히 수렴하고 있다.

4.

시 「오늘에 생각하는 일은」이 보여 주고 있는 사상과 영원성 관련은 보다 분명하다. 삶과 죽음의 조건은 인생을 위요한 사상의 맥락이다. 사상은 서로 무조건적으로 연관돼 있으나 그것을 다 풀 수 없는 것이 인생이므로 죽음 또한 무조건적이며 철저히 해명될 수 없는 조건을 지닌다. 결국 영원과 악수하는 도리밖에 없을 것이 인간의 삶이라는 에토스의 세계를 인식론적으로 다룬 작품이 이 시다. 산문시로 된 이 작품의 첫 구문은 삶과 죽음 그리고 영원과의 연관을 거리의 이미지로 은유하고 있다.

> 어제는 사는 일에 너무 가까이 기대었던 터라 죽음이라는 거 그건 좀 떨어진 데서 영원이라는 거 그건 훨씬 멀리 떨어진 데서 확인할 따름이었다 그런데 오동잎 하나 떨어지는 것을 보면 천하의 가을을 안다던가 오늘은 홀로 떨어져 홀로 깨어서 뒤로 뒤로 흘러가는 시간과 시간을 따라 모든 거 모든 잡것까지 어디로 흘러간다는 걸 깨달았을 때 생명을 보는 거리는 아득하고 죽음은 가까이 영원은 바로 곁에 와 있더라

「단상」의 정황의 사실성에 비해 이 시는 보다 함축된 사유를 펼친다. 이 시의 주된 사상은 삶을 하나의 오동잎 떨어지는 것으로 본 두 번째 구문의 은유에 의거하여 '생명을 보는 거리는 아득하고 죽음은 가까이 영원은 바로 곁에 와 있더라'는 종지 구문의 진술에 종합돼 있다.

비교적 낯익은 사상이지만 우리의 마음속에 또 다른 생각을 유발시키는 시이다. 삶을 인식하는 행위(사상과의 거리를 두는)와 그로부터 깨닫는 일을 분명히 구분하고 있는 시인의 태도가 인상적인 것이다. '생명', '죽음', '영원' 등의 사상은 우리가 비교적 친숙한 낱말 같으나 그 하나씩의 의미는 엄청난 우주론적 의미를 지닌다. 이 우주의 기본적 사상들은 그러나 서로 간에 그리고 우리의 삶과 불가분의 관련을 맺고 있기 때문에 풀 수 없는 문맥 속에 드는 것이다. 그래서 파토스의 세계 인식으로는 도저히 이 문맥의 해명이 불가능하다. 에토스의 길밖에 없다.

종지 구문의 에토스적 해석이 가능한 또 하나의 대응하는 분절이 있다. '홀로 떨어져 홀로 깨어서 뒤로 뒤로 흘러가는 시간과 시간을 따라' 모든 사상이 '어디로 흘러간다는 걸 깨달았을 때'가 바로 삶과 죽음과 그리고 영원이 한 자리에 이웃해 있음을 인식하는 에토스의 시각이 열리는

때이리라. 이것은 중용의 세계이며 이러한 삶과 죽음과 영원의 어느 한 쪽에도 치우치지 않으려는 불편불기한 중용의 시학이 함동선 씨의 이번 시집 『식민지』에서 발견되는 새로움으로 보여진다. 더불어 "분노는 때에 따라 도덕이며 용기"라고 갈파한 아리스토텔레스나 "거룩한 분노는 종교보다 깊다"고 노래한 수주樹洲도 있듯 휴머니즘에 바탕한 민족분단 문학을 향해 가는 함동선 문학의 또 다른 분노의 포에지를 기대해 본다.

(이수화, 『詩文學』, 1987.6)

5. 신간서평

역사의식과 순수 서정의 심화

함동선 시인이 시집 『식민지』를 내놓았다. 시력으로도 이제 30년이 넘는 터이요, 상재된 시집으로도 1965년의 처녀시집 『우후개화』 이후 여섯 번째가 되는 시집인 것이다. 그의 시력으로 보나 연배로 보나 명실이 우리 시단의 중진일 뿐 아니라 작품으로도 이제 완숙의 경지에 이르고 있음을 이 시집이 말해 주고 있다.

작품에 대해서는 함 시인 자신의 자서에서 그의 현대시에 대한, 기본적인 생각을 밝혀 주고 있을 뿐 아니라, 시집 말미에, 발문이란 형식으로 쓴 문덕수 시인의 「함동선론」이 있어, 이 시인의 시가 대체로 어떠한 바탕에서 이루어지고 있는가를 알려주고 있다.

함 시인은 이 시집의 자서에서 한국의 현대시의 존재양식이란 한국의 고전시의 맥락 위에다 서구시의 수용에서 이루어져야 한다는 뜻을 밝히고 있다. 다른 말로 표현하면, 한국적 역사의식을 내포한 전통적인 정신의 바탕 위에 외래시의 형식적 장점을 수용한 시를 지칭하고 있다고 볼 수 있다. 이러한 생각은, 그의 즉전卽前 출간의 『함동선 시선』의 자서에서도 '국적 있는 시'와 '응축된 언어'를 강조한 바 있거니와, 그의 그러한 생각은 이번의 자서에서도 '고전시의 맥락'과 '외래시의 수용'이란 말로 바꾸어 놓았다고 보아진다.

이러한 말의 내용들로 하여 알 수 있는 이 시인의 시관의 바탕이란 한국적인 전통사상의 정신적 기반 위에 서구시의 방법론을 도입 접합한 데서 이루어지고 있음을 말해 주고 있는 것이다.

시집 『식민지』는 크게 세 부분으로 나누어지고 있거니와, 이 분류 또한 이러한 시관을 바탕으로 하여 분류한 것으로 보인다. 곧 제1부가 「식민지」이고, 두 번째가 「절터를 지나가노라면」이며, 제3부가 「모든 형체는 서로 엉키어 흐른다」로 되고 있다.

제1부의 「식민지」에서는 작품 「식민지」를 비롯한 11편이 수록되고 있거니와 이들 작품 중 「식민지」는 일제하의 상황을 시화한 것이요, 「그 날의 감격」은 광복의 감격을 노래한 것이다. 이 두 편의 작품은 그의 역사의식을 노래한 것이라면 나머지 8편은 한결같이 분단의 아픔을 노래한 작품들이면서, 이것 또한 역사의식의 소산이라고도 할 수 있다.

함동선 시인의 의식 속에서는 이 분단의 아픔이란 남다른 아픔이었음을 우리는 알 수 있다. 그의 고향이 황해도 연백이어서 원래는 38선 이남에 위치하고 있었던 것이나, 6·25동란으로 그 고향에 어머니와 친족들을 두고 남하하였던 곳이니, 지금은 미수복지구로 되고 있는 것이다. 이러한 그의 체험은, 단절의 아픔이 남달리 강한 원인심상이 되고 있는 것이다. 분단의 아픔을 노래한 8편에서 '분단', '피란', '고향', '어머니'란 용어만은 작품마다 거의 빠뜨리지 않고 찾아볼 수 있음은 이 시인이 분단의 아픔을 얼마나 아파하고 있고 분단으로 하여 두고 온 고향과 어머니에 대한 그리움이 얼마나 간절한 것인가를 보여 주고 있는 것이다. 이러한 단절심상은 국토분단이라는 이 단절시대를 살고 있는 우리 민족 모두의 아픔으로 상승확대되고 있음을 이들 작품의 음미에서 확인할 수 있다.

제2부 「절터를 지나가노라면」에는 작품 「절터를 지나가노라면」을 비롯한 10편의 시가 수록되고 있다. 이 제2부에는 지금까지 우리 독자들이, 이 시인을 인식하고 있는 특징적 경향인 순수서정의 심화과정을 가장 잘 들여다보이는 시편들이 수록되고 있다. 여기에서 이 '한국의 전통적 서정시인'의 면모를 여실히 보는 듯하며, 그의 시편에서 돋보이는 '응축된 언어'로서의 신선하면서도 농도 짙은 형상화의 언어세계를 발견하게 되는 것이다. 가령 제2부 표제와 동명의 작품 「절터를 지나가노라면」 한 편을 보더라도 이는 미당未堂의 「국화 옆에서」를 옆에 놓고 읽고 싶은 작품이라 할 만하다.

제3부 「모든 형체는 서로 엉키며 흐른다」에는 표제와 동명의 작품을 비롯한 10편이 수록되고 있거니와 여기의 시편들은 제1, 2부와는 달리 생활의 현장에서 자연발생적인 시적 충동에서 이루어진 작품이라기보다는 생활의 어떤 고비에서 의도적으로 쓴 작품들인 것으로 보인다. 우리의 일상생활에는 우리의 삶의 본질과는 참으로 무관한 듯이 보이는 사건과 형체와 인정들의 단편이 있다. 이들 단편들은 그 단편들을 놓고 볼 때도 우리의 삶의 본질과는 무관한 것처럼 보이나 이 단편의 부분들이 시간과 공간 속에서 서로 엉키어 흐르는 흐름 속에서 우리의 삶의 참모습을 발견하게 된다. 이 시인은 이러한 단편 중 참으로 귀중하다 싶은 것들을 골라 시로 남겨 놓았다. '순간과 영원', '어제와 오늘과 내일'의 의미를 다시 더듬게 하는 감동을 준다.

함동선 시인은 지난날의 한때, 제주대학에서 강의를 하던 시절이 있어 제주 사람으로서는 아주 친숙감을 주는 시인이다. 부인 손보순 여사와 함께 부부 시인으로도 알려지고 있다. 신간 시집 『식민지』는 조용하고도

나지막한 음성과 지극히 조탁된 언어를 가지고 있는 이 시인 특유의 시세계를 잘 보여 주고 있는 사화집이라고 하겠다.

(양중해, 『제주대신문』, 1987.3.30)

6. 신간서평

시와 체험

우리는 흔히 생각하기를 시를 쓰는 데 있어서는 경험보다는 에스프리가 크게 작용하는 것으로 알아차리고 있다.

즉 남보다 뛰어난 정신이 시를 쓰는 데 있어서는 무엇보다 큰 힘이 되고 있는 것이 아닌가 하는 생각들을 하고 있는 것이다.

그러나 이것은 시를 피상적으로 살펴본 것에 지나지 않다는 것을 독일의 시인 릴케도 일찍이 말한 일이 있다.

그의 명작으로 꼽히는 『말테의 수기』에서도 이렇게 말하고 있다.

"시란 사람들이 생각하고 있는 것처럼 감정이 아니다. 만약에 감정이라면 연소年少했을 때 이미 넘쳐나도록 갖고 있지 않으면 안 된다. 시란 정말은 경험인 것이다."

이것은 젊었을 때는 누구나 시를 생각하고 습작시 한 줄 안 써본 젊은 이가 있겠느냐는 식으로 시를 안이하게 생각해 온 데 대한 무거운 부정의 말이기도 한 것이다.

그것이야 어쨌든 경험이 시에서 차지하는 비중이 크다는 것을 지적하는 것은 따지고 보면 하나의 상식에 지나지 않은 것이다.

다만 이 경험이라는 것도 막연한 일상경험과 혼동해서 생각한다면 그것은 아무런 뜻을 갖지 않게 된다.

여기에서의 경험이란 우리의 생활에서 얻어지는 감동 가운데 문학적인 표현으로 승화시킬 수 있는 차원 높은 경험을 말하게 되는 것은 설명이 필요없을 것이다.

그러니 그것이 막연한 생활의 반추가 아니라 생활의 비판이 반드시 따라야 할 것이다.

과연 자신의 벅차고 뜨거운 감동이 객관적인 것이고 지나친 자기도취의 것이 아닌가 하는 비판은 물론이거니와 그것을 표현에 옮기는 데 있어서도 냉정하고도 신중한 태도—이러한 과정이 시와 체험의 관계로 이루어져 나가는 것이 아닐까 생각한다.

이러한 상념을 머리에 떠올리면서 이달에 여러 지면에 발표된 시작품을 살펴보았다.

다음에는 함동선이 『한국문학』 9월호에 발표한 「보리누름에 와 머무는 뻐꾸기 울음은」을 살펴보자.

> 보리누름에 와 머무는 뻐꾸기 울음은/ 절겅절겅 북간도 가는 기차 소리가/ 휘저어 놓은/ 외삼촌의 한숨으로 머뭇거리다가/ 주르르 어머니의 눈물로 흐르다가/ 일제히 보리 바람이 불기 시작하면/ 은박지 구기는 소리를 내는/ 내 생일 달인 음력 5월에 쓸쓸한 옛날같이/ 나이 들어 가면서 더 절실해지는 것은/ 미루나무가 치마처럼 둘러 있는 보 둑에/ 질긴 질경이 꽃빛이 다 된 우리 조상의 한풀이가 자갈밭을 달려온 달구지 쇠바퀴만큼이나/ 뜨끈한 눈길을 주기 때문이다

이 시는 전원의 풍경을 머리에 떠올리면서 그것은 다만 하나의 낭만이나 꿈이 아니라 피맺힌 지난날 우리가 걸어온 길을 다시 생각하게 해 주는 애절한 상념을 담고 있다.

역시 여기에서도 무엇보다 내세워져야 할 것은 시와 체험의 문제다.

많은 우여곡절과 감고#苦를 겪어 온 사람이 아니고서는 보여 줄 수 없

는 시의 세계를 '보리누름에 와 머무는 뻐꾸기 울음'을 나타내 주고 있다.

또 그것은 노련하면서도 빈틈없는 표현으로 보리누름의 이미지를 차근차근 그리고 있다.

지난날 일제 식민지 아래의 어두움 속에서 우리 조상이 겪어야 했던 쓰라림의 회상, 그리고 그것을 돌이키며 살아가는 우리들의 모습을 함동선의 시는 '보리누름'이라는 하나의 이미지 속에 선택하면서도 강렬하게 표현하고 있는 것이다.

(신동한, 『월간문학』, 1980.10)

시집 『산에 홀로 오르는 것은』

1. 신간서평

함동선 시인이 1965년 첫 『우후개화』를 상재한 지 27년 만에 일곱 번째 시집 『산에 홀로 오르는 것은』을 출간하게 된 것은 여러 가지 면에서 뜻있는 일이라 하겠다.

무엇보다도 함동선 시인은 이 시집 첫머리에서, "글을 쓰는 일은, 사람이 살아 있음을 확인하는 작업이다"로부터 출발하여, "쓰지 않으면 견딜 수 없을 만큼 무서운 욕망이 일어날 때 쓴 글이 진실한 글이다"라는 시 창작 동기를 밝힌 다음, 나이가 들어도 시 쓰는 일이 어렵기 때문에, "오늘도 '사람이란 무엇인가', '사람은 어떻게 살아야 하는가'의 물음을 하면서 더 좋은 시를 쓰기 위해 최선을 다하고 있다"는 현재의 자기 자신의 정신적인 자세를 피력하였다.

이런 정신을 밑바닥에 깔고 쓰여진 것이 함동선 시인의 시라고 한마디로 잘라서 말할 수 있다.

가령, 「산행」이나 「산에 홀로 오르는 것은」은 산에 의탁해서 시인 자신의 마음밭을 토로한 작품이기 때문이다. 산에서 겸손을 볼 뿐만 아니라, 정상에 오래 머물 수 없으므로, 더 어렵고 힘들게 산길을 내려오는 시인은 다시 정상을 "서둘지 말고 욕심 부리지 말고 게으르지 말고 한 발씩 한 발씩 오르는" 것이다. 이것이 곧 함동선 시인의 마음가짐이요 자화상이다. 그 이상의 것도 아니요, 그 이하의 것도 아니다.

봄비와 산수유꽃과 흙냄새, 여름밤의 나뭇잎 소리, 가을 노을과 단풍진 절벽, 겨울과 회오리바람과 개울물 소리─이 변함없는 모든 것들이 곧 함동선 시인이라는 등식을 기점으로 해서 그의 모든 시가 출발한다. 그렇기 때문에 그의 시에는 옛 모습 그대로의 고향 마을을 비롯해서, 고향의 산천초목이, 그리고 할아버지와 아버지와 어머니와 형님이 등장한다.

한마디로 말해서, 삼팔선이 있기 때문에 한국전쟁이 일어났고, 이 6·25라는 것이 일어났기 때문에 휴전선이 그어졌는데, 바로 이러한 것들 때문에 시인 함동선은 늘 두고 온 황해도 연백군 해월면 해월리 해월동 동구 밖을 못 잊어 하는 것이다. 그리하여 그는 "가는 사람 붙들지 않고/ 오는 사람 막지 않는다는/ 절이 어디쯤일까" 하면서 안타까워한다.

마음속으로는 분명히 그 분계선을 흘려보내고 또 흘려보냈음에도 불구하고 끝내 흘려보내지 못한 현실을 응시하면서, 함동선 시인은, 깊은 밤의 어둠은 새벽의 밝음이 가까워졌다는 증거임을 깨닫고, 마침내 울음을 터뜨리기 시작한다.

진정 이 뼈아픈 통곡은 오직 울음 그것으로 끝나는 것은 결코 아니다. 그것은 "녹슨 철로를 따라/ 남과 북을 오고가면서/ 양지 바른 곳에 내려앉는" '새'가 되었으면 하는 하나의 비원이기도 하고, 임진강 가에서 녹슨 휴전선이 푸설푸설 떨어져 내리기를 열망하는 슬픈 목소리이기도 하며, 동시에 다 바랜 부적 주머니로 말미암아 어머니 말씀까지 상상해 보는 늙은 자식(함동선 시인 자신)의 눈물이기도 한 것이다.

이에 다음과 같은 말로 이 서평을 마무리싯기도 한다.

너와 나는 헤어진 게 커다란 실수였기 때문에, 삶에 모자람이 없도록 죽음을 완성하기 위해서, 우리 둘이 만나 한꺼번에 눈물을 쏟으면 예성 강이 넘칠지도 모르는데 말이다.

(김상선, 문학평론가, 중앙대학교 명예교수)

2. 신간서평

고향을 향한 애절한 연가

함동선 시집『산에 홀로 오르는 것은』은『우후개화』(1965) 이후『꽃이 있던 자리』(1973)『눈 감으면 보이는 어머니』(1978),『식민지』(1986),『마지막 본 얼굴』등에 이어 다섯 번째 시집이다.

전 57편의 작품이 4부로 나뉘어 수록되어 있는데, 제3부에 실려 있는 기념시들과 기행문적 성격을 띤 몇 편의 작품들을 제외한 나머지 대부분의 작품들은 일관된 한 서정의 맥에 뿌리를 두고 있다. 사실 이 서정의 맥은 이 시집에서 비롯된 것이 아니라 그의 과거 전 시집들을 관통하고 있는 도도한 강물의 한 줄기라고 할 수 있다.

이 서정의 강은 고향을 향한 치열한 그리움 곧 망향의 정이다. 고향에로의 회귀 의지는 모체에 대한 그리움과 바탕을 같이하고 있는 생명체의 원초적 본능이다. 그렇기 때문에 고향 상실은 곧 모체 상실의 비극성을 지닌다. 그런데 그 고향 상실이 물리적인 외부의 힘에 의하여 강압적으로 이루어졌을 때 그 아픔이 얼마나 가열할 것인가. 함동선 시인의 비극적 연가는 여기서 시작된다.

보름달이 뜨거나
음식 투정을 할 때거나
또 삼팔선 이야기 들을 때
저 고향 산천이 비단 무늬와 같이
선명하게 떠오르는구나

―「산에서」에서

달맞이꽃이 핀 간선幹線 둑이
어릴 적 그대로 걸어온다

―「어느 날의 일기」에서

이 세상 단 하나 어머니의
영상을 담고
내 가슴으로 흐르는
예성강이 스친다

―「가을 사설」에서

꿈속에서나마
고향에 가서 자고 돌아온 아침은
밤새 쌓인 눈으로
온 세상이
웃자라고 있다

―「춘3월」에서

    강이나 산 같은 자연을 대할 때도, 바뀌는 계절을 맞을 때도, 달만 보아
도 고향 사투리를 듣거나 음식을 먹다가도, 아니 꿈속에서조차 고향은
늘 시인과 함께 있다. 고향은 24시간 시인의 내면세계를 지배하는 극복
될 수 없는 비극적 과제다. 그 비극성의 정도를 시인은 다음과 같이 노래

하고 있다.

> 평생에 못 흘린 눈물 저승까지 가지고 갈 것 뭐 있겠어
> 우리 둘이 만나 한꺼번에 쏟으면 예성강이 넘칠지도 모르는데
>
> —「너」에서

> 아들과 함께
> 무릎을 접고 엎드리면
> 쌓이고 쌓인 사연이
> 머릿속 아주 먼 곳에서
> 우레소리로 들려온다
>
> —「성묘」에서

　그 슬픔의 눈물은 예성강을 넘치게 만들고, 한恨의 적재는 우레소리로 시인의 내부를 흔들고 있다. 그러나 이 비극은 개인의 힘으로는 극복될 수 없는 국토분단의 역사적 장벽 속에 갇혀 있다. 그래서 때로는 망연자실, 자유롭게 날아다니는 새들을 바라보며 마음을 달래기도 하고 흐르는 세월을 두고 안타까워도 한다.

> 새들은 녹슨 철로를 따라
> 남과 북을 오고가면서
> 양지 바른 곳에 내려앉는다
>
> —「새가 있는 풍경」에서

> 고향을 떠나 살아야 할 팔자라
> 이때껏 세월을 매어 놓았는데도
> 내 이마의 주름을 밟고

가을이 오누나

―「10월」에서

그러나 시인의 의지는 좌절하지 않고 일어선다. 불에 데인 상처처럼 아픔의 자국으로 남아 있는 고향길을 이제는 더 막을 수 없다고 절규한다. 어떻게 더 혹독스러운 시련이 가로막을지라도 간절한 염원은 마침내 고향에의 길을 트고야 말 것이라는 신념 속에 들어선다.

사람이 다니는 데로 길을 내야 한다
잊으려 돌이질해도
불에 데인 자국같이 더 선명해지는
고향길을
더는 막을 수 없다

―「홰를 치는 첫닭의 울음소리로」에서

이제 가위쇠 같은 휴전선의
무성한 숲이 모두 칼이요
나무가 군인이라 해도
지성이면 감천이라고
모든 일이 다 문일 것이다
모든 곳이 다 문일 것이다

―「오래 사는 게 이기는 길이다」에서

함동선의 시인의 실향 회복에 대한 이러한 절규와 신념의 노래는 개인의 것을 넘어 이 시대의 역사적 아픔과 함께하고 있기 때문에 더욱 공감을 불러일으킨다고 하겠다.

(임보, 시인, 충북대학교 교수)

시선집 『짧은 세월 긴 이야기』

1. 신간서평

아픔의 아날로지

김춘수 시인은 필자의 시집 『슬플 때는 거미를 보자』(시문학, 1993)의 서문에서 다음과 같이 말한바 있다.

> 아픔은 누구에게나 있다. 잊고 있던 상처가, 실은 아물지 않은 그 상처가 가끔가끔 들쑤시기 때문이다. 그게 바로 누구나의 삶(인생)이 아닌가 하고 예사롭게 말한다면 그것은 너무나 상투적인 소리가 되리라. 그런 따위 달관에 주저앉아 버리거나 뭔가 체하는 운신을 하지 못하는 사람이 있다면 그가 바로 시인이다. 그럴 때 그는 자기 나름의 아날로지를 발견하게 되고 자기 나름의 어법과 화술을 익히게 된다. 이리하여 시인은 누군가가 말했듯이 그 시대 문화(아픔)의 표정을 선연히 지어 보이는 사람이 된다.

이 글을 처음 읽은 순간의 필자의 마음속에는 김춘수 시인의 저 유명한 『처용단장』의 한 구절 '탱자나무 가시에 찔린/ 서녘 하늘이 내 옆구리에/ 아프디 아픈 새 발톱의 피를 흘리고 있었다'가 떠오르고 있었다. 그것은 그 심상이 아픔의 아날로지이기 때문이었다.

그 후 사오 년이 지난 지금 다시 그 심상이 필자의 마음속에 떠오른다. 그것은 함동선 시인의 시집 『짧은 세월 긴 이야기』(1997) 때문이다. 이 시집의 서문에서 함동선 시인은 다음과 같이 말하고 있다.

> 휴전 직전의 일로 생각된다. 강화도에 일이 있어 갔다가, 미군 탱크부대에 들러 포대경으로 고향을 본 일이 있다 (중략) 마을 동쪽 끝에 있는 내가 살던 집을 보고 있을 때, 마침 대문으로 흰옷 입은 분이 드나든다. 어머니다 싶으니 눈물이 왈칵 쏟아져 포대경을 흐리게 한 일이 있다. 그 어머니께서 올해 103세이시다. 6남매 중 막둥이를 떠나보내는 어머니께서 '잠깐일 게다' '네들이나 횡하니 다녀오너라'고 하신 말씀이 목에 메인다. 그리하여 50년의 이별 그리고 긴 이야기는 어깨를 짓누르는 아픔이 되었다.

이 아픔이 '탱자나무 가시에 찔린/ 서녘 하늘'처럼 필자의 '옆구리에/ 아프디 아픈 새 발톱의 피를 흘리고 있다.' 이제 함동선 시인의 아픔은 그 혼자만의 아픔이 아니라 필자의 아픔이 되었다. 그 아픔이 어찌 필자만의 아픔이랴. '싸움을 말리는 척 편역을 드는 척하다가/ 주인을 몰아내고 안방 차지했던/ 지난날 강대국의 행적이 역사로 남아 있는/ 휴전선 비무장지대'(「제3땅굴에서」 일부)의 남과 북에 찢어져서 흩어져 있는 우리 민족 모두의 아픔이 아니고 무엇이랴.

함동선 시인의 시집 『짧은 세월 긴 이야기』에 실려 있는 시들의 대부분은 이 아픔의 아날로지로 이루어져 있다. 다음 시는 그중의 한 편이다.

> 더 이상 북쪽으로 달리지 못하는 기차의 모습이
> 자꾸 눈에 밟혀 와
> 황해도민회 가는 걸음이
> 바위를 매단 듯 무겁기만 하다

넌닉이라노 한없이 낮게 만늘어야 하는 우린데

어제 땅굴을 보고 나니

나에게 가까운 거리가 너로부터 먼 거리인가

휴전선의 풀잎 하나하나가 모두 칼이구

돌덩이 하나하나가 모두 대포구나

망향의 제단에 와서 분향하는 이 불행을

멀리멀리 물리려 하느니

차라리 이 불행을 데리고 살아야지

한강공원에는

날이 저물고 밤이 되고 날이 샐 때까지

앉아 있겠다는 실향민들이

밟아도 밟아도 푸르러지기만 하는

질경이처럼 돋아 있구나

              ─「황해도민회 가는 길에」 전문

　훗날, 분단시대의 우리 민족이 어떠한 삶을 살았느냐고 누가 묻는다
면, 필자는 이 '아픔의 아날로지'를 보여 주고 싶다.

                          (김두한,『시세계』, 1998 봄)

2. 신간서평

체험의 발화와 거리의 조정

　시인에게 삶의 체험은 좋은 시적 제재가 된다. 그것은 지나친 감정 발
로의 표현이 아니라 절제된 형식에 의해서 다듬어졌을 때 좋은 시가 되
는 것이다. 시집『짧은 세월 긴 이야기』에서는 시인의 분단 경험이 절절

이 배어 있다. 50여 년 동안 그리워한 어머니, 돌아갈 수 없는 고향, 이러한 아픈 체험은 시인으로 하여금 감정에의 함몰로 치닫게 하여 거리조정을 힘들게 할 수도 있다. 그러나 함동선 시인은 개인의 불행한 과거사도 사회적 상상력으로 폭넓게 전환하는 시적 경험과 시적 연륜을 가진 분이다. 그는 형식화된 감정을 시에 제대로 투사할 줄 아는 시인이다. 전쟁과 피란, 분단을 직접 체험한 이로서의 아픔을 객관적인 시선과 관조적인 자세로 들려주는 것은 결코 쉽지 않은 일이다. 그것은 역사의 아픔이기 전에 자기 감상에 빠질 수 있는 시적 소재이기도 하기 때문이다.

모든 문학과 같이 시는 언어라는 매체로 이루어지는, 실제적이든 상상적이든 체험의 질서화이며 형식화이다. 이런 점에서 사실 어떤 시도 자발적이 아니다. 시인에게 언어는 개인적이면서도 사회적이다. 그리하여 내적 표현적 충동과 외적 시 형식 사이의 알력은 불가피하게 창조 과정의 한 부분이 된다. 시의 형식적 언어가 시인의 원초적 감정에 압력을 가하는 것이 그 본래의 특징이다.[1] 따라서, 시에서의 거리조정이 중요시되는 것이다.

시집 『짧은 세월 긴 이야기』에는 분단 역사의 아픔, 고향에 대한 그리움, 황혼의 뒤안길에서 인생을 반추하는 이야기들로 구성되어 있다. 1, 2부에서는 분단된 땅과 어머니와 고향에 대한 그리움이 주조를 이루는데, 시인의 아픔은 분단 사회의 것이요, 우리들의 것이기에 강한 울림을 준다. 우리의 영상매체에서 이산가족이 만나 얼싸안고 울부짖을 때 함께 눈물을 흘리고, 아파했던 경험이 있다. 이 시집에서는 영상 언어가 문자 언어로 대신하여 우리의 가슴을 울린다. 그 이유는 시인의 감정 발화가 직접적이지 않고, 객관적 상관물에 자신의 감정을 잘 이입해서 들려주기 때문이다.

---

1) 김준오, 『시론』, 삼지원, 1994, 261쪽.

시간이 멈춘 곳
정적이 깻잎처럼 재어 있다
기찻길이 끊어진 저 너머에는
핏빛 풀이 우거져 있는 것 같다
역광으로 뻗은 길을 옆으로 자르고
철새들이 날아간다
기둥만 남은 로동당 당사에
바람이 구름의 그늘을 벗기자
널따란 판자처럼 내려오는 하늘을
한 장의 흑백사진으로 찍는다

　　　　　　　　　　　　　　－「비무장지대－철원」 전문

　깻잎처럼 재어져 있는 정적, 끊어진 기찻길, 핏빛 풀로의 이미지 전개는 비무장지대의 고즈넉한 풍경을 섬세하게 보여 준다. 시간이 멈춘 곳에는 햇살도 역광으로 뻗어서 길을 자른다. 그 길을 지켜보는 관찰자의 심정은 날아가는 철새를 통해 간파되어진다. 철새들은 자유롭게 왕래 가능하지만 인간만이 이동하고 교차될 수 없는 길이 바로 비무장지대인 것이다. 기둥만 남은 로동당 당사, 널따란 판자처럼 내려오는 하늘, 한 장의 흑백사진은 다시금 황량한 전쟁터의 모습을 상기시키면서 여운을 남긴다.
　인간은 유년, 청년, 장년, 노년을 거치며 성장하고 변해 간다. 엊그제 만난 친구가 벌써 정년을 맞이하여, 흰머리를 나풀거리며 서로 만나게 될 때의 정감은 어떤 것일까. 다음 시에는 과거에 대한 회상과 우정을 차분한 어조로 들려주고 있다.

겨울 한철을 머리에 이고도
그는
무성한 여름 숲으로

나이의 무게를 편하게 들어 보이며

언제나 밍근한 웃음을 지어 보인다

일찍이 어둠의 그늘이었던 빛과

그 빛에 묻히던 어둠들을

하나의 구도로 이해하기 시작한 것은

대학생이었을 때인가

아니 그 전인가 보다

많은 사람들이

큰사람 될 거라 하더니

사방천지 발 안 닿은 데 없을 만큼 이름 새기고

정년이란다

오늘 그와 함께 자주 들렀던 무교동 맥주집을

징검돌로 밟으며

바람이 떼지어 빠지는 골목을 돌아

카페 「마지막 잎새」에서

섬처럼 떠간 그는

무슨 집짓기를 시작할 것인가

천정의 네모꼴 꽃송이가 되어

사방으로 이어지는 장판을 내려다보며

생각할 것이다

흐르는 물엔 두 번 발을 담글 수 없다

밝은 바람뿐이다

- 「친구의 정년」 전문

이 시집에서는 대부분이 짧은 비연시로 구성되어 있는데, 「친구의 정년」은 다른 시들에 비해 무척 긴 시이다. 정년을 맞이한 친구에게서는 쓸쓸함이나 무상함보다는 오히려 무성한 숲을 발견하게 된다. 나이의 무게를 자연스럽게 드러내 보이는 여유로움과 관조적인 태도에서 위안을 얻는다. 추위를 막을 수 있는 집을 여태 지어 온 그는 비록 섬처럼 떠가는 것 같으나 새로운 집짓기를 시도한다. 정년에서 인생의 귀로가 정해지는 것이 아니라 다시 새로운 길을 찾아가는 것이다. 가로 세로 쳐진 네모칸의 장판에서 발견하는 꽃은 지난 과거의 결실이요, 아름다움의 상징이다. 흐르는 물엔 두 번 발을 담글 수 없지만 두 번의 인생을 경험하게 되는 기점이 정년이 아닐까.

> 가을 끝이 보이는 구름은
> '나는 인자 어뜨케 살꺼나
> 너도 없는 세상 어뜨케 살끄나'
> 하는 소리의 한 대목으로
> 과수댁 쪽마루에 드러눕지만
> 만주 벌판의 가마귀 떼가 몰아오는 바람에
> 그것도 부엌문으로 쫓겨
> 뒷동산 나무꾼이 쉬었다 가는 양지에 두 손을 담근다
> 전생에 잠 못 자고 죽은 귀신에 씌웠나
> 어슴어슴 몰려오는 졸음에서 된서리 오는 소리가
> 아까보다 더 많은 기러기가 되어
> 남쪽으로 날아가면서
> 기럭기럭 기러기의 날갯짓을 따라
> 낮달을 가리기 시작한다
>
> — 「가을 끝이 보이는 구름은」 전문

가을 끝이 보이는 구름, 과수댁, 가마귀 떼, 된서리, 기러기로 이어지는 시상 전개는 쫓겨난 자의 설움과 죽음 이미지를 드러낸다. 시적 자아인 과수댁은 전통적 설움과 민족의 한을 지닌 인물로서 이 시 끝에서 기러기로 비유되고 있다. 만주 벌판의 가마귀 떼는 1·4후퇴를 가져온 중공군

의 상징화이다. 그들에 쫓겨 한평생 편안한 잠을 잘 수 없는 과수댁은 졸음 속에서도 된서리 오는 소리를 맞이한다. 따라서 과수댁은 텃새처럼 한 곳에 정착하지 못하고 기러기처럼 철새의 삶을 가지게 된 것이다. '어뜨케 살끄나' 슬픈 자조의 목소리는 낮달을 가리고 희망도 가려 버리게 된다.

세 편의 시를 통해 함동선 시인의 시세계를 대략 살펴보았다. 그의 시는 엘리엇의 "시는 정서로부터의 해방이 아니고 정서로부터의 도피이며 개성의 표현이 아니라 개성으로부터의 도피다"(김준오)라고 한 정의를 떠올리게 한다. 엘리엇의 시 방법은 개성을 지닌 경험적 자아를 억제하고 정화하는 것이었고 참다운 자기희생이었다(김준오). 시집『짧은 세월 긴 이야기』는 경험적 자아를 억제하고 절제된 시적 언어로 표현한 본보기라 할 수 있다. 분단의 아픔과 고향에 대한 향수, 인생의 황혼에서 묻어나오는 슬픈 이야기를 훌륭한 거리조정에 의해 익히고 되익혀 쓰여진 시들이기 때문이다.

(강만진, 1999.12)

3. 월평

시점과 기법

특집「여름 산행 25인집」에는 '산'을 주제로 다룬 25인의 작품이 모여 있지만, '여름 산행'이 시사하는 바와는 달리 여름에 한정된 것은 아니고 사계와 함께 산의 다양한 면모와 관심들이 다루어져 있다. 원영동 · 함동선 · 김규화 · 홍준오 네 시인의 작품을 통해 산의 면모와 함께 각 시인의 관심과 시점과 기법을 살펴보고자 한다.

함동선 씨의 「산에서 만난 스님의 말씀」도 겨울 산사의 현장감을 제시한 작품이다. 「한겨울 수타사」가 눈 내리는 절 마당의 운치를 부각한 반면 「산에서 만난 스님의 말씀」은 인격적 만남과 구도의 풍류를 다룬 것이라 하겠다.

> 손금을 들고 번지는 작설차의 따스함이
> 온몸에 돋은 추위를 털어 버린다
> 가벼운 합장으로 암자를 떠나는 스님께
> "왜 산에 오르십니까" 하고 물었더니
> "내가 여기 있으니까"라고 대답하신다
> 하늘과 땅 사이에
> 대각으로 선을 그으며 떨어지는 눈발 속에
> 산자락이 숨어 버린다
> "하지만 더 오를 것까지야 없잖습니까" 했더니
> "산이 저어기 있 으 니 까"
> 회오리바람에 산울림이 된다
> 스적스적 휘젓는 도포자락에 매달린 손톱에는
> 어렸을 적 물들인 봉숭화 빛으로
> 독경 소리가 들린다

"손금을 타고 번지는 작설차의 따스함"과 눈발 속에 숨어 버리는 산자락은 감각과 실경의 적절한 묘사이지만 두 사람의 문답에 이은 "회오리 바람에 산울림이 된다"는 구절은 "스적스적 휘젓는 도포자락"과 "독경 소리"의 세목과 함께 함축성을 지닌다. 산과 인간의 관계가 구도의 과정을 문맥으로 파악된 만큼 "회오리 바람에 산울림이 된다"는 구절은 멀리 전파되는 "독경 소리"와 함께 구도의 정진과 열의를 표상하는 것이라 하겠다.

눈발 속에 숨어 버리는 산자락과 "산울림"으로 확인되는 산의 존재성을 대조함으로써 구도의 다함없는 과정과 열성을 시사하고 "스적스적 휘젓는 도포자락"으로는 서두름이 없는 정신의 풍류를 느끼게 한다.

(이영걸, 『시문학』, 1992.8)

시선집 『시간은 앉게 하고 마음은 서게 하고』

1. 신간서평

나는 이진출판사에서 펴낸 『시간은 앉게 하고 마음은 서게 하고』를 읽으면서 "류머티즘을 앓아온 손보순 여류시인이 고향을 잃고 망향병을 앓아온 함동선 교수 시인을 어루만져 주고 있구나" 하는 느낌을 받았다.

함동선 교수의 부인 되는 손보순 여사의 회갑을 맞으면서 펴내게 된 이 합동시집에는 함동선 시인의 시 30편과 손보순 시인의 시 30편, 합하여 60편의 시가 3부씩 6부로 나뉘어 실려 있다.

함동선 교수의 시에서 관심되어지는 시는 「북한산」, 「보름달」, 「주문진 일기」, 「제3땅굴」을 든다면, 손보순 시인의 시로는 「산」, 「새벽」, 「요즈음 내 눈물은」 등을 들 수 있겠다.

황해도 연백이 고향인 함동선 시인은 『눈 감으면 보이는 어머니』, 『마지막 본 얼굴』 등의 시집을 통하여 '어머니'의 이미지로 대표되는 망향시를 써 왔는데, 이번에도 그러한 기본 궤도에서 벗어나는 법이 없이 더욱 끈끈한 접착과 심화를 보여 주고 있다.

바람 부는 쪽으로 가지 뻗는다는
팽나무 열매가 서낭당을 에워싼다
어둠이 더는 보이지 않게
소복을 한 어머니는
보름달을 물이 가득한 물동이처럼 이고 온다
치성을 드릴 때마다 물이 쏟아져
귀신이 붙은 이 땅 구석구석을 씻어 내는데
피란 떠난 막내아들은 아직도 돌아오질 않는다
쑥이 키를 넘고 또 넘으니
다시 보름달이 뜰 때까지
그게 나 때문이야 하면서
촛불을 켠다

-「보름달」 전문

여기에서는 '보름달'이 '어머니'로, '어머니'가 '보름달'로 되어 있다. 그런데 그 어머니는 소복을 한 순수하면서도 슬픈 어머니다. 그리고 물이 가득 담긴 물동이를 이고 오는, 소망을 기원하는 어머니다. 물론 보름달을 이고 오는 어머니의 얼굴은 보름달과 닮아 있다. 여기에서의 상호간의 상사성은 동질의 요소를 유추케 한다.

굵은 붓으로 그어 놓은 듯한 수평선이
캄캄해지면서
모래밭에 어둠이 내리기 시작한다
고향은
하늘의 별처럼 강을 사이로 마주 섰으니
고장이 아니고 느낌일 게야
횟집은

파도가 칠 때마다 흔들린다
고깃배의 불이 술잔에 뜨자
마시고 또 마시고
정년 나이가 되도록 뒤로뒤로 흘러간
차창 밖 풍경에 눈을 주었는지
어둠의 옷자락에 끌려가는
한 줌의 바람이 인다

—「주문진 일기」 전문

여기에서는 특히 "횟집은/ 파도가 칠 때마다 흔들린다/ 고깃배의 물이 술잔에 뜨자/ 마시고 또 마시고/ 정년 나이가 되도록 뒤로뒤로 흘러간다……" 등의 구절에서도 진한 인생파적 낭만성이 엿보인다. 그의 고향 상실의 슬픔이 인생파적 낭만성으로 비쳐 나오고 있다. 이는 유사한 행위를 통한 대리만족이다. 착각의 진실을 추구하는 무의식의 모래집 짓기다.

공회당에서
굴비처럼 엮어진 채
북으로 끌려간 형님의 뒷모습이
떨어지는 물방울에 흔들리누나
땅굴에서 기어 나오니 40여 년의 세월이
일 미터 거리의 내 앞에 굴절되는 불안감
햇빛은 손가락에서 모두 빠져나가
주저앉고 싶은 언덕에는
6 · 25 때
저승을 넘나들면서 본 개망초꽃이
상여의 요령 소리로 피어 있구나

—「제3땅굴에서」 중 일부

함동선 시인의 심상에는 6·25의 잔상이 남아 있다. 그 잔상들은 새로운 렌즈가 되어 사물에 부각시킨다. 그리하여 떨어지는 물방울에 흔들리는, 북으로 끌려간 형님의 뒷모습이 '엮어진 굴비처럼'으로 연상되는가 하면, 저승을 넘나들면서 본 개망초꽃이 눈 가득히 상여의 요령소리로 피어나고 있다고 보는 유사안식으로 나타난다.

> 백운대 인수봉 만경대 세 봉우리가
> 안개 속으로 비스듬히 눕는지
> 골짜기 물이 넘쳐
> 태고사의 한 모퉁이가 떠내려간다
> 산수유 나뭇가지가 굽은 샘가에
> 합장하신 스님께서
> 어서 떠나시게 그리구 혼자 되시게
> 그래야만이 제 모습이 보이구 제 소리가 들리는 법일세
> 하고 말씀하신다
>
> —「북한산·2」후반부

> 산이
> 날더러
> 참으라 한다(1연)

> 사계의
> 화려한 변신으로
> 무겁게 앉아
> 말을 버리는 법을
> 몸으로 배우라 한다(4연)

가까이
안으로 더 다가서도
범접 못하게 하는
그 기상을
닮으라 한다(6연)

—손보순의 「산」 일부

    함동선 시인의 「북한산」과 손보순 시인의 「산」은 각각 법담과 초탈각성을 보인다. 선禪과 선仙의 차이라 할까, 「산」은 초탈의 품격을 보인다.

흰 갑사 치마폭 두른
새벽의 숲이
저 멀리서 수런대며
가까이 온다

한밤내 꿈을 사룬
입김을 뿜어내며
아침을 잉태하기 전
아직 모양 잡히지 않은 걸음으로 온다

그윽히 먼 곳에서
아기의 첫 울음 소리가
지극히 가까운 곳에서
서투른 아기의 발자국 소리가 들려온다

처음 불러보는 엄마의 발음에서
웃음은 피어
어머니의 기쁨은 따사롭게

햇빛 되어 내리는데
꽃밭에서는 다투어
꽃피울 몸놀림이 시작된다

- 「새벽」 전문

　손보순 시인의 이 시에서는 마치 박하사탕을 먹을 때의 구강과 온몸으로 퍼져나가는 그 화안한 박하향처럼 밝아오는 새벽의 환희가 피어오른다. 이 세상에서 가장 아름다운 것은 어머니라고 미켈란젤로가 설파한 바와 같이 여기에서도 아기를 사랑하는 어머니의 심성이 성스럽고 숭엄한 빛으로 펼쳐지고 있다.

눈물을 실에 꿰어
목에 걸면
내 큰아들 세 살적 몸무게로
안겨오는 재롱이어라(1연)

등덜미 넓어진
다 자란 믿음의 무게이어라(3연 끝행)

- 「요즘의 내 눈물은」에서

　함동선 · 손보순 이 부부시인이 한국적 혹은 동양적 정서를 바탕으로 긴축된 시어를 보여주는 점에서는 궤를 같이 하면서도 남성과 여성이 갖는 색다른 발상이라든지, 관심의 초점이 다른 풍향도 당연하다.
　그러면서도 함동선 교수의 시는 끈질기게 집착하는 망향 의지에, 손보순 여사의 시는 주어진 일상의 애환에 관심하면서도 두 분 다 순후한 발성법으로 떫은 언어가 없이 간결한 시어로 밝음을 향하여 하모니를 이루고 있음을 보게 될 때, 하나님이 남자와 여자를 지어놓고 비로소 '보기에 좋았더라'는 말의 의미를 되새기게 된다.

(황송문, 『시문학』, 1995.4)

시집 『인연설』

1. 월평

스며드는 감동의 시

문학은 감동으로 말한다. 감동으로 다가서지 못하는 문학은 결코 진정한 문학, 적어도 좋은 문학일 수는 없다. 감동은 모든 문학의 시작이요 결론이다.

다양한 문학의 양식이 새롭게 나타나고, 다양한 기법과 창작 방법이 대두되는 것은 감동을 위한 새롭고 다양한 실험이라고 할 수 있다. 또한 그동안의 수많은 문학에 대한 연구와 비평의 다양한 관점들도 실은 감동을 주는 문학의 속성은 과연 무엇인가를 해명하려는 노력에 다름 아니다.

시작품에서 얻게 되는 감동의 실체는 실로 다양할 뿐만 아니라 불가사의하기까지 하기 때문에 시인들은 저마다 독특한 매듭으로 그 감동을 엮어 내고(창조해 내고) 있는 것이다. 그러나 분명한 것은 그 감동은 낯설고 새로운 제재라든지, 그러한 제재에 반응하는 시인의 전위적인 기법이나 언어유희에서 얻어지는 것이 결코 아니라는 점이다. 평이하고 일상적인 소재의 시에서도 깊고 새로운 감동을 얻을 수 있는 작품이 있는가 하면, 아무리 낯설고 새로운 소재와 기법의 시라 하더라도 감동과는 거리가 먼 한낱 시라는 말놀이에 머물러 있는 작품을 우리는 얼마든지 발견할 수 있다. 어쩌면 요즈음의 시들은 후자의 경우가 더 우세하다고 볼 수 있다. 감동이 실종된 시의 시대라고나 할까. 한 편의 시가 감동을 강요하는 경우는 많지만, 저절로 스며드는 불가사의한 감동을 만나기란 그리 쉽지가 않다.

이런 우려 속에서 두 원로 시인의 시작품을 접하게 된 것은 여간 다행스럽지가 않다.

낯선 시 방법으로 기교를 부리거나 주제를 강요하려 들지 않으면서도, 시나브로 감동으로 스며드는 작품으로 신작시 특집을 마련한 함동선의 작품 한 편을 살펴보고자 한다.

둥둥둥 둥둥둥 북소리에
마음을 빼앗긴 사람을 찾아
산수유꽃이 필 때마다 나비가 되었는데
그 사람 알던 이도 떠나고
또 떠나고
연초록 잎이 아가의 손처럼 커가는데
갸름한 얼굴 둥근 눈썹
아래로 뜬 눈 다문 입
깊이 파인 보조개가
낮게 드리운 구름 속에 나타났다가
이내 멀어지더니
다시 구름 속에 묻히는데
바람이었으니 어디고 머물 자리도 없을 건데
옛날의 편지 펴 보니

"먼 곳에 그리움이 있어요" 하는 한마디가

둥둥둥 두둥둥 북소리로 울려오는데

　　　　　　　　　－함동선, 「산수유꽃이 필 때마다」 전문

　삶의 순리를 떠남과 멀어짐의 의미로 형상해 낸 이 작품은 우선 제재
의 선택과 이미지 형상이 자연스럽고 친숙하게 다가온다. 그만큼 작위적
인 이음새나 꾸밈이 없으며, 의미와 주제가 감동으로 차분하게 젖어 스
며든다.

　특히, '산수유꽃'과 '나비'를 통한 떠남의 이미지 구사는 그 자체로도
신선한 개성을 엿보게 한다. "그 사람 알던 이도 떠나고/또 떠나고"라는
표현에서 느낄 수 있는 것은, 삶의 연륜과 삶이란 쌓아 가는 게 아니라 떠
나가는 것이거나 비워 가는 것이라는 중의적 의미이다. 그만큼 시인은
언어를 자연스럽게 사용하면서도 철저하게 언어를 아껴 쓰고 있음을 알
수 있다.

　6행부터는 떠난 빈자리에 다시 채워지는 신기루와 같은 또 다른 자아
를 형상하고 있다. 그러나 그 내면의 자아마저도 "이내 멀어지더니/ 다시
구름 속에" 묻히는 떠남을 반복하고 있다. 현실의 삶이나 내면의 형상이
나 모두가 "바람이었으니" 어디고 머물 자리가 없을 것이라는 게 시인의
인식이다. 결국 "옛날의 편지"로 형상된 지나온 삶을 반추하면서 그리움
의 정서를 소중하게 그려 내고 있는 것이다.

　우리는 이 시에 매듭지어진 인생에 대한 무늬와 결을 풀어 가면서 떠
남과 비움의 삶에 대한 진정한 의미와 가치를 되새기며, 스며드는 감동
을 체험하게 되는 것이다. 두 원로 시인의 작품을 공감해 가면서 원숙한
시세계를 다시 한 번 깨닫게 되었으며, 기교와 주제 강요가 앞선 많은 요
즘 시들에게 좋은 본보기와 경종이 되리라는 생각이 들었다.

너무나 당연한 되풀이이지만 시는 감동으로 말한다. 그것도 기교와 강요에 의한 감동이 아니라 공감으로 스며드는 감동이어야 한다. 더 많은 작품을 언급하지 못한 것은 지면 사정 때문만은 아니다. 자신의 작품이 활자화되어 공개된다는 것은 일단 두려움이어야 할 것이다. 그만큼 생산자로서의 시인의 책임이 크다는 말이다. 당신의 작품은 대학 강의실에서도 논의되고 평론가의 눈앞에도 놓이게 되며, 무엇보다도 시를 통해 내면의 감정을 공감하고자 하는 소박한 다수의 독자들에게 선택된다는 엄염한 사실을 잊어서는 안 될 것이다. 문학은 독자에게 봉사해야지 독자위에 군림해서는 결코 안 될 일이다.

(백운복, 『시문학』, 1998.11)

2. 신간서평

'무게를 버린 자'의 초연함

"잠깐일 게다."

부적을 허리춤에 넣어 주시던 어머니의 손을 놓고 고향을 떠난 길이 56년. 예감할 수 없었던 어머니와의 그 마지막 이별.

까닭에, 황해도 연백군 해월면 해월리는 시인의 가슴속에서 떠날 줄 모른다. 강화도와 마주 보이는 해월리 시인의 고향 집은, 날씨가 화창하게 맑은 날이면 눈이 시리도록 선명하게 시인을 기다리고 있을 것이다.

언제나 서른네 살의 둘째형님 동훈과 미당의 영향을 받아 1958년 『현대문학』(서정주 추천)으로 등단한 이래, 감각적 언어의 속성을 살려 다양한 시적 모색과 행보를 멈추지 않는 학자 시인 함동선.

건널 수 없는 강을 사이에 두고, 파란의 세월을 견디며 살아가는 함동선 시인의 다수의 시편들엔, 어머님을 그리는 마음과 실향의 아픔, 분단 조국의 통일을 염원하는 마음이 간절하게 배어난다.

명확한 해답이 있을 수 없는 문학 앞에, 실향민의 역사적 아픔을 진술하게 그려 내는 시인의 시는, 이념성 짙은 글을 서슴없이 써내려 가는 일련의 작가들을 부끄럽게 만들기도 한다. 또한 시인의 시엔, 왜곡되고 날조된 이념이나 사상이 섞여 있지 않아 읽을수록 알싸해지는 따스함이 가슴을 울렁이게 한다.

시인의 시는 오랜 시력詩歷에도 낡지 않은 신선함으로 다가온다. 삶을 아우르고 일상을 시안詩眼으로 보면서, 직관과 관조의 긴장을 산뜻하게 유지하는 시인의 젊은 어조는 인식세계와 감수성의 중요함을 일깨워 준다. 시인의 시는 일상성이 새롭게 느껴지는 것들로서 일말의 진부함도 허용하지 않는다.

> 경주 천마총의
> 구름 밟고 달리는 천마도를 보고 돌아오는 길에
> 잠시 어느 말사末寺에 머물렀다
> 바람이 없는데도
> 도량엔 낙엽이 쌓인다
> 낙엽은 떨어지는 소리도 없으니
> 지난 여름의 영화를 돌아보는 나처럼
> 가볍기만 하다
> 아니 몸의 무게뿐만 아니라 욕심까지 놓아 버린 것 같다
> 동승이
> 누가 밟기 전에 낙엽을 쓸기 시작한다
> 비질을 할 때마다 나비가 날아오고
> 매미 소리가 요란하다
> 쓸어내도 쓸어내도 따스한 추억은

비질을 한 자리를 덮고 또 덮는다
그건 살아오는 동안
지우려 해도 지워지지 않는 인연이다

-「인연설」 전문

함동선 시인의 시 「인연설」은 고즈넉한 시세계가 주는 은밀한 고요의
경지를 느끼게 해준다. 시인이 가벼이 던져서 깊어진 내면의 시는, 일상
적인 것들이 지닌 정서의 때를 말끔히 씻어 준다. 적요寂寥의 생활감정은
시인의 생활공간에 담긴 모든 것들을 비세속적인 분위기로 전환시킨다.

의미의 확대를 자제하면서, 보고 듣는 것을 그대로 표현할 줄 아는 시
의 향기로운 솜씨가 시를 읽는 즐거움을 넘어서게 한다.

가을 햇살이 한 뼘쯤 기어든 창가에
낡은 소파가 마주 놓여 있다
벽에 걸린 세한도의 솔잎에
부는 바람이
낮잠을 깨웠는지
신발 끄는 소리가 들려온다
칠이 벗겨진 탁자 위에
먹다 남은 녹차 잔에는
낮 두 점을 치는 뻐꾸기 소리가 넘친다
펼쳐 놓은 시집에
'단풍이 든 판소리 가락이
낮게 떨려 나오는 동구 밖' 그 동구 밖 지나서까지
담을 따라 핀 코스모스의 키가
자꾸 작아진다

-「오후」 전문

시인의 시는 감상이 아닌 서정으로 다가온다. 그러면서도 깊은 의미와 은유과 산뜻하다. '살아 있음'의 세계가 아름다움을 생각하게 한다. 시인 내면에 흐른 사변思辨과 정경의 서정적 전개가 바람처럼 흐르는 시인의 삶에 호흡한다.

화려하고 빛나는 것만이 아름다운 것은 아니듯, 낡고 소박한 것들에 어울리는 '바람 소리와 뻐꾸기 소리, 자꾸만 작아져 가는 코스모스의 키' 가 복잡한 세사世事를 잊게 하는 서정으로써 진정 '살아 있음'의 시세계를 말해 주는 것이다.

> 철조망 너머로
> 나비 한 마리가 날아가는
> 저긴데 바로 저긴데
> 누가 전쟁을 시작했는진 몰라도
> 끝을 맺는 사람이 있어야 하잖아
> 그 밥에 그 나물이니 말이야
> 내 피란길을 막아섰던 개펄은
> 이제 휴전선이 되었으니
> 밀물을 기다릴 수밖에 없는
> 고향이 있다는 거
> 웃어야 할지 또 울어야 할지
> 풀과 나무는 모두 총과 칼이 되어 마주보고 있으니
> ―「강화도에서」―고향 전문

'저긴데 바로 저긴데' 꿈속에서도 그리운 어머니가 헤어진 막내아들을 반백 년 넘도록 기다리고 있을 시인의 고향이 바로 저긴데……
시인의 시의 맥박은 실향의 아픔이라는 평범한 감정만을 부여잡고 있지는 않다. 고향의식에 대하여 더 크게 음미하고 사유하면서 비운의 역사를 쓰다듬고 있다. 단조로운 듯 함축된 시적 어투가 참으로 절실하게 다가온다.

아프게 체험한 사실적 기록을 서술하는 일은 누구나 할 수 있는 일, 그러나 사람이 살아가는 데 있어서 체험의 산문성은 너무나도 부분적이다. 하지만, 함동선 시인은 그 사실 가운데 한 조각을 떼어내서 더 크게 말하는 법을 가르쳐 준다. 사실보다는 체험의 주체인 시인으로 말하는 법. 파란의 세월을 달래는 시의 밑그림에 도지는 알알함이 짙게 묻어난다.

전라도 화순 땅
순하지만 허하게 생긴 돌부처가
설치미술처럼 눕거나 기대어 있다
바람 불고 비 내린 천 년을 돌아보면서
하루 종일 무엇인가 생각한다
들일 하다 허리 편 남도 사람처럼
정 있는 얼굴이 있는가 하면
내 어릴 적 기억의 벽에
발톱 세우고
그 벽 긁던 장난꾸러기도 있다
아니 어느 말사末寺에서 만난
사미승의 동안童顔은
피가 통하는 것 같고
바람마저 빠져나간다
몸이 없는 돌부처에 앉은
잠자리 한 마리
정적을 밀어낸 소나무 그림자가
길어졌다 짧아졌다 하는 사이

세상은 그래도 살 만하다는 듯
웃기만 한다

-「운주사」 전문

경박한 현실을 살아가면서 「운주사」류의 시를 읽으면 보고, 듣고, 표현하는 것의 격조를 생각하게 된다. 태연하게 정관하면서 연상하고, 연상한 것이 제대로 살아 있게 하고, 그렇게 살아 있는 것들이 자신과 교감하게 하는…….

시인의 시는, 시의 내용과 형식을 교란시키지 않는다. 은은한 불교적 관념의 안개가 흘러가는 듯한 초월이 편안한 경지를 마련해준다.

시인은 '무게를 버린 자'의 초연함으로 시인 삶의 무게를 시로써 말하고 있다. 무엇보다도 시인의 시에는 불쾌감을 주는 요소가 없어서 좋다. 시의 정체성을 찾아 평생을 건 시인의 시 쓰는 일은 곧, 온전하게 선량한 함동선 시인의 본모습인 것이다.

(이성주, 『문학저널』, 2007.8)

시집『밤섬의 숲』

1. 월평

실명시實名詩 기타

문단 인구의 열기는 여전히 끓어오르고 있다. 문예지들은 이 많은 인구들을 다 소화시킬 수 있는 방법을 강구하고, 보다 나은 작품의 질을 향상할 수 있도록 한층 협력하고 노력해야 할 필요를 느낀다.

『시문학』 1월호의 신작 특집으로 함동선의 「저 무덤은」과 「북한산」이 돋보이고 있다.

> 저 무덤은
> 소상 대상 땐
> 제기 부딪치는 소리가 시오리 밖 마을의
> 징 소리가 되어
> 친구가 먼 곳의 불빛처럼 찾아오기도 했다
> 그 감동의 발길이 뜸해지자

천정이 자꾸 낮아져 가슴 답답하다고 호소한다

—「저 무덤은」 일부

무덤에 묻힌 혼백이 소상 대상이 지나면 인간들의 기억들로부터 멀어지고 있다. '천장이 자꾸 낮아져서 무덤 속이 답답하다고 호소한다'는 내용은 무덤을 돌보지 않아 봉분까지 낮아졌다는 뜻으로 혼백의 심리 표현이 절실하게 들린다. 결국은 무덤 속의 혼백이 살아 있는 사람들의 기억 속에서 멀어지면서 사자는 외로이 홀로 남는다. 만연적이면서도 미세한 이 시인의 감도를 느낄 수 있다.

같은 신작 특집으로 「북한산」은 "골짜기들은/ 층층이꽃 누리장나무 떼죽나무의 숨소리로/ 어둠을 연신 씻어내리지만/ 어둠은 결국 어둠을 짙게 할 뿐" 등에서 보듯이 저물어 가는 어둠의 정경을 점층적으로 압도하면서 독자를 매료시킨다.

(박재릉, 『月刊文學』, 2004.2)

2. 신간서평

역동의 상상력

1) 생명

연구실 서창 밖으로 서강을 바라본다. 황량하다. 바로 눈 아래 상처입고 버려진 섬 밤섬이 널부러져 있고 그 위로 서강대교 교각들이 행군하듯 줄지어 서 있다. 강 건너편 여의도의 빌딩군들은 무엇이든 빨아들이는 무서운 흡입력의 괴물체 같아 섬뜩하다.

멀리 관악산과 청계산의 흐름이 얽혀 이룬 넉넉한 균형을 날카롭게 자르며 솟구친 63빌딩의 위압적인 모습도 보인다. 그리고 부우옇게 가라앉은 하늘, 우울한 풍경이다.

대상의 겉만 볼 줄 알기에 우울해하는 범인과 달리 시인은 그 풍경 속에서 경이로운 생명의 약동을 읽어내고 그것과 더불어 한껏 달아올랐다. 「밤섬의 숲·1」을 읽어보자

> 노을 길고 해넘이 짧은 어둠이
> 푸서리에 내리고 꽃다지에 엎힌다
> 버드나무 우듬지에서
> 까만 옷 갈아입은 바람이
> 황사 털어 내고 뿌리로 내려간다
> 그 어둠 끝에
> 눈길 놓아 주지 않는 들꽃들
> 온종일 버리고 버려도 성性이더란
> 사랑에 미친 꽃잎들
> 대낮 사내 등판처럼 뜨겁다
> 숲과 나무와 들꽃 서로 보지 못하게
> 5월은 불을 끄고
> 알 품은 철새
> 수평선에 눈 베기도 한 닻소리와
> 한쪽 겨드랑이에 바다 끼고 온 홀소리 모아
> 이 지상에서
> 말로 할 수 있는 계절은 고향이라고
> 글 쓴다

김영랑의 명시 「오월」과 함께, 오월을 노래한 한국시를 대표하는 작

품으로 내세워 조금의 손색도 없는 절창이다. 오월의 기운은 나무와 들꽃이 어울리며, 닿소리와 홀소리가 하나로 합쳐진다. 그 한복판에 '대낮 사내 등판처럼 뜨거운' 생명이 작열하고 있다.

화면을 가득 채우는 클로즈업 이미지처럼 읽는 이의 눈앞으로 달려드는 이 압도적인 '등판'의 이미지가 한가운데 놓여, 밤섬을 채우고 있는 듯 생명들의 뒤섞임을 하나로 묶으면서 그 뒤섞임의 움직임을 한껏 드높인다. 절묘한 구성인데, 이로써 보이지 않는 어둠 속 생명의 향연이 마치 대낮의 풍경인 듯 독자의 눈앞에 문득 현전하였다. 놀라운 상상력, 놀라운 언의의 힘이다.

함동선의 시에는 대체로 고즈넉이 외따로 놓인 시구가 몇 개씩 들어 있다. 작품을 이루는 다른 것들과 섞이거나 연결되기를 거부하듯, 다른 시구들과의 통사적 관련 밖에 놓여 있는 것인데, 이 작품에서는 '알 품은 철새'가 여기 해당된다.

앞뒤에 놓여 있는 문자의 서술부 '불 켜지 않고', '홀소리 모아', '글 쓴다' 그 어떤 것과도 무관하게 독립적이지만, 그러나 그것은 통사 차원에서만 그러할 뿐이다. 그 안을 들여다보면 그것은 전혀 외따로 고립된 것이 아니다. '알 품은 철새'라는 인내와 조화의 정적 이미지는 온갖 생명의 교류가 구성하는 동적인 풍경과 어울리며 이 시의 세계를 안쪽으로 넓고 깊게 연다.

2) 유정

생명의 약동을 노래하는 함동선의 시편들을 하나로 꿰는 주제어 가운데 하나는 '곡선'이다. "살 속으로 스미는 찬바람의 애채/ 한껏 뻗은 나뭇가지/ 잔풀나기 모두 곡선이다" 「밤섬의 숲·2」 "사람들의 생각은/ 모든 걸 갖고도 직선이다/ 숲은/ 모든 것 잃어도 곡선이다.「밤섬의 숲 · 5」 등에서 만나는 '곡선'은 "자연암기하지 않고 느끼며 산다"「밤섬의 숲 · 2」 "애벌레라는 사실 모르는 애벌레/ 자연일 뿐이다"「밤섬의 숲 · 5」 등의 구절로 미루어 지식 이전 또는 지식 너머의 그 무엇과 관련된 것이라 짐작할 수 있다. '들고 다닐 수 없는 경전'「밤섬의 숲 · 2」이란 표현과 함께 읽으면서 자연의 철리를 주내용으로 담고 있는 비유라고 이해해도 무방하지 싶다.

시인이 기리고 향하는 그 자연은 그런데 적자생존의 법칙이 철저하게 관철되는 살벌한 싸움터로서의 비정한 자연이 아니라 함께 어울려 새로운 생명을 일구는 조화와 생산의 삶터로서의 유정한 자연이다. 유정한 자연의 속을 가만히 들여다보면 시인의 눈길 속에는 그런 자연의 철리와 하나 된 삶을 기리고 그런 삶을 살고자 하는 마음이 시들어 있다. 그 마음이 큰 것이 아니라 작은 것, 화려한 것이 아니라 소박한 것을 소중히 여기는 마음을 낳았다. 예컨대 다음 시에 빛나는 몇 개의 시어들, '덕', '작은 그늘', '한 방울 이슬' 등에 담긴 것.

> 4차선 고속도로의 아스팔트 뚫고 나온
> 양치류
> 고립 자초한 것 아니다
> 고독 선택했다
> 자신에게 집착하는 사람 멀리 하라
> 너 원하는 신 올 때까지
> 덕 아직 발견되지 않았을 뿐인 풀*
> 그 작은 그늘에
> 한 방울 이슬 지키고 산다
>
> ─「잡초 · 2」

3) 황홀

작은 것들의 작지만 함께 어울리는 삶 속에 담긴 '덕'을 투시하고 기리
는 시인의 마음이 잡초에게서 '한 방울 이슬 지키고'사는 삶을 보게 하였
고, 잡초의 웃음이 '9종의 벌레들 춤「잡초 · 4」임을 알게 하였다. 그 마
음이 백두대간 능선에 오를 때, 자신을 버리고 낮게 엎드리는 자유와 겸
양의 마음을 낳는다. 백두대간 체험을 다룬 3부의 시편들 속에 깃든 자유
와 겸양의 마음은 맑고 가볍고 환하다.

> 구름 안개 댓재를 싸는 바람에
> 들꽃 숨죽이고
> 뿌리서 갈라진 키 작은 산죽
> 겨우 길 내준다
> 버릴 것 버리고 와도 마음 열지 않아
> 또 얼마나 버려야 하는가
>
> —「두타산을 오르며」 부분

버리고 또 버리면 '절대 자유인「이화령」이 되어 자연과 하나 될 수 있
다. 그러나 그것은 '순간'일 뿐 지속되지는 않는다. 다시 자신을 버리고
또 버려야 하는, 절대 자유를 향하는 산행길을 걸어야만 하는 것이다.

함동선시의 한복판에 놓인 시정신은 '절대 자유인'에 다달아 멈추어
선 정신이 아니라, 그것을 향해 끊임없이 나아가는 도정의 정신이다. 그
계속해서 버리고 나아가는 도정의 정신이 어느 순간, 순간에 지나지 않
기에 더욱 강렬한, '절대 자유'의 시공간 속에 드는 때를 아름답게 그려낸
작품이 있다.

정상에 이르자 바람 세차고
우박 수평으로 내린다
대간 마루 찍는 바람의 지문인가
홑이불 안개 일제히 날아가더니
비로봉 정상비 우뚝 선다
물결 따라 나무들 물구나무 서고
바위 와르르 무너져 내린다

　　　　　　　　　　　　　　　　　　　－「소백산」 일부

　바람 거센 소백산 정상의 풍경이다. 우박이 수평으로 내릴 정도로 거
센 바람의 '물결'(바람이 파도 되는 물질적 상상력의 경이!) 속 모든 것이
거꾸로 뒤집히고 무너져 내린다. 그림은 물론이고 카메라의 성능 좋은
복사력도 미칠 수 없는, 오로지 언어를 통해서만 그려낼 수 있는 역동의
풍경이다.

　그런데 시인이 보이지 않는다. 풍경 뒤에 서서 가쁜 숨 고르고 있는가?
아니다. 시인은 이 풍경 한가운데 '정상비'로 우뚝 서 있다.「소백산 바람」
에서 시인은 "주목 군락지의 주목 가지들/ 바람 아래로 화석 되듯/ 부우
웅 부우웅 온몸 비틀며/ 나 비로봉 정상비 된다"고 하였다.「소백산」의
정상비는 홑이불처럼 얇은 안개가 걷힌 뒤 드러난 소백산 정상의 비이면
서 또한 '나 비로봉 정상비 된다'의 '나'다.

　안개 바다 속 한순간 드러나는 그 정상비처럼, 시인은 기나긴 자기 버
리기의 산행 과정 중 한순간 절대의 자유인이 되어 우뚝 솟았다. 그러나
거듭 말하거니와 그것은 한순간에 지나지 않는 것, 그는 다시금 절대 자
유를 향해 기나긴 여정에 올라야 한다.

　한순간 자신의 본 모습을 드러내는, 바람 거센 산 정상의 풍경에 절대
자유를 향한 자신의 기나긴 여정과 그 가운데 한순간 빛나는 절대 자유

를 함께 엮음으로써 이 작품은 황홀한 빛살로 가득 차게 되었다. 모든 시간과 공간이 수렴하는 한 순가, 한 지점에서 터져 나오는 빛살의 아름다움과 황홀.

4) 그리움

「밤섬의 숲」 곳곳에는 두고 온 고향을 그리워하는 시인의 간절한 마음이 울고 있다. '어머니', '예성강' 등의 시어에 담긴 시인의 그 같은 마음이 가장 또렷한 시편 하나를 든다면 「들꽃」이다.

> 발병이 나 가질 못하는
> 고향 집 마당에
> 우두커니 서 있는 들꽃
> 바람이라 해도 꺾질 말아라
> 꺾어도 버리질 말아라
>
> ―「들꽃」 부분

고향을 그리워하는 시인의 마음은 '한양과 평양 잇는 봉수대에 불타'(「도라산의 들꽃」) 오르는 통일의 시대를 고대하면서도, "만약 하나 /고구려 벽화 속 나비 날아오듯/ 기차 온다 해도"(「카페 김포역에서」), 그 꿈의 실현을 회의하는 마음에 대비되어 더욱 뚜렷하다.

(정호웅, 『시문학』, 2008)

3. 월평

있음과 없음, 그 끝없는 변주

시는 있음과 없음의 형식을 갖춤으로써 포기하지 않는 삶을 일으켜 세운다. 끝없는 변주는 풀리지 않는 삶이나 화해하지 못하는 꿈을 물거품처럼 흩어지지 않게 붙잡아 준다. 그런 의미에서 시의 깊이와 무게는 쓰여진 어휘에 따라 의미 전달과 공감대를 형성하며 삶의 진정성을 획득한다.

12월호 『월간문학』에 게재된 작품을 읽으면서 시의 진정성을 찾는다. 시의 진정성은 사람들이 어떻게 받아들이느냐에 따라 다르다. 하지만 대부분의 시인들은 일상적인 의미에서 시적인 출발을 시작한다. 여기서 시인이 시의 진정성을 획득하지 못한다면 공감대를 형성하기 어렵다. 왜냐하면 시적인 신선한 충격이 없기 때문이다. 신선한 충격이란 풍부한 어휘로써만 극복 가능하다. 시는 무한한 상상력과 미적 감각, 그리고 지성이 겸비되어야 한다.

12월호에 게재된 작품들이 역작임에는 틀림없지만 대체로 나름으로의 서정성이 두드러져 보인다. 가령, 사물이나 대상을 조화롭게 보는 섬세함은 중요하지만, 지적인 부분을 도외시하는 가벼움이 앞선 듯싶어 아쉬움을 느끼게 한다. 이러한 것은 시의 가벼움이 시의 격조를 떨어뜨려 불안하게 한다. 시는 눈으로 읽을 뿐만 아니라 몸으로 느껴지는 그 무엇이어야 한다.

> 산에 오르는 것은
> 우리들 삶의 음영 그래서
> 오르고 또 오르는 고되고 험한 길은

그 정상이 최종 목표가 아니라
집으로 돌아가는 길목일 뿐입니다
떠남에는 끝이 있다는
그 끝은 절망인 동시에 절정이라는 말을 새기면서
문을 열고 들어가는 내 등에
다시 산이 부르는 소리 들려옵니다

—「산에 혼자 오르는 것은」일부

이 시는 가슴에 품은 말을 자세히 표현하고 있으며 평범한 형식을 띠면서도 지루하지 않는 미덕을 지닌다. 세상과 화해하려는 꿈이 역력할 뿐만 아니라 사람과 자연이 소통하려는 것을 형상화한다. '오르는' '길'과 '돌아오는 길목'은 '떠남'과 돌아옴으로 이어지고 '산'과 '집'이 '절망'과 '절정'을 이룬다. 여기서 관념적인 수사를 제거하면 탄식하지 않는 건조한 화술이 쌓이고 쌓여 결국 고단한 인생에 대한 씁쓸한 통한을 전해 주게 된다. 아무도 듣지 못할 뿐이니 들리지 않는 것을 혼자서 듣고 있다. 이것은 일상성을 가장 내적인 것으로 담아내는 한 방법이다.

'산'에 다녀왔다고 사람이 달라지지 않는다. 조금도 변하지 않을뿐더러 당연히 삶에도 아무런 변화가 없다. 그러나 자신의 내면에서 '다시 산이 부르는 소리가 들려'오는 것을 알 수 있다.

(이충이,『月刊文學』, 2005.1)

4. 월평

경계 지우기 혹은 경계 뛰어넘기

사람이 존재한다는 것은 구체적인 시간과 공간의 좌표를 인식한다는 것이다. 시간의 인간화가 나이일 텐데 유한한 존재라는 인간의 존재조건 때문에 나이는 삶의 중요한 매듭으로 인식되어 왔다. 나이에 관련하여 인구에 회자되는 표현이 논어 위정편에 나오는 공자의 말씀으로 그중에서도 특히 마흔을 일컫는 '불혹'은 청년에서 중년으로 가는 고비에 서 있는 사람들이 지향해야 할 모범답안 역할을 해 왔다고 할 수 있다.

함동선 시인은 『시문학』 1월호에 「상봉장에서」, 「도라산의 들꽃은」, 「도라산에서」 등 분단과 관련된 세 편의 시를 발표하고 있다.

도라산역은 경기도 파주시 군내면 민통선 북방 남방한계선상에 자리 잡고 있는 경의선 남측 최북단역으로 서울에서는 56km, 평양으로부터는 205km에 위치하고 있다. 경순왕의 슬픈 전설을 간직하고 있는 '도라산'은 경의선 복원공사 이전에는 한반도의 분단을 상징하는 곳이었으나 복원공사 이후에는 남북 화해협력을 상징하는 의미가 복합된 장소로 역사의 진전에 따라 분단의 비극과 분단극복의 의지를 한 몸에 안고 있는 토포스가 된 것이다.

> 전쟁 막판의 주인이 낮과 밤으로 바뀔 적
> 총검으로
> 키 작은 군인이 키 큰 군인을 찔렀다는
> 저쪽에서
> 안 돼 하는 소리가 고향 마을까지 이어졌다는데
> 얼마 후 그 키 큰 군인의 호주머니에서 꺼낸 사진을 들고

키 작은 군인이
추욱 늘어진 시신을 끌어안고
형 형 하던 절규가
지금도 나무와 풀을 피로 물들이고 있다

　　　　　　　　　　　－「도라산에서」 부분

분단과 이산의 아픔을 겪은 분단 1세대가 '도라산'에서 바라본 노을은 핏빛이다. 그 핏빛이 환기시키는 것은 동족상쟁의 끔찍하고도 낯익은 일화, 형과 아우가 서로를 몰라보고 총부리를 겨누고 죽였다는 것으로, '노을'과 '절규'는 핏빛으로 하나가 된다.

피가 낭자하게 흐르는 처참한 사연은 50년이 지난 지금까지도 더께가 지지 못한 채 '나무와 풀을 피로 물들이고' 있는 것이다.

그러나 도라산을 소재로 한 2편의 시와 남북 이산가족의 상봉장을 소재로 한 시가 모두 분단 비극의 현장성에만 초점이 맞추어져 극복과 화해의 비전을 끌어내지 못한 점은 아쉽다고 하지 않을 수 없다.

　　　　　　　　　　　　　　　(정순진, 『시문학』, 2004.2)

5. 월평

뿌리의 시원, 고향

지난 호 특별기고에는 새 집행부에 바라는 다양한 의견이 게재되었다. 이들 기고의 궁극적인 바람은 '수준 높은 문학잡지를 만들자'는 것으로 함축해 볼 수 있을 것이다. 수준 높은 문학잡지의 '수준'이 어떤 기준을 의미하는지 정확하게 나타나지 않았지만, 이 말에는 많은 부분 공감하리라 생각한다. 중요한 것은 '수준 높은 문학잡지'가 몇몇 사람의 노력이나 힘에 의해 만들어지지 않는다는 점이다. 협회의 집행부는 물론이거니와 회원들의 투철한 문학정신 없이 '수준 높은 문학잡지'는 만들어지지 않는다. 따라서 이에 관한 문제는 새 집행부와 회원 상호 간의 긴밀한 협력으로 이루어져야 할 것이다.

4월호에 실린 47인 초대 시에는 원로 시인의 작품이 상당수 눈에 띄었다. 오랜만에 『월간문학』 지면을 통해 만나게 된 원로들의 시는 고향을 소재로 한 것이 많았다. 이들 시인에게 고향은 내 뼈와 살을 받은 곳으로 언젠가는 되돌아가야 할 시원始原의 땅이다.

> 내가 지키지 못한 들꽃
> 나비 날아올 수 있게 언덕을 쌓다가
> 어느 날 나비 알아볼 수 없는 들꽃이 되었다
> 순간순간을 산 일기는
> 내가 떠난 예성강 물을 푸느라
> 손이 부르텄다
> 너는 내가 처음 만난 곳
> 다리가 아파 가지 못하는데
> 나비 모르는 들꽃 꺾지 말라
> 꺾어도 버리지 말라
> 그리움으로 야윈 나는 더 야윌지라도
> 봄은 기다리지 않으련다
>
> — 함동선, 「들꽃」 전문

누구에게나 고향은 있다. 그러나 그곳으로 되돌아가 뼈와 살을 묻을 수 없는 이들이 있다. 유일한 분단국가로 남아 있는 이 땅의 많은 실향민

들은 '손이 부르트도록' '내가 떠난 예성강물'로 돌아갈 수 있기를 희구한
다. 하지만 그 소망은 요원하기만 하다. 최근 육자회담이 급물살을 타고
있는 듯 보이나, 이 또한 어떤 상황으로 치닫게 될지 확신할 수 없다.

반세기가 넘는 긴 시간 동안 우리는 많은 부분 에둘러왔다. 그것이 어
쩔 수 없는 자의였든 아니면 강제적인 타의였든 실향민은 이들 사이에서
'그리움으로 야윈' '몰골'이 되어 버렸다. 하여 함동선 시인은 '봄'을 '기다
리지 않겠다'는 강한 부정을 통해 고향의 '들꽃'을 고통스럽게 그리고 있
다. 이 같은 그리움의 고통은 신기선 시인의 「옹달샘」에 보이는 바 '보이
지 않는 물색지 뜨지 않는 물색지'로 '사투리 없는 소리꾼 어머니'를 회상
하기에 이른다. 이들 시인에게 고향의 들꽃과 옹달샘은 '어머니'가 살아
계시는 상징적인 공간이다. 그곳은 볼노프의 말처럼 생명의 근원인 동시
에 감성을 기르는 최초의 경험이 비장된 세계이다. 즉 시인의 상상력과
기억의 보고인 동시에 생의 목표 설정과 가능성을 향한 출발점인 것이
다. 그러므로 이들 시인의 고통스러운 그리움은 들꽃과 옹달샘으로 화하
여 회귀의 공간으로 찾아들 수밖에 없다.

(이충이, 『월간문학』, 2007.5)

함동선 시전집

1. 신간서평

분단의 고통에 서 있는 시인

『함동선 시전집』이 출간되었다. 총 981페이지 분량과 시전집에서는 제1시집 『우후개화』에서부터 제8시집 『밤섬의 숲』에 이르기까지의 작품과 영문 및 중국어로 번역된 작품을 수록하고 있다. 그리고 시인의 '나의 시 쓰기'와 '서문', '후기', '발문'과 시집의 작품을 평설한 '해설', 각종 신문과 문예지에 수록된 서평, 월평 등을 볼 수 있다.

이 시전집 한 권으로서 함동선 시인이 그동안 이루어 놓은 시의 업적을 통찰할 수 있으며, 한국시문학사의 한 영역에서 시인이 어떠한 문제에 근접하여 한 편의 틀을 만들 수 있었느냐를 연구할 수 있는 계기가 되고 있다.

시인의 작품세계에서 자연과 현실의 문제는 물론, 서정과 감성의 초월적인 문제에 접근하면서 우리의 역사적 단절과 상실의 문제를 그의 삶에 깊이 각인시켜 자신의 세계관을 함축하는 핵심적인 역할을 하고 있다.

뿐만 아니라 우리의 서정시가 지니는 토착적인 언어의 핵심요소를 환기시켜 주고 있다.

오늘날 현대시의 영역은 다변화되어 그 표현의 지평이 광활하여지는 가운데 시인이 핵심적으로 추적하는 세계는 넓고 크다. 그뿐만 아니라 현대인이 살아가는 사고의 폭과 변화의 폭이 고정된 관념을 뛰어넘어 새로움이라는 환영을 양산하고 있는 실정이다. 이러한 오늘의 현실 속에서 시인 함동선은 등단 50년의 시작 활동의 결실을 보여 준 『함동선 시전집』이야말로 한국현대시사에 또 하나의 획이 되고 있다.

함동선 시인은 '머리글'에서 '내 고향은 황해도 연백군 해월면 해월리 해월동(바다울) 664번지다. 연백군은 지리적으로 황해도 동남부에 위치한다. 동쪽은 예성강을 건너 경기도 개풍군과 인접하고, 서쪽은 벽성군, 북쪽은 평산군, 동남쪽은 예성강, 임진강, 한강의 강구가 강화도와 마주본다.'라는 기술에서 보듯이 강화도에서 마주 보이는 실향의 아픔을 지닌 시인임을 알 수 있다.

6 · 25전쟁 60주년을 맞은 우리 민족은 남북의 동족이 말할 수 없는 죽음과 고통을 겪어야 하는 통한의 한을 지니고 있다. 이러한 아픔의 한을 체험으로 보여주는 시인이 바로 함동선 시인의 작품이다. 시인의 작품에서는 분단의 아픔과 전쟁의 공통은 물론 눈앞에 보이는 고향을 찾아갈 수 없는 실향의 한을 안고 살아가는 삶의 아픔을 많은 작품에서 보여준다.

시인은 '나의 초기 시집『우후개화』,『꽃이 있던 자리』,『눈 감으면 보이는 어머니』등엔 자연 제재의 시와 막연한 망향의식을 보여준다. 「예성강 하류」, 「예성강 민들레」가 그 예이다. 이 망향의식이 차츰 「여행기」, 「눈 감으면 보이는 어머니」, 「지난 봄 이야기」 등에서 고향상실의식으로 바뀐다. 고향에 돌아가지 못하는 아픔이 커지면서 감정을 절재하기 위해 감정이나 관념을 객관화하는 이미지즘 시를 가까이 하게 된 게 이 무렵이다.'라는 자서의 기술에서 보듯 망향의식이 고향상실의식으로, 시인의 개인적 체험이 민족사의 체험으로 시작품에서 남겨지고 있다.

함동선 시인의 망향과 고향 상실의 문제를 작품화함으로서 분단시대 문학의 대표적인 시인으로 인식되고 있다. 시인의 작품에서 나타나는 시적 담론은 애절한 체험을 바탕으로 연민의 그리움이 가득 채워져 있다. 현 시점의 체험에서 겪는 심상의 눈물은 비극적 역사의식을 토해 내는 진솔한 심정의 호소이기도 하다.

그래서 이상옥은 '민중시 계열의 시인들이 이데올로기를 전면에 내세워서 정치성 · 운동성을 띠고 집단성을 드러내면서 저널리즘의 스포트라이트를 받은 결과, 대중적으로 널리 알려져 있음에 비하여, 함동선의 시적 담론은 매우 내재화되면서 정치성 · 운동성이 배제된 채, 소리 없이 진행되어 온 것이다'라는 글과 미당 시인의 '저널리즘이 만드는 어떤 종류의 쇼와도 전연 무관한' 분단시대의 시인으로 지적하고 있다. 이러한 지적은 분단시의 작품을 이데올로기에 접합시켜 정치성을 띄는 경우와는 다른 점을 지적한 것이다.

함동선 시인의 시전집에 수록된 분단시대의 아픔을 체험적으로 보여 주는 작품을 보자.

> 잠깐일 게다
> 부적을 허리춤에 넣어 주시던 어머니의 손을 놓고
> 고향 떠난 지가 50년이 된
> 나를 보면서
> 남은 것은 그리움과 기다림뿐이다
> — 「남은 것은 그리움뿐이다」에서
>
> 노젓는 소리 생각하면

지금도 어지럼병이 도지는데
짐을 지어 주시던 어머님의 그 따스한 손결은
이제쯤 파삭파삭한 가랑잎이 되었을 거야

—「이 겨울에」에서

고향 상실의 아픔을 어머니와의 헤어짐으로 그리움을 말한다. 그래서 시인은 "젊은 나이에 '잠깐일 게다'라는 어머니의 말씀을 듣고 고향을 떠난 지 60년, 그 아들은 어머니 생신날 기제사를 지낸다"라는 시인의 망향은 한이기도 하고 분노의 함성이기도 하다. 어머니가 넣어 주시던 부적의 촉감은 시인의 잠재된 의식으로 남겨져 자신의 작품의 혼으로 승화하고 있음을 보여 준다.

함동선의 시작품에서 시인 자신이 체험하고 지금도 한으로 남겨진 분단시대의 망향과 고향 상실의 비극적인 역사의 한 부분을 작품세계에서 찾아보았다. 시인 함동선은 이러한 문학적 업적 이외에 한국문학비에 대한 조사와 연구에 의해 1978년에는 『한국문학비』라는 연구서도 출간한 바 있다.

(조병무, 『계절문학』, 2012 가을호)

시선집 『한줌의 흙』

1. 신간서평

이산과 망향의 서정시학

필자는 최근에 '함동선 분단시선집'인 『한줌의 흙』을 읽으면서 많은 감동을 받았다. 그것은 오래도록 함동선 시인과 같은 대학에서 문학을 강의한 선후배라는 연유 때문에서가 아니다.

일찍이 1950년대 말엽에 미당의 추천으로 『현대문학』을 통해서 등단 하여 이미 중앙대 교수와 한국현대시인협회회장 등을 역임한 함동선 시 인. 그는 이제 80고개를 넘은 인생연륜에다가 시단 활동 반세기를 지나 원로반열에 들었다. 그런데 무엇보다 바다 건너 고향땅을 바로 눈앞에 두고 뼈저린 남북분단의 가슴앓이를 겪는 시인의 아픔이 절절하게 필자 가슴에 닿아서이다. 어쩌면 그것은 평화로운 남도 고장에 철따라 여러 일로 마음대로 오가는 필자의 고향의식과는 사뭇 다른 분단민족의 비극 대상으로 저며 든 느낌이었다.

분단시선집의 내용

그러니까 함동선 시인이 1930년에 태어나서 자라던 황해도 연백군 해월면 바다울은 38선 이남에 자리한 농촌이다. 하지만 한국전 이후에는 미수복지구가 된 나머지 지금은 엄혹한 북한의 통치지역이다. 강화도에서 망원경으로 바라본 바로 바다건너 마을 논밭이 동쪽 끝에 자리한 고향집 부엌에 드나드는 식구들 모습까지 보일 정도라는 것이다.

그러기에 시인의 산수傘壽해 무렵에 남달리 '함동선 분단시선집'으로 엮어낸 의미마저 새로워진다. 사실 이렇게 절실한 삶을 겪어온 시인 자신에게는 다름 아닌 이 남북분단의 운명적 상황에서 고향 어머니와 헤어진 이산의 쓰라림 속에서 자꾸만 향수병으로 도져서 못내 그리운 고향의식이 곧 함동선 시 문학의 중추로서 자리 잡았다고 생각된다.

이번의 시 선집은 그동안 함동선 시인이 발표하여 펴낸 아홉 권의 시집과 시 선집 네 권 가운데서 분단에 상관된 61편의 시를 골라낸 다음에 그 테마 시들을 네 묶음으로 나눈 채 엮어져 있다. 1장은 「연백」 등 망향의 마음을 담은 시편들이고, 2장은 「마지막 본 얼굴」 등 고향마을에서 어머니와 헤어져 나온 정황이나 아쉬움을 토로한 시편들이다. 그리고 3장은 「월정리역에서」 등의 분단현장을 묘파한 시편들로 모은데 이어 4장에서는 「한줌의 흙」 등 절절한 분단 슬픔을 편 시편들로 이루어져 있다. 따라서 1, 2장은 대체로 총론적인 원초적 테마라면 3, 4장은 비교적 각론적인 분단의 현실상황을 드러낸 시편들로 볼 수 있겠다.

어머니를 통한 이산과 망향의식

함동선의 시작품에는 자주 고향의 어머니가 전통적인 한국 아낙네 이미지로 등장하여 원초적인 흡인력을 자아낸다. 그 어머니 퍼소나는 「예성강」, 「예성강의 민들레」 등에 나타나 고향의 강둑이나 보리밭에서 흰 옷 입은 자태로 일을 하거나 보름달을 벗하여 동이에 물을 긷는 모습이다. 그런 어머니는, 당신이 집을 지켜야 한다며 피란을 떠나는 막내아들에게 안전을 비는 부적을 달아주는 자상함까지 지녀 못내 그리운 모자의 정감을 더한다. 특히 자식의 행운을 기원하는 어머니의 부적달기 손길은 여러 시편에서 드러나고 있다.

> 부적 허리춤에 넣어주시던 어머니의 손 놓고/고향을 떠난 지가……
> —「남은 것은 그리움과 기다림뿐 이다」에서

> 피란길 떠나는 막둥이 허리춤에/부적을 꼬매시고 하시던 어머니 말씀
> —「마지막 본 얼굴」에서

> 다 바랜 부적주머니를 사타구니에서 꺼내자
> —「어머니의 달」에서

> 거룻배 타고 떠난 막둥이 허리춤에/ 부적 달아준 어머니의/ 생신날
> —「어머니 생신날의 기제사」에서

이렇게 지극한 어머니의 사랑을 잊지 못하는 시인 또한 못내 고향에 두고 온 어머니를 애타게 그리워하는 심정을 시편 곳곳에 점철해내고 있다. 물론 일찍 작고한 아버지 제삿날을 쓴 「어느 날의 일기」나 후퇴하는 인민군의 총부리에 끌려가서 소식 없는 형을 회상하는 「형님은 언제나 서른네 살」도 없지 않다. 그렇지만 함동선의 대상 시편에서 어머니의 비중은 상대적으로 두드러지게 기능한다. 위에 든 작품 밖에 어머니라는

제목을 차용해 쓴 시집 『눈 감으면 보이는 어머니』(1979)의 경우도 좋은
보기가 된다.

함동선 시문학에서 실로 60년이 넘는 이산의 아픔과 사랑으로 두드러
진 어머니의 존재나 비중은 곧바로 망향의식과 향수의 정감으로 이어지
고 있다. 그것은 어쩌면 어머니=망향=향수의 등식으로 성립될 질량을
지니고 있다. 그의 시선집 『고향은 멀리서 생각한 것』(1994)의 표제로
활용된 시작품에서도 역시 그 어머니는 등장하여 고향=어머니로 동화
되고 있음을 본다.

> "절절절 흐르는 예성강물 소리에/ 고향 사람들 얘기 젖어서/ ……내 속
> 옷을 꼬매시던/ 어머니 얼굴의/ 달이 떠 있는데/……"

다음 시편의 보기에서 역시 옛 고향과 이제는 많이 수척해졌을 어머니
가 연결되어 시적 이미지의 조화를 거두고 있음을 본다. 고향 떠날 때의
따뜻한 어머니 손길과 보리밭과 잇대어 있는 겨울의 농촌 집을 회상하는
시인의 망향의식이 접근하지 못하는 서울 객지의 현실공간과 잘 대조되
어 있다. 그것은 그의 시 「바다는」에서 "어머니의 손을 놓은 채 /고향을
놓친 채 떠난 피란길이라 그런가/" 하는 디아스포라 심경을 드러내는 것
이다.

> 고향 떠날 때의
> 노젓는 소리 생각하면
> 지금도 어지럼병이 도지는데
> 짐을 지어 주시던 어머님의 그 따스한 손결은
> 이제쯤 파삭파삭한 가랑잎이 되었을 거야
> 보리밭이 곧 마당인 집에서

막둥이가 돌아오는 날까지
막둥이가 커 가는 소리
밭이랑에 누워 듣겠다 하셨다는데
지금은 손돌이바람만 서성거릴 거야
눈을 꿈쩍꿈쩍거리다가
마흔다섯을 살아온 세월이
물속에 비친 등불처럼 흔들려 오는
유리창에는
그물처럼 던져 있는
어머님 생각이
박살난 유리 조각으로 오글오글 모여든다

—「이 겨울에」에서

위의 디아스포적인 고향상실감과 망향의식은 타자를 떠돌며 지친 나
머지 세월의 이랑인양 주름진 채 살아가는 시인의 자화상을 고향 떠나던
일과 연결하고 있어 입체미를 자아낸다. 고향을 떠나오던 날의 그 달구
지 바퀴소리와 느린 소걸음을 청각과 시각이미지로 재현시키는 것이다.
물론 여기에서도 어머니가 고향의 필수적인 이미지의 한 코드로 등장하
고 있음은 물론이다.

내 이마에는
고향을 떠나던 달구지 길이 나 있어
어머님 생각이 날 때마다
쇠바퀴 밑에 빠각빠각 자갈을 깨는
소린
수십 년의 시간이
수백 년의 무게로

우리의 아픈 역사를 베어내지만
세월 따라 그 세월을 동행하듯
느리지도 빠르지도 않는 소걸음 그대로
스물여섯 해의 여름이 땀에 지워지는
내 이마에는
고향을 떠나던 달구지 길이 나 있어

-「내 이마에는」전문

향토공간을 통한 향수 달래기

여기에서 함동선 시문학 가운데 시 쓰기 전략의 일환으로 활용된 향토의 지명과 공간회상 문제를 살펴볼 수 있다. 이런 점은 일찍이 김소월이 일제강점기에 의도적으로 그의 민요시에 고유지명인 영변의 약산이나 삭주구성, 삼수갑산 등을 들어서 민족주의 의식을 고취시켰던 시 전략의 상승가치도 참고해봄직하다. 이번 분단시선집 가운데 제1장은 「연백」이라는 소제목으로 시작해서 제목부터 유난히 지역성을 드러내는 시들을 만난다. 「예성강 하류」, 「연백」, 「예성강의 민들레」, 「예성강은」, 「예성강에서」 등. 시인은 수려한 그 고장의 강과 산에서 마음껏 놀고 자랐음을 자유시와 서정시로 읊고 있다. 그리고 특히 그곳 평야에서 생산되는 찰기 있는 쌀로 빚은 연안 배천 인절미를 요즘도 즐겨먹는다고 쓰고 있는 것이다.

일련의 향토지역을 통한 글쓰기는 직접간접으로 망향의식을 통한 향수 달래기로 파악된다. 이런 글쓰기 전략이 직접적인 제목으로 드러내는 것 못지않은 시적 효과를 거두기 때문이다. 함께 사용한 바의 「고향길은」, 「귀향」, 「못물 안에 둥둥 떠 있는 고향을」보다는 역시 우리에게 생소한 미수복지역 이름이 훨씬 신선감을 준다. 향토의 고유지명은 오랜 역사성을 비롯한 인심이나 지리적 풍광까지 공유하게 마련인 것이다. 이런 특장점 활용은 자꾸만 멀어져가는 미수복지구의 고향 찾기 효과를 겸하게 마련이다. 그리고 나아가서 이런 실향민의 망향의식은 고향 가까운 강화도나 백령도 아니면 휴전선 지역의 접근으로도 이어지고 있다. 「임진강」, 「백령도」, 「월정리역에서」, 「비무장지대-강화도」 등.

끝으로 이번의 '함동선 분단시선집'에서 시집 특색에 어울리는 다음 몇 개의 인상적인 시 구절들을 눈여겨보아야 할 것 같다.

새들은/ 녹슨 철로를 따라/ 남과 북을 오고 가면서/ 양지 바른 곳에 내려 앉는다

－「새가 있는 풍경」에서

철조망 너머로/ 나비 날아가는/ 저긴데/ 누가 전쟁을 시작했는지

－「철조망 너머로」에서

남과 북은 각각 섬처럼 흘러가고 있으니/ 쑥과 잡초가 무성한 고향은 빨래로 널려/ 휴전선 너머 허리띠 같은 길 위에/ 가물댄다

－「망향제에서」중

그간의 세월을 다 쓸어 모으면/ 내 새치만큼이나 많겠다야/ 오 친구야

－「꿈에 본 친구」에서

멀리 살면서 가깝게 살고/ 가깝게 살면서 멀리 살았으니

－「한줌의 흙」에서

(이명재, 『농민문학』, 2012 봄)

■ 함동선咸東鮮 연보

1930   5월 21일(음) 황해도 연백군 해월면 해월리 664번지에서 아버지
           함유태咸有泰(본관 강릉江陵)와 어머니 최현걸崔鉉杰(본관 해주海
           州) 사이에서 6남매 중 막내아들로 태어나다. 장남 동혁東赫, 2남
           동훈東勳, 누님 정순正順, 3남 동현東炫, 4남 동찬東贊이다. 호는 산
           목散木이다.

1933   아버지가 해월면사무소에서 온정면사무소로 전근하면서, 연백
           군 온정면 금성리 1480번지 일명 절골로 이사하다. 후에 아버지
           는 온정면 면장이 되다. 배천온천白川溫泉과 함께 널리 알려져 있
           는 연안온천延安溫泉을 개발하는 데 크게 기여하다.

1937   금성국민학교에 입학하다.

1942   1937년 일본은 중국에 대한 전면적인 침략을 시작하더니, 1941
           년 미국 진주만을 기습함으로써 태평양 전쟁을 도발하다. 이에
           국가총동원령과 내선일체内鮮一體라는 이름으로 황국신민의 서
           사 제정, 1938년 일본어 상용, 조선어교육의 폐지, 1940년 창씨
           개명,『매일신보』를 제외한 민간지의 폐간, 신사참배의 강제와
           사상 통제가 강화된다. 1943년 조선문인보국회가 조직되다. 미
           국과의 전쟁이 치열해지면서 지원병제를 실시하더니 뒤에 징병
           제를 실시하다. 당시 온정면사무소 서기로 근무하던 동찬 형은
           이 징병제도 1기였다. 그 당시 일본군에 끌려가면 모두 죽는 것
           으로 알고 있었기 때문에, 차라리 독립운동을 하다 죽는 게 보람
           있는 일이라 여기고, 외사촌형 최재석崔在錫과 함께 항일조직에
           가담했다가 일본 경찰에 체포된다. 일본 경찰은 우리 집의 모든
           책을 압수하다. 시「식민지」는 이때 겪은 가족사의 이야기이다.
           다음 해 고향인 해월면 해월리로 이사를 가다.

1943   연백공립농업중학교에 입학하다.

1945   동찬 형이 일본 경찰에 체포된 후 속을 끓이시던 아버지는 뇌졸

중으로 쓰러지고 몇 달 후에 돌아가시다. 8·15광복을 눈앞에 둔 6월 4일이다. 그날도 미 공군의 폭격기가 인천을 오고가는 여객선을 폭격하다. 8·15광복과 함께 형은 피골이 상접한 몰골로 출옥한다. 늑막염을 앓다.

1946   동훈東勳 둘째 형한테 톨스토이, 보들레르, 이시카와 타쿠보쿠를 배우고, 우리말로 번역된 세계문학전집이 나오려면 오랜 시간이 걸릴 것이니 일어판 세계문학전집을 읽어야 한다면서 신조사新潮社 세계문학전집 36권과 일본문학전집을 생일 선물로 받는다. 그 형은 해주동중학교를 나온 수재로 등단은 못했지만 시와 소설을 쓴 분이다. 오늘의 내 시적 재질은 그 형한테 받은 유산인 듯 싶다. 나의 문학 수업은 중학교 시절 세계문학전집과 일본문학전집을 3독, 5독하고, 형의 서재에서 춘원春園 이광수李光洙의 소설 「무정」, 「흙」, 「사랑」, 『3인 시가집』(이광수·주요한·김동환)을 탐독하면서다. 이 독서가 오늘의 나를 키웠다고 해도 과언이 아니다.

1948   연안읍에 있는 연백중, 연안중, 연안여중의 문예반이 모여 『지우芝友』라는 동인지를 내다. 『지우』 제4호에 시 「단장斷腸」을 발표하다. 이때 기억에 남는 일은, 강봉식康鳳植(현재 고려대 명예교수) 선생의 특강이었다. 강 선생은 3학년 때 잠시 머무른 영어 선생이었다. 그 특강은 김기림金起林의 작품으로 시를 쓰는 기쁨과 감동을 갖게 하다. 동현東炫 형 댁에서 학교를 통학하다.

1949   연백공립농업중학교 교지 제3호에 시 「비봉飛鳳」을 발표하다. 경기고등학교 교지 『경기』에 제목 미상의 시작품을 발표하다. 의정부농업중학교 6년 편입학 졸업하다(50).

1950   6월 25일 저녁 38선을 지키던 군인들이 마을 외딴 곳에 군용 지프와 트럭을 숨기더니, 배를 타고 강화도로 후퇴하다. 사태가 심상치 않다고 여긴 어머니께서 배를 마련하고, 밤중에 마을의 젊은이 몇 사람과 함께 아랫개에서 배를 타다. 어머니가 허리춤에 달아 준 부적과 '잠깐일 게다'라는 말씀을 듣고 떠난 길이 60년

이 되고, 어머니와의 마지막 이별이 된다. 강화도에서 피란민과 함께 수원으로 걸어가서 용케 화물차를 타고 대전에 가다. 대구를 거쳐 한 달 만에 부산에 도착하여 함태영咸台永 심계원장 비서실장이던 사촌 동욱東旭 형을 만나다. 병으로 여러 달 고생하다. 한편 그 해 10월 병으로 집에 숨어 있던 동훈형은 후퇴하는 인민군에 잡혀 서낭당 고개에서 총살되다. 시「형님은 언제나 서른네 살」은 그 형을 노래한 시다.

1954   서라벌예술대학 문예창작과에 입학하다. 그 당시 문예창작과는 문학의 이론과 창작 실기를 주로 강의하는 유일한 학과이다. 교수진은 한국을 대표하는 시인, 작가, 평론가들로 윤백남, 염상섭, 김동리, 서정주, 백철, 조연현, 김용호, 안수길, 이하윤, 김광주, 유치진, 이광래 등이다. 미당未堂 서정주徐廷柱 선생을 만나다.

1955   문예창작과 재학생 다섯이 오시회午詩會를 만들다. 동인은 강달수康達秀, 권중섭權仲燮, 김일金一, 이추림李秋林, 함동선이다. 이 동인들은 제1차 세계대전을 겪은 헤밍웨이 등이 신, 전통, 도덕이 무너져 의지할 것 없는 미국을 떠나 파리를 떠돌아다닐 때, 작가 스타인이 헤밍웨이 등에게 '당신들은 모두 상실시대의 사람들이다'라고 한 '로스트 제너레이션'에 크게 감동을 받는다. 6·25전쟁으로 이상과 꿈을 잃은 '방황하는 세대'를 자처하고 명동을 배회하면서 문단 등단의 추천 제도를 거부하다.

1958   오시회 동인들이 기존의 등단 제도를 거부하고 미적거릴 때 후배들은 하나둘 등단을 한다. 이때 미당은 "고집 부리지 말고 작품 가져오게" 한다. 동인들 양해를 얻고 『현대문학』에「봄비」(1958.2),「불여귀不如歸」(1959.2),「학의 노래」(1959.9) 등이 추천을 받는다. 동인 중 이추림은 시집『역사에의 적의』로 등단하다. 중앙대학교 문리과대학 영문과를 졸업하고, 경희대학교 대학원 국문학과에 입학하다.

1959   월간『학생예술』편집장이 되다. 발행인은 정병준鄭炳駿이다. 10월 27일 손보순孫寶順(본관 밀양)과 서울에서 결혼하다.

1960	공보실 선전과 촉탁이 되다. 대한민국 초대 대통령 이승만李承晩 대통령의 한시집『우남雩南 시선』,『우리 대통령』등 정부 홍보 책자를 편집하다. 경희대학교 대학원 국문학과에서 석사학위, 문학박사 학위(87) 받다. 수원 매향여자고등학교 국어과 교사로 부임하다. 장남 준효俊烋 태어나다.
1961	5·16군사혁명 후 서정주 선생이 구속(조윤제趙潤濟 교수가 주도한 사건에 연루됨)되면서 서라벌예술대학 문예창작과 강의를 대강한다.
1962	국립 제주대학 국문학과 전임강사로 부임하다. 제주대학은 도립대학에서 국립대학으로 승격하면서 30여 명의 교수를 채용하다. 그해 9월 김동리, 서정주, 임동권任東權 교수, 정태용鄭泰榕(평론가) 등 네 분을 개인적으로 초청하여, 신성여자고교에서 문예강좌를 하다. 제주에서 처음 있는 일로, 문학 지망생 및 학생의 호응이 컸다. 문예강좌를 마치고 제주도 공보실에 있던 소설가 최현식崔玄植의 주선과 제주도청의 도움으로 제주 일주 관광을 하다.
1963	『시단』동인으로 활동하다. 동인은 문덕수, 이형기, 정공채, 성춘복, 박근영 외 여러분이다.
1964	제주시와 서귀포읍에서 시화전을 하다. 제주생활을 마감하기 위한 고별행사이기도 하다. 9월 초에 한라산 종주 산행을 마치고 사표를 내다. 서라벌예술대학 문예창작과로 자리를 옮기다.
1965	시집『우후개화雨後開花』를 내다. 둘째 아들 승효昇烋 태어나다.
1966	서라벌예술대학 문예창작학과 조교수(문리대 1018~1658), 부교수(학사 1018~1395, 1970)가 되다.
1969	딸 지현知賢 태어나다, 동혁 형 돌아가시다.
1971	서라벌신문 주간 및 출판부장이 되다.
1972	서라벌예술대학 문예창작과 과장, 개교 이래 한국 예술계에 공헌한 바 있는 서라벌예술대학은, 1972년 신학기를 맞이하면서

경영권을 중앙문화학원에 인계하고, 그해 6월에 학교법인 서라벌학원은 학교법인 중앙문화학원에 병합된다. 병합이 된 후에도 서라벌예술대학은 존속되다가 1978년 1월에 폐교되어 중앙대학교로 완전히 인수 병합된다.

1973 시집『꽃이 있던 자리』를 내다.

1974 중앙대학교 예술대학 문예창작학과 부교수.

1976 한국문학비 탁본 전시회(10.25~30)를 대한출판문화회관에서 갖다. 합동시집『안행雁行』(1976) 손재준, 조윤제, 함동선 3인 시집을 내다. 수필집『그 후에도 오랫동안』(1978)을 내다. 금석문집『한국문학비』(1978)를 내다.

1979 중앙대학교 예술대학 문예창작학과 교수(문고 1018−682). 시집『눈 감으면 보이는 어머니』를 내다. 한국현대시인협회 부회장이 되다. 한국현대시인상을 받다.『명시의 고향』(1980)을 내다. 시선집『함동선 시선』(1981), 금석문집『한국문학비』제2집(1982)을 내다.

1984 인천대학교 국문학과 교류 교수.

1985 경희대학교 국문학과 강사.

1986 시집『식민지』를 내다. 그 이듬해에 시선집『마지막 본 얼굴』(1987)을 내다.

1988 중앙대학교 예술대학예술연구소 소장과 한국문인산악회를 창립하고 회장이 되다. 창립 회원은 문덕수文德守(예술원 회원, 시인), 장윤우張潤宇(성신여대 교수, 시인) 엄한정嚴漢晶(시인), 김계덕金桂德(시인), 이동희李東熙(단국대 교수, 소설가) 등이다.

1991 둘째 아들 승효와 이금옥李錦玉(본관 경주)이 결혼하다. 홍익대학교 대학원 강사.

1992 한국현대시인협회 회장이 되다. 한국현대시인협회 역대 회장은 초대 서정주, 2대 모윤숙, 3대 모윤숙, 4대 김종문, 5대 김종문, 6대 문덕수, 7대 문덕수, 8대 이원섭, 9대 이원섭, 10대 이봉래, 12

대 함동선이다. 한국시문학회 회장이 되다. 전국 대학에 재직하고 있는 시인 및 평론가의 모임이다. 시집『산에 홀로 오르는 것은』(1992), 금석문집『한국문학비』제3집(1993), 시선집『고향은 멀리서 생각하는 것』(1994), 합동시집『시간은 앉게 하고 마음은 서게하고』(함동선, 손보순 2인 시집(1994), 시집『짧은 세월 긴 이야기』(1994)를 내다. 펜 문학상(1994)을 받다.

1995   사단법인 한국문인협회 부이사장으로 피선되다. 중앙대학교 예술대학 문예창작학과 교수 정년퇴임을 하고 명예교수가 되다. 국민훈장 석류장을 받다. 시선집『우리의 빈 들녘을 깨우는 새벽』을 내다. 예술문화상(문학분야)을 받다. 동덕여자대학교 문예창작학과 강사.

1996   맏아들 준효俊然와 윤병옥尹炳玉(본관 파평)이 결혼하다.

1997   대한민국문화예술상(문학분야)을 받다.『문학비 답사기』를 내다.

1999   딸 지현知賢과 조동률趙東律(본관 한양)이 결혼하다.

2000   예술가의 삶『절대 고독의 눈물』을 내다.

2001   미국에서 가장 권위 있는 시 전문지『POETRY』(8월호)에 시「제주도」와「여행기」가 유정렬과 제임스 김브렐 교수의 번역으로 발표되다. 한국 시인의 시가 발표되는 일은 아주 드문 일이다. 시집『인연설』(2001)을 내다.

2002   서울시문화상(문학분야)를 받다. 영역시집『THREE POETS OF MODERN KOREA』이상, 함동선, 최영미의 3인 시를 Yu Jung-yul, James Kimbrell 번역, 미국 Sarabande Books에서 출판하다.

2004   『함동선 시 99선』을 내다.

2005   청마문학상을 받다. 중국어 번역시집『雨后花開』는 徐雨紅이 번역하고 中國和平出版社에서 내다.

2007   시집『밤섬의 숲』(2007)을 내다.
        황해도민의 날에 황해도 영예도민상을 받다.

2009   산목함동선선생팔순문집 『쓸모없는 나무』를 내다.

2010   『함동선 시전집』을 내다.

2011   시선집 『한줌의 흙』을 내다.

2013   시집 『연백』을 내다.

필진(목차 순)

문덕수: 시인, 홍익대학교 명예교수, 예술원 회원
원형갑: 문학평론가, 전 한성대학교 총장
이유식: 문학평론가, 전 배화여자대학교 교수
윤재천: 수필가, 전 중앙대학교 교수
이운룡: 시인, 문학박사, 전 중부대학교 교수
채수영: 문학평론가, 문학박사, 전 신흥대학교 교수
오양호: 문학평론가, 인천대학교 명예교수
박철화: 문학평론가, 중앙대학교 교수
김태진: 문학평론가, 문학박사
이필규: 문학평론가, 문학박사
이경욱: 문학박사, 서강대학교 강사
장백일: 문학평론가, 국민대학교 명예교수
박철희: 문학평론가, 서강대학교 명예교수
김영수: 문학평론가, 청주대학교 명예교수
엄창섭: 시인, 관동대학교 명예교수
조명제: 시인 · 문학평론가, 문학박사
유성호: 문학평론가, 한양대학교 교수
한성우: 문학평론가, 문학박사
이상옥: 시인, 창신대학교 교수
맹문재: 시인, 안양대학교 교수
송용구: 시인 · 문학평론가, 고려대학교 연구교수
유한근: 문학평론가, 디지털서울문화예술대학교 교수
차영한: 시인, 문학박사
신웅순: 시조시인, 중부대학교 교수
박찬일: 시인 · 문학평론가, 문학박사
오세영: 시인, 서울대학교 명예교수
홍문표: 시인, 전 오산대학교 총장
이승하: 시인 · 문학평론가, 중앙대학교 교수
김종회: 문학평론가, 경희대학교 교수 외

咸東鮮의 시세계

초판 1쇄 인쇄일	| 2014년 1월 26일
초판 1쇄 발행일	| 2014년 1월 27일

지은이	| 이승하 외
펴낸이	| 정구형
책임편집	| 신수빈
편집/디자인	| 심소영 윤지영 이가람
마케팅	| 정찬용 권준기
영업관리	| 김소연 차용원 현승민
컨텐츠 사업팀	| 진병도 박성훈
인쇄처	| 태광문화사
펴낸곳	| **국학자료원**

등록일 2006 11 02 제2007-12호
서울시 강동구 성내동 447-11 현영빌딩 2층
Tel 442-4623 Fax 442-4625
www.kookhak.co.kr
kookhak2001@hanmail.net

ISBN	| 978-89-279-0815-9 *93800
가격	| 45,000원